Stefan Andres · Synesios

Stefan Andres

Die Versuchung des Synesios

Roman

R. Piper & Co.

ISBN 3-492-1895-5
Titelnummer 1895

Gesetzt aus der Linotype-Baskerville
Gesamtherstellung: Graph. Werkstätten Kösel, Kempten
Printed in Germany

. . . . .

Synesios von Kyrene, Metropolit v. Ptolemais (Kyrenaika). * um 368 Kyrene † 413 Ptolemais. Stammte aus einem vornehmen Geschlecht (Battiaden) der Pentapolis. Neuplatoniker, Schüler der Hypatia in Alexandria. Mit Christin verheiratet. 399 Anführer einer Gesandtschaft, die in Konstantinopel um Steuererleichterung einkam. Verfaßte literar. und philosoph. Werke, Hymnen u. 156 Briefe. 410 vom Volk zum Metropoliten erwählt, zögerte er sechs Monate, die Wahl anzunehmen. Gab offen seine Hindernisgründe an: wollte nicht auf seine Ehe verzichten u. auf einen Teil seiner neuplatonischen Vorstellungen. Patriarch Theophilos v. Alexandria nahm seine Abwehr zur Kenntnis u. weihte ihn doch. Synesios war gehorsamer Untertan eines christlich gewordenen Reiches und gleichzeitig Bewunderer der antik. Kultur. Wagte es als erster Bischof, den Bann über einen hohen Beamten auszusprechen.

. . . . .

Der Tod der Hypatia

Mit ungefähr dem letzten Herbstschiff des Jahres landete ich in Alexandria, im großen Hafen, von der Gewalt des Nordwinds herbeigefegt, krank und allein. Zum Haus des Stadtpräfekten war es nicht weit, kaum eine Viertelstunde, und mein Schwager Gellios, der Präfekt, starrte auf meine Seekiste, die der Träger hinstellte – eine einzige! – und dann auf mich und zeigte sich kaum erfreut, wie sollte er auch! »Aber – Prisca!« er murmelte meinen Namen, den ich ihm auf jeden Fall vorgesagt hatte, um ihn zu erinnern. Wir hatten uns bei der Doppelhochzeit gesehen, als er meine Schwester und Synesios mich geheiratet hatte, vor fünfzehn Jahren, ich war damals fast zwanzig. Auch Gellios hatte sich verändert. Er war beleibt geworden, seine Nase wirkte in den Massen des Gesichts wie der Bug eines kleinen schon halb untergegangenen Schiffes. Die Seekiste stand noch zwischen uns, er blickte, seinen Augen Schutz gewährend, auf sie, nannte mein Schicksal »niobisch«, schüttelte den Kopf, rief den Dienern, wies auf die Kiste, sagte » – und dazu vier Kinder, nicht wahr?« »Drei« verbesserte ich ihn, und er sagte: »Drei!«

Wir traten aus dem Atrium in eine Art Peristyl, einen Raum, der hoch gebaut ist und über dem Erdgeschoß noch ein Stockwerk mit den Schlafgemächern und Bädern trägt, viele mit Marmor verkleidete Räume, und die Bibliothek, und alle Türen münden auf ein und denselben viereckigen Lichtsaal. Über dessen weißes Marmorgitter blickt man in die Halle hinab, in das Wasserbecken. Die Öffnung oben im Dach war bereits gegen den Winterregen mit Glas geschlossen, das Blau im Wasserbecken drunten wirkte zusammen mit der Stille des Hauses und dem durchs Fenster an der Westseite hereinglänzenden Großen Hafen, als ob das Haus, eine Art Floß, selber auf dem Wasser läge und keine andre Aufgabe hätte, als in die Tiefe hinab zu lauschen, in die Tiefe dieses blauen Wassers, auf dessen Spiegel die aus den acht Ecken der Umfassung drängenden Strahlen immer dieselben Linien zeichneten – in der Luft und im Wasser.

Niobisch hatte Gellios mein Schicksal genannt – ich dachte darüber nach, als der Diener meine Kiste aufbrach und mich dann in meinem Zimmer allein ließ. Niobe – Leto! – – eine der tausend Antworten auf die kindlichen Warum-Fragen der Menschen. Und ich breitete die Schätze aus meiner Seekiste aus: die Briefkopien meines Synesios und die Briefe seiner Freunde, seine Notizen und meine, und vor allem die Abschrift der Vita Synesii des Laokoon, des jetzigen Metropoliten von Ptolemais. Ich dachte an unsern Geheimsekretär Chilos, den Perser, der all diese Abschriften besorgt hatte und der selbst seine zwei Götter der Zeit unterwirft: Zervan, der Urmacht (ich weiß, daß Chilos niemals Christ wird, denn wir Christen haben es mit der Geschichte zu tun, mit dem Anfang und dem Ende).

Ich machte mich gleich in den ersten Tagen meines Aufenthaltes im Haus meines Schwagers daran, das Leben meines Synesios aufzuschreiben, aber es gelang mir nicht; daß es mir dieses Mal gelingen möge, darum bete ich.

In den Augen der Menschen ist mein Leben zuende: ich habe einen Mann gehabt, Kinder, und alle sind mir vorausgegangen; mein Leben hat sich, wenn auch vorzeitig, erfüllt. Aber ich habe noch eine Aufgabe: das Leben meines Mannes der Nachwelt richtig zu überliefern, und die Lügen und Verleumdungen, mit denen der jetzige Metropolit von Ptolemais die Fußstapfen des Synesios auszufüllen versucht, als Lügen und Verleumdungen zu entlarven. Darum schrieb ich, darum schreibe ich Tag und Nacht. Gellios nennt mich eine Närrin: was die Menschen über uns nach unserm Tod sagten, wäre doch das Urteil von Schatten über Schatten, vor allem, wenn keine Nachkommen zurückblieben. So dachten und denken nicht einmal die Heiden, wie man sie so kennt. Ich aber will Christin sein, und ich liebe Synesios und muß darum für ihn einstehen, für die Wahrheit in seinem Leben, nein: für die Wirklichkeit dieses von außen gesehen zwar seltsamen Lebens, das aber für mich, die ich fünfzehn Jahre bei ihm, mit ihm lebte, nur folgerichtig verlief, und je tiefer ich es überdenke, mir nie seltsam, sondern höchstens (in den Entscheidungen) an gewissen Kreuzungen unerklärlich vorkommt, man könnte sogar sagen: atemberaubend, vor allem in den drei Jahren seiner Bischofszeit.

Herbst vorigen Jahres kam ich hier an, krank und müde. In einem Zimmer in der Stille dieses großen Hauses über dem Hafen saß ich allein mit meinen Erinnerungen. Meine Spaziergänge verrichtete ich auf dem Dach. Selbst ein Besuch bei der Professorin Hypatia schien mir unmöglich, wiewohl mir Gellios nahelegte, es bald zu tun, da man nicht wisse, wie lange noch der Stellvertreter des Kaisers, der gütige Orest, es vermöchte, den Zorn des Patriarchen Kyrillos von der Frau abzuhalten, die es wagte, statt Christus Platon zu verkündigen und in den meisten Stücken eine vom Patriarchen verschiedene Meinung in ihrem Musaion vortrug.

Ich muß gestehen, daß ich diese Frau immer noch bewunderte, wenn auch meine Liebe zu ihr, die mich einst genau wie Synesios erfüllt hatte, mit den Myrrhen der Bitterkeit durchsetzt war.

Ich konnte sie nicht dem Urteil der Christen überlassen, mit denen ich in diesen ersten Monaten in Alexandria gelegentlich zusammentraf, konnte aber auch nicht wie

Synesios ihren Geist in Liebe verehren. Eines Tages würde ich zu ihr hingehen, aber diesen Tag schob ich immer wieder hinaus, sobald ich ihrer letzten und vor allem ihrer dann nicht mehr geschriebenen Briefe an den Bischof Synesios gedachte und sein Gesicht vor mir hatte, wenn er von ihr sprach oder seine an sie gerichteten und unbeantworteten Briefe diktierte. Hypatia hätte es wissen müssen, sagte ich oft zu mir, als ich mich besser fühlte und auch dann noch ihre Vorlesungen mied, ja sie konnte es wissen und wußte es, wer dieser ihr Schüler war, warum er aus dem älteren Licht in ein neues weitergeschritten war und auch hier sich nicht ganz beschienen fühlte, sondern von fernerem Licht träumte. Synesios hatte das, was ein Mensch glaubte, sagte oder gar tat, nie ganz ernst genommen; er sah ihn auf seinem Weg und war sanft zu ihm und geduldig, selbst mit seinen Feinden. Hypatia dagegen verhielt sich zu den Menschen denkend, machte sie zu geometrischen Figuren, und wer mit dieser Denkweise nicht mehr zu erfassen war, den überließ sie sich selbst, worin die Anmut ihrer Klarheit bestand, aber zugleich ihre Grenzen sichtbar wurden. Ich war ihr nie abgeneigt, so wenig wie dem Platon oder einem andern Philosophen, die sie uns, als wir noch jung waren, interpretierte. Aber ich wußte immer – und das habe ich bei Synesios gelernt –: daß die Erkenntnis der Wahrheit nicht das Letzte für den Menschen ist, sondern – aber das möchte ich an dieser Stelle noch nicht sagen, ich habe Zeit.

Als wir noch jung waren – Synesios und ich und die andern alle, auch Hypatia – damals mochte sie vierzig sein, stand also im Alter des Synesios –, als wir bei ihrem Vater Theon ein- und ausgingen, mit ihr aßen und Wein tranken und irgendeiner Frage noch einmal nachhingen, – nie, daß sie über Christliches sprach, nicht im Guten, nicht im Schlechten. Sie wußte, daß ich getauft war, ich hatte es ihr gesagt. Ich stamme aus Leptis magna, und meine Kenntnisse im Griechischen bedurften damals noch der

Übung. So saß ich, hörte ihren Gesprächen zu, und oft bemerkte ich, daß mein Geist für diesen Kreis zu ungebildet war. Aber ich freute mich und war stolz darüber, daß ich nicht wie meine Mutter und meine Schwester Pudenzia bei Bürgern eingeladen war, sondern bei ihr, bei der herrlichen Hypatia, und neben Synesios saß, meinem und Hypatias Freund. Ihr Gesicht kam mir fast klein vor, weil die Augen sehr groß waren und stark blickten – wie bei einem Feldherrn, aber einem guten. Mit diesem Blick konnte sie Männern die Rede unterbrechen, allerdings nur klugen Männern, und sie zu einem Augenaufreißen bringen, zu einem Lächeln oder gar Schweigen. Synesios, der in der Gesellschaft, wenn er zum Sprechen ansetzte, den ersten Satz fast jedesmal zerstotterte, hat in Hypatias Gegenwart nie eine Silbe umsonst gesagt: er schaute ihr ins Gesicht und konnte sprechen! Und wenn er Hypatia einen Hymnus vorlas, klang seine Stimme, die übermächtig war, ruhig und schwang nur noch vom Sinn bewegt.

Ja, als wir noch jung waren! Ich ertappte mich oft in jenen Wintermonaten, bevor ich mich zu ihr aufmachte, beim Rechnen: ich zählte ihre Jahre, sie war inzwischen über die fünfzig und hatte gewiß Runzeln. Theons Tochter ist nun, so sagte ich mir, (um ihre Augen herum) eine Matrone. Wie Synesios saß sie die Nächte hindurch, die Stirn vornüber und Schmerzen im Genick, wo sie den Finger ihres Gottes spürte, der sie genötigt hatte, wie ein Sklave dazusitzen, angeschmiedet an ihre Bank. Und so wenig wie eine Vestalin oder eine Christus geweihte Jungfrau hatte sie je den Mann vor sich gehabt, statt dessen Kegelschnitte, Platon, Metaphysik – die Arme! Oder soll ich sagen: die Glückliche? Nie hat sie Kinder geboren – aber auch keines verloren. Eigentlich hätte man, so fand ich, einander doch mancherlei mitzuteilen, nicht so sehr mit Worten, sondern einfach mit dem Aufeinanderzugehen, mit dem einander, wenn nicht erkennenden, so doch anerkennenden Lächeln.

Gellios drängte mich in dieser Zeit, ich solle endlich meinen Besuch im Ordinariat machen. In seinen Augen stellte ich eine große Seltenheit dar: eine Bischofswitwe. Und wahrscheinlich warte der Patriarch Kyrillos auf mich, der Neffe des Theophilos, welcher Synesios und mich getraut hatte. Aber ich schob den Gang immer wieder hinaus. Ich hatte keine Lust auf den kirchlich dargebotenen Witwenschleier und ebensowenig auf den Patriarchen, den ich ohnehin kennenlernen würde. Aber Gellios, der noch immer nicht getauft war, hielt in diesem Punkt Eile für klug.

Auch der Hausmeister Rufus, ein Diakon aus Gallien, riet mir, wenn wir drei bei Tisch saßen – meine Schwester war schon vor zwei Jahren verstorben –, mich beim Patriarchen anzumelden, vielleicht daß der »heilige Pharao« mich empfange. Und er lächelte jedesmal hinter seinen Worten drein, nicht spöttisch, aber wie einer, der an seine eigenen Verheißungen doch nicht recht glaubt. In Gallien, als der Bischof Martin noch lebte, begann Rufus manchmal, sei das ganz anders gewesen, »der hatte für jeden Menschen Zeit«, sagte er, »für jeden«. Ich kannte diesen Bischof Martin nur sehr wenig, obwohl einer ein Buch über ihn geschrieben hatte, ein gewisser Sulpizius Severus, der mir gar nicht gefiel, weil er den Bischof Martin mit seinen sechstausend Wundern aus unserer Welt allzusehr heraushob. Diese Art, über Menschen nach ihrem Tode zu verfügen, ist schlecht; und Rufus, der wußte, daß ich mit dem Aufschreiben des Lebens meines Synesios begonnen hatte – ich las ihm sogar daraus vor –, war der Ansicht, daß es von vornherein unmöglich sei, das Leben eines Menschen zu beschreiben, auch dann, wenn man etwa als die Frau dieses Menschen oder sein Diakon mit ihm täglich gelebt habe. Wir hätten nur das vom Menschen, was er von sich zeigte: also was er sprach und schrieb und wirkte, aber nicht den andern Menschen, der wie das Wurzelwerk des Baumes uns verborgen bleibe. Als Rufus dann ein wenig später die

Vita des Synesios von Laokoon gelesen hatte, fand er, daß dieser Verleumder eher imstande sei, Synesios darzustellen, als Sulpizius Severus den Bischof Martin – er lächelte, als er das sagte, und ich glaubte, ihn zu verstehen.

Es war inzwischen März geworden, der März des Jahres 415. Ich hatte mich endlich entschlossen, doch den Versuch zu machen, vom Patriarchen empfangen zu werden. Ich fühlte mich wieder gesund und sogar stark, ich konnte das Verlorene in mir lebendig machen, konnte wieder sehen und hören, ohne gleich zu zittern und verwirrt zu werden. Ich begann, mit Synesios und den Kindern zu sprechen, ich fühlte sie alle vier mütterlich in mir. Ich weinte nicht mehr, sondern empfand mich als eine Frau, die mit den Händen auf ihrem Schoß alles bei sich hat, die Menschen und die Dinge – und sehr viel Zeit. Rufus hatte recht: gebären, nicht argumentieren; mit ihnen leben, nicht sie darstellen – und was er sonst so sagte, ein kluger Kerl, dieser ein wenig fette, rothaarige Franke.

Als ich zum Patriarchen abfuhr, flüsterte mir Rufus zu: wenn der große heilige Pharao mich etwa nicht empfange, so beziehe sich diese Ablehnung nur auf mein Geschlecht. Auch die Hypatia – er hasse sie nur deshalb so unbändig, weil sie ein weiblicher Nichtchrist sei, männliche Nichtchristen gebe es ja, selbst ganz oben, genug.

Im Ordinariat wurde ich, plötzlich unter Ägyptern, von Saal zu Saal geschickt, bis ich in einem kleinen Raum lauter Kleriker um mich hatte, das heißt: genau vor mir, es waren vier, die vier Evangelientiere, denn sie redeten inspiriert, nämlich von oben herab, eindringlich, sogar befehlend, vor allem allwissend – und stellten mir andauernd Fragen, die samt meinen Antworten aufgeschrieben wurden. So mußte es in einer hohen kaiserlichen Dienststelle in Konstantinopel zugehen. Aber ich durfte sitzen. Ich hatte ihnen also meinen Namen mitgeteilt, meinen Geburtsort, Zivilstand und die Zahl meiner Kinder, auch daß alle gestorben seien.

Da fragte einer, und sein Gesicht vereinfachte und verklärte sich: ah, mein Verlangen stehe also nach dem Witwenschleier? – was ich nur mit Kopf-, eigentlich Naseschütteln beantwortete. Das Fragen ging weiter, nun ein wenig spröder: nach dem Zweck – also? – meines Besuches. Keiner der geschniegelten und gebügelten Herren hatte bis zu diesem Augenblick bei dem doch äußerst seltenen Namen des Synesios aufgehorcht, auch der Städtename Ptolemais bewirkte auf ihren Gesichtern nichts. Und da erklärte ich ihnen mit einer ein wenig umständlichen Genauigkeit, woher ich käme: aus Not und Tod, aus den letzten Stunden eines Landes. Aber auch jetzt noch kein Erkennen, bis dann der Titel, den ich mir mehr zufällig verlieh, sie plötzlich in Bewegung setzte: ich war also die Witwe des Metropoliten von Ptolemais! Die Gesichter der vier gebügelten Tiere wurden jetzt apokalyptisch: »eines katholischen –?« stotterte der erste, der zweite rief: »– eines Bischofs?«, die beiden andern, wohl der Löwe und der Ochse, rissen nur die Mäuler auf, alle starrten mich an. Der Anblick dieser leeren, sich dann mit Nichtverstehen, ja Furcht füllenden Augen reizte mich, daß ich ihnen meine Frage ins Gesicht warf: ja, wo sie denn gewesen seien in den letzten drei Jahren? – ob die Kyrenaika denn jenseits der Hyperboräer und nicht neben Ägypten liege? – ob sie zur Zeit des Patriarchen Theophilos, der meinen Mann getauft und zum Bischof geweiht habe, noch nicht am Leben gewesen seien? Da erhob sich einer von ihnen und sagte zu den andern drei: »Richtig! Ich erinnere mich jetzt. Das war jener Synesios – von Kyrene, glaub ich, stammt er –, der diese Geschichte hatte mit dem Praeses der Provinz, einem gewissen Andreas –« »Andronikos!« sagte ich ruhig, »und es war keine ›Geschichte‹ – oder doch die Geschichte eines Bannfluches, die dem Metropoliten und seiner Familie das Leben kostete – ich allein bin übrig geblieben und nur darum hierhergekommen, um dem Patriarchen die Botschaft zu bringen.« Ich weiß nicht mehr, was ich den Herren alles sagte, soviel jedoch sicherlich: daß ich einsähe, umsonst gekommen zu sein; denn hier sei das Andenken an einen großen Mann vergessen worden. Worauf der eine, der sich erinnerte und gerade gesetzt hatte, noch einmal aufstand und, wiederum zu den andern gewandt, sagte: Doch! natürlich! richtig! jetzt falle es ihm wieder ein: es handle sich um diesen gewissen Synesios – er sagte wirklich »gewissen«! – der, als man keinen Metropoliten für die Kyrenaika fand, eingesprungen sei, ein verheirateter Notabler, der übrigens noch als Bischof »der göttlichen Hypatia« – er lächelte und seine Lippen wurden lockig – unentwegt Briefe geschrieben habe, philosophische und wohl sehr sehr schön geschriebene Briefe, die aber »die Göttliche« nicht mehr beantwortet habe. »Sie verstehen, meine Herren, es ging gegen ihre Würde –« Und da fragte mich einer, wohl der jüngste unter ihnen, ob das wahr sei? – seine Augen bekamen etwas Drohendes. Auch er stand jetzt auf. Und nun stellten sie mir Fragen, der eine, der andere, manchmal auch zu zweit: ob es wirklich wahr sei? – ob der Metropolit von Ptolemais wirklich Briefe an diese heidnische Frau geschrieben habe? – ob er es denn nicht gewußt habe, welche Rolle dieses Weib in Alexandria spiele – ob er sie vielleicht habe bekehren wollen? – wieviel Briefe es denn gewesen seien? Ob ich diese Briefe kenne? Ob es sich um Liebesbriefe handele, oder was darin sonst gestanden habe?

Ich saß ruhig da, hörte ihre Stimmen und gab ihnen, als sie sich ausgefragt hatten, einige dürftige Antworten. Was für Auskünfte sollte ich ihnen geben! Ich wußte nicht einmal, wie viele Briefe er ihr geschrieben hatte, denn manchmal hatte er ihr und zumal in den letzten Lebensjahren mit der Hand geschrieben, und von Handschreiben besitze ich natürlich keine Kopien. Diese heimlichen Briefe haben mich bedrückt und oft schlaflos gemacht. Ich legte in solchen

Nächten ihn und sie, den Bischof und die Professorin, in die Wagschale, stellte mir vor: wenn die Menschen das wüßten, was würden sie von einem Manne sagen, der so handelt, von einem Bischof, der überdies noch verheiratet ist? Aber mir wurde damals klar, daß er nach einem Trost aus seiner Vergangenheit suchte, den ich ihm nicht geben konnte, nach einer Auskunft, nach einer gebieterischen Stimme.

Was mir aber an den Fragen dieser Herren nicht gefiel, war der Umstand, daß offenkundig zumindest einer von ihnen mehr, ja, daß er alles wußte und sich nur unwissend stellte – wer mochte wissen, warum? Sie waren Ägypter, sprachen auch manchmal Ägyptisch miteinander – und sie haßten Hypatia. Und weil einer von ihnen oder auch zwei es wußten, daß Hypatia Briefe von Christen empfing und sie beantwortete oder auch nicht, wurde mir plötzlich klar, daß ein heimlicher Christ in der Nachbarschaft der Philosophin lauerte. Sie wurde also bespitzelt – ich mußte sie aufsuchen, mit ihr zu sprechen.

Einer, wirklich der Ochse, fragte mich nun, ob ich denn Christin sei? Wie jedesmal, wenn mir diese Frage gestellt wurde, zog ich mich tiefer in mich selbst zurück. Zugleich versuchte ich mir vorzustellen, wie sie sich wohl benähmen, wenn ich ihnen – ganz beiläufig – mitteilte, daß ich die getaufte Schwägerin des zwar noch nicht getauften, aber doch taufbaren Stadtpräfekten sei, und nicht nur die Witwe eines Bischofs! Und ich tat es und hatte die Wirkung auf ihren Gesichtern: sie wurden alle sofort weich, wollig, möchte ich sagen, lächelten sogar, nickten mir zu, als wäre ich ihnen überreicht, geschenkt worden und versprachen, mir den Weg zum Patriarchen zu ebnen. Jetzt in der Fastenzeit empfange er nicht, aber bald – die Schwägerin des Präfekten, das sei – eine Freude, sagte der eine, der andre: ein Lohn, der dritte und auch der vierte dieser gesalbten Müßiggänger hatte etwas ähnliches auf der Zunge.

Am folgenden Abend machte ich mich auf zu Hypatia,

zum Musaion also, ich kannte noch den Weg. Ich hatte kaum eine Viertelstunde zu gehen, am Hafen entlang. Wenn ich sie nicht im Saal fand vor abendlichen Zuhörern – Gellios sagte mir, daß sie neuerdings, seit ihr Vater Theon gestorben war, auch abends vortrug –, würde ich sie in ihrem Haus erreichen; und wenn nicht an diesem Tag, dann am nächsten.

Vom Hafen herüber wehte Westwind: die Erde wird zärtlich, das Meer verlockend, ein Märztag, die Sonne geht bald unter, und der Marmor an den Fassaden der öffentlichen Bauten nimmt Fleischfarbe an, die Falten in den Gewändern der Menschen werden dunkler. Beim Anblick einiger Kleriker dachte ich an meinen Besuch im Ordinariat. Ich hatte Gellios manches davon auf meine Weise erzählt, und er bewegte sich in seinen feisten Schultern geradezu wohlig, aber zugleich entnahm ich seinem Gesicht, daß er merkte, wie ich ihm manches verschwieg – vor allem, daß Synesios hier kaum bekannt war.

Wie schnell ist ein ausgezeichneter Name unter den Menschen vergessen, daran dachte ich, und dabei bemühten sich doch Meißel und Kelle an den Fronten und Fassaden, in Nischen und Tempelchen, dem Gedächtnis der Vorübergehenden nachzuhelfen. Namen, Symbole, Gedenksprüche, wohin man blickte. Und all diese Kleriker – wo sie nur hingingen? Und offenbar nicht nur in Rom tragen sie – wie schreibt Hieronymus: »... feines Zeug aus Arras und Laodicaea«, manchmal hat dieser ungewaschene Raunzer auch recht. Wie Kurtisanen und Millionärswitwen laufen sie umher: in Stöckelschuhen, die Löckchen vorn in die Stirn gekämmt, hinten um die Tonsur herumgelegt, und duften nach Rosen und Sandelholz – diese Nachkommen der Märtyrer!

Was mich vor allem verwunderte, war der Anblick so vieler Mönche. Vor fünfzehn Jahren durften sie noch nicht in die Stadt kommen, diese Kellerasseln der Kirche. In unserer Kyrenaika hatte es sie kaum gegeben, höchstens traf man ein paar auf der Durchreise. In meiner Jugend in Leptis magna, ja, da sah man sie oft, wo eine kirchliche Schlägerei stattfand, tauchten sie auf: schwarz und bärtig, die Mäntel zerrissen, das Haar zerfilzt und zerzaust. Die Circumcellionen nannte man sie – nun hatte ich sie wieder vor mir, sogar die Nase nahm sie wahr: ganze Schwärme von diesen Nacktfüßlern in Holzpantoffeln. Glutäugig schwangen sie ihre Stöcke, als wäre die Luft voller Dämonen, und jedermann machte einen Bogen um sie.

Auch ich wich in eine Nebengasse aus, aber bald schon schwamm ich auch hier unter ihnen; gewiß ihrer zwanzig, dreißig wuchteten sie einher und begannen, auf die Bäuche der Weingefäße einzudreschen, drangen, wo die Türen vor ihnen nicht schnell genug geschlossen wurden, in die Läden ein, stießen um, was sich nur umstoßen ließ, zertraten, zerstampften: hier Amphoren, dort Salben- und Schminktöpfe, wieherten, brüllten, sangen und schwangen sich weiter. Und niemand, der ihnen widerstand, kein Bürger, kein Polizist. Die Luft in der engen Gasse war bald vom Atem des Weins erfüllt, von den Düften der Salben und dem Geruch aus den Mänteln nie gewaschener Männer, es roch betäubend. Wer kein Mönch war, floh in die Häuser oder drückte sich in die Winkel der Gasse, wo sie vorüberkamen. Ich hätte stehenbleiben, in irgendein Haus entweichen können, aber meine Neugier trieb mich hinter dem Haufen her, ich wollte wissen, wo sie hinstrebten, was sie vorhatten, und ich stand bereits im Geiste vor Gellios, um ihm zu berichten, was in seinem Herrschaftsbereich, keine halbe Stunde von seinem Haus entfernt, geschah. Aber was wohl? – das mußte ich erfahren – und selbst wenn ich heute abend nicht zu Hypatia gelangte, sondern dorthin, wo diese schwarzen Männer ihr Werk vollbrächten – kein gutes, das war mir klar.

Sie hatten sich schon einmal – schon mehrmals! – in

Alexandria mit der Hefe des Volkes zusammengerottet. Vor fünfundzwanzig Jahren war das, Synesios hatte es mir erzählt, er hatte gesehen, wie das Serapeion, die goldene Kuppel über der Stadt, in Flammen stand, zusammenbrach, aus dem Bild der Stadt verschwand, weil der Patriarch Theophilos es so wollte, und auch damals hatte es plötzlich von Mönchen in der Stadt gewimmelt, die Straßen und Gassen waren schwarz von ihnen wie ein verwahrloster Honigladen im Sommer von Ameisen. Ja, wie die Ameisen sind sie, diese Mönche: plötzlich da, Massen, nicht mehr zu entfernen, in jedem Winkel, in jeder Ritze, verborgen und offen, hin- und herrasend und doch alle vom einen Ziel angezogen, in das sie sich hineinstürzen, hineinfressen, in dem sie umkommen oder den Tod überstehen, tolldreist, lästig, übertrieben, in jeder Hinsicht maßlos.

Ich sah, wie sie nun aus der Gasse zur Hauptstraße stampften, zum Platz, wo das Musaion mit seinen Kolonnaden liegt, hörte sie singen – jetzt im Marschrhythmus – wie die Arianer –, die Sonne stand eine halbe Stunde vor ihrem Untergang.

Nun erst erkannte ich und geradzu plötzlich, um was es hier ging: sie sollten Hypatias Vorlesung stören, so nahm ich an, mehr noch: ihr drohen, sollten ihre öffentliche Tätigkeit beenden, dazu hatte man sie aus der Wüste hereingerufen. Und ich wußte sogar, wer es war, der diesen Aufmarsch befohlen hatte... Ich bemerkte auch unter den Kolonnaden Volk aus dem Hafen, Leute, die man sonst in diesem marmornen Viertel nur selten erblickt, barfüßig und in Lumpen gehüllt, in Gruppen dicht beieinanderstehend und das Musaion betrachtend. Sie lachten von Zeit zu Zeit, tauchten mit den Köpfen zueinander wie Halberwachsene, die etwas vorhaben, und es ist noch nicht so weit. Die Mönche hatten sich hinter dem Musaion versammelt, ich sah sie aus der Ferne, sie standen, ein Stück Finsternis, unbewegt da, es begann zu dämmern.

Ich ging hinein, fragte mich durch, betrat den Saal und legte mein Kissen, das ich mitgebracht hatte, auf die Steinbank. Ich fühlte mich, wiewohl ich kaum dreiviertel Stunden unterwegs war, müde. Es saßen etwa dreißig Menschen im Saal. Vielleicht, so dachte ich zuerst, müßtest du zu Hypatia gehen, gleich wenn sie kommt, und ihr Mut machen wegen dieser Ansammlung von Mob und Mönchen. Doch dann sagte ich mir: Hypatia fürchtet sich nicht. Sie wird, wenn man sie nicht sprechen läßt, gehen, ich werde sie begleiten. Wenn sie will, nehme ich sie mit mir zu Gellios, der wird sie irgendwohin verfrachten, wo sie zunächst einmal Ruhe hat. Es war wirklich sehr ruhig im Saal, von draußen drang kein Laut herein. Und ich dachte wieder an die Mönche, die man nun nicht mehr hörte; an diese auf ihren Holzschuhen einherschlurfenden Zeitgenossen; an diese vom Staat verachteten, von der Steuer in die Wüste gejagten Bauern und Handwerker; aber auch an diese Söhne aus den reichen Familien, denen der Erdkreis auf einmal nichts mehr bieten konnte; dachte an hohe Beamten – an Isidor von Perusa etwa, an Männer, die nur noch im eigenen Innern Ordnung schaffen wollten. Doch gingen solche von der Weltgeschichte Angeekelten meist nicht in die Klöster dieser Pachomianer, sondern unmittelbar in die Wüste. Mein Vater hatte mir von ihnen erzählt, von diesen Gefangenen Gottes: in der Kirche hockten sie nebeneinander in hölzernen Kästen, keiner konnte mit der Hand den andern erreichen, und nachts war es ähnlich: wo sie hintasteten, überall Käfig, Ordnung, Verbot und Gebot – und tagsüber: Binsen und Schilf und Rohr zum Flechten der Körbe – und im Ohr der ewige Psalm. Doch selbst ein solches Leben gefiel ihnen besser als jenes, das sie verlassen hatten – sie wurden satt und hatten keine Sorge, schon hienieden waren die großen Plagen dieser Welt von ihnen weggenommen: die Steuer, das Weib, die Kinder und alles, was sich hinter diesen Worten verbirgt. Sie hatten zu essen, jeden Tag genug, die Arbeit vertrieb ihnen die Zeit; und die Regel, die sie, ein jeder auf seine Weise, beachteten, trug sie sicher zu einem bestimmten Tage hin, der wie jener im alten Ägypten war, wenn der Tod kam: man setzte über auf die andre Seite. In ihrem Innern aber zehrte an ihnen der Verzicht, bei manchen unaufhörlich: die Frau, die man verlassen hatte oder die nie dagewesene, erschien im Traum und entzückte sie, war sechstausendmal herrlicher als das Weib, das man gelegentlich beim Verkaufen der Matten und Körbe in den Dörfern erblickte, und es wuchs und wucherte in ihren Träumen und Begehren als die Sünde schlechthin, es war die Schlange, gegen die man Tag und Nacht kämpfte, war die Bedrohung des ewigen, künftigen Glücks.

Man sah es, wenn man eine Frau war, diesen Männern aus der Wüste an, wie sehr sie das Weib haßten – gerade dann, wenn sie ihren Trieb bezwangen oder doch bezwingen wollten; ihre Augen, ich hatte es gespürt, vorhin in den Gassen, blieben nur einen Moment auf einem haften, aber der Ausdruck war sengend und zugleich kalt, man möchte ihnen nicht in die Finger fallen, diesen Eunuchen um des Himmelsreiches willen – ach, Christus, deine Worte finden kaum Unterkunft bei uns Menschen.

So saß ich da, dachte an die in die Stadt hereingekommene Wüste, dachte vor allem daran, wie das weitergehen würde in dieser Stadt zwischen den Christen und den Hellenen. Alexandria war ja noch gar nicht christlich, soviele Kirchen es auch bereits gab. In den unendlichen Gedächtniswindungen dieser Weltstadt wohnten noch so viele Götter, aber alle alt geworden, welk und gar nicht mehr wild, ja sie waren gezähmt wie die Löwen, die mein Vater mir in meiner Jugend als Spielgefährten gab. Wer fürchtete sich denn noch vor diesen Göttern? Vor hundert Jahren, ja da hatten sie noch Zähne und Hoden, da gab es noch Geheimkulte, gegen die sich sogar der heidnische Staat mit strengen Gesetzen wandte. Aber heute? – warum also dieser Aufmarsch der Kirche, der unteren, der äußeren, der streitenden, alles wissenden, gewalttätigen Kirche gegen dies bißchen Gelehrten-Hellenentum, das nichts tat als weiter zu überliefern, zu interpretieren: Wahrheiten und Autoren, die von der Kirche längst in ihre Bibliotheken aufgenommen waren.

Und wenn ich jetzt bedenke, was an diesem Abend geschah, hier in unserm Alexandria, einer gelegentlich schon einmal wilden, aber allermeist doch friedlichen, ja sogar freundlichen und, wie alle sagen, bezaubernden und geistig so offenen Stadt: diese Mönche und ein Dutzend Kerle aus dem Hafen führten, von einigen Klerikern angestiftet, in aller Öffentlichkeit etwas aus, das die Hellenen vor hundert Jahren nicht einmal dreißig Meter tief unter der Erde zu tun gewagt hätten.

Im Saal des Musaions begann man einander zu fragen, was das zu bedeuten habe – all diese Mönche? Ein junger Mann rief lachend, die Mönche sollten zum Hafen, man verschiffe sie nach –, ich verstand den Namen des Ortes nicht, einige lachten, sie lachen so gern in dieser Stadt. Endlich kam Hypatia, weiß, schmal, schlicht, die Falten ihres unbestickten Leinenkleides wurden von einem Schritt bewegt, an dem ich sie eher wiedererkannt hätte als an ihrem Gesicht, das ein wenig zur Brust geneigt war. Dieser Schritt! – der Jäger Synesios hatte mir, als wir alle noch jung waren, gesagt, daß Hypatias Schritt der eines Tieres sei, das jeden Augenblick auf Flucht bedacht sein müsse, aber doch nicht fliehe. Ich sah sie an, schaute ihr zu, wie sie zu ihrem Lesepodest hinging. Ich wollte aufstehen, sie begrüßen, aber ich tat es nicht – die zehn Schritte, die mich von ihr trennten, kamen mir plötzlich unendlich weit vor; später, sagte ich mir, es ist Zeit zu allem da, viel Zeit! Aber noch etwas hemmte mich: man könnte es das Ritual nennen, mit dem sie hinter das marmorne Lesepult trat – wie ein

Diakon hinter den Ambon tritt, um das Evangelium zu lesen. Einige gemurmelte Sätze, die ich nicht verstand, und dann: »– vielleicht darf und muß über diese Reise nach der Unterwelt nachdenken, wer dorthin unterwegs ist?« Also Phaidon – Synesios und ich liebten diesen Text so sehr, daß wir unsern Erstgeborenen nach ihm genannt hatten.

Dies Anheben der Stimme, der Stirn, diese Handbewegung bei ›dorthin‹ – eine Bewegung quer über die Brust, zur linken Schulter hinauf, der Zipfel ihres Umhangs, den sie in der Hand hielt, fällt hinter sie, in das ›dorthin‹, wo die Toten sind.

Draußen unter den Kolonnaden, in den Höfen, wurden nun Geräusche vernehmbar, es ballte sich, ein summendes Brausen – und löste sich wieder auf. Ich hörte, wie Hypatias Stimme zitterte, gewissermaßen nur die Haut ihrer Stimme, und der Text – es klang seltsam – verlor seine Sinnrichtung, nahm teil an dem, was geschah – »Sokrates, mir ist jetzt bei Gott nicht zum Lachen. Aber ich kann mir nicht helfen: wenn die Leute draußen hörten, könnten sie annehmen –«, und dann verstand ich nichts mehr, wiewohl Hypatia weiterlas, aber ihre Worte gingen unter im Gewoge der Stimmen, die nun durch die Bögen und offenstehenden Türen drangen, man näherte sich. Sie stand hinter dem Marmorpult, weiß und schmal, eine Kerze, die in einem Luftzug steht, ja, ihre Miene flackerte – doch sie las, und auf einmal erhob sich ihre Stimme: »– was glauben wir, ist nun der Tod? Er ist doch etwas Wirkliches – oder nicht?« Fast hätte ich zusammen mit Simmias geantwortet: Und ob! Da bemerkte ich, wie sich der Vorhang zwischen den Säulen bewegte, wie es hereinquoll, redend, doch gleich darauf schweigend, schwarz und bunt, Mönchsmäntel und Hafenblusen; und unter dem andern Vorhang hervor: Kleriker, rasiert, faltenreich, im Zehenschritt – es sah aus, als handelte es sich um verspätete Hörer, die aus Respekt nahe am Eingang stehenblieben.

Das hereingedrungene Gesindel, in die Mönchsreihe hineingekittet, wich an die Wand des Saales zurück, ließ die Augen nach allen Seiten rollen, stieß einander mit den Ellenbogen an, kicherte, manche bliesen die Backen auf, als müßten sie im nächsten Augenblick auseinanderplatzen.

Die Fenster in der Kuppel ließen nur noch wenig Licht herabfallen. Der Pedell brachte zwei Kerzen herein, die er links und rechts von Hypatia aufstellte und anzündete, man erkannte nun wieder ihr Gesicht. Sie las, es war aufs neue still geworden: von den Sinnen, die uns mit Wollust erfüllen, mit Begierden, Furcht und bunten Lügen und Geschwätz. Vor mir, ziemlich nahe, stand ein alter Mönch, er sah aus, wie wenn sich das Gerippe eines Toten ein Hammelfell übergezogen hätte. Er nickte, starrte die Professorin an, nickte nochmals, und als Hypatia las, daß wir unser Fleisch reinhalten müßten, bis Gott uns selber erlöst, schlug er sich mit der Faust vor die Brust und starrte mit den Augen eines alten Schafbocks in die Kuppel hinauf, eigentlich zum Himmel.

»Die echten Philosophen«, so fuhr Hypatia fort, »üben sich also wahrhaftig im Sterben –«, und sie las, ohne zu interpretieren, stellte Platons Worte vom Tod zwischen sich und die andern, war mit ihnen allein, mit den einfachen, schweren, ruhigen Worten – bis da jemand sie beim Namen rief, aber sie las weiter. Der gesprochen hatte, war einer der Kleriker, er trat jetzt näher, sagte, daß er eine Zwischenfrage habe; die Lesende indes schien taub zu sein.

»Ihren Platon«, rief er nun, »können Sie ohnehin abservieren, Stockfisch, kein Bedarf! Sowieso alles aus dem Alten Testament abgeschrieben!«

Doch der Mann sprach gegen ein Bild. »He!« machte er, wartete ein wenig, sie aber – es ist wahr! – sie las weiter, obwohl niemand mehr im Saal auf ihre Worte hörte, vielleicht nur auf ihre Stimme –: ob sie es noch fertigbrächte, weiterzulesen.

Der Kleriker, der sich dem Marmorpult um einige Schritte genähert hatte, trug einen veilchenfarbenen Mantel aus einem Stoff, der gewachst war und wie Seide aussah. Die steife, zurückgeschlagene Kapuze zeigte das gestickte Bild einer Frau, die von einem Kranz aus Buchstaben umgeben war. In meiner Aufregung konnte ich die Schrift nicht lesen. Mir ging es offenbar wie den andern Zuhörern: ich saß da, ohne mich zu bewegen, nahm wahr, was sich vor meinen Augen abspielte, konnte aber nichts tun. Ich spürte, wie mir die Füße schwer wurden. Einige in der Zuhörerschaft hatten sich bereits erhoben und langsam den hinteren Ausgängen genähert, dort war es fast schon dunkel. Die meisten derer, die sich jetzt entfernten, mochten wohl Männer und Frauen aus konservativen Kreisen sein, die sich bisher an der Taufe vorbeigedrückt hatten. Es sah nicht schön aus, wie sie unmerklich rückwärts Schritt für Schritt dem dunkelsten Teil des Saales zustrebten, um dort unter den Türbögen als Schatten zu vergehen. Sie hatten Angst: sie sahen die Mönche, die getaufte Zukunft, das ganz andere Alexandria, das nun kommen würde, und wer weiß, wie angestrengt sie bei sich zuhause überlegten, was zu tun sei... Die wenigen Zuhörer, die blieben, mochten Christen sein; wir riskierten nichts als den Anblick unserer Schande.

Hypatia aber hielt sich an ihren Text. Jeder Satz half ihr zu denken, was sie immer gedacht hatte und dieselbe zu bleiben, die sie von Kindheit an war, und auch dies: ihre Furcht zu überwinden. Sie hörte nicht auf das Gerede unter dem Ambon, auf diese Art von Wechselgesang, der sich nun zwischen dem Kleriker und seinem Chor gebildet hatte. Im ersten Augenblick hätte ein neu hinzutretender, unwissender Mensch an eine kultische Feier denken mögen, der Kleriker rief etwa: »Du Sturzgeburt aus dem Hirn des Satans«, und die getaufte Gosse gröhlte ihr »Eleyson«. Hypatias Lippen aber, sah ich, bewegten sich weiter in den Worten Platons.

Was ihr der Kleriker alles ins Gesicht warf, zuerst noch mit pathetischem Geschrei: daß sie eine doppelzüngige Vorkämpferin sei gegen den Heiligen Geist; die fernglänzende Spitze an der Lanze des Heidentums – sie störte es nicht, ihre Augen blieben auf die Rolle gerichtet, ihre Lippen bewegten sich andauernd.

Und da sang der Kleriker, als stünde er in der Kirche, phrygisch oder was es war: »Du Buhlweib der Dämonen, Fürsprecherin der Juden, Schandmal Alexandrias!« Und der Chor, nun prompt im Einsatz, brüllte sein höhnisches »Eleyson«.

Der Kleriker – ein böser Dichter, ich konnte sein Gesicht nicht sehen – sang weiter: »Ursache des Zorns aller Engel über unserer Stadt, plotinische Zauberin, Gebieterin der Hauchdämonen, Bibliothek voll ferntreffender Flüche –«. Die Anrufe folgten einander immer schneller, die Antwort des Chores verwirrte sich. Die Horde, die bisher, offenbar von vorangegangenen Befehlen gehalten, wie eine Mauer dagestanden hatte, wackelte jetzt heran, Körper neben Körper, Hafenkisten, die von links nach rechts, von rechts nach links kippeln, der Kleriker mit der bestickten Kapuze – die Lettern darauf ergaben das Wort ›Gottgebärerin‹ – hatte ihnen offenbar das Zeichen gegeben, vielleicht mit dem Schweißtuch, das er flattern ließ. Auch mir lief der Schweiß über die Wangen, zuerst hielt ich die Tropfen für Tränen, o Gott, daß ich sitzenblieb, nicht zu ihr hinlief, mich vor sie hinstellte, daß ich diese vergeblich Getauften nicht anschrie: wißt ihr, was ihr tut?

Aber ich blieb sitzen, feige, betäubt, die Füße wie aus Blei. Mit aufgerissenen Augen starrte ich auf diese Kerze zwischen den zwei Kerzen – ja, ihr Gesicht, es leuchtete, sie war ganz ruhig, bei sich, allein. Nur die Lippen lebten an ihr, und plötzlich – es war aus irgendeinem Grund einen Atemzug lang still geworden – hörte ich ihre tiefe, volltönende Stimme: »– also auch darin sind wir uns einig –«

Mit dem verschwand sie aus meinen Augen: der Kleriker hatte seinen Mantel seitlich in die Höhe gehoben, seine Hand ragte in die Luft, ich hörte ihn etwas von Zauberinnen sagen, die nicht am Leben zu lassen seien. Da warfen die Mönche ihre Arme, mit denen sie bis zu diesem Augenblick das Gewackel und Gewoge der Leiber zurückgehalten hatten, in die Höhe, ich hörte ein vielstimmiges Geröchel, es klang knarrend wie bei Löwen, ehe sie ins Fleisch beißen. Ich konnte nur noch sehen, wie eine Kerze vom Ambon herunterschlug und im Fallen erlosch. Von Hypatia – nichts mehr, eine schwarze Woge hatte sie verschlungen. Ich sah, wie sie mit ihr hinausgingen, hörte die Pantinen der Mönche auf den Fliesen klopfen und schlürfen.

Nur eine Kerze leuchtete noch auf dem Ambon. Aus den Oberlichtfenstern der Kuppel hing grau und regungslos das Haar der nun herabsinkenden Nacht. Ich vernahm hinter mir Geflüster, aber ich blickte nicht hin. Ich gab mir Mühe, auf die Füße zu kommen. Was war da geschehen? und was würde noch geschehen in dieser Nacht? Das dachte ich, ich weiß es noch genau. Ich stand auf und folgte ihnen.

Das hundertfüßige Ungeheuer mit seiner Beute bewegte sich durch das Gewirr der Gassen; die geraden Straßen und die Plätze wurden vermieden. Ich hoffte ein wenig, daß die Meute Furcht habe, mit der Polizei zusammenzustoßen. Auch daß sie nun so leise einhergingen, wie Diebe! Nur dann und wann gebot eine Stimme, ein gewisses Nymphaeum links liegen zu lassen, oder an der Statue des Dickbauchtänzers durch das Tor zu gehen. Ich kam dicht hinter ihnen her, hörte, wie sie miteinander redeten, ihre Stimmen wurden, kaum daß wir im Ägypterviertel angelangt waren, wieder lauter.

Die Gassen waren schon leer, das Leben, wo es noch imgange war, hatte sich in die Häuser zurückgezogen, aber auch hier, hinter den hohen Mauern der Höfe, lag alles meist still. Es war die Stunde, da die Leute das Lager aufsuchten und die Gassen den Übeltätern überließen. Es gab wohl Polizei, auch im ägyptischen Viertel, aber einem Zug, der aus mehr als fünfzig Männern bestand, wären die Skythen ausgewichen. Ich kannte das Quartier überhaupt nicht, die Gassen lagen voller Schmutz, man sah wenig, der Mond war noch nicht da, aber nichts hielt mich zurück. Ich stolperte über etwas, glitt aus, fing mich, eilte weiter. Aus der Tür einer Kaschemme fiel Licht, ich sah, wie sie ihre Fackeln entzündeten, sie hatten also daran gedacht, an Fakkeln, an die Dunkelheit des Weges.

In diesen Gassen gab es verschiedene Kaschemmen, einzelne betrunkene Männer stolperten umher, ich hielt mich an den Lichtschein der Fackeln, folgte dem hundertfüßigen Monstrum mit den vielen Köpfen und Armen. Keiner der Mönche oder Hafenkumpane schaute hinter sich, sie gingen mit gesenkten Köpfen, ein jeder bemüht, irgendwann einmal seine Hände der Last zu nähern, die einige von ihnen zwischen sich trugen. Keiner erblickte mich, auch die Kleriker nicht, als ich so dahinschlich, keine fünfzig Meter von ihnen entfernt. Die Gefahr, in die ich mich begeben hatte, bemerkte ich wohl, aber wie etwas, das nun nicht mehr gültig war. Nur das Eine mußte ich: wissen, was geschehen würde – nein, auch das nicht einmal, ich wußte es ja schon; bei ihr sein, das allein mußte ich tun. So blieb ich ihnen auf den Fersen, das Klatschen der Holzsohlen, das Schleifen und Tappen der Füße verbarg das Geräusch meiner Schritte wie es die Stimmen von Schatten aus den Höfen taten. Fetzen von Gesängen, hier Geschrei und dort in Rausch und Lust verlorene Seufzer – der Frühling nahte.

Und dann hielt – ich weiß nicht, wie lange wir durch die Gassen gezogen waren – der Haufen vor einer Kirche. Ich war nie hier gewesen, und doch kam mir der Bau bekannt vor, wie denn alles, was von diesem Augenblick an geschah, mir seltsam bekannt vorkam: so wie Blut über einem bleich gewordenen Stück Fleisch – du kennst diese Farbe, dies

Funkeln, stellst fest: das ist Blut und bist doch zugleich erstaunt, bist empört, fragst: Warum? wer hat das befohlen? das ist ja Blut!

Hinter dieser Kirche liegt eine Bedürfnisanstalt. In dem offenen runden Tor des Bauwerks, das fast so groß und prächtig dastand wie die Kirche, waren die Fackeln und Mäntel verschwunden, lautlos, und es blieb auch dann noch eine Weile still in dem Bau, dessen Tor im Fackelschein, der von innen drang, wie ein aufgerissenes Maul aussah, das sich nicht mehr schließen konnte. Ich näherte mich einige Schritte, angezogen von der Lautlosigkeit – aber da, mitten auf der Gasse, traf mich diese Stimme, sie drückte mich an die Wand, ein Laut aus Metall, plötzlich und ganz da, scharf, hoch, anhaltend, dann auf der Höhe abbrechend – und nichts mehr, Schweigen. Das war nicht mehr ihre Stimme, es war ein Schrei, den der Mensch ausstößt, wenn ihm sein Stolz mit einem einzigen Griff aus dem Herzen gerissen wird.

Und da – aus dem offenstehenden Maul des Tores – ich vernahm es wohl – dies Keuchen und Gestöhn von Männerstimmen, dies Geröchel und rachenhafte Geschmatz, das wir an den Käfigen der großen Katzen vernehmen, wenn sie am Tier sind. Ich weiß nicht, warum ich mich nicht sofort in Bewegung setzte, ich mußte doch dabei sein, es sehen –

Als ich endlich eintrat, war alles vorüber. Ich sah, wie die Männer durch ein zweites Tor den Raum verließen, einer um den andern, die Augen niedergeschlagen, den Kopf gesenkt, als hätten sie sich bei einer dem Ort entsprechenden Verrichtung erschöpft und wären nun sehr müde. Sie blickten sich auch nicht mehr um, dorthin, wo die Leiche auf dem Terrazzoboden lag, fast in der Mitte des runden Raumes. In einem Marmorkübel, der noch aus Hadrians Zeiten stammen mochte, lagen Tonscherben, unbenutzte; in einem andern Kübel benutzte. Die Scherben, die ich aus Hypatias Leib gezogen habe, waren alle benutzt.

Die Tote hielt das Gesicht zur Seite gedreht, als wollte sie sich abwenden von der Welt der Erscheinungen. Ich stand da, beugte mich über die Tote, und als die Falten meines Mantels über sie herabsanken, löste ich ihn von meinem Hals und verhüllte ihre schauerliche Nacktheit. Und ich sprach den Hymnus, den Synesios für das Begräbnis-Offizium gedichtet hatte:

Niedergefahren zum Hades hast du
Tod besiegendes Wort des Vaters
Aufgewühlt den Urschlamm des Nichts
Bis auf den Sinngrund.
Alle Seelen, im Fleisch verloren,
Steigen mit dir hinauf,
Saft im Lebensbaum deines Kreuzes,
Heimgeführt im Heiligen Geist.

Ich sprach die Worte mit gut wahrnehmbarer Stimme, die Augen hielt ich geschlossen. Da spürte ich mich an der Schulter berührt, auf die Seite geschoben: die Totengräber, sie stellten eine Bahre hin, legten die Leiche darauf, ordneten meinen Mantel über sie hin, hoben die Last auf, gingen mit ihr davon. Es geschah schnell, aber in der üblichen Ordnung. Vier Totengräber – fast um Mitternacht – so pünktlich! Während ich den Männern einen Augenblick nachschaute, dann das Blut auf dem Terrazzoboden betrachtete, hörte ich neben mir eine Stimme. Ich wußte, daß ich ihr Ziel war, aber sie störte mich, ich konnte jetzt nicht sprechen. Was ich hier gesucht hätte, so hörte ich es jetzt dicht an meinem Ohr fragen: für eine Dame kein passender Ort, und keine passende Zeit – und vor allem: kein passender Anlaß!

Ich blickte mich um – zornig, o so unsagbar zornig, und erkannte ihn: den Kleriker im veilchenblauen Mantel, den Spiritus rector dieser Mordsache, den Psychopompos auf dem Weg zur Latrine – und, das entdeckte ich dann: es war einer der vier aus dem Ordinariat. Ich sagte: »Gestern habe ich Sie gesehen – in den Vorräumen Seiner Heiligkeit des Patriarchen.« Er lächelte, sein Gesicht, braun wie aus Holz, hatte etwas Ausgezähltes, Geometrisches, für immer Festgelegtes – man hätte es klar, ja schön nennen können, wäre es lebendig gewesen, aber es schien mit noch nicht dreißig Jahren fertig zu sein, unveränderlich.

»Wie kommen Sie hierher?« fragte er nach einer Weile, seine Stimme klang fast neugierig.

»Darauf brauche ich Ihnen keine Antwort zu geben!« Und dann, mich gegen die Tore des Hauses wendend, als wollte ich gehen, fiel mir ein, daß ich durch das ägyptische Viertel unmöglich ohne Begleitung nach Hause gehen könnte. Ich blickte ihn an, so gebieterisch ich konnte, und befahl ihm, mich heim zu begleiten, »ins Haus des Stadtpräfekten«, fügte ich nicht ohne Betonung hinzu. »Denn ich bin«, so fuhr ich fort, »an diesen unpassenden Ort zu einer wirklich unpassenden Zeit durch Ihre Schuld geraten. Allerdings bin ich nicht mit Ihnen einverstanden, wenn Sie behaupten, meine Anwesenheit habe einen unpassenden Anlaß gehabt.« So sprach ich und genoß die Kälte in meiner Stimme und meinen Redefluß, der mich oft überkommt, wenn ich in großer Erregung bin.

Er rief einem Neger etwas auf ägyptisch zu und trat mit mir ins Freie. Wir warteten ein wenig, bis der Bursche mit einer Fackel herauskam. Er nannte ihm das Ziel unseres Weges, dann traten wir in die nun vom Mond erhellte Frühlingsnacht.

»Haben Sie vor der Leiche«, begann der Kleriker, »haben Sie wirklich gebetet oder nur etwas gesagt – etwas Dekoratives?« Als ich nicht antwortete, fuhr er fort: »Sehen Sie, Frau Bischof«, er grinste gewiß bei dieser Anrede, »Sie müssen so etwas ja wissen: für Juden, Heiden, Häretiker und im Kirchenbann liegende Personen darf kein

Christ, wenn obgenannte Personen gestorben sind, bitten, also Fürbitte einlegen. Für Verdammte zu beten wäre ein Sakrileg! Durchaus einsichtig, nicht wahr? Gott um etwas zu bitten, das er nicht tun kann, das heißt, ihn in die Situation der Begrenzung setzen, furchtbar!«

Ich fragte ihn, wo die Mönche steckten. »In der Kirche nebenan«, antwortete er in beiläufigem Ton, »da werden sie bis zum Morgen schlafen.«

»Die Mönche werden nicht schlafen!« sagte ich.

Die Nacht über den Gassen schwang sich in die Unendlichkeit, die Sterne stiegen höher, die flachen Hausdächer aber sanken herab, und das Mondlicht fiel, wo ein Haus fehlte oder eine andre Gasse einmündete, auf das Pflaster und machte aus den Steinen gehämmertes Silber. Unsre Schritte klangen. Meine Seele war an den Tod gewöhnt, sie spazierte wie die Katzen droben an den Rändern der Kubushäuser, sprang über Abgründe zur nächsten Mauer – aber manchmal setzte sie sich hin und schrie.

Ich hörte nur noch mit halbem Ohr zu, wie er diese »allerdings von der Dezenz losgelöste Tat«, so sagte er, zu verteidigen begann: – Kirche an der Ausführung der Tat unbeteiligt – kein Kleriker Hand angelegt – die Mönche keine Kleriker – das Volk, eine Woge, die steigt und fällt – ein Weltwunder von Unverschämtheit wie diese Frau – hundert Jahre nach dem Sieg des Christentums einfach Platon –

Aber dann fiel der Name Kyrillos, die Stimme neben mir predigte: » – der Patriarch Kyrillos das von Gott verworfene Volk der Juden im Auftrag Gottes züchtigen ließ und die christlichen Straßenkämpfer diese überall in Alexandria sich breitmachenden Kinder des göttlichen Zornes in ihren Stadtteil zurückdrängten, in die von Regierung und Kirche gezogenen Schranken und Grenzen, da warf sich doch diese Heidin als Verteidigerin der Juden auf, und der Statthalter Orest – ein Christ, das stelle man sich vor! – wagte es, den Patriarchen öffentlich zu tadeln und ihm die Schuld an den Scherben zuzumessen – an den Scherben – ich meine – gewiß doch, es gab wie stets in solchen Fällen unangenehme und unerwünschte Nebenerscheinungen. Aber der Bischof von Hippo – Sie kennen gewiß diesen Namen? – ein Mann, der bald ein Augustus der Kirche sein wird: er tröstete unsre Kirche von Alexandria, er, der große Kenner der Schrift, indem er darauf hinwies, daß Mitleid mit den Juden soviel bedeute wie die rächende Hand Gottes zu unterlaufen. – Langweile ich Sie?«

Ich ließ ihn wissen, daß meine Finger nach Blut und Kot röchen, und daß ich nichts anderes im Sinn hätte als ein warmes Bad, das ja dieser künftige Augustus der Kirche gegen die Traurigkeit der Seele verschreibe.

»Angenehm, sich mit Ihnen zu unterhalten und – nach solch einem Geschehnis«, er blies den Atem von sich und sprach dann wieder vom Bischof von Hippo, der dies Scherbengericht, so drückte er sich aus, über die Philosophin in der stattgehabten Form gewiß nicht billige, aber ebenso gewiß das endgültige Ergebnis bejahe – Gott bediene sich auch der Sünden, um seine Ziele zu erreichen; und alle abgeschlossenen Handlungen seien auch von Gott selber getan, das dürfe man nicht übersehen. Dieser Augustinus nun übersehe nichts, er verkehre gewissermaßen im Sekretarium Gottes. Zum Beispiel: da sei vor etwa einem Jahr ein Kloster von Berbern überfallen und alle Nonnen seien vergewaltigt worden. Der Bischof von Hippo habe, darüber befragt, sofort gewußt, was Gott mit dieser Tat ausdrücken wollte – »was denken Sie wohl, Frau Bischof? Nun, Sie kommen nicht darauf: Gott hat diese auf ihre Jungfräulichkeit allzu stolzen Nonnen züchtigen wollen. Hätten Sie das herausgekriegt?«

Die Stimme neben mir wurde nicht müde. Ich konnte nicht feststellen, ob dieser Mensch Überzeugungen aussprach oder ironische Glossen machte, um die Frau neben sich, die Schwägerin des Stadtpräfekten, zu unterhalten. Aber soviel konnte ich doch feststellen: die Erwähnung des Bischofs von Hippo geschah nicht ohne Absicht. Vielleicht sprach er über meinen Kopf weg zu Gellios, und es sollte eine Andeutung sein, daß man das nächste Mal in einer Angelegenheit wie dieser die Hilfe der Obrigkeit nicht noch einmal umgehe.

Die Fackel in der Hand des Sklaven konnte kaum noch gegen die allgemeine Helligkeit der Nacht ankommen. Wir vernahmen nur noch den Klang unserer Schritte auf dem Plattenbelag der Plätze, auf den geraden und endlosen und feierlich wirkenden Straßen, in deren Bereich wir nun endlich gingen. Es war kühl geworden, der Meerwind hatte die tierischen Ausdünstungen der Stadt mit sich fortgenommen, ich fröstelte.

Mein Begleiter blieb stehen, er hatte die Bewegung meiner Schultern bemerkt. Er bot mir seinen Mantel an, ich hob abwehrend beide Hände gegen ihn. Doch das schien er nicht zu beachten, er legte ihn mir zusammen mit einer Wolke aus Inzenz und Sandelholz um die Schultern, mit gebieterischer Selbstverständlichkeit und nicht ungelenk, sondern wie ein Großstädter mit bester Erziehung.

»Sie sind wohl eine rechte Spartanerin«, bemerkte er; ich entgegnete ihm, daß ich meinen Mantel auf die Leiche einer Ermordeten geworfen hätte.

Dann begann er von der Kyrenaika zu reden, er wisse von diesem offenbar sehr schönen Land eigentlich nur, daß es dort sehr gute Trüffeln gebe. Ich sah mich vor Synesios am Tisch sitzen, roch das Pilzgericht! Wenn der Mensch wirklich unsterblich ist, weiß Synesios, was geschehen ist; er sieht sie, und sie lächeln einander an, zwischen sich Gott, in dessen Gegenwart alles da ist und alles erkannt wird, wer weiß, wie das ist!

Von draußen drang die Frage, wo ich herstammte? Ich

sagte es ihm und fragte dann ihn – ich wollte ihn verletzen –, er sei wohl ein Ägypter? Und er, nachsichtig, sehr von oben: »O nein, ich bin Grieche. Heiße übrigens Petrus und bin ein Großneffe des Bischofs Athanasios.« »So!« sagte ich oder etwas ähnliches, womit ich meine Überraschung meistern wollte. Und ich stellte mir vor, der Bischof Athanasios stünde nun neben uns, vor dem Haus des Stadtpräfekten, wo wir angekommen waren, und er wüßte, was vor zwei Stunden geschehen war. Wie würde er seinen Großneffen beurteilen – und überhaupt diese Nacht, diesen grauenhaften Sieg der Kirche?

Und Petrus wiederholte noch einmal seinen Namen, ich sollte ihn mir merken, sagte er, und auch, daß er der Vorleser in der Domkirche sei und Ostern zum Diakon geweiht würde. »Ihr Schwager«, sein Gesicht rückte mir näher, er lächelte, »soll wissen, wer der Urheber dieser Tat ist, und er soll erfahren: dies war die letzte, die allerletzte Sonderaktion, die von heute abend, und künftig werden wir uns, was die Heiden und Juden und andre uns lästige Leute angeht, zuerst mit dem Herrn Stadtpräfekten bereden und ihn fragen, was er gegen sie zu tun gedenkt, so wie der Bischof Augustinus es macht. Sie können ihn also im Original lesen, Sie Glückliche!«

Ich reichte ihm seinen Mantel, dankte und ging ins Haus. Der Türhüter sagte mir, der Hausherr habe mehrmals nach mir gefragt. Ich nickte nur, ich war betäubt, stieg die Treppe hinauf, starrte dabei hinab in den Wasserspiegel, der nun ohne das Spiel der Fontänen glatt und bläulich dalag und die Öllichter an den Pfeilern spiegelte.

Das Mädchen, das auf mich gewartet hatte, schien erleichtert zu sein. Ich befahl ein warmes Bad, schickte zum Hausherrn, um ihm auszurichten, daß ich da sei. Und als das Mädchen mir beim Ausziehen half, gab ich ihr, da sie mich beim Lösen des Haares riß, eine Ohrfeige. Endlich lag ich in Wasser, Wärme und Duft, da begann ich zu weinen.

Die Kleine aus Nubien, die meinen Kopf mit den Händen über das Wasser hielt, damit das Haar nicht feucht würde, begann ebenfalls zu weinen; ihre Tränen fielen mir ins Gesicht, mischten sich mit den meinen, die Tränen einer Sklavin, die von Christus wohl nichts wußte, und die Tränen einer Witwe, die ein wenig mehr von ihm wußte und nun gerade deswegen so traurig war.

Ich hörte Gellios' Schritt, er hob den Vorhang, fragte: »Ists erlaubt?« und trat ein, noch ehe ich antworten konnte, stellte sich ans Fußende des Beckens, so daß ich ihn über mir stehen sah, in seiner kurzen, roten, reichbestickten Haustunika, die von seinem Bauch derart in Abstand zu seinen Beinen gehalten wurde, daß ich deren schwärzliche Haarigkeit bis weit übers Knie bewundern konnte. Mit seinen von ewiger Vorsicht traurig gewordenen Augen schaute er mich an, eigentlich nur meinen Körper, jedoch mit dem Blick eines Militärs, der irgendeinen Fehler in der Ausrüstung entdecken will. Als er mit dieser Prüfung fertig war, stellte er mir eine Reihe Fragen, ohne mich auf eine antworten zu lassen: wo ich solange gewesen sei? – wie ich nachhause gefunden hätte? – ob ich nicht wisse, wie gefährlich das sei, in einer Hafenstadt so spät herumzulaufen? – und wenn jemand das höre, daß die Witwe eines Bischofs erst nach Mitternacht heimgefunden habe! – ob ich noch essen wolle? – warum das Mädchen weine? – »und du hast auch geweint, Prisca, meine arme Niobe. Sollen wir dich nicht auch«, er lächelte angestrengt, »von den Göttern in eine Nachtigall verwandeln lassen?«

»Ich muß dich bitten, Gellios! – von den Göttern!«

»Ach ja, ich werde ja Ostern getauft.« Er seufzte übertrieben und wollte dann wissen, wie es bei Hypatia gewesen sei, es werde auch für sie langsam Zeit, sich wenigstens als Katechismusschülerin anzumelden, damit sei dann der Sache die Spitze abgebrochen, und sie könne die Taufe noch ein paar Jahre hinausschieben, wiewohl man in den letzten

Jahren allzulange Katechumenate auch nicht mehr so gern sehe; aber Hypatia sei ja durchaus informiert, er habe sie sogar manches, was ihm von seinen unsichtbaren Ohren zugetragen worden sei, wissen lassen – »jedoch unsere Philosophin lächelt, ja, ins Gesicht hat sie mir gelächelt, so von oben herab, sagte: ›Gellios, das können Sie mir doch nicht zumuten, daß ich meine Philosophie, die ja nicht nur aus meinem Denken, sondern ebenso aus meinem Glauben besteht, unter dem Druck von außen aufgebe. Was wäre das für eine Hypatia, und was könnte sie den Christen nützen!‹ Sie verwies sogar, das wurde mir von meinen Agenten berichtet, auf die christlichen Märtyrer, stell dir vor, die seien ja auch nicht so klug gewesen, um sich dem Druck von außen zu fügen und hätten für ihren Glauben weniger Vernunftgründe gehabt als sie für den ihren. Und das vom Lehrstuhl herab – patsch! ins Publikum, in solchen Zeiten, wo man glauben muß, was der Kaiser glaubt, vielleicht sogar die Kaiserin, wenn sie der Herr im Haus ist... Gewiß, ich kann zur Zeit noch meine Hand über sie halten, aber das auch nur, weil der Statthalter Orest –« Gellios hatte nun die Sandalen ausgezogen und ging auf den von unten erwärmten Fliesen auf und ab, pries seinen Vorgesetzten Orest, dem nichts verhaßter sei als kirchliche Eingriffe in die Domäne der kaiserlichen Macht, und begann dann zu philosophieren: die Hauptfrage, die heute die Intelligenz beschäftige, die Lebensfrage laute: wie durchzuschlüpfen? Ja, wie gelinge es dem einzelnen klugen Weizenkorn im Haufen der Millionen dummen Weizenkörner zwischen den zwei Mühlsteinen Staat und Kirche durchzuschlüpfen, ohne zerquetscht, zermahlen zu werden? »Das zu vermögen nenne ich Weisheit, Philosophie! Neulich träumte ich, daß ich als Schwerbewaffneter bei Marathon mitkämpfte, was für Träume, nicht wahr! Ich wollte also gegen die Perser kämpfen, gegen den Großkönig, gegen die Despotie in Potenz... Unsre Kaiser sind aber inzwischen alle Großkönige geworden, und unsre Patriarchen –? Es gab einmal Griechen, es gab einmal Bürger, Tyrannenmörder, aber das wissen heute nur noch einigermaßen gebildete Leute.«

Hier machte Gellios eine Pause, tappte behaglich im Bewußtsein seiner Weisheit und eines bisher unversehrt durchgeschlüpften Weizenkorns vor den Mosaiken mit badenden und von Satyrn beäugelten Nymphen hin und her. Die kleine Sklavin hielt noch immer meinen Kopf über dem Wasser und prüfte zwischendurch mit ihrem Fuß, ob das Bad nicht inzwischen zu kühl geworden sei. Aber ich wollte, solange Gellios dastand, nicht aus dem Wasser herauskommen, das Wasser gab mir Ruhe, deckte mich mit dem Schaum der Seife zu und trug mich ein wenig. So begann ich, Gellios darauf hinzuweisen, daß seine Theorie des Durchschlüpfens keine Lebensweisheit darstelle, daß er vielmehr nur noch zu wählen habe, Mühlstein zu sein oder Korn! – – Ob er übrigens den Vorleser Petrus von der Domkirche kenne?

Er nickte sofort, wurde eifrig: »Ein Mann mit Zukunft«, Gellios blieb stehen, »Großneffe des großen Athanasios. Wenn Petrus diesem Onkel nacheifert, läuft er heute nicht einmal mehr Gefahr, verbannt zu werden wie dieser unerbittliche Bischof – eine Karriere ohne Risiko.«

Ich lachte: »So spricht der Schwager des Synesios!« Und ich teilte ihm mit, daß es Petrus war, der mich nach Hause gebracht habe.

Gellios wandte sich mir mit einem Ruck zu. »Er war in Hypatias Vorlesung?« Er schob seine dicke Nase schnüffelnd vor, »das wäre aber kein gutes Zeichen ... Oder, wer weiß, man lenkt ein, man sagt – die Kirche sagt ja, sie sei barmherzig wie – nein, sie sei eine Mutter!«

Da zuckte ich zusammen, mein Kopf entglitt den Händen der kleinen Helferin und fiel ins Wasser. Ich stützte mich mit den Händen, tauchte auf, weinte wieder auf eine geradezu törichte Weise, und die Kleine weinte wiederum mit, ohne zu wissen, warum. So erzählte ich endlich, was sich zugetragen, was ich gesehen hatte – alles nacheinander und immer aufs neue und immer genauer – ich weiß jetzt, daß ich eigentlich mir selber zu erklären versuchte, was geschehen war, doch es gelang mir nicht.

Gellios war, kaum daß er begriffen hatte, ohne eine Antwort hinausgegangen, ich glaube, ins Ankleidezimmer. Als er wieder eintrat, war er angezogen, das heißt, er zog und riß noch mit fliegenden Händen an den Lederteilen seiner Uniform herum, sagte im Befehlston, ich solle auf ihn warten – und warum ich ihn nicht sofort bei meinem Eintritt ins Haus informiert hätte? Im Weggehen erfüllte er die Räume, die er durcheilte, mit seinem Klirren und Klagen; es hörte sich an, als ob ein geprügelter Halbwüchsiger seinem Peiniger entfliehe.

Endlich konnte ich das Bad verlassen. Die christlichen Behörden hatten – und das galt auch für Alexandria – das gemeinsame Baden von Männern und Frauen seit zwei Jahrzehnten untersagt, und so fand ich Gellios' Ungeniertheit ein wenig ungezogen, vor allem, da er ja eine Frau inspiziert hatte, die er nach den geltenden Kanones, selbst wenn sie eingewilligt hätte, nie heiraten durfte, denn ich war die Schwester seiner verstorbenen Frau und mithin nach Ansicht der Kirche mit ihm verwandt.

Da ich nun auf seine Rückkehr warten wollte, zog ich mich wieder an und ließ Rufus, den Hausmeister, wecken. Er verwahrte den Schlüssel zum Schrank in der Bibliothek, in welchem die Eucharistie aufgehoben wurde – wir in der Kyrenaika kannten diese Großzügigkeit im Umgang mit dem Heiligen nicht. Ich fühlte mich unsagbar müde, aber auch unruhig und erregt wie ein Nachttier und ließ mich in einen Sessel fallen, in meine Leere, meine Wortlosigkeit.

Rufus kam herein, er lächelte fragend, ich sah ihm an, daß er noch nichts wußte. Und so tat ich ihm dar, was geschehen war, aber ohne Einleitung, mit wenigen Worten, in einem Tonfall, der vom Bad sehr ermüdet klang. Und ich konnte wahrnehmen, welche Kraft in den Worten selbst einer ganz erschöpften Frau stecken kann: der Mann blieb stehen, sein Lächeln lief aus dem Gesicht zurück, hinter die Ohren, in das rötliche Haar – sein Mund und gleich darauf seine Augen öffneten sich, seine Hände hoben sich in Abwehr gegen die Nachricht höher und höher; es sah aus, als wollte er den Himmel stützen, er brachte lange Zeit keine Silbe hervor. Endlich räusperte er sich, hustete, verstummte wieder, dann sagte er: »Schlimm, das ist wirklich schlimm!« Er suchte meinen Blick. Ich nickte, wiederholte das lateinische Wort – ich redete mit ihm stets Latein. Dann murmelte er: »Die Kirche, wenn sie handelt wie die Gottlosen – was ist sie dann? – was ist sie – hier in Alexandria?« Und nach einer Weile, er ging im Kreise umher: »Dies, was die Gnostiker lehren, leuchtet mir ein: Gott ist das schlechthin Verborgene. Das Böse dagegen liegt offen da, so offen, daß die Menschen es oft nicht bemerken – wie der Glanz auf den Dingen, wie die Sonne. Ich sage nicht, daß es die Sonne sei, *wie* die Sonne! Und das ist die Gefahr, in der die Kirche seit hundert Jahren lebt, auch mein Bischof Martin sagte es: sie liebt die Macht, den Reichtum – diesen Glanz, der auf der Welt liegt – oder doch, ich will vorsichtig sein: die meisten lieben ihn, die meisten Bischöfe, die meisten aus dem Klerus, und auch die meisten aus dem Volk. Christus hat uns viel versprochen, seinen Geist, der bei uns bleibt, und die Zukunft. Aber wenn ich mich umblicke, wenn ich sehe, was ich sehe: in Gallien, in Syrien, in Palästina, in Ägypten, in den Ländern also, wo ich gelebt habe, dann werde ich, was Christi Vorhersage betrifft, sehr traurig, verwirrt.«

So redete er und als er von seiner Trauer, ja Hoffnungslosigkeit sprach, bat ich ihn um die Eucharistie: ich hatte Hunger nach dem Festen, Unverwandelbaren in der Kirche, ich mußte nach ihrem Herzen greifen, um nicht zu verzweifeln.

Rufus verneigte sich und führte mich in die Bibliothek, wo er den Schrank aufschloß. Er holte das goldene Gefäß heraus, es stammt aus unserer Familie, ich hatte es sofort wiedererkannt, als ich es hier zum erstenmal wieder – vor einem halben Jahr – erblickte. Bei uns zu Hause hatte es sich immer im Zimmer meines Vaters befunden und dazu gedient, die aufgerollten Zettel zu bewahren, in denen die Geburtsdaten, Schutzgottheiten und ähnliche Erinnerungsdinge seiner Freunde eingetragen waren. Mit dem Deckel hatte er am Rand des Gefäßes Fäden mit Merkzettelchen eingeklemmt, die er von Zeit zu Zeit durchsuchte.

Ich sah, als mir Rufus das Gefäß reichte und ich ihm ein Stückchen des Brotes entnahm, die Hand meines Vaters, diese kraftvolle, große Hand, wie sie mit den Zettelchen spielte, die dort hingen, wo das Relief den Reigen der tanzenden, singenden und offenbar berauschten Frauen um das Gefäß führte, Bacchantinnen also, und hinter ihnen oder vor ihnen ging der junge, bekränzte Dionysos. Ich führte den Bissen zum Mund, sagte Dank und aß ihn und bettete Hypatia in mein Gebet.

Die Dinge der Kyrenaika

Vor Jahren schrieb Synesios an Hypatia, als er ihr sein Traumbuch schickte, daß er dies Werk in einer Nacht niedergeschrieben habe. Das war keine Lüge, weil jeder, der das Buch vor Augen hat, auf den ersten Blick sieht: selbst ein schnellschreibender Schnelldenker vermöchte das nicht. Synesios wollte also mit dieser dichterischen Übertreibung seiner Freundin dartun, mit welcher Gewalt ihn die Inspiration überfallen und in ihrer Macht gehalten habe.

Ich aber habe das vorstehende Kapitel wirklich in einer Nacht niedergeschrieben. Ich war wie einer, der nach einem furchtbaren Traum aus seinem Bett springt und nun damit beginnt, sich selbst abzutasten und die Gegenstände um sich her, um festzustellen, was wirklich ist und in welch einer Welt er sich befindet. Als ich dann mit meinen Worten das Geschehen noch einmal aufgebaut und abgefühlt hatte und feststellen mußte, daß alles entschieden, ja Geschichte geworden war, da streckte ich mich auf meinem Lager aus und schlief ein. Gegen Mittag klopfte Rufus, brachte mir, als ich mich weigerte, jemanden zu sehen, Milch, Brot und Obst. Wieder schlief ich ein paar Stunden, unendlich müde, aber auch, um dem Licht des Tages zu entfliehen. Gegen Abend stand ich auf, kleidete mich an und setzte mich an meinen Tisch und nahm von dem Stoß Papier, den mir Rufus heraufgebracht hatte, ein Blatt und spitzte aufs neue mit dem Bimsstein meine Schreibstifte: ein Gebet des Synesios – »Der Tropfen des Alls« – keimte in meiner Erinnerung auf, und ich beschloß, es ins Lateinische zu übersetzen und Rufus zu schenken – zum Dank, daß er mir den Schrank aufgeschlossen und überhaupt so brüderlich mich umsorgt hatte.

Da trat Gellios herein. Er setzte sich auf mein Bett und fragte mich mürrisch, was ich da schriebe? – an wen? – wie ich überhaupt nach all den Aufregungen schreiben könne? – ob wir Lateiner gar keine Nerven hätten? Und er griff nach den Blättern auf dem Schreibtisch, legte sie aber gleich zurück; vom Latein verstand er nicht mehr als Synesios: Titel, Kommandos und ein wenig von der Gesetzessprache; meine Schwester Pudenzia war noch mehr als ich von ihrem Mann beherrscht und ganz ins Griechische herübergezogen worden.

Gellios erhob sich, ging im Zimmer auf und ab und bewies mir, daß der Patriarch nichts mit der Aktion zu tun, daß er nicht einmal davon gewußt habe. Das sei zumindest für den Statthalter Orest eine notwendige Annahme, »sonst müßte er ja –«, Gellios dämpfte seine Stimme, »gegen Seine Heiligkeit Maßnahmen ergreifen«, und das sei schlechthin unvorstellbar, selbst der Kaiser könne das nicht wagen! Die Kirche schreie dann auf dem ganzen Erdenrund auf, und die Kirche stehe nun einmal den Gläubigen näher als der Kaiser, der ja mit dem Volk nur durch Militär, Justiz und Steuerbeamte verkehre, »es sind gerade fünfundzwanzig Jahre her, daß der Großvater unsres unverweslichen Kaisers an der Domtür von Mailand seinen Kratzfuß vor diesem Ambrosius machen mußte –« Ich hörte dem, was er über die Zukunft und die Kirche vorbrachte, kaum noch zu, meine Augen ruhten auf dem Blatt, auf das ich meine Übersetzung geschrieben hatte:

Der Tropfen des Alls
Rinnt aus deinem Wort.
Du bist die Wurzel
Der Gegenwart, der Zukunft

Und dessen, was vergangen,
Du Vater und auch Mutter –

Den Vorleser Petrus – Gellios' Stimme drang mit diesem Namen wieder in mein Bewußtsein – könne der Statthalter ebensowenig anrühren, bei einem solchen Namen und Anhang! So blieben als Täter die Mönche und die Hafenarbeiter übrig, »leidgeprüfte Rücken«, aus denen man sich ein Dutzend auswählen könne, um in Form einer Auspeitschung dem Volk die Gerechtigkeit vor Augen zu führen, mehr könne unter den gegebenen Umständen nicht –

Ich vernahm das Wort Umstände, und der Satz des großen Bischofs Basilios fiel mir ein, ich hatte gerade seine Briefe gelesen: »Die ganze Kirche ist in Auflösung. Und die Umstände erlauben keine freimütige Sprache.« Erst vor einigen Jahrzehnten war dieser Satz geschrieben worden. Die gegebenen Umstände – ich kann mir vorstellen, was Basilios damit meinte: ein Netz aus unsichtbaren Fäden liegt über dem Reich, Beamte und Bischöfe haben es durch ihre Horcher ausgesponnen. Stößt ein ehrliches Wort gegen einen dieser Fäden, weiß es nach einer, sicher nach zwei Wochen der Hofminister in Konstantinopel, bei dem alle Abhörfäden des Reiches zusammenlaufen. Und da »für das bischöfliche Amt der größte Lästerer als der Berufenste erscheint« – auch das schreibt Basilios und hat doch unsern Laokoon nicht gekannt! –, wird in der Kirche nur der geschätzt und nach oben kommen, der das Gesetz des Spinnennetzes entweder dumm mit dem göttlichen Willen gleichsetzt oder schlau sich seiner bedient, und zwar mit jener Schläue, die allen Bösewichtern eigen ist: Andronikos, Laokoon und in einem besonderen Sinn sogar meinem Schwager Gellios, der, zwar kein Bösewicht, doch zwischen den beiden Mahlsteinen durchschlüpfen zu können glaubt, der Tor!

Von Laokoon, und wie ich an die Blätter kam, auf denen

er das Leben seines Herrn und das meine beschrieb, berichte ich zu seiner Zeit. An dieser Stelle möchte ich nur vermerken, daß er damals noch, als ihn Synesios zu seinem Archidiakon gemacht hatte, in einer adventhaften Demut vor Synesios lebte, einer Art von Demut, meine ich, die alle vom Ehrgeiz Besessenen vor einer großen und mächtigen Persönlichkeit empfinden, weil sie von dem Verehrten die Erfüllung ihrer verkapselten Träume erwarten. Damals in Ptolemais begann Laokoon zu schreiben. Wenn er, wie er es tut, sich fast immer als Augenzeugen ausgibt, so ist diese Behauptung keineswegs nur eine rhetorische Wendung, sondern ein Zeichen des von Schlauheit gefütterten Willens, dem Leser als Gewährsmann zu erscheinen, der es nach Art von Flavius Josephus »mit eigenen Augen gesehen und mit eigenen Ohren gehört hat«.

Ich war schon einige Jahre die Frau des Synesios, und wir lebten bereits im Bischofshaus in Ptolemais, als ich die Blätter meines Feindes vor die Augen bekam. Chilos, Synesios' Sekretär, hatte sie abgeschrieben und das Original dem einige Tage abwesenden Autor wieder auf seinen Tisch gelegt. So erfuhr ich, was für ein Wesen ich sei, aus welchem Elternhaus ich stammte, und was für eine Aufgabe der Himmel mir im Leben des Synesios gestellt hatte. Ich war also in Leptis Magna als Tochter eines Bärenführers geboren, der, als Heide gestorben, in der Sprache der Orthodoxen mithin verdammt war. Über meine Mutter las ich noch Schlimmeres: nämlich daß sie, eine gottgeweihte Jungfrau, von meinem Vater entführt wurde und, da sie die vorgeschriebene Kirchenbuße nicht auf sich genommen, außerhalb der Kirche ihr Leben beendet habe, also das Los ihres Gatten in der Hölle teile. Nunwohl, ich glaube mit Origenes – und diesen Glauben überlieferte mir meine fromme Mutter – an die Wiederherstellung aller Dinge und erst recht aller Seelen in Gott. Was meinen Vater angeht, so hieß er zwar Ursus, war aber kein Bärenführer, sondern einer der Hauptlieferanten für die Arenen in Rom und anderswo, auch hier nicht im Geschäft mit Bären, sondern mit Löwen.

Mein Vater war schon ziemlich bei Jahren, als er meine Mutter heiratete: ein umfangreicher Mann mit Gesten und Gebärden und Stimme, die er nur dämpfte, wenn er seine Philosophie vom Menschen vorbrachte. Dann blickte er uns an, als ob er die Gesichter seiner Frau und seiner beiden Töchter daraufhin untersuchen wolle, ob die Bitterkeit seiner Aussage ihnen nicht zu weh tue! Von Jugend auf lebte ich in seinen Jagdgeschichten und mit den lebendigen Reiseandenken, die er uns aus den Wüsteneien Libyens mitbrachte. Meine damals noch jugendliche Mutter rang jedesmal die Hände, wenn er mich – meine Schwester fürchtete sich und wollte nicht – unter die Tiere führte und mir beibrachte, wie man sie anschaute, anredete und welche Bewegungen und Töne man machen solle und welche man unbedingt zu unterlassen habe. Und er beteuerte mir und der Mutter, dieser Umgang mit den Tieren sei für mich wichtiger als Vergil und Homer. Bei den Löwen könne ich alle übrigen Weisen, mit der Welt umzugehen, sicher erlernen, die eine allerdings, die sich auf den Menschen beziehe, nicht ganz. Nein, mit dem Menschen auszukommen oder auch nur, sich seiner zu erwehren, das sei nicht zu erlernen bei den Löwen, schon eher bei den Schlangen. Würden doch selbst die Götter, die den Menschen erschaffen hätten, nicht mit ihm fertig, wie sie es auch versuchten, ihm mit Wasser und Feuer und Erdbeben und Hunger und Krieg und Seuchen auf den Leib zu rücken. (Ich verdanke einem Erdbeben meine Erzeugung; davon ein andres Mal!)

Außerhalb des Hauses trug mein Vater Wickelgamaschen nach Art der Jäger, zu Hause verhüllte er seine Beine unter der langen Tunika mit einer Art von lose sitzenden Hosenstrümpfen. Erst später erfuhr ich von meiner Mutter, daß er auf diese Weise die Brand- und Preßmale einer

Folterung verbarg, die er, ohne die ihm vorgeworfene Tat einzugestehen, nur durch das Wunder seiner Jugend überstand. Den damals noch nicht dreißigjährigen Ursus hatte man beschuldigt, als er sich auf einer Reise durch Numidien befand, zusammen mit einem donatistischen Pöbel in ein Haus, in dem gottgeweihte Jungfrauen lebten, eingedrungen zu sein und eine der Jungfrauen vergewaltigt zu haben. In Wahrheit war er auf das Geschrei der Nonnen, die Hauptstraße verlassend, herbeigeeilt und von den ebenfalls herbeieilenden Bürgern und Soldaten sofort festgenommen worden, wiewohl er auf sein Pferd hinwies, das noch am Baum angebunden stand. Der Umstand jedoch, daß er Heide war, wog schwerer, und sie drückten und rissen ihn mit Feuer und Zangen bis an den Rand des Grabes, aber er wiederholte zum sechshundertsten Mal: »Ich muß nach Karthago!« Die ihn verdächtigten und quälten, waren alle Katholiken, und doch heiratete er eine Katholikin. Aber seine Ansichten über die Menschen, und die Christen im besonderen, blieben ihm seit dieser Begegnung mit den Werkzeugen der ermittelnden Gerechtigkeit tief und farbig ins Fleisch gebrannt. Kaum daß er sich einigermaßen hergestellt fühlte, verschwand er aus der Welt der Menschen, indem er sich einigen Jägern, besser: Wildfängern, anschloß und für Jahre in der Wüste umhertrieb. Eines Tages tauchte er in unserm weißen und von unserm Kaiser Severus mit Bauten geschmückten Leptis Magna auf, errichtete am Rande der Stadt eine ausgedehnte Residenz für Menschen und Tiere und begann Großwild für die Arenen nach Rom zu liefern. Tierhetzen gab es noch überall, und es gibt sie ja seltsamerweise noch heute.

So also verhielt es sich mit dem Bärenführer und der Jungfrau. Mein Vater ließ uns Töchter durch unsre Mutter christlich erziehen, weil er, wie er oft sagte, nicht wollte, daß seine Kinder einmal so einsam und fröstelnd dastünden wie er in seiner Zeit. Ich sehe noch seine Grimassen bei jedem Umschwung der Witterung und höre seine Seufzer und erinnere mich, wie er mit seiner Hand heimlich die Narben der Wunden, die er in seiner Jugend empfangen hatte, streichelte, und vergesse nicht, wie er mit seiner Familie umging, aber ebenso mit den Sklaven und den Tieren – als ein Mensch, der von seinen Leiden belehrt des Mitleids fähig war. Nein, Bischof von Hippo, die Tugenden eines solchen redlichen Heiden sind keine glänzenden Laster, sondern vor Gott ebenso echt wie die deinen!

Mein Vater Ursus starb, viele weinten um ihn; den Löwen und den Sklaven wurde, wie er es gewollt, die Freiheit zurückgegeben, und wir zogen mit der Mutter, weil er es so bestimmt hatte, nach Alexandria, um bei Theon und Hypatia zu studieren. Meine Schwester lernte dort Gellios und ich, als ich zum erstenmal den Hörsaal betrat, Synesios kennen. Das geschah vor etwa fünfzehn Jahren, ich war gerade zwanzig Jahre alt.

Laokoon, unser Chronist, der nach seiner Darstellung auch bei dieser ersten Begegnung dabeigewesen sein will, müßte noch keine zehn Jahre alt gewesen sein – ein Alter, dem sein Text allerdings wohl anstünde.

Denn kaum, daß Laokoon über die Vorfahren des Synesios schreibt, verändert sich sein Stil, er wird erhaben: – Sproß aus allzeit königlichem Blut – seine erlauchten Ahnen – Führer der Dorer, als sie nach Hellas zogen und von Hellas nach Thera übersetzten und auf des Gottes Geheiß von Thera nach der Kyrenaika und Kyrene gründeten – immer sie, des Synesios allzeit königliche Ahnen, gewaltige Männer, Gründer, Könige, Heroenfreunde – unter ihnen, den Türmen, noch turmhafter aufragend der erste Battos, der über ein derart furchterweckendes Aussehen und eine wahrhaft ozeanische Donnerstimme verfügte, daß er Löwen, die damals die Herren der Kyrenaika waren, zu erschrecken vermochte und sie auf die Berge und in die Klüfte zurücktrieb.

Lassen wir Laokoon! Sooft ich traurig bin, denke ich an die Zeit zurück, als wir jung waren, ich zwanzig, Synesios um die dreißig. In Alexandria hörte ich zum erstenmal seine Stimme. Wir standen im Atrium in Hypatias Haus, meine Mutter, meine Schwester und ich, wir hatten uns verspätet. Es war ein Nachmittag im Monat September, und bei Hypatia wurden zu Ehren Apollos Bohnen gekocht. Wir drei verstanden nichts von dem alten Fest, waren auch zum ersten Mal bei Hypatia eingeladen und hatten das Haus erst nach langem Suchen gefunden. Nun hielt uns der Diener im Atrium zurück, er legte den Finger auf die Lippen, wir lauschten. Aus der Ferne hinter den Mauern und Säulen hervor drang eine Stimme – aber wir konnten keinen Menschen sehen – eine warme und zugleich gewaltige Stimme, die zu schwimmen schien, so sanft und gebunden bewegte sie sich in ihren Übergängen, eine Stimme, die heranfloß und alles aufhob und mit sich trug. Ich hörte zu, überließ mich dem Klang, ohne zunächst zu verstehen – und dann vernahm ich Worte, auffordernde, beschwörende Worte, die ein Mensch an sich selber richtete: die Sturmflut der Materie unten zu halten und den Geist ganz dem Drang des Intellekts zu überlassen. Die Stimme befahl, dem König der Götter einen Kranz zu flechten – aus Versen, als ein blutloses Opfer. Ich suchte in meiner Seele nach dem gehobenen Wort, fand aber, da die Stimme mich weiterzog, keines und überließ mich ihr, die mir nun die Verse vorsang und befahl, dem Schöpfer der Welt überall zu singen: auf dem Meer, auf den Bergen, über den Inseln und in den Städten, in der Nacht und bei Tag, des Morgens und des Abends, zusammen mit Mond und Sternen und dem Ball der Sonne, dieser Fürstin der reinen Gestirne.

Der Text hätte ebensogut in einem Buch der Christen stehen können, bei Clemens oder Origenes. Es waren auch nicht eigentlich die Worte, die mich derart ergriffen und tiefer in das Haus hereinzogen, sondern ihr Klang, ihre magische Kraft. Es war bald still geworden, wir gingen durch den Säulenhof weiter zu einer offenstehenden großen Tür, wo die Feiernden standen und alle auf einen einzigen hinschauten, auf einen in weißes Leinen gekleideten, großgewachsenen Mann, der einen Bocksbart trug wie die Büsten des Kaisers Julian und die Augen geschlossen hielt. Später, als er mich bei der Begrüßung lächelnd ansah, entdeckte ich das Blau dieser Augen, das von einer anziehenden Kraft war und wie seine Stimme weit und leer. Mit dem Wort leer meine ich, daß Synesios die Sturmflut der Materie in sich zu bändigen verstand und daß der Drang seines Intellekts seine Stimme und seinen Blick bewegte – wir schauten einander an. Ich war mit Löwen und Pferden umgegangen und selbstbewußt. Aber als er mich weiter anschaute und das Kinn, ohne einen Laut hervorzubringen, bewegte und dabei errötete, wurde ich verlegen, bis ich dann bei seinem ersten Satz vernahm, daß er stotterte, aber nur die ersten Worte. Da stieg etwas wie Zärtlichkeit in mir auf, und ich hätte am liebsten ebenfalls gestottert.

Ich erfuhr erst viel später die Geschichte von Battos, der einem Löwen begegnet sei und, als dieser zu brüllen anfing, zurückgebrüllt und ihn allein mit dieser Stimme in die Flucht geschlagen habe. Für Synesios war ich offenbar einen Augenblick lang der Löwe, allerdings schwarzhaarig, und ich brüllte ihn ja nicht an – aber verschlingen wollte ich ihn schon, er war meine Beute. Ich spürte das, entnahm es dem Sog seiner Augen und dem Beben, Zerbrechen seiner Stimme – ich weiß noch, wie ich zitterte und doch mein Lächeln beibehielt und wie ich dann aufatmete, als er die Fassung wiederfand und mir nun gestand, daß er mich in Hypatias Kolleg bereits gesehen und für heute habe einladen lassen. Auch ich hatte ihn bereits bemerkt, ihn aber außerhalb meines Begehrens gelassen, ich kam mir nicht zu klein, aber er kam mir zu groß vor, es ist schwer zu sagen – und außerdem, so hatte ich mich ermahnt: er ist kein Christ!

Seit diesem Bohnenfest zu Ehren Apollos waren wir fast jeden Tag einige Stunden beieinander. Und bald darauf die Doppelhochzeit, Pudenzia und Prisca verließen ihre Mutter, die nicht lange danach starb, und folgten ihren Männern, Pudenzia nach Oberägypten, Prisca in die Kyrenaika, also, wie Synesios stets zu sagen pflegte, nach Libyen, in die Pentapolis, in die Fünfstädte, die er mir alle zeigte: seine Geburtsstadt Kyrene, Apollonia, Berenike und Ptolemais – und noch eine, die mir jetzt nicht einfällt. Wir ritten über das Land, ein kleiner Trupp, ich die einzige Frau. In Kyrene lernte ich seinen Bruder Euoptios kennen, der hier am Stadtrand ein kleines Gut besaß und uns voll Stolz zeigte, welche Kräuter und Bäume er auf dem Strandboden »ins Gedeihen nötigte«, so ähnlich drückte er sich aus und legte uns ausführlich dar, wie gerade die Bebauung der Erde und der Zwang, den man den Pflanzen oder dem Boden oder beiden antue, »christlich« sei. Da gab es Bewässerungsanlagen, Hügel aus herbeigebrachter Muttererde, aufgehängte, bewegliche Matten, die Schatten spendeten, und wir mußten die Ergebnisse seiner christlichen Gärtnerei, die das Auge keineswegs sonderlich freudig stimmten, bewundern, Tag für Tag. Synesios liebte den älteren Bruder und entschuldigte seinen falschgeleiteten Eifer mit dem Hinweis auf Praxedis, die Frau des Euoptios, die starrsinnig war und viel in der Bibel und in Mönchslegenden las und aus dem heiligen Text immer neue Ratschläge und Anregungen für die Gärtnerei herausfand.

Die christliche Mutter des Synesios, die in Kyrene bei ihrer unverheirateten, ebenfalls christlichen Tochter gelebt hatte, war vor zwei Jahren gestorben. Aber Synesios führte mich nicht an ihr Grab, auch nicht zu seiner Schwester ins Elternhaus, wo Theodosia lebte, eine Briefe schreibende Anachoretin, wie er sagte. Auch von Euoptios nahmen wir bald Abschied, sie seien ihm alle zu christlich, erklärte mir Synesios, und das heiße für ihn: zu mythengläubig und weltfremd, vor allem aber zu eigensinnig. Belehrung nähmen sie von einem Nichtchristen einfach nicht an. Dabei müsse er die Mitglieder seiner Familie noch zu den guten Christen rechnen, sie lebten sauber und zurückgezogen, »wie Neuplatoniker«, sagte er oft, »nur denken sie zu wenig!«

Synesios war glücklich darüber, daß mein Vater mich von Jugend auf an den Sattel gewöhnt hatte. Wir ritten auf den Militärstraßen, aber auch auf Maultierpfaden halbe Tage. Der Sommer hatte begonnen, und mit einem bißchen Suchen und Geduld fanden wir mittags und abends überall Wasser und Schatten, auch eine Taverne, oder was man so nennen konnte. Oft auch schliefen wir bei Freunden, so in Kyrene bei dem Senator Julius, einem reichen Christen, der mit Synesios studiert hatte und nun als Rechtsbeistand und Stadtvater seine Geschäfte machte, zusammen mit dem Bischof von Kyrene, zu dem er uns hinbrachte.

Ich konnte nur schwer verstehen, warum wir die Betten des Julius benutzten und an seinem Tisch Feste feierten, denn Julius' Art hatte etwas Herablassendes, er ließ seine Gäste, auch jene, die er uns einlud und die mit Synesios meist gut bekannt waren, immerfort merken, ein wie wichtiger Mann er selber sei, wieviel Sklaven er besaß, wieviel Landgüter, wieviel Fabriken (ich glaube, er produzierte attische Vasen, auch gewisse Farben). Klein von Gestalt und nur mit einer winzigen Nase versehen, saß er würdig bei Tisch, war mit seinen Augen überall, und die Diener bewegten sich von seinen Blicken dirigiert. Als ich, nachdem wir das Haus des Julius verlassen hatten, über seine Erscheinung mich einmal kritisch ausließ, schüttelte Synesios den Kopf und legte mir dar, daß die Größe der Beine oder Nase nicht einen Mann ausmache, allerdings habe Julius eine übereilige Zunge!

Der Gastgeber und Synesios hatten meist über Heeresfragen gesprochen, auch über die Last der Steuern, die auf das Land drückte. Nach Julius' Ansicht hatte das Heer aus

Söldnern zu bestehen, die man sich kaufen mußte, wo der Mensch am wildesten, ja grausamsten sei: Hunnen und Skythen und solcherlei haarige Gewächse, während Synesios für die vollständige Entwaffnung von Libyen eintrat und dem Statthalter von Oberägypten die Verteidigung des Landes gegen die hungrigen Wüstenstämme, die immer wieder in das flache Land einfielen, unterstellen wollte: in Ägypten herrsche im Heer noch der Geist militärischer Tradition und Zucht, und es gebe dort, durch die stetige, fast gleichbleibende Kraft des Nils bedingt, nur wenig Anlaß zu kriegerischen Unternehmungen, während der Süden Libyens der Wüste schutzlos preisgegeben sei. Darüber stritten sie. Die anderen Gäste aßen und tranken und warfen nur Beifall für Julius und Tadel für Synesios ein, der stets mit einer besonderen Höflichkeit und wohlgeformten Sprache seine Argumente vorbrachte, auch dann noch, wenn Julius und sein Anhang sich bereits ganz dem Wein überlassen hatten und ihn auslachten und niederbrüllten.

Wir besuchten auch Herkulanius – ebenfalls Studiengenosse aus der Zeit in Alexandria, ein lebhafter, gut durchwachsener Mann, den Synesios heimlich seinen Delphin nannte. Auch Herkulanius war Christ, auch er ein Rechtsanwalt, doch lebte er offen und schlicht zwischen seinen Büchern, besaß keine Sklaven, sondern ließ sich von einem alten Ehepaar bedienen. Er war unverheiratet, weil er, so betonte er des öfteren, zur Ehe keine Zeit und kein Geld habe. Seine Klienten bestanden überwiegend aus armen Leuten, und er bewies Synesios, der kaiserliche Hof richte die Kyrenaika zugrunde durch die Steuerlasten und durch den Ämterverkauf. Um diese zwei Punkte kreiste die Rede der beiden, solange wir in Kyrene wohnten. Im Haus des Herkulanius schliefen wir auf zwei Betten im Hof, über die der Gastgeber eigenhändig ein Netz spannte – es gab schon Stechmücken; unsre Begleitung war irgendwo in einer Locanda untergeschlüpft.

Als Ziel unserer Reise und vielleicht unsres Lebens hatte mir Synesios den Doroshof angegeben, ein paar Reitstunden von Ptolemais entfernt in den Bergen gelegen, und mir den Ort beschrieben – er war noch im Ungewissen darüber, ob ich mich in soviel Einsamkeit einfügen könnte. In den Tagen bei Herkulanius vernahm ich, daß dieser Doroshof eine Fluchtburg sei – ich verstand das Wort erst später. Und Herkulanius redete auf Synesios ein: er müsse sich dem öffentlichen Dienst zur Verfügung stellen, es gehe nicht an, daß ein Mann mit diesem Namen und diesem Vermögen (ich vernahm zum erstenmal, daß Synesios sehr reich sei) und mit dieser Bildung sich als Landwirt auf den Doroshof zurückziehe und die Arbeit an den öffentlichen Dingen den andern überlasse – etwa dem Senator Julius! Und ich erfuhr, was ich einfach nicht begriff, daß dieser feierliche, in bestickten Gewändern umherschreitende Julius überall dazwischensteckte: zwischen Kirche und Regierung, zwischen Regierung und Armee, zwischen Armee und Heereslieferanten – und wozwischen sonst noch! – daß er ein Knotenpunkt sei, wie Herkulanius sich ausdrückte, und die Kunst ausübte, sich mit Freunden Geld und mit Geld neue Freunde zu erwerben. Synesios schien zu wissen, aus welchem Loch so einem Mann wie Julius der Reichtum aufstieg (ich wußte es nicht, wußte überhaupt sehr wenig!), aber er machte nur mit der Hand eine scheuchende Bewegung durch die Luft und sagte ungefähr, daß er, übernähme er selbst ein Amt, solche Zustände nicht werde ändern können, die lägen in der Zeit begründet, in der Herrschaftsform, die ja eine Despotie sei, und in vielen andern Zuständen und Eigenarten dieses Reiches. Ost-Rom sei ja schon längst keine Nation mehr, sondern ein kompliziertes Ordnungssystem von Faßdauben aus mancherlei Holz, alle nur dazu da, einen Behälter zu bilden, aber kein Reich, ein Faß, das den Wein von Kaisertum und Kirche erhalte und schütze – an die Menschen, an die Untertanen dieses Reiches werde nur gedacht, wenn das Faß irgendwo leck sei.

Ich habe dies Gespräch so gut behalten können, weil Synesios stets zu Bild und Vergleich griff, und das oströmische Reich als riesiges Faß blieb mir in Erinnerung. Sie sprachen überdies auch von Dingen, die ich, offen gesagt, damals nur schwer verstand: von dem chronischen Geldmangel, von der vorrückenden Macht des Militärs in den Verwaltungsstellen und von einem Steuersystem, das sich auf Korruption und Tortur aufbaute und Gelder aufbrachte, die sich auf dem Weg zur Hauptstadt zum Teil wieder verflüchtigten – ich konnte aus den Mienen der Männer ungefähr entnehmen, was dieses »verflüchtigen« aussagte. Und noch vieles andere kam zur Sprache – aber Synesios hob nur manchmal abwehrend die Hände und schüttelte den Kopf auf eine kaum merkliche Weise und bewies Herkulanius, aber auch mir, das merkte ich wohl, daß der Eintritt in den Staatsdienst für ihn nicht nur ein Anlauf gegen die Mächte der Zeit bedeute, sondern – und das sei entscheidend – ihn von seinem Schicksalsweg abbringe, wobei er Schicksal wie jedesmal, wenn er das Wort erwähnte, als ein von Gott geschicktes Los auffaßte. Er sei Philosoph und Dichter, auch Gerätebauer und Techniker, dazu durch geistiges und irdisches Erbe durchaus in der Lage, sich und die Seinen und alle, die von ihm abhingen, dem Trubel des geschichtlichen Geschehens zu entziehen. Er sei ein Mann, der zu denken und planen verstehe und wenn nötig sogar zu kämpfen. Der Doroshof, nach seinem Großvater Doros benannt – Herkulanius kannte ihn so wenig wie ich – erstand nun vor unsern Augen: das Herrenhaus auf der waldigen Höhe, von hohen weißen Mauern und Türmen gegen die Überfälle aus der Wüste geschützt – aber noch hätten diese hungrigen und grausamen Reiter sich an diesem festen Punkt nie versucht. Der Hof liege übrigens in einer teils gebirgigen, teils der Landwirtschaft erschlossenen Gegend, und seine Grenzen, seine unsichtbaren Grenzen, bestünden in Schluchten und Bächen und undurchdringlichen Dornenhecken, Grenzen also, über die nur – das Bild setzte sich in mir fest – Vögel und die Seelen der Toten herein- und hinausfänden, allerdings auch die Dämonen, die guten und die bösen. In diesem Paradies aus Wäldern, Bächen und Ackerbreiten werde er seine Philosophie entfalten und sie regieren lassen, Herkulanius möge kommen und ihn besuchen und von seinem dicken Waldhonig essen und das schwere libysche Öl in der Lampe brennen sehen, ein Öl, an dessen Geschmack man sich freilich gewöhnen müsse – Synesios lächelte mir ermunternd zu. Und er begann von seinen Bauern zu erzählen, von den Köhlern, von Vater Zosimos, dem Hauspriester, von den Hausgenossen, so nannte er stets seine Sklaven, und er erwähnte auch, daß er, ehe er nach Alexandria gegangen sei, einige von ihnen verkauft, eigentlich getauscht habe – gegen Bücher, ja, das habe er getan. Und er äußerte seinen Widerwillen gegen die Sklaverei, aber er selber besitze noch viele Menschen, und ohne seine unfreien Bauern und Hausgenossen könne eine Wirtschaft wie der Doroshof gar nicht bestehen, was ihm Herkulanius mit einem dünnen Lächeln bestätigte.

Aber unser munterer Delphin gab sein Thema nicht auf: ein Mann wie Synesios habe in solchen Zeiten, die hier in Libyen schon die Zeichen des Untergangs trügen, kein Recht mehr, über sich selbst und seine Kräfte zu verfügen – solche Selbstherrlichkeit, so sagte er, sei das Ergebnis seiner heidnischen Philosophie. Ein Christ, ein wirklicher Christ müsse dem Lauf der Dinge, der ja schlimm genug sei, entgegentreten, einfach weil er Gottes Werk in der Welt betreibe – »aber darüber einmal später«, so ähnlich schloß er eines Abends seine Rede, und dann fügte er noch etwas hinzu, was mich sehr verwunderte: Synesios werde doch noch den Weg seiner frommen Mutter finden.

Wir stießen in Kyrene, aber auch in den andern Städten,

zu verschiedenen Malen auf »die Nackten«, wie man sie nannte, meist junge, der kynischen Philosophie ergebene Leute, die freiwillig am Rande des Elends hausten, richtige Bettler, nur mit einer Tunika und ihrer Haarigkeit bekleidet. Es gab unter ihnen auch Christen, doch waren sie alle erklärte Gegner der Staatskirche. Sie warfen den Vorübergehenden, falls die sie in irgendeiner Weise ärgerten, eine Frage zu, eine Bemerkung, aus der dann, wenn der Passant zornig wurde, ein Gespräch aufflackerte, das oft genug in Handgreiflichkeiten ausging.

Synesios machte, sobald er solche »Kopf-Füßler«, wie er die Nackten nannte, von ferne erblickte, kehrt; wenn er die Richtung nicht mehr ändern konnte, ging er stumm an ihnen vorüber. Nur selten ließ er sich auf einen Dialog ein, der sich stets ungefähr so anhörte: die geistige Welt der Nackten bestand in Freiheit durch Bedürfnislosigkeit, Selbstachtung durch Verachtung der Umwelt und war die allein wahre, wirklichkeitsnahe und Geist und Fleisch erlösende Art des Denkens und Handelns; Synesios dagegen, so klagten sie ihn an, stecke noch bis zum Hals im Fleisch – sie wiesen bei solchen Bemerkungen auf mich und lachten eindeutig – und er setze sein Vertrauen auf die Güter der Welt; seine Philosophie sei nur Selbstbetrug, und sein Dichten – manche kannten seine Werke – bestehe nur im Nachahmen von Nachahmern, und allein schon aus Anständigkeit müsse er diese Überlieferung der Überlieferungen drangeben – Schweigen sei heute die einzig mögliche Art der Literatur – oder er solle, wenn er nicht schweigen könne, seine Hymnen in den Sand pissen. Der souveräne Geist äußere sich heute nur noch in dieser Weise: nichts mehr tun, keine Antwort mehr durch die Schrift fixieren, dem Staat und der Kirche und allen, die mit diesen beiden Ungeheuern schäkerten und Geld verdienten, die Zähne zeigen, die nackten Zähne, zwischen welchen der Staat die Abgaben herauspulen solle – so und nicht anders! Synesios blieb nach solch erzwungenem Gespräch oft für Stunden verstimmt. Aber er äußerte sich nicht über die »Kopf-Füßler«, das Einzige, was er einmal bei Herkulanius herausließ, lautete: »Laßt sie, sie haben auch Stimme!« Ich erinnere mich auch noch, daß er eines Tages einem der Nackten – einem Mann wie aus dem Staub der Gasse gemacht – zum Schluß des Gespräches ein größeres Goldstück reichte, das der Bettelphilosoph zwischen den Fingern hin und her drehte und ihm dann mit den Worten zurückreichte: »Weniger! Für morgen sorgt ein anderer – mit einem noch schlechteren Gewissen!«

Es gab in den Straßen viel Steingebröckel, Säulen lagen in den Brennesselfeldern, man blickte durch eingebrochene Gewölbe in den Himmel und überall auf vom Finger der Zeit angestoßene und zerkratzte Fassaden. Das zum Meer hingewandte Theater stand leer wie auch die meisten Tempel, Theater wurde nicht mehr gespielt, die Christen hatten dafür den Sinn verloren, sie fanden ihr Theater in den Kirchen, die sie sich in den besterhaltenen Tempeln eingerichtet hatten.

In Apollonia und Berenike sah es nicht viel anders aus: alte Griechenstädte am Meer, auf den Hügeln waagerecht hingelagert, aus der Ferne, wenn wir im Boot saßen, noch prächtig anzusehen; hinter ihnen aufsteigend das allgegenwärtige Graugrün dieses Landes, ein Pelz aus Steineichen, Kastanien, da und dort Ölbaumterrassen.

In Berenike führte mich Synesios auf den Indienmarkt. Der hieß so, weil die Händler, die in Karawanen vom Roten Meer heraufkamen, ihre Kostbarkeiten aus Indien zuerst hier ausbreiteten: Seide, Edelsteine, Spezereien, Waffen und braune Sklaven. Nach einigen Tagen dann packten sie alles wieder ein und schafften das kostbare Gut auf dem Seeweg nach Alexandria und Byzanz und überallhin, wo der Krieg die Städte noch nicht zertreten hatte. Ein seltsamer Anblick, in solchen Zeiten noch Finger zu sehen, die über den Seidenballen zu zittern begannen – vor Gier, ich habe es gesehen, habe selber das Zittern in den Fingerspitzen gefühlt über diesen Seidenballen und Bahnen – Rosen und Veilchen, Farben, die man nur an herbstlichen Abenden nach dem Regen am Himmel erblickte, Purpurblau, Scharlachrot, und dazwischen Safran – und Synesios' Geflüster an meinem Ohr: »Wenn du willst –«, seine Stimme klang heiß, »aber es wäre nur für mich, für meine Augen – droben auf dem Doroshof gibt es keine Augen, die dich spiegeln könnten – oder es dürften –« Aber ich wußte aus Gesprächen mit meiner Mutter, was die reine, in Purpur gefärbte Seide kostete! Und so hob ich die Hände von der Seide weg wie von etwas Unzüchtigem, der Stoff rauschte im Hinfallen, aber ich sagte, von Tränen bedrängt: »Nein, nein, Synesios! Gott Dank, meine Haut ist hell und makellos – und ich bin Christin!« Diese Zusammenstellung von einem vergänglichen und einem unvergänglichen Gut muß Synesios amüsiert haben, er hat mir meine Antwort noch als Bischof bei irgendeiner Gelegenheit zitiert und dabei gelacht, aber – man muß bedenken: das Angebot eines Kleides aus Purpurseide wurde abgelehnt von einer zwanzigjährigen Frau, die etwas von Kleidern verstand; ein Maultier trug zwei Truhen, nur mit meiner Garderobe gefüllt, auf den Doroshof, ein andres trug meine Bücher, meinen Schmuck und gewisse Kleinigkeiten, die sich einer Frau wie Kletten anhängen. Ich blieb den ganzen Tag von meiner Ablehnung mit Schwermut, aber auch mit jener Genugtuung erfüllt, die unsern guten Entschlüssen folgt. Im übrigen fiel mir der Abschied vom Indienmarkt schwer: es duftete dort, rauschte und glänzte, und die bewaffneten Knechte, die umherstanden und jeden Besucher im Auge behielten, und die stolzen Kaufherren in ihren Kopftüchern und bunten Gewändern und gesalbten Bärten, und die Frauen, die sich stumm über die Pracht beugten – ich sah alles und befand mich mitten in der Welt der

Erscheinungen, wie Synesios mir lächelnd zurief. Und so wie in dieser Welt der Sinnlichkeit die Dämonen lauerten, erklärte er mir, stünden auf diesem Markt, der nur für die Vornehmen des Landes abgehalten wurde, die Steuerbeamten umher und merkten sich den, der sein Geld für Seide, Purpur, Diamanten, Saphire, Pfeffer hingab.

Wie seltsam war doch dieser Mann, den ich geheiratet hatte: einerseits wollte er mich zu einem Kauf des Kostbarsten verführen; andrerseits sah er Dämonen und den Fiskus dicht nebeneinander, Dämonen, welche die Seelen an die Erscheinungswelt fesselten, und Steuerbeamte, die den Käufer lösen würden von seinem Besitz. Und hinterdrein sein Lächeln, mit dem er mir davonflog – wie die Tauben und anderen Vögel, die von den Kaufmannsdienern mit Klappern und Schellen gescheucht wurden – sogar die Geflügelten fühlten sich angezogen und verzückt; der Glanz und die Düfte waren wirklich übermäßig, betäubend, und ich verließ diesen Indienmarkt in Berenike wie eine Witwe, die sich für den Schleier entschied.

In Ptolemais wohnten wir in einem Haus von Synesios' Bruder Euoptios, der eigens von Kyrene im Schiff den Rand des Landes umsegelt hatte, um noch ein paar Tage mit uns zusammen zu sein. Euoptios war ohne seine Frau gelöster und ohne seine Kinder freudiger. Er brachte uns seinen Wein, der vorzüglich schmeckte, und zeigte uns seine Silphionplantagen, ein Gewächs, das ich bisher nur aus den Reden der Ärzte kannte, dessen Stengelfleisch ich aber noch nie gegessen hatte. Die Pflanze roch stark, und es kam in der Küche darauf an, diesen Geruch durch Beifügung einer bestimmten andern Pflanze, die später beseitigt wurde, zu binden. Aber Euoptios hielt diese Pflanze für zu kostbar, um sie auf den Tisch zu bringen – er hatte auf seinem Gut Männer, die es verstanden, den Saft aus den Stengeln auszupressen und in Gläser zu füllen, die sie dann an die Ärzte in Libyen und Ägypten verkauften.

Euoptios zeigte uns auch die Stadt und vor allem die Metropolitankirche, die noch keine hundert Jahre stand, ein Kuppelbau, in dem die Gebeine von Märtyrern unter dem Altar lagen; aber ich kannte die Namen dieser Heroen nicht, und Synesios, der nicht an die Auferstehung des Fleisches glaubte, sondern allein an die Unzerstörbarkeit des Geistes und der Person, stellte in dieser Hinsicht nie Fragen. Es erschien ihm auch unsinnig, Leichen in die Kirche unter die Altäre zu betten, aber er störte die Begeisterung des Euoptios, der sich niederkniete und das Grab küßte, mit keinem Wort und keiner Frage. Nur später sagte er zu mir, es sei ihm unbegreiflich, wie sich die Christen vor faulendem Fleisch und Knochen verbeugen könnten. Im Augenblick des Todes würden Materie und Geist für immer getrennt, und die Leiche eines Heroen und großen Mannes sei nicht heiliger als die eines Straßenräubers, die Pietät müsse darum ihre Grenzen wahren. »Mich zieht es zu keinem Grab«, sagte er mir und legte seine Hand auf meine Schulter, »da sehe ich also einen Verstorbenen vor mir: ich glaube, daß er weiterhin da ist, unzerstörbar, das ist mir genug. Alles andre ist ägyptisch.« Ich konnte ihm nicht widersprechen.

Euoptios führte uns auch ins alte, ägyptische Ptolemais, in unterirdische Gewölbe und Gänge. Synesios hatte keine Lust, den Lichtern der Männer nachzustolpern, bald schon zeigte er Müdigkeit und bat Euoptios, wieder hinaufzusteigen. Er nieste und beklagte sich über die schlechte Luft, und Euoptios tadelte ihn, er habe keinen Sinn für die Vergangenheit, keine Lust am Alten, oder wie er sich ausdrückte, und Synesios: er habe Bücher, viele Bücher, gewiß dreihundert und mehr! – und diese Bücher seien keine Gänge, keine Brücken ins Alte zurück, sondern aus dem Alten heraufließende, zeitlose Gegenwart, »der Geist lebt«, das hörte ich damals, als wir ins Licht zurückkamen, und hörte es noch oft aus seinem Mund; wie der Geist sich von der Materie loslöse, befreie – sie zwar auch brauche, aber zugleich aufbrauche, bis – so sollte es wenigstens sein! – im Tod die Materie von ihm abfalle.

Immer sprach der Philosoph aus ihm, nie belehrend, sondern selbst erkennend, und er äußerte sich in allen Tonlagen, ernst und lachend, feststellend und fragend, stotternd und manchmal um ein Wort verlegen.

Es war ein heißer Sommertag, als wir zwei zur letzten Etappe unserer Reise aufbrachen – allein, unser Trupp mit den Maultieren und den Dienern war vorausgezogen, uns droben anzukündigen und alles vorzubereiten für unsern Empfang. Lange vor Tag waren wir aufgebrochen, von den tönenden Segenswünschen des zeusbärtigen Euoptios in die albae vigiliae geführt – Synesios liebte diese weiße Stunde vor dem Erwachen des Morgens.

Gegen zehn Uhr langten wir auf der Höhe unter einer uralten Steineiche an, einem wirren und doch gut tragenden Gewölbe aus Laub und Ästen und Vogelstimmen. Wir waren fünf Stunden geritten. Ehe wir uns in dem Baumschatten ins Gras warfen, stellte sich Synesios halb hinter mich, richtete meinen Kopf mit seinen Fingerspitzen gegen die noch weiter ansteigende Militärstraße hin, die durch die Macchia führte. Von dieser Straße bog nach ein paar hundert Metern ein Weg ab, zur Höhe hinauf: hinter dem Rand des Berges ragten Baumkronen hervor, unter ihnen glänzten Felsen, ich erkannte auf dem herausgewachsenen Gestein eine gewaltige Mauer, in der ich nun auch Türme entdeckte, weiße Türme: der Doroshof!

Synesios' Stimme hinter mir sprach leise. Ich sah den Großvater Doros, einen Mann voll Kraft und Weisheit, wie er bereits vor fünfzig Jahren die Höhe befestigte, das größte seiner Güter gegen Norden und Osten mit Mauern und Türmen, zu den andern Seiten mit jenen Mitteln, die ihm die Natur bot: mit steilen Schluchten und Wasser und Dornen. Ich sah den alten Doros wirklich Dornen pflanzen, das gebe es, versicherte mir Synesios, und Bäche umbetten – alle seine Kolonen, all seine Hausgenossen arbeiteten an diesem Werk der Abwehr mehrere Jahre. Das Gebiet des Hofes lag auf der Höhe und umfaßte Täler, Wälder, farbige Ackerbreiten. Die Kolonen hatten ihm ihr Land, dessen Steuern sie nicht mehr aufbringen konnten, übermacht und arbeiteten nun als halbfreie Knechte auf ihren alten Äckern, aber im Schutz des Doros und der unsichtbaren Grenzen; kein Justiz- oder Steuerbeamter konnte sie mehr erreichen, alles tat für sie nun ihr Herr: er regierte wie ein König, zahlte die Steuer, war Richter und Gebieter, aber mehr noch der große Vater über seinem Gesinde, nur Kapitalverbrechen gehörten in den Rechtsbereich von Ptolemais. Aber da Doros nie mehr den Hof verließ, sondern mit seiner Anwesenheit das Land beruhigte, indem er unaufhörlich plante, baute, rodete, pflanzte, bewässerte und – dies vor allem – Feste feierte, kam es in den Jahren seiner Herrschaft nicht ein einziges Mal zu einer Gewalttat. Jedoch auch die Wüstenbewohner kehrten vor diesen für sie uneinnehmbaren Grenzen um, die Leute auf dem Doroshof lebten wie auf einer Insel.

Ich hörte Synesios zu und spürte den alten Doros nahe im Schatten des Baumes, im Gebüsch, das uns rings umgab und den Grasplatz zu einem Zimmer machte. Wir legten uns hin, rieben unsre Gelenke, schwiegen. Die Vögel sangen nicht mehr, es ging langsam gegen Mittag. Synesios schob seinen Arm unter meinen Kopf, zog mich näher, küßte mich, und schon schlief ich.

Als ich erwachte, fand ich mich allein. Ich hatte geträumt, ich erinnerte mich und erschrak: Doros war bei mir gewesen, Doros, der ein wenig wie Euoptios aussah, aber aus Holz bestand. Er war aus dem Baumstamm hervorgetreten, hatte sich neben mich gelegt, mich aufgedeckt und umarmt.

Ich blickte unruhig nach Synesios aus, ich wollte ihn bei mir haben, ihm meinen Traum erzählen, alles, denn ich fürchtete mich plötzlich. Da bemerkte ich, daß nur eins der Pferde dastand, meine braune Stute. Ich ließ mich wieder ins Gras sinken und blickte in das Geäst hinauf: eine richtige alte, uralte Steineiche, die Blätter waren grau und standen sehr dicht, der Stamm dehnte seine Brust bis zum Zerreißen und reckte die Arme in die Masse des Laubes, aber die Bewegung blieb ohne Folgen: die Blätter standen still und bildeten ein für die Sonne undurchdringliches Dach. Dann – ich erschrak von neuem – oben ein Blinken, wie ein Blick, hell und sehr kurz – und wieder nur graugrüner Schatten. Ich merkte, wie ich wartete – auf den nächsten Blick. Und er kam, traf mich auf dieselbe Weise. Und dasselbe geschah noch einmal und wieder. Ich fühlte mich nicht mehr allein, es sah mich jemand an, der Baum beugte sich über mich, stand in allen Ästen gereckt, gespannt und doch heiter, unbeweglich – der Baum lächelte. Ich lag ruhig da, schaute senkrecht in die Höhe, – ich war mit dem Baum allein, bis er plötzlich anfing, das Laub zu bewegen – der Wind vom Meer! – und zu rauschen.

Da kam Synesios, ich hörte die Hufe seines Pferdes auf dem Boden. Er hatte mich schlafen lassen und war im Busch umhergeritten, hinter einem Rehbock her, den er nach einer halben Stunde in eine Felsschlucht gedrängt hatte, wo er ihn mit einem Pfeilschuß erlegte. Ich betrachtete das tote Tier und Synesios, er hatte mir noch nie erzählt, daß er ein Jäger sei. Jetzt wußte ich, warum er den Bogen am Sattel hängen hatte, den Köcher ...

Er zog seinen Leinenmantel enger um die Schultern, der Schweiß stand auf seiner Stirn. Dann ritten wir hinauf, er erfüllt von seinem Jagdglück, ich von der Begegnung mit einem uralten Baum. Er hatte sogar einen Namen, dieser Baum, den ich, als ich ihn nun erfuhr, mit einem Ja aus meiner Herzgrube annahm, er hieß: Zum blinzelnden Pan. Er hat mich später noch ein zweites Mal angeblinzelt, dieser Pan, aber mit einem ganz andern, mit einem verzehrenden, mich ausweidenden Blick – das geschah ungefähr zehn Jahre später.

Unsre Pferde, kurzhalsige Dickköpfe, stammten aus der Gegend von Kyrene. Sie näherten sich dem Tor ohne Freude und ohne Furcht und auch ich, die ich zum erstenmal durch die Mauerschleuse ritt, fühlte mich bereits angenommen, erwartet, begehrt von allem, was ich sah, was auf uns zukam, sogar von dem Mauerwerk und den Platanen, und dann von dem Geschrei der Menschen, die gefleckt vom nachmittäglichen Licht, das durch die Baumkronen fiel, dastanden und winkten und unsre Tiere umdrängten.

Synesios stieg aus dem Sattel, nach dreijähriger Abwesenheit stand er wieder auf seinem Boden. Er lächelte erregt, blickte den Leuten, die ihn begrüßten, in die braunen Gesichter, stellte Fragen, gab Antwort, wies auf mich, die noch unschlüssig im Sattel saß, nannte mich seine Frau, ihre Herrin und Gebieterin, und dem Hauspriester Zosimos, der schwarz und hager mit seinem Stock durch den Haufen der fröhlich Erregten herankam, zeigte er mich noch zu Pferde, nannte meinen Namen, Geburtsort und fügte hinzu, daß ich Christin sei. »Katholisch?« fragte Vater Zosimos, als wollte er noch etwas Wesentliches zu Christin hinzufügen. Synesios nickte. Da verbeugte sich Vater Zosimos sehr tief, der Knauf seines Stockes geriet neben seinen Kopf, er sagte, als er sich wieder erhob: »Gott sei gepriesen!«

Ich konnte sein Griechisch gut verstehen, auch das des Verwalters, der Titanos hieß und zu mir, ich weiß nicht warum, die Arme hinaufreckte, daß ich mich erinnerte und mich endlich aus dem Sattel gleiten ließ. Das Gesinde oder, wie Synesios sie nannte, die Hausgenossen, umdrängte mich, aber sie lächelten mich nur an, niemand wagte, mich anzureden.

Wir standen noch eine Weile mit den Leuten herum. Ich versuchte, ihnen etwas Freundliches zu sagen und ihr Wald-

Griechisch zu verstehen. Endlich gingen wir, die Sonne begann zu sinken, in den Speisesaal. Die Heimkehr des Herrn war ein großes Fest, und so saßen an dem mächtigen gelbschimmernden Tisch auch der Vater Zosimos, der Verwalter und einige Hausgenossen. Dieses Möbel zog, kaum daß ich in den Raum mit den zahlreichen Tischen und Bänken eingetreten war, meine Aufmerksamkeit auf sich, und noch ehe mir Synesios den Erbauer genannt hatte – es war sein Großvater Doros – dachte ich: welch ein Ebenmaß! Seine Größe wirkte einladend, doch bot er, wenn man den Gästen Raum ließ, nicht mehr als zwölf Personen Platz. Das Holz duftete nach Wachs und glänzte, den Rand des Tisches konnte ich mit der Hand noch gerade fassen, die Füße standen auf einer Holzplatte, so daß auch im Winter, wenn die Fliesen des Fußbodens kalt wurden, die Speisenden behaglich gestimmt waren. Und ich betrachtete den Raum, die Holzbalken an der Decke, die offenen Herdfeuer der Küche, die halbnackten Köche, die hin und her eilenden Frauen. Immer wieder vernahm ich von Synesios' Lippen den Namen des Doros, der das alles geplant, entworfen, mit seinen Händen mitgeformt hatte, das ganze Haus, das die Bequemlichkeit der Stadt und die rohe Güte des Landlebens, soweit das möglich war, in sich verschwistern sollte.

Nach dem Essen ging Synesios mit mir unter den Platanen zum Herrenhaus hinüber, das man durch einen Säulenhof betrat, der hoch mit Mauern gegen jeden Blick abgetrennt war. Einige Fackeln steckten in den Haltern und bewegten die weißen Wände und Säulen mit ihrem Geflacker, ein leichter Wind fuhr über den Mauern dahin. In der Mitte der Fliesen stand der Hausaltar, nicht heidnisch, nicht christlich, eine Mischung aus Säule und Tisch. Unter dem vorspringenden Altarrand sah ich zwei dunkle Vasen – Urnen, darin befand sich die Asche des Doros und die von Synesios' Vater Heraklit – sie hätten sich, wie Synesios mir flüsternd erklärte, noch beide entgegen dem Verbot, das auch Heiden betraf, verbrennen lassen. »Ein großer, aber eigenmächtiger Mann, dieser Doros!« sagte er wie im Wiedererkennen, seinen Vater erwähnte er nicht.

Wir stiegen bald die Treppe hinauf zu den Schlafgemächern, ich war so müde, daß ich nur noch Steine und Wände und Möbel sah und mich darum sofort in mein Zimmer zurückzog, wo mich ein Mädchen erwartete und mir beim Ausziehen half.

So ungefähr verlief der Einzug.

Synesios hatte auf unserm Ritt von Ptolemais an mehrmals versucht, mich darauf hinzuweisen, daß wir beide »da oben« nur wenig Abwechslung, selten Besuch und kaum einmal einen Menschen hätten, mit dem ein Gespräch »über die Dinge unseres Lebens«, so hatte er gesagt, möglich wäre. Indes – er mußte beim Reiten laut reden und verstummte darum immer wieder, und es war noch so früh am Morgen, zu einer Zeit, in der ich mehr Leib als Seele bin. Ich ahnte aber, was er sagen wollte, aus hundert früheren Ansätzen wußte ich es: er sorgte sich, ich könne auf dem Doroshof Alexandria und seine Ablenkungen vermissen, die frohe Gesellschaft der Gleichaltrigen, die Einladungen, die heitere und erzieherische Gegenwart der Kunstwerke, und vor allem das Meer, die abendlichen Bootsfahrten, aber auch die unendlich lange, breite, gerade, mit Fliesen belegte Kanopika Straße mit den vielen tausend Menschen und den Sprachen und Trachten aus aller Welt.

Ganz gewiß, der Abschied von Alexandria bedeutete Abschied von meiner Jugend. Und ich wußte es genau, daß ich oft in Traum und Wachen am Großen Hafen entlang spazieren würde, aber ich vertrieb meine Traurigkeit, indem ich an Synesios dachte, und nahm an, daß er in das Innerste Libyens zurückkehrte, weil dort sein Erbe lag, sein Patrimonium, wie wir in Leptis Magna sagen, welches nach den drei Jahren, die er abwesend war, seiner Aufsicht und Hingabe dringend bedurfte.

In dieser Hinsicht jedoch irrte ich mich: erst auf dem Doroshof lernte ich Synesios richtig kennen, zwar auch den Liebhaber des Landlebens, der Jagd und überhaupt des Umherstreifens in einer ungestörten Natur – aber viel mehr noch den ekstatischen, Tag und Nacht Gott suchenden Philosophen und Dichter. Er war überhaupt kein Landwirt, obwohl er mit dem Kopf diese Materie durchaus beherrschte – er hatte, wie er mir später oft mit einem Lächeln versicherte, keine Zeit, etwa Getreide zum Gegenstand seiner Betrachtung zu machen; das taten für ihn jene, die an Gott und die geistige Welt zu denken noch nicht reif waren. Er bewährte sich aber als Techniker und erfand allerlei Maschinen: sein physikalisches Wissen begann sich stets unvermutet zu regen und drängte in die Welt der Erscheinungen, er wollte sehen und fühlen, was in den Sätzen der Wissenschaft als Behauptung eingewickelt ruhte – außerdem: ihm taten die Frauen leid, die sich an den Mahlsteinen mühten, oder die Männer, die das Werk der Bewässerung mit einem uralten Göpelwerk betrieben. So stellte er sich hin, sah ihnen zu und ging plötzlich davon, und dann nach Wochen kamen die Tischler und Schmiede und schlossen sich ein in der großen Werkstatt. Das alles sollte ich aber erst später kennenlernen, Synesios selbst sprach nie von seinen Erfindungen.

Am Morgen nach unserer Ankunft, bereits bei Sonnenaufgang, vernahm ich noch im Halbschlaf liegend eine Stimme, eine fröhliche betende Stimme, es war die seine: zuerst Anrufungen, die mich ganz weckten; ich trat leise auf den gedeckten Umgang, der vor unsern Zimmern um das Turmhaus herumlief, und da stand er, nackt und noch naß vom Bade, hob die Hände gegen die Sonne und sprach, als stünde jemand vor ihm, dem er dies alles sagte: daß er wieder hier sei, über dem großen Tal des einsamen Libyens im äußersten Süden; daß ihn hier nichts Widergöttliches störe; daß er mit seinem Herrn reden könne, ohne von einem profanen Städter belauscht zu werden. »Hier kann die Seele«, so rief er, »unbefleckt von Leidenschaften, frei von Wünschen, losgelöst von Gehässigkeit und Streit mit reiner Zunge dich, wie es sie drängt, verehren. Darum sollen der Äther und die Erde sich neigen, das Meer und die Luft stillstehen, der Wind möge die Vögel nicht erschrekken; die Schlangen aber sollen sich verkriechen, vor allem die geflügelte Schlange, der die Seele umwölkende Dämon der Materie, die uns die Idole gebiert und die Hunde gegen mein Gebet hetzt.«

Ich hörte in der Ferne Hundegebell. Der Betende, der die Jagdhunde liebte, fühlte im Augenblick seiner Erhebung wohl die Schrecklichkeit der Hundestimme, und er nannte die Hunde »seelenfressend«, als wäre er von ihnen wie ein Wild verfolgt. Und er befahl dem Höchsten seine noch vom Leib umgebene Seele, bat Gottes Diener, seinen Gesang zu Gott emporzugeleiten, nannte sich selber, und er verbeugte sich tief, schwach und ohnmächtig, »aber«, so rief er, »jetzt ist mein Geist durch die Verbindung mit dir voller Kraft«.

Ich trat auf ihn zu, er erblickte mich erst jetzt, aber er schien nicht im geringsten beschämt, wie ich es gewesen wäre, hätte er mein Morgengebet belauscht. Er küßte mich, wies dann über den in der aufgehenden Sonne erstrahlenden kleinen Kosmos aus Wäldern und Wiesen, aus Bäumen und Gebäuden, und erklärte mir, daß das Wort Materie auf seiner Zunge immer schwerer wöge. »Denn was wir da sehen«, so ähnlich sagte er, »das ist ja auch Materie – und wenn ich dich anblicke, deinen aufgereckten, nach Schlaf und Nacht duftenden Leib: Materie – und doch nicht von Dämonen umwölkt –« Ich erklärte ihm, daß im Glauben der Christen dies alles, ich machte eine weit ausfahrende Bewegung über das Strahlen des Morgens, aus den Gedanken Gottes stamme.

Er nahm mich bei der Hand und führte mich die Treppe

hinunter in den Säulenhof, stieß in der Wand eine Tür auf, und wir standen in einer Art Nymphäum, so hätten wir bei uns daheim in Leptis Magna solchen Ort genannt: von hohen Mauern umgeben, an denen allerlei Bäume und Sträucher wuchsen, lag da ein großes Wasserbecken. Ein armdicker Strahl lief auf der östlichen Seite unaufhörlich ein, und auf der westlichen verließ das Wasser in hundert dünnen Fäden das Becken und benetzte, kunstvoll gelenkt, die aus blauen und braunen Steinen gebauten Terrassen, auf denen wasserfreudige Blumen und Kräuter standen, sogar die Papyrusstaude gedieh hier.

Ich stieg ins Wasser, es war noch ziemlich kühl, und schwamm einige Male unter den Augen des Synesios hin und her. Wir waren ganz allein, beschützt gegen jedermanns Blick durch die weißen Mauern. Dann saßen wir droben auf dem Umgang und aßen unser Frühstück: gedickte Ziegenmilch, Honig, Fladenbrot und Blätter von gekochter Latuga, die als Salat mit vielerlei Kräutern zubereitet in der Schüssel lag. Synesios trank zum Schluß noch ein Glas Wein.

Ich erfuhr, daß im Innern Libyens niemand Kuhmilch trinkt, und ich konnte mein Erstaunen nur schwer zurückhalten. Synesios lächelte verlegen und konnte diese Enthaltsamkeit von Kuhmilch »bei richtigen Griechen«, wie er betonte, auch nicht erklären. Mich aber lobte er, weil mir, wie er stolz ausführte, das Wasser im Becken nicht zu kalt, die Ziegenmilch nicht zu fett, der Honig nicht zu schwarz und das Öl im Salat nicht zu dick gewesen sei. Und was er sonst noch an Freundlichkeiten über mich ausgoß!

Dann führte er mich durchs Haus, durch alle Räume, wies mir im Vorübergehen das Schnitzwerk und die bemalten Kanten an den Balkendecken, den Ausblick vom Umgang gegen Westen, wo in der äußersten Ferne das Meer sich als ein Gespinst aus Feuchte grauweißlich unter dem Himmel streckte. Ptolemais selbst war nicht zu erkennen. In seiner Bibliothek, wo er auch sein Bett stehen hatte, zeigte er mir seine Bücher: Platon und Plotin natürlich zuerst, noch in Rollen, und die in den letzten Jahren aufgekommenen Kodizes; Philosophen und Dichter, aber auch Bücher über den Ackerbau, die meist aus dem Lateinischen ins Griechische übersetzt waren; die Werke Theons, Mathematik also und Geometrie, auch Nachschriften von Vorlesungen der Hypatia, und endlich seine eigenen Werke, es waren erst einige Bände. Er zeigte mir auch die Bücher, die ich nach und nach lesen müßte. Den Alexanderroman kannte ich bereits, natürlich auch Heliodors Reise nach Äthiopien, ein Buch, von dem mir Synesios sagte, daß er es gewiß zehnmal gelesen habe. Auch Petronius war vorhanden, ebenso die christlichen Erzähler, von denen ich die Acta Pauli aufschlug und auf die Geschichte vom getauften Löwen stieß, die ich Synesios vorlas – ich merkte, wie es ihn heiter stimmte, daß auch wir Christen lachen.

Ich hatte, als ich mit ihm den Raum verließ, wo er schlief und las, träumte und seinen Gedanken schreibend nachhing, ein sonderbares Gefühl – ginge es in Worte, müßten sie etwa lauten: dieser Mann hat es gut! Fast könnte man ihn schon vor seinem Tod glücklich nennen, er besitzt alles, womit der Mensch sein Wohlbefinden aufbaut und womit er seine Sehnsucht übers Grab hinaus erfüllt: Gesundheit, Intelligenz, Glaubenskraft, Reichtum und dazu als Krone und Band aller übrigen Geschenke des Lebens: die Fähigkeit zur Liebe und die Möglichkeit, diese Liebe zu erfüllen. Und er ist mir angetraut! Aber gerade dies Bewußtsein, mit diesem Glücklichen innig und alle Tage meines Lebens verbunden zu sein, weckte die Unruhe, die auf der Höhe des Glücks jeden überkommt, der noch nicht so weise ist, nicht an die Zukunft zu denken. Bis zu welchem Tag das gut geht? durchzog es mich, als ich eine halbe Stunde später hinter Synesios, hinter seinem gereckten Rücken herritt; er wollte mich an die unsichtbaren Grenzen des Doroshofes führen.

Es wird einen Tag geben, so dachte es in mir, da zerbricht ein Balken dieses Hochgerüsts; da wird diese von den irdischen Gütern gepanzerte Grenze, die uns gegen das Anrennen der Zerstörung jetzt noch sichert, an einer Stelle schwach, irgend etwas geschieht: er wird krank – oder stürzt auf der Jagd vom Pferd oder fällt im Krieg gegen die Räuber aus der Wüste. Ich wußte bereits mit zwanzig Jahren, daß unsre Häuser, unsre Güter, all unsre irdischen Hoffnungen auf Scherben von Häusern, Gütern und irdischen Hoffnungen anderer aufgebaut waren. Mein Vater Ursus lebte in mir weiter, seine Folterwunden, seine Enttäuschungen, sein nicht zu beruhigendes Mißtrauen gegen alles, was der Mensch Glück nennt.

Und da ritt ich an Synesios vorüber.

Die Gesandtschaft

In diesem ersten Jahr unserer Ehe ging Synesios täglich auf die Jagd; in aller Morgenfrühe ritt er fort, und ich war allein im Haus mit Xenophon, unserm leise umhergehenden, immerzu lächelnden Hausgeist, und allein mit den Mädchen und Frauen, die für die Sauberkeit sorgten und im Winter für die Heizung. Jeder der Hausgenossen in unserm Turmhaus unterstand der Aufsicht Xenophons, seine weiße Strichgestalt nahm alles wahr und kam jeder Nachlässigkeit auf die Spur. Eigentlich, sagte ich mir oft, während ich auf die Geburt unseres ersten Kindes wartete, hatte ich keinerlei Pflichten als die eine, dazusein wie die Erde, um dem Leben in mir Platz zu geben.

Auf dem Umgang sitzend und über die Wälder hinblikkend, wo Synesios jagte, war ich in meinen Gedanken fast unaufhörlich bei ihm. Viele wilde Tiere lebten noch in den unsichtbaren Grenzen: Wildsauen, Luchs, Dachs und Fuchs, aber vor allem »das Sinnbild unserer furchtsamen Herzen«, wie Synesios den Hirsch einmal bezeichnet hat. Löwen hatte schon der Jäger Doros kaum noch vorgefunden, die Wölfe hatte er kleingehalten, wenn auch nicht ausgerottet, denn Doros wollte nichts besser wissen als die Natur. Aber Gefahren gab es auf dem Weg des Jägers noch übergenug. Und wenn ich auch keine Jägerin war, ich wäre doch gern bei ihm gewesen: die Hunde, die sich in die Jagdgründe wie in die Wogen stürzen – das Lauern des Leibes, das Knacken im Unterholz, die Bewußtlosigkeit im Dahinjagen, der Schrei und sein sich verlierendes Echo – und wieder die Stille, die einen bannt und doch weiter ins Grün zieht – und schließlich der irgendwo entstehende Jagdjubel, das alles und noch viel mehr, was nur dem Jäger bekannt ist, hätte ich gern neben ihm, mit ihm erlebt, um ihn besser zu verstehen oder auch, um eine Gefahr von ihm fernzuhalten.

Und kam er dann zurück mit den Männern, falls er nicht allein mit seinem Sekretär Chilos ausgeritten war, trat er in den Säulenhof, noch nach Wald und Schweiß riechend, ging langsamen Schrittes vor den Hausaltar und legte den Kopf seiner Jagdbeute auf den Stein. Wenn ich mich neben ihn stellte, blickte er mich nicht an, sondern tat, während er betete, seinen Arm um meine Schultern. Von den weiblichen Vorfahren war bei den Battiaden selbst im Familienkreis nie die Rede; es schien, als ob sie die Frauen in sich aufgenommen, sich durch sie verdoppelt hätten.

Dieser Jäger Synesios und der Philosoph, in den er nach der Jagd beim Gebet wieder hineinschlüpfte, schienen mir zwei Personen zu sein, die ich beide kannte, doch brachte ich sie nicht unter einen Hut. Der Jäger zeigte eine gegerbte und gekerbte Haut, aß viel Fleisch und sprach, das Blut von der Jagd erregt, laut und viel bei Tisch, trank Wein, lachte und schwitzte noch nach dem kalten Bad. Der Philosoph, der er dann für Tage und oft Wochen blieb, sprach leise und kam nur selten aus seinem Studierzimmer hervor und schien oft das Essen und Trinken zu vergessen.

Zur Zeit, als ich unsern Sohn gebar, war Synesios nur Jäger – ganze Tage blieb er fort, und den Neugeborenen, der in seiner Abwesenheit die Welt erblickte, packte er bei seiner Heimkehr ungestüm und schwang ihn zur Höhe – indes, was er dabei rief, klang seltsam genug: »Herab und hinauf!« Erst als ich in meinem ermüdeten Kopf diesen Ruf begriff, spürte ich, wie nah der Philosoph dem Jäger, ja wie er immer zugegen war. (»Herab« – das bedeutete für den Neuplatoniker die Geburt, »hinauf« war der Heimgang zum Ausgangspunkt und endlichen Bestimmungsort.)

Ich kann nicht sagen, daß sich Synesios viel um seinen Sohn kümmerte. Morgens und abends stand er meist eine kleine Weile im Kinderzimmer, blickte in das Bettchen, neigte sich dem Kind zu, griff sich ans Kinn, an das bräunliche Bocksbärtchen, lächelte und ging ohne etwas zu sagen hinaus. Damals schrieb er an seinem Traumbuch, von dem er Hypatia mitteilte, es sei in einer Nacht entstanden. Er zeigte mir einiges, aber ich konnte – eigentlich: wollte ihm nicht folgen, und ich versteckte meinen Unglauben hinter Begriffsstutzigkeit. Mir ist es schlechthin unmöglich, anzunehmen, daß unsre Träume uns Zukünftiges weisen, es wäre denn, Gott selber mischte sich ein, wie es in den heiligen Schriften steht. Als das Buch fertig war, so glaube ich, hing der Schriftsteller Synesios wieder zu tief in den Erlebnissen der Jagd, so daß er keine Geduld bewies und mir einfach nichts mehr zeigte, sondern das Werk an seine Freundin Hypatia schickte. Ihre Antwort habe ich nie gelesen, doch deutete mir Chilos, der Sekretär, an, daß Hypatia nicht ganz damit zufrieden war und dem Verfasser Abweichungen von Platons Lehre nachwies, – mag sein, aber warum sollte Synesios nicht einmal abweichen, wenn es ihm seine Erkenntniskraft gebot?

Unser Sohn Phaidon war knapp ein Jahr alt, als im April einige Herren von Kyrene und Ptolemais auf ihren Pferden durch die Mauerschleuse unter den Platanen hereingeritten kamen. Ich schaute vom Umgang des ersten Stockes herab zu und sah, wie Synesios die Herren begrüßte, meist uns bekannte Senatoren. Synesios tätschelte ihre Pferde und pries die dickköpfige, kurzhalsige und knochenstarke Rasse der Kyrenaikarosse.

Ich wollte wissen, warum so viele und angesehene libysche Bürger sich plötzlich zusammengefunden und auf unsern Berg begeben hatten. Kaum waren sie im Männersaal versammelt, eilte ich hinunter und stellte mich hinter den

Vorhang einer fensterartigen Öffnung, die im Winter, wenn der Saal geheizt wird, dem Eintritt frischer Luft dient, und lauschte.

Die Männer standen noch in Gruppen umher, es mochten ihrer etwa zwanzig sein. Dann setzten sie sich, und der Hausherr begrüßte sie. Sie antworteten in wohlgesetzter Rede, allen voran Synesios' Bruder Euoptios – aber auch der Anwalt Herkulanius und andre, alles Männer des Wortes, deren Rede die Not des Landes schwer vor sich herschob. Ich konnte hinter meinem Vorhang die Redenden nicht sehen, aber das Wort »Steuern«, das im Wörterbuch einer jungen verheirateten wohlhabenden Frau nicht enthalten ist, wurde in jeder der Reden mächtig, ja bedrükkend – bedrückender als irgendeine andre Schuldenlast. Steuern, so vernahm ich jetzt, waren schlimmer als Krankheit und Tod eines Angehörigen, ein solches Leid wird den Menschen vom Himmel auferlegt, die Steuern von bestechlichen, raubgierigen Beamten. Steuern, so sagte einer der Redner, lasteten auf dem Menschengeschlecht schrecklicher als der Überfall eines Feindes; die Reiter rauben und quälen, aber sie setzen sich nicht fest, man kann sie verjagen, doch die Steuerbeamten mit ihren Folterwerkzeugen bleiben, dieser Grind, dieser Aussatz des Landes! Und was ich wirklich damals noch nicht wußte, wiewohl ich schon über zwei Jahre in Libyen lebte: die Steuer machte das Land öde, Pächter und Bauern, also kleine Grundbesitzer, ließen das Land, ihr Haus, ihre Familien im Stich, schlichen sich in die Wüste gegen Ägypten hin fort, wurden Mönche, Korbflechter und Verkünder des Jüngsten Tages – in der Thebais allein lebten, so versicherte einer der Herren, so viele, daß in ganz Libyen, verteilte man sie als freie Bauern, die verödeten Höfe aufgrünen würden trotz des hesiodischen Pfluges, der noch immer hier benutzt würde.

Es entstand ein kurzes Hin und Her übers Pflügen, einige lachten, doch da erkannte ich die Stimme von Herkulanius, der den behaglich werdenden Herren noch einmal scharf und knapp klarmachte, daß die jetzige Lage Libyens nicht einmal mehr durch eine Reform der landwirtschaftlichen Geräte und Arbeitsweisen gebessert werden könnte. Ich hörte ihn rufen: »Die Pflüge stecken in den Äckern, in der halbvollendeten Furche; die Handwerker vergraben ihre Geräte; die Händler haben keine Ware mehr; die Schlange der Bettler vor den Toren der Klöster, der Bischöfe, ja, der Kasernen wird immer länger!« Und er legte dar: allein die Kleriker, die Beamten und die Soldaten zahlten keine Steuern, sie schauten zu, wie die andern in der Steuerpresse zerquetscht würden, und liehen auch noch dem Fiskus ihre Hilfe bei dieser Brandschatzung des Volkes, die schlimmere Folgen habe als ein gelegentlicher Einbruch der Wüstenstämme.

Und dann sprach eine dürre, hohe Stimme über die Sonderrechte jener Latifundienbesitzer, die in Konstantinopel ihre Freunde sitzen hätten und überhaupt keine oder doch so wenig Steuern bezahlten, daß sie – welche Ungerechtigkeit! – die steuerflüchtigen Bauern als Kolonen aufnähmen und die Ländereien der vom Fiskus Verfolgten zu ihren eigenen schlügen und auf diese Weise ihren Besitz und ihre Macht erweiterten durch die Not und Ausweglosigkeit der andern. Das konnte nur, ich entnahm es aus dem Schweigen, das dieser Rede folgte, gegen Synesios, gegen den Doroshof gerichtet sein.

An dieser Stelle nun der immer heftiger verlaufenden Verhandlungen richteten die Herren ihre Bitte an Synesios, es war aber eher eine Forderung: er solle die Führung einer Gesandtschaft übernehmen, einer Delegation Libyens an den kaiserlichen Hof.

Ich lauschte, zitterte, aber ich vernahm kein Wort. Die Pause dehnte sich, ich fühlte, wie die Männer auf Synesios trotzig einschwiegen. Endlich – fast mit dem Laut eines Schluckaufs – öffnete sich seine Stimme und rang mit dem

Wort, man könnte auch sagen: er stotterte ausführlich, und zwar, so vermute ich heute sogar, daß er seinem Sprachfehler die Zügel schießen ließ, um den Herren klarzumachen, daß sie mit ihm als Gesandtem schlecht abschnitten. Und dann sagte er sogar, sie sollten sich das nur ausmalen, wie er vor dem Kaiser und seinem Hofstaat dastehe und gleich am ersten Wort hängenbliebe und im Mund, wie Demosthenes einst seine Kiesel, in Stücke gebissene Wörter hin und her rolle, während ihm der Schweiß auf die Stirn trete bei dem Gedanken, daß in seiner äußersten Bemühung, die Verwirrung zu überwinden, plötzlich seine Stimme losdonnern könne und den Kaiser und seinen Hof in Schrecken versetze – was dann? Synesios hatte seinen Defekt, während er ihn so anmutig darstellte, sofort überwunden, und seine Zuhörer lachten und zeigten ihm auf jede Weise ihren Beifall, und der Ruf »Du bist der Beste« wurde von immer mehr Stimmen wiederholt.

Aber Synesios wehrte sich weiterhin: sein Erstgeborener sei noch kein Jahr alt, oft kränklich – »und ich allein bin hier auf dem Doroshof der Arzt«. Mein Herz glühte vor Dankbarkeit: Synesios hatte aus Liebe zu mir die Unwahrheit gesagt, denn Phaidon war gesund.

Und dann, so fuhr er fort: die junge Frau allein unter soviel Hausgenossen, davon manche noch als Unfreie dienten, und diese Sklaven seien nicht mehr dieselben wie zur Zeit seines Vaters. Auch das entsprach nicht ganz der Wahrheit, mir gegenüber hatte Synesios sogar behauptet, daß das Gesinde, seit es zum großen Teil christlich geworden, zuverlässiger sei und sich leichter führen lasse. Die Vorfahren des Synesios hatten, längst ehe die christlichen Kaiser die Sklaven gesetzlich in Schutz nahmen, auf dem Doroshof dem Verhältnis zwischen Herrn und Knecht ein ungeschriebenes Gesetz zugrunde gelegt, das in jenem Doros in den Mund gelegten einzigen Paragraphen bestand: Ihr gehört mir, ich gehöre euch – wir alle gehören den Göttern.

Soviel wußte ich, und darum empfand ich die Ausrede des Synesios, daß die Sklaven nicht mehr ganz zuverlässig seien, als zu weit gehend, ja, als unklug; denn leicht konnte sein Wort auf Umwegen das Ohr jener erreichen, die es betraf, und sie kränken. Auch seine Zuhörer schienen diese Sorge nur als Ausflucht auszulegen, denn man ging gar nicht darauf ein, wieder schwieg der Saal, man nötigte ihn also, weiterzureden.

Nun kam Synesios auf die Gefahr zu sprechen, die aus der Wüste drohe. Wie die Herren sich wohl erinnerten, seien im vorigen Jahr während der Olivenernte Reiter aus der Wüste bis in die Ortschaft Lareia vorgestoßen, hätten, während die Männer auf den Bäumen hockten, die Oliven, die bereits in den Ölmühlen lagen, ein- und aufgepackt, die Frauen und Kinder dazu und seien damit in ihre schwarze Hölle verschwunden.

Ich hörte in meinem innern Ohr die Kinder wimmern, die Frauen heulen, die Männer in den leeren Hütten Verwünschungen zum Himmel schicken. Der Saal war plötzlich ein Kochkessel, im Durcheinander der Stimmen war nichts zu verstehen als das Wort »Soldaten« und »Andronikos«. Eine alte brüchige Stimme gebot Ruhe und führte dann aus, daß es für die Stadt Ptolemais eine Ehrenpflicht sei, in der Abwesenheit des Hausherrn auf dem Doroshof eine Abteilung Soldaten einzuquartieren – und zwar abgetrennt in Zelten und ohne Unkosten für den Hof. Und der ihm, so rief der Redner, das in die Hand versprochen habe, sei kein Geringerer als Andronikos selbst.

»Andronikos?« Das war Synesios' Stimme, sie klang scharf, gereizt. »Beim Kuckuck der Hera«, fügte er hinzu, »ich möchte in diesem Fall nur wissen, wer die Frauen auf dem Doroshof vor ihren Beschützern beschützt!«

Wieder entstand eine Pause, aus der sich dann eine Stimme empor schwang, eine anmutige und starke, die Stimme eines Battiaden. »Bruder«, rief sie, »das Volk ruft dich. Aus allen Städten schicken sie Boten, alle mit deinem Namen, nicht weil du ein Battiade bist, das bin auch ich, sondern weil dich Apollon auszeichnete und dir die Gabe des Dichtertums verliehen hat. Darum sollst du vor dem unverweslichen Kaiser Arkadios stehen und zu ihm in unserm Namen reden und sein Herz mit dem Melos deiner Worte rühren, ohne ihm zu schmeicheln; denn den Dichtern allein –«

Es gab beifälliges Gemurmel, aus dem sich schließlich eine gesalbte und selbstsichere Stimme erhob, die von der Hand Gottes zu reden begann und ausführte, was diese Hand bedeute, wenn sie etwa auf einer Plastik oder einer Münze über dem Kopf eines Menschen ausgestreckt dargestellt sei, in heidnischer wie in christlicher Zeit – immer dasselbe: Symbol des göttlichen Schutzes, gnadenverleihendes, erwählendes, rettendes Zeichen. »Über Ihnen, Synesios, schwebt diese Hand, dem ganzen Volk sichtbar. Sie sind ein Philosoph, durch königliches Herkommen ausgezeichnet, reich und glücklich. Sie haben die Gabe der Rede und, dies vor allem: die besten Beziehungen zu Konstantinopel, und der mächtigste Mann nach dem Kaiser ist Ihr innigster Freund: Aurelian, Gott schütze ihn.«

Die Stimme verging, die Stille im Saal dehnte sich – bis ein Gemurmel gewissermaßen aus den Grundfesten heraufdrang, schnell an Kraft zunahm und zu einem tosenden Beifall anschwoll: Synesios hatte sich gebeugt und auf irgendeine Weise seine Zustimmung kundgetan. Der Vorhang aus Fries bewegte sich vor meinem Mund, er roch nach Zunder, nach Asche! Ich lief davon, auf mein Zimmer im ersten Stock, zu meinem Sohn. Ich hörte, als ich durch den Säulenhof eilte, wie die Stimmen im Männersaal sich einten auf immer denselben Satz, es hörte sich an, als beteten sie.

Es dauerte eine Weile, bis es im Saal und später unten im Säulenhof und unter den Platanen ruhig geworden war.

Da trat Synesios bei mir ein. Er sprach zunächst nicht, sondern ging draußen auf dem Umgang auf und ab. Dann winkte er das Kindermädchen herbei, dem ich Phaidon übergab, Synesios führte mich in die Bibliothek, blickte mich fragend an. Ich gestand ihm, daß ich gelauscht hatte, er lächelte.

Also dann, begann er, im Mai bereits, weil die See dann hinreichend ruhig sei – und auch, weil die Sache mit der Gesandtschaft eile. Ungefähr sechs Monate müsse ich rechnen, bis er wieder zurück sei. Was nun den geplanten Schutz durch Soldaten angehe, so solle ich mir keine Sorgen machen. Seine Sklaven seien keineswegs so unruhig, wie er das den Herren Senatoren angedeutet habe, »du weißt, warum ich meine braven Hausgenossen ein wenig verleumdet habe?« Ich nickte.

Die Soldaten, die dieser Andronikos liefern könne, bestünden überwiegend aus Vorstadt-Christen, arbeitslose und hungrige Randalierer, die man, um ihrer Herr zu werden, in Uniform gesteckt und mit Bohnenmus und Wein und einem Dutzend blendender Schlagworte aus der allgemeinen Not herausgehoben habe. Nun seien diese Bevorzugten bereit, für Christus plus Andronikos ihr Leben hinzugeben. »Wer aber ist Andronikos?« Synesios lachte grimmig, »ein Thunfischer aus – ist einerlei, ich will die Stadt nicht erniedrigen; ein Totschläger, der nicht nur im Blut der Thunfische gestanden hat. Seinen Großvater kann er nicht finden, aber bis nach Konstantinopel hat er gefunden: gestern Oberster der Finanzen, heute der Soldaten, morgen des ganzen Landes: Praeses! – wenn er mit seinem jetzigen Amt die Kaufsumme für das nächste erpressen kann, aber was kann er nicht!« Und durch die Tür ins Freie blickend sprach er wie zu sich selbst: vom Kaiser, diesem Objekt von Machtspekulanten, »steht auf Goldsand, auf Flugsand – hat den Weg verloren – hat Angst bald vor seiner Frau, bald vor den Bischöfen, bald vor den Großen, bald vor den Kleinen – nur nicht vor den Goten, vor den Barbaren, die das Mark seiner Macht ausmachen. In solchem Wahn lebt er, leben die meisten am Hof und in den Gassen, und darum geh ich, es ist hohe Zeit, daß etwas geschieht – nicht nur wegen der Steuern!«

Und nun gestand er mir, daß er sich nur zum Schein gegen die Anführung der Gesandtschaft gewehrt habe. Ich mußte ihn wohl sehr erstaunt angesehen haben. Er bemerkte es und sprach mir, wenn auch verhalten, von einem Traumgesicht, das ihn nach Konstantinopel geschickt habe; wirklich nicht wegen der Steuern, diese Frage wäre bei seinen Beziehungen auch durch Briefe zu lösen gewesen – nein, es gehe um Dinge in einer ganz anderen Ordnung. Er habe sich gegen seinen Traum gewehrt und das Zeichen erwartet, das diesen Traum als von Gott kommend bestätigen würde. Und dieses Zeichen sei ihm bewilligt worden. Er habe eine Hand gesehen im Traum, während eine Stimme sprach: ›Du gehst nach Konstantinopel zum Kaiser!‹ Und da habe heute dieser Auxentios von Kyrene plötzlich angefangen, von der Hand zu reden, von der Hand Gottes – »du hast es gehört?«

Ein Zufall! – hätte ich am liebsten geantwortet, oder von der Zweizahl der Ereignisse gesprochen. Aber ich sah, daß ich nichts mehr vermochte und begann zu weinen. Ich hörte von fern seine Stimme an meinem Ohr:

»Der Tropfen des Alls
Rinnt aus deinem Wort –
Du Vater und auch Mutter!«

Und er küßte mich.

Beim Abschied keine Woche später wiederholte er diese Worte und sagte das ganze Gebet. Dann gebot er mir flüsternd: »In diesen Worten vereinigen wir uns jeden Tag: am Morgen, am Mittag, am Abend!« Das geschah vor dem

Hausaltar im Säulenhof. Er wollte nicht, daß ich ihn vor das Tor oder gar bis Ptolemais zum Hafen begleitete.

Der Klang der Pferdehufe auf dem gepflasterten Weg, der zur Militärstraße hinunterführte, war leiser geworden und schließlich verklungen, meine Lippen spürten noch die Abschiedsküsse. Ich dachte an Doros, berührte die Aschenurne unter der Mensa des Hausaltars. Die Urne von Heraklit, dem Vater des Synesios, übersah ich, neben der von Doros verlor sie an Wesen. So betete ich zu Doros und bat ihn, alle Tage der Abwesenheit seines Enkels mit seiner Gegenwart zu erfüllen.

Am ersten Tag weinte ich nicht. Ich kam mir zwar unsicher und verlassen, aber auch auf eine besondere und nicht unangenehme Weise frei vor, eher noch: freigelassen... Als ob mich Synesios je mit seiner Gegenwart eingeengt oder bedrückt hätte! Aber das neue Gefühl, eine Mischung aus Neugierde und Unternehmungslust, lockte und drängte mich. Ich sah dem Müller zu, dem Bäcker, suchte nach etwas in der Küche, beanstandete dies und das, zerteilte im Waschhaus einen Haufen einander in den Haaren liegender Frauen, stieß stumm vor Erschrecken in der Mittagsstunde im Gebüsch auf einen Burschen, der über einem Mädchen hockte. Und eines Tages trat ich, von einem Kinderweinen herbeigelockt, in eine Hütte ein: eine Frau lag auf dem Bett, ausgeblutet, ein neugeborenes Kind zwischen ihren verrenkten Beinen, und nun erst bemerkte ich: die junge Frau lag ohne Leben da. Das Kind, schon abgenabelt, bewegte sich zwischen den Schenkeln der Toten und schrie.

Tutulina nannte ich das Mädchen, der Name fiel mir einfach so ein. Tutulina hieß bei uns Lateinern die Göttin der eingebrachten Ernten, und wir standen gerade mitten in der Gersten- und Roggenmahd. Außerdem, so hatte mich mein Vater Ursus gelehrt, sei Tutulina eine zuverlässige Schutzgöttin, die sich besonders kleiner, hilfloser Wesen annehme. So ergriff ich das Bündelchen, meine Tutulina, deren Mutter für das Brennholz und das Säubern der Küche zuständig gewesen war und deren Vater unbekannt blieb. Ich brachte das Kindchen in das Zimmer unsres Sohnes Phaidon, wo es dann lag und weiter schrie: frisch getauft, meine Beute! Phaidon hörte ihr verwundert zu, rollte seine meerblauen Battiadenaugen und lallte auf eine Weise, als wollte er mir etwas mitteilen.

Die Nachricht von meiner »christlichen Liebestat«, wie Vater Zosimos, der Hauspriester, die Errettung meiner Tutulina nannte, verbreitete sich innerhalb von Stunden auf dem ganzen Gut. Alle lächelten, manche redeten mich sogar an. »Eine neue Zeit bricht an«, sagte Milos, ein alter Kolone sehr ernsthaft, »auch unter Doros wäre das Kind gerettet worden, aber nicht auf diese Weise!«

In der Abwesenheit des Hausherrn zeigte ich mich nie im Speisesaal. Am Kroniafest nun, das noch bei uns gefeiert wurde, dankten wir dem Himmel für die Ernte, die Männer tanzten, die Frauen sahen zu und klatschten mit den Händen zu den Klängen der Flöten und des Saitenspiels, und wir tranken Wein und aßen vom Fleisch der Schafe, die über der Kohlenglut im Freien gedreht wurden. Ich stand neben Vater Zosimos, der vor allen wieder anfing, von meiner »christlichen Liebestat« zu sprechen; vor allem, daß ich Tutulina zur Taufe gebracht hatte, pries er; ich hätte dadurch das Kind an die göttliche Gnadenausteilung angeschlossen. Der bleiche Asket, der stets seinen ihm bis an die Brust reichenden Stock in der Hand führte, lächelte mich an und dankte mir nochmals – »im Namen der Kirche«, sagte er, alle konnten es hören. Sein bärtiges, vom vielen Fasten bis auf die Knochen abgemagertes Gesicht glänzte, als er darauf vor den Hausgenossen, davon ein Viertel noch Heiden war, von der Nächstenliebe zu sprechen begann. Ich sah, wie die Leute ihm aufmerksam zuhörten, bis er erklärte: wo aber unsre Liebe nicht unmittelbar Christus zum Ziel habe, sei überhaupt keine verdienstliche und Gott wohlgefällige Handlung im Gange. Die Männer und Frauen zogen die Brauen zusammen und blickten einander an – Schafe, die etwas merken. Ich war versucht, ihm zu widersprechen, wollte sagen: als ich Tutulina aufhob, habe ich nicht daran gedacht, eine verdienstvolle, Gott wohlgefällige Handlung zu begehen; ich handelte, wie es einer richtigen Frau in solcher Lage eigen ist: ich fühlte mütterliches Erbarmen, die Stimme des Kindes gebot mir. Daß in dieser Stimme Gottes Stimme enthalten war, hatte ich in jenem Augenblick wirklich nicht gehört.

Vater Zosimos schien meine Gedanken aus meiner Miene abzulesen, denn er fragte mich, ob ich über die Nächstenliebe einmal tiefer nachgedacht hätte. Da erinnerte ich mich an das, was Synesios mir noch kurz vor seiner Abreise gesagt hatte: daß alle Liebe, auch die des Tieres zu seiner Brut, göttlicher Herkunft sei. Und ich lächelte den Vater Zosimos an, nickte, sagte: »Oja, viel!« Ich wünschte den Leuten noch ein schönes Fest und ging zu meinen Kindern. Das Hammelfett war kalt geworden und ebenso meine Lust auf die verdienstliche und Gott wohlgefällige Nächstenliebe.

Doch konnte ich die Worte des Vaters Zosimos nicht loswerden. Sie klebten in meinem Innern wie das Hammelfett am Gaumen. Ich spülte meinen Mund mit Myrrhenwasser, schließlich kamen mir über dieser Verrichtung die Tränen. Ja, ich weinte, dessen erinnere ich mich genau: über die Männer, die Himmel und Erde mit ihrer Herrlichkeit des Denkens erfüllt haben, bis der Gott, den sie uns formten, aussah wie sie selber: ein Patriarch, ein König, ein Kriegsherr, ein Richter, und sogar ein Steuereintreiber, ein in den Seelen sitzender Quälgeist, ein Baal mit glühendem Bauch. Und da hörte ich in mir Synesios, es war Abend geworden, die Stunde, da ich sein uns verbindendes Gebet zu sprechen pflegte: Du Vater und auch Mutter! Oh, Synesios war anders als sie alle! Ich ging umher und suchte nach seinen

Spuren, nicht mehr aus Neugier oder um mich zu zerstreuen, sondern um seinen Namen, sein Lob zu hören, um zu sehen und mit den Händen zu fühlen, auf welche Weise er sich die Liebe dieser von ihm abhängigen Menschen verdient hatte.

Er selbst hatte mir nie auch nur angedeutet, was alles durch ihn an Geräten und Maschinen erfunden worden war. Ich hatte ihn bis zu seiner Abreise für einen Dichter gehalten, einen Philosophen – nun zeigten sie mir die Mühle von innen, das Wasserrad, das ein Kammrad in Bewegung setzte, wie dieses die Steine. Früher hatten die Frauen die Körner gemahlen, indem sie die schweren Steine mit ihren Armen im Kreis trieben, nun tat es das Wasser. In den Keltern zeigten sie mir die endlose Schraube, an der »die dicke Mutter«, so sagten sie, auf die Balken hinabgedreht wurde, so daß niemand mehr die Trauben treten mußte. In den Kellern entdeckte ich längliche, gläserne Gefäße, die oben und unten eine kleine Öffnung hatten. Tauchte man solch eine Glasröhre in die Dunkelheit des Fasses hinab und hob dann den Daumen von der oberen Öffnung, drückte der Wein die Luft nach oben hinaus. Preßte man nun den Daumen wieder auf die obere Öffnung, blieb der Wein in dem Glasgefäß, obwohl das untere Loch offen stand, und man konnte den so gefangenen Wein gegen das Licht halten und sehen, welche Farbe er hatte, und wenn man den Daumen vom Loch hob, ergoß sich der Inhalt der Röhre in ein Glas. Sie nannten das Instrument »Faßdieb«, und sie erzählten mir, daß Synesios einen syrischen Glasbläser aus Alexandria habe kommen lassen und ihm einen Glasofen irgendwo im Wald errichtet habe, wo aber niemand habe hingehen dürfen. Dort stelle man diese »Faßdiebe« in großer Zahl her, auch Flaschen und Gläser und Meßinstrumente »für die Luft unter Wasser!« sagte der eine, der andre: »für das Wasser in der Luft«. Sie verstanden offenbar nicht, was sie gesehen hatten, aber sie priesen beide ihren und meinen Herrn Synesios. Von der Mißwirtschaft des Verwalters erfuhr ich seltsamerweise auf meinen Rundgängen nichts.

Einige Tage nach unserm Gespräch über die Nächstenliebe suchte mich Vater Zosimos auf. Er stand im Säulenhof, und ich rief ihm vom Umgang im ersten Stock zu, er möge sich zu mir heraufbemühen. Aber er hob beide Hände zu einer abwehrenden Bewegung – nein, das sei nicht schicklich –, besser hier, wo uns jeder sehen könne. Dieser eingebildete Alte, ich mußte lachen. Dreimal fastete er in der Woche, dann kam er nicht zu Tisch, und doch fürchtete er sich immer noch davor, mit einer jungen Frau allein zu sein. Für wie stark und unwiderstehlich hält sich so ein nicht gerade wohlriechender hieronymitischer Asket und – für was hält er eine junge Frau, deren Mann verreist ist! ...

So begegnete ich dem Vater Zosimos, als ich hinabstieg, in einer amüsierten Überlegenheit, die ihm nicht verborgen blieb. Er zeichnete mit seinem Stock auf die Fliesen allerlei hin. Endlich hob er das Gesicht: »Nicht so, Prisca! Die Sünde ist allgegenwärtig wie Gott. Ich bin über sechzig alt, aber wissen Sie nicht, daß unsere Seele alterslos ist? Und es ist unsre Seele, die sündigt, nicht das Fleisch.« Er lächelte nachsichtig. An die Mißachtung seiner Person sei er ebenso gewöhnt wie an die Verehrung, die man dem Priester in ihm entgegenbringe, eigentlich seiner Fähigkeit, priesterliche Funktionen auszuüben. »Die Menschen sind nicht dankbar«, sagte er in ruhigem Feststellen, »sie benutzen einander – und alles nutzt sich ab – auch wir Priester, wir vor allem –«, er hob den Kopf, blickte sich langsam im Kreise um. »Auch dieser heidnische Hausaltar –«, seine weiße Hand mit dem ausgestreckten Finger stieß aus dem Ärmel seines Gewandes hervor. »Urnen!«, seine Stimme flüsterte, »Nester der Dämonen! Wie Sie das aushalten – die Asche von Heiden, deren Seelen im ewigen Feuer brennen –«

»Vater Zosimos!« Ich rief seinen Namen streng wie den eines Sklaven, der nicht gehorchen will.

»Nun – waren sie etwa getauft, dieser Doros, dieser Heraklit? Außerdem wollten sie mit dieser Art der Beerdigung protestieren übers Grab hinaus – gegen die Kirche und damit gegen Gott! Wenn wir folgerichtig denken –«

Ich schrak zusammen: ein Hauswiesel fiel unter der Mensa des Altars aus irgendeinem Versteck herunter und zuckte in der Sonne dahin, ein Riß in den Fliesen, der sich sofort wieder schloß.

»Auch das noch!« rief Vater Zosimos, ebenfalls ein wenig erschrocken und erbost hinter dem Wiesel her, »immer noch diese heidnischen Tiere in den Häusern! Die Christen hegen seit fast hundert Jahren die Katzen zum Mäusefangen, aber hier auf dem Doroshof müssen es Wiesel sein – alles Protest!«

Ich unterdrückte ein Lachen und gab Vater Zosimos ausführlich recht: das Streitobjekt war nicht bedeutend, und ich mochte diese Wiesel nicht sonderlich, sie erschreckten einen immer wieder und blieben, wiewohl man sie zahm nannte, doch recht wild, »heidnisch«, wie sich Vater Zosimos ausdrückte. Im Mäusefangen aber übertrafen sie wahrscheinlich die Katzen, weil sie sich nie an den Menschen anschlossen und sich nicht verwöhnen ließen oder träge wurden, sondern jeden Augenblick ihres Lebens gegen Ratten und Mäuse kämpften und sie auch fraßen, zumindest ihr Blut soffen. Ich wollte Vater Zosimos versöhnlich stimmen und bat ihn, mir ein paar »gute christliche Katzen« zu besorgen. Ich erzählte ihm, daß ich in meiner Jugend mit jungen Löwen und Pardeln gespielt hatte und schon deswegen Katzen liebte.

Er nickte bedächtig. Mit einem tastenden Blick durch den Säulenhof begann er wieder: »Aber lassen wir die Katzen, kommen wir zu Synesios!« Wieder mußte ich lachen. Ich wandte mich ab und trat in den Schattenteil des Hofes.

Vater Zosimos folgte mir, die Sonne brannte schon. Auf seine übergangslose Weise begann er von meiner Verpflichtung gegenüber Synesios zu sprechen. Die heiligste Pflicht sei, ihn zum Christentum zu bekehren und zwar mit allen Mitteln! Ob ich ihm endlich Weihwasser zu trinken gäbe – heimlich natürlich? Darauf wagte ich Johannes zu zitieren, es fiel mir nicht einfach so ein, sondern der Satz steckte vielmehr wie ein Pfeil mit Widerhaken in meiner Seele: ›Niemand kommt zum Sohn, wenn der Vater ihn nicht ruft.‹ Aber Zosimos war gerüstet: »Gewiß, so müssen Sie also den Vater darum bitten, und zwar im Namen Jesu, daß er Synesios ruft!« Und da dachte ich mit vernehmbarer Stimme, was ich schon tausendmal gedacht hatte: Ruft der Vater denn nicht alle, auch ungebeten? Vater Zosimos' Antwort klang fast schadenfroh: »Ketzerei, was Sie da vorbringen! Hätten Sie gebetet für Synesios wie Monika für Augustinus, wahrscheinlich wäre Ihr Gatte längst Christ und lebte in der Hoffnung. Übrigens – schlagen Sie auch manchmal das Kreuz über ihn, um die Dämonen zu verjagen, heimlich, versteht sich!«

Das Gespräch bedrückte mich; so ließ ich Vater Zosimos wissen, ich sei überzeugt davon, daß Synesios in der Hoffnung auf Gott lebe – und vielleicht sei er noch nicht getauft, gerade weil er dem Christentum so nahe stehe – der letzte Schritt komme ihm vielleicht als eine Äußerlichkeit vor. Außerdem, das sei meine Besorgnis: Synesios verabscheue das Eindringen des juristischen Denkens in die heiligen Geheimnisse. Und dann – ich wollte noch von der Askese sprechen, von der Angst vor dem Fleisch, auch auf die allgemeine Heuchelei hinweisen, die aus dieser trüben Quelle steige und sich zu einer typisch christlichen Eigenschaft entwickelt habe – indes ich hob meinen Umhang, zog ihn übers Haar, drückte ihn mit einem verborgenen Finger gegen die Lippen, wiederholte: » – ja und dann, es gibt da noch manches ...«

»Noch manches«, wiederholte Vater Zosimos, »aber Gott will, daß man sofort anfängt, immer jetzt – und zwar mit den kleinen Dingen. Reden wir zunächst einmal nicht vom Hausaltar, sondern«, er lächelte, »jetzt schaffen wir wirklich die Wiesel ab und halten uns Katzen!« Ich antwortete: gern, ich müsse allerdings zuerst Synesios fragen. Vater Zosimos klagte: »Hat doch Paulus recht: mit meinem guten Willen diene ich dem Gesetz Gottes, mit meiner armen Menschlichkeit bin ich Sklave einer dunklen Macht und ihrer Befehle.« Während er hinausging, rief ich ihm nach, daß Synesios mein Gebieter und der Hausherr sei und keine dunkle Macht!

Zwei Tage später stand ich wieder mit einem Mann im Atrium, dem Verwalter Titan. Hinter seinem Rücken wurde er, da er sehr kurz geraten war, von allen Titi genannt. Er lebte überwiegend im Sattel, immer unterwegs, um Verkäufe zu regeln und die verkauften Produkte: Wein, Bier, Öl, Möbel, Gläser, Schalen und »Faßdiebe« mit Wagen und Geleit an die Käufer zu bringen. Er kaufte auch draußen ein: Wolle und Leinen, fertige Kleider, Werkzeuge, Messer, Äxte, Schwerter, Jagdspieße und was auf dem Doroshof gebraucht wurde. Vor allem: er brachte Nachrichten aus der Ferne, aus den großen Hafenstädten, aus den entlegensten Bergschluchten, manchmal aus Oasen, also vom Rande unserer Welt. Er pflegte sogar Verbindung mit Häuptlingen aus der Wüste, deren Jahreswege er kannte und die er auf gewissen Märkten in gewissen Monaten traf. Er kaufte bei ihnen schwarze Sklaven, Zwerge, Datteln, Papageien, Affen, seltsame Steine, Vogelfedern und allerlei Gewürz – und was er davon auf dem Doroshof nicht los wurde, verhökerte er in den Städten.

Synesios hatte mir von diesem Verwalter erzählt: Titan sei wohl der geschickteste Kaufmann in Libyen, allerdings auch unvorstellbar habsüchtig, bereits an seinem Äußeren war zu erkennen, daß der Geiz ihn kämmte. Seit jenem Tag, da ich bei Synesios diese fadenscheinige, krummbeinige Gestalt Titis zur Tür hinauswirren sah, fühlte ich gegen diesen Menschen eine Abneigung wie etwa gegen Spinnen. Synesios nun war der Ansicht, daß Geschäftsleute, die Tag und Nacht hinter dem Geld herjagten, leicht Habsucht, Geiz, Unredlichkeit und betrügerische Listen in sich entwickelten. Er wisse genau, daß Titan in die eigne Tasche wirtschafte, ja ihn betrüge, aber welcher Verwalter betrüge nicht? Synesios hatte mich damals daran erinnert, wie jung ich sei, und daß Mißtrauen bei jungen Menschen selten, auf jeden Fall nie als Zierde vorkomme; soweit ging er in seinem Tadel, und daran merkte ich, daß auch er sich über diesen Menschen Gedanken machte. Titan war Christ, sehr eifrig besonders beim Psalmensingen im Gottesdienst. Wenn er an die Reihe kam und aufstand und seinen Psalm, wie auch wir in der Kyrenaika es hielten, allein über die Köpfe der andern hinsang, vibrierte das Blech in seiner Stimme, sein Psalm war: »Der Herr ist mein Hirte, mir wird nichts mangeln!«

Als mir nun Titan seinen Geschäftsbericht übermittelt hatte, begann er, sich zuerst vorsichtig umblickend, Nachrichten auszuwickeln. Vorige Woche in Olba, vorgestern in Neu-Marathon: Reiter, Überfälle, vergiftete Brunnen, gestohlene Kinder, Männer beim Ernten überfallen, die Gerstenäcker in Brand gesteckt, ganze Dörfer abgebrannt, und schließlich: man biete mir also, wie verabredet, Schutz an – eine Hundertschaft Soldaten.

»Andronikos selbst?« unterbrach ich ihn ungläubig, »der General wird sich doch nicht auf den Doroshof bemühen?«

Titan warf seine langen Arme neben sich in die Luft, auf der kahlen Wand des Atriums sah er wie der Schatten einer Puppe aus, die ein Spieler hinter mir bewegte.

»Andronikos weiß«, sagte er, »was er der Gattin des Synesios schuldet.«

Darauf ich: »Aber Synesios will – will hier keine Soldaten.«

Titan trat auf mich zu: »Sagen Sie das nicht! Der Herr General müßte das als Undankbarkeit ansehen.«

»Aber wenn doch Synesios es nicht will –«

Synesios sei nicht hier, begann Titan wieder, und in Konstantinopel erfahre man kaum, was in der letzten Zeit hier geschehe: schreckliche Dinge! Auf einem alleinstehenden Hof in der Nähe von Dokimeion – freilich sei er nicht so groß wie der Doroshof – sei über Nacht das Wüstenpack eingedrungen und habe die Frauen vergewaltigt und sie dann ans Tor gekreuzigt – mit Nägeln, die sie aus den Torbalken gezogen hätten. »Also!« Mit diesem Wort – es klang vorwurfsvoll – schloß Titan seinen ekelhaft ausführlichen Bericht.

Darauf fragte ich ihn, warum Andronikos nicht seine Soldaten an die Südgrenze werfe?

Und Titan: um die Grenze gegen die Wüste abzusperren, müßte Andronikos über einige Legionen verfügen, die aber nicht vorhanden seien. So verteidige er Städte, feste Plätze, Gehöfte.

»Das ist bequemer und weniger riskant«, meinte ich.

Aber Titan warf wieder die Arme von sich: »Wenn das Andronikos hörte, liebe, fromme, ehrwürdige Frau Prisca! Hüten Sie doch Ihre Zunge, ich meine: andern gegenüber. Außerdem, Sie tun dem Herrn General Unrecht. Als ihm mitgeteilt wurde, daß die Sklaven auf dem Doroshof unzuverlässig seien –«

»Wer hat das gesagt? Das ist eine Verleumdung unserer Hausgenossen!«

»Wer –? Sie müßten das eigentlich wissen ...«

Ich fragte ihn, woher er das überhaupt wisse?

»Ach«, Titan sprang zur Tür, öffnete sie, aber niemand war da. »Lauscher gibt es viele«, sagte er und lächelte auf seine Brust hinab.

Wieder einmal hatte ich – gesegnet sei das Erbe des Ursus! – einen Anfall, eine richtige Kolik von Mißtrauen: dieser Titan hat einen Auftrag, er spricht im Namen des allmächtigen Thunfischers!

Ich starrte in das Gesicht vor mir, in dem sich jetzt nur noch die Augen bewegten, von meinem Blick hin und her getrieben.

»Eine Hundertschaft«, sagte er in anordnendem Ton, als hätten wir die ganze Zeit nur über die Anzahl der einzuquartierenden Soldaten gesprochen, »der Doroshof ist groß – die Wälder, die Felder, all die Gehöfte, Hütten –«

»Nicht einer!« sagte ich, »Synesios will es nicht.«

Da machte Titan einen seiner ruckhaften Schritte auf mich zu, fragte, ob ich denn wisse, wann Synesios von Konstantinopel heimkehre? Und ob ich nicht wisse, daß der Herr General, wenn er es wolle, auch ohne meine Erlaubnis das Gebiet des Doroshofes besetzen könne, um uns zu schützen. Ob es da nicht klüger sei, ihn einzuladen, mit ihm zu reden, vielleicht sogar ihm – Titans Augenpunkte verschwanden mit einem Flehen seitwärts nach oben – ein Geschenk zu machen.

»Ich dachte an die Trinkschale mit dem Anker – er trinkt gern.«

Titan spitzte die Lippen und erklärte dann das Bild des Ankers, in welchem ja das Kreuz verborgen stecke.

Ich erinnere mich genau, wie ich nur immer dasselbe wiederholte: »Synesios will es nicht.«

Titan seufzte und schloß die Augen, als wolle er nicht das Schreckliche sehen, das mir, Synesios, dem Doroshof bevorstand. Und er begann von den verschiedenen Machtbereichen des Generals zu reden, der ja auf alles Einfluß nehme – auch auf die Steuer ...

Im Atrium war es kühl, fast hätte ich gezittert. Mit einer Bewegung des Verabschiedens ließ ich Titan wissen, daß ich noch heute an Synesios schriebe.

Titan wuchs in die Höhe: »Dann lege ich mein Amt nieder – noch heute!«

»Schön«, sagte ich, »auch das schreibe ich Synesios, daß mich sein Verwalter verlassen will und diese Drohung als Druck benutzt. Aber ich bleibe meinem Gatten gehorsam – und Synesios will keine Soldaten, keinen Umgang mit Andronikos! Teilen Sie mir Ihren Entschluß morgen mittag um dieselbe Zeit mit. Jetzt lassen Sie mich bitte allein!«

So ähnlich verlief unser Gespräch. Kaum daß er das Turmhaus verlassen hatte, stapfte ich die Treppe hinauf und ließ mich, ohne nach den Kindern gesehen zu haben, auf mein Bett nieder – vorsichtig, als wäre ich aus Glas geblasen. Ich starrte zur Decke hinauf, wo die braunen, schön geglätteten, gekerbten und mit Gold und Rot verzierten Balken sich über mir verflochten – die Hände des Doros! Und ich bin, ohne zu weinen, eingeschlafen.

Ich hatte niemanden, bei dem ich mir Rat holen konnte. Zwar war Euoptios gerade damals von Kyrene nach Ptolemais umgezogen, doch wagte ich es nicht, ihn von seinen Silphionplantagen abzulenken und ihm von meiner Unsicherheit, ja Angst zu erzählen. Trotzdem steht manches aus dieser verborgensten Zeit in der Biographie, die Laokoon später verfaßte. Und sein erdichteter Bericht ist nicht einmal auf erdichtetem Material aufgebaut. Da ich aber über mein in diesen Monaten verbrachtes Leben allein mit Synesios gesprochen habe, kann auch er allein die Quelle sein, aus der Laokoon schöpfte.

Synesios antwortete stets bereitwillig auf Fragen von andern, manchmal auch zu ausführlich, was nichts mit einem Mangel an Distanz zu tun hatte, sondern mit seiner Auffassung von der, wie er gern sagte, auf tausend Füßen gehenden Wahrheit, davon jeder Fuß betrachtet werden müsse. Auch sein Selbstbewußtsein, das ähnlich wie der Doroshof in unsichtbaren, sehr weiten und sehr dornigen, geradezu uneinnehmbaren Grenzen lag, verführte ihn oft zu allzu großer Offenheit. Sein Selbstbewußtsein duldete es nicht, anzunehmen, daß Menschen von einfacher Herkunft einem Battiaden schaden könnten. Auch als Bischof war Synesios, wiewohl er den Hochmut fürchtete, nicht frei von den Folgen seiner vornehmen Herkunft.

Ich erinnere mich, wie er manchmal, als die Söhne schon zuhören und denken konnten, ihnen – und das in Tutulinas Nachbarschaft – von den Vorfahren erzählte, von Jason und sogar von dem schnellen Euphemos, einem Sohn des Poseidon. Die Battiaden hatten also, wie so viele, versucht, einen Gott zum Urvater zu haben. Aber wir Christen, so machte ich den Kindern klar, nennen sogar den höchsten und alleinigen Gott, durch heilsame Ermahnungen belehrt, unsern Vater und Schöpfer.

Das sagte ich in Synesios' Gegenwart, der über meine Ausführungen ein wenig gescholten in sich hineinlächelte und dann den Kindern versicherte: ja, die Seele, die sei himmlischen Ursprungs, komme von oben und strebe dahin zurück. Also trotz seiner Philosophie-Geschichten: Euphemos, Jason, die Argonauten, die dorische Wanderung, Thera, die Gründer Kyrenes, die Battiaden – ich fegte sie, wie die Frau des Evangeliums, nach der verlorenen Drachme suchend, aus unserm Haus nach und nach alle hinaus: Tand, Flitter, Eitelkeiten, die den Söhnen in so jungen Jahren nur schaden können. Was geht uns Jason an und sein Goldnes Vlies, was seine Fahrten, wenn heute ganze Völker aus ihren Wohnstätten aufbrechen, eins ums andere – und über das Alte und Gegründete hinwegströmen, Städte überschwemmen, Länder, die Menschen mit sich reißen und in ihrer Strömung vor sich hertreiben. Und indem wir dem Völkertosen in der Ferne lauschen, fallen uns Homer, Hesiod, Vergil und all die andern Dichter aus den Händen, und wir merken es gar nicht: wir schauen in die Augen unserer Kinder, die mit Klötzen spielen oder schon mit dem Bogen – und denken: welchen Weg wird der

Strom der Hunnen nehmen, der Goten, all dieser blonden Halbbestien – und überlegen, wie brüchig unsre Stadtmauern geworden sind, die sichtbaren, vor allem aber die unsichtbaren, wie preisgegeben die Grenzen, wie fern der Kaiser, wie verlottert die Städte, wie ausgeraubt und tot das flache Land. Wir bedürften eines Jeremias, aber wir hören nur die Loblieder auf die Barbaren – in der besten Gesellschaft wie auf dem Forum. Jedes unterrichtete Kind weiß bereits, daß sie an Stärke uns gegenüber Riesen sind, daß es gut, sinnvoll, ja notwendig ist, mit ihnen zu paktieren, und zwar ehe sie die Stadt stürmen, ja ehe sie noch das Land betreten. Überall und sogar in den obersten Kreisen haben die Barbaren ihre Freunde, ihre Spione, die Lobsinger ihres Ruhmes. Wenn sie eine Stadt überrennen und ein paar tausend Frauen Gewalt antun, so hat das im Mund der Barbarenfreunde als Zeichen von Urkraft zu gelten, und es sei der Wille der Sieger, sich mit den Besiegten zu vermischen, aber auch die gerechte Rache für unsern Hochmut und unsere Treulosigkeit. Die Kirche aber deutet den Barbaren-Greuel als Strafe des Himmels, die demütig hinzunehmen sei. Was aber fast allgemein feststeht und sogar von den Bußpredigern als Argument benutzt wird: diese Wilden, mögen sie auch rauben, schänden, morden und brennen: an Tugend überragen sie uns alle, schon Tacitus hat es uns eingebleut, also muß es stimmen. Allerdings – tugendhafter zu sein als wir Christen unter dem Triumphkreuz, dürfte selbst einem Hunnen nicht schwerfallen!

In meiner Auffassung über die Barbaren stimmte ich mit Synesios überein, doch dachte ich damals noch an die Barbaren aus der Wüste, während er auch alle jene meinte, die in Byzanz die Macht des Reiches, das Schwert, in ihren Händen hielten: die Goten.

Über diese Goten hatte er mir in seinen Briefen allerlei geschrieben, von ihrem Aussehen: großgewachsen, blond, hellhäutig, und daß der Kaiser ihnen vertraute, obwohl es doch Arianer waren, also Irrgläubige. Sie glauben nicht, daß der Logos aus dem Wesen des Vaters stammt, und daß der Sohn so ewig ist wie der Vater. Synesios schrieb das wie ein orthodoxer Christ. Auch sein Umgang mit dem Bischof Johannes, den man den Goldmund nannte, weckte in mir die Hoffnung, daß der Tag, da er sich taufen lasse, nahe sei. Einmal erwähnte er sogar, daß ihn der Abt eines Klosters gleich bei der ersten Begegnung, als er die Kirche betrat, gefragt habe, ob er Bischof sei. Das war sicherlich die Mitteilung, die er, nachdem er wirklich Bischof geworden war, seinem Archidiakon Laokoon gegeben hatte wie etwas, das uns Eindruck macht, eben weil die Frage oder Aussage zunächst daneben und später dann doch in die Mitte trifft.

Laokoon aber strickte aus dieser Frage des Abtes eine Wunderlegende jener mir so widerlichen Art, wie sie in den Büchern der Mönche auf jeder Seite auftauchen, das Urteilsvermögen des Lesers trüben und das Christentum bei den denkenden Menschen in Verruf bringen. Ich weigere mich, diese törichte Geschichte unsres Biographen hier hinzusetzen. Kein Engel Gottes hat mir Tutulina ins Bett gelegt, keinerlei vorhersagende Träume gab es über dies Kind oder über die künftige Erwählung des Synesios – weder in seinem noch in meinem Bett –, und kein Wort aus Engelsmund hat uns beiden je befohlen, in Zukunft enthaltsam zu leben. Nur in einem Punkt hatte Laokoon recht: mein Herz gebärdete sich während Synesios' Abwesenheit wie das »einer verwitweten Wildgans«.

Wenn die einsame junge Prisca schon damals in solch einem Manuskript von Laokoon hätte lesen können – es entstand ja aber erst Jahre später –, hätte sie vor allem über diesen Vergleich gelacht: eine Wildgans, selbst eine verwitwete, ist ein Tier und liebt als Tier; die Sehnsucht einer liebenden Frau ist anderer Art und, so nehme ich doch an: größer, viel größer! Aber Laokoon hat übersehen, daß jene junge Prisca ein Mensch war. Sie wurde, darf man sagen, vor Sehnsucht krank. Und Tutulina machte es ihrer neuen Mutter nach und erkrankte ebenfalls. Das half der Mutter, bald gesund zu werden und Tag und Nacht um das schreiende Kind zu sein. Durch Tutulinas starke Stimme wurde auch Phaidon wach, lauschte ein wenig und weinte dann mit.

Eines Nachts trat diese einsame Prisca auf den Umgang hinaus, schaute zwischen Himmel und Erde hin, es war fünf Tage nach Vollmond, das Mondschiffchen schwamm noch nicht über den Wäldern. Das Weinen der Kinder tat ihr wohl, da es sie an den Ort band.

Man ging im Sommer auf dem Doroshof fast mit der Sonne schlafen und stand auch mit ihr auf. Und so war ihr diese nächtliche Welt nicht vertraut. Sie hatte freilich neben Synesios manchmal in das im Mondlicht glitzernde Land geschaut, aber da hatte sie ihre Beine wie Wurzeln gefühlt: das waren *ihre* Wälder, *ihre* Wiesen, *ihre* Äcker – in dieser Nacht jedoch kam es ihr vor, als könnte sie nicht den Boden erreichen, als schwebe sie. Ein Frösteln glitt über ihren Rücken.

Auf den Wiesen, auf der großen bleichen Fläche, die sich gegen Osten senkte, ging der Wind, sie sah es, im Laub der Bäume, es waren Weiden, das wußte sie. Seltsam nur, daß in der Höhe, in der sie auf dem Umgang stand, der Wind sich nicht rührte, während unten – doch! – die Bäume sich bewegten, sogar von der Stelle fort bewegten sie sich, gegen Westen hin.

Und da stellte sie, die Augenlider zukneifend, fest, daß die vermeintlichen Baumkronen kleiner waren als die Köpfe der Weiden, und daß diese, die wirklichen Bäume, noch an der alten Stelle standen. Und nun sah sie: es kamen Bündel aus dem Ahornwald hervor, Bündel auf Strichen, Menschen wie Bäume – und zwar aus einem Gebiet, das keiner der Hausgenossen betreten durfte wegen der Glashütte. Um die Nachtzeit waren auf dem Doroshof nur die Nachtwächter auf den Beinen, aber mehr in der Nähe der Häuser, wegen der Dämonen, und mit Liedern gewappnet. Aber das waren keine Nachtwächter, sie sangen nicht.

Und wie man manchmal etwas plötzlich weiß, ohne es mit Denken angelockt zu haben, wußte ich, was da geschah, wußte: das war Andronikos, immerhin sein Werk! Chilos hatte mir über den General viel erzählt, Geschichten, die durch das ganze Land liefen, Geschichten, die ein wenig denen in Laokoons Biographie glichen, indem sie ganz ausgefallen, stets gefährlich und geradezu wunderlich sich ausnahmen, wobei das Wunder aber nicht durch Engel, sondern durch die Soldaten des »christlichen Achilles«, so nannte man ihn, bewirkt wurde.

Ich starrte weiter auf die Bäumchen, an denen ich nun deutlich die zwei Beine erkannte, sie marschierten in schönem Abstand, aber wie auf Wolle, ich vernahm keinen Laut, kein Waffengeklirr, kein Kommando.

Verletzte Grenzen

Worüber ich mich am nächsten Morgen wunderte – es fiel mir plötzlich ein –: die Hunde hatten nicht angeschlagen! Ich ging zum Zwinger, um nach ihnen zu schauen. An der Tür des Verwaltungshauses blieb ich stehen, niemand war in der Nähe. Ich legte mein Ohr an die Tür zu Titans Behausung und lauschte. Ich vernahm einen Schritt, ein Mensch, der im Zimmer umherging, dann Titans Stimme: er sprach mit sich selber, aber nur in Ausrufen, kurz, wie gekitzelt, dazwischen ein paar Lachtöne. Ich ging zurück in den Säulenhof und dachte nach, was ich zuerst tun müßte. Zum Zwinger, ja! aber ich hatte Furcht hinzugehen – nein, sie hatten nicht angeschlagen. Ich dachte an Chilos, den Sekretär meines Mannes, aber es wäre unschicklich gewesen, ihn zu so früher Stunde aufzusuchen. Er war mir gleichaltrig, und in Abwesenheit des Hausherrn hatten wir, wenn wir uns sprechen mußten, stets einen Dritten bei uns – wegen der Hausgenossen, die an der Tugend ihrer Herrin Anteil nahmen. So wollte ich mit meinem Besuch bei ihm warten, zum Essen würde er ja erscheinen. Ich lief durchs Haus, blickte wieder vom Umgang hinab wie in der Nacht, alle Bäume standen an ihrer Stelle, auch die Weiden auf der Wiese. Aber ich mußte zum Zwinger! Ich stieg wieder hinab, strich mit der Hand, um Beistand bittend, im Säulenhof über die Urne des Doros. Die Sonnenstrahlen stachen schon über die Mauern herein, und die Wände des Hofes warfen einander Strahlen zu.

Ich ging fast täglich zum Zwinger, wenn auch nicht immer um dieselbe Stunde, meist nach dem Schwimmen, nur in ein großes Tuch gehüllt. Der junge Mann, der die Hunde seit acht Tagen zu füttern angestellt war, hieß Timotheus, war taubstumm und ein wenig zurückgeblieben. Aber soviel verstand er doch, daß er wußte, wie sehr sein Herr die Hunde liebte. Synesios hatte mir noch vor seiner Abreise ans Herz gelegt, jeden Tag seine Lieblinge zu besuchen und darüber zu wachen, daß sie ausgeführt würden. Als ich zum Zwinger kam, der sich am Verwaltungsgebäude im Schatten der Platanen befand, fand ich die Hunde alle schlafend vor, die zwei Doggen blinzelten mich an, aber gleich legten sie wieder die schweren Köpfe auf die Bohlen, nicht auf die Pfoten wie sonst. Die Windhunde lagen seltsam zusammengekrümmt da und zuckten von Zeit zu Zeit. Ich rief sie alle beim Namen, aber nur der Spitz kam langsam ans Gitter, doch, wie mir schien, auf unsicheren Beinen, und sein Büschelschwanz bewegte sich nicht. Es war sehr heiß. Ich suchte Timotheus und fand ihn nicht. Im Lauf des Nachmittags ging es den Tieren offensichtlich besser, sie fraßen auch ein wenig. Timotheus beruhigte mich, indem er seinen kleinen Kopf auf seine große Hand legte, die Augen schloß, die andre Hand neben sich pendeln ließ, den Körper dabei nach hinten beugte und den Mund offenstehen ließ, was wohl heißen sollte: eine Hundehitze heute!

Die nächste Nacht das gleiche wie in der vergangenen. Und wieder schlugen die Hunde nicht an.

In aller Frühe ließ ich Chilos rufen und berichtete ihm, was ich in den zwei Nächten beobachtet hatte. Chilos' Vorfahren waren kriegsgefangene Perser, und seine blauen Augen, die unter dichten schwarzen Brauen hervorblickten, sahen in eine Welt, in der es Söhne des Lichtes und Söhne der Finsternis gab, nichts dazwischen, und beide Arten von Menschen lebten unveränderlich entweder im Guten oder im Bösen, die einzige Verbindung, die es zwischen diesen beiden Gruppen gab, bestand in einem unaufhörlichen, gnadenlosen Vernichtungskampf. (Als ich nach Jahren in Ptolemais mit den späten Schriften des Bischofs von Hippo bekannt wurde, merkte ich die gemeinsame Wurzel von Chilos' und Augustinus' Denken: ihre Welt ist bis auf den Grund geteilt, ist zweierlei Welt, eine unversöhnlich ihr Gegenteil hassende Welt, und Christus ist eigentlich nur für die Söhne des Lichtes, bei Augustinus: für die Gefäße der Gerechtigkeit gestorben. Ich habe mit Chilos, der für Christus eine hohe Verehrung empfand, oft über den Bischof von Hippo und seine Lehre gesprochen, und Chilos war der Ansicht, daß dieser Sohn des Lichtes für den »persischen Glauben«, wie er sich ausdrückte, den Weg bereiten werde.)

Chilos hatte so wenig von dem nächtlichen Besuch wahrgenommen wie die übrigen Bewohner des Doroshofes. Aber kaum, daß er meine Darstellung angehört hatte, rief er: »Andronikos! Natürlich! Sehen wir nach den Hunden!« Wir gingen zum Zwinger, schließlich liefen wir. Das Gatter stand offen, auch die Tür zum inneren Raum: die Hunde waren nicht da, sie waren »tot«, so erfuhren wir dann, lagen bereits im »Tartaros«, so nannte man auf dem Doroshof einen oben mit Mauerwerk und Eisen verschlossenen Steinschacht, in den aller Unrat geworfen wurde.

Aber wer hatte Timotheus diesen Befehl gegeben, oder falls der Taubstumme es nicht selber getan hatte, wer sonst war der Täter? Es gab also auf dem Doroshof einen oder mehrere Verräter, von Andronikos gekaufte Männer, die seine Befehle ausführten. Chilos riet mir, den Bruder des Hausherrn, Euoptios, von Ptolemais heraufzubitten, es müsse ein Familienmitglied sein, das in Vertretung des Hausherrn handle. Meinen Vorschlag, die Sache vor den Hausgenossen geheimzuhalten, wies Chilos zurück: wo Andronikos im Spiele sei, gebe es kein Geheimhalten, er habe ja seine Macht zeigen wollen, und die Hausgenossen wüßten alles – auf jeden Fall mehr, als sie sagten. Ich gab ihm recht und schickte einen berittenen Boten nach Ptolemais. Xenophon bereitete in der Bibliothek des Hausherrn alles für den Gast vor, er lief bis tief in die Nacht umher, alle Bücher hatte er, wie er mir klarmachte, noch einmal abgestaubt und in Ordnung aufgestellt – und dabei hatte er das doch schon kurz nach der Abreise von Synesios getan.

Euoptios erschien am übernächsten Tag. Er saß auf seinem Pferd in prächtig besticktem Reisemantel und mit Bogen und einem schöngearbeiteten Schwert versehen, obwohl er sonst Waffen an Christen verabscheute. Jetzt verteidigte er seine kriegerische Ausrüstung: in solchen Zeiten könne man ja nie wissen, auf wen man stoße. Als er so vor mir stand: großgewachsen, bärtig und das ergraute Haar üppig und von Natur gelockt, nannte ich ihn scherzend unsern Haus-Zeus und deutete ihm an, was in den zwei Nächten geschehen war.

Euoptios hatte auf dem Doroshof einen Teil seiner Jugend verbracht und uns auch schon einigemale besucht, kannte also Gebäude und Gutsgelände. Die Sonne stand bereits tief, es war Essenszeit, und wir traten an den Tisch, Euoptios und ich, er hatte sich zu meiner Darstellung des nächtlichen Spuks mit keinem Wort geäußert. Er begrüßte den Hauspriester und den Sekretär, blickte scharf umher und hatte in den ersten zehn Minuten alle Verstöße unserer Leute gegen Zucht und Sitte und die ungeschriebene Hausordnung beisammen: Krokos, unser Imker, hatte Wein getrunken, vor Sonnenuntergang, er lachte zu laut; an den für die Frauen hinter der Holzwand aufgestellten Tischen hielt sich ein Mann auf, allerdings stehend, unser Pädagoge Kimon, ein Freigelassener, der zur Zeit, eh er sich noch mit unsern Kindern befassen konnte, eine Art Schule für die Gutskinder leitete, ein hübscher Bursche; und erst die Frauen! »Sie sollten sein schweigend wie Bäume«, bemerkte Euoptios, »doch die da rauschen, als stünden sie im Sturm!« Euoptios übersah wirklich nichts, aber sein Tadel floß wohlartikuliert, er genoß seine mit Dichterzitaten wie sein Mantel mit Zierscheiben bestickte Sprache, und wenn er Tutulina »Kind des Zufalls« nannte, geschah es auf eine den Ausdruck vorzeigende Weise, daß sogar ich an den Hervorbringer des Wortes, Sophokles erinnert wurde. Er nahm sogar an den Bögen, Pfeilbündeln und Speeren Anstoß, die an der Wand hingen, schalt Synesios sanft wegen dessen Jagdleidenschaft, die einem Platoniker fast so übel anstehe wie einem Christen. Und derweil kaute er an seinem Fasanenschenkel und war mit den Augen weiterhin unterwegs, um festzustellen, was bei uns falsch, schief, nicht in Ordnung sei.

Als er den Salat gegessen hatte, wagte ich endlich die Frage, was wir tun müßten in der gewissen Angelegenheit. Chilos hatte sich ein wenig von uns entfernt gesetzt und redete mit Vater Zosimos und dem Pädagogen, der endlich an seinen ihm zugewiesenen Platz zurückgekehrt war.

Aber erst als wir in der Bibliothek droben im Turmhaus allein waren, antwortete mir Euoptios, er hob beschwichtigend die Hand: »Unsinn, Prisca, und was für ein Unsinn!« Er sah Xenophon zu, der die Öllampen entzündete und legte mir dar, daß es sich hier – er wies mit dem Finger auf den Boden und dann langsam im Raum umher – entweder um eine Täuschung handle oder um einen gewöhnlichen Diebstahl, was ja möglich sei. Dieser gewisse Herr hüte sich peinlichst, gewisse Grenzen zu überschreiten. Er nannte die für Andronikos unüberschreitbaren Grenzen nicht einmal, setzte voraus, daß ich sie kannte – und ich kannte sie wirklich, Synesios hätte wohl ungefähr dasselbe gesagt, das eine Wort: Battiaden! Sich an der ersten Familie des Landes zu vergreifen – undenkbar!

Nun hatten mir Chilos und Kimon mitgeteilt, daß die Glasbläserei hinter dem Ahornwald einfach nicht mehr existiere, derart hätten die Unbekannten dort gehaust: was sie nicht weggeschleppt hatten, war zerstört. Ich teilte das jetzt

Euoptios mit. Er aber antwortete mir nicht, sondern rollte den Wein, den uns ein Diener gebracht hatte, auf der Zunge umher und begann, von der Hölle zu sprechen, von Schwefel, dieser Wein – er äußerte sich ausführlich und sagte dann: »Es wäre besser gewesen, euer Kellermeister und der Verwalter Titan wären ausgerückt; hier bei euch ist vieles nicht in Ordnung.« Erst jetzt begann er, von dem syrischen Glasbläser und seinem ägyptischen Gehilfen zu sprechen: wie Synesios auf diesen Gedanken habe kommen können, Menschen bei sich einzustellen, deren Sprache er nicht mächtig sei. Er, Euoptios, habe damals seine Bedenken Synesios gegenüber deutlich geäußert, »aber er hört ja auf niemanden! Sonst wäre er längst Christ! Er muß immer seinen eigenen Weg gehen. Und siehe da, es ist genau so geschehen, wie ich es vorhergesagt habe: eine Verschwörung der Glasbläser! Die Kerle haben ein gutes Geschäft gemacht auf Kosten meines Bruders, in Libyen wird das Glas billiger werden.«

»Und die Hunde?« fragte ich, schon ein wenig mühsam, die Überlegenheit des Euoptios und seine Auffassung, daß der große Diebstahl ohne Helfer von außen geschehen konnte, hatte mich verwirrt.

»Die Hunde? Aber das hast du doch gesehen, mein Kind: im Tartaros!«

»Was wird Synesios dazu sagen!« Mehr wußte ich in diesem Augenblick nicht hervorzubringen. Ich sah Synesios vor dem Zwinger stehen, der leer war, ganz leer! »Wie liebte er seine Hunde!« stieß ich hervor, dem Weinen nahe, doch Euoptios, der gerade in die Tasche seines Mantels griff und ein rotes Lederetui herauszog, sagte im Nebenher: »Hunde sind Tiere, und Tiere haben keine Seele. Er soll sich neue Hunde anschaffen oder, was tausendmal besser wäre, mit dem ganzen Jagdzauber aufhören! Das sollte ein Philosoph seine Diener machen lassen, es kommt doch nur aufs Wildbret an.«

Ich schwieg. Wiewohl ich Synesios ungern auf die Jagd gehen sah, wußte ich doch: ihm ging es nicht ums Wildbret.

Euoptios überreichte mir nun das rote Lederetui: es sei darin ein Brief des jungen Synesios, »er hat ihn mir geschrieben, als er damals von Alexandria nach Libyen segelte und ich in Alexandria zurückgeblieben war. Daß er ihn an mich schrieb und nicht an Hypatia, welch ein Glück! – denn sonst stünde wohl nur Philosophisches drin, und das wäre doch sehr schade, du wirst sehen!« Damit gab er mir das Futteral.

Ich fiel meinem Hauszeus um den Hals und dankte ihm, noch ehe ich wußte, welche Freude mir der Brief des Studenten Synesios bereiten würde. Ich sollte ihn in dieser Nacht lesen, sagte Euoptios, vielleicht daß der mittlerweile zwanzig Jahre älter gewordene Synesios gerade in dieser Nacht das Schiff bestiegen habe, das ihn nach Ptolemais heimbringen werde, »und so kannst du seine Seefahrt mitmachen, habe ich mir gedacht, und kannst darüber diese dumme Geschichte von der Glasbläserei vergessen.« Er selber, so versicherte mir Euoptios, wolle, um ein Übriges zu tun, in dieser Nacht wachen und meine Angstvisionen in ihre Atome zerdenken – er war stolz auf diesen Ausdruck.

Aber kaum daß ich Synesios' Brief aus der Hülle gezogen hatte und mir die Geräusche des Meeres aus seinen Zeilen ins Ohr drangen, vernahm ich auch aus der Bibliothek nebenan die Ruder am Schlafnachen meines Schwagers, sie knarrten – und dazwischen regelmäßig ein strudelndes Gezisch, das mir ebenfalls wie Meereslaute erschien. Ja, er schlief, schlief ernst und vernehmlich die ganze Nacht, während ich bei Synesios war, auf dem Schiff des Amarantos und zusammen –

»– halten wir Ausschau nach Kyrene, unserm Mutterland.«

Und nun trieb ich mit dem jungen Synesios zwischen der

Heimat und der Fremde, ich ergriff seine Hand und versicherte ihm, daß alles gut ausgehe, ich wisse darüber Bescheid, ja, diesmal könne ich in der Zukunft wie in einem Brief lesen!

»– während alledem sahen und erlebten wir Dinge, die sonst nur im Traum geschehen!«

Inzwischen war ich neben meinem jungen Synesios schon dreimal auf Grund gestoßen, ein ekelhaftes Geräusch da unten am Kiel, man hebt, während man es liest, das Gesäß, als wollte man es nicht von den Felsen aufreißen lassen – und Synesios fuhr fort:

»– höre also, lieber Euoptios, damit du im weiteren meinen Bericht ein bißchen ernster nimmst und dich nicht über uns lustig machst, höre, nein, sieh dir einmal diese Besatzung unsres Küstenschleichers an. Da ist Amarantos, unser Kapitän, der sich, seit wir auf dem Schiff sind, angestrengt den Tod herbeiwünscht und den Sturm untertänigst bittet, in seinen zerrissenen Segeln Platz zu nehmen – und das nur, weil er bis über die Ohren verschuldet ist.

Die Besatzung besteht aus zwölf Matrosen, die aber gar nicht nach Seefahrt aussehen, denn über die Hälfte davon sind, wie der Kapitän, Juden, welche ja das Meer hassen und außerdem auch den Glauben hegen, Gott wohlgefällig zu handeln, wenn sie möglichst vielen Griechen zum Absaufen verhelfen. Der Rest der Besatzung besteht aus Bauern, die ein Ruder für einen Dreschflegel halten und die Segel für abergläubische Zeichen, mit denen man den Wind anlockt. Allesamt waren im Gesicht und auf dem Oberkörper mit roten und blauen Narben dekoriert, dem einen fehlte ein Ohr, dem andern die Nase, nur wenige hatten noch ihre zehn Finger beisammen, keiner seine fünf Sinne, von Verstand gar nicht zu reden. Solange das Meer manierlich blieb, verspritzten sie gegeneinander ihre gute Laune, die sich vor allem darin äußerte, daß sie sich laut ihre Spitznamen an den Kopf warfen: lahme Ente, Kropfsack, Linksgestrickter, Schielescharf. Sie zeigten uns stolz ihre Tätowierungen und manche sahen aus, als hätten sie sich für die Reise ihre Frauen angezogen, üppige Wesen, die mit Schlangen spielten.

Wir, die Passagiere, etwa fünfzig, saßen umher, blickten ins Meer oder betrachteten das weibliche Frachtgut wie dieses die Männer, doch waren wir Männer dabei im Vorteil: die Frauen, die meisten jung und schön, leuchteten wie das Meer, solange es bei guter Laune blieb.

Aber damit du uns nicht beneidest, lieber Bruder, will ich dir die Wahrheit eingestehen: Amarantos, unser tugendsamer Kapitän, hielt die Frauen von den Männern wie in einer orthodoxen Synagoge abgetrennt; er hatte zu diesem Zweck ein glücklicherweise durchlöchertes Segel ausgespannt, hinter dem die Schönen hockten und zwitscherten und gackerten.

Außerdem: als der Gott der Liebe mit Amarantos zur See fahren sollte, war er sicher verstimmt und packte uns, damit er nicht in Tätigkeit einzutreten brauchte, soviel Angst und Not aufs Deck, daß wir die schönen Frauen bald vergaßen und sie erst als wimmernde Wesen wiedersahen, die, grün im Gesicht und in einer Art von kränklichem Tiefsinn, ihre früher gegessenen Speisen betrachteten, ohne sie wiederzuerkennen.«

Die junge Prisca rief: »Pfui! Aber das sag ich dir, Synesios, hinter dem Vorhang hättest du mich nicht gekriegt!« Und sie klatschte mit beiden Händen auf den Tisch, die Lampen zitterten.

Weiterlesend sah sie nun den Poseidontempel, an welchem das Schiff vorübersegelte und sah die weißen und braunen Kubushäuschen von Taphosiris näherkommen –

»– dieser gräßliche Amarantos will bei Sturm diese Küste anlaufen – den im Schaum verborgenen Klippen eine Seeschlacht liefern!« so schreibt Synesios und betont, daß sie alle ruhig geblieben seien und nicht geschrien hätten, woraus Prisca entnahm, daß den jungen Synesios der Schrecken stumm gemacht hatte. Laokoon würde aus diesem verbrieften Selbstzeugnis wohl mancherlei entnehmen, etwa: daß der Student Synesios, nachdem er seine Selbstbeherrschung gegenüber den Frauen hinter dem Vorhang bewiesen hatte und dadurch innerlich gestärkt worden war, über der Stadt Taphosiris einen Engel erblickte, der im Reiherflug feierlich übers Meer heranflappte, in die Segel blies und das Schiff von den Klippen forttrieb – ja, es bewegte sich ein Engel im Südwind, heißt es doch im Brief:

»– dann kam Amarantos der Südwind kräftig zu Hilfe. Wir verloren alsbald das Land aus der Sicht und stießen auf eine Herde Zweimaster, Lastschiffe, die Kurs nach Alexandria hielten.

Wir beklagten uns bei Amarantos über sein Manöver, das der Südwind glücklicherweise erfolglos gemacht hatte. Doch da sprang er auf dem Dach herum und sang Flüche, wie ich sie noch nie gehört habe und auch nicht niederzuschreiben wage. Er unterschob uns Unbeschnittenen, daß wir Unmögliches von ihm forderten, sein Schiff sei zwar imstande zu segeln, aber nicht zu fliegen. Außerdem beschimpfte er uns als Feiglinge, hinkende Hirsche zu Wasser und zu Lande, in der Luft und unter der Erde! Er rief das mit solchem Pathos, daß wir die Köpfe senkten und ihm schon beinah glaubten, doch ließ ich ihn wissen: gut, also Feiglinge! Aber immerhin Feiglinge, die sich nicht nach Taphosiris sehnen, sondern nach dem Leben und nach unserer Heimat, der Pentapolis!

Und ich riet ihm, er solle sich nicht weiter ins Meer hinauswagen, sondern solange es möglich sei, dem Land langsam näherzukommen trachten, einen Hafen anlaufen und dort auf Gutwetter warten. Doch der Schurke stellte sich taub, einfach weil er nicht wußte, was er mit seinem Schiff anfangen sollte, bis dann der Sturm sich erneut einmischte und unsern Kotzkasten in seine Gewalt nahm: mit einem

Knall war er da und schlug dem Segel seinen Bauch ein und wölbte es zur andern Seite, daß unsre Nußschale gegen Heck überhing und fast gekippt wäre. Die Matrosen drückten die Ruder gegen die Neigung, aber es war eine freundlich gesinnte Woge, die uns wieder in die Schwebe brachte. Amarantos prahlte mit seinen Steuerkünsten, als wäre er es, der uns vor dem Kentern bewahrt hatte. Er wollte darauf, die Entfernung vom Land nützend, schrägen Kurs gegen die Küste nehmen und sie in Zickzackbewegungen anlaufen.

So kam die Nacht. Sie umfing uns dunkel und Unheil versprechend, die Wogen wälzten sich heran und hoben unsere Amarantos-Lade auf ihren schwarzen nackten Schultern in die Höhe und ließen sie gleich darauf fallen, daß die Körner aus Fleisch zusammen mit dem Holz des Schiffes seufzten und quietschten.

Der Tag, der trübe aus dem Meer heraufstieg, versprach nichts Gutes. Für die Juden war es der Rüsttag, und da sie die vorangehende Nacht zum folgenden Tag rechnen und es ihnen nach dem heiligen Gesetz nicht erlaubt ist, am Rüsttag irgendeine Arbeit zu verrichten, ließ bereits gegen Abend, kaum daß die Sonne untergegangen war, der Kapitän das Steuer aus der Hand, warf sich der Länge nach auf den Boden und rührte sich nicht mehr.

Wir sahen, wie einige der Matrosen ihn, als wäre er eingeschlafen und sie wollten ihn wecken, mit den Füßen berührten und ihm schließlich in den Hintern traten, aber der Dulder Amarantos blieb liegen wie er lag. Wir begriffen zuerst nicht und nahmen schon an, er habe aufgegeben, und so eilten wir zu ihm und beschworen ihn, sich an der Hoffnung letztem Flügel anzuklammern. Indes – er richtete sich ruhig auf, zog ein Buch aus seinem Kittel und begann zu lesen, mit lauter Stimme: ›Siehe, es kommt die Zeit, spricht der Herr, da will ich mit dem Haus Israel und mit dem Haus Juda einen neuen Bund machen.‹ Obwohl der

Sturm über uns heulte, konnte ich diese Worte verstehen, ich stand tief gebeugt über dem Lesenden. Mir kam, da ich noch nie mit Juden den Rüsttag gefeiert hatte, der Mann, den ich zuerst für einen Verzweifelten angesehen hatte, nun als ein Verrückter vor. Ich fand kein Wort mehr, um in seine lesende Stimme einzudringen, aber nun umringte ihn, die Fäuste gehoben, der ganze Haufen. Ein Offizier, es war ein Araber aus dem Ritterstand, zückte sein Schwert und machte Amarantos klar, daß er ihn auf der Stelle um einen Kopf kürzer mache, wenn er nicht sofort das Steuer in die Hand nähme. Aber unser leibhaftiger Makkabäer hob die Nase, witterte in den Sturm hinein und erklärte, es bestehe für uns noch keine Gefahr, nur in Todesgefahr dürfe er die Ruhe des Rüsttages stören. Darauf rief ein andrer arabischer Ritter, ebenfalls blankziehend und mit der flachen Klinge ihm gegen den Kopf schlagend: und ob er in Todesgefahr sei! ›Wir alle‹, rief er, ›du aber mehr als wir!‹ Doch Amarantos: ›Tötet mich nur – und ernennt dann den Sturm zu eurem Steuermann!‹

Die Araber steckten ihre Schwerter mit Verwünschungen ein, und Amarantos schlug wieder sein Buch auf, hielt es noch näher an die schwankende Laterne, aber er kannte wohl seinen Text auswendig und benützte das Buch nur als Zeichen seines Protestes.

Gegen Mitternacht dann, als das Meer kochte und das Schiff wie ein Würfelbecher in der Faust des Abgrundes von Zeit zu Zeit klapperte, da erhob sich Amarantos, erklärte, daß nun der Fall der Todesgefahr Geltung habe, und ergriff das Steuer.

Um das Steuerrad herum hatten sich inzwischen die Passagiere gelagert. Die Frauen und Männer trennte schon lange kein Segeltuch mehr, die Arme fuchtelten in der Dunkelheit umher, als gäbe es Stricke oder hilfreiche Hände von oben herab, die man erhaschen müßte. Die Gesichter waren in der von Wolken verfinsterten Nacht nicht mehr zu erkennen, ebensowenig ihre von der Angst gepeinigten Stimmen, die Gebete zum Himmel schickten: heidnische, christliche, jüdische, und Stimmen und Gebete wurden einander immer ähnlicher und bildeten schließlich einen einzigen Schrei aus der Tiefe der Not, mit dem einen Unterschied, daß die Männer sich mehr mit Gestöhn, die Frauen mehr mit Heulen und Kreischen darstellten. Amarantos aber unter seiner schwankenden Laterne schwankte nicht, sondern lachte und rief, daß das die Nacht sei, in der er endlich alle seine Gläubiger loswerde – ohne Gericht, ohne in die Wüste entweichen zu müssen.

Mich aber, glaub es mir, lieber Bruder, ich schwöre es Dir beim Gott der Philosophie, mich ängstigte angesichts dieser Tobsucht der Elemente nur das Homerwort – möchte es doch nicht wahr sein! –, daß nämlich der Tod im Meer auch das Ende der Seele sei, singt doch der Dichter den furchtbaren Vers: ›Ajax' Seele verging, als er trank von dem salzigen Wasser –‹ Es ist ja ein allgemeiner Glaube, daß der Tod im Meer von allen Todesarten die bedrückendste sei, weil vom Meer aus kein Zugang zum Hades bestehe. Als Homer in den Hades hinabstieg, begegnete er den Seelen der Helden – nicht der von Ajax. Möchte er sich doch ebenso irren wie jene Christen, die von der ewigen Hölle reden.

Während ich so in meiner Angst dastand, sah ich, wie einige Christen aus ihren Taschen das heilige Brot auswikkelten, von dem sie behaupten, es sei auf eine inwendige Weise der Leib ihres Gottes drin. Außerdem schütze dieses Brot vor dem Untergang, weshalb jeder Christ, der eine Seefahrt antritt, dies Brot als ein Amulett mitnimmt. Die arabischen Ritter aber zückten wieder die Schwerter, um, wie ich von ihnen erfuhr, sich selbst zu erstechen, damit ihre Seelen auf dem Wind dahinführen und nicht in den Fluten vernichtet würden.

Andre Stimmen riefen aus der bleichen Dunkelheit, jeder, der Gold oder Schmucksachen bei sich habe, solle sich diese Kostbarkeiten sichtbarlich anlegen. Und ich bemerkte, wie in meiner Nähe die Frauen sich mit ihrem Schmuck behängten und den Armen, die keinen hatten, ein paar Ketten abließen, damit ihr Leichnam das Gold für jene Menschen mit sich führe, die ihnen, falls ihre Leichen an den Strand geschwemmt würden, die letzte Wohltat erwiesen und sie der Erde zurückgäben.

In meinem trostlosen Dastehen überfiel mich, als ich vom Sturm auf mein Gepäck geschleudert wurde, ein neuer Schrecken: in meiner Seekiste befand sich das Geld, das mir ein thrakischer Gastfreund anvertraut hatte, um es in Kyrene abzuliefern. Ich schrie nun laut wie die andern. Der Gott der Gastfreundschaft ist mein Zeuge, daß dies nicht so sehr aus Angst vor dem Tod geschah als aus der Furcht, daß mein Freund durch meinen Untergang einen großen Teil seines Vermögens verliere, und ich fühlte mich, wenn auch ohne Schuld, dafür verantwortlich – und darum erwartete ich den Tod, daß er mit meinem Leben auch meine Schuld gegenüber dem Freund auflöse.

Derweil schnitt das Schiff mit vollen Segeln dahin, wie ein lebendiges Wesen, das, von Gefahren umrauscht, nach neuen Gefahren ausschaut, in denen es sich endlich vernichten könnte. Die Matrosen versuchten inzwischen, das Segel einzuziehen, wir halfen ihnen nach Kräften, aber die Taue klemmten in den Flaschenzügen. So flogen wir, stürzten wir, der Wind im Segel heulte. Im Berg- und Talgang der Wogen mußte unser Kasten auf den Meergott wie ein geköpftes Huhn wirken, das die Flügel spreizt und dahinhüpft, schon getötet und doch noch nicht tot. Jeden Augenblick erwarteten wir das dumpfe furchtbare Krachen unter uns, falls der Kiel auf ein Riff prallte, denn wir wußten ja nur noch, daß über uns Luft, unter uns Wasser war, aber wo wir uns befanden, wußten wir nicht.

Endlich brach der zweite Sturmtag an, und wir blickten

in die Sonne, die zwar trüb auf dem Wasser trieb, uns aber so schön erschien wie Proteus selbst. Es gelang uns auch, das zerrissene Segel einzuziehen, doch konnten wir kein neues setzen, da sich das Ersatzsegel beim Pfandleiher aufhielt. Die Matrosen besserten also das alte Segel aus, und mit diesem Flickenpanier landeten wir vier Stunden später an einer flachen Küste. Da gab es nichts als eben sich dehnende Erde – ohne Häuser, ohne Baumwuchs und Gebüsch. In vorsichtigem Abstand vom Ufer ließen wir unsern einzigen Anker herab, den zweiten Anker hatte eine Zwangsversteigerung an sich gerissen, einen dritten hatte Amarantos nie besessen.

Mit dem Beiboot wurden nach und nach alle ans Land gerudert. Wir knickten, kaum daß wir die Erde unter den Füßen spürten, in die Knie, breiteten die Arme und drückten das Gesicht an den Busen der großen Mutter, und aus der Brust brachen Dankeshymnen gegen den Himmel, ein jeder in der Sprache seines Volkes, seines Herzens.

Zwei Tage gingen wir auf diesem unbeackerten, aber auch von der Natur im Stich gelassenen Landstrich umher. Da wir nirgendwo Menschen oder Tiere antrafen, wagten wir uns, was konnten wir anders tun, wieder aufs Meer zurück, lichteten in der Frühe den Anker und segelten zwei Tage mit günstigem Wind gegen Westen. Nun aber nahm uns ein Vorgebirge den Wind weg, das Segel hing schlaff herab und ebenso unser Mut, und wir wünschten uns in der Meeresstille sogar ein wenig Sturm. So ist der Mensch. Aber wir sollten uns nur allzuschnell nach der Spiegelglätte des Meeres und der Ruhe im Himmel zurücksehnen!

Am dreizehnten Tag des abnehmenden Mondes zog es über uns erneut herauf: jenes Zusammenspiel gewisser Sternkonjunkturen mit den wohlbekannten und doch nie zu fassenden Zufälligkeiten, die jeden, der zur See fährt, eines Tages in ihre Fänge bekommen.«

Jeden? Dies Wort weckte in der jungen Prisca Angst um

Synesios, der gerade jetzt wieder, vielleicht in Konstantinopel oder Athen, an Bord gegangen war.

Dieser zweite Sturm, von dem der Brief erzählte, brachte auch noch Regen mit sich und riß Priscas Seele nun noch angstvoller in die Nacht hinaus. Sie suchte nach Synesios' Hand, nach seinem Gesicht, und da der Mond ganz im Schatten der Erde stand und die Wolken den Schein der Sterne abhielten, konnte sie ihn nicht sehen, sie wußte nur, daß er ihr nahe war. Alles wiederholte sich: das Schiff warf sie mit seinem Schwanken gegeneinander, sie stürzten zusammen hin, und wieder stand da die Seekiste mit dem Geld des Thrakers, wieder Geschrei und Gewimmer, wieder klemmten die Seile in den Flaschenzügen, wieder machten sich alle fertig zum Sterben, wieder im Dunkel das Hinundherreichen von Ketten und Schmuck. Prisca aber unterbrach ihre Lesung und versicherte Synesios, daß sie ihn, wenn sie jetzt hinabsprängen, im Meer taufen werde – ob er es wolle? – ob er zustimme? So flüsterte sie, hängte sich an ihn, beschwor ihn, es mit sich geschehen zu lassen: die Woge, die sie beide jetzt verschlinge, sei das Taufwasser, das sie zum Ufer des ewigen Lebens trage.

Und sie las weiter: es krachte im Mast, das Segel drückte das Schiff zur Seite, der Mast mußte gekappt werden, aber wer vermochte soviel gutgezielte Beilschläge in der schwankenden Finsternis zu tun – nein, das war das Ende. Doch da krachte es gewaltig, das Deck dröhnte, zwischen ihnen lag der Mast – abgebrochen, und so glücklich gegen den Bug hin geschlagen, daß er niemanden getötet, ja auch nur verletzt hatte, wie sich aus dem Stimmengewirr alsbald ergab.

Und Prisca bewies Synesios, daß Gott den Mastbaum – für einen Engel ein Zahnstocher! – im richtigen Augenblick geknickt habe, und daß Gott sich vielleicht nur deshalb einmischte, weil Amarantos so fromm sei und außerdem, weil Gott den Synesios zum Christen berufen und zum Gouverneur der Pentapolis bestimmt habe – gegen diesen Andronikos! Und die junge Prisca las weiter und trieb noch einen Tag und eine Nacht bei Synesios auf dem Wasser, bis der Sturm nachließ – und bis sie im Morgengrau einen Hahnenschrei hörte, was bedeutete, daß sie nahe am Ufer trieben – sie hörte den Schrei noch einmal, kraftvoll aufsteigend und sich lange in der lustvollen Verkündigung des Morgens hinziehend – ein Jubel hinten im Hals, im eigenen Hals, es krähte in ihr mit, sie hörte noch einmal den Hahn – und erwachte aus ihrem Lesetraum!

Das ist unser Hahn! ruft sie, springt auf, streicht sich weckend übers Gesicht, will hinaus auf den Umgang, um den Hahn noch besser zu hören, um – ja, nun hatte sie über der Lektüre dieses langen Briefes versäumt, Euoptios zu wecken, ihm zu zeigen, was da in der Nacht auf dem Doroshof geschieht – und sie klopft hastig an die Tür, bis dahinter das Gerassel und Gezisch aufhört und Euoptios erscheint in seinem pflaumenfarbenen Umhang und sie unwirsch fragt – was denn? – ah so, richtig! – die Geister, das Geisterheer des Andronikos! Er lachte schließlich, klopfte sich dabei wie ein Kind, das Lachen oder Gähnen in einzelne Laute zerdehnend, auf den Mund und betrat mit ihr den Umgang.

Sowohl im Säulenhof wie außerhalb der Mauer im großen Baumgarten, der hinab in die offene Landschaft überging, war es noch ziemlich dunkel. Der Hahn hatte sich zu früh gemeldet, war also, wie Prisca flüsterte, wahrscheinlich von einem Geräusch geweckt worden.

Sie beugten sich über die Brüstung, aber sie sahen und hörten nichts. Aus dem zur Erde sickernden Ruß der Nacht lösten sich einzelne, aber noch sehr weiche Umrisse von Mauern und Dächern. Auf den Wiesen gerann das Dunkel zu Flecken, es entstand eine Art von breitköpfigen Nägeln, die auf dem Wiesengrund oben silbrig zu glänzen begannen, während sie unten an den Spitzen sich immer dunkler, immer fester in die Erde einbohrten. Aber nichts, das sich bewegte, keine Gestalten, die Sachen auf dem Kopf trugen, kein Stahl, der blinkte, nur daß der Tau fiel und jetzt – ganz in der Ferne – Gänse schnatterten.

Euoptios stand in seinen Mantel gewickelt neben mir und sprach kein Wort. Ohne sich mir zuzuwenden, fragte er nach einer Weile, die am Grad meiner Beschämung gemessen einen Tag und eine Nacht gedauert hatte: ob ich nicht noch ein Stündchen schlafen wollte – ich hätte, das sehe er mir an, die Nacht bei Synesios zugebracht, »und falls wir jeweils an dem Ort sind, in den ein Text uns hineinbannt, dann hast du viel erlebt in dieser Nacht, vor allem, da deine Phantasie ja tief und wild ist, wie mir Synesios versichert hat, und wie auch ich nun erfahren habe: die nächtlichen Gestalten auf dem Doroshof sind ein Traum, und welch ein Traum! Und in einer Hinsicht rührt dein Traum sogar an die Wahrheit: jedes Paradies hat seine Schlange. Aber die auf dem Doroshof heißt nicht Andronikos – vielleicht heißt sie einfach Angst – die Angst der Zeit!«

Damit ließ er mich stehen, ging zum Schwimmbecken in den Seitenhof, ich hörte ihn bald darauf prusten und begab mich zurück zu Synesios' Brief.

Aus Trotz hatte ich Euoptios keine Antwort gegeben. Mag meine Phantasie tief und wild sein, aber ich bin nicht irre! Und vor allem, ihr Herren Battiaden, mein Vater hieß Ursus und ist auf der Folter ein Argus geworden, er hatte Augen am ganzen Körper! Ihr aber, Söhne der großen Sicherheit, erkennt nur jene Gefahren als wirklich an, die euch von der Natur bereitet werden. Aber ist der Mensch, dieser gräßliche Mensch Andronikos nicht auch zu einem Teil Natur?

Ich habe ihn nie gesehen, nur seine Porträtbüste in Marmor – er läßt sie überall aufstellen, Titan besaß einige, er verkaufte sie an Freunde des Generals auf den einsamen Höfen, wohl als örtlichen Schutzgott, »Christlicher Achilles« stand am Fuß der Büste. Nun, ich konnte nur feststellen, daß sein Mund ein Loch war und daß seine Augen wie die Zipfel von Würsten aus den Höhlen hervorglotzten: ein Verschlinger! Das Fleisch und Blut seiner Opfer sitzt ihm in den Augenhöhlen, und von diesen Wurstenden dichten seine Schmeichler entzückt, daß sie ihn Konstantin ähnlich machen, wegen ihrer Größe, ihrer Plastizität, ihrer alles für sich fordernden Majestät.

»Synesios, sieh dich vor!« flüsterte die junge Prisca und schüttelte den Brief mit beiden Händen, als hielte sie Synesios an den Ohren.

Und sie las weiter, fast nur mit den Augen: die Rettung des Schiffes; der freundliche Fremde, der in seinem Ruderboot kam und das Schiff in den nahegelegenen Hafen steuerte; das Idyll, in dem die Geretteten plötzlich mitten drin lagen: der von den Klippen Napfmuscheln pflückende Synesios; der angehende Mönch Pelagius aus Irland; die Geschenke herbeibringenden Bewohner; die Frauen des Landes mit ihren Euterbrüsten, die sie nach oben heben und rückwärts dem Säugling, der auf ihrem Nacken hängt, in den Mund stopfen – das alles zog ihre Aufmerksamkeit nicht sonderlich an; mehr schon die Darstellung jenes Passagiers, einer Sklavin vom Pontos, die sich vor den sie bewundernden und sogar betastenden eutermammigen Frauen schließlich auszog – und damit doch wohl auch vor Synesios, wie konnte er sonst die Schöne vom gastfreundlichen Pontos so ausführlich beschreiben, die »eingekerbter als eine Ameise« war, »und zwar von Natur«, bemerkt er dazu. Und Prisca befühlte ihre Hüften und dann griff sie sich in die Taille, drückte, zog die Luft an, aber von Ameisigkeit spürte sie nicht allzuviel. Und wenn er jetzt heimkommt, werden wir feiern, essen, trinken – und die Hitze in den Sommernächten wird ihn nicht von meinem Lager fernhalten, übers Jahr wird eine Tochter da sein – nein, lieber noch ein Sohn, eine Tochter haben wir ja: Tutulina bringt sich immer im richtigen Augenblick mit ihrer kräftigen Stimme in Erinnerung.

Da fährt Prisca zusammen: Euoptios steht in der offenen Tür, tropfend, nackt. Sie springt auf, hebt die Hände von sich, schüttelt keines Wortes fähig den Kopf. Doch Euoptios kehrt ihr nun den Rücken zu, zeigt mit dem Daumen auf sein Genick und fordert sie auf, die Wunde auszusaugen, rasch, rasch, eine Schlange habe ihn im Schwimmbecken gebissen! Prisca gehorcht, saugt, spuckt, dann sagt sie: »Wenn sie im Schwimmbecken war, ist sie nicht giftig – vielleicht eine Ringelnatter oder die Hausschlange, die ins Wasser fiel – war sie schwarz?«

Sie tat ihm eine der vielen Salben gegen Schlangenbiß auf den Hals, umwickelte ihn, und als sie fertig war, begann sie zu weinen, sie wußte nicht recht warum, vielleicht weil sie gar keine Bißwunde, die sie doch erkannt hätte, an Euoptios' Hals entdeckte, wohl aber, daß er zitterte und das Blut ihm bis in die Ohren stand und daß er keuchte, nach Atem rang, sich plötzlich umdrehte, nach ihr griff. Aber sie war unter seinem Arm weggeschlüpft und ins Kinderzimmer geeilt, Synesios' Namen hinter den Lippen kauend, die sie krampfhaft geschlossen hielt. Dann fühlte sie es deutlich, worüber sie weinte: daß es geschehen war – Euoptios, der ihr doch wie ein Vater und überlegener, ruhiger Mann erschienen war, hatte sie wie ein scheinheiliger Sklave, der seiner Sache sicher ist, angefallen und bedroht! Sie wütete gegen sich selbst, gegen ihren Leib, der sofort all sein Blut dorthin geschickt hatte, wo es vor Entsetzen hätte zurückweichen müssen. Und sie hatte in Euoptios die starke Kraft des Mannes gesehen und sogar sie angesehen; als sie unter seinem Arm fortglitt, lag der Schatten aller Battiaden über ihr, und in ihrem Fleisch wand sich die Enttäuschung, daß dieser ausgestreckte Arm nicht schneller zugriff. Wieder hatte sie das gespürt, was sie bei Paulus gelesen hatte: das Gesetz im Fleisch, das sich dem Geist widersetzt.

Sie fastete den ganzen Tag und trank auch, obwohl der Sommertag sie ausdörrte, keinen Tropfen Wasser. Noch spät am Abend erschien Vater Zosimos im Säulenhof und rief mehrmals laut und doch schüchtern ihren Namen gegen den ersten Stock herauf, bis sie auf den Umgang trat. Er stellte viele Fragen: warum sie nicht zu Tisch erschienen? – – ob sie krank sei? – ob sie wisse, daß Timotheus eine Schlange im Schwimmbecken gefunden habe? – ob die Nachtwächter ihr berichtet hätten? – Nein? Es seien Männer im Garten ganz in der Nähe des Gutshauses gesehen worden – wann? – ach, so um die Mitternacht herum. Auch in den vorigen Nächten.

Sie fragte, ob die Nachtwächter mit dem Verwalter gesprochen hätten? Da antwortete Vater Zosimos plötzlich auf Latein: »Cave Titanem! Die Nachtwächter klopften an seine Tür, aber er hat ihnen nicht geöffnet.«

Und Vater Zosimos blickte, ohne sich zu bewegen, zu mir hinauf, so stand er: schwarz, bleich vom Fasten, mit zottigem, vernachlässigtem Äußeren. Ich eilte zu ihm in den Säulenhof hinab: ob er die Schlange gesehen habe? Er verneinte ruhig. Ob man sie noch sehen könne? Wieder verneinte er. Timotheus habe sie in den Tartaros geworfen, und der sei tief. Timotheus erledigte stets Arbeiten, die sonst keiner tun mochte, und da er ja nicht hören und nicht antworten konnte, hatte es keinen Sinn, ihn nach dem Aussehen der Schlange zu befragen.

Da begann ich, Vater Zosimos flüsternd von dem zu erzählen, was ich in den Nächten gesehen hatte. Er unterbrach mich, aber nun wieder auf griechisch: »Jaja, so stehts im Psalm: man sieht die Äxte von oben her blinken. Titan, der Verwalter, hat sie, wie er sagt, nicht gesehen. Wenn man also folgerichtig denkt: er sah sie und wollte sie nicht sehen, ja, leugnet, sie gesehen zu haben.«

Nun gestand ich Zosimos, ich muß sagen: stotternd, meinen Verdacht gegen den Verwalter; Andronikos' Namen gab ich nicht preis. Titan müsse im Auftrag irgendeiner Macht, so drückte ich mich aus, mit irgendeinem Feind des Hauses in Verbindung stehen. Aber – ob solch ein Verdacht von mir nicht Sünde sei? Titan bekenne sich doch als Christen und treuen Diener des Synesios. Darauf Zosimos murmelnd, als bete er: »Gott schaut vom Himmel auf die Menschen herab, um zu sehen, ob jemand klug sei und nach Gott frage. Aber alle sind abgefallen, alle verrottet. Keiner tut Gutes, nein, nicht einer!« Und er schlug sich an die Brust.

Die Dunkelheit um uns legte sich mir auf die Nerven, ich streckte meine Hand aus und berührte hilfesuchend seinen Unterarm, den er auf seinem Stock liegen hatte. Da machte er mit dem Stock eine schnelle Seitwärtsbewegung, daß meine Hand ins Leere fiel. Um meine Beschämung zu vertuschen rief ich: »Was soll ich denn tun? Und Schlangen – dringen in unsre Grenzen ein, in unsre Häuser – vergiften uns die Hunde – der Glasbläser, der Syrer – glauben Sie denn nicht, Vater Zosimos, daß man ihn entführt hat?« Er hatte davon offenbar nichts vernommen, so abgesondert lebte er in seinen vier Wänden. »Auch das noch«, stieß er hervor, aber ohne weiter beeindruckt zu sein, und sprach weiter mit Psalmworten: »Jaja, die Gottlosen sind verkehrt vom Mutterschoße an, die Lügner lügen schon im Mutterleib. Und wüten wie eine Schlange, die in die Enge getrieben, wie eine Otter, deren Ohr verstopft ist, daß sie nicht die Stimme ihres Zauberers vernimmt, daß sie nicht hört auf den Beschwörer, der über sie die Macht hat. Gott, stoß ihnen doch ihre Zähne ins Maul hinein. Mögen sie mit ihren Pfeilen zielen, Gott sitzt als Wurm in ihren Bögen – und sie zerspellen, passen Sie auf!«

Da weinte ich und erhob die Hände, als wäre ich zehn Jahre alt. »Aber inzwischen wird Abel getötet, und Joseph verkauft, und Christus gekreuzigt –«, so rief ich und ließ ihn stehen und zählte im Davonlaufen noch weitere Namen auf, sogar die Namen unserer Hunde, und hörte zugleich Vater Zosimos' nun laute Stimme, die mich aufforderte, folgerichtig zu denken. Ob er mir übrigens junge Katzen beschaffen solle, es bestehe da eine Möglichkeit... Das hörte ich, als ich bereits auf dem Umgang angelangt war und zu ihm hinabschaute.

Gegen Abend trat Euoptios in mein Zimmer: er müsse mit mir reden, brummte er und zog seinen Mantel enger um die Schultern: goldgestickte Meereswellen liefen in unaufhörlicher Folge am Rand des schweren Samtes entlang. Synesios trug sich immer schneeweiß: Leinen oder Wolle, je nach der Jahreszeit. Das Gewand, in dem er vor dem Kaiser erscheinen mußte, hatte er sich eigens zu diesem Zweck anfertigen lassen, »für den Kaiser, nicht für mich«, hatte er bemerkt, als das Purpurgewand eingepackt wurde.

Euoptios fiel es schwer, mit mir zu sprechen, er war aus den Sandalen geschlüpft und ging nun barfuß auf den Fliesen auf und ab. Manchmal stand er am Fliegennetz, das die Tür zum Umgang abschloß, und blickte hinaus, die Lampen waren noch nicht angezündet.

Er müsse mir etwas mitteilen, begann er endlich, nachdem er verschiedene Einleitungen versucht hatte. Es gebe da einen Bischof aus einem Vorort von Ptolemais, einen sehr frommen, aber auch sehr törichten Mann, der entschlossen sei, aus seiner Gemeinde eine Art Kloster zu machen. Dieser Bischof Moyse sei fest überzeugt, daß das Ende der Welt nahe bevorstehe, und lese darum bei jeder sich bietenden Gelegenheit aus den Briefen des heiligen Paulus vor. Und er fordere die Leute auf, Hab und Gut zusammenzulegen, in Gemeinschaft zu leben und ein in jeder Hinsicht enthaltsames Leben zu führen. Die Ehe habe, dafür stütze er sich auf einen Brief des Hieronymus, nur einen Zweck: Jungfrauen hervorzubringen, damit – so folgere zumindest Moyse – in ihren durch die Tugend verschlossenen Schößen das Leben zur Ruhe komme und langsam erlösche – und so also der Tag des Herrn erscheinen könne; werde aber ein Knabe geboren, so solle er von Jugend auf zum Asketen herangebildet werden. Im übrigen verlange Bischof Moyse von den Ehepaaren in seiner Herde, daß sie, sobald das göttliche Gebot, fruchtbar zu sein, zu Ehren der heiligsten Dreifaltigkeit dreimal erfüllt sei, auf jede Art von Fleischlichkeit verzichten. Die Ehegatten hätten in verschiedenen Räumen zu schlafen, sollten sich nur selten tagsüber sehen und wenn, in Gemeinschaft anderer, bei Tisch und beim Gottesdienst, wo Männer und Frauen jeweils getrennt zu sitzen hätten. Die Kinder sollten gemeinsam von den Jungfrauen und Witwen erzogen werden.

Ich war betrübt und gegen Euoptios aufgebracht; so fragte ich ihn, warum er mir das alles erzähle. Selbst wenn ich von der Nähe des Jüngsten Tages überzeugt wäre – »wahrscheinlich«, so rief ich ungestüm, »liebte ich dann alles noch mehr – alles!: meinen Mann und meine Kinder, Tutulina, alle Hausgenossen, die Tiere – ja und wenn ich merke, daß ich zu wenig liebe, denke ich sogar absichtlich an das Ende, an mein oder des Synesios Ende, und mache mir klar, daß alles, was ich erlebe, ein Vorübergang, eine Prozession voll der Wunder und Herrlichkeit ist, die aber ein Ende hat. Und weil ich das weiß, leuchten alle Farben tiefer, klingen alle Töne inwendiger, und meine Haut ist so aufmerksam, so hingegeben, so glücklich wie die einer Pflanze. Sag das deinem verrückten Bischof – und laß mich in Frieden!«

Er kam, als hätte ich ihn mit diesen Worten gerufen, zu mir und setzte sich an meinen Tisch, mir genau gegenüber, er lächelte bitter: »Es ist alles entschieden, und wie! Praxedis –« er sprach diesen Namen aus, als hätte er damit alles erklärt. Seine Frau war also dem Vogelsteller, damit meinte er den Bischof Moyse, auf den Leim gegangen. »Ich bin noch nicht fünfzig«, sagte er in erklärendem Tonfall, »und die Kinder habe ich nicht einmal zu Ehren der Dreifaltigkeit gezeugt, denn es sind vier – und ich wollte auch keine Jungfrauen zeugen, wiewohl meine kleine Hypatia – du weißt, wem zu Ehren ich sie so nannte! – mich mit ihren schwarzen Kleidern, ihrem Fasten und Sicheinsperren verrückt macht – das Mädchen ist sechzehn und sieht aus wie eine Dreißigjährige: bleichsüchtig und verhärmt, und meine drei Söhne lachen im stillen über uns alle – und wie sie lachen! Was soll ich tun, wenn sie nicht will? Sie – Praxedis – sie redet vom Öl in der Lampe der klugen Jungfrau und wickelt sich in die Bettdecke ein, als wäre sie selber eine Ölflasche, die man verschicken soll. Das hab ich nun davon, daß ich sie zu den Versammlungen dieses Moyse hinlaufen ließ! Die Anmut hat sie schon verloren: immer schwarz gekleidet, trinkt keinen Wein, ißt kein Fleisch, immer Bohnen, die verfluchten Bohnen der Asketen, davon riecht man hernach so brenzelig nach Heiligkeit. Ach, es ist wahr, wie man sie in Rom nennt, diese Asketen, sogar in Klerikerkreisen nennt man sie so – weißt du wie? – ich zitiere bloß: ›das verabscheuungswürdige Geschlecht der Mönche‹!«

Ich hatte ihm eine Weile halb zugehört, im Kinderzimmer rief mich Tutulina und gleich darauf Phaidons Stimme – aber ich ging nicht hin, ich wußte, das Kindermädchen saß neben ihren Betten mit dem großen Fächer. Dann merkte ich, er hatte einen Übergang von den Mönchen zum Schwimmbecken gefunden; er lag also im Wasser, schwamm, sah die Schlange – und spürte auch schon den Biß im Nakken. Ob die Schlange im Becken geschwommen oder von der glatten Einfassung ins Wasser herabgeglitten war, konnte er ebensowenig hinterher ausmachen wie sich an Gestalt, Länge und Farbe erinnern. Doch glaubte er, sicher zu gehen, wenn er sie als ziemlich dick und etwa einen Arm lang beschrieb. Mit einem Ruck hatte er den Kopf angezogen und wußte mit Bestimmtheit, daß er gebissen worden sei, im Genick, etwas wie eine heiße Nadel hatte er gespürt – und sich sofort auf den Weg zu mir begeben. Daß er nackt war und es nicht ziemlich sei, so vor einer Dame zu erscheinen, deren Mann nicht anwesend war, hatte er einfach nicht bedacht. Er spürte nur die Einstiche der Schlangenzähne – dort, wo er nicht hinschauen konnte. Die Lust auf mich, so versicherte er mir und blickte mich mit der treuherzigen Überlegenheit eines Battiaden an, sei ihm erst gekommen, als meine Lippen an ihm gesaugt hätten – »dann dein Haar, dein Geruch, dein halboffenstehender Mund – da vergaß ich die Schlange, den Tod im Genick, und griff nach dir, als wäre ich trunken – ich wußte wirklich nicht mehr, was ich tat. Praxedis, siehst du, hätte sie sich nicht, so oft ich zu ihr kam, in ihr Laken eingewickelt und mich strafend angeblickt und von ihrem nie verwesenden göttlichen Bräutigam gesprochen – oder glaubst du mir etwa nicht?«

Ich fragte ihn streng, wann und wie er erfahren habe, daß er gar nicht gebissen worden sei. Er erzählte, daß er zuerst verwirrt und niedergeschlagen umhergeirrt sei. Gegen Mittag erst habe er sich drunten in den Häusern der Kolonen nach einem Kräuterweib erkundigt. Die Frau habe den Verband abgetan und keinen Einstich, auch keine Schwellung entdecken können. »Und da wußte ich, daß ich mich getäuscht hatte!«

Ich stellte ihm die Frage, ob er immer noch glaube, daß es der syrische Glasbläser war, der in mehreren aufeinanderfolgenden Nächten auf dem Doroshof sein Unwesen getrieben habe? Und daß der Syrer die Hunde vergiftet habe, langsam, in immer stärkeren Portionen? Oder ob es der arme Taubstumme selber getan, der die Hunde doch geliebt habe? Und warum wohl der Verwalter Titan, kaum eine Woche nach der Abreise des Hausherrn, den Taubstummen zum Hundewärter ernannt, den bisherigen Betreuer aber mit dem Wagen über Land geschickt habe?

Euoptios wußte auf meine vielen Fragen keine einzige

Antwort. Schließlich forderte er, man müsse noch vor der Heimkehr seines Bruders den Titan von der Geschäftsführung entbinden und ihn einsperren und bewachen lassen.

Ich mußte lachen und damit kränkte ich ihn. Als Antwort stellte ich ihm weitere Fragen: wen er etwa als neuen Verwalter denn vorzuschlagen wisse? Und ob Synesios es überhaupt wagen dürfe, diesen allwissenden Titan abzusetzen? Und wenn selbst Synesios so verwegen wäre, einen Prozeß gegen den ungetreuen Verwalter einzuleiten – ob er nicht wisse, daß alle wichtigen Prozesse von Andronikos selbst aus der Ferne und aus dichtester Verborgenheit geführt würden? Und träte sogar der Fall ein, daß Titan, auf der Folter befragt, die Wahrheit eingestünde, »lieber Euoptios«, ich barg mein Gesicht angstvoll in den Händen, »jede Wahrheit, die sich gegen Andronikos richtet, ist dann eine Lüge, eine Beleidigung seiner Person, und wird entsprechend geahndet«.

Euoptios blies die Backen auf und schlug mit der Faust auf den Tisch. Aus seinen hervorgestoßenen Sätzen entnahm ich, daß er gegen Andronikos genauso hilflos zu sein schien wie gegen den Bischof Moyse. Euoptios, der jede Gewalt ablehnte und sich von andern bis ins Ehebett hinein befehlen ließ, wirkte jedoch keineswegs wie ein Schwächling; er war, wie man bei uns in Leptis Magna sagte, ein Mann wie ein Baum.

Er schlug mir nun vor, bei mir zu bleiben, bis Synesios wiederkomme. Zuhause fehle er ohnehin niemandem, jetzt könnten die Frauen nach Herzenslust fasten und beten und die Söhne in den Sporthallen herumtoben und die Schule schwänzen.

Um mich abzulenken, las er mir an diesem Abend vor, und zwar aus Nonnos, der gerade damals das Johannes-Evangelium umgedichtet hatte – in Hexametern! Bei manchen Stellen hüpfte mein Leib unter der Tischplatte jäh von Lachen auf, aber Euoptios merkte es ebensowenig wie der plötzlich zum Christentum bekehrte Nonnos, daß die Form der Mitteilung zum Wesen der Mitteilung gehört, und daß die erhabene Einfachheit der Worte: Im Anfang war das Wort – und das Wort war bei Gott, und Gott war das Wort – sich nicht in Kaskaden von Daktylen übersetzen läßt, wie Nonnos sie losließ:

Zeitlos war, unerreichbar, im unaussprechlichen Anfang
Gleich dem gleichaltrigen Vater der Logos, der Sohn
ohne Mutter.

Ja, ich lachte! Der gleichaltrige Vater, der Sohn ohne Mutter – heiliger Johannes im Öl! Euoptios wiegte sich auf dem Gewoge der Silben und tauchte die rudernde Zunge in die kristallene Flut der gelenkigen, farbensprühenden Silben! Aber ich freute mich an seiner Stimme, schloß die Augen und hörte Synesios – beinahe, wie ich auch in Phaidons Stimme bereits die seines Vaters zu erkennen glaubte.

Tag für Tag ritten wir nun ohne Hunde durch die Wälder des Doroshofes, ruhten mittags auf den sommerlich ausgedörrten Wiesen im Schatten einer Steineiche oder einer Zeder, kühlten unsre Gesichter und Füße in einem Bach, sprachen mit den Kolonen und Waldhütern, ließen uns zu Brot und Wein auf einer Bank vor ihrer Hauswand nieder und versuchten zu ermitteln, wie es um Titans Verwaltung bestellt sei. Da Euoptios ungeschickt fragte, bat ich ihn, er möge nur plaudernd dabei sitzen und uns mit seinem Zeuslächeln vor allem die Seelen der Frauen aufschließen, was ihm leicht gelang. Und wir erfuhren viel Schlimmeres, als wir bereits wußten.

Schon die Vorfahren dieser Menschen hatten sich meist vor den Steuerbeamten des Staates, die ihnen alles, das Vieh und oft sogar die Ackergeräte abgenommen hatten, unter den Schutz des Grundherrn Doros begeben und ihren

Landbesitz, soweit er nicht bereits vom Staat konfisziert war, zu seinen Latifundien geschlagen, und damit sich ihrer unerträglich gewordenen Freiheit begeben. Sie teilten mit dem Gutsherrn die Erträge des Bodens. Unter Doros und Heraklit war diese Teilung fast in der Form freiwilliger Abgaben an die Gutsherren erfolgt – die Kolonen berichteten, was sie von ihren zufriedenen Vätern wußten. Seit Synesios den Doroshof übernommen hatte, und das hieß: seit Titan mit seinen Eintreibern und Meßgefäßen bei den Kolonen erschienen war, so erfuhren wir jetzt, herrschte zwischen Herrn und Kolonen ein genaues und unnachsichtiges Fordern und Feilschen. Die Kolonen, besonders ihre Frauen, fühlten es bei meinen Fragen bald heraus, daß ich auf ihrer Seite stand, und daß sie an mir eine Fürsprecherin hatten. Und als dann Euoptios ihnen ermunternd zunickte und sie in seiner ungeschickten Offenheit aufforderte, den Verwalter nicht zu schonen, öffneten sich ihre hochgestauten Schleusen, und wir sagten uns: wenn auch nur die Hälfte des Berichteten auf Wahrheit beruhte, herrschte im Bereich des Doroshofes Unrecht und Unterdrückung.

Titan hatte, wie es heute üblich ist, alle Gewichte und Hohlmaße mit christlichen Zeichen und Worten versehen, man las etwa: »Ein gehäuft und gerüttelt Maß« oder »Denn mit dem Maße, mit dem du missest, wirst du gemessen«. In den Lagerräumen hing aus dem Dachbalken ein Kreuz herab, und vor dem Eingang zu seinem Kontor hatte der Titan ein billiges Mosaik anbringen lassen, auf dem Simon von Kyrene Christus das Kreuz trägt.

Jeden Tag ritten wir nun in eine andre Siedlung, und überall vernahm ich dieselben Klagen und Anklagen. Es gab Frauen, die vor uns auf den Boden sanken und bittend unsre Knie umschlangen, als wären wir Götter, die in Menschengestalt umhergingen, um zu erfahren, wie es den Menschen gehe. Und überall versprachen wir dasselbe: Schutz vor dem Verwalter und seiner Schwadron, und immer betonte Euoptios, daß ihr Herr Synesios von »diesem Titi« im selben Maße betrogen worden sei wie sie.

Aber kaum daß wir allein waren und nebeneinander heimritten, begann Euoptios melodisch zu seufzen: da sehe man es ja, die Jagd und die Bücher! Über den Tieren und den Büchern der Philosophen und Dichter habe Synesios die Rechnungsbücher vergessen. Für diesen Theoretiker sei die Zahl nur da, um das Gewicht einer Laus zu errechnen oder der Luft in einer verschlossenen Nuß, das bekomme er alles heraus; aber die Gewichtsteine und Scheffel und Weinmaße seines Verwalters habe er noch nie nachgemessen, und ebensowenig nachgeprüft, wohin die Ströme von Öl und Wein aus seinen eigenen Lagerräumen flössen.

Ich mußte ihm rechtgeben, sah es jetzt ein: Synesios kümmerte sich kaum um die Wirtschaft des Doroshofes, und manchmal, wenn ich ihm dieserhalb Fragen gestellt, hatte er über mich fort geblickt, in seine Ferne, in die ich ihm nicht zu folgen vermochte. Er sprach vom Glauben an seine Wiedergeburt, der ihn, den Schüler Platons und Plotins, seit seiner Jugend erfüllte, und beteuerte mir, daß er nicht mehr in die niedere Welt der Geld- und Kaufleute hinabsinken wolle. Er dürfe seine Gedanken nicht durch die Sorge um Sachwerte beschmutzen, sein Geist sei kein Warenlager. Was den Verwalter angehe, so stehe dieser noch auf einer niedrigen Stufe seiner Menschwerdung, oder: Titan büße, indem er mit solcher Inbrunst den öden Geschäften nachgehe, eine früher begangene Nachlässigkeit im Dienst des Logos.

Die Summe der Unordnung und der Unsicherheit in den unsichtbaren Grenzen des Doroshofes vermochte ich nur zu ahnen. Euoptios ließ nach einigen Tagen die Kolonen zusammenrufen; es kamen fast hundert, ich schaute vom Umgang herunter zu. Er führte ihnen den Verwalter vor, redete diesen Knopf mit Beinen vor allem Volk mit »Herr

Titi« an, ließ ihn also öffentlich auslachen, was wirksamer war als eine öffentliche Auspeitschung, ließ ihn durch Vater Zosimos bis zur Heimkehr des Hausherrn vom Gottesdienst ausschließen und gleich darauf in einen der zahlreichen Türme, die den Doroshof gegen die Militärstraße hin schützten, bei Wasser und Brot festsetzen, während er selber daranging, das Hauptbuch des Verwalters zu seiner täglichen Lektüre zu machen und durch den Irrwald der Zahlen in Titis Geheimreviere vorzudringen. Dabei half ihm der kluge Chilos, dem ich unbedingt vertraute. Er verhielt sich zu den übrigen Hausgenossen wie ein Kleriker zu den Laien: Chilos war auf Abstand bedacht und zeigte bei jeder Gelegenheit, daß er anders urteilte und vor allem, daß er auf der Seite der Herrschaft stand. Aber auch uns gegenüber wahrte er, was seine religiösen Überzeugungen – in Synesios' Sprache: seine Philosophie – anging, einen vornehmen Abstand, nur daß er kein Christ sei, hatte er uns deutlich wissen lassen. Er war ein Anhänger des Zerwan, das ist die unendliche Zeit, die alles hervorbringt. Manchmal wenn Chilos sich hinreißen ließ und sein Inneres ein wenig öffnete, orakelte er von der Zeit, dem Raum und dem Wind – aus diesen drei war nach seiner Ansicht der Kosmos entstanden. Aber dahinter verbargen sich noch zwei weitere Gottheiten, die beide in dieser Welt ihre Herrschaft aufrichten wollten und darum miteinander ewig in Streit lagen und zwar in der Brust des Menschen. In seinen Handlungen hingegen offenbarte sich Chilos viel deutlicher. Noch schärfer als Vater Zosimos konnte er einen Menschen ablehnen – und zwar gewissermaßen über Nacht. Über Titan äußerte er sich das erste Mal, als Synesios gerade nach Konstantinopel abgereist war. Dem Verwalter sei eine bestimmte Zeit einzuräumen, sagte er, es verhalte sich mit ihm wie mit dem Mond: man müsse ihn beobachten, Nacht für Nacht – und Licht und Schatten messen. Über den Geschäftsbüchern sitzend und Titans Eintreiber verhörend erkannte Chilos dann, daß Titis Licht – und nicht nur das seiner Tugend, sondern ebenso das seiner Klugheit – vom Schatten seiner wölfischen Habsucht aufgefressen worden war. Das böse Prinzip, so sagte er, habe Titan verschlungen. Ich wies Chilos auf den Glauben der Christen hin, der dies hinschwindende Licht im Menschen durch das Licht Gottes zurückzurufen imstande sei: der Mensch müsse sich nur wie der Mond aus dem Schatten des Irdischen herausbegeben und sich unverdeckt Gott zuwenden. Chilos blickte mich mit der ihm eigenen Höflichkeit, aber doch nachsichtig an. Endlich sagte er: ja, das alles wisse er von Vater Zosimos, aber für ihn könne es in der Treue zum Licht keine Phasen des Schwindens geben. Und schon zog er sich wieder in sich selbst zurück. Ich fürchtete mich ein wenig vor diesem hochgewachsenen, fast asketisch mageren und noch so jungen Mann, der mit solch abstrakten und unnachsichtigen Göttern lebte.

Gegen Ende Juli, als die Nächte im Bereich des Doroshofes durch viele Wochen ruhig geblieben waren, entschloß sich Euoptios, heimzureiten. Ich mußte ihm versprechen, falls ich seiner bedürfe, sofort einen Boten zu schicken. Vom Umgang herab blickte ich lange dem Reiter nach und stellte mir vor, was ihn zu Hause erwartete.

In den folgenden Wochen übernahm zunächst Chilos die Verwaltung. Die Zeit verlief ohne Zwischenfälle, bis eines Tages fünf Sklaven in der Nacht ausbrachen – und zwar durch das Haupttor, das die Nachtwächter gegen Morgen unverriegelt und nur angelehnt vorfanden. Was uns bestürzte, ja ängstigte, war allein der Gedanke, daß es da jemanden geben mußte – innerhalb oder außerhalb des Doroshofes –, der seine Grenzen nach Belieben verletzen konnte. Der finanzielle Verlust, den mir Chilos sofort vorrechnete, berührte mich nicht, da ich ja sah, wie Synesios, obwohl infolge der langen Friedenszeit die Preise für Sklaven stark angestiegen waren, mit leichter Hand einen Sklaven, wenn der es richtig anstellte, freiließ, oft sogar ohne die Loskaufsumme von ihm zu verlangen. Aber dieses Ausbrechen, so überlegte ich, würde Synesios sehr ernst nehmen, eben weil es hier jemanden gab, der sich die Schlüsselgewalt erlistet hatte, die zur Zeit außer mir nur Chilos besaß.

So befahl ich Chilos, sofort ein Dutzend bewaffneter Reiter zusammenzustellen, und wir ritten, Chilos und ich an der Spitze, noch am selben Morgen querfeldein und ziemlich aufs Geratewohl gegen Süden, in die Berge. Die Flüchtigen mochten sich wohl kaum Ptolemais oder irgendeine andere Stadt als Ziel genommen haben, weil sie die Militärstraße meiden und auch damit rechnen mußten, daß sie von der Polizei, wenn ihre Flucht ruchbar wurde, in den Städten leichter als in den Bergen aufgestöbert würden.

Wir waren noch keine halbe Stunde unterwegs, als wir auf der Militärstraße, die unter uns am Berg entlanglief, einen Reiter herangaloppieren sahen. Plötzlich erkannte ich ihn und rief: »Euoptios – Euoptios!« Er hörte uns, wir riefen jetzt alle im Chor seinen Namen und sahen, wie er vom Pferd sprang, es an einem Wacholderbaum anband und dann quer durch die Macchia zu uns heraufkletterte. Kaum daß wir einander so nahe waren, daß wir uns mit den Mienen verständigen konnten, erschrak ich: es war etwas geschehen – – ich wandte mich ab, ich spürte die rote Bergwand über mir, es stürzte über mich: Nachrichten – schlimme, ja! – in Konstantinopel Erdbeben – – und die Goten, die im Dienst des Kaisers gestanden hatten, nun als Feinde mitten in der Stadt – – Kämpfe, Brände – – der Kaiser bedroht – – Aurelian verbannt – – von Synesios nichts, kein Brief, keine Nachricht!

Die Hitze des Augusttages fing sich in der steilen Felswand, die Wand warf das Licht zurück, es drang mir stachelig, rot und lodernd in die Augen: ich sah die Felsen hüpfen, umklappen, Staub, Schutt, Feuer aus der Tiefe. Ah, und die Goten, diese treulosen Arianer, wie ahnungsvoll war unser Abscheu gegen diese blonden Halb-Bestien gewesen! Ich beschimpfte den Kaiser, dieses Kaiserchen, das sich vor seinen Untertanen zum Feind des Reiches flüchtet, sich von ihm auf den Arm nehmen, einlullen und dann an die Wand schleudern läßt – ich war außer mir.

Ich hielt mich nach Halt suchend an meinem Reittier fest. Plötzlich sprang ich in den Sattel, ich wußte nichts anderes zu tun, und galoppierte den Pfad entlang, hörte hinter mir die Eisen der Pferde auf dem Kalkstein, dieses harte, klirrende Geräusch tat mir wohl. Wir würden sie fangen, wenn nicht heute, dann morgen, wir würden sie auftun, wo auch immer sie sich versteckten, diese Feinde des Doroshofes oder doch die Verbündeten unserer Feinde, wir mußten uns wehren, mit Strenge, mit der Peitsche.

Der Schweiß lief mir unter dem locker hängenden Reitkleid in die Stirn, den Nacken, die Rippen herunter. Ich riß die Kappe, die das Haar zusammenhielt, vom Kopf, die Hitze auf dem Schädel war unerträglich geworden. Aber wir ritten weiter. Euoptios, der wohl von Chilos erfahren hatte, weswegen wir unterwegs waren, lenkte nach etwa einer Stunde sein Tier neben das meine und bat mich, seine Stimme raschelte distelig, umzukehren oder doch eine längere Pause einzulegen, die Hitze werde Tieren und Reitern gefährlich. Wir bogen bald darauf vom Pfad ab in einen Wald aus Steineichen, ein Schattengewölbe, das die Flammen des Mittags, kaum daß wir eingedrungen waren, draußen hielt. Unsre Augen tranken gierig die grüne Dämerung, unsre Lungen die Kühle. Von Zeit zu Zeit spürten wir sogar etwas wie einen Windzug. Die Pferde schwangen wieder ihre dicken Köpfe, meine Stute wieherte, sie hatte offenbar Wasser gewittert. Ich warf dem Tier die Zügel über den Hals und ließ es dahinstapfen, und keine Minute später standen wir an einer Quelle, das üppige Moos verriet sie uns schon von fern.

Hier nun geschah es, daß ich aus der Zeit und der Geschichte herausgeschleudert, besser: herausgefischt und auf das Eiland der Zeitlosigkeit niedergesetzt wurde – und zwar von einem alten Köhler, der mir bei einer Drehung des Kopfes in die Augen geriet. Die Reiter hatten sich abseits von uns niedergelassen; Euoptios schlief, ich hörte sein von aller Welt abgetrenntes, unendlich ergebenes Gezisch und Gerassel; Chilos aber streifte durch den Wald, bald bückte er sich, blickte dahin und dorthin und verschwand zwischen den Stämmen. Und wie Chilos verschwand, war der Köhler da, braun, aus Wurzelholz, krumm und doch in seiner Kraft alterslos, es bedurfte einer Weile, bis ich festgestellt hatte, daß er kein Produkt meines vorstellenden Pneumas sei, wie Synesios das ausgedrückt hatte. Nein, er war wirklich da, ich entnahm das aus dem Lächeln in seinen Augenwinkeln und dann aus seiner Stimme, seinen Worten. Er verneigte sich mehrmals und hockte sich dann vor mich nieder. Als ich mit meinem Erstaunen endlich fertig war, überlegte ich, ob ich ihn nicht nach den entlaufenen Sklaven fragen solle, doch vorsichtig: etwa nach fünf Männern, die so und so gekleidet gewesen seien – aber es gelang mir nicht, die Frage schien mir an diesem Ort und vor diesem Menschen unangebracht, sein Lächeln erreichte mich aus einer zu großen Ferne, aus einer Art Jenseits. So begann ich wie ein verlaufenes Kind zu erzählen, von meiner Angst, von meinem Mann, der übers Meer gefahren sei, zum Kaiser. Als er das Wort Basileus hörte, hob er den weißen Schädel, nickte: »Ah – zum König Agamemnon!« Mich verwirrte seine Antwort, und ich erklärte ihm, daß mein Mann eine Gesandtschaft an den Königshof geführt habe. »Ist er denn schon zurück in seiner Stadt, der König? Hörte von einem Krieg, in den er gezogen, da drüben – in Troja – ah, gewaltig die Mauern, gewaltig die Kämpfe – und Räder und Rosse, Lanzen und Schwerter – und Agamemnon, unser König –« Ich räusperte mich, fuhr mir an die Stirn: das war ja nicht möglich – – »aber er siegt«, fuhr er fort, »er kehrt zurück, und weißt du, warum, Tochter? Mein Vater hat es mir gesagt – er kommt zurück, Achilles nicht. Ich weiß warum, ich sage es dir, ein großes Geheimnis: er hat den Göttern geopfert, hat das Liebste, das er besaß, geschlachtet, seine Tochter – für sein Volk, so ein großer König ist er, sein Herz für das Volk! Und wenn er eines Tages nach Hause zurückkehrt, wird das heilige Haupt deines Gatten ihn sehen – dort in seiner Stadt, er soll dem König helfen, sag das deinem Gatten. Denn Agamemnon, so sagte mir mein Vater, hat Feinde im eignen Haus –«

Ich konnte tun, was ich wollte, die Augen aufreißen, die Gedanken hin und her springen lassen, tief Atem holen, – es half mir nichts: dieser Mann und ich waren durch weit über tausend Jahre voneinander getrennt, und doch saßen unsre Leiber voreinander im Moos. Indes – was er vom König gesagt hatte, daß er Feinde im eignen Haus habe, galt das nicht ebenso vom Kaiser Arkadios? Man sollte den Alten nicht in unsre Zeit herüberholen! Es wäre ohnehin für mich sehr mühsam gewesen und für ihn verwirrend – und so gedachte ich, mit einem Geschenk das Gespräch abzubrechen und reichte ihm eine Münze, ich hatte nichts Besseres zur Hand. Er streckte wie ein Kind seine Hand aus, betrachtete die Münze mit einem halben Blick, steckte sie dann in den Mund und sagte dabei: »Ich danke dir, Herrin. Damit zahl ich meine Steuern. Agamemnon braucht viel Geld für seinen Krieg.«

In diesem Augenblick deckte sich die ausgeschlafene Stimme des Euoptios über die des Alten, der sofort aufsprang und vor meinem zeushaft herannahenden Schwager Reißaus nahm, es sah fast aus, als wollte er seine Münze in Sicherheit bringen, derart preßte er beim Aufspringen die Hand vor die Lippen. Euoptios fragte, ob mich dieser Waldschrat belästigt habe, ob man ihn einholen solle? Chilos kam darüber, »da läuft er«, rief er. Ich schüttelte den Kopf:

»Um Christi willen!« Fast wollte ich sagen: den holt niemand von uns ein! – aber ich erzählte nur, es sei ein Köhler gewesen, den ich nach den Sklaven ausgefragt hätte, allerdings vergebens.

Wir tranken noch einmal aus der Quelle. Und wie ich mich dem Wasser näherte und es mit den Lippen berührte, hörte ich über mir Euoptios' Stimme, und in ihr hörte ich die des Synesios, hörte, was er von dem Wasser Lethe zu sagen pflegte, nämlich daß es kein Wasser des Vergessens gebe, daß wir vielmehr, ob wir es wünschten oder befürchteten, uns bei unserm Dahingang erinnern werden – an alles – sehr genau, übermäßig genau, und ich dachte daran, daß Synesios sich bereits an alles erinnert habe, vielleicht ...

Ich stand auf, wir könnten ruhig nach Hause reiten, sagte ich, auf diesem Weg fänden wir die Flüchtigen nicht. Euoptios blieb ein paar Tage auf dem Doroshof. Vom Erdbeben und den Goten wurde nicht mehr geredet, wohl aber vom allgemeinen Niedergang der Kirche, vom Wüten der Donatisten und Arianer, manchmal sogar vom Weltende – ob es schon bevorstehe? – ob der Sieg der Goten über den Kaiser, falls sich diese Nachrichten bewahrheiten sollten, nicht ein handgreifliches Zeichen für das Ende sei? Wenn das Reich stürze, sei ja – Euoptios sagte: ganz gewiß, ich sagte: vielleicht – das Ende der Zeit gekommen.

So gingen der August und September und ein Teil des Oktobers dahin. Euoptios kam und ging, beschützte und langweilte mich. Und da hatte ich in der Nacht, bevor Euoptios wieder einmal von mir Abschied nehmen wollte, einen Traum. Ich ging am Strand des Meeres hin und her, als ich sah, wie die Wogen einen Mann ans Ufer warfen. Ich näherte mich, von Liebe angezogen, aber zugleich von Angst abgehalten, der ziemlich großen Gestalt, die in einem weißen Mantel regungslos dalag. Das Gesicht war wie bei einem Toten mit einem weißen Tuch verhüllt. Nun entdeckte ich auf seiner Brust ein Funkeln von gehämmertem

Gold, es war ein Kreuz. Ich wußte im Traum: das will der Ertrunkene mir schenken, wenn ich ihn begrabe. Ich wollte erfahren, wer der Tote sei und griff nach dem Tuch, das sein Gesicht verhüllte. Da regte sich der Totgeglaubte, nahm selbst die Hülle fort, lächelte mich an und sagte: »Noch nicht, Prisca, noch nicht!« sprang in die Höhe und rief laut: »Es donnert!«, sonst nichts. Und wirklich, es donnerte, und davon wurde ich wach.

Ich erzählte meinen Traum gleich am nächsten Morgen Vater Zosimos. Er war der Ansicht, ich müsse mich sofort nach Ptolemais begeben: Synesios habe sich angemeldet; indes, so fügte er hinzu und blickte starr in den schon heißen Oktobermorgen hinaus: es stehe nicht fest, ob er zu Schiff oder zu Fuß ankomme. Es habe ja gewaltig gedonnert und geblitzt die letzte Nacht, und vielleicht habe sich auf dem Meer ein Sturm erhoben, was aber, wenn man folgerichtig denke, nichts weiter besage, da ja für Gott so ein Sturm nicht mehr bedeute als das Husten einer Zikade. Wir lauschten beide eine Weile dem gläsernen Psalm der noch immer sommerlich harfenden Musikantinnen. Endlich meinte Vater Zosimos: eins stehe fest, Synesios werde heute oder morgen landen. Worauf es nun allein ankomme und worauf das Kreuz auf der Brust vielleicht schließen lasse: daß Synesios sich in der Stadt des christlichen Kaisers habe taufen lassen, hoffentlich im richtigen Wasser, es gebe ja unbegreiflicherweise noch immer Taufbecken, in denen – er wies gegen die weiße Mauer, hinter der das Schwimmbecken lag – die Schlange der Häresie schwimme.

Ich ließ ihn stehen und lief ins Haus, zu den Kindern. Dann suchte ich nach Euoptios und fand ihn in der Bibliothek. Ich gab mir Mühe, meinen Traum genau wiederzugeben, ohne ihn wissen zu lassen, was Vater Zosimos dazu geäußert hatte. Er drückte das Buch, das er gerade in der Hand hielt, fest an die Brust. »Mach dich fertig!« befahl er, »du mußt mit mir nach Ptolemais hinabreiten!«

Und ich ritt mit ihm. Hinter uns auf der Militärstraße in dem großen verschlossenen Kastenwagen, in dem früher der Verwalter unter Bewachung durch Berittene seine Glaswaren über Land transportiert hatte, lagen an diesem Morgen ebenfalls Glaswaren: weithalsige Ampullen, die ich mit Myrrhen gefüllt hatte, wir hatten davon große Vorräte, da wir auf dem Doroshof damit Wein würzten und konservierten. Außerdem hatte ich viel Linnen im Wagen und auch eine Truhe, die den Leib eines großgewachsenen Mannes fassen konnte. Euoptios war mir, während gepackt wurde, nicht von der Seite gewichen. Einmal blickte er mich an, als hätte er sich an etwas Wichtiges erinnert und sagte leise: »Aber er hat doch im Traum gesagt: noch nicht!«

Mehrmals unterbrach Euoptios die Anordnungen, die ich den Männern gab; ich jedoch hörte seine Worte wie auch meine eigne Stimme nur aus großer Ferne. Vielleicht hatte Euoptios recht mit seinem Trost, vielleicht ich mit meiner Angst und Fürsorge.

Unterwegs auf dem Pferd, zwischen dessen Ohren ich meinen Blick ausruhen ließ, fiel mir ein, daß ich vergessen hatte, zum Abschied zu den Kindern hinaufzugehen und sie zu küssen. Als wir am Rand der Hügel ankamen, von wo die Straße in die Ebene nach Ptolemais hinabführt, hob ich meinen Blick aus seinem Nest zwischen den Ohren des Pferdes und sah: hinter der graugrünen Ebene, hinter dem Edelsteingeschiebe der Stadt, nein, darüber dehnte sich unter der leeren Kuppel des Himmels das Meer, noch dunkel vom Sturm, aber sein Atem, der uns bereits auf dem Hügel erreicht hatte, schmeckte mir nach Leben. Auch meine Stute hob den Kopf und wieherte, daß ich in einer Art von Trotz und Wildheit auflachte. Euoptios schien erschrocken, er spornte sein Pferd und galoppierte, ohne sich nach mir umzublicken, davon.

Auch ich ritt nun schneller und ließ den rumpelnden Kastenwagen immer weiter hinter mir zurück. Schließlich holte ich Euoptios ein, galoppierte an ihm vorüber, hörte nicht auf das, was er mir zurief, ich kannte nur eins: reiten, schnell sein, als müßte ich meinen Gedanken entfliehen, von denen schließlich nur noch zwei in mir miteinander rangen, der eine hieß: Synesios ist tot; der andre: Synesios lebt – und beide schienen mir über alles hinauszugehen, was ich zu ertragen imstande war.

Heimkehr und Flucht

Unser Biograph Laokoon (diesmal vielleicht schon Augenzeuge, er wirkte damals etwa im Rang eines fünfzehnjährigen Türhüters an der Metropolitankirche in Ptolemais) beschrieb die Landung des Gesandtenschiffes, und er erinnerte sich sogar an die Farben der Tücher und die Art der Teppiche, die das Prachtschiff schmückten und es, so schrieb er, »wie einen Blumenstrauß auf den Wogen heranschweben ließen«. Auch die Musikinstrumente, mit denen die Leute von Ptolemais ihrem Gesandten entgegenjubelten, zählte er alle auf und lobte in angedeuteten Hexametern den »libyschen Lotos und die weißen geschliffenen Knochen, die in den Röhren zusammenwirkend den süßen Wohllaut der Heimat« erschufen. Die verschiedenen Bestandteile der Doppelflöte also und die Backenbinden, mit denen die Flötisten den Ton verstärkten, wurden ihm ebenso wie die silbernen Trompeten der Bläser und die Posaunen, Zimbeln und Pauken Mittel und Anlaß zu einer allegorischen Darstellung aller Stimmen des Landes, die Synesios und seinen Begleitern entgegenströmten.

Daß die Leute von Ptolemais am richtigen Tag und zur richtigen Stunde Tribünen aufgeschlagen und ihre Instrumente aus den Futteralen gezogen und geputzt hatten, erklärte Laokoon auf jene Weise, die kein Nachdenken erfordert und den Dummfrommen ohne weiteres eingeht – nämlich mit einem Wunder: Synesios war drei Tage zuvor mit der Bischofsmütze auf dem Kopf einem Knaben erschienen und hatte ihm aufgetragen, in der Stadt zu verkünden, daß die Gesandtschaft am Tag des Herrn in der Nachmittagsstunde landen werde. Dabei lag die Wahrheit offen und schlicht der ganzen Stadt damals vor Augen in der Gestalt eines Schnellbootes, das von Kreta kommend am Donnerstag im Hafen mit der Meldung gelandet war, die Gesandtschaft halte sich noch in Kreta auf und werde am dritten Tag, also Sonntagnachmittag, ankommen. Aber wenn Laokoons »Leben des Synesios« heute oder morgen von den Kopisten verkauft wird, werden selbst jene Leute aus Ptolemais, die mit dem Kapitän des Schnellbootes gesprochen haben, sich für die Legende entscheiden.

Ich selbst erfuhr von der Ankunft dieses Schnellbootes nichts. Ich saß in dem Planwagen auf der Truhe, vergessen. Der Wagen stand in einem Winkel des Hafens, wo die von der Steuer konfiszierten Boote und Schiffe vor Anker liegend verfaulten. Euoptios hatte sich, als ich mich weigerte, mit ihm zu gehen, ärgerlich entfernt. Wie sollte ich in meiner Angst bei seiner Frau und Tochter herumsitzen, die, vor der Liebe fliehend, mit einem Bein bereits im Grabe, mit dem andern bereits im Himmel weilten. Einer der Euoptiossöhne brachte mir zu essen: er reichte mir den Korb herein – ich sah nur seinen Arm – und schon lief er davon. Vielleicht hatte Euoptios meine Weigerung, mitzukommen, seiner Frau erzählt, und diese hielt meine Angst um den Gatten für Verrücktheit und hatte dem Jungen wahrscheinlich eingeschärft, mir mit Vorsicht zu begegnen. So brachte mir niemand die Nachricht von der bevorstehenden Ankunft der Gesandtschaft, nicht einmal ein Matrose oder ein streunender Junge lüpfte die Plane. Ich vernahm, was da im Hafen summte und schrie, pfiff und trompetete, nicht deutlicher als das Pochen meines Blutes im Ohr, wenn ich tags auf der Truhe und nachts in ihr auf den Linnenballen ruhend und von Myrrhenduft betäubt an Synesios dachte, aus der Zeit geriet, wieder einen Amarantos am Steuer sah und längst beruhigte Stürme heulen hörte. Dann machte ich mir klar, daß ein Schiff, auf dem eine Gesandtschaft fuhr, schön und groß und mit erfahrenen Matrosen bemannt sei, indes – ich sah, wenn ich durch ein Loch in der Plane spähte, die vom Fiskus gefangengehaltenen Schiffe, wie sie im Brackwasser des abgelegenen Zollhafens mit dem Bug leise einander zunickten, wie ihre Maste schwankten, und sah auf diesen toten Schiffen in meinem Hindämmern Menschen, die sich Schmuck umhängten, die Arme zum Himmel reckten, sah Synesios, wie er weiß und schmal auf dem Bug stand, mir zuwinkte, Zeichen gab, sprang, im Nichts vergangen war – und er war doch noch nicht getauft!

Einmal stand Euoptios draußen, hob das Segeltuch und sprach auf mich ein, aber ich verstand kein Wort von dem, was er sagte. Ich hätte, so sagte er mir später, die Augen weit aufgesperrt, so daß er annahm, seine Nachricht, das Schiff der Gesandtschaft komme am Sonntag an, hätte ich begriffen und ich sei nur aus lauter Trotz in meiner Truhe verblieben.

In der Nacht und in der Mittagsstille wagte ich mich, von meinem Leib getrieben, an den Strand, hörte die Schiffe schmatzen und sah ihre scharfen Schatten am helleren Himmel hin und her scheuern. Mein Fuhrmann und die Pferde waren irgendwo, ich nahm an, bei Euoptios, und so war es auch. Am Sonntag nun – ich wußte aber nicht, welchen Tag wir hatten – hörte ich den Fuhrmann um die frühe Nachmittagszeit kommen. Er schirrte die Pferde an und fuhr, ohne mich zu fragen, los – übers Hafengelände. Ich hatte keine Kraft mehr, neugierig oder gar empört zu sein, weil der Kerl, übrigens ein Verwandter des abgesetzten Verwalters, mich wie eine Ladung Glas oder Öl behandelte. Ich entnahm aus seinem Rülpsen und Selbstgeschwätz, daß er betrunken war. Sehen konnte ich ihn nicht, da er außerhalb des Plandaches auf dem Kutschbock saß; und als ich mich endlich soweit in die Wirklichkeit genötigt hatte und ihn scharf fragte: was ihm einfalle? – ohne meine Anweisung? – wo er die ganze Zeit geblieben sei? – wo er mich hinfahren wolle? – mein Schwager Euoptios könne ihm keine Befehle erteilen, da ließ dieser christliche Fuhrmann so viel heidnische Flüche vom Stapel, daß ich auf einmal wußte, in was für einer Lage ich mich befand: in der Botmäßigkeit eines Betrunkenen, der offenbar vergessen hatte, daß er in meinen Diensten stand. Ich überlegte, ob ich einfach hinten vom Wagen springen solle, hob also die Plane und da sah ich es: das Schiff, das Schiff der Gesandtschaft, den »heranschwebenden Blumenstrauß« unsres Biographen Laokoon! Und hörte die Musik, die Flöten und Hörner, Posaunen und Trompeten, das Rasseln und dumpfe Pauken des Schlagzeugs. Ich saß auf meiner Truhe, stützte mich mit den Armen nach beiden Seiten, hob noch einmal die Plane, ließ sie sinken und weinte.

Laokoon, der im Lauf der Jahre aus der vornehmen Harmlosigkeit von gleich zwei Battiaden – auch Euoptios hatte ihm Auskünfte gegeben! – soviel Einzelheiten herausgefischt hatte, war auch dahinter gekommen, was dieser plumpe Planwagen mitten auf dem Hafenplatz zwischen den Tribünen und dem landenden Schiff zu bedeuten hatte, wer sich unter dem Tonnengewölbe aus Zeltstoff befand und sogar, auf was dieser Mensch weiblichen Geschlechts saß, und zu welchem Zweck diese Truhe hatte dienen sollen. Laokoon führte alle Gegenstände, die sich im Wagen befanden, wie in einer Frachtliste auf, um sie dann Stück für Stück einzutragen auf dem Schuldkonto dieses »an seiner sinnlichen Gier verdummten Weibes«. Der Engel war ihr zwar erschienen, hatte ihr zum Zeichen ein Kind an die Seite gelegt, aber sie verharrte in der Traurigkeit des Fleisches, aus der allein aller Unglaube stammt. Sie blieb auf ihrem für Synesios mitgebrachten Sarg sitzen und auf den Myrrhen und Totentüchern mitten in ihrem Unglauben und ihrer Traurigkeit und wollte – so verstockt war sie! –

nicht teilnehmen an dem Jubel des Volkes, an der vaterländischen Festlichkeit, an den Dankgebeten der Kirche, sondern floh in ihrem schwarzen Wagen quer über den Hafenplatz, mitten durch den für einen Augenblick verwirrten und fast verstummten Jubel der Feiernden, beinah über den Teppich hinweg, auf dem der Metropolit inmitten seiner Kleriker stand und gerade den großen Lobgesang angestimmt hatte – ja, sie floh, weil sie erkannt hatte, daß Synesios von Gott erwählt war und ihr nicht mehr gehörte.

Ach, weiser Laokoon, der du wahrscheinlich als einer der hundert Weihrauchfässer schwingenden Jünglinge dabeistandest, sage mir doch, wie ich an dieser Feier hätte teilnehmen können? Sollte ich aus dem Wagen herunterklettern und die Falten meines schwarzen Trauergewandes ordnend auf meinen Synesios zueilen und ihm um den Hals fallen? Hätte ich das getan, was ich in meiner geradezu an Wahnsinn grenzenden Freude einen Augenblick zu tun geneigt war, was hätte Ptolemais über diese ungewaschene schwarze Kassandra mitten auf dem Festplatz gesagt, und was hättest du, Laokoon, dann wohl niedergeschrieben...

Ich sah, wie Synesios als erster den Steg, der Schiff und Kai verband, herabschritt, nicht im purpurnen Festgewand, wie Laokoon gesehen haben will, sondern wie immer von Kopf bis Fuß in Weiß; das Prachtgewand trug er erst wieder, als er später als Metropolit der Pentapolis in die Hauptkirche einzog. Und er blickte keineswegs mit »einem vor Freude verklärten Antlitz« umher, nein, mein dichtender Biograph: er hielt beide Male das Gesicht gesenkt, eben wie ein empfindlicher und auch stolzer Mensch, der sich geniert, wenn ihn ein paar tausend Menschen anglotzen, und der seiner Öffentlichkeit jeden Augenblick ein Ende bereiten möchte.

Euoptios und seine Familie gingen ihm entgegen, umarmten und küßten ihn, auch der Metropolit eilte auf ihn zu, die Stadtväter. Und ich bemerkte, wie einer der städtischen Beamten mit dem Herold sprach, und wie dieser Mann das Sprachrohr an den Mund hob und dem Volk verkündete, daß der Kaiser, der unverwesliche, heilige Arkadios, der Dekapolis gnädigst alle Abgaben auf drei Jahre erlassen hatte. Der Jubel, der entstand, jagte unsre Pferde davon.

Ich hatte dem Fuhrmann befohlen, zum Doroshof zu fahren. Ich dämmerte vor mich hin, aber glücklich, er lebte ja! Nur von fern erreichten mich die Geräusche, das Schnauben der Pferde, die Hufe auf der gepflasterten Militärstraße, das Rumpeln des Wagens und dazwischen das Rülpsen des Kutschers, der nun nach einer Stunde Fahrt den Wein des Hurenwirts verfluchte und, der Heimkehr seines Herrn entgegenharrend, von Zeit zu Zeit reuevoll aufstöhnte und gleich zwei Erlöser, Herakles und Christus, als Vermittler anrief. Ich merkte aber, daß er nicht so sehr zu den Himmlischen sprach als zu mir und meinen Zorn beschwichtigen wollte, indem er nun auch noch seinem Onkel Titi einen Fluch unter die Schuhe zu ritzen versprach, in beide Sohlen.

Die Angst dieses Kerls ließ mich das Herannahen meines und seines Herrn angenehmer spüren als der ans Ufer treibende »Blumenstrauß« es vermocht hatte. Ich hob die Plane und blickte über die Ebene, die im Licht zitterte. Die Wacholderbüsche und die Zypressen auf den heranrückenden Hügeln standen da als eine steile Schrift, ich verstand sie in meiner glühenden Freude zu lesen, vor allem die Lettern der Pinien, dazu die Linien, die Adler und Bussarde in das vom Licht erblindete Blau des Himmels zeichneten. Ich fühlte, wie mich die Hand meines Schöpfers aus dem Leib meines Adam hervorzog: ganz fertig, ganz glücklich und wirklich neu geboren. Der Rüpel auf dem Kutschbock störte mich nicht mehr mit seinen Angstgebeten. Ich mußte lachen, als er dem Erzmärtyrer Stephanos gelobte, er werde die Sparbüchse zerschlagen und den Inhalt in heiligen Wein verwandeln und diesen zu Ehren seines Martyriums trinken – morgen schon oder doch am Tag, da ihm sein Herr verziehen habe.

Und dann vernahm ich den galoppierenden Hufschlag von Reitern, hörte meinen Namen – seine Stimme! Der Wagen hielt, die Plane hinten am Wagen wurde auseinandergetan und – ich drehte mich nicht um – sah nur, nach vorn blickend, wie das Licht hinter meinem Rücken hereinflutete; eine Bahn aus Stoff, aus weißem Leinen fiel um mich, über mein Gesicht, über meine Schultern, über meinen ganzen Körper. Ich zitterte, als ich dann zurücksinkend in dem Linnen eine Lehne spürte, seinen Arm, warm und stark.

Wir saßen nebeneinander auf der Truhe, ich wußte nichts zu sagen, kein Wort des Grußes, nicht einmal seinen Namen konnte ich hervorbringen. Seit dieser Stunde ahne ich etwas von dem, was man Erfüllung nennt, die uns im Tod zuteil wird.

Wir fuhren über den Hügel, auf der geraden Straße. Der Wagen hatte uns zusammengerüttelt, daß ich mir, und wahrscheinlich ging es ihm nicht anders, wie ein Kentaur vorkam, nein, wie ein zweigeschlechtlicher Urmensch, von dem er mir erzählt hatte, auch von den Falten am männlichen und weiblichen Körper, die eigentlich wenn man Platon glauben darf, Narben seien, Spuren der Trennung der einst in einem Leib vereinten Geschlechter. In meinem Verstand, wußte ich, was dieser Mythos mitteilt, aber erst in unserm Nebeneinander auf der Truhe erlebte ich, wie ers meint.

Synesios hatte mich während der ganzen Zeit nicht geküßt oder gestreichelt, auch kein Wort geflüstert. Unter der großen, uralten Steineiche, »zum blinzelnden Pan« genannt, rief er dem Kutscher zu, daß er den Pferden eine Rast gönne. Und dann pochte er mit den Knöcheln auf die Truhe, lachte auf und rief: »Noch nicht! Noch nicht!« Dabei streichelte er mir beschwichtigend übers Haar und deutete mir an, was ihm Euoptios von meinem Traum, meiner Angst und meinen Vorbereitungen zu seiner Heimkehr erzählt hatte. Euoptios, der nun von hinten etwas in den Wagen hereinrief, schickte er in ruhigem Befehlston fort, er solle vorreiten und auf dem Doroshof ein Festmahl anrichten lassen.

Wieder waren wir allein. Wir stiegen nicht aus, doch hörte ich den Baum, wie er über uns rauschte. Auf seinem Sarg sitzend zu reisen, begann er, seine Stimme klang leicht, sei in solch endzeitlichen Tagen eine gute Übung. »Und du bist eine tapfere Frau!« fügte er hinzu (ich erwähne dies Lob, das ich noch am selben Abend in meine Notizen aufschrieb, weil es mich tröstete).

Synesios erzählte von Konstantinopel: Aurelian sei aus der Verbannung zurückgekehrt, die Goten seien besiegt, der Kaiser befinde sich in Sicherheit. Ich hörte nur mit halbem Ohr zu. Ich überlegte, ob und in welcher Reihenfolge ich ihm alles berichten müßte, was mein Herz und mein Gewissen bedrückte, es war viel geschehen. Er hatte mich ja tapfer genannt, und was könnte tapferer sein als seinem heimkehrenden Mann gleich in der ersten Stunde einzugestehen, daß man die Ehe gebrochen hatte – zwar nur für einen Augenblick und nur in Gedanken. Daß ich unter dem ausgestreckten Arm des Battiaden hinweggeschlüpft war, bedeutete es wirklich Tugend? – oder nicht doch die Wildflucht des Weibes, das in rieselnder Angst flieht und doch den Jäger hinter sich herreißen möchte? Wahrscheinlich verhielt sich Euoptios tugendhafter als ich, indem er plötzlich mir gegenüber den Vater, Synesios gegenüber den Bruder in sich aufsteigen fühlte und zu seiner Begierde auf dem Höhepunkt nein sagte. Und nun war ich fast dabei, diesen Mann bei seinem Bruder in das Licht eines Ehebrechers zu stellen. Ich sah die Folgen eines Bekenntnisses voraus: Feindschaft zwischen den Brüdern, zwischen unsern Familien, Mißtrauen zwischen Synesios und mir, das unterirdisch fortquecken würde – ein Schauder lief mir über den Rücken. Da sagte Synesios, er streichelte mich: »Nicht, nicht, ich bin ja wieder bei dir! Wir bleiben beieinander, und selbst der Tod wird uns nicht trennen. Wir läutern uns hinauf – durch den heiligen Logos zum Vater!« Da stieg mir das Bekenntnis aus dem Herzen hoch, vor diesem Menschen dürfte ich kein Geheimnis hüten, ja, ich wollte mich läutern! Und schon würgte ich den Namen seines Bruders hervor – und schwieg. Darauf Synesios: »Sei nur ruhig, du hast ihn verärgert, du hättest wirklich seine Familie besuchen müssen, aber er verzeiht dir alles, Euoptios ist sehr gutherzig.« Nun wußte ich, daß ich mit meiner Sünde ganz auf Gott allein angewiesen war. Ich habe jetzt, da Synesios und Euoptios tot sind, alles hier niedergeschrieben, mehr als Laokoon je erfahren konnte. Möge er aus meinem öffentlichen Eingeständnis für mich die Größe der Kuhhaut berechnen und sie ausbreiten und mich darauf als Büßerin stehen lassen, so lange als sein Buch gelesen wird, ich kann es ertragen.

Da hörte ich Synesios fragen: »Und wie geht es meinen Hunden?« Das klang heiter und von Erwartung gewölbt. Indem er sie alle mit Namen aufzählte und gewissermaßen mit ihnen sprach, gab er mir ein wenig Zeit. Ich sagte: »Ach, die Hunde –« und erzählte ihm von meiner Einsamkeit und Angst in den Nächten, von den Schattengestalten, vom Blinken der Schwerter, vom Einbruch in die Glasbläserei. Schließlich stieß er selber den Namen hervor, den ich nicht aussprechen wollte. Euoptios habe ihm Andeutungen gemacht – auch über den Verwalter – und über diese Schlange im Schwimmbecken – und über – Ich begann schnell, um an den Hunden vorbeizukommen, von Tutulina zu erzählen, wie ich sie gefunden, getauft und in Phaidons Zimmer gebracht hätte. Jetzt lachte er. Aber als ich ihn fragte, ob wir sie nicht adoptieren sollten, antwortete er nicht. Endlich mit einem steilen Anheben der Stimme fragte er gedehnt: adoptieren? – das Kind einer Unfreien? – ob ich denn wüßte, von welcher Art dies Kind sei, welche Möglichkeiten in seinem noch knospenhaften Leben schlummerten? Gekränkt für Tutulina fragte ich zurück, ob er denn wisse, was in Phaidon oder unsern noch nicht geborenen Kindern an verknospeten Möglichkeiten – ich benutzte ein wenig spöttisch sein seltsames Wort – auf uns als Glück oder Enttäuschung warte. Darauf antwortete er, auch diesen Satz habe ich damals sofort aufgeschrieben: »Immerhin das Glück und die Enttäuschungen von Battiaden!« O dieser Hochmut der Hochgeborenen – aber es war Tutulina, die es im Lauf ihres kurzen Lebens Synesios abgewöhnt hat, Menschen nach ihrer Herkunft zu beurteilen, sie allein hat ihn von seinem Wahn, daß die Herkunft adle, mit ihrer erwiesenen Gotteskindschaft befreit.

Als wir uns dem Doroshof näherten, hatte Synesios dem Kutscher befohlen, die Plane bis auf die Mitte des Wagens zurückzuschieben. Die Sonne stand bereits hinter uns, hinter der Ebene, hinter Ptolemais, die Bäume warfen Schatten. Eh wir die Militärstraße verließen und den Weg zum Hof einschlugen, ließ Synesios halten. Er betrachtete lange die Türme, die aus der Mauer ragten. Der Kutscher war vorsichtig vom Bock heruntergeklettert und in der Macchia verschwunden; man hätte hinter Myrthe, Ginster und Tamarisken einen verendenden Keiler vermuten können, nur daß der Mensch lauter ist. Vom Meer herauf strich ein Wind, der uns im Nacken kraulte. Synesios summte, er sprach wie im Traum, sprach mit Doros, dankte ihm für die Gründung, ja, er sagte: Gründung. Und wie dies feste Haus genau auf der richtigen Stelle stehe und – »ein weißer Augapfel« – um sich schaue, stolz und sicher, das Fernste im Blick »und doch«, er sagte es wie in einem jähen Erinnern, »noch mehr Türme, noch dickere Mauern, noch treueres Gesinde! Ja, ich spüre es, Prisca, du warst sehr allein!«

Er griff sich in die Busentasche und zog eine Münze hervor, hielt sie hoch, daß die Sonne das Gold noch goldener färbte. »Weißt du, wer diese Frauengestalt auf der Münze ist? Ihr Lateiner nennt sie ein bißchen zu oberflächlich Fortuna, wir Griechen nennen sie Tyche: eine Göttin ohne Lebenslauf, ohne Geschichte, ohne Herkommen, vom Menschen in seiner Abgetrenntheit heraufbeschworen: von den Glücklichen, von den Pechvögeln! Man hing sie sich früher um den Hals, steckte sie in den Geldbeutel, nagelte sie ans Haustor, richtete sie in Bronze auf dem Marktplatz auf – sie sollte schützen, abhüten, schenken. So war es in der heidnischen Zeit. Und nun, sieh doch, die Münze ist nicht alt, höchstens zehn Jahre. Diese Christen in Konstantinopel wollen nicht ohne Tyche auskommen! Und Tyche war es, die geholfen hat, dem Kaiser, Aurelian, allen Feinden der Goten. Ist das nun nicht – was ist es, daß die Christen –« seine Stimme verging wie das Blinken der Münze, als er sie aus der Sonne nahm. »Rerum creator«, sprach es in mir, doch ich sagte nur: »In dem zweiten Turm von rechts sitzt Titan.« Aber er, als hätte er mir nicht zugehört: »Und dabei sagte schon Solon, daß es die Bürger selbst seien, die ihre Stadt zerstören. Diesmal war es fast so weit in der Stadt des Kaisers.«

Er starrte zum Doroshof hinauf, ich betrachtete sein Gesicht, und der Empfindliche merkte es nicht. Rom sei nicht mehr zu retten, murmelte er auf eine Weise, als hätte er nicht die weißen Turmmauern unsres Hauses im Blick, sondern die aurelianischen Mauern von Rom. »Weil wir unsre Häuser, unsre Städte befestigen mußten, darum werden sie erobert. Weil der Kaiser eine Beleidigung seiner Majestät für möglich hält und mit den höchsten Strafen belegte, darum hat er seine Majestät dem Angriff preisgegeben. Und weil die unsichtbaren Grenzen des Doroshofes verletzt worden sind, darum –«, seine Stimme brach ab und tauchte wieder auf: »– es ist, als ob der Doroshof in Sünde gefallen wäre.« Darauf fragte er mich, ob das Christentum uns die Güter belasse und sogar sie heilige, oder ob es uns davon befreie – ob ich darüber einmal nachgedacht hätte?

»Wir haben sie, aber nur auf Zeit – sie gehören uns nicht.«

»Wem denn?«

»Unsern Nachkommen. Und wir müssen unsre Kinder lehren, daß sie über die irdischen Güter ebenso denken wie wir.«

»Und wenn einer die Hand nach unsern Gütern ausstreckt?«

»Wir verteidigen uns.«

»Durch noch höhere Mauern?«

»Wirklich – du mußt einen neuen Verwalter einstellen.«

Synesios lachte, blickte mich beinah belustigt an und führte aus: genau dasselbe habe er dem unverweslichen und leider sehr unerwachsenen Kaiser Arkadios in bezug auf Libyen geraten: einen andern Verwalter! »Aber ich wurde mißverstanden, die Umgebung des Kaisers nahm wohl an, daß ich mich selber als Praeses in Vorschlag brächte. Und da sie von mir mit Recht annehmen, daß ich kein Räuber bin, besäße ich ja auch keinen Raub, den sie mit mir teilen könnten. Die Macht eines Andronikos besteht in seinem Ledigsein von allen Bindungen gegenüber Gott, den Menschen, dem Gesetz, – er ist ein Dämon. Und nun frage ich dich, Prisca: kann Christus uns von einem solchen Dämon befreien? von den Dämonen? Ihr verheißt uns doch Erlösung, Befreiung?«

»Ja«, sagte ich, »Christus schenkt uns zur Zeit unseres Lebens die Erkenntnis seines Wesens und den kaltblütigen Blick in die Finsternis, die über der Welt liegt. Und in der Stunde des Hinsterbens befreit er uns vom Tod, das glauben wir.«

Der Fuhrmann kam zurück, er schwankte und hangelte sich stöhnend auf den Sitz. Offensichtlich übertrieb er die

Folgen seiner Betrunkenheit, um seinen Herrn mitleidig zu stimmen. Der Mensch stank auf uns ein, und wir waren erleichtert, als unser Wagen durch das große Tor des Doroshofes einfuhr. Euoptios stand mit Vater Zosimos auf dem großen Platz unter den Bäumen, hinter ihnen drängten sich einige Reihen tief die Hausbewohner und Kolonen mit ihren Frauen und Kindern, viele trugen Fackeln, und alle riefen mit singender Stimme dem Hausherrn Segenswünsche entgegen.

»Wo sind denn die Hunde?« fragte Synesios und sprang vom Wagen. Vater Zosimos trat auf ihn zu mit einem Becher Wein, den er segnete und ihm hinreichte. Synesios trank, reichte ihn mir, und als ich getrunken hatte, sagte er leise, fast in mein Ohr hinein: »Und auch der Wein – er schmeckt nach der Neige – aber wir trinken ihn!« Er blickte mich jetzt in aufmunterndem Fragen an: »Du darfst nicht vergessen: du bist die Frau eines späten Spartaners! Denk an das Botenwort: Ihr sollt kämpfen, als müßtet ihr sterben, dann werdet ihr nicht sterben.«

Damit wandte er sich zu Euoptios und rief, er solle mit ihm kommen, er müsse die Hunde begrüßen. Die Leute blickten einander an. Ich lief davon – zu den Kindern. Auf dem Umgang verhielt ich den Schritt – er mußte jetzt beim Zwinger angekommen sein, aber nichts, drunten unter den Bäumen blieb es still, nur Gemurmel und dann hinter mir Tutulinas Stimme, als hätte sie meine Nähe gespürt. Ich sah, wie Synesios vom Zwinger zurückkam, neben Euoptios – ich wich von der Brüstung zurück, er hielt mit der Hand den Kinnbart umschlungen, als stützte er den Kopf. Und er wandte sich den Leuten zu, redete mit ihnen, neigte lauschend sein Gesicht, betrachtete wie aus großer Ferne ihre Kinder. Plötzlich hob er eins in die Höhe, herzte und küßte es heftig. »Tutulina, Tutulina«, riefen sie nun im Chor, und meine Kleine, wie zur Antwort, weinte noch heftiger. Trotzdem ging ich nicht zu ihr hinein, ich blieb stehen und schaute hinunter. Die Frauen und Mädchen aus der Küche gingen mit Krügen umher und schenkten Wein aus, die Leute tranken Synesios zu, da und dort stieg aus dem Haufen der immer heftiger Redenden der Name des Verwalters auf, aber Synesios hob die Arme und machte beschwichtigende Bewegungen; auch Euoptios redete zu den Leuten.

Nun sah ich, wie die Tür des Speisesaals von innen aufgestoßen wurde und die Hausgenossen hineingingen, während die Kolonen und ihre Frauen Geschenke empfingen und langsam den Weg nach Hause antraten. Endlich wagte ich mich hinunter, trat in den Speisesaal, setzte mich neben Synesios. Er trank mehr als sonst. So oft er zu reden begann, verstummten die Männer, und die auftragenden Frauen blieben stehen. Er dankte allen für die Treue, die sie ihm und mir in seiner Abwesenheit erwiesen hätten. An diesem Tisch sitze kein Verräter. Er aß und trank – aber kein Wort von den Hunden, jetzt nicht und später nicht! Nur daß er Messer und Becher zu fest anfaßte und von Zeit zu Zeit hörbar Luft schöpfte, es war sehr heiß.

An diesem Abend gegen Ende der Mahlzeit rief er: »Freunde, wenn wir sehr traurig sind, dann erinnern wir uns an die Freude des ewigen, in sich ruhenden Vaters, an die strömende Weisheit des Logos, an die alles durchdringende Liebe des Dritten. Und dann sind wir nicht mehr traurig und nicht mehr vereinzelt und allein.« Damit erhob er sich und bat alle, mit ihm in den Säulenhof zum Hausaltar zu kommen, er habe den Himmlischen und seinen Vorfahren Dank zu sagen für die glückliche Heimkehr.

Im Hof brannten viele Fackeln, die so heftig im aufsteigenden Abendwind flackerten, daß die Säulen zu schwanken schienen. Die Hitze des Tages löste sich aus den Steinen. Auf seinem Weg zum Hausaltar blieb Synesios plötzlich stehen, beugte sich vor und starrte auf den Boden. Wir taten es ihm alle nach: die Fliesen waren mit roten Flecken besprenkelt – es konnte nur sein, was wir alle vermuteten: Blut! ... Und es war so, wie uns Vater Zosimos versicherte, aber das Blut von Katzen und Wieseln, die sich hier eine Schlacht geliefert hatten mit Toten auf beiden Seiten. Aber die Katzen hätten doch das Feld behauptet, wie auch anderswo im ganzen Land, und der Hausherr möge ihm verzeihen, wenn er eigenmächtig gehandelt habe. Aber nun schon seit ein paar Generationen verrichteten die Katzen das Werk der Mäusevertilgung in allen Häusern, die als christlich anzusehen seien, und verrichteten es unermüdlicher und gewissenhafter als die Wiesel, die doch nicht recht zuverlässig seien, nur das Blut söffen und auch den Makel nicht loswürden, daß sie zur Zeit der großen Mäuseplage versagt, die Katzen aber das Land vom Mäusezahn gerettet hätten.

Dieses ziemlich lange Plädoyer für die Katzen war Vater Zosimos durchaus ernst gemeint, und er nötigte darum Synesios, der ja ein ganzes Buch über Nichtvorhandenes, etwa die Glatze, formvollendet schreiben konnte, trotz seiner Trauer über die Hunde ein Lächeln ab, und so antwortete er betont feierlich, auch er hoffe, daß Gott dieses Haus nunmehr als christlich ansehe, wiewohl sein Freund, der Bischof Johannes von Konstantinopel, den die Leute Goldmund nennten, die Katzen, zumindest die blonden und rothaarigen, nicht leiden könne und von ihnen sage, daß sie unberechenbar seien – wie die Goten... Synesios sprach plötzlich von den Goten, »diesen heimtückischen, leisetretenden Arianern«, so daß ich einen Augenblick wirklich annahm, er habe sich in Konstantinopel taufen lassen, derart donnerte er los gegen die Irrlehrer und Feinde der Kirche, die für die Einheit des Reiches eine schlimmere Gefahr darstellten als alle Feinde an den Grenzen. Aber nun sei die Hauptstadt wieder frei von den Goten; er erzählte, wie es gegangen, vor allem, wie der Kampf gegen die Goten mitten in der Stadt angefangen hatte: wie nämlich eine alte, fast blinde Bettlerin, ohne zu wissen, wer vor ihr stand, ihre Hände fordernd erhoben hatte, und wie der gotische Soldat diese Bewegung des armen Weibes als Fluchgeste aufgefaßt und von Grimm gepackt der Alten das Schwert über den Kopf geschlagen habe, und wie nun der Gote selber von einem römischen Soldaten, der dabeistand, niedergemacht wurde, und wie Romäer und Goten plötzlich voller Wut und Schrecken einander gegenüberstanden, ohne es fünf Minuten vorher gewollt zu haben, und wie langsam Ordnung in das ziellose Gemetzel kam und die Goten alle in eine Richtung gedrängt und zusammengehauen wurden – bis die Stadt rein von den Fremden und der Kaiser wieder Herr im eignen Hause war.

Hier fuhr Synesios gegen die Umstehenden herum und verkündete, daß auch er den Doroshof reinigen und alle Schlupf- und Winkeldämonen zusammen mit Vater Zosimos aus ihren Verstecken heraustreiben und über die unsichtbaren Grenzen jagen werde.

Er legte mir seinen Arm um die Schulter, führte mich ins Haus, Euoptios folgte uns, das Gesinde blieb noch eine Weile vor dem Hausaltar stehen, viele berührten, ehe sie fortgingen, die Lippen mit der Hand und drückten die Hand dann gegen die Stelle, hinter der sie die Urne des Doros stehen wußten.

Später saßen wir, Synesios, Euoptios und ich, an einem Tisch auf dem Umgang, die Oktobernacht war zeitig herabgesunken. Wir tranken einen Wein, den Euoptios von seinem Gut mitgebracht hatte und immer aufs neue lobte. Über die Vorfälle auf dem Doroshof wurde kein Wort gesprochen, wiewohl Euoptios mehrmals den Versuch machte, wenigstens über die wichtigsten Fragen, so sagte er, Klarheit zu schaffen – Synesios sagte nur: »Später! Falls das Reich zusammenbricht, gibt es hier auf dem Doroshof keine wichtigen Fragen mehr.« Und wieder zeigte er seine Münze mit der Tyche, er hielt sie in das Licht unserer Lampe, die, von unserm guten schwarzen Öl genährt, stark und brutzelnd brannte. Er erklärte nun dem Bruder das Bild auf der Münze, wie er es mir erklärt hatte, stellte dieselben Fragen: wie ein Reich, eine Stadt, ein Haus zu verteidigen seien. Und er fragte leise sich selbst, ob überhaupt noch Hoffnung für dies Reich bestehe – »ich habe es meinen Hausgenossen im Säulenhof nicht mitteilen können«, seufzte er, »wie es trotz des Sieges über die Goten in Konstantinopel aussieht.« Und wieder zitierte er Solon: daß es immer die Bürger selbst seien, welche ihre Stadt zerstörten.

Wir begriffen nicht recht, warum – aber seine Stimme hatte ohne Übergang die Schwermut abgeworfen. Er erzählte jetzt von einem Triumphzug, dem er in Konstantinopel beigewohnt habe, vom Triumphzug des Euthalios. Dieser Laodicener sei auf einem vergoldeten Wagen von der Menge in die Stadt geholt worden, das Echo nicht seiner Siege, sondern einer einzelnen Tat war ihm vorausgeeilt und hatte die ganze Stadt, den Hof ebenso wie den Markt, in Bewegung gesetzt. Die Fischverkäufer verließen ihre Stände, die Schüler ihre Schulbänke, die übenden Wagenlenker die Sandbahn im Hyppodrom. Alles lachte, jubelte, klatschte in die Hände, warf Gesichter und Arme zum Himmel empor. Die Kunde, die Konstantinopel in einen solchen Festjubel stürzte, war auch zu lustig, zu unerhört, zu großartig ...

Dieser Euthalios, dies Prachtexemplar eines Laodiceners (»hüte dich vor der Schlange und den Laodicenern!«) hatte sich seinen Triumphzug auf folgende Weise verdient: er herrschte als Regierungschef in der kleinen Provinz Lydien und hatte sie in kurzer Zeit derart ausgepreßt und ausgeplündert, daß ihn sein Vorgesetzter Rufin abberief und nach Konstantinopel zitierte. Vorher aber hatte Euthalios eine Strafe von fünfzehn Pfund in Goldmünzen zu zahlen. Um diesen Vollzug der Strafe zu überwachen, schickte Rufin seine zuverlässigsten Soldaten, denn er wußte, daß er es mit einem Laodicener zu tun hatte. Euthalios nahm nun zwei ähnliche Säcke, füllte den einen mit Obolen aus Kupfer, den andern mit Gold-Staterren, diese allein zeigte er den Soldaten. Als nun die Goldstücke gezählt, gewogen und der Sack gerade versiegelt werden sollte, fiel vom Söller des Raumes, wo die Prüfung vor sich ging, ein nacktes Mädchen herunter und noch eins und noch eins, und die Mädchen liefen davon, die Soldaten hinterher. Diesen Augenblick der Verwirrung benutzte Euthalios, um die beiden Säcke zu vertauschen, und die Soldaten brachten den mit den Kupfermünzen gefüllten Sack ins Ministerium... Das war die Tat des Euthalios, die ganz Konstantinopel taumelig vor Vergnügen machte, dem Euthalios einen Triumphzug verschaffte und außerdem den Posten eines kaiserlichen Statthalters von Ägypten!

Wir lachten nicht, als Synesios seine Geschichte zu Ende gebracht hatte. Er leerte seinen Becher und sagte: »Das ist vor dem Sieg über die Goten geschehen. Die Goten waren die einzigen, die über Euthalios nicht lachen konnten. Meine Freunde auch nicht – der Bischof Johannes und Aurelian und ein paar Philosophen, ihr kennt sie nicht, die haben auch nicht gelacht. Aber wir wissen nun, ob wir es uns eingestehen oder nicht: die Goten werden zurückkehren, die Hunnen, all diese blonden und rothaarigen Barbaren, sie kommen zurück – und das ist wohl gut, denn wir haben sie nötig.« Synesios sagte sogar, selbst in Libyen – diese Markomannen im Heer, es seien die einzig ernsthaften Männer, auf die sich der Staat verlassen könne – die Griechen dagegen: alte Hähne, die nicht einmal mehr krähen könnten, verbraucht und verkommen. »Doch ich frage euch jetzt und frage all jene, die mir immer wieder zumuten, ich solle endlich aus meiner philosophischen Abgetrenntheit heraustreten und Verantwortung für die öffentlichen Dinge übernehmen – ja, ich frage dich, Prisca, dich, Euoptios: wer wird mich denn in ein Amt rufen? Und angenommen, ich ließe mich rufen: wer wird auf meine Stimme hören? Stellt euch doch vor, ich wäre einem Andronikos vorgesetzt – ich müßte das Verbrechen dieses Thunfischers aus Berenike decken oder mich von ihm stürzen lassen! Ein Sack mit Goldstückchen, von irgendeinem Lustknaben nach Konstantinopel an die richtige Stelle gebracht, bedeutete das Ende meiner kurzen Laufbahn, vielleicht sogar meines Lebens.«

Wir schwiegen, wir wußten keine Antwort. Wieder trank er und führte uns erzählend an den Hof, nannte uns Namen, seine Stimme klang staunend: wie diese Menschen, etwa Aurelian, das aushielten, dieses Leben neben der Wahrheit und Gerechtigkeit – »den ganzen Tag auf Marmor, auf Teppichen, durch Vorhänge spähen, Geflüster belauschen, Zettel schreiben mit verstellter Schrift und Zettel verlieren – genau vor die Füße hin eines Purpurbestrumpften; den Damen Bälle zuwerfen und dazu Blicke, und die Rückspringwinkel des Balles studieren und die der Blicke, der Worte; Verse machen, die von vorn nach hinten gelesen denselben Sinn geben wie von hinten nach vorn; und ebenso die Worte im Gespräch komponieren, daß sie etwas zu sagen scheinen und es gegebenenfalls doch nicht gesagt haben, sondern sich abtun lassen von ihrem Urheber wie ein befleckter Handschuh« – Synesios hob den Kopf: »Nicht daß ihr denkt, ich hätte auf diese Weise dort gesprochen, ich ließ meine Rede auch nicht wie Inzens an den Porphyrwänden entlangstreichen, glaubt mir, ich habe so offen geredet, wie es nie ein andrer Grieche je vor seinem Basileus gewagt hat – ihr könnt die Rede lesen. Und wenn ihr euch wundert, daß ich das gewagt habe, so überschätzt nicht meinen Mut, sondern denkt daran: ich hatte mein Traumgesicht, an das ich mich hielt – und den Schutz des Aurelian, der mich angefleht hatte, dem Kaiser klarzumachen, wie hoch sein Thron steht, wie brüchig aber die Füße dieses Thrones sind. Ich muß gestehen, ich hatte es mit meiner Rede leichter als mein Freund, der Bischof Johannes. Wenn er mit seinem strömenden Wort die Schminke aus diesen Gesichtern waschen will, hat er niemanden hinter sich als Gott allein, den Gott der Wahrheit. Dieser Gott und der Gott des Kaisers aber erkennen einander nicht an. Der Gott des Kaisers, so sagte mir Alexander, der Mann meiner Schwester, dieser Gott hat genau dieselben Pflichten wie ich, er dient an der kaiserlichen Palastpforte und ist, wie ich es tun muß, überall zur Stelle, wenn es gilt, den Willen des Kaisers durchzusetzen – er ist ein Hofgott!« Und dann forderte Synesios uns ohne Übergang auf, schlafen zu gehen, die Asketen seien dem Schlaf und dem Traum abhold, weil sie keine Sorge um die Zeit in ihren Herzen trügen, sie liefen vor und aus der Zeit fort in die Ewigkeit – »ich suche den Traum auf wie den Mutterschoß – ich will noch ein wenig wachsen, damit ich beim Erwachen dem großen Tag standhalte.«

Als Euoptios in sein Zimmer gegangen war, stand Synesios mit mir noch eine Weile vor den Betten der schlafenden Kinder, erst jetzt – am hellen Tag hatte er die Rührung gefürchtet – nun, beim Schein der Lampe konnte er sie besser verbergen. Er sprach auch nicht den Namen des Sohnes aus, auch das war Vorsicht, er flüsterte nur: »Schlafe, schlafe und lerne es, zu entweichen!« Über Tutulina gebeugt sagte er nichts. Er blickte mich, sich aufrichtend, an, legte mir die Hand auf die Schulter, womit er mir seine Anerkennung kundzutun pflegte und sagte: »Du hast einen guten Griff getan... Das Pneuma wohnt im Menschen und nicht, wie Jamblichos lehrt, umgibt es den Menschen von außen. Das Nest ihrer Lippen, siehst du«, er murmelte, und ich konnte nicht alles verstehen, aber es ging über das Pneuma und über die aus Gott stammende Seele.

Am andern Morgen hörten wir – und wir fühlten uns zu früh gestört – die Stimme von Vater Zosimos im Säulenhof. Er mußte eine Weile warten, dann gingen wir hinunter. Vater Zosimos begann ohne Einleitung und ohne uns anzublicken von jenem Vorhang zu sprechen, der Altar und Gemeinde zu trennen hatte. Die Kirche auf dem Doroshof, der ja von Tag zu Tag christlicher werde, dürfe nicht weiter nur ein Betsaal sein, die Gemeinde zähle nun über zweihundert Mitglieder, und der Hausherr, so erzähle man sich, sei in der Stadt des Kaisers getauft worden – –

Synesios unterbrach den Priester: »Ach, der Vorhang, ich habe vom Bischof Johannes eine Predigt über diesen Vorhang gehört, so eine, Vater Zosimos, müßten Sie auch einmal halten, eine Predigt über diesen Vorhang, daß nämlich, wenn er aufgezogen werde, der Himmel herabsinkt und die Engel hervortreten – daß aber die Nichteingeweihten es nicht bemerkten, so klagte der Bischof Johannes, daß sie die brennende Schwelle, die zwischen Gott und den Menschen liege, nicht wahrnähmen. Dieser Goldmund klagte seine Zuhörer an, daß sie zwischen Anbetung und Theurgie, zwischen Sakrament und Magie nicht unterschieden, sondern blind, sakrilegisch und frech Gott und alles Heilige, statt es zum höchsten und letzten Ziel zu nehmen, zum Mittel erniedrigt hätten, zum Mäusefangen, zum Geldeintreiben, zum Gesetzbuch, Folterwerkzeug, Richtschwert, kurz zum Gebrauchsgott, der ausschließlich dazu diene, die menschlichen Dinge in Ordnung zu halten.«

Vater Zosimos hob verwirrt die Hände, als wollte er die in seinem Ohr kirchenfeindlichen Worte scheuchen, aber Synesios lachte nachsichtig: »Verzeihung, guter Vater Zosimos, aber ich komme nicht von dem los, was mir dieser Johannes Goldmund – der Gott der Wahrheit möge bei ihm bleiben! – alles gesagt hat. Vor den Augen dieses heiligen Mannes ist nämlich der andre Vorhang, jener, der die gespenstische Wirklichkeit dieser Welt verbirgt, in die Höhe gegangen –«

Vater Zosimos verstand nicht, wiederholte und begründete seine Bitte mit einer Vorschrift des Metropoliten von Ptolemais. Da wandte sich Synesios ab und sagte zu mir:

»Besorg ihm den Vorhang – und laß ihn mit allen Sprachen, die wir kennen und mit allen bischöflichen Vorschriften besticken, damit, wenn der Vorhang sich hebt, alle Sprachen und Vorschriften von uns weggenommen werden und alle Rangstreitigkeit zwischen oben und unten, Klerikern und Laien und auch die zwischen den Völkern und überhaupt jede Form der Hybris.«

Aber Vater Zosimos vermerkte kopfschüttelnd, daß auf dem Vorhang nur griechische Worte stehen dürften. Synesios sagte, mehr zu mir gewandt: nur Griechisch – so habe er auch gedacht, bis er nach Konstantinopel gekommen sei. Aber dort habe er die Sprache Gottes entdeckt – durch diesen Goldmund –, und die sei nun einmal nicht Griechisch, auch nicht Lateinisch, er neckte mich mit einem Blick aus den Augenwinkeln, Gottes Sprache sei – aber damit brach er seine Rede ab, entließ Vater Zosimos, versprach ihm eine Rolle Goldfäden für den Vorhang, und der Stoff solle aus Leinen bestehen, das in Purpur gefärbt sei, die Kosten dürften keine Rolle spielen.

An diesem Vormittag, als wir im Hof umhergingen, immer um den Hausaltar, begann er wieder von seinem Freund, dem Bischof Johannes, zu sprechen, wie viele Feinde er habe; die Kaiserin hasse ihn vor allem, aber auch der Patriarch Theophilos, der auf ihn neidisch sei. Und er habe durchaus nicht Bischof werden wollen, besonders nicht Hofbischof. Mit List hätten sie ihn von Antiochia nach Konstantinopel gelockt, geradezu entführt – ein Mann von hoher Bildung, wie Basilios Schüler des Libanios, ein Hellene, wie es außer Johannes nur noch einen gebe – er lächelte –, und doch ein Christ, aber nicht geborener, nein, gewordener, einer, der, um zu sich selber zu kommen, in die Wüste ging – »und der sicher eines Tages wieder in die Wüste geschickt wird – weil er die Sprache Gottes versteht und ihr gehorcht. Die Sprache Gottes – das wollte ich vorhin nicht sagen, um deinen alten Zosimos nicht zu verwirren – sie erkennt man daran, daß ihr, sobald sie mächtig wird, überall widersprochen wird, bis sie wieder verstummt. Dann schreien die Menschen nach ihr, und sie beginnt wieder zu flüstern. Heute ist sie fast verstummt, fast – die Stimme dieser Halbbarbarin Eudoxia ist stärker; sie wird die Stimme Gottes in Konstantinopel zum Schweigen bringen, armer, glorreicher Johannes! Ich habe ihn eingeladen, mit mir zu kommen, sich hier bei uns zu verbergen, aber er wollte nicht. Weißt du, ein Bischof darf den Platz, wohin er gestellt worden ist, nicht verlassen, das ist eine große Auffassung – ja, und da kam das Erdbeben, Gott sei Dank bin ich kein Bischof – ich floh.«

Euoptios trat zu uns. Synesios grüßte ihn nur kurz und begann dann mit der Schilderung des Erdbebens. Er machte aus dem Entsetzen, das ihn hin und her gejagt hatte, kein Hehl – in seiner Kopflosigkeit vergaß er sogar die Summe, die er bei dem Geldverleiher Proklos aufgenommen hatte, zurückzuzahlen, »das heißt – ich will nicht lügen: ich vergaß es nicht, sondern wagte mich, als es mir im Hafen einfiel, nicht mehr in die wackelnde Stadt zurück, ich bebte heftiger als die Häuser und die Fliesen auf den Plätzen. Und dieser unwissende Himmel über der Stadt, ein Gewölbe aus Blei! Aber warum müssen *alle* büßen, und die Armen am meisten? Ich sah die Mauern zusammenstürzen, mit ihnen das Reich. Doch ein alter Matrose, der mir an Bord half, tröstete mich: ›Ach Herr, ich habe jetzt schon sieben Erdbeben mitgemacht, und jedesmal wenn ich nach Hause kam, ein bißchen Hoffnung im Herzen, fand ich meine Frau und meine Schwiegermutter an der Tür stehend vor, um mich mit Schelten und Geschrei zu empfangen, als hätte kein andrer als ich die Erde in Bewegung gebracht.‹ Und der alte Matrose sagte auch noch: ›Unser Herz und die Erde beben immerfort und zerbrechen doch nicht, eh die ihnen zugemessene Zeit erfüllt ist.‹ Auch aus diesen Worten des Matrosen erreichte mich die Sprache Gottes.«

An diesem Abend war es, daß er mit Vater Zosimos, Euoptios und mir die Reinigung des Doroshofes besprach. Vater Zosimos sollte das geweihte Wasser stellen, Synesios selber wollte die Hymnen zur Austreibung der Dämonen singen. Und er bezeichnete den Weg der Prozession, der genau dem Weg der Schattengestalten in meinen Angstnächten folgen sollte – bis zur Glashütte und von da zurück und immer dicht an den Häusern vorbei; selbst den leeren Hundezwinger und die Ställe wollte er geöffnet wissen und betreten und die Tiere mit dem Spiel der Zithern und Flöten und den Worten der Beschwörungen von der Anwesenheit übler Gift- und Flüsterdämonen befreien.

Ich habe mich stets, allerdings ohne es Synesios zu zeigen, über seinen Dämonenglauben gewundert, den er übrigens auch später als Bischof nicht gänzlich aufgab.

Der Hausherr gab die Verletzung der unsichtbaren Grenzen des Doroshofes durch einen ungenannten Eindringling zu, zeigte sich aber zugleich durch die Art, wie er ihn zurückwies, als ihm überlegen, indem er den Himmel zum Schiedsrichter anrief. Was die Segnung der Ställe und des Viehs anging, so bin ich überzeugt, daß sie von der Prozession Nutzen hatten, indem die Hirten und Hüter des Viehs ihrem Herrn erneut vertrauten und seinen Beschwörungen Kraft zumaßen und dadurch ihre Angst verloren und den Tieren aufmerksamer und freundlicher begegneten und auf sie, die mehr fühlen, als wir annehmen, die neue Ruhe ihrer Seelen übertrugen.

Ich sah Synesios, wie ich ihn nie gesehen hatte. Er schritt, eine weiße Binde um die Schläfen gebunden, neben dem das Wasser reichenden Vater Zosimos, sprengte mit dem Weihwedel den Tau des Himmels auf die Köpfe seiner Leute, gegen die Bäume, in die Ställe, über die Rücken der Schafe und Kühe. Die Knaben und ein Diakon, der zugleich Chormeister war, schlugen Saiteninstrumente; Synesios sang seinen Hymnus, den er zu diesem Tag verfaßt hatte:

Fort, ihr Verächter
Heiliger Hymnen,
Schlupfwinkel-Dämonen,
Asselgezücht aus den Gräbern,
Unreines Giftzeug, hinweg!
Schattenschrift erlösche
Unter der Sonne meines heiligen Liedes.

Die Instrumente und Stimmen trugen den Hymnus über die Köpfe empor wie die Wolken droben den Sonnenglanz durch den Nachmittag. Auf allen Stirnen stand der Schweiß, der Augusttag lohte über den Wäldern, doch zeigte sich niemand müde, selbst die Schafe im Schatten der Steineichen blökten unserm Zug entgegen und starrten herüber.

Am folgenden Tag – die Sonne ließ sich bereits gegen Ptolemais über das Meer hinab – setzten wir uns zusammen, und zwar im Verwaltungsraum, um die leidige Sache mit Titan zu Ende zu bringen. Zwei der Nachtwächter waren zum Turm geschickt worden, wo Titan gefangen saß. Sie kamen erst nach einer halben Stunde zurück – allein, sie hatten das Gewölbe, in dem Titan noch am Tag zuvor gefangen saß, leer gefunden. Die Nachricht schlug uns gegen den Kopf. Daß Titan entwichen war, konnte dem Hausherrn und uns allen eigentlich nur erwünscht sein; eine widerliche Szene blieb uns erspart, denn wegschicken mußte Synesios seinen ungetreuen Verwalter ohnehin. Aber daß er fliehen konnte, und daß er floh, gerade als der Hausherr wieder anwesend war; daß diese unsichtbare Hand innerhalb der Grenzen des Doroshofes den hellen Tag gewählt hatte – am Morgen hatte der Nachtwächter, der Titan Wasser und Brot brachte, ihn noch gesehen; daß Andronikos uns damit endgültig wissen ließ, wer auf dem Doroshof die Herrschaft ausübe, das war der Schlag, der uns betäubte.

Während wir noch, aneinander vorbeiblickend, dasaßen,

wurde uns der Händler Leonidas gemeldet, ein Jude aus Ptolemais, der auf dem Doroshof ein paarmal im Jahr erschien, um Schlachtvieh, Häute, Holz und Glaswaren aufzukaufen. Er zahlte, was er kaufte, stets sofort aus seiner großen Ledertasche auf den Tisch, machte wenig Worte und galt allgemein als ein zuverlässiger Kaufmann.

Synesios ließ ihn, offenbar um aus unserer Betretenheit herauszufinden, sofort eintreten, und wir alle waren angenehm abgelenkt, als der große, breitschultrige Jude durch die offenstehende Tür hereintrat. Leonidas strich ein wenig verlegen seinen bräunlichen Bart und blickte sich vorsichtig um; vielleicht suchte er Titan, mit dem er seine Geschäfte abschloß. Ich bemerkte, wie Chilos sich zu Synesios neigte und ihm etwas ins Ohr flüsterte und dabei inständig mit dem Kopf nickte. Leonidas hatte nur einen Gruß gemurmelt und sich gegen den Hausherrn verbeugt, als dieser mit einem seltsamen, ich möchte sagen mit einem schwebenden Lächeln aufstand und Leonidas ungefähr mit folgenden Worten anredete: »Leonidas, Sie wissen, daß ich kein Freund der Juden bin. Seit ihr unser Libyen durch euren Aufstand verwüstet und zweihundertfünfzigtausend Griechen ermordet habt – ich weiß, es ist schon eine lange Zeit her, aber ich kann es nun einmal nicht vergessen –, seit ihr Juden also uns Griechen in Libyen ausrotten wolltet, seit – nunwohl. Aber wenn ich euch Juden auch nicht liebe, so habe ich doch manches Gute an euch entdeckt, das uns Griechen abgeht. Vor allem: ihr seid ernsthafte Leute, haltet euch an die Vorschriften eures Gottes und überliefert euren Kindern eure Geschichte, die Geschichte eures Gottes mit eurem Volk. Ich wünschte, wir Griechen wären, was unsre Götter angeht – aber«, er blickte mich beinahe verdutzt an, »nein, das gehört nicht hierher. Und so höre ich auf meinen Sekretär Chilos, der mir soeben sagte, was ich schon wußte: daß Sie ein rechtlich denkender, zuverlässiger Mann sind – und daß ich Sie, Leonidas, zu meinem Verwalter ernennen solle. Wollen Sie, wollen Sie den Doroshof verwalten? – gerecht und zugleich menschenfreundlich und nicht wie Titan, der ungetreue Verwalter, der meine Kolonen geschunden hat?«

Synesios redete noch eine Weile auf Leonidas ein, der zuerst die Augen aufriß, immer wieder in seinen Bart griff, als müßte er sich daran aus einem traumhaften Zustand in die Wirklichkeit zurückführen. Er murmelte allerlei Unverständliches, während die Erregung ihm das Wasser im Mund zusammentrieb, daß er nach jedem Satz schlucken mußte. Endlich stieß er hervor, er müsse nachdenken, Zeit haben und vor allem seine Frau fragen, die sei sehr klug, und er tue nie etwas, ohne sie vorher gefragt zu haben. »Hörst du, Synesios«, sagte ich leise, fast hätte ich aufgelacht. Leonidas fuhr fort – er blickte, während er sprach, hinter sich in den Baumgarten hinaus, als ständen da Menschen hinter den Stämmen: wenn er die Stellung annehme, müsse er sich ausbitten, daß er einige Mitarbeiter aus seinen Leuten mitbringen könne, allein unter lauter Griechen hier auf dem einsamen Gut zu leben, getraue er sich nicht. Außerdem müsse jemand, und zwar ein Grieche, da sein, der sich aufs Rechnen verstehe und einige Male im Jahr das Rechnungsbuch kontrolliere. Im übrigen sei es schwer, sehr schwer, in einer solchen Aufgabe gerecht und, wie der Herr Synesios es verlange, menschenfreundlich zugleich zu verfahren: die Kolonen neigten ebenso wie die Verwalter dazu, den Besitzer zu betrügen. Wenn sie nun auch noch merkten, daß der Herr auf ihrer und nicht auf der Seite des Verwalters stehe, sei es einfach unmöglich, aus dem Gut auch nur ein wenig Nutzen herauszuwirtschaften, in diesem Punkt müsse er genaue Anweisungen vom Hausherrn erhalten. Und noch eins: falls er die Stellung annehme und mit einigen jüdischen Leuten – es brauchten nicht mehr als zwölf Männer zu sein – auf dem Doroshof arbeite, müsse es den Juden gestattet sein, nach ihrem religiösen

Gesetz zu leben, was vor allem bedeute, daß sie das Recht besäßen, ab Freitagabend die Arbeit einzustellen. Sie dürften sich ferner irgendwo zum Gottesdienst versammeln und mit lauter Stimme singen, selber schlachten und ihr Fleisch selber zubereiten; sie dürfen nicht nur den Sabath, sondern auch die übrigen Feste ihres Volkes begehen, überhaupt dürfe es keinem Griechen hier oben erlaubt sein, die Juden wegen ihrer Religion zu verhöhnen. Was ihren Gottesdienst angehe, so könne jeder Nichtjude daran teilnehmen, vorausgesetzt, daß er alle götzendienerischen Gebete und Bräuche draußen lasse.

Die Liste der Bedingungen enthielt noch weitere, größere und kleinere Punkte, die ich vergessen habe. Ich sah, wie Synesios manchmal lächelte. Euoptios dagegen blickte düster drein und vermied es, den vorsichtigen Juden anzublicken. »Der diktiert uns Gesetze«, rief er, kaum daß Leonidas zur Tür hinaus war. In acht Tagen wollte er wieder auf dem Hof erscheinen, um uns sein Ja oder Nein mitzuteilen, mit welchen Worten er sich verabschiedet hatte. »Und diese Ausdrucksweise«, rief Euoptios, »wie ein römischer Senator! Lechzt nach dieser Stellung – und stellt Bedingungen! Und was für welche! In zehn Jahren ist der Doroshof eine jüdische Mustersiedlung und im elften Jahr wird Vater Zosimos beschnitten, im zwölften der letzte Heide auf dem Doroshof wegen Götzendienerei verbrannt, im dreizehnten – ach, und man darf also die Juden nicht mehr verhöhnen!«

Da sagte Synesios: »Nein, hier nicht, Bruder!« Und er blickte die beiden, Euoptios und Chilos und dann auch mich mit einer langsamen Drehung des Kopfes an und führte aus, daß hier zwei Christen, ein Jünger Zoroasters und – er wies gegen die eigne Brust – ein Hellene, einer der letzten, beieinander säßen, und wie es scheine: friedlich! Und er werde es nicht dulden, daß der Geist seines Großvaters aus dessen Gründung vertrieben werde. Doros habe über Heiden und Christen geherrscht und nie darauf geachtet, was ein Mensch glaube, sondern was er lebe. Und er werde Vater Zosimos ins Gebet nehmen müssen, daß er, was die Juden angehe, nicht auf den Bischof von Hippo höre, »sondern auf mich, den Hausherrn!« Synesios' Stimme klang plötzlich hart. »Wir brauchen den Frieden, hier auf dem Doroshof und im ganzen Reich. Und jener Thunfischer, der gegen mich rast, weil ich ihn für das halte, was er ist: für ein Zeichen des Niedergangs, vielleicht sogar des Untergangs, dieser christliche Achilles wird, das ist wohl möglich, sich an der Klugheit des Leonidas versuchen, wird sich wie ein hungriges Schwein am Gitter des Kobens die Zähne, wenn nicht ausbrechen, so doch stumpf wetzen. Ich hoffe, daß Leonidas annimmt!«

Er nahm an. Euoptios reiste, noch ehe der neue Verwalter feierlich in sein Amt eingeführt war, mit Kopfschütteln und Gebrumm ab, und noch vom Pferd herunter ließ er uns wissen, daß niemand versuchen solle, weiser zu sein als die Kirche, welche sich ja von der Synagoge des Teufels säuberlich getrennt halte. Sich einen jüdischen Verwalter ins Haus zu nehmen, das sei in dieser Zeit dasselbe wie einen Häuptling aus der Wüste zum Heerführer zu machen. Unsre Städte seien voll von Halbbarbaren, Juden und Ketzern aller Art, die alle nur auf ihre Stunde warteten – das Letzte trompetete er laut durch die Mauerschleuse und ritt, ohne sich noch einmal umzuwenden, davon.

Wir, Synesios, Chilos und ich standen unter den Platanen; zum Glück war Leonidas gerade dabei, sich mit seinen Leuten im weitläufigen Verwaltungsgebäude einzurichten. Wir hatten noch Euoptios' Warnung im Ohr, als Leonidas erschien und Synesios würdig und aufrecht klarmachte, daß das Mosaik des kreuztragenden Simon von Kyrene für jüdische Augen unangenehm sei. Er bitte um die Erlaubnis, dies Bild durch ein anderes ersetzen zu lassen – durch eins, das für diesen Platz, wo gezählt, gewogen, gehortet und verkauft werde, besser geeignet sei –, er habe an Joseph in Ägypten gedacht, wie er als Verwalter des Pharao das Volk vor dem Hunger errettet habe. Ich werde nie vergessen, wie Synesios sich mit einer schnellen Handbewegung an seinen Kinnbart faßte und zugleich Leonidas anschaute. Schließlich lächelte er und sagte: »Sie sind aufrichtig. Hätten Sie gesagt, das Mosaik von Simon sei häßlich ausgeführt und die Steinchen fielen bereits heraus, ich hätte das Bild restaurieren lassen. So aber – ich verstehe Sie: also Joseph, der Verwalter! Ich werde einen Maler finden. Aber das Kreuz im Gebälk der Halle bleibt, nicht wegen Vater Zosimos, sondern – nun eben, weil es bleibt.«

Synesios gab gleich in den ersten Tagen Leonidas einige Anweisungen, die ich zunächst so wenig wie alle übrigen begriff. Er wollte, daß eine Gerberei unten am Bach entstehe. Ferner ordnete er an, daß ein gewisser Steinbruch wieder aufgetan und besonders große Quadern gebrochen und an der südlichen Gutsgrenze auf einer Art Bergkopf ein geräumiges Kastell gebaut würde, und es solle auf dem Boden des künftigen Kastells nach Wasser gebohrt werden. Überdies habe Leonidas Schmiede von auswärts zu bestellen, die alle Schlösser im Gutshof, vor allem das am Haupttor, erneuerten. Außerdem schuf Synesios in diesen Wochen zusammen mit Chilos, der die Bewohner des Hofes besser kannte als der Hausherr, einen Wachdienst. Er bestand aus dreißig jungen Männern, die einander in der Aufsicht ablösten, so daß der Doroshof zu einem Kastell geworden war, längst ehe das eigentliche Kastell auf der Anhöhe über den Steineichen aufragte.

Chilos und ich hatten uns bald in Synesios' Pläne hineingefunden, wenn er auch nur in Andeutungen über seine wirklichen Absichten sprach. Die Zeiten waren, wie Euoptios so oft versichert hatte, sehr ernst geworden. Leonidas trug wie einst Titan von seinen Reisen bedrohliche Nachrichten herbei. Er kannte die Namen der Wüstenstämme, beschrieb die Maceten und die Ausorianer, und wie sie alle hießen und brachte unsern Kolonen und Handwerkern das Haarsträuben bei, wenn er ihnen von den Überfällen der Räuber erzählte, dosierte aber auch das Gift der Angst in seinen Geschichten, indem er darauf hinwies, daß diese Räuber auf ihren Pferden nur im blitzschnellen Überfall Erfolg hätten, nicht aber als Kämpfer zu Fuß oder gar als Belagerer. So wuchs das Kastell aus dem Ingrimm und der Angst der Bauenden schnell wie ein gewaltiger Pilz herauf. Die in Dienst genommenen Maurer arbeiteten bis in die Nacht, selbst die Frauen karrten Steine und trugen auf den Köpfen in ihren Amphoren Wasser in langen Reihen aus dem Bach herauf.

Und dann geschah das Unerwartete: Synesios erklärte mir eines Tages, es war ein regnerischer Märztag, alles sei jetzt auf dem Doroshof so fest und gut im Gange, daß er seinen Entschluß, für eine Zeit nach Kyrene überzusiedeln, für ausführbar halte. Ich vermochte kein Wort hervorzubringen, sondern starrte ihm nur ins Gesicht. Ich trug damals unser zweites Kind im sechsten Monat, und die Vorstellung, den Doroshof mit der Stadt vertauschen zu sollen, kam mir vor, als würde ich in die Verbannung geschickt. Indes – Synesios erklärte mir, daß das Gut seiner Eltern (es war sein Geburtsort) anmutiger wirke als der Doroshof, außerdem nahe bei der Stadt liege, mit dem Blick aufs Meer und auf das Feld der sprossenden Säulen und Marmorsimse. Was ihn aber zu diesem Umzug nach Kyrene bestimme, seien die Schwierigkeiten, in denen seine Schwester sich befinde. (Wir hatten sie auf unserer großen Reise nicht besucht, und ich kannte das Elternhaus noch nicht.) Ich vernahm, daß die Behörden die krank daniederliegende Theodosia, von der ich bisher nur wenig erfahren hatte, bis aufs Blut plagten. Wenn die Schwester ihn nun zum Besitzer des Gutes mache, seien auf einen Schlag die von früher noch ausstehenden Steuerschulden behoben, da der Kaiser ihn

– das erfuhr ich erst jetzt – von der Steuer und allen staatlichen Dienstleistungen befreit hatte. Als ich ihn nun fragte, warum er mir von diesem doch nicht unwichtigen Ergebnis seiner Reise noch gar nichts mitgeteilt habe, blickte er zu Boden und gestand mir, daß er sich über ein solches Privileg in solcher Zeit ein wenig vor mir schäme. Er sei aber bereit, die kaiserlichen Privilegien für seine Familie, zu der auch der letzte Sklave rechne, so auszunutzen, daß sie allen zugute kämen. Der Bau des Kastells allein verschlinge große Summen. Er werde überdies auf dem Doroshof Waffen produzieren, jede Rindshaut solle in der Gerberei zu hartem Leder, und alles Leder zu Schilden verarbeitet werden; der junge Eschenwald stehe voll stabiler Lanzenschäfte, die Schmiede in Ptolemais sollten ihm Lanzenspitzen, Äxte und Schwerter hämmern.

Ich unterbrach seine Darstellung des zu schaffenden Arsenals mit der Frage: »Und gerade jetzt willst du, statt die Arbeiten zu überwachen, den Doroshof verlassen?« Wieder blickte er auf die Weise eines ertappten Jungen vor sich hin und seufzte. »Schließlich«, so fuhr ich nun fort, »kannst du doch, statt selber nach Kyrene zu reisen, einem dortigen Notar, etwa Herkulanius, die Sache übertragen.«

Und da begann er von der Einsamkeit und Krankheit Theodosias zu sprechen. Das wunderte mich, da er, wenn er diese Schwester schon einmal erwähnte, stets ein wenig spöttisch wurde. Er fand die unverheiratete, schon ziemlich alte Dame, die von Zeit zu Zeit bei ihm anfragte, ob er noch immer nicht getauft sei, im Grunde unausstehlich und verglich sie mit seiner von ihm erfundenen Kelterschraube, an welcher wahrscheinlich der Bischof von Kyrene herumarbeite, »aber ich laß mich nicht pressen«, das versicherte er mir verschiedene Male, immer mit denselben Worten.

Und so fragte ich mit scherzhaftem Drohen in der Stimme: »Aber wird sie dich, wenn du jetzt kommst, nicht pressen? Und wenn Theodosia dir und mir Vorwürfe macht, daß du noch immer ein Philosoph und kein Christ bist, was soll ich ihr dann antworten?«

Darauf ging er zur Tür meines Zimmers hinaus mit der Versicherung, daß er sich vor Theodosia nicht fürchte, so wenig wie vor Andronikos. Seine trotzige Stimme und diese beiden Namen so dicht beieinander brachten mich zum Lachen. Indes – ich wußte nun mit Bestimmtheit, daß es nicht die Krankheit noch die seit Jahren angelaufenen Steuern der Schwester waren, was ihn nach Kyrene lockte. Und sicherlich auch nicht die Angst vor Andronikos, das glaubte ich ihm gern. Wer solche Privilegien vom Kaiser in der Hand hat, ist unantastbar, selbst für einen christlichen Achilles – sollte der Thunfischer sogar seinen Fuß auf die oberste Stufe der Regierungshierarchie setzen. Ich tappte im Dunkeln, mochte aber Synesios nicht weiter mit meiner ängstlichen Neugier belagern: ich kannte ihn zu gut, er war offen, meist viel zu offen; aber wenn er einmal eine Tür seines Innern nicht öffnen wollte, war jedes Anpochen vergeblich.

Da erhielten wir keinen Monat später die Nachricht, daß Theodosia gestorben sei. Der Bote hatte wegen einer Überschwemmung einen andern Weg nehmen müssen und sich verirrt. Darum blieb er über eine Woche unterwegs, woraus wir errechnen konnten, daß Theodosias sterbliche Hülle längst beigesetzt war. Indes – Synesios bestand auf der Fahrt nach Kyrene, und meine Vermutung, daß Theodosia weder lebend noch tot das eigentliche Ziel gewesen sei, erhärtete sich.

Er sagte mir in jenen Wochen, der Brief über seine Seefahrt, den mir Euoptios gegeben hatte, habe mir ja so gut gefallen, und er wolle ihn neben andern Schriften seinen Freunden in Kyrene vorlesen. Er sprach auch manchmal mit halb abwesender und verklärter Miene von jenen Nachmittagen in der Panhellenischen Gesellschaft, nannte Namen mit summenden Lippen, in der Hand allerlei Rollen und

Blätter, auf denen in Chilos' Reinschrift Hymnen und Abhandlungen aufgeschrieben waren. Ich hielt es zuerst für unmöglich, aber schließlich mußte ich meinem Verdacht rechtgeben: dieser Mann, der die Einsamkeit aufgesucht hatte und mich wirklich liebte, der sich mit der Sonne erhob und mit ihr schlafen ging; der morgens und abends sein Herz betend zu den Himmlischen richtete; der sich bald auf der Jagd, bald in seinen Büchern verlor; dieser Mann, der viel schwieg und so anmutig mit mir und Chilos redete; der sich nie erregte, sondern seine Seele zum Spiegel der Welt machen wollte – dieser gerechte, ruhige, selbstbeherrschte Mensch strebte aus seiner erhabenen Abgeschiedenheit – zurück in die Literatur!

Wenn ich schon damals aus einer Geheimquelle vernommen hätte, daß der Anachoret Antonius mit achtzig Jahren auf seiner Reise nach Alexandrien bis zu seinem Tode im Musaion Vorlesungen über die Einsamkeit und die Meditation gehalten hätte – für mich wäre das nicht befremdender, ja enttäuschender gewesen als diese Lust meines Synesios auf Öffentlichkeit, die aus den glatten Zungen von Literaten gebildet war.

Und während er mir und den Kindern die Sänfte bereiten ließ – die Wege waren schlecht, und in meinem Zustand wagte ich mich nicht mehr in den Sattel, –, dachte ich über alle Möglichkeiten nach, wie ich Synesios aus der Stadt wieder heimwärts auf den Doroshof bringen könnte, diesen Mann, den ich den schönschwätzenden Griechen nicht gönnte – ich wollte, daß er dem begegne, der in der Abgeschiedenheit eher zu finden ist als auf dem Markt und in der Panhellenischen Gesellschaft.

Kyrene

Chilos brachte mir eines Abends, als ich allein war – Synesios hatte dem Bruder in Ptolemais einen Besuch gemacht, um sich von ihm zu verabschieden – einen Packen Briefe, die Theodosia ihrem »kleinen Bruder«, wie sie ihn manchmal titulierte, im Lauf der Jahre geschrieben hatte. Synesios hatte dem Sekretär, ohne einen Grund anzugeben, befohlen, diese Briefe zu vernichten. Aber Chilos war der Ansicht, daß die Briefe ein besseres Los verdient hätten, und er übergab sie mir, ich könne sie dann noch immer vernichten, ehe Synesios zurückgekehrt sei.

Während ich mich in die Lesung vertiefte, bedauerte ich, daß ich die Schreiberin dieser Dokumente schwesterlicher Liebe nicht mehr in Kyrene antreffen würde. Zum ersten Mal erfuhr ich etwas mehr über Synesios' Mutter. Es hatte mich manchmal bedrückt, wenn ich daran dachte, wie selten er von seiner Mutter sprach. Ich wußte, wie sehr diese Battiaden die sie umgebenden weiblichen Personen als zu ihrem sehr männlichen Ich gehörend ansahen – sie konnten mit ihnen, aber nicht über sie reden –, in diesem Fall aber kam noch ein anderes hinzu: Synesios' Mutter war, woran Theodosia ihren Bruder fast in jedem Brief erinnerte, Christin, die im »selbstlosen Dienst für die Familie und die Armen sich verzehrt hat«, so Theodosia, »während du, unser Jüngster, genau wie dein Vater unbelehrbar dem Alten anhängst und deine Starrsinnigkeit für Treue hältst. Du, ein Philosoph, siehst nicht, wie Christus vor deinen Augen wirkt und sich ein neues Geschlecht heranzieht. Ja, wir sind, wenn wir nur wollen, ein neues, von den Irrtümern und Lastern der Welt, von den Dämonen und vom Tod befreites Geschlecht, wenn auch die ganze Heidenwelt über unsre Ansprüche lacht. Auch dein Großvater hat auf diese grimmige Weise gelacht. Er schuf sich den Doroshof mit seinen unsichtbaren Grenzen – er wußte, daß auch ihm Grenzen gesetzt seien, doch er wollte sie im Unsichtbaren belassen. Deine Mutter jedoch, die sich vor diesem gewaltigen Doros wie eine Magd verhielt und ihren Glauben, zum neuen Geschlecht zu gehören, nie mit anspruchsvollen Worten vorbrachte, sondern allein mit Taten der Liebe und Selbstentäußerung, diese Frau richtete das Bild des neuen Menschen, wie Gott es entworfen hat durch Christus, in der Stille ihres Hauses auf. Sie war schöner als die übrigen Damen der Gesellschaft, und wenn ihr Gatte, unser Vater, sie wie seinen stolzesten Besitz ins öffentliche Bad führte, gehorchte sie ihm, die Liebe zu ihrem Gatten bekleidete sie, während die Augen der Männer sie mehr anstaunten als anblickten. Diese Frau lebte in beständiger Ruhe und Heiterkeit. Sie ertrug ihren schattenhaften Gatten und den gräßlich leuchtenden Großvater, ertrug den Tod unsres kleinen Bruders, die Einsamkeit ihrer Abende und vor allem ertrug sie die Launen ihrer Kinder, und wir waren schlimme, nämlich zärtliche und doch alles fordernde Kinder, die sich aus der Mutter eine Dienstmagd ihrer Seelen gemacht hatten, übersieh es nicht, mein so manches übersehender Philosoph!«

Ich konnte verstehen, warum Synesios diese Briefe nicht aufbewahren wollte. Theodosia hatte zuviel Zeit zum Nachdenken gehabt, und die Sorge um das Heil ihres Bruders trieb ihre Worte immer in dieselbe Richtung, zu denselben Forderungen. Sie konnte sogar, wenn es ihr darum ging, den Bruder vor falschen Freunden und falschen Zielen zu warnen, boshaft werden und das Selbstbewußtsein des literaturbeflissenen Synesios verletzen, etwa so: »Auf das Urteil der Schwarzberockten gibst du ja nichts, du meinst ja, die Kirche verstehe nichts von Literatur und nichts von Philosophie. Und wenn diese Schwarzen über dich als einen rückständigen Romantiker lächeln, philosophierst du sie einfach vom Tisch, das soll dir ja nicht schwerfallen bei solch einer Stimme. Aber die Weißbemäntelten, deine Freunde, Leute, denen du Briefe, Hymnen und Geschichten ungefragt übermittelst, sie hören beim Lesen deiner Werke diese Stimme nicht, sehen auch nicht dein liebenswürdiges Antlitz, sondern lesen Buchstaben, machen daraus Wörter, wiegen und rollen sie auf der Zunge, schmecken sie und sagen dann, daß du trotz deiner Sprachstudien immer noch wie ein Dorer – manche sagen sogar wie ein Spartaner! – schreibst und nicht wie ein Athener. Und sagen, daß du, statt zu philosophieren, betest – daß du, statt zu denken, von Gott redest, als begegnete er dir jede Nacht im Traum. Die Schwarzen dagegen sagen, daß du bei deinem Versuch, das alte Hellenentum zu erneuern, dich noch lächerlicher machst als dein angebeteter Kaiser Julian, nach dessen Bärtchen du, so sagen sie, hundertmal greifst – vergeblich. Die Weißmäntel dagegen – o Bruder, warum kriechst du in diesem doch längst aufgegebenen Bergwerk umher? Die Stollen, in denen einst Gold gefunden wurde, sind leer und dunkel und haben dich ins Endlose verlockt. Daß du doch mit deinem Philosophenschädel einmal gegen einen Stein stießest, daß dir doch ein Licht aufginge: das Licht Christi!«

Und sie warnte ihn auch schwesterlich, wenn sie vernahm, daß Synesios sich mit seiner gegen alle Klugheit verstoßenden Offenherzigkeit Feinde machte: »Übrigens hast du geschrieben, daß gewisse Leute erst, wenn sie vor den Steuerbeamten ihren Bankerott erklärt haben, zur Philosophie stießen, nachdem sie längst über die Hälfte ihres Lebens hinaus seien und sich ernsthaft und mit allen Mitteln, aber letzten Endes vergeblich angestrengt hätten, reich zu werden. Es gibt nun freilich eine ganze Menge Männer, die durch die Steuernöte zur Philosophie hingedrängt wurden.

Ein jeder von ihnen, dem man Deinen Brief gezeigt hat, glaubt nun, daß Du ihn meinst, hier in Kyrene sind es gleich vier. Überall wo Dein Name genannt wird, fallen solche Leute wie ausgehungerte Hunde darüber her, wirklich als wärest Du ein totes Kaninchen. Und sie fragen, ob Du Dir die Unabhängigkeit, welche ja zum Philosophieren notwendig ist, durch Tüchtigkeit oder Askese erworben, oder ob Du sie durch Dein väterliches Vermögen ererbt habest. Ich gebe das nur weiter, vielleicht daß Dich meine Unbefangenheit dazu verführt, eine Abhandlung über die verschiedenen Formen der menschlichen Unabhängigkeit zu verfassen. Dies Thema wäre immerhin ernsthafter und zeitnäher, als wenn Du über Deine Glatze schreibst und sie verteidigst, indem Du in der Weltgeschichte umherreist und alle berühmten Haarlosen sammelst und ihre Glatzen gewissermaßen als Trophäen der Weisheit und Männlichkeit ausgibst. Es freut mich übrigens ungemein, von einem Deiner Freunde zu erfahren, daß Deine Glatze in ihrem jetzigen Zustand noch als eine erweiterte Stirn anzusehen sei, und trotzdem hast Du Dich jetzt schon mit einem ganzen Buch vom behaarten Tier und der langhaarigen Frau auf eine wirklich überraschend einfache Weise abgesetzt. O mein kleiner Bruder, wieviel Schlimmes steht Dir noch bevor, wenn Gott Dich eines Tages ins Auge faßt und Dich zur Begegnung mit Ihm reifmacht – wenn Du durchs Feuer mußt, durch allerlei Feuer!«

Ich las sie alle, diese von unnachgiebiger Liebe diktierten Briefe und entschloß mich, sie nicht zu zerstören, sondern Synesios für seinen alten Tag aufzuheben, damit er an diesen Briefen erkennen möge, welch langen Weg er zurückgelegt habe. Denn davon war ich immer überzeugt, daß Synesios das Ziel, das ihm seine Mutter, seine Schwester Theodosia und zuletzt auch ich gewiesen haben, erreichen werde. Daß er Theodosias Briefe mit einer gespielten leichten Geste aus der Hand gab, ja sie vernichten wollte, bewies mir, daß er in diesen Briefen Widerhaken gespürt hatte, deren Schmerz nur bewußtes Vergessen mildern konnte.

Außerdem verdroß es ihn, so gestand er mir dann in Kyrene, wenn Theodosia an seine literarischen Werke ausschließlich moralische Maßstäbe anlegte. Wie konnte sie nur das »Lob der Kahlheit« als eine Verteidigung seiner »erweiterten Stirn« betrachten! Dabei, beteuerte er, kannte sie doch Dion Chrysostomos, den Feind Domitians und Freund Trajans, der als Wanderprediger durchs Römische Reich gezogen war. Da Dion sich nicht mehr rasierte, habe er, sich über seine kynische Maske belustigend, ein »Lob der Haare« geschrieben. Andre Schriftsteller, ich wußte es wohl, schrieben das Lob der Mäuse, das Lob der Mücken, der Töpfe, des Lauches, der Papageien und was sie alles in literarischer Narretei als des Lobes würdig erachteten. Das war eine Mode, die, wie mir Synesios erklärte, sich durch zwei Jahrhunderte hinzog. Diese Schriftsteller, die wenig in ihrer Umwelt zu loben fanden, lobten sie bewußt an einer nichtssagenden Stelle und betrachteten sie absichtlich durch das falsche Guckloch. Das schuf diesen lachenden Weisen und denen, die mitgingen, ein geistiges Ergötzen: die Vernunft, sich ganz ernsthaft gebärdend, verspottet in solchen Werken das falsche und einseitige Erkennen.

Theodosia war nach Synesios' Ansicht eine mißvergnügte christliche Jungfrau, die nicht lachen konnte. »Sie gehört zu denen«, notierte er einmal, »die wie so viele Christen auf die Natur des Menschen keine Rücksicht nehmen, sondern unablässig nur das Übersinnliche im Auge behalten. Da sie sich von allen sinnlichen Leidenschaften frei fühlen, kommen sie sich als mit Fleisch bekleidete Götter vor und werden zum Schluß anmaßende Menschen. Überdies sind sie langweilig. Das Freisein von jeder Leidenschaft gehört allein zur Natur Gottes.«

Wie recht hatte er! Der sonst so rücksichtsvolle und beherrschte Synesios hatte seine schwangere Frau und die

Kinder in die Reisesänfte befohlen, ohne die Einwände der Vernunft auch nur anzuhören. Unser Abschied vom Doroshof schnitt mir tiefer ins Herz, als ich erwartet hatte. Christen, Juden und Heiden gaben uns mit Gesängen das Geleit bis zum »blinzelnden Pan«. Wir konnten kaum reden. Dann stieg ich zu meinen Kindern in die Sänfte, zog die Vorhänge vor und weinte.

Als die Reise vorbereitet wurde, hatte mir Synesios allerlei Andeutungen darüber gemacht, was ihn alles nach Kyrene ziehe: das Elternhaus, die Spielplätze der Jugend, das Wiedersehen mit Freunden; auch sollte sein zweites Kind dort geboren werden, wo er selber das Licht der Welt erblickt hatte. Kurz, er deutete soviele Beweggründe an, daß ich mich entschloß, nur an den einen zu glauben: die literarische Öffentlichkeit zog ihn nach Kyrene. Und wie das so oft bei angestrengt denkenden Männern geht, er hatte einem Gefühlsdrang nachgegeben und diesen plötzlichen Aufsprung seiner Sehnsucht mit allerlei vernünftig erscheinenden Zielen umstellt und damit dem eignen Urteil verdeckt.

Schon diese Reise im Spätherbst: Regen, geschwollene Bäche, morastige Straßen und Pfade, die von unserm Führer befohlenen, immer neuen Rück- und Umwege, die früh hereinfallende Dunkelheit und die überlangen Abende, wenn die Kinder müde waren und doch nicht schlafen konnten, weil ihnen alles fremd und bedrohlich erschien. Synesios schlich dann bewaffnet mit dem Führer und einigen Männern im Regen umher und suchte nach irgendeinem trockenen Unterschlupf und ärgerte sich, wenn die Bauern ihnen ihre verrammelten Hütten nicht auftaten, sondern in den Bewaffneten vor der Tür Räuber erblickten. In einer kleinen Ortschaft schloß man uns die Kirche auf und ließ uns auf den Teppichen übernachten. Ein andermal schliefen wir in einer Scheuer, draußen heulten die Wölfe, wir glaubten, ihren hechelnden, stinkenden Atem durch die

Lehmwand zu spüren, während die Männer aus den Fensterluken hervor ihre Pfeile verschossen, bis es still wurde. Aber die Ratten blieben wach und strichen über uns in der Nacht, als das Licht unserer Kerzen im Wachs ertrank.

Das schlechte Wetter, die späte Jahreszeit und nicht zuletzt die Sänfte dehnten die Reise auf eine Woche aus, bis wir eines Morgens in einem Koniferenhain erwachten. Nicht fern von unserer Lagerstatt lagen sehr große rechteckige Steine, Sarkophage, wie wir erkannten. Wir hatten auf einem Friedhof übernachtet. Die von der Morgensonne vergoldeten Tröge des Todes standen verstreut unter den Zedern und Tannen, ohne Ordnung und ohne Einzäunung. Synesios ging umher, las Namen und erkannte daran, daß wir in Kyrene angekommen waren.

Ich hatte nur wenig geschlafen und taumelte vor Müdigkeit. Und so sagte ich ihm, als er von den Steinbehältern zurückkam, daß ich, gäbe es nicht die Kinder, am liebsten in einem dieser Gräber ausruhen möchte – schon allein, um mich für immer der Dämonie des menschlichen Willens zu entziehen, ich sagte nicht: des männlichen! Synesios blickte mich erschrocken an, griff an das Bärtchen, dann senkte er das Gesicht und entgegnete ruhig, ja, diese Reise sei ein Unrecht gegenüber seiner Familie, gut, daß Theodosia bei unserer Ankunft nicht an der Tür stehe – er habe sich die Strapazen nicht so schlimm vorgestellt. Und dann: »In der Welt der Gedanken verläuft alles einfacher, glatter, ungefährlicher – und das eben erscheint mir neuerdings als die Hauptgefahr der Philosophie.« Er blickte dabei zu den Sarkophagen hinüber.

Synesios wirkte in diesen ersten Tagen unserer Ankunft in Kyrene auf alle, die ihn von früher her kannten, niedergeschlagen, ja krank. Die Schuld daran hatte, wenn man Laokoon glauben sollte, nur ich allein. In meiner »Lust auf den Taumelkelch des Lebens«, wie sich unser Biograph ausdrückt, hatte ich Synesios aus dem Frieden des Doroshofes und von seinen Aufgaben und Pflichten fortgelockt in die Unruhe der weißen Stadt. Ich war es ja auch, die »auf dem Gut einen Juden zum Fronvogt über Christen gesetzt« hatte, und wieder war ich es, die sich in Kyrene gleich in den ersten Wochen »stadtbekannt machte durch Einladungen zu Banketten«. Ich hatte wirklich, um Synesios aufzuheitern, einige Male unser Haus Gästen geöffnet. Der Besuch der Goldschmiede und der teuersten Modeläden, der Preis eines Purpurgewandes, das ich gegen den Willen des Synesios erworben haben soll, wird mir von unserm Biographen in zitternden Zahlen vorgerechnet, und an dem Genörgel des Griesgrams Hieronymus geschult, seufzt Laokoon auf und blickt in die Zeiten des Marcus Antonius zurück, in »jene noch gesunden Zeiten des Reiches«, da ein Kaiser seiner Frau kein Purpurgewand kaufen wollte. Nun gehörte aber Prisca, die reiche Frau von damals, nicht zu den Damen, die ein Kleid nur einmal anzogen und es dann verschenkten. Meine Garderobe auf dem Doroshof war so veraltet, daß mich Synesios gleich in den ersten Tagen in einen Kleiderladen führte. Dort kaufte ich in der Tat ein paar Modelle, darunter ein mit Krapp gefärbtes Kleid, wie es auch Frauen von Rechtsanwälten oder Beamten trugen. Wenn ich den Verleumdungen Laokoons immer wieder entgegentrete, geschieht das, weil diese Lügen meist aus Halbwahrheiten bestehen und darum von einer fast unzerstörbaren Qualität sind.

Ich ließ es mir lange nicht anmerken, wie sehr mir Kyrene gefiel. Es erinnerte mich diesmal stärker als beim ersten Besuch an meine Heimat Leptis Magna, vor allem mit seinen von Erdbeben umgestürzten Säulen, die hier wie dort ein müder und nicht nur in seinen finanziellen Mitteln beschränkter Senat wieder aufzurichten unterlassen hat. Die Tempel standen, soweit sie nicht in Kirchen umgewandelt waren, nackt und leer da; die Marmorverkleidungen und abgestürzten Kapitelle hatten fleißige Christen davongetragen und irgendwo wieder zu Ehren gebracht. Synesios blickte, wenn wir an einem dieser ausgeweideten Heiligtümer vorübergingen, auf die andre Straßenseite. Das Theater, das von einer die Unterstadt überragenden Erdterrasse her sich gegen das Meer öffnet, lag tot da, eine vom Himmel herabgestürzte, in halbkreisförmige Scherben zerbrochene Marmormuschel, die einst die Stimmen von Menschen, Heroen und Göttern mit ihrem Rauschen erfüllt hatten. Nun glitten Dohlen durch die Stille, durch die Fenster und Türen des Bühnenhauses flatterten Tauben, Seeschwalben zuckten und schwirrten über dem Amphitheater, manchmal rissen ihre Schwingen die Luft an, und es gab einen Ton wie auf einer zu schwach gespannten Saite. An einem besonders heiteren Frühjahrstag – es war gegen Abend – sprach Synesios wie aus dem Traum hervor – »sie suchen, die Vögel, sammeln die letzten Wortpartikel, die unter den Tisch gefallenen Krumen der Klage, der Empörung, der Fragen an die Götter, an die keine Antwort gebende Vorsehung – und wenn sie den heiligen Kropf gefüllt haben, den bewahrenden Magen, dann – ja, dann fliegen sie fort in eine künftige Zeit. Dann bebt die Erde noch einmal, die Lücken im Bühnenhaus werden noch größer, das Meer schwimmt blau herein – unendlich, überschwemmt alles, trägt alles fort.«

Wir schwiegen, dicht nebeneinandergerückt. Und nach einer Weile hörte ich, wie er mit erstaunter Stimme fragte: »Warum habe ich Stücke geschrieben, da doch das Theater tot ist? Kannst du mir aber sagen, warum es tot ist? In dieser Stadt leben doch Menschen! Man könnte die Bühne und die Sitzreihen herrichten – in einer Woche – und Euripides, Sophokles sind ja noch da, sogar in Theodosias Bibliothek – also?!«

Das klang bitter und störrisch zugleich. Ich antwortete ihm, wie ich es fühlte: nicht das Erdbeben, nicht der Aufstand der Juden, nicht die Mäuseplage, nicht die Wüste noch die blonden Barbaren, nicht Honorius noch Arkadios hätten die Schuld an unserm Untergang, sondern – »unsere Zeit ist zu Ende!« sagte ich, »einfach zu Ende«. Und ich erzählte von meinem Vater, der seinen Körper als Anschauungsmittel gebraucht hatte für das Kommen und Gehen der Epochen, für Jugend und Hoch-Zeit und Niedergang und Ende von Familien, Städten und Völkern. Wie er mir aber auch immer wieder eingeprägt habe, daß das Ende eines Zeitalters der Anfang eines dem Menschen noch unvorstellbaren Neuen sei. Als Beispiel für die lebengebärende Zerstörung hatte mir mein Vater kurz vor seinem Tod eine Geschichte erzählt, die ich Synesios schon längst hatte weitergeben wollen – nun schien mir der richtige Augenblick für diese Ursus-Geschichte gekommen, für die Geschichte meines irdischen Ursprungs.

Mein Vater hatte sich von Händlern in der Wüste eine junge schwarze Sklavin gekauft und sie in einer verschlossenen Sänfte, die ungefähr wie ein Löwenkäfig aussah, mit heimgebracht und das schöne, samthäutige Gebilde durch einen Vertrauten in höchster Heimlichkeit in einem Raum über dem Löwenzwinger unterbringen lassen, so daß meine Mutter, die ihr Christentum auch gelegentlich als Schutzwaffe gegen gewisse Auswüchse ihres gewaltigen Ursus gebrauchte, von der Nachbarschaft der schönen Gefahr nichts ahnte. Als Ursus nun eines Abends seiner Frau gute Nacht wünschte, sagte er ihr, sie solle ruhig schlafen gehen, er müsse noch einmal ins Tierhaus, ein alter Löwe spiele ein bißchen verrückt! Im Dunkel am Zwinger vorbeigehend, spürte er, daß die Tiere in der Tat sehr unruhig waren, sie knurrten. Als er nun, von der Erregung der Löwen angesteckt, die Tür seines Liebesnestes öffnete – zum erstenmal! – und keines Wortes fähig sich seiner herrlichen Beute näherte, während von unten her die Unruhe der Tiere den hölzernen Fußboden zum Zittern brachte; und als er bereits ihre Ambrawolke einatmend die Hand nach der Schönen ausstreckte und sich auf dem Bett niederließ, wich unter ihm das Bett, als ob er sich auf eine Schaukel gesetzt hätte, zurück, zugleich brüllten die Löwen im Chor auf, die Stimme des Mädchens gellte, ihr Leib rollte gegen den seinen und glitt ebenfalls vom Lager herab auf den Boden, über ihn. Und die Tür sprang auf gleich dem rechteckigen Rachen eines Ungeheuers. Ihrer beider Leiber wurden hin und her geschüttelt, auf und ab. Der Kopf schlug Ursus gegen einen Gegenstand, das Mädchen schrie und vermochte seine beruhigenden Worte nicht zu verstehen. Da wußte er: nicht das Bett, es war die Erde, sie bebte, wälzte sich, rollte, zuckte. Er ließ das Mädchen los, sprang auf und eilte an den Zwingern vorbei, gejagt von den Stimmen der Wüste, sah Schatten, springende, wie leere Häute umherfliegende Schatten. Die Pfosten der Gatter lagen geborsten auf seinem Weg. Er stieß sich an herabhängenden Hölzern, kletterte, stürzte, duckte sich, spähte umher, kroch – und was er hörte: Geknurr aus der Nähe, Gebrüll aus der Ferne, nun auch Menschenstimmen. Nur die Sterne und der im ersten Viertel stehende Mond warfen ihren bleichen, unsagbar friedlichen Schein über Leptis Magna, das noch in der Starre des ersten Schreckens lag. Ursus holte seine Leute zusammen, und sie begannen mit Speeren und Stangen beim Licht der Fackeln die entsprungenen Tiere in die bereitgestellten Käfige zurückzudrängen, ein Unternehmen, das nur gelingen konnte, weil die Löwen, noch verwirrter und betäubter als die Menschen, die Käfige offenbar als Zuflucht vor der losgelassenen Natur ansahen.

Am Morgen nach dieser Nacht stieg die Sonne hinter den Hügeln auf und blickte so himmlisch unwissend und unschuldig auf die quer über Straßen und Plätze liegenden Säulen und Architrave, daß Ursus, der mit seiner hilflos weinenden Frau auf dem Dach seines Hauses stand, vom Blau dieses Morgens berauscht und von der Wärme der Sonne neu belebt und von seinem Schuldbewußtsein zärtlich gestimmt, seine Frau umarmte und mir das Leben schenkte. Und Ursus stellte am Ende seiner Geschichte fest: »Siehst du, ohne dies Erdbeben wären wir vielleicht ohne dich, Prisca. Die schwarze Göttin hinter dem Löwenzwinger war sehr mächtig, und ich befand mich bereits in einem Alter, da der Mann an seinen Liebeshoffnungen verdummt und blind wird für das, was er hat.« So ähnlich sprach mein Vater Ursus. Er schenkte meiner Mutter das schwarze Kleinod und erzählte ihr, was in der Nacht des Erdbebens geschehen war, und überließ es ihrer Weisheit, Maha als ihre Zofe zu behalten oder sie frei zu lassen. Die Mutter behielt Maha bei sich, bis wir nach Alexandria zogen, weil sie auf Mahas Lachen, so sagte sie oft, nicht mehr verzichten konnte.

Synesios saß da, die Augen halb geschlossen, er sah in die Ferne, aufs Meer, endlich sagte er: »Es war aber nicht das große Erdbebenjahr –?« Ich bestätigte ihm das, es sei später gewesen, er brauche von der Weltzeit nur meine Lebensjahre abzuziehen, »bei uns in Leptis Magna klapperte es alle paar Jahre ein bißchen.«

Auf dem Nachhauseweg fragte ich ihn nach dem Friedhof, aber er wies mich ab: er halte nichts von Pietät, wenn sie unvernünftig sei. Der im Tod abgelegte Fleischsack stelle für einen Schüler Plotins nichts Beachtenswertes dar. Wenn er an seine Schwester denke, sehe er sie lebendig vor sich und er wisse über sie mehr, wenn er in ihrer Bibliothek an all den frommen Romanen umherschnuppere, als wenn er vor ihrem Sarkophag stehe, vor einem dieser Steinkästen, die alle dieselbe Form hätten, dieselben verbrauchten und darum fragwürdigen Symbole trügen und von denselben provinziellen Stümpern von Steinmetzen gemacht seien.

Seit wir durch Kyrenes Straßen spazierten, teilte sich mir Synesios viel offener und ungezwungener mit als auf dem Doroshof, das hatte ich gleich in den ersten Tagen festgestellt. Er sprach so angeregt mit mir, daß er oft nicht bemerkte, wenn man ihn, den Heimgekehrten, so nannten ihn seine Freunde, ehrfurchtsvoll grüßte. Manchmal traten ältere Herren auf uns zu und luden ihn zu irgendeiner Gesellschaft ein, mich nicht, woran ich merkte, wie tief in der Provinz die Stadt Kyrene lag und wie sehr am Rande der Welt die ganze Kyrenaika; in Alexandria gab es keinen literarischen Abend ohne Frauen.

Als ich ihn eines Tages zur Panhellenischen Gesellschaft begleitete, aber nur bis zum Tor des altertümlichen und ein wenig verwahrlosten Gebäudes – von dort sollte ich in der Sänfte nach Hause gebracht werden –, kamen wir an den Sporthallen vorüber. Ein Dutzend junger Männer drängte sich um einen Redner, der etwas erhöht stand, wohl auf einem Kapitell, deren viele auf dem Pflaster lagen oder als Rammsteine an Toreingängen und Kreuzungsecken dienten. Die jungen Männer waren auf den ersten Blick als Kyniker zu erkennen. Ich wäre gern in eine Seitenstraße eingebogen, aber es gab nur zu beiden Seiten die Mauern des Sportpalastes. Da wollte ich umkehren, doch Synesios empfahl mir, geradeaus zu schauen und die Burschen nicht zu beachten. »Sie tragen wirklich keine Unterwäsche«, murmelte er, »weder an ihrem Geist noch an ihrem Körper, und ihre Röcke sind ebenso kurz wie ihre Haare und ihre Sätze lang sind. Die könnten einmal mein ›Lob der Kahlheit‹ lesen; aber sie lesen nicht mehr, sie reden nur noch, haben einen unendlich langen Satz im Halse, an dem sie ihr Leben lang würgen – und bringen ihn doch nicht hervor; Kopffüßler sind es, wie ich dir schon sagte.« Synesios redete immer eifriger auf mich ein, eben wie jemand sich in ein Gespräch einzuschließen sucht, um gewisse Leute und Vorgänge auf der Straße nicht zu bemerken.

Wir wollten gerade vom Bordstein auf die Straße treten und einen Bogen um die Gruppe schlagen, da sah ich, wie einer der Burschen auf uns zueilte, sich vor Synesios verbeugte und dann dem Haufen der Diogenessöhne allerlei zurief. Alle liefen herbei, und bald waren wir von den übelriechenden Weltverächtern umringt. Man hatte Synesios also erkannt, und sofort wollten sie von ihm alles Mögliche wissen: vom Philosophen, vom Dichter, vom Anführer der Gesandtschaft: ob es in Konstantinopel viele Kyniker gebe? – ob es wahr sei, daß dort die Christen zu den Kynikern hielten? – ob nicht die Kyniker und die Neuplatoniker die Forderungen des Christentums besser verstanden hätten als die sich christlich nennenden Rechtsanwälte, Hofbeamten, Heerführer und reichen Jünglinge aller Art? – ob nicht Christus gesagt habe, daß kein Reicher ins Himmelreich eingehen könne? »Aber auch kein Schamloser!« gab Synesios zurück. Und nun ging es los: die Überwindung der Scham bedeute Überwindung der Hauptbarriere auf dem Weg zur Freiwerdung der Person von allem, was sie hindere, Mensch zu werden. Wer sich nicht nackt tragen könne, erreiche nie jenen Grad von Unabhängigkeit im Urteil und auch von Bedürfnislosigkeit, welch beide aller Weisheit Anfang seien. Nackt werde der Mensch geboren, Christus sei nackt gestorben. Nur der Nackte könne die vom Bürger ganz und gar verfälschte Welt durchschauen. Nur der Nackte, der nichts mehr zu verbergen habe, könne die Lüge der Welt aufdecken, und worin bestehe diese alle Menschen versklavende Lüge? In der Sitte, in den Sakral-Verboten, in den Gesetzen, von denen doch nur eins gelten dürfe: Liebe deinen Nächsten!

So ging es eine Weile hin. Synesios kam kaum zu einem Einwand, die Nackten redeten allein und alle wie Trunkene durcheinander und zugleich auch wie Gesetzesgeber, ohne eine Antwort abzuwarten oder einen Einwurf zu dulden. So oft es Synesios gelang, schnell, aber immer höflich einzusetzen: »Gewiß, mein junger Freund, aber –«, stürmten auch schon zehn Stimmen gleichzeitig gegen ihn los, bis es meinem sanften und wohlerzogenen Synesios zuviel wurde und er seine Battiadenstimme wiederfand und die Brüller derart überbrüllte, daß der Kreis um uns sich augenblicklich erweiterte und ein wenig frische Luft hereinließ. Und Synesios donnerte weiter, einige hatten gerade den ewigen Frieden in der Welt proklamiert – er rief also: »Gut, der Kaiser Valentinian hat vor etwa sechzig Jahren, glaub ich, dem Privatmann das Tragen von Waffen untersagt. Und wenn nun die Wüste ihr Maul auftut, was täglich eintreten kann, und uns mit ihren Stechmückenschwärmen, ich meine mit ihren Reiterscharen, überfällt, dann stehen wir vor unsern Häusern, liefern zuerst, wie ihr sagt, unsern ungerechten Mammon ab, dann unsere Frauen und Kinder und reichen zuletzt unsre Hände hin, daß man sie fesselt oder abhackt. Dann sagt ihr wahrhaft selbstlosen Nackten: danke, danke! endlich kommt der Friede über die Welt! Oder was werdet ihr sonst sagen? Ich sehe, unter euch gibt es ganz kräftige Burschen, eure herrliche Hündigkeit scheint doch noch über geheime Freßnäpfe zu verfügen, sonst hättet ihr nicht soviel Muskelfleisch. Die Reiter aus der Wüste wissen, wieviel eure Muskeln wert sind, von eurer Intelligenz werden sie nicht viel halten. Sie lassen euch also hinter ihren Pferden herlaufen: durch die Steinwüste, durch die Sandwüste, durch die Durst- und Hungerwüste – und wenn ihr diese Wüsten alle überstanden habt, dann verkauft man eure Reste auf irgendeinem Markt, und ihr seid dann geworden, was ihr stets erreichen wolltet: Hunde. Und was das Gesetz des Valentinian angeht: es ist ein echt kaiserliches Gesetz, nämlich ahnungslos, abstrakt, was wissen die in Konstantinopel von unserm Libyen! Ja, wenn wir gute, unbestechliche Heerführer und tapfere Soldaten hätten, dann wären die Waffen in der Hand des Privatmannes überflüssig, sogar ein Übel. Aber wer verteidigt uns denn? Das Heer in der Hand unsrer Heerführer ist doch nur ein Mittel, um aus den Städten Lebensmittel und Gold herauszupressen: wieviel zahlt ihr mir, dann ziehe ich mein Heer aus eurer Stadt ab! Oder: wieviel zahlt ihr mir, wenn ich eure Stadt nicht verteidige? Hört doch, ihr lieben Nackten: ich bin von Natur und Herkommen so geartet, daß ich wahrscheinlich das Waffenhandwerk tiefer verabscheue als ihr. Aber ich baue gerade auf meinem Gut da unten ein großes Kastell, befestige die Mauern des Hofes, lasse Schilde herstellen, Lanzen, Helme, um euch zu verteidigen, euch Narren! Libyen ist bereits untergegangen, und ihr träumt noch vom Frieden der Welt!«

Um uns herum lachte es. Diese aufgerissenen Münder und die vom Lachen geschlossenen Augen! Und was wir aus dem Hagel der auf uns niedergehenden Fragen und den Antworten, die sie sich gleich selber gaben, entziffern konnten: was heißt Untergang? was Libyen? Überall – Menschen! Alle Menschen – gleich! Erst die Sklaverei abschaffen! Und die Folter! Und das Geld! Und die Wagen, die Sänften! (unsre Sänftenträger hatten uns erkannt und näherten sich). Nur die Reichen haben Angst vorm Krieg (ein andrer rief gleichzeitig: nur die Reichen machen Krieg). Den Senat abschaffen, die Privilegien und die Purpurschnecken! Überhaupt die Kleider! Windeln überflüssig, Hunde haben keine Windeln! In Tempeln wohnen! Alle Macht den Philosophen! Es lebe Platon!« Und sie schüttelten die Fäuste gegen die Polizisten, die mit behaglichem Gehaben heranspazierten. Unsre Sänftenträger, vier Nubier, hatten die Stangen aus den Ringen der Sänfte gezogen und machten Anstalt, uns mit Gewalt zu befreien. Die dunkelhäutigen, weißgekleideten Nubier waren die Würde selbst und schienen keinen Spaß zu verstehen. Sie steckten ihre Stangen wie Brecheisen vorsichtig in die Fleischmasse der Protestierenden und bahnten uns auf diese Weise einen Weg zur Sänfte, die Polizisten schauten unserer Befreiung zu und grinsten. Die Kyniker kehrten uns den Rücken zu, hoben die Tuniken und gaben indezente Laute von sich.

»Und die nennen sich Griechen!« seufzte Synesios, lachte

aber dann wider Willen und rief: »Und reden von Platon und Christus!«

Die Sänftenträger nahmen die Richtung zum Panhellenischen Club, aber kaum erblickte Synesios das Portal, rief er ihnen zu, er wolle nach Hause. Und zu mir: »Ich fürchte, es ist für vieles viel zu spät, auch für die Literatur. Die Sonne steht schon zu tief. Heute sollte es im Club mir zu Ehren über den Lyriker Kallimachos gehen, der ja auch ein Battiade war, aber dann fang ich am Ende an zu weinen – nein, gehn wir nach Hause!« Die Begegnung mit den Nackten hatte ihn verwirrt.

Im Atrium kam uns Chilos entgegen mit zwei Briefen. Die Kinder saßen bei dem Mädchen im Säulenhof. Phaidon baute mit bunten Klötzen, Tutulina wollte mitwirken und warf das Gebäude um, Phaidon schaute die Zerstörerin nachdenklich an, als erlebte er das Stürzen der Klötze zum ersten Mal. Ich störte die beiden nicht, sondern schlich hinter ihnen ins Haus.

Synesios stand in der Bibliothek, hatte einen der Briefe geöffnet und hörte und sah nichts mehr. Ich ging hinters Haus, wo der Gärtner die Reben aufband. Das Tun des Gärtners kam mir töricht vor, wiewohl ich wußte, daß er das Richtige tat. Ich überlegte, ob ich noch die Früchte dieses Rebstockes ernten, essen, als Wein trinken würde. Schwermut überkam mich, vielleicht wegen der nahen Niederkunft. Aber ich dachte auch an Theodosia; dieser zurückgeschnittene und aufgebundene Rebstock verband meine Gedanken mit ihr, mit ihrer Geistes-Strenge, ihrem Alleinsein, ihrer Bitterkeit. Und ich fühlte mich auf einmal sehr müde, jetzt erst spürte ich die Angst, die ich, von den Nackten umdrängt, für das Kind in meinem Schoß empfunden hatte. Und die Sorge, was aus ihm werden könnte: vielleicht auch so einer, so ein hündischer Ideologe, der sich nicht mit der Wirklichkeit einlassen will und darum zum Tag Null zurückkehrt und in dieser Null sitzend ihren

Kreis als seinen ewigen Horizont fixiert, ein Feind der Geschichte...

Ich suchte Synesios und fand ihn noch immer in der Bibliothek. Den Brief, den er in der Hand hielt, schob ich weg und drückte mich an seine Brust.

»Ein Brief von Hypatia«, sagte er, mich nur flüchtig mit der Linken umfangend, »ein schöner Brief«, seine Stimme flackerte, »und sie gibt mir recht, daß ich wieder Verbindung gesucht habe mit der Literatur, ja, daß ich, wie sie schreibt, nach Kyrene gekommen bin, um mich der Öffentlichkeit zu stellen. Denn die Einsamkeit, so schreibt sie, stärke zwar Seele und Leib, aber der Geist werde matt und einseitig, weil es ihm an Widerspruch fehle; erst im Kampf der Meinungen erstarke die Kraft des Denkens und finde der Geist zu sich selbst.«

Ich nickte wie in tiefem Einverständnis. Nun war es heraus, meine Vermutungen hatten recht behalten – nun wußte ich es also, warum er nach Kyrene gekommen war. Vielleicht hatte er Hypatia sogar um Rat gefragt. Er bedurfte des Beifalls, noch immer! Mein Beifall und mein Widerspruch genügten ihm nicht, ich war stets nur ein Teil seiner selbst. Und ich gestand mir ein, daß ich auf Hypatia eifersüchtig war. Hätte er sich eine Nacht von mir entfernt zu irgendeiner Schönen, die ich nicht kannte, ich hätte mich wahrscheinlich geärgert, aber nicht gegrämt. Aber zu den Frauen hielt er stets Abstand, offenbar weil er fand – was er auch einmal in einem Brief diktierte –, daß die meisten Frauen nicht losgelöst von sich selber denken könnten und im Vergleich zu den Weibchen der Tiere nicht sehr gut abschnitten, vor allem wegen ihrer Feigheit... »Seltsam«, das war das Wort, mit dem er gern, besonders später als Bischof, die Frauen kennzeichnete. Die Jagd, die Philosophie und die Muße, in welchem Wort bei ihm die theologische Betrachtung eingeschlossen liegt, erfüllten ihn so sehr, daß das Hauptthema der meisten Männer für ihn nur noch am

Rande da war. Aber Hypatia! In dieser vornehmen, schönen und gebildeten Frau hatte er alles gefunden, was ihm an verklärter und ihn verklärender Weiblichkeit notwendig erschien. Er hielt den Brief, während er ihr Lob über den Erfolg seiner Gesandtschaft zum Kaiser las, so nahe an seine Augen, als fürchte er, eine Silbe zu übersehen. Du großer Junge, dachte ich, als ich sein Gesicht vom Lob der Meisterin überglänzt sah. Und wie lachte er über die feine Boshaftigkeit der Alexandrinerin, die ihm in der ernsthaftesten Weise von einer andern Gesandtschaft schrieb, die der Patriarch Theophilos nach Chaldäa geschickt habe, wo sie die Gebeine der heiligen Jünglinge im Feuerofen aufzufinden und nach Ägypten zu überführen hatte. Der Patriarch wollte mit diesem Geschenk jüdischer Märtyrerknochen, »die durch Gottes Wundermacht«, so schrieb Hypatia, »vor den Flammen behütet worden waren und dann durch neue Wunder die Gesandten vom Ort ihres Daseins in Kenntnis setzten und schließlich – noch ein Wunder! – sich nach tausend Jahren als frisch und gesund erwiesen«, der Patriarch also beabsichtigte, mit dem Geschenk solcher »von Heiligkeit konservierter Knochen«, die Kopten an die Kirche von Alexandria zu binden. Und Hypatia versicherte, daß ihm das auch gelungen sei: die griechische Kirche von Alexandria verkoptisiere und verromanisiere von Jahr zu Jahr mehr; und eines Tages werde der Patriarch, der sich bereits eine koptische Leibwache und ein römisches Hausorakel angeschafft habe, so groß und mächtig sein wie der Patriarch von Konstantinopel und könne dann das höchste Ziel seines Lebens anstreben: mit Gottes Hilfe diesen Nebenbuhler in Konstantinopel verketzern und verdammen.

Synesios blickte mich an, er lächelte entzückt: »Diese Frau hat eine Diktion: von Heiligkeit konservierter Knochen – diese schwebende Ironie – das Satzgefüge – was sagst du dazu?«

Ich antwortete, daß Hypatia es leicht habe, sich über den bäuerlichen Aberglauben der Kopten und die politischen Schlaubergereien des Patriarchen zu belustigen. Die Kirche, die griechische Kirche, werde für den ruchlosen Ehrgeiz ihres Hirten büßen müssen.

Synesios hörte mir kaum zu. Er öffnete den andern Brief, »von Aurelian«, seine Stimme summte, »ich habe ihm meine Ägyptischen Erzählungen geschickt«. Sofort versank er ins Lesen.

Ich konnte mir vorstellen, was in diesem Brief des nach dem Kaiser ungefähr mächtigsten Mannes stehen mochte: Synesios hatte die Geschichte von Aurelians Sturz, seiner Verbannung und seiner Rückkehr auf den Platz neben dem Thron früher auf dem Doroshof niedergeschrieben, ich kannte das Buch. Aus dem gotenfeindlichen Aurelian hatte er ein Behältnis aller Tugenden gemacht; dessen Bruder Caesarius dagegen, der es mit den Goten hielt und sie im Heer und in der Verwaltung als Element der Zuverlässigkeit belassen wollte, war unter seiner Feder zum Unhold geworden. Der Autor hatte sogar, um den jüngeren Aurelian gegen den älteren Caesarius aufzuwerten, eine höchst seltsame Theorie über die Gnadenwahl Gottes aufgestellt: wie der Feigenbaum alles Bittere in Holz und Blätter gebe und alles Süße aufhebe für die zuletzt heranreifenden Früchte, so tue Gott oft den Samen alles Guten in den Jüngeren, alles Schlechten in den Älteren. Dadurch kam der Theologe natürlich in Schwierigkeiten, und nun entwarf er eine neue, ebenfalls höchst gewagte und wackelige Theorie über die Vorsehung und den freien Willen des Menschen. Ich weiß wohl, daß noch keiner in dies dunkle Thema Licht gebracht hat, nicht einmal der Bischof von Hippo. Aber was mich kränkt, ist der Zusammenhang, in dem Synesios seine seltsame Lehre vorbringt: er singt ein Preislied auf seinen allmächtigen Freund, der, wie er selber, ein Konservativer ist, die Barbaren aus dem Reich verbannt wissen will, aber ohne eine Antwort geben zu können, mit welchen Kräften aus dem eigenen Haushalt solche Lücke aufgefüllt werden könnte.

Was mich überdies an diesem Werk meines Synesios kalt ließ, war die in Mode gekommene Einkleidung. Die geschichtliche Begebenheit: der Bruderkampf in Konstantinopel, die Austreibung der Goten, der Sieg des Caesarius, die Verbannung des Aurelian und dann der große Umschwung – das alles ist, in mythische Gewandung gewickelt in die Ferne gerückt und in ein uraltes Ägypten verlegt, ein Land, das, wie man weiß, die Literaten bevorzugen, weil nur wenige Touristen über Alexandria und das Delta hinausgekommen sind. Überhaupt ist das Bedürfnis, das Bekannte fremd zu machen, so sehr in Übung gekommen, daß heutzutage jeder Schriftsteller nahezu gezwungen scheint, möglichst von rechts nach links und von unten nach oben zu schreiben; nur nichts belassen, wo es ist und nichts so darstellen, wie es wirklich ist. Aber ich bin keine Hypatia und verstehe darum zu wenig von diesen Fragen ... Daß ich trotzdem hier so ausführlich werde, hat einen besonderen Grund: ich will Synesios verstehen und ihn auch anderen verständlich machen. Offenbar vermögen nur wenige Schriftsteller sich gegen die Mode zu stemmen. Synesios hat sich ihr in den Ägyptischen Erzählungen gebeugt. Er verlegte also das Geschehen aus Konstantinopel nach Altägypten, machte aus Aurelian einen lichten Osiris, aus Caesarius einen schwarzen Thyphos und entwich damit aus der Geschichte, aus der Wirklichkeit in ein mythisches Land der Schatten, die entweder sehr gut oder sehr böse sind und durch ihr Unmaß an Tugend wie an Schlechtigkeit kein Leben und keine Wahrheit in sich haben. Ich hielt nach der Lesung dieser Ägyptischen Erzählungen mein Urteil zurück und bin den Fragen des Synesios, der meine Ansicht über das Buch ermitteln wollte, ausgewichen, indem ich auf meine Schwangerschaft hinwies und ihm weismachte, daß viele

Frauen in diesem Zustand mehr Pflanze als Mensch seien und nicht »von sich losgelöst denken« könnten; ich gebrauchte absichtlich seine eigenen Worte, mit denen er das Denken der Frauen sogar in normalem Zustand beschrieb.

Und nun mußte ich aus dem Brief vernehmen, daß Aurelian die Ägyptischen Erzählungen mit Entzücken und Begeisterung aufgenommen und in der Kopieranstalt sofort hundert Exemplare bestellt habe. Wie auch nicht! hätte ich am liebsten ausgerufen. Und ich wunderte mich, daß ein Mann wie Synesios nicht einsehen sollte, daß eine Huldigung fast immer mit einer Rück-Huldigung honoriert wird. Nicht aber wunderte ich mich darüber, daß der Autor die Mißratenheit seines Werkes nicht bemerkte, lieben doch viele Mütter eine verunstaltete Frucht ihres Leibes heftiger als das wohlgeratene Kind daneben. Aber daß er mir Aurelians honigtriefendes Lob über diese Ägyptischen Erzählungen nun Wort für Wort vorlas und nach gewissen Gipfeln der Überschwenglichkeit auch noch Pausen einlegte, das erboste mich so sehr, daß mich das Weinen packte, ich stand auf und ging hinaus zu den Kindern unter den Portikus.

Am andern Tag erschien ein Bote des Leonidas mit einem Brief, in dem allerlei Unerfreuliches stand: innerhalb des neuen Kastells, das langsam in die Höhe wuchs, sei bisher trotz endlosen Bohrens kein Wasser gefunden worden. Außerdem sei ein Beauftragter vom Heeresbauamt erschienen, habe das Kastell inspiziert, und darauf sei ein Abgesandter vom General Andronikos gekommen, um anzukündigen, daß eine Hundertschaft aus Bogenschützen und Fußsoldaten ins Kastell gelegt werde. Die Verproviantierung und Löhnung der Soldaten sei außerordentlich hoch und im voraus für jedes Halbjahr zu erlegen – in die Kasse des Andronikos. Und Leonidas erbat sich »ausführliche und klare Befehle« von Synesios.

Am selben Tag bekamen wir Besuch, ein Kapitän aus

Alexandria, der mir von meiner Schwester, der Frau des Gellios, einen Brief überbrachte, in dem ebenfalls nur Unerfreuliches stand. Pudenzia beschwerte sich in der Sprache eines gluckernden Perlhuhns über ihren Mann, der keine Frau auslasse, sondern sie »garbenweise« seiner Eitelkeit opfere. Vor den Ehemännern brauche er, da er mittlerweile die rechte Hand des Stadtpräfekten geworden sei, keine Furcht zu haben; auch nicht vor dem Patriarchen, der mit Gellios im besten Einvernehmen stehe, wiewohl er sich noch immer nicht zum Taufunterricht angemeldet habe und es auch so bald nicht tun werde – der Patriarch habe ihm, so behauptete wenigstens Gellios, einen Tauf-Aufschub bewilligt. Gellios sagte sogar: eine Galgenfrist, »welch eine Ausdrucksweise«, ich hörte Pudenzia seufzen. Dieser Patriarch Theophilos sei einerseits großzügig, andererseits ein Ketzerriecher und böser Pharao! Er habe sich jetzt ins Fahrwasser der Kopten begeben, also zu den Feinden des in Gottes Frieden ruhenden Origenes, und den Ammonios, einen in der Lehre des Origenes weise und heilig gewordenen Priester, habe er mit Kerzen unter den Achselhöhlen und anderswo brennen lassen und ihm dabei wohl hundertmal zugerufen: »Ketzer, verfluche den Origenes!«

Am liebsten hätte ich Synesios diesen Brief vorenthalten. Ich schämte mich, weil dieser Theophilos uns getraut hatte. Ja, wenn Synesios jetzt bereits Christ gewesen wäre, dann hätten wir zusammen sprechen können: die Kirche Alexan drias ist in Gefahr, und nicht nur die von Alexandria. Und wir hätten wohl gesagt: unsere Bischöfe taugen nichts, und sie taugen um so weniger, je höher ihr Thron ragt.

Synesios hatte offenbar bemerkt, wie schwer es mir fiel, ihm den Brief vorzulesen. Er trat zu mir, legte mir beide Hände auf die Schultern, das tat er immer, wenn er mich beruhigen oder trösten wollte, er sagte: »Dafür kannst du nichts, kann doch selbst euer Christus nichts dafür. Und auch die Vorsehung nicht; sie ist wie eine Mutter, die ihr

Kind nicht verwöhnt, sondern mit Härte erzieht und schon im zarten Alter mit den Waffen, die zum Leben notwendig sind, ausrüstet – und ihm dann alle Freiheit gibt. Aber Theophilos macht von dieser Freiheit, das Gute zu tun und das Böse zu lassen, keinen Gebrauch. Wenn aber solch ein Mann, ein Patriarch, den Weg des Bösen geht, was werden die Bischöfe andres tun, als ihm das Geleit zu geben? Und wenn die Bischöfe nach Macht und irdischem Flitter haschen, was werden die Priester tun? Und die Diakone, das ganze Christenvolk?« So ungefähr gingen Synesios' Überlegungen. Ich kann mir noch in die Erinnerung rufen, wie er mich anblickte: »Gehört dieser Niedergang zum Ende? Meine Religion wird von der Philosophie getragen; ihr lebt aus Mythen und Stimmen einer fernen Zeit, nicht weil ihr überzeugt, sondern weil ihrs so gewohnt seid. Und leben wir Philosophen nicht unserer Überzeugung getreuer nach als ihr heutigen Christen? Denk an Hypatia! Wie gering wirkt neben ihr der Mensch Theophilos. Und selbst unser Chilos, glaube ich, verachtet im Innersten die Christen.«

»Du auch?« fragte ich in seine hellen Augen hinein. Er hielt den Blick lange aus, endlich sagte er: »Nein, das ginge nicht, weil ich dann ja auch meine Mutter verachten müßte. Sie war Christin, rein und unbedingt wie Hypatia in ihrer Art, jedoch liebevoller. Ja, das fehlt Hypatia, das fehlt uns Philosophen: wir glauben mit dem Kopf, das Herz glaubt nicht mit – denn wenn wir selbst das göttliche Sein liebten – ob es uns zurückliebt? ... Das ist die Frage der Fragen!«

Ich machte mir, wie so oft, gleich nach diesem Gespräch Notizen, nicht weil ich damals bereits entschlossen war, später einmal das Leben dieses besonderen Menschen aufzuschreiben, damals wollte ich noch für mich selber solche besonderen Augenblicke aufheben.

Was nun die immer offener sich gebärdenden Drohungen des Andronikos betraf: Synesios diktierte noch in der folgenden Nacht Chilos zwei Briefe, den einen an den Verwalter Leonidas, dem er empfahl, sich gegen die Einquartierung zu wehren. Andronikos werde sehr bald vom Kaiserhof in dieser Sache Befehle erhalten. Der andre Brief war an Aurelian gerichtet, und Synesios überreichte ihn eigenhändig einem befreundeten Schiffseigner, der sich gerade nach Konstantinopel begab. Und bald schon sollten die von mir abgelehnten Ägyptischen Erzählungen, in denen der Freund den Freund und der Dichter den Staatsmann so übermäßig verherrlichte, auch von mir außerordentlich geschätzt werden: dem Unhold Andronikos würden die Hände gebunden werden, und wir könnten in größerer Zuversicht auf den Doroshof zurückkehren.

Ich fürchtete mich sogar nicht mehr vor meiner Niederkunft, zumindest nicht so sehr wie Synesios, der seinen sonst guten Schlaf verlor, in der Nacht zu verschiedenen Zeiten barfüßig leise mein Zimmer betrat und sich über mein Bett beugte. Während ich mich schlafend stellte, flüsterte er Segensworte über meinen Leib, in denen, soviel ich verstand, die Artemis von Ephesos angerufen wurde, die er aber Artemis-Maria nannte. Ich wagte ihn nie zu fragen, wie es bei ihm zur Verbindung dieser beiden Namen gekommen sei...

Nach der Geburt unsres Sohnes Paulus saß er stundenlang an meinem Bett, ohne sich aber je sonderlich um das Kind zu kümmern. Er las mir vor aus einem Buch, das er in Theodosias Bibliothek gefunden hatte. Es enthielt christliche Mythen, und er bewies, daß sie fast alle aus dem Hellenentum stammten, daß die Christen aber diese Herkunft verschwiegen und außerdem auch noch verächtlich über die griechischen Mythen herzogen. »Warum tut ihr das?« fragte er unmutig, während mir der Sohn an die Brust gelegt wurde, »wenn in den Mythen Wahrheit enthalten ist, dann ist doch diese von Gott. Und wenn die Mythen Milch für die Seelen jener sind, die nicht losgelöst von sich denken können, dann kommt es nicht auf die Brust an, an der wir saugen, sondern nur auf die Milch.«

In der Kyrenaika wurde das Fest zur Erinnerung an die Schlacht von Salamis immer noch gefeiert, freilich nur in den Städten, einige Studierte wußten noch, wo Salamis lag und was dort geschehen war. Über die Göttin Artemis, die einst, wie die Athener glaubten, Persiens Schiffe gleich Hirschen vor sich hergejagt hatte, redeten nur noch Altgläubige wie Synesios. Für die Christen in Kyrene war aus der Göttin ein unanständiges Mädchen geworden, das nackt allein durch die Wälder jagte; auch eine Zauberin auf dem Horn des Mondes, die gegen das Kindbettfieber half oder nicht half.

Anfang April nun erhielten wir eine Einladung von dem Senator Julius, mit ihm und andern Freunden, wie er schrieb, dies Fest zu begehen.

Unser Neugeborener war zwei Monate alt, und ich hätte ihn der Kinderfrau, die mir von der Zauberin Artemis erzählt hatte, anvertrauen und Synesios begleiten können, aber ich empfand vor der Einladung in das Haus dieses Senators Widerwillen, ja fast Furcht. Zwar hatten wir Julius auch einige Male, allerdings immer mit vielen andern zusammen, eingeladen. Als die Wüstenvölker in die Kyrenaika eingebrochen waren und die Gesandtschaft nach Konstantinopel gebildet wurde, gehörte auch der Senator Julius zu den Erwählten, die am Kaiserhof einen Steuererlaß erreichen sollten. Aber er geriet in Konstantinopel durch seine vom Wein freigelassene, giftige Zunge und durch Zwischenträgerei in einen Prozeß wegen Majestätsbeleidigung. Julius hätte unter den geschickten Händen des Folterspezialisten von seinen Äußerungen jede Silbe eingestanden und schließlich seinen Kopf unters Richtschwert gebeugt, wäre ihm nicht Synesios zu Hilfe gekommen. Er dachte an die Frau und die Kinder des unbeherrschten Senators und wandte sich an Aurelian, der den Prozeß aus der Justizmaschine herausholte und die Akten zerstören ließ. Dafür hatte er nun Julius, seit der wußte, wem er sein Leben verdankte, zum Feind! Doch mein unschuldiger Synesios wies meine Vermutung, mich mit dieser mir allzubekannten Mitleidsmiene ansehend, lächelnd zurück: das wäre ja – und er sprach von der Dankbarkeit jener Löwen, denen ein Mensch einmal aus einer Not geholfen habe – »und das Gedächtnis des Menschen ist unendlich treuer als das der Tiere«. Außerdem, so argumentierte er, war Julius Christ; worauf ich ihm entgegnete, daß auch Andronikos so genannt werde, und Julius suche ebenso wie dieser, seine Geschäfte Arm in Arm mit der Kirche zu machen, besser: mit dem Bischof!

Vielleicht aber hätte Synesios die Einladung doch nicht angenommen, weil er nach der Geburt unsres Paulus nur selten das Haus verließ, so gern war er bei mir und den Kindern. Doch da gab es noch seinen Freund Herkulanius. Der kannte die öffentlichen Dinge und jeden Mißstand in der Verwaltung und im Heer und bedrängte Synesios wieder einmal, endlich ein Amt zu übernehmen. Er hatte schon viele Briefe in dieser Sache geschrieben, aber erst in Kyrene war es Herkulanius gelungen, Synesios zu überzeugen, daß er, ein so allgemein angesehener und durch seine Bildung und seinen Einfluß mächtiger Mann, sich zur Verfügung stellen und öffentliche Verantwortung tragen müsse. Da nun Synesios sich nicht gut selber für ein Amt vorschlagen konnte, wollte also Herkulanius beim Praeses der Kyrenaika vorsprechen und ihm die Bereitschaft des Synesios zur Mitarbeit vortragen.

Synesios redete mit mir kaum über Geschäfte, die er als dem Wesen der Frau fremd empfand, und so weiß ich wirklich nicht, ob er sich vor dem Abend bei dem Senator Julius noch mit Herkulanius besprochen hatte, – ich muß aber annehmen, daß dieser ihm über den Mißerfolg seiner Anregung bei der Spitze der Behörden, Synesios in Dienst zu nehmen, keinerlei Andeutung gemacht hatte.

Synesios hatte mich nun doch bestimmt, mit ihm zu gehen. Wir standen vor Beginn des Festes im Säulenhof mit Herkulanius noch eine Weile beieinander, aber von Geschäften wurde nicht geredet. Herkulanius konnte ja auch nicht ahnen, daß jenes geheime Nachrichtennetz, an das auch der Bischof von Kyrene angeschlossen war, dem Senator Julius die Neuigkeit bereits übermittelt hatte: der Heide Synesios bewirbt sich um ein Amt!

Der kurznasige und kurzbeinige Senator Julius eilte uns, als wir ihm gemeldet wurden, bis ins Atrium entgegen, warf die Arme weit auseinander und warf zugleich, so kam es mir vor, allen Glanz des Goldes, mit dem sein Kleid bestickt und seine Brust behangen war, gegen uns und zog dann unsere Köpfe zu sich herab: sein Bruderkuß duftete nach dem Lande Punt, sein kostbares Brustkreuz verhedderte sich in den Falten meiner Stola.

Der Festsaal war bis in den Garten erweitert, ich vermute, daß der Gastgeber die Rückwand für den Anlaß hatte abreißen lassen. Der späte Frühling wogte durch diesen offenen, mit Säulen gestützten Teil des Raumes mit allen Farben und Düften herein, von den Simsen hingen Girlanden herab, an den Säulen rankte sich Efeu empor, aus dessen dunklem, dionysoshaftem Grün blaue und weiße Blütensterne fremd und unbeteiligt uns anstarrten. An den Längswänden des Saales standen kaum bekleidete Mädchen in der Haltung von bronzenen Spiegelgriffen, über sich Lampen, die sie zu stützen schienen. Diese Haltung quälte mich, so oft ich die starren Mädchenleiber ansah, wiewohl ich wußte, daß die Lampen in der Wand befestigt waren und gar nicht von ihnen gehalten wurden. Die lebendigen Leuchterfiguren erregten in dem ziemlich braven, fast ganz christlichen Kyrene Aufsehen, und unter den Gästen des den Weltmann spielenden Senators gab es Provinzler genug, die sich über diese Bronzefiguren aus Fleisch befremdet zeigten; andere suchten ihre Verlegenheit mit Frechheiten zu überwinden und tupften, während sie an ihren Platz geführt wurden, mit den Fingern den Mädchen auf die Brust oder den Nabel. Der Bischof würdigte, lächelnd ins Licht der Lampen blickend, die darunterstehenden Mädchen keines Blickes.

Wir saßen dem Gastgeber und damit auch dem Bischof gegenüber, Julius hatte seinem Lebensretter keineswegs den andern Ehrenplatz eingeräumt, dieser Platz blieb noch lange, ich glaube für etwa eine Stunde, leer. Der Gastgeber hängte, nachdem er sich selbst und dann den Bischof bekränzt hatte, den Kranz für diesen uns noch unbekannten Gast auf dessen Sessellehne; und Synesios fragte mich, während ich ihn und er mich bekränzte, wer dieser noch nicht eingetroffene Gast wohl sein möge. Wir blickten uns fragend an, bis ein Trompetenton die Stimmen und Leiber jäh zum Erstarren brachte. Wir kannten dies Trompetensignal: wenn es auf dem Doroshof erschallte, wurde die Tür des Gebetssaales geschlossen, und die Feier begann. So fragte mich Synesios mit erstauntem Lächeln: »Gottesdienst?« Auch andre Gäste blickten überrascht hin und her, der feierlich hingeordnete gewaltige Leib des Bischofs war zusammengezuckt. Doch schon sprach der Gastgeber die Worte der Begrüßung und entrollte den Festgedanken, schwang sich durch die blutigen und ruhmreichen Himmel eines Jahrtausends zurück, besang die Tat des Themistokles, verglich die damalige Lage der Griechen mit unserer heutigen in der Kyrenaika und kam zu dem Schluß, daß die Gefahr aus der Wüste mit jener, die den Griechen einst aus Persien drohte, überhaupt nicht zu vergleichen sei. Darauf redete er ausführlich vom Heer, den Rüstungen, vor allem von den Geldquellen für die Anwerbung von Hilfskräften. Und er wies auf die Steuerfreiheit hin, die er beim Kaiser unter vielen Mühen, ja Gefahren erwirkt habe

– Synesios wandte mir wie von hinten angestoßen schnell das Gesicht zu. Diese Gelder, die nun nicht mehr nach Konstantinopel abgeführt werden müßten, stünden fortan Verwaltung und Heer zur Verfügung, wenn, was sich ja von selbst verstehe, die Steuern wie jedes Jahr erhoben, aber allein zu Verteidigungszwecken ausgegeben würden, zur Anwerbung von Söldnern, Kamelreitern und – Julius zählte noch viele Waffenarten auf, berauschte sich an der Beschreibung ihrer Lanzen, Beile, Schilde und Bögen, schwelgte in Homerzitaten und beschrieb schließlich das Idealbild eines Söldnerheeres, wie er es sich wünsche: anspruchslose, wilde Kerle, die nur eins im Kopf hätten: Blut! Kampf! Morden! Wenn Soldaten gehorsam seien und den Tod verachteten und sechs Stunden auch in der grellsten Sonne kämpfen könnten, dürften sie im übrigen die schlimmsten Subjekte sein.

Zum Schluß seiner Rede wies Julius auf den leeren Platz neben sich. »Indes«, seine Stimme klang plötzlich bescheiden, »nicht ich, nicht wir entscheiden darüber, wie Libyen in dieser Schicksalsstunde zu verteidigen ist. Die Entscheidung ist in die Hände von Männern gelegt, die ihre Macht von oben empfangen haben, von der Regierung, vom Kaiser, also von Gott! Wer ihnen widerstrebt, ihre Arbeit erschwert und angesichts der Gefahr, die Volk und Land bedroht, gegen sie hetzt, muß – und wäre er noch so angesehen und weise – als Feind des Landes betrachtet werden, als ein Verräter, ein Gottloser! Rühre keiner an die hölzernen Mauern, die Themistokles baut, unser neuer Themistokles, der bald hier unter uns sein wird.«

Julius hob seinen Becher und forderte seine Gäste auf, auf das Wohl des neuen Themistokles zu trinken, den sie alle kennten, »wenn auch nicht alle ihn bewundern. Unser neuer Themistokles, unser christlicher Achilles, er lebe gesund!« Alle, fast alle sprangen in die Höhe, schwangen den Becher und tranken. Nur Synesios und, wie ich später erfuhr, auch Herkulanius und noch zwei, drei alte Konservative hatten sich nicht erhoben. Synesios war jedoch, kaum daß Ruhe eingetreten war, der einzige, der aufstand und um das Wort bat. Auf einen Wink des Gastgebers jedoch erschallte wieder die silberne Trompete, und während noch Synesios stand und Ruhe gebietend den Arm ausstreckte, strömten, man könnte auch sagen: sprangen aus dem Gang, der zur Küche führte, halbnackte Neger herein, über ihren Köpfen silberne Platten, auf denen sich alles mögliche Geflügel rücklings niedergelassen hatte und die Schenkel in die Luft streckte. Synesios stand noch immer, aber ich zerrte ihn an den weißen Falten seines Gewandes auf den Sitz herab. »Nun?« fragte ich, und er: »Jetzt sage mir: sollen wir gehen?« Ich lachte auf, schüttelte in einer Art von kriegerischer Fröhlichkeit den Kopf. »O nein«, rief ich, »warum? Wir ehren die Gesetze der Gastfreundschaft!« Ich hatte das ziemlich laut gesagt, fast gerufen. Der Bischof unter seinem Veilchenkranz steckte ein Geflügelbein in das Loch, das sich in seinem weißen Bart auftat und schaute dabei heimlich zu mir und Synesios herüber, sein Blick war verborgen, scheu, oder doch unsicher. Der Gastgeber dagegen war vergnügt, er sondierte die Reihe der Gäste, die ihm gegenübersaßen, bei Synesios und mir angekommen, baute sein Blick einen Rundbogen und lief weiter. Wir beide aßen nicht; ich merkte, daß Synesios geradeaus in die Luft starrte, über den leergelassenen Platz hin, in der Hand hielt er ein Stück Fleisch. Die Tischmusik und das Gemurmel der Speisenden umgab uns und sonderte uns ab. Ich hätte gern, schon um unsere Überlegenheit darzutun, mit Synesios gesprochen, aber kein Wort fiel mir ein, ich sah nur, wie seine Finger das Stück Fleisch zerdrückten. Wie lange wir so steinern nebeneinandersaßen, weiß ich nicht. Die schwarzen Diener – der Senator hatte sie wohl aus der ganzen Kyrenaika zusammengeliehen! – trugen ab und trugen auf; die Flöten mischten sich immer aufs neue in den von Minute zu

Minute zunehmenden Lärm; Trinksprüche drangen von nah und fern auf den Gastgeber ein, der sie jedoch nach dem Rang des Gastes knapper oder ausführlicher erwiderte; manchmal lief am Rande des Tisches Gelächter hin, eine Woge, die aber an uns beiden zerschellte. Jedoch auch der gelbhäutige, offenbar leberkranke Herr zu meiner Rechten konnte keinen Witz weitergeben, er war ein wenig schwerhörig und hing in düsterer Entschlossenheit ganz dem Essen hingegeben über seinem Teller. Ich wußte von ihm nur, was er selber mir über sich stichworthaft mitgeteilt hatte: ein Farbenfabrikant, seine Fabrik liege nahe am Hafen, und daß er Euoptios kenne, der es ja auch mit dem Farbenmachen versucht habe, aber das müsse gelernt sein.

Mein Nachbar hatte den Zusammenstoß zwischen dem Gastgeber und Synesios nicht bemerkt. Ich tröstete mich im Stillen mit der Überlegung, daß der Tisch lang sei, und daß Synesios' Dastehen, ohne daß er zu Wort kam, auf vielerlei Weise erklärt werden konnte: der Mann mit der Trompete oder auch Synesios selbst, ja, sogar der Gastgeber, jeder von ihnen konnte ein Zeichen, einen Wink, ein Wort mißverstanden haben. In den Augen der Öffentlichkeit waren Synesios und Julius ja Freunde, und wie könnte ein gebildeter Mann, der einen Freund zu Gast lädt, diesen vor aller Augen beleidigen?

Ich hatte gerade meine linke Hand auf Synesios' rechte gelegt, weil ich es nicht mehr sehen konnte, wie seine Finger sich immer krampfhafter um den gebratenen Vogelflügel schlossen. Plötzlich vernahm ich etwas wie herannahende Flügelschläge, Getöse, Fußsohlen auf Marmor, Händeklatschen. Ich blickte zum Eingang des Saales, da schmetterte die Trompete erneut ihr Signal und riß alle Leiber von den Sitzen, auch uns beide, jedoch wir standen noch kaum, als wir uns auch schon wieder wie ein einziger Leib in die Sessel zurückfallen ließen: der christliche Achilles! – er war angekündigt worden.

Und wir sind nicht weggegangen. Was uns die Flucht verbot, war nicht nur das Gefühl für Würde und Selbstachtung, nein, wir wußten, daß es vergeblich wäre, ihm auszuweichen: eines Tages würden wir den Mann, der durch seine Marmorbüsten eine gewisse Allgegenwart erreicht hatte, doch so wie jetzt vor uns sehen, höchstens drei Meter entfernt: er stehend, wir sitzend; er leutselig lächelnd, wir kalt abweisend; er uns die Hand, die braune, muskulöse Hand hinreichend, mir zuerst und mich auf Lateinisch begrüßend, ›Salve‹ sagte er; und Synesios auf Griechisch, seine Stimme klang seelenlos wie die eines von jenen zum Grüßen abgerichteten Papageien. Und – wie unbegreiflich! –: wir reichten ihm die Hand – ich zog sie aber wieder, ehe er sie ergriff, zurück. Er schien das zu übersehen, fragte zu Synesios gewandt, was man so beim Begrüßen fragt: ›Wie geht es?‹, fügte aber zum Namen ein ›unser‹ hinzu, als wäre Synesios einer seiner Diener aus früherer Zeit, oder ein Klassenkamerad, der es zu nichts gebracht hat; sogar einen Esel kann man, ihm dabei den Hals tätschelnd, so anreden: ›Na, wie geht es unserm Synesios?‹ Als Synesios keine Antwort gab, sondern zu mir gewandt ›Wir gehen!‹ sagte, da lachte Andronikos. Es wurde plötzlich still im Saal, der General hatte gelacht wie ein Thunfischer, schallend, zähnebleckend, die Glotz- und Schlingaugen aufgerissen, die Ringe an seinem goldenen Zierpanzer klirrten, derart war seine gewaltige Brust vom Lachen geschüttelt, während er bald mich, bald Synesios anblickte. Ein tierhaft schöner Mann, wäre er nicht bis in die Haarspitzen angefüllt gewesen mit jeder Art von Gier und Gemeinheit. In die Stille hinein rief er dann, sich gegen den Gastgeber hinwendend, aber mit ausgestrecktem Arm auf Synesios zeigend: »Oder sollen wir ihm doch ein Amt geben, Julius? unserm alten Synesios? Ja, stellen Sie sich vor, meine Damen und Herren, wer hätte das gedacht: unser ehrwürdiger, weiser und ach so vornehmer Herr Synesios möchte ein

Amt haben – ja, Sie haben richtig gehört: ein Amt! Wir dachten, ihn zum staatlichen Obertraumdeuter zu ernennen – zum Götterprotektor – zum – –«

Wir strebten langsamen Schrittes dem Ausgang des Saales zu, gingen geradeaus blickend zwischen der langen Reihe der Gäste, die alle noch standen und schwiegen, und den halbnackten Lichtträgerinnen dahin, und wir hörten hinter uns die Papageienstimme des Andronikos immer neue Ämter aufzählen, die man für Synesios etwa einrichten könnte, jedes folgende lächerlicher als das vorhergehende; aber das Lachen, das Andronikos erntete, war gekünstelt und wirr. Als wir im Atrium anlangten, kamen wir uns vor wie öffentlich Ausgepeitschte, wir blickten einander nicht an. Auf unsern Ruf erschienen unsre Sänftenträger. Wir stiegen ein, nachdem Synesios vorher dem Fackelträger befohlen hatte, die Fackeln zu löschen, der Mond gebe hinreichendes Licht.

Unser Paulus wurde ein Jahr alt, da verließen wir Kyrene, wie Flüchtende in aller Heimlichkeit, wir hatten uns in diesen langen Monaten kaum noch einmal aus dem Haus und seinen Gärten hinausgewagt.

Das Tal von Myrimitis

Wir langten mit dem Frühling auf dem Doroshof an. Ein Berg von Sorgen und drohenden Fragen rückte auf Synesios zu, während ich mich des verwilderten Haushalts annahm. Da erreichte uns eines Tages ein Brief von Herkulanius. Der Läufer, der ihn uns brachte, war anderthalb Tage unterwegs gewesen, um die knapp hundert Kilometer zurückzulegen. Er war erschöpft, und ich schickte ihn ins Bad und ließ ihn massieren. Während er sich erholte, setzte er die Dienerschaft mit den Gerüchten, die er unterwegs aufgeschnappt hatte, in Erregung: dies Jahr kommen sie, die Söhne der Erdmutter Rhea, die Korybanten aus der Wüste, die Kureten. Köhler und Hirten hätten sie bereits gesehen: sie ritten auf großen Heuschrecken, hatten Köpfe aus Gold und waren alle beschwänzt, und wenn sie lachten, bebte die Erde; sie rissen Bäume aus, und mit ihren Pfeilen, die niemand sehen konnte, hefteten sie aus großer Ferne Menschen und Tiere an Scheunentore, das angenagelte Fleisch verlor seine Stimme, konnte nicht klagen, nicht rufen, starb einsam vor Hunger und Durst.

Unser Briefbote lief schon wieder heimwärts, als ich von Chilos erfuhr, mit welchen Geschichten er die Diener das Gruseln gelehrt hatte. Ich berichtete Synesios, wie sehr Angst und Erregung das Haus erfüllten. Er ließ alle Hausgenossen und auch die Kolonen zusammenkommen, und Vater Zosimos mußte unter der Platane über das Auge und den Arm Gottes sprechen. Darauf verkündete der Priester: Allen, die auf Gott vertrauten, gewähre Er seinen Schutz.

Dann sprach Synesios und wetterte gegen Heidenspuk und abergläubische Altweibergeschichten: es gebe keine Söhne Rheas und keine Töchter Gäas, er kenne keine Titanen und Silvanen, keine Najaden und keine Dryaden, nie sei ihm so etwas vor die Augen gekommen, alles nur Mythen, leere Schoten, der lebendige Samen aufgefressen von der Zeit. Im Wasser und in den Bäumen, in der Höhe und in der Tiefe wirke allein der Atem Gottes, der alles lebendig mache.

Ich mußte daran denken, wie Synesios nach seiner Heimkehr von Konstantinopel an derselben Stelle von Dämonen und den bösen Schlupfwinkelgeistern geredet und gegen sie seinen Hymnus gedichtet und das heilige Wasser ausgesprengt hatte. Damals hatten ihn dieselben Zuhörer mit düsterer Zustimmung angeschaut, während sie an diesem Abend verwirrt dastanden und sich wohl wie ich der andern Ansprache erinnerten ...

Dann sprach Synesios von den Wüstenstämmen, von diesen Hungerleidern; eigentlich seien es gar nicht die Pferde, die sie zu Raub und Mord austrügen, sondern ihre vor Hunger hüpfenden Mägen. »Aber wir dürfen kein Mitleid mit ihrem Hunger haben«, rief Synesios, »sonst fressen sie uns auf, wir müssen kämpfen!« Und er sprach vom Kastell, wie groß und stark es geplant sei, und wie viele Menschen darin Platz fänden, sogar das Vieh könne innerhalb der Wallmauern Schutz finden. Er pries seine Wurfmaschine und Katapulte hinter den Fenstern und versicherte den mit gestreckten Hälsen Zuhörenden schließlich, daß diese Hungerleider aus der Wüste auf ihren Pferden, denen man die Rippen von fern zählen könne, keine Belagerung wagen würden. Sie hätten keine Maschinen, ja, nicht einmal Spaten und Hacken, um sich einzugraben, vor allem keine Zeit! Wovon sollten sie leben, da sie doch Tag und Nacht von den Soldaten des Heeres beunruhigt und gejagt würden? Synesios hob beide Arme, wies gegen den Himmel, rief:

»Hier auf dem Doroshof bin und bleibe ich euer Feldherr. Ich werde für euch kämpfen und, wenn es Gott will, für euch sterben.«

Da wurden die Leute still, Vater Zosimos stimmte einen Psalm an, wir sangen ihn alle zusammen: »Gott ist mein Hirte, und mir wird nichts mangeln«; sogar die Heiden öffneten die Münder und taten so, als kennten sie den Psalm und sängen ihn mit.

Aber der Brief, den das ängstliche Faselmaul uns gebracht hatte, lag noch ungeöffnet bei Chilos im Schreibzimmer. Synesios hatte über unsern »lustigen Delphin«, der so plötzlich, statt beim Festmahl in Kyrene zu ihm zu stehen, so lange nichts mehr hatte hören lassen, in die Unauffindbarkeit entwichen war, kein Wort weiter verloren. Wir hatten auch keinen Abschiedsbesuch bei Herkulanius gemacht, und als ich einmal versehentlich seinen Namen erwähnte, errötete Synesios. Ich wußte, wie sehr er sich schämte, dem Drängen dieses Freundes nachgegeben und sich um ein Amt beworben zu haben. Er nahm an, daß Kyrene, ja, die ganze Kyrenaika über einen Mann lachte, der sich doch mit Haut und Haar der Philosophie ergeben hatte, und vor dem die Leute, weil er ein Dichter war, in den Bibliotheken und Abendgesellschaften aufstanden, dem man sogar, wenn er es auch nicht mochte, die Hand küßte – und der dann, ein so gelehrter und unabhängiger Mann, von seinen Freunden und seinem Verantwortungsgefühl gedrängt, sich unter die Amtsbewerber begeben hatte, unter die Kandidaten, Streber, Geschäftemacher, Krippenanwärter. Und er fand sogar, daß man mit Recht über ihn lachte. Männer vom Schlag eines Julius oder Andronikos konnten gar nicht anders als ihn ablehnen – mußten sie doch annehmen, daß er in einem Amt genau dasselbe wie sie erblickte. Sie fanden wohl, daß er reich und angesehen genug sei, darum keines Amtes bedürfe. Freilich, die Art und Weise, wie sie ihn öffentlich entehrt hatten, konnte Synesios nicht vergessen.

Seit der Name Andronikos aufgetaucht war, artikulierte er ihn, falls er ihn einmal aussprechen mußte, mit einem Verziehen der Nase und der Lippen, als spuckte er etwas Übelschmeckendes aus. Meistens umging er aber den Namen und sagte einfach: »der Thunfischer« oder »der Zuhälter von Berenike«. Was ihn an Andronikos derart abstieß, war allein die Tatsache, daß es ihn gab, daß er möglich war – und daß der Staat ihn die Stufenleiter der Ämter hatte betreten lassen, und die Kirche ihn auf jeder höheren Stufe, die Andronikos erklomm, vernehmlicher als einen der ihren ausgab, bis er der »christliche Achilles« hieß und seine Porträts in Marmor verschenkte – man fand sie sogar in bischöflichen Kurien. Dabei konnte niemand, wie man es heute oft hören kann, Andronikos vorwerfen, daß er die Öffentlichkeit über sein Leben, seine Ansichten und seine politischen Ziele im Unklaren gelassen hätte. Bei aller Verschlagenheit in der Technik seines Vorgehens bediente er sich in seinen Reden einer Offenheit, die verblüffend war, wenn man die Brutalität seiner dargestellten Ziele und Methoden daneben hielt. Als in den ersten Jahren die Papageienstimme des Andronikos über die Plätze krächzte, und Synesios von Chilos sich Stenogramme solcher Reden vorlesen ließ, lachte er und wies oft – allzu oft, fand ich und sagte es ihm auch – auf die Herkunftslosigkeit »dieses Ganoven aus Berenike« hin, der mit seinem »ich will« und »ich werde« die Leute doch höchstens zum Lachen bringen könnte. Derart verkommen und korrumpiert könnten die Regierungsbeamten und die Bischöfe in Libyen doch nicht sein, daß sie einen Mann ohne Herkommen und Familie, ohne Anstand und Bildung, einen halben Analphabeten, der mithin in Alexandria nach den bestehenden Gesetzen keine oder doch nur »halbe« Kinder hätte erzeugen dürfen; daß ein solcher Kakophoniker, dessen Griechisch bei den Hurenwirten und vielleicht sogar auf irgendeiner Galeere seinen letzten Schliff erreicht hatte; daß eine solche Ausgeburt aus dem Schoß einer alt und kraftlos gewordenen Zeit – Synesios blieb dann oft mitten in seiner Rede stecken und vergaß den Fortgang des Satzes, oder er fürchtete sich davor, ihn bis ans Ende zu führen.

Andronikos zog damals noch als irgendein Unterfeldherr in der Kyrenaika umher, belagerte die Städte seines eigenen Landes, um sie angeblich vor der Wüste zu beschützen, mit seinen Soldaten – Söldnern aus allen Gassen und Gossen im In- und Ausland angeworben –, die zu jeder Untat bereit waren, nur nicht zum Kämpfen oder gar zum Sterben. Und Andronikos tribulierte die Stadtväter und Geschäftsinhaber und die Väter und Mütter, die für ihre Töchter und jungen Söhne bangten, so lange und so ausgiebig, bis er die gewünschte Summe beisammen hatte, und verlegte dann die Garnison, damit an jeder Stadt ausprobiert würde, wie sie – so hieß es – im Ernstfall zu verteidigen sei. Die von den Städten erpreßten Gelder wurden zu Schiff nach Konstantinopel gebracht, wo sie teils bei Banken, teils bei Hofbeamten mit besonderen Verbindungen und Beziehungen wertbeständig angelegt wurden; und der Vertrauensmann des Andronikos konnte ihm dann bei seiner Rückkehr von Konstantinopel ziemlich genau mitteilen, wann die nächste Beförderung zu erwarten sei.

Synesios wollte es lange nicht wahrhaben, daß an einem Hof, an dem sein Freund Aurelian doch angeblich alle Macht in der Hand hatte, noch soviel Mit-Teilhaber an der Macht mitmischten und Männern wie Andronikos eine steile Karriere ermöglichten – gegen bar! Und als er dann in Kyrene bei dem Fuchs Julius den ehemaligen Strichjungen, Thunfischer, Boxer, Totschläger und Groß-Erpresser als den Oberstkommandierenden der Kyrenaika, als den Dux Libyens im goldenen Prunkpanzer vor sich sah, mußte er einsehen, daß seine Prophezeiungen, also die Vorhersagen eines der Zeit entfremdeten Konservativen, durchaus falsch gewesen waren.

So dankte er oft, wenn er mit mir sprach, Gott dafür, daß er auf den Doroshof zurückgefunden hatte, in seine alten Lebensgewohnheiten. Er züchtete wieder Hunde, ging auf die Jagd, spielte mit den Kindern, wenn auch nur im Vorübergehen, schloß sich ein und meditierte, diktierte Briefe und vor allem: er überwachte den Fortgang der Arbeiten am Kastell.

Aber den Brief von Herkulanius wollte er nicht lesen; lange lag das Schreiben des Freundes da, bis er sich eines Tages, wie er sagte, stark genug fühlte, diese Stimme aus der Vergangenheit anzuhören.

Herkulanius berichtete, wie betrübt er darüber war, daß der Freund, ohne sich von ihm zu verabschieden, abgereist war und ihn dadurch beschuldigte, wie jener Abend bei Julius ausging. Daß er sich damals nicht mit uns erhoben und hinter uns her den Festsaal verlassen habe, sei nicht der Feigheit zuzuschreiben, sondern kalter Überlegung. »Ich wollte alles über den Fortgang dieses Abends wissen und wollte vor allem hören, was die Kyrener über Dich flüsterten, nachdem Dich der Gastgeber und dann der Dux öffentlich verhöhnt hatten. Der Mächtige, also einer, der den übrigen Menschen ungestraft schaden kann, ist von Lüge und Heuchelei wie eine Mumie von Düften und Binden endlos eingewickelt und lebt von den Lebendigen abgetrennt wie ein Toter. Dein Name dagegen, mein Freund Synesios, ist hier in Kyrene und in den andern Städten unseres Landes sehr lebendig; Deine Briefe gehen von Hand zu Hand, man schreibt sie ab und schickt sie in die Ferne. Deine frühen Lieder, den Hirten und Grillen abgelauscht, rühren sogar die jungen Kyniker, diese Schamlosen, und Deine Hymnen über den Vater, den Sohn und den Geist tönen uns aus manchen Kirchen entgegen, obgleich Du selber noch immer außerhalb dieser Kirche stehst. Vielen, die Dich hier in Kyrene lieben und verehren lernten, ist es unbegreiflich, daß Du im Gespräch manchmal gegen die Häretiker losfährst und doch selbst noch nicht die Tür zum Baptisterium gefunden hast. Die Dich nicht mögen, sagen, Du lehntest die Arianer nur deshalb ab, weil sie Goten sind, im übrigen seiest Du ein gut verkapselter Heide geblieben, und Deine Hymnen seien dem Weihrauch zu vergleichen, welcher ja früher den Göttern, heute Christus gestreut würde und doch derselbe geblieben sei und auf die gleiche Weise heute dufte wie dazumal. Verzeih mir, Freund, ich berichte nur.«

Herkulanius ging dann in seinem Brief dazu über, den Verlauf des Festabends beim Senator Julius zu schildern, wie ein gewisser Herr, nach dem Weggang des Bischofs und seiner Kleriker, aus dem bis dahin noch halbwegs würdigen Festmahl ein Bacchanal gemacht und schließlich jede Rücksicht auf Sitte und Anstand verlacht und die halbnackten Lichtträgerinnen von den Dienern einfangen und gebunden in Körben und mit Obst verziert zur Tafel habe herbeitragen lassen, wo der gewisse Herr und alle, die ihm schmeichelten, in den schwellenden Früchten herumwühlten – – – Hier ließ Herkulanius eine Zeile weiß und offen stehen und schrieb weiter: »Male Dir aus, was Du willst, Du wirst das Ausmaß dieser Schamlosigkeit nicht erreichen! Denke nur: noch waren einige Frauen anwesend, Damen aus der besten Gesellschaft Kyrenes, die allerdings den späten Mut fanden zu entweichen. Sie kreischten und jammerten und wehrten sich gegen die inzwischen angetrunkenen schwarzen Sklaven, die unter dem Vorwand, die Damen in die Sänften zu bringen, sie vom Boden aufhoben, an sich rissen und forttrugen. Die Ehemänner schwankten irgendwo herum, tasteten sich an den Wänden entlang, übergaben sich an die Säulen gelehnt mitten im Atrium und hörten dem Gekreisch ihrer sich wehrenden, halbausgezogenen Frauen teilnahmslos zu oder lachten endlos, als wollten sie ihre Seelen endgültig aus dem Leibe hetzen. Hätte eine dieser Damen am andern Morgen den

Bischof aufgesucht und ihm – mochten sie sich noch so sehr für ihr langes Dableiben an dieser Tafel des Teufels schämen – dies Fest in einem christlichen Haus geschildert, der Bischof hätte sicherlich nur milde gelächelt und gesagt: ›Sie belieben zu übertreiben, meine Tochter!‹ Wie ich zu solcher Behauptung komme? Nun, diese Antwort habe ich erhalten, zwar leicht verändert, er sagte auch nicht ›mein Sohn‹, er sagte: ›Sie belieben zu übertreiben, Herr Rechtsanwalt!‹ Und er hob den Finger, ich solle vorsichtig sein. ›Im übrigen‹, fragte er plötzlich, ›woher wissen Sie das alles? Ich kann doch kaum annehmen, daß ein christlicher Mann wie Sie an solchem – solchem‹ – hier fiel das Wort, ›Gastmahl des Teufels‹ – teilnimmt? ›Doch‹, antwortete ich, ›ich habe teilgenommen, wie Sie richtig sagen: an diesem Gastmahl des Teufels.‹ ›Und warum?‹, er blickte mich zum ersten Mal scharf an. Ich erhob mich: ›Sie haben den Grund, warum ich blieb, erraten.‹ Der Bischof lächelte abwehrend: ›Sie waren betrunken und sind in diesem Zustand in Ihre heidnischen Gewohnheiten zurückgesunken und haben schlimme Visionen gehabt.‹ ›Nein‹, sagte ich, ›was ich gesagt habe, ist wahr. Ich kann Ihnen Namen nennen, Sie brauchen nicht mir allein zu glauben, fragen Sie die andern, die auch dabei waren.‹ Der Bischof erhob sich, strählte seinen weißen Bart, murmelte: ›Was verlangen Sie von mir! Und selbst wenn ich Ihnen glaubte, was kann ich tun? Soll ich mir –‹, er flüsterte den gewissen Namen, – ›zum Feind machen, ich will sagen: ihn zum Feind der Kirche machen? Dieser Mann ist sehr, sehr mächtig, und er wird noch mächtiger –‹, und er warnte mich, einen Bischof!«

»Ein Bischof«, fuhr Herkulanius fort, »ist ein Mensch und deswegen dem Irrtum und der Schwäche unterworfen, darum kann er irren und soll beraten werden. Aber ein Bischof, dem gesagt werden muß, was ein Bischof ist, stellt nicht mehr das heilige Haupt, sondern die Schande und das Verderben seiner Herde dar. Würdige, kluge, mutige Bischöfe sind selten geworden. Um auf die angesehenen Sitze zu gelangen, genügt es, unbeweibt zu sein, einflußreicher als der Mitbewerber, und das heißt: reicher, wendiger, diplomatischer, mit den besseren Verbindungen zum allerheiligsten Thron in Konstantinopel und zum heiligen Stuhl in Alexandria. Jene anderen Qualitäten, die das Wesen eines guten Bischofs ausmachen, sind in dieser vom Mammon regierten Zeit eher Hindernisse für den Berufenen.« Und dann schrieb er: »Freund, hättest Du den Glauben, wir wollten Dich zum Bischof machen! Denn von Dir ist bekannt, daß Dein Geist und Dein Wille auf die Wahrheit gerichtet sind; daß Du unaufhörlich über dem irdischen Wandel auf das Unwandelbare blickst; daß Du gütig und hilfsbereit bist und Deine großen Reichtümer zum Nutzen Deines Volkes verwendest. Schreibe uns, wie weit Dein Kastell geraten ist und eile Dich damit, denn die Wüste lauert und hält das Schlimmste für unser Land bereit! Und schreibe Deinem Freund in Konstantinopel (der, wie man sagt, nicht mehr ganz in der Gunst seines Herrn – sprich: dessen Frau – steht) und erwirke von dem jetzt noch Allmächtigen, daß jener Heros zu den Engeln geschickt und uns ein schlichter Mann geschenkt wird, der selbstlos und mit starker Hand die Reste unseres verkommenen Heeres neu ordnet – gegen die Wüste hin. Und laß ab von Deiner Abneigung gegen die germanischen Hilfstruppen! Diese Markomannen und sogar die Hunnigarden – darin stimme ich dem Senator J. bei, nur darin – sind die einzigen Söldnertruppen, auf die wir uns verlassen können. Unsre aus dem eignen Volk angeworbenen Soldaten denken ausschließlich an die Zeit nach diesem bevorstehenden Krieg und wie sie ihren aufgespeicherten Sold dann verwenden werden. Dürfen wir an diese Zukunft denken, wenn wir nicht bereit sind, alles zu opfern, damit sie komme! Ach Freund, es gibt nur noch wenig Griechen!«

So schloß der lange Brief, den Synesios mir zuerst mit

murmelnder und dann immer freier werdender Stimme vorlas, nach dem letzten Satz seufzte er. Er rief Chilos und diktierte ihm sofort den von Herkulanius geforderten Brief an Aurelian, der in den Worten gipfelte: »Ehe Du den Undank der Herrschenden zum zweiten Mal erfährst, balle Deine Macht noch ein einziges Mal zu einem Zeusblitz und zerschmettere – Du weißt ja, wen! Säe einige Namen in das Ohr Deines großen Freundes, vielleicht wächst aus dieser Saat das geharnischte Geschlecht, das uns retten kann.«

Am Nachmittag dieses Tages bestellte er Leonidas, und wir gingen hinüber zum Kastell; es ragt noch heute, etwa eine Viertelstunde vom Doroshof entfernt, auf einem Hügel, der die Gegend beherrscht. Seine Höhe beträgt fünfundzwanzig Meter, der untere Durchmesser etwa zwanzig, der obere zehn. Um das Kastell herum zieht sich eine fünf Meter hohe, aus Blöcken errichtete Wallmauer. Der Raum zwischen Wallmauer und Turm war damals mit grobbehauenen Steinen, Kalkbottichen, Bleiklammern und Gerät aller Art, vor allem mit hin und her hastenden Menschen erfüllt, denn die Maurer waren gerade dabei, das Tor in der Wallmauer zu errichten, ein gewaltiges Tor, aus dessen Innerm der Verteidiger den Angreifer mit vielerlei Waffen abwehren konnte.

Leonidas war bei den Maurern geblieben, wir sahen von der Plattform des Turmes herab, wie er mit zwei Werkaufsehern heftig gestikulierend redete und Papierblätter aus dem Busen seines Kittels zog. Synesios winkte mich zu einem Gestell aus Holz, Stahl und Tauwerk und erklärte mir die Wurfmaschine, die in den letzten Wochen hier oben nach seinem Modell gebaut worden war. Einen Stein von hundert Kilo werfe dies Ungeheuer leicht bis dorthin – er streckte seinen Arm an meiner Wange vorbei, sein Finger zeigte in die offene Wiesensenke, der Abstand vom Kastell betrug gewiß dreihundert Meter und mehr. Er zeigte mir auch, was diese Todesschleuder in die Ferne warf: auf der

Plattform ordentlich aufgestapelte Steine, aber auch Eisenstücke und knorrige Teile von Ölbäumen und anderem harten Holz. »Aber wir haben kein Wasser gefunden innerhalb des Kastells – und dort unten in der Wiesensenke, wo es Wasser gibt, kann man keinen Turm errichten, er läge zu tief.« Er sprach mit sich selbst, trat an die Brüstung der Plattform und starrte auf das ameisige Hin und Her der Maurer drunten. »Die Philosophie«, sagte er, wandte sein Gesicht und blickte mich mit zaghaftem Lächeln an, »ich frage mich immer häufiger, ist sie nicht so etwas wie solch ein Turm? Wenn wir nicht verdursten wollen, müssen wir aus dem Turm, in dem wir uns verschanzt haben, heraustreten, ins Freie, bis dorthin, wo das lebendige Schilf steht. Wir können uns mit Wasser versorgen im Turm, aber nur für kurze Zeit, dann wird es brakig, faul, ungenießbar – das lebendige Wasser in den Tonkrügen!« Nach einer Weile schweigenden Hinabschauens: »Ja, die Philosophie! Was nützt sie uns, wenn nicht alle Menschen Philosophen werden, vor allem diese Barbaren aus der Wüste... Und selbst, wenn sie alle Philosophen geworden wären, die Philosophie kann uns nur die richtige Methode lehren, aus dem eignen Fleischsack zu entkommen; aber sie hat mich bis heute nicht gelehrt, wie ich den Tod und das Elend der andern ertragen kann, den Tod all derer, die mein Leben ausmachen, den Tod und den Untergang meines Volkes! Und fast ist es schon so weit – Herkulanius hat recht: es gibt kaum noch Griechen! Und – du wirst mir wohl beistimmen – auch sehr wenig Christen...“

Keine acht Tage nach diesem Gespräch oben auf dem Turm des Kastells klopften gegen Abend wohl zwei Dutzend Männer und Frauen ans Tor des Doroshofes. Wir ließen sie sofort eintreten, und sie erschreckten uns mit ihren aufgerissenen Augen und fahrigen Bewegungen. Manche der Frauen trugen Bündel, in denen Kinder wimmerten, halbwüchsige Kinder verbargen sich unter den Kleiderfalten der Mütter. Die Männer atmeten schwer und blickten abwartend und gespannt auf einen großgewachsenen Bärtigen, der sich Synesios und mir als Diakon Faustus aus Axomitis vorstellte. Die ersten Flüchtlinge! Wir führten sie in den Speisesaal, eilig trugen die Mägde Brot und Fleisch herbei und selbstgebrautes Bier, das Synesios an Sommerabenden dem Wein vorzog, weil davon, wie er sagte, die Wogen des Tages in seiner Seele geglättet würden.

Aber das Bier nützte nichts, er blieb sehr erregt, ich sah es seinen Händen an, die auf dem Tisch lagen und auf einer unsichtbaren Zither zu spielen schienen, während er den Essenden zuschaute, die ihre Bissen herunterschlangen.

Faustus versuchte zwischen Kauen und Schlucken mit breiten Gebärden uns zu erklären, was geschehen war: eigentlich dasselbe wie in den vorhergehenden Jahren, nur daß diesmal die Zeit der Körnerernte ungestört vorüberging. Aber dann – wie früher: die Männer auf den Bäumen pflükken Oliven, werfen sie auf die ausgebreiteten Säcke, einige singen dabei ihre alten Lieder, deren Sinn sie aber nicht mehr verstehen – »es sind ja alles Christen«, unterbrach sich der Diakon, »und die Zeustochter Pallas, die uns den Oelbaum gebracht haben soll –«, Synesios bedeutete ihm, daß er, statt gelehrte Fragen anzuschneiden, lieber berichten solle, was sich auf oder unter den Oelbäumen zugetragen habe.

»Ich sagte ja schon«, Faustus hob beide Arme, »dasselbe wie früher, nur daß sie dies Jahr später gekommen sind und in größeren Gruppen. Und auch daß sie diesmal nicht mehr die Frauen und Kinder wegraubten, sondern mißbrauchten und dann liegenließen – mit eingeschlagenen Schädeln. Und die Brunnen sind vergiftet, die Häuser mit Zunder, Stahl und Feuerstein in Asche verwandelt. Und die Männer auf ihren Bäumen sahen im Tal die lang sich hinziehende Staubwolke – und dann die Rauchwolke – und dann hörten sie Stimmen, Geklirr, Getrappel, Schwirren und Fauchen von Pfeilen. Schließlich verschwindet der Schwarm. Die Männer auf den Bäumen zittern, hängen da wie die Affen bei der Sintflut – bis ich sie herunterhole, mit der Stange, wie man den Rest von Oliven herunterklopft, an die man mit der Hand nicht herankommt, was, ihr Bangärsche?« Der Diakon wandte sich, als wäre er noch immer zornig, den Bauern zu. Er hatte rasch einige Schalen Bier heruntergeschüttet und war davon laut und geradezu vergnügt geworden. Er schilderte dann, wie er die Bauern nicht mehr nachhause gelassen, sondern gleich in die Kirche geführt habe, wo sich einige Frauen mit den Kindern versteckt hatten – »diese da!« Faustus zeigte auf den geretteten Rest des Dorfes. Die Räuber hatten die Kirche, die verborgen unter Steineichen lag, nicht bemerkt, was der Diakon als ein Wunder Gottes pries. Und gleich erzählte er ein zweites Wunder: nachdem er den Bauern eine Predigt gehalten über die Engel Gottes, die den guten und tapferen Menschen in ihrer Not beistehen, über ihnen schweben und sie mit ihren Flügeln decken, und nachdem er ihnen die Eucharistie gereicht und die Frauen und Kinder unter dem Schutz der Engel in der Kirche zurückließ, führte er die mit Mistgabeln und Aexten, Messern und Olivenholzknütteln bewaffneten Bauern in den Wald, schickte zwei, drei Späher aus und wartete. Die Wüstenräuber mußten durch das Tal Myrimitis, einen tiefen Einschnitt im Wald, entweder in der einen oder andern Richtung hindurch, weil ihre Pferde nicht durchs Dickicht dringen konnten. Nach einigen Stunden meldeten die Späher, daß ein Trupp von gewiß zweihundert Reitern das Tal heraufkomme. Da legte Faustus seine Schar, die nur aus einem guten Dutzend Bauern bestand, hinter die Steinhaufen, die den Weg säumten und versicherte ihnen, daß diese ekelhaften Beduinen genau wie ein Bauer aus Fleisch und Knochen bestünden, und daß die Dämonen, die sie anführten, gegenüber den Engeln erbärmliche Wichte seien. Diese Beduinen seien wie Hyänen, sie selber aber bekämen durch die Engel die Kraft von Löwen Die Stimme des Diakons, als er so erzählte, dröhnte und fauchte, alle seine Bauern und einige der Frauen lächelten und schlugen das Kreuz, weil sie ja wußten, was jetzt kam.

»So zogen sie heran, diese Räuber, Frauenschänder, Kindermörder, Brunnenvergifter. Sie hingen über dem Hals ihrer Pferde, als schliefen sie, sie ruhten sich aus, dachten an die Beute in ihren Sattelsäcken. Wir hörten sie schon: die Hufe der Pferde klapperten, die Ringe an den Sätteln klirrten, die Köcher schüttelten die Pfeile. Da warf ich einen Stein, groß wie eine Faust, zielte nach dem ersten Reiter, der schöner gekleidet war als die übrigen, und traf ihn unterm Kopftuch mitten vor die Stirn. Er stürzte, es sah aus, als wollte er gegen mich anspringen. Und sofort flogen zwölf weitere Steine! Ich sprang hinunter, riß dem Anführer das Schwert aus der Scheide: ich hieb nach den Beinen der Pferde, säbelte die Kerle aus den Sätteln herunter wie ein paar Stunden zuvor meine Bauern aus den Olivenbäumen, und die da, meine lieben Angsthasen von zuvor, sprangen wie Löwen mit mir auf die Horde ein. Wir hörten die Fittiche der Engel über uns schwirren. Die Wüstensöhne verschossen ihre Pfeile, aber sie konnten nicht zielen, der Weg war zu eng, und unsre Steine prasselten. Über hundert dieser Gesellen lagen hernach für die Aasgeier da, die andern stürzten das Tal hinunter, ein Sturzbach aus Pferden und Menschen und nachpolternden Steinen. Wir werfen sehr weit, schon von Kindsbeinen an, das haben wir bei den Herden gelernt. Ja, Herr Synesios, sehen Sie sich diese Kerle an, lauter Davide, mit uns ist nicht zu spaßen. Unser vier blieben auf dem Weg im Tal Myrimitis, die Engel haben ihre Seelen an den Ort der Unsterblichkeit getragen.«

Synesios sagte mehrmals »Das Tal von Myrimitis« vor sich hin. Und er schickte mich hinauf, Goldmünzen zu holen und reichte dann jedem der Männer eine mit Worten des Dankes dafür, daß er sein Leben gewagt habe für das »verlorene Libyen«, das Wort »verloren« konnte nur ich verstehen.

In dieser Nacht sprach er dann auf eine Weise mit mir, daß ich voller Angst spürte: er will mich auf etwas Entscheidendes vorbereiten. Ich war erst gegen Morgen eingeschlafen, als ich von meinem Lager in die Höhe fuhr, ich hatte vom Tal Myrimitis geträumt, durch das ich hinfloh, bergan, hinter mir Hunde, die Doggen des Synesios, die aus dem Tartaros heraufgestiegen waren und mich nun hetzten. Da erwachte ich, Synesios stand vor mir: in Helm und Panzer.

Die letzten Monate in Kyrene, als er kaum noch einmal das Haus verließ, hatte er fast jeden Tag einen Fechtmeister kommen lassen, mit dem er sich morgens im Säulenhof, wenn die Kinder noch nicht wach waren, eine Stunde herumschlug. Ich hatte, ich muß es gestehen, diesen hinter seinem Schild sich duckenden und hin und herspringenden Synesios ein wenig komisch gefunden, nicht weil seine Ausfälle, Finten und Sprünge ungeschickt gewesen wären – er war ja ein Jäger! – sondern weil mir seine düstere Entschlossenheit übertrieben vorkam: schließlich war er ein Mann von vierzig Jahren, in wenigen Jahren würde er zu den Greisen rechnen.

Aber als er an diesem Morgen gewappnet an mein Lager trat und mir ernst zulächelte wie aus großer Ferne, als wäre er schon längst nicht mehr bei mir, da konnte ich ihn nicht mehr ansehen, so fremd war er, so vermummt von Eisen und verklärendem Silber. Er sprach leise, noch freundlicher als sonst, daß ich an das Tal von Myrimitis denken solle, ohne zu weinen! Seit Jahren habe er das befürchtet, was nun eingetreten sei: Libyen stehe dem Feind offen wie ein aufgegebenes Haus. Die Bürger müßten sich selber helfen und ihr Dach und ihre Schwelle verteidigen, ihre Frauen, ihre Kinder und auch noch dies schrecklich unmündige und verkommene Heer. Und dann rief er, ich werde die Trauer in seiner Stimme nie vergessen: »Die Jungfrau wird für unser Volk keinen neuen Aeon mehr gebären – dennoch: wir kämpfen, wir reißen uns aus dem Rachen des Todes ein paar Tage Frist; ich fürchte, er werden keine angenehmen Tage sein. Aber erinnere dich an das Botenwort, das ich dir schon einmal ins Ohr rief: Kämpft, als müßtet ihr sterben, dann werdet ihr nicht sterben!«

Von Chilos, den Synesios während seiner Abwesenheit zu seinem Stellvertreter im Doroshof und auf dem Kastell ernannt hatte, vernahm ich, was beschlossen worden war. Diese ersten Flüchtlinge sollten im Kastell untergebracht und vom Verwalter Leonidas verpflegt werden. Die Wasserstelle unterhalb des Kastells wurde befestigt und von Bogenschützen bewacht; Reiterpatrouillen ritten an den unsichtbaren Grenzen des Doroshofes unaufhörlich entlang; auf dem Turm standen Wächter, die tyrrhenische Tuba in der Hand, um beim Auftauchen fremder Reiter Alarm zu blasen. Die restliche Ernte sollte in aller Eile eingebracht und zum Teil in den Gewölben des Kastells untergebracht werden: Öl, Mehl, haltbare Früchte wie Bohnen und die Schoten von Karuben, Heu und Getreide für das Vieh, und viel, viel Wasser. Dann hatte Synesios, von etwa zwei Dutzend gut bewaffneter Reiter begleitet, das Kastell verlassen, eben an jenem Morgen, als er sich von mir verabschiedet hatte.

Bald klopften neue Flüchtlinge an unser Tor. Leonidas kam zu mir herauf: es seien Leute aus einem entlegenen Dorf nahe der Wüste. Sie befanden sich, als ihr Dorf überfallen wurde, gerade auf einer Wallfahrt – da mischte sich Vater Zosimos ein: zum Grab eines Märtyrers? Leider, so antworteten sie, hätten sie keines in der Nachbarschaft. Die Flüchtlinge waren zu einem Baum im Wald gepilgert, in dem Artemis gelegentlich Zeichen gab, bei ihr wollten sie sich Rat holen, ein Orakel, vielleicht wohnte sie gerade jetzt in ihrem Baum. Leonidas lächelte nachsichtig. Doch da hörten sie in der Nacht wirklich, wie der Baum zu flüstern begann, und sie verstanden und sahen zugleich, wie im Dorf drunten Rauch aufstieg. Die Stimme sagte ihnen: flieht gegen Norden! flieht durch den Wald! So waren sie ein paar Tage durch die Wälder gelaufen – geschlichen und manchmal gekrochen, von Wasserstelle zu Wasserstelle, bis sie heute morgen das Kastell erblickt hatten. Unterwegs schon hatten sie erfahren, es gebe da diesen Bau, ein weiser Mann habe ihn errichtet, einer, der an das Volk dachte. So hatten sie gewagt, den Klopfer am Tor zu bewegen, wie sehr auch die Doggen dahinter bellten.

Doch da trat Vater Zosimos vor und erklärte: das Kastell sei nur für die Bewohner des Doroshofes errichtet, Personen von außerhalb könnten nur aufgenommen werden, wenn sie Christen seien, und nicht einmal jeder Christ könne gerettet werden in dieser steinernen Arche. Vater Zosimos habe wörtlich erklärt, so versicherte Leonidas: ein auf solche Weise geretteter Häretiker nehme einem zu rettenden Rechtgläubigen den ihm zustehenden Platz weg. Heiden aber, Heiden von auswärts, könnten unmöglich aufgenommen werden, sie sollten sich an ihre Artemis wenden! »Er sagte sogar, man müsse folgerichtig denken!« Leonidas strich sein vorsichtiges Lächeln in seinen Bart, als er mir ansah, wie zornig ich wurde. Was Vater Zosimos an dem Bericht der geretteten Heiden, die offenbar sehr einfältig waren, am tiefsten erboste: die Christen, die nicht zu Artemis ihre Zuflucht genommen hatten und mit ihrem Priester zu Hause geblieben waren, – »was ist mit ihnen geschehen?« Vater Zosimos blickte mich, als er mich keine halbe Stunde später dies fragte, mit funkelnden Augen an, als trüge ich die Verantwortung für das Los dieser Unglücklichen. Mit einem gewissen Trotz gegen den Himmel antwortete ich: »Sie sind umgekommen, nehme ich an!« »So, und warum unsre christlichen Brüder –?« Er riß sich den Bart. Ich erinnerte ihn daran: da gab es diesen Turm in Siloah, der einstürzte und viele Galiläer unter sich begrub. Und als man Jesus fragte: warum? und warum gerade diese? hatte er nichts Besseres zu sagen gewußt als: »Tut Buße, sonst werdet auch ihr untergehen«, so ähnlich! Ich fragte Vater Zosimos, ob ihn diese Antwort Jesu denn befriedige – er schwieg. Ich wies ihn nun darauf hin, daß es Fragen gebe, die man besser nicht stelle. Und es könne sehr wohl sein, daß gerade dort, wo der Rachen des Nichtwissenkönnens uns bedroht, eine Frage des Menschen auf eine überhörte, vorausgegangene Frage Gottes gestoßen ist, daß wir also fragen, wo wir doch zuvor Antwort zu geben hätten. Wenn alle und gerade die schwersten Situationen Fragen Gottes an uns sind, was er uns dann wohl in dem Fall dieser geretteten Heiden gefragt habe? Antworten müßten wir, und das heiße einfach: diese Heiden in unsre steinerne Arche aufnehmen!

Vater Zosimos nickte mühsam wie ein zu Unrecht gezüchtigtes Kind, das gehorcht, ohne zu begreifen. Plötzlich, entschlossen den Kopf hebend, rief er: »Aber diese heidnischen Hinterwäldler sollen mir meine Christen hier nicht durcheinander bringen und überall herumerzählen, wem sie ihr Leben verdanken – doch nicht diesem nackt durch die Wälder springenden gräßlichen Mädchen Artemis?!«

»Ach, was denn, Vater Zosimos, diese hier werden ihr Leben der christlichen Liebe des Vaters Zosimos verdanken!« Er wandte sich, und im Weggehen sagte er und seufzte dabei: »So – so ist das also! Aber nun weiß ich es: die Fragen Gottes zu beantworten fällt sehr schwer, auch wenn man die Antwort schon von der Taufe her auf der Zunge liegen hatte!«

Seine Einfachheit und Demut ließen mich seine orthodoxe Vernageltheit und kirchliche Rechthaberei oft übersehen. Es war mir klar: wer solch einen bäuerlichen Hartschädel zum ersten Mal überzeugt hatte, der behielt ihn wie eine Puppe auf seiner Hand und spielte mit ihr, was er wollte. Wir auf dem Doroshof befanden uns bereits damals im Zustand der Belagerung, und wir – eigentlich Chilos und ich! – mußten alles daransetzen, daß die vielen hundert Köpfe der Belagerten dasselbe hofften und fürchteten. Darum, so fand Chilos, mußte ihnen vor allem eine, und wärs nur vorgespielte, Einigkeit im Denken vermittelt werden. Die Ziele und Absichten waren bei jedermann die gleichen: diese Zeit zu überstehen. Es mußte also alles, was sie trennte: die Verschiedenheit des Herkommens, vor allem die Verschiedenheit im religiösen Denken und Werten einfach übersehen werden. So durfte Vater Zosimos die Worte Juden und Heiden und Häretiker in seiner Predigt nicht mehr benutzen. Der Gottesdienst sollte so allgemein gestaltet sein, daß auch ein Nicht-Christ ihn begreifen und billigen konnte. Die Eucharistie sollte heimlich durch zuverlässige Männer ausgeteilt werden. Die Juden kamen zwar nicht zu unserm Gottesdienst, aber sie sangen ihre Lieder leiser als sonst, und Leonidas, mit dem ich meine Ansicht über den inneren Frieden unter den Belagerten ausführlich besprach, hatte sogar angeordnet, daß die zahlreichen den Juden vorgeschriebenen täglichen Gebete »im Herzen«, wie er sich ausdrückte, gesprochen werden sollten. Und niemand durfte über seine Religion reden, sie verteidigen oder gar die der andern als unwahr und töricht darstellen. Die Worte: Sklaven, Freigelassene oder Freie durften nicht ausgesprochen werden, die Tonsur der Sklaven war ohnehin seit Doros' Zeiten bei uns abgeschafft, weshalb bei uns auch die Sklaven leichter entweichen konnten als unter andern Herrschaften.

Ich muß gestehen, daß nicht ich es war, sondern Chilos, der die Einzelheiten dieser Lehre über den Frieden unter den Belagerten ausgedacht und durch seine Helfer verbreitet hatte. Aber ich sollte, darauf bestand er, als die Urheberin dieser Vorschriften gelten, damit ihre Autorität unbestritten sei. Außerdem fürchtete er sich ein wenig vor dem abwesenden Synesios, daß der sich etwa bei seiner Heimkunft als Hausherr übergangen fühlen könnte. Vor allem sollte ich das Versprechen, das den Sklaven gegeben worden war, als ein Versprechen des Hausherrn hinstellen, dieses nämlich: euer Herr wird jene Sklaven, die sich wie freie, um das Ganze besorgte Männer verhalten haben, als freie Männer ansehen und freilassen, ohne daß sie ihm ihren Wert in Geld entrichten müßten.

Das war ein Versprechen, dessen Einlösung für Synesios einen großen Verlust bedeutete. Aber ich ermunterte Chilos und versicherte ihm, daß Synesios jedes Opfer zu bringen bereit sei, wenn er damit seine Familie und seine Hausgenossen über diesen Abgrund voll Blut und Grauen hinüberbringe.

Als jedoch Synesios dann eines Tages mit seiner Reiterschar vor dem Tor stand, eilte ich zu Chilos und bat ihn, daß er, der Wahrheit gemäß, sich selbst als den Urheber dieser Gedanken und Vorschriften für das Leben im Belagerungszustand ausgeben solle, nicht weil es mir an Mut gebrach, sondern weil Synesios ja in der Auffassung lebte, daß eine Frau, mochte er sie noch so sehr lieben, nicht »losgelöst von sich selbst denken« könne und darum, falls es sich nicht um eine Hypatia handelte, zu einem grundlegenden Denken unfähig sei.

Chilos atmete auf: die Vorstellung, seinen Herrn zu belügen, hatte ihn bedrückt, und er erklärte sich sofort bereit, Synesios seine »Philosophie für Belagerte« auseinanderzusetzen und zu verteidigen.

Synesios glitt vom Pferd, riß mich an seine Brust und flüsterte auf mich ein, ich verstand nur: Blut an mir – Menschen getötet – ein Bad bereiten... Die andern, die ihn begleitet hatten, vertraten sich unter den Platanen stampfend die Beine, riefen nach Wein, lachten und erzählten, besonders der Diakon Faustus, von der tollen Hatz: mehr

Jagd als Krieg, und wie es sich doch ganz anders in Helm und Panzer kämpfe, er schwang seine Lanze und pries die Eigenschaften des Eschenholzes. Ein andrer lobte die Schilde des Synesios und zeigte die Pfeile, die darin gesteckt hätten – »Vorsicht, das Wüstengezücht vergiftet die Spitzen!« Die Hausgenossen starrten auf die fremdartigen Pfeile, stellten endlose Fragen: wo sie überall gewesen, wo sie auf die Feinde gestoßen, wieviel Beduinen sie getötet und fragten nach den Waffen der Feinde, nach ihren Pferden und ob nicht »unsere« Pferde besser seien, kräftiger, zäher. Ich hörte, während das Bad für Synesios bereitet wurde, vom Umgang im ersten Stock aus zu und wunderte mich, wie wenig die Reiter von den Schrecklichkeiten des Krieges heimgebracht, und wie lüstern die Zuhausegebliebenen nach diesem Schrecklichen gefragt hatten.

Eine Stunde später saß Synesios mit den Ausgeritttenen und mit Chilos, Leonidas, Vater Zosimos und dem Pädagogen im Speisesaal. Den Platz zu seiner Rechten hatte er dem Diakon Faustus angewiesen. Immer wieder tranken wir den glücklich Heimgekehrten zu. Faustus schnitt sich große Stücke vom Lammfleisch, lachte grimmig, drohte dem »Wüstenpack«, als stünde eine Abordnung Beduinen vor der Tür des Speisesaals und versicherte ihnen mit Psalmworten, daß sie ihren verdienten Lohn erhalten würden.

Synesios betrachtete seine Mitkämpfer, reichte ihnen die Schüssel mit dem Fleisch, aber er sprach wenig. Als die Männer das Dankgebet gesprochen hatten und gegangen waren, blieb er mit Chilos, Vater Zosimos, Leonidas und mir am Tisch sitzen. Während er an seinem Mastixstocher kaute und sich die Zähne reinigte, schüttelte er, auf den leeren Platz zu seiner Rechten weisend, mehrmals den Kopf, schließlich rief er: »Woher nimmt dieser Faustus seine Zuversicht?« Er begann von Cerealis, einem Unterführer des Andronikos zu sprechen, einem früheren Hurenwirt, der sich mit seinem Geld das Amt bei Andronikos gekauft hatte. Cerealis hatte seine griechischen Soldaten zur Zeit beurlaubt, natürlich gegen Geld. Diese Soldaten saßen nun zu Hause zum Beispiel in dem Städtchen Kleopatra, aber auch anderswo, sie seien solchen Urlaubern unterwegs überall begegnet. »Und die reden und erzählen und wissen nicht, wer vor ihnen sitzt, meist Reisende, Händler, Halbbarbaren, Spitzel der Wüste. Eine Woche später wissen die Häuptlinge der Beduinen, in welch festen Plätzen unsere Hauptmacht untätig liegt und welche Dörfer von Soldaten entblößt sind, wehrlos wie dies zubereitete Lamm auf dem Brett. Währenddessen fährt Cerealis seine und des Andronikos Goldmünzen auf zwei Schiffen spazieren, hin und her an der Küste entlang. Die Wüste weiß es, weiß daß sie von Andronikos und seinem Unterfeldherrn nichts zu befürchten hat. Wie sagt Homer: ›Sie kamen wie der Frühling mit Blättern und Früchten!‹ Und was für Blätter und Früchte! Wir haben es auf unserm Ritt durch die verwüsteten Dörfer und Flecken gesehen! Welch ein kindlicher und tapferer Mensch, dieser Faustus, daß er noch lachen kann!«

Ich erinnere mich an Synesios' Worte noch so genau, weil er ungefähr dasselbe an Euoptios schrieb, und diesen Brief an den Bruder habe ich vor mir liegen. Es ist ein zorniger Brief. Denn auch Euoptios war einer von denen, die ihr Land im Stich ließen. Der ältere Bruder hatte den jüngeren vergewarnt, Kaiser Valentinian habe das Waffentragen verboten. Und da war es mit der Sanftmut und Gelassenheit des Synesios vorbei; er verhöhnte den Bruder, nannte seine Friedensliebe angesichts des offenen Landes, das unter Brandwolken erstickte und sein eignes Blut soff, Feigheit und Ichsucht auf dem Gipfel. Und Synesios zitierte dem Christen Euoptios das Wort Jesu, daß keiner eine größere Liebe habe als jener, der sein Leben für seine Brüder hingebe. Und erklärte ihm, und so auch uns an jenem Abend, daß er auf eigne Kosten ein Heer aufstellen werde; daß er hundert Markomannen in Sold genommen habe, desgleichen vierzig Hunnen; daß er die Städte und Kastelle im Umkreis befestigen und mit irregulären Soldaten besetze. Ja, er sei bereit, Andronikos, diese goldene Hyäne, eines Tages, sofern er stark genug sei, in offener Feldschlacht anzugreifen, wenn der nicht endlich mit der Verteidigung des Landes ernstmache – oder aber vom Kaiser abberufen werde, worauf er täglich, ja, stündlich warte. Freilich hatte sich Synesios in seinem Brief an den Bruder nicht so offen ausgedrückt wie bei uns, da man ja zu jeder Zeit, nicht nur im Krieg, fürchten muß, daß ein Brief in unrechte Hände gelangen kann.

Synesios hatte schon viel Wein getrunken, während Vater Zosimos, Leonidas und Chilos noch vor ihrer ersten Schale saßen – Chilos in der Absicht, einen klaren Kopf zu behalten. Er begann nun vorsichtig und geradezu tastend, Synesios seine »Ansichten über den notwendig herbeizurufenden Geist unter Belagerten« vorzutragen. Es fing mit sehr allgemeinen Fragen an: ob etwa Pfeile, die ein Schütze im Köcher führe, verschiedener oder gleicher Art sein müßten, – worauf Synesios sofort antwortete und betonte, er habe gerade Pfeile bestellt, natürlich müßten möglichst alle gleich sein. Und überhaupt die Waffen, die man den Soldaten gebe? ob sie alle von gleicher Güte sein müßten? Synesios entschied sich dafür, daß kein Soldat schlechtere Waffen als der andre haben dürfe, er begründete nicht einmal seine Zustimmung. Und die Portion Brot, die Anzahl der Zwiebeln, ob nicht dies alles in gleichem Maß ausgeteilt werde? Wieder nickte Synesios, wollte aber nun wissen, wo Chilos mit seiner Fragerei hinziele. Und da sprach also Chilos von der notwendig herzustellenden Gleichheit unter Belagerten, und er ließ nichts aus, auch nicht das Versprechen, das er im Namen des Hausherrn andeutungsweise den Unfreien gegeben habe.

Noch ehe Synesios, der gerade den Becher angesetzt hatte, antworten konnte, rief Vater Zosimos: »Aber den Glauben? – ein Christ darf doch nicht seinen Glauben unsichtbar machen!« Synesios setzte den Becher auf den Tisch und schaute Vater Zosimos an. »Das sollen sie auch nicht, es heißt ja: laßt euer Licht leuchten – aber zuerst und immer wieder in der Tat! Falls wir diese Tage des Unheils überstehen, haben Sie noch viel Zeit vor sich, über Ihren durch die Tat erwiesenen Glauben zu sprechen.«

Darauf stand Synesios auf und küßte Chilos auf die Stirn. Er sagte: »Dich liebt der Geist, mein Freund! Antiphon, der Sophist, hat dasselbe gelehrt wie du, und Platon und Aristoteles haben es nicht begriffen. Die Seele des Menschen ist göttlicher Natur, und es gibt vor Gott keine Rangunterschiede zwischen der Seele eines Griechen und eines Barbaren, eines Freien und Unfreien, eines Christen, Heiden oder Juden. Wir werden Ihre Lehre, junger Freund, in die Tat umsetzen – aber ohne sie mit Worten zu zerlöchern. Alle meine Sklaven werde ich freilassen, auch das forderte Antiphon schon zur Zeit des Platon, doch niemand hat auf ihn gehört, auf den Sophisten Antiphon. Was wäre aus den Griechen geworden, aus den Römern, aus den Christen, wenn sie Antiphon ernst genommen hätten! Und wir hier in Libyen, wir wären ein Volk, vor dessen Freiheit sich die Wüste fürchtete!« Und dann sagte er noch: »Wer will es bestreiten: nicht die Griechen, sondern die Perser haben im nachhinein gesiegt!«

Und Synesios zeichnete mit halbtrunkenen Worten ein Bild des Reiches unter den christlichen Großkönigen und fand nur geringe Unterschiede zu den Herrschaftsformen der persischen Barbaren, »aber zu unserm Unglück können wir Griechen lesen und schreiben, könnten also wissen, wieviel wir verloren haben und wie beklagenswert wir sind im Vergleich zu einem Untertan des Darius oder Artaxerxes, der nichts wußte von der furchtbaren Göttin, die wir Geschichte nennen, der über sein Dorf, seinen Tag, sein Los nicht hinausschaute und nicht die Fähigkeit besaß, sein Leben mit einem andern Leben zu vergleichen und, dies vor allem, nicht unter dem Bewußtsein litt – leidet –, daß in diesem Land eines Tages alles aufhört, was das Gesicht dieses Landes ausgemacht hat: daß also die Zeit der Götter vorbei ist, vielleicht aber auch bereits die Zeit der Christen. Kommt einmal nach hundert, zweihundert Jahren in dies Land zurück, und ihr hört eine andre Sprache, andre Gebete, andre Flüche! Dies Wissen habe ich hinter meiner Stirn, und manchmal möchte ich mein Hirn mit dem eines Analphabeten tauschen, mit dem eines Bauern vom Rand der Wüste, ja mit dem eines Beduinen, der keine Vergangenheit kennt, keine Zukunft, sondern allein die Zeit des Essens und Schlafens oder Kämpfens.«

Er unterbrach den Strom seiner Klage mehrmals mit der Beteuerung, daß es nicht der persönliche Tod sei, der durch die Umstände hindurch aus immer größerer Nähe seine Zeichensprache rede, nein, es sei der Tod der andern, die zur gleichen Zeit wie wir stürben, dieser aufräumende, die Spuren unserer geistigen Welt beseitigende Tod, jener, der wie ein Schreiber seinen Stift umdrehe und mit dem breiten Ende die ins Wachs geritzten Mitteilungen an die Zukunft mit einer knappen, achtlosen Bewegung austilge – »tabula rasa, sagen die Lateiner! Und wenn ich dann auch im Tod aus dem Reich der immanenten Götter in jenes der transzendenten aufsteige, werde ich doch, vielleicht, wer weiß es, hinab auf meine Erde zurückblicken, nach unser aller Spuren suchend. Aber keiner singt mehr mit Alkaios, keiner kennt mehr Kallimachos, meinen Ahnen! Und gar von mir, jede Spur ist dahin, eine breite Straße führt über mein Grab hin zu irgendeinem Hafen, wo Marmorblöcke ans Land gebracht werden, Schmucksteine für den Palast eines neuen großen Thunfischergenerals.« Er lachte müde vor sich hin. Endlich blickte er mich an: »Weißt du noch, Prisca, als ich von Konstantinopel heimkehrte, auf dem großen Wagen, auf der Truhe, darin eigentlich meine Leiche liegen sollte – weißt du noch, als wir unsern Doroshof erblickten, weiß unter dem Himmel, und als ich fragte, wie man ihn verteidigen könne? Und wie ich dir die Medaille der Tyche zeigte, von Christen geprägt – und wie du auf meine Frage, wem dies Latifundium, dies Patrimonium, dieser weiße stolze Augapfel, der so weit ins Land blickt, gehöre – wie du da sagtest: es gehöre uns nicht, sei uns nur auf Zeit überlassen, ebenso unsern Kindern, unsern Enkeln, unsern Urenkeln – nur auf Zeit! Und doch warst du für die Verteidigung des Patrimoniums gegen jeden Übergriff. Und nun verteidigen wir es also, für unsre Kinder ... Aber ob es uns gelingen wird? Und selbst, wenn es uns gelänge –, ob in dieser Verteidigung der jetzigen Lebensform ein besonderer Wert liegt, ein Sinn, der das Tabula-rasa-Machen der Geschichte überwindet? Nein, ich will keine Antwort, Prisca! Und ich sage euch, ich kämpfe nicht, weil ich unsre Verteidigung für sinnvoll halte, sondern weil meine Vernunft, die nach Sinn und Gerechtigkeit verlangt, empört ist gegen den sinnlosen Ablauf der Dinge dieser Welt. Und wenn ich auch den Ablauf nicht ändern kann, ich stelle mich ihm entgegen, in meinem Geist – empört – gegen wen? – vielleicht zuerst gegen die immanenten Götter, die, statt sich um die Ordnung unserer Welt zu kümmern, wie es ihr Auftrag wäre, sich in die Betrachtung der transzendenten Götter verlieren und in ihrem hohen theologischen Entzücken unsere Welt und den Dienst an ihr aus den Augen lassen.«

Chilos, der mitstenographiert hatte, schenkte mir am andern Tag diese aus der Trunkenheit gestiegenen Gedanken meines Synesios, und ich war Chilos dankbar, daß er sie dem Vergessenwerden entrissen hatte.

Synesios hatte das oberste Stockwerk vom Kastell für sich und seine Familie, zu der natürlich auch Chilos rechnete, eingerichtet, zugleich einen Raum zur Kommandostelle gemacht, wo alle Boten mit Nachrichten eintrafen, und Späher, die übers Land liefen, sich ihre Anweisungen holten.

Große Sorge bereiteten Synesios die auf Reinlichkeit und Gesundheit zielenden Einrichtungen. Die in jedem Stock an der äußeren Rundmauer zahlreich angebrachten Aborte mündeten unten in einer Grube, in die täglich ungelöschter Kalk geworfen und Wasser gegossen wurde. Chilos hatte zehn Frauen dazu angestellt, in unaufhörlicher Arbeit das Kastell sauber zu halten. Einige Männer mußten durch alle Stockwerke patrouillieren, um jeden Verstoß gegen Ordnung und Sauberkeit zu ahnden. Es ging nur mit Strenge, denn die meisten der Kastellinsassen hatten noch nie solche Marmorbänke mit Löchern gesehen und blieben bei ihrem Anblick verstört stehen und erledigten, was zu erledigen war, auf dem Boden, vielleicht aus Respekt vor dem Marmor, vielleicht auch aus einem atavistischen Zwang, in welchem die Verrichtung der Notdurft und die Hocke zueinander gehörten. Wir stellten erstaunt fest, daß die Kinder in dieser Hinsicht gelehriger waren als die Eltern.

Zunächst einmal gewöhnten wir unsre eignen Kinder an den neuen Wohnort, indem wir sie tagsüber zum Spielen hinaufbrachten. Tutulina und Phaidon waren bereits imstande, den Lärm und das ameisige Wesen droben wahrzunehmen, und, wir wunderten uns: zu genießen. Sie spielten mit den Kindern der Flüchtlinge, und was konnten die anders im Spiel darstellen, als was sie täglich und immer dichter in den Erzählungen der Erwachsenen umgab: Beduinen und Soldaten. »Myrimitis« nannten sie ein Spiel, bei welchem sie aber statt der Steine Bälle benutzen mußten. Oder sie bauten innerhalb der Wallmauer neben dem wirklichen ein geträumtes Kastell, das ihnen noch größer erschien als das aus Stein, noch fester, noch furchteinflößender. Ein Knabe verteidigte das Traumkastell, die andern sprangen über die Steingrenzen und riefen dabei herausfordernd: »Herr, ich bin auf deinem Berg«, der Verteidiger rannte hinter den Eindringlingen her und, wenn er sie erreichte, gab er ihnen einen Schlag auf die Schulter und machte sie damit zu seinen Gefangenen.

Stundenlang schaute ich den Kindern zu. Ich überließ die Kleinen ungern sich selbst, denn die Flüchtlingskinder aus den Dörfern, acht- und zehnjährige, begannen auch dunkle Spiele, die aus ihren mit Entsetzen und blutigen Erinnerungen gefüllten Seelen aufstiegen. Einmal kam ich darüber, wie sie Tutulina ausgezogen und an einem von den Maurern stehengelassenen Schragen angebunden hatten und, Asphodelenstengel als Nägel benutzend, sie kreuzigten. Tutulina weinte leise vor sich hin, und als sie mich erblickte, rief sie: »Ich muß sterben, Mutter, ich muß sterben!« Auch Phaidon, als er mich sah, weinte, offensichtlich aus Scham, weil er unter den Übeltätern stand – aber wo sollte er anders stehen? Ich befreite Tutulina, hüllte sie in meinen Überwurf und sagte im Weggehen zu den Kindern, daß wir im Kastell einander nicht wehtun sollten, und daß man niemand, auch nicht im Spiel, kreuzigen dürfe. Ich hörte mich reden, blickte in die Gesichter dieser Kinder und kam mir dumm und elend vor. Und die Stelle aus dem Evangelium fiel mir im Hinaufsteigen ein, daß wir, die wir doch böse sind, keinem Kind, das uns um Brot bittet, einen Stein geben... Aber wer hat, so fragte ich voll Trotz gegen den Himmel hinauf, diesen Kindern solche Spiele ins Herz gelegt? O diese grenzenlose Freiheit des Menschen von Jugend auf! dachte ich zuerst, und dann, ohne auf Tutulinas Schluchzen zu achten: Sind sie eigentlich in den Fängen ihrer Finsternis, kleine Tiere, unterjocht vom Nachahmungsdrang, Opfer ihrer blinden Triebe, die von dem einen Lehrer Natur, von dem andern Sünde genannt werden?

So wie wir die Kinder ans Kastell gewöhnten, ließ Synesios durch bestimmte Übungen unsere Leute auf den Ernstfall vorbereiten. Auf ein bestimmtes Alarmzeichen hin, das vom Turm erschallte und von den Wächtern nach allen Seiten hin weitergegeben wurde, mußten die Kolonen,

Handwerker und Hausgenossen zu irgendeiner Stunde zum Kastell strömen, wo sie schnell und geordnet in den Fensternischen, auf der Plattform des Daches oder im Tor der Wallmauer ihre Plätze einzunehmen hatten. Sogar das Vieh mußten sie bei solchen Übungen hertreiben und hinter den Mauern verteilen: die Pferde, Rinder, Schafherden, Ziegen, alle gesondert, selbst die Hühner wurden von Frauen in Schilfgestellen auf den Köpfen herbeigetragen. Wenn die Kolonen über diese Übungen murrten, ließ Synesios sie ausführlich wissen, was sich außerhalb der unsichtbaren Grenzen des Doroshofes zutrug. Und da seine Zuhörer seine Mitteilungen nur verstanden, wenn er drastisch sprach und in stacheligen Bildern, ließ er den Dichter statt des Philosophen reden.

Ich erinnere mich noch heute eines furchtbaren Bildes, in welchem das ganze Libyen als der blutige gepeitschte Leib einer Frau halbtot zwischen Himmel und Erde hing, und wie die Bremsen und Schmeißfliegen an diesem Leib sich labten, und wie die Haut dieses einst so schönen Körpers unter den Stichen der Blutsauger zitterte, »ihr kennt das ja, könnt es auf dem Fell eurer Pferde und Rinder beobachten! Das Dorf Diöstis neulich – wir kamen zu spät – da zitterte die Haut unsres Landes auf diese Weise. Da saßen sie, die Stechmücken, dicht nebeneinander, grauer, beweglicher Grind. Wir jagten sie, das war alles. Und keine Stunde entfernt sitzt der Dux, ihr wißt, der oberste Feldherr, hat ein nacktes Mädchen neben sich und wedelt ihm zärtlich die Fliegen fort. Und in Diöstis –: liegen die Leiber umher, mit durchgeschnittenen Hälsen, in der Sonne aufgedunsen. Die Männer, die von dort fliehen konnten, habe ich in mein Heer aufgenommen. Ja, ihr alle gehört zu einem Heer, das sich verteidigt gegen die Schnäpper aus der Wüste – aber auch, wenn es nötig ist, gegen die Wänste des kaiserlichen Heeres!«

Nach dieser Ansprache hob er die Abgabenpflicht der

Kolonen an den Gutsherrn feierlich auf, für dieses und das nächste Jahr. Alle Lebensmittel, soweit sie haltbar waren, wurden ins Kastell gebracht, waren für alle bestimmt, und für alle zu gleichen Teilen, solange als es einen Feind hinter den unsichtbaren Grenzen des Doroshofes gab.

Fast alle Tage und viele Nächte streifte Synesios mit seinen Berittenen im Land umher. Er hatte schon mehrere alte Kastelle in aller Eile erneuern und mit Proviant und Wasser versehen lassen, legte besoldete Kohorten, wie er die kleinen Verbände nannte, in diese Fluchtburgen, er kaufte sich ein Söldnerheer zusammen, hauptsächlich waren es – endlich! – Barbaren. Er überwand seine Abneigung, die in früheren Jahren gelegentlich an Rassenhaß gegrenzt hatte. Synesios wußte es schließlich selbst: es war ein Haß, der aus Furcht und Beschämung stammte. Der Grieche Synesios schämte sich angesichts dieser goldhaarigen Doggenmänner, die wie späte Spartaner für ihren Soldherrn kämpften – Synesios hatte ihr stummes Wüten in den Straßen von Konstantinopel mit Schaudern erlebt.

In diesem Jahr seiner, wenn man so sagen kann, privaten Feldherrnschaft verpflichtete er sich zweihundert Markomannen und vierzig Hunnen, die eigentlich im kaiserlichen Heer dienten, aber von Andronikos in eine entlegene Garnison abkommandiert worden waren, wo sie aus der Ferne der Verwüstung des Landes untätig zuschauen mußten. Entweder hatte Andronikos vor, diese Germanen und Hunnen zu schonen, um sie, wenn ihm selber von Konstantinopel Gefahr drohte, zu seiner Leibgarde zu machen, oder, das nahm Synesios an: der ehemalige Zuhälter hatte mit Wüstenhäuptlingen einen mündlichen Vertrag auf gegenseitige Rücksichtnahme geschlossen, dessen ungeheuerlicher Inhalt, kaum vorstellbar, etwa lautete: Raubt auf dem flachen Land, soviel ihr wollt, aber laßt die Städte, die unter meinem Schutz stehen, in Frieden. Wenn nicht, laß ich meine Hunde los, meine Germanen und Hunnen!

Eines Tages marschierten also zweihundert Markomannen, klirrende Muskeltürme, hinter Synesios, der mir von seinem Pferd herab zuwinkte, durch das Tor des Doroshofes herein, die Hunnen waren beritten und bildeten die Nachhut. Unter den Platanen hing plötzlich wie zur Zeit des Heumachens oder der Öl- und Weinernte ein besonderer Geruch, ein wenig wie aus einer Gerberei, aber auch stark und warm wie aus einem Stall, die fremden Männer wischten sich den Schweiß. Ich bemerkte, wie die Mägde, nachdem sie die blonden ebenso wie die schlitzäugigen Reiter eine Weile, ohne sich zu bewegen, angeglotzt hatten, zu kichern begannen, sich die Nase zuhielten, wegliefen.

Synesios trat langsam auf mich zu, nach dem langen Ritt ein wenig unsicher auf den Füßen. Er sagte: »Prisca, jetzt beginnt es!«

Die Belagerten

Chilos suchte mich gleich am andern Tag auf. Er war erregt und versuchte mir zu beweisen, daß sein Herr einen großen Fehler begangen habe, beschwor mich aber im gleichen Atem, diesen Fehler jedermann gegenüber als einzig richtige Entscheidung zu verteidigen. Denn der von Synesios eingeschlagene falsche Weg sei nicht mehr rückgängig zu machen und müsse darum als notwendig gelten. Zugleich entschuldigte er seinen Herrn und verwies auf Odysseus, der ›vieler Menschen Städte gesehen und Sitte gelernt‹ und gewiß doch manchen Fehler begangen habe, den Homer aus Liebe zu seinem Helden verschwiegen habe.

Dieser Fehler nun bestand nach Chilos darin, daß Synesios mit der Abwerbung kaiserlicher Verbände Andronikos die Möglichkeit gegeben habe, ihn als Feind des Kaisers, ja als Rebellen einzuordnen und entsprechend zu behandeln. Chilos stellte sogar eine Belagerung des Doroshofes durch Andronikos für die allernächste Zeit in Aussicht. Falls Synesios' Brief an Aurelian nicht die Absetzung des Dux erreichte, müßten wir mit dem Schlimmsten rechnen.

Ich fürchtete, daß Chilos recht behalte. Wer glaubte es Synesios, daß diese Hunnen und Markomannen selber Abgesandte zu ihm geschickt und ihm ihre Dienste angeboten hatten? Andronikos plante damals – niemand verstand, warum –, den Hunnen die Pferde zu nehmen und sie unter seine Bogenschützen zu Fuß einzureihen, vielleicht, weil die Pferde der Hunnen ihm, der untätig herumsaß und in seine Tasche sparte, auf die Dauer zu kostspielig wurden.

Die Markomannen haßten Andronikos aus einem andern Grund. Er hatte ihnen zu verschiedenen Malen, da sie in eigner Unternehmung gegen die Räuber aus der Wüste ausgeritten waren, ihren Anteil an der Beute mit allerlei üblen Tricks abgegaunert. Er hielt ihnen auch den größten Teil ihres Soldes zurück und zahlte ihn angeblich in Konstantinopel auf einer Bank für sie ein, damit sie nicht im Hin-und-Her der Kriegswirren ihr Geld verlören. Ein Gote nun, der in der Verwaltung der kaiserlichen Güter in der Kyrenaika tätig war und gerade von einer Reise aus der Hauptstadt zurückkam, lachte seine Landsleute aus und versicherte ihnen, die »Bank zum Goldenen Berg Gottes« müsse erst noch gegründet werden! Die Betrogenen, deren Zungen sich ebenso langsam und ungeschickt bewegten wie ihre Schwerter schnell und scharf, kehrten sich gewissermaßen auf dem Absatz um, von Andronikos zu Synesios, von dem sie nur wenig wußten, aber doch soviel, daß er der reichste Mann im Land sei und nicht wie soviele andre dem Leiden seines Volkes untätig zusah.

Auf Chilos' Betreiben hatten die Hunnen ziemlich weit außerhalb des Doroshofes in einem dichten Wald ihre Unterkunft, eher noch ihr Versteck. Von hier sollten sie unaufhörlich ausschwärmen, Nachrichten hereinbringen und, falls ein Feind zur Belagerung des Doroshofes Anstalten machte, diesen vom Rücken her beunruhigen und angreifen.

Die Markomannen lagen innerhalb der unsichtbaren Grenzen des Doroshofes verteilt, und wir fühlten uns, trotz Andronikos, in einer vorläufigen Sicherheit, als Chilos uns eine Nachricht brachte, die unbedeutend schien, uns aber unruhig machte, wie schon einmal zur Zeit des Verwalters Titan und dann wieder vor etwa zwei Jahren, als die Schmiede gekommen waren und alle Schlösser auf dem Hof hatten erneuern müssen. Seit damals ließ Chilos die Hausgenossen überwachen, er hatte mit Wissen des Leonidas einige von dessen Mitarbeitern dazu angestellt, die Reden der Leute zu belauschen, die Freundschaften, die sie untereinander hatten, auszukundschaften und vor allem herauszubringen, wer in seiner Behausung abschließbare Kästen und Truhen hatte. Synesios wußte nichts von diesen heimlichen Maßnahmen seines Sekretärs, und hätte er davon erfahren, wäre er sicher empört gegen Chilos losgegangen, weil solches Mißtrauen die Hausgenossen beleidigen, beunruhigen und die Einigkeit unter ihnen zerstören müßte.

Chilos hatte einen Verwandten der vor Jahren weggelaufenen Sklaven im Verdacht, daß er mit den Entkommenen in Verbindung stehe, und das war kein anderer als Xenophon, dieser stille, gefällige Mensch, der unsre Leibwäsche und Kleider wusch und alles in den Truhen in Ordnung hielt. Synesios wollte nicht, wenn er in seinem Studio saß oder durch den Säulenhof ging, durch Diener oder die Kinder gestört sein, darum schätzte er Xenophons schweigsame Zuvorkommenheit. Dieser wie ein Eunuch wirkende Mensch bereitete ihm das Bad und diente ihm auch als Masseur.

Synesios war für einige Tage mit seinen Reitern ausgeritten –, da wurde Xenophon von Chilos und Leonidas befragt. Wie ich später erfuhr, verschärften sie ihr Verhör mit der Folter, die zwar von Synesios als unerlaubt und unsinnig verworfen wurde, aber bei dem empfindlichen Xenophon nach einer Viertelstunde mehr ans Licht förderte als die beiden Untersucher vermutet hatten. Die Goldstücke in dem Kasten des Xenophon, den er, wer möchte es glauben, im Studio seines Herrn hinter Büchern eingebaut hatte, funkelten, als wären sie gerade aus der Prägeanstalt gekommen; gute und gerechte konstantinische Goldsolidi, über deren Herkunft Xenophon viele und immer neue Auskünfte gab, bis er endlich, als man ihm Gnade versprach, gestand, was die Untersucher bereits ahnten. Das ganze lange Geständnis ging in ein einziges Wort: Andronikos.

Xenophon führte die beiden in der kommenden Nacht an eine entlegene Stelle im Grenzwald, wo in das Dornengestrüpp ein Pfad geschlagen und über das klaffende Kalkgestein in der Tiefe eine Brücke aus Fichtenstämmen gelegt und mit Gebüsch und Ranken verdeckt war, eine beachtenswerte Arbeit jener entsprungenen Sklaven, die sie während der langen Fastengottesdienste des Vaters Zosimos – sie dauerten oft die halbe Nacht – geleistet hatten, im Dienst des Dux gegen allerbeste Bezahlung.

Chilos und Leonidas konnten mit dem Geständnis des Xenophon zufrieden sein, und sie wußten schließlich nicht mehr zu unterscheiden, ob er selber oder sie den Doroshof vor dem Schlimmsten bewahrt hatten. Aber was sollte nun mit dem reuigen Sünder geschehen? Chilos hielt von der Reue nichts, der Jude Leonidas schon etwas mehr! Chilos meinte, daß einer, der einmal Verrat begangen hatte, auch zum zweiten und dritten Mal verriete, nur jedes Mal besser. Xenophon aber lebte, lief frei umher mit einer Büßermiene, die höchstens auf Synesios Eindruck gemacht hätte. Er ließ sich nicht einfach beseitigen, man hatte ihm ja das Leben versprochen, und er stand somit unter dem Schutz Gottes. Es gab außerdem zwei Menschen, denen sein Leben teuer war: der eine hieß Synesios, der andre Andronikos. Wenn Synesios einmal jemand sein Vertrauen geschenkt hatte, war es fast unmöglich, ihm diese in Gunst genommene Person madig zu machen. Allerdings gab es das Versteck mit den Goldstücken und die Brücke drunten im Dickicht, und sicherlich hätte auch er Xenophon bestrafen lassen – aber wohl nur im Turm bei Wasser und Brot. Und eines Tages wäre dann Xenophon wie einst Titi einfach verschwunden, dafür hätte der andre Patron sicher gesorgt. Andronikos ließ keins seiner Werkzeuge am Tatort liegen, das war gefährlich und widersprach der Gaunerpraxis. Meinen Vorschlag, Xenophon in Ptolemais vor Gericht zu stellen, noch ehe Synesios zurück sei, wiesen Chilos und Leonidas zurück. Xenophon würde aussagen, daß er gefoltert worden war und sein Geständnis zurückziehen – es gäbe unerfreuliche Untersuchungen; der Dux Andronikos würde aus dem Hintergrund den Vorfall zu einem Fall ausweiten, und Synesios stünde hernach als der Schuldige da, als Sklavenschinder und Tyrann, der heimlich Truppen anwarb. Xenophon hätte nur seine Pflicht getan. So saßen wir da und nahmen schließlich dem Xenophon sein körperliches Dasein mehr übel als seinen Verrat.

Gerade da, als wir drei unschlüssig im Atrium saßen, wurde einer der Hunnen gemeldet, der alle paar Tage als Meldegänger auf dem Hof erschien und schriftliche Anweisungen des Synesios für den hunnischen Kommandanten abholte. Da rief Leonidas, auf den kleinen, krummbeinigen Hunnen zeigend: »Der soll ihn mitnehmen, dort kann er die Unterwäsche der Hunnen waschen!« Wir mußten alle drei lachen. Die Hunnen sollten also Xenophon als Gefangenen festhalten, bis der Krieg vorüber sei, dann mochte Synesios entscheiden, was mit ihm zu geschehen habe. Das teilten die beiden dem schlitzäugigen Reiter mit vielen Wiederholungen mit. Der Hunne nickte nur und wickelte gedankenvoll seinen langen dünnen Schnurrbart um seinen Zeigefinger, sprang in den Sattel und hob schließlich Xenophon, den ihm Leonidas zuführte, mit einem Griff vor sich aufs Pferd und trabte oder galoppierte davon. Wir blickten uns alle drei an: Erleichterung, aber auch Sorge im Blick. Mir zumindest hatte der Griff des Hunnen, mit dem er Xenophon vor sich gesetzt, eher noch: gelegt hatte, nicht gefallen. Außerdem, das fiel mir aber erst später ein: der Hunne konnte kaum drei Dutzend Wörter Griechisch – hatte er uns richtig verstanden? Xenophon waren, als wir ihn überlieferten, die Hände auf dem Rücken gebunden, ich hatte Spuren unter seinen Augen gesehen – Tränenspuren! Chilos verstand nichts von solchen Tränen, aber die Juden und die Christen. Durfte man solche Tränen einfach von vornherein als neuen Betrug ansehen? Vielleicht waren sie echt, Xenophon bereute, aus vielen Gründen – vielleicht würde er eines Tages aus einem andern, aus nur einem Grund bereuen? Und ich würde ihm, wenn Synesios es so wollte, vielleicht doch wieder vertrauen, immerhin eher als einem Laokoon, der, wie konnte es anders sein, mich als Ketzerin, den Juden Leonidas und den »Heiden« Chilos einige Jahre später in seiner Lügenfibel anklagte, wir hätten die Geschichte vom ägyptischen Joseph wiederholt und in Synesios' Abwesenheit den treuen Diener und christlichen Mitbruder in die Hände der neuen Ismaeliten überliefert!

Zwei Tage danach kehrte Synesios zurück; er hatte kaum einen Blick für mich und die Kinder. Er ließ im Speisesaal alle Leute seines Vertrauens zusammenkommen, den Rat, so nannten wir das gute Dutzend der sich regelmäßig versammelnden Männer. Er setzte ihnen auseinander, daß neue kaiserliche Truppen von Ägypten her in Libyen eingerückt seien, aber daß sie genau wie die übrigen Heeresteile untätig in den Städten herumlägen, »gehorsam dem Befehl dieses Hurensohnes, den ich«, alle hoben die Köpfe, »zum Zweikampf herausgefordert habe«.

Worauf Chilos als Einziger antwortete: gewiß, zum Zweikampf, eine schöne Vorstellung, beste, alte Überlieferung; aber gerade darum werde der Thunfischer der Herausforderung ausweichen – sogar mit Gründen: schließlich sei er der Kopf des ganzen kaiserlichen Heeres. Falls er aber den Zweikampf annehme, dann müsse Synesios mit Betrug rechnen, mit einer komplizierten Falle. Aber solche Fallen brauche Andronikos gar nicht mehr zu stellen, sei doch der Doroshof trotz Kastell selber zu einer einzigen großen Falle geworden. Und er sprach von den Entdeckungen, die man in der Abwesenheit des Hausherrn gemacht habe: von der verborgenen Brücke über die Grenze tief unten im Wald und vom Feind in den eigenen Mauern.

Synesios blickte seinen Sekretär mehr unwillig als erschrocken an, sagte nur: »Das wäre – dafür will ich Beweise haben!« und er sprach, das Gesicht in der Hand verbergend, von den Verwüstungen auf dem vollständig preisgegebenen Land: die Leute, die noch übriggeblieben seien, stürben tausendweise den Dursttod, weil diese Würger aus der Wüste alle Wasserstellen vergifteten. Die in ihre verbrannten Dörfer Zurückgekehrten finde man um ihre Brunnen liegend verdorrt vor, nachdem sie vielleicht miteinander bis zum Morgen um den Nachttau gestritten, auf allen Vieren nackt umherkriechend, jeden Stein in der Nähe beleckend, keine Menschen mehr, sondern Erdenwürmer. Sogar ihre Kamele, falls noch eins übriggeblieben sei, schlachteten sie, um das Blut zu saufen und das Fleisch zu kauen, – »schlachten alles – alles – ich kann nicht sagen, was sie alles schlachten, sogar die Frauen tun es, die Mütter – – –«

Wir saßen schweigend da, eine Winterfliege surrte, oder was war es? Endlich raffte sich Synesios zusammen, er erklärte seine neuesten militärischen Maßnahmen, die darin bestünden, die Frauen an den noch sauber gebliebenen Wasserstellen auf Kamele zu setzen, mit Wasserschläuchen, während die Männer von den neugebildeten Kohorten aus Freiwilligen unterstützt dem Wassertransport schützendes Geleit gäben. Er befahl Leonidas, sofort alle Ziegen schlachten zu lassen, aus ihren Häuten wenigstens hundert Wasserschläuche zu machen und für die nächste Woche bereit zu stellen. »Die Pflanzen lassen ihr Leben für die Tiere, die Tiere für den Menschen – und der Mensch? –« er blickte sich im Kreis um, »wer das nicht weiß – in dieser Zeit – –«

Dann stand er auf und bat Chilos und Leonidas in die Bibliothek. Aber ehe noch die übrigen Mitglieder des Rates den Saal verlassen hatten, trat jener Hunne ein, dem wir unsern gefangenen Xenophon übergeben hatten. Er verbeugte sich vor Synesios, so wie jedesmal, wenn er ihm Botschaft von seinem Häuptling überbrachte, reichte mit einem ehrerbietigen Grinsen einen Binsenkorb her, den er unter dem Arm getragen hatte, und wir, die ihm zunächst standen, sahen Farnkraut – und dann rührte der Hunne in dem Grün, bis etwas Weißliches sichtbar wurde – Fleisch. Da sah ich, wie Synesios, der sich neugierig über den Korb gebeugt hatte, mit einem Schrei zurückfuhr, und wir wiederholten seinen Schrei: aus dem grünen Nest des Farnkrauts blickten uns die halbgeschlossenen Augen des Xenophon an.

»Was ist – was ist hier geschehen?« Synesios' Stimme klang, obwohl sie nicht donnerte, so furchtbar, daß ich mich sofort auf einen Stuhl fallen ließ; die Fläche des großen Tisches hatte ihren Glanz verloren, sie sank, als hätte ihr jemand die Stempel abgehauen, ja, sie sank, so kam es mir vor, wie bei einem Erdbeben gegen die andre Seite hin. Und ich sank selber über den Tisch, über den alten Dorostisch, ich hörte die Stimmen nur noch von fern.

Als ich wieder Kraft genug hatte, aufzustehen, eilte ich ins Haus auf den ersten Stock, wollte zu den Kindern. Da vernahm ich die Stimmen der Männer in der Bibliothek, hörte wie Chilos sagte: »Hier, hinter den Behältern mit den Rollen von Epikur und Lukrez – genau wie die Wand im Hintergrund – aber es ist eine Tür, man kann sie öffnen, sehen Sie – hier fanden wir das Gold des Andronikos!« Es entstand eine lange Pause, man hörte das metallische Klicken von Goldstücken – sonst nichts, ich konnte mir Synesios allzugut vorstellen, wie er dastand, die Augen aufgerissen, sprachlos – ich ging nicht hinein.

Die Männer verließen darauf die Bibliothek, auch Synesios. Ich sah zu vom Umgang, wie sie über die Wiesen hinabschritten; ich wußte, wohin Chilos seinen Herrn führte.

Nach dem Abendessen dieses Tages besuchte mich Synesios auf meinem Zimmer. Er blieb, mir den Rücken zukehrend, in der offenen Tür stehen, ähnlich wie damals Euoptios, nur daß keine Mückennetze den Blick über die Wiesensenke verdunkelten, es war Winterzeit und es regnete.

Ich fürchtete, er würde mir Fragen über Xenophons Verhör stellen, aber er sagte nur: »Es naht; er weiß es nicht, bis daß am heißen Feuer verbrennt der Fuß.« Ich merkte, das war ein Zitat, wußte aber nicht, woraus. Oder war es kein Zitat, hatten sie Xenophon womöglich an einem Feuer den Fuß – –? Aber Synesios Stimme ging weiter: »Wes Sinn Gott zum Verhängnis führt, dem scheint das Böse gut.« Dann seufzte er: »Aber das stimmt ja nicht! Gott – nein, er führt nicht zum Verhängnis, der Gott des Sophokles und der meine sind verschieden, sehr verschieden. Der Mensch führt sich selbst ins Verhängnis, so groß ist er, so folgenträchtig sind seine Taten – auch die Taten unsres Xenophon... Ihm schien das Böse gut, das war seine Schuld, das allein – und er glaubte, so klug zu sein: hinter Epikur und Lukrez! Er hatte also herausbekommen, daß ich diese Autoren zwar besitze, aber kaum wieder lese. Wieviel Beobachtungsgabe und Zähigkeit und Schläue gehört zu dieser Wahl des Verstecks, wie gut kannte er mich und wie schlecht sich selber! Er sah so wenig in sich hinein, daß er nicht bemerkte, wann und wie das anfing, daß ihm das Böse als gut vorkam...«

So ähnlich sprach er vor sich hin, seine Stimme quälte sich durch ein Dickicht von Gedanken; eine Weile ging es über die Freiheit unsres Willens, und wie weit er am Erkenntnisakt beteiligt sei – dieser blinde Wille, dieser jeden Tag, jede Stunde zu belehrende, zu durchleuchtende Wille. Ich kehrte die Sanduhr um und stellte sie ein wenig ungeschickt auf den Marmortisch neben meinem Lager. Das Geräusch weckte ihn aus seinen Gedanken, er drehte sich um, kam zu mir, hob die Uhr vor seine Augen und sagte – ich werde das nie vergessen: »Wenn ich an den Tod denke, komme ich mir stets sehr unreif vor. Und wenn meine Gedanken an die letzten, die eigentlichen Fragen rühren, versinke ich jedesmal in noch tiefere Nacht. Wenn ihr Christen darauf eine Antwort hättet, dann – aber überall muß man glauben!«

»Ja«, sagte ich, sonst nichts.

»Was glaubt ihr eigentlich genau? – außer den Mythen, die ja schön sind und lehrreich – aber doch eben nur Mythen, nur im Kern wahr.«

Ich entgegnete ihm, daß es aber gerade auf den Kern ankomme. Aus dem Kern der Kirsche, der Aprikose habe er Bäume gezüchtet, nicht aus dem Fruchtfleisch.

Und da fragte er noch einmal, ob in dem Symbolum, das er manchmal im Gottesdienst gehört habe – ob in dem Satz: daß der Logos um unsres Heiles willen Fleisch angenommen und gelitten habe, nicht doch eine versteckte, kindische Form von Titanismus sei?

Und ich: Fleisch angenommen? – das klinge mir nicht entschieden genug. Das Wort sei Mensch und uns in allem gleich geworden, die Sünde ausgenommen. Und er: ach ja, dieser Paulus! Die Sünde ausgenommen, natürlich; aber Christus sei uns auch nicht gleichgeworden in andern Punkten, etwa in der geschlechtlichen Liebe, und nicht im Altwerden, nicht in der Krankheit! »Und er mußte auch nicht töten, nicht Befehle zum Töten oder zum Morden geben. In diesem Krieg jetzt gibt es keine Gefangenen, selbst wenn es uns möglich wäre: diese Dämonenbrut aus der Wüste soll nicht leben. Und auch ein Mensch wie dieser Unhold aus Berenike –«

Dann ging er zur Tür und ermahnte mich, morgen die letzten Gegenstände, die ich im Kastell unbedingt um mich haben möchte, hinüberzuschaffen. »Aber nur Wesentliches! Ich habe auch nicht alle meine Bücher ins Kastell bringen lassen, nur jene, ohne die ich nicht leben möchte: Platon und Plotin und einige Dichter. Der Preis, den ich für ein Buch oder sonst einen Gegenstand entrichtet habe, macht jetzt nicht mehr seinen Wert aus. Alles erhält einen ganz andern, ganz neuen Wert. Die Gefahr ist eine Goldwäscherin, sie scheidet das Unwesentliche in uns aus. Vielleicht daß unsre Seele, wenn unser Leib hungert und dürstet und blutet, frei wird, sich von der Verstrickung löst.« So etwa hatte er gesprochen, plötzlich schlug er die Hände vors Gesicht und stöhnte: »Aber unsere Kinder!« Und dann mit einer Stimme, die aus dem Labyrinth seiner Gedanken klagte: »Wenn Gott uns wenigstens das gesagt hätte, warum Kinder leiden, sogar für die Sünden und Irrtümer ihrer Eltern! Eine Belagerung kann sehr einfach ausgehen, Prisca, – ich werde weder dich noch unsre Kinder lebendig in die Fänge dieses Feindes fallen lassen; falls ich vorher tot sein sollte, dann mußt du dasselbe tun.« Und er stellte ein Fläschlein mit Gift neben die Sanduhr und sagte, daß man es in den Habseligkeiten des Xenophon gefunden habe. Chilos kenne die Tropfen am Geruch, es sei ein starkes, schnellwirkendes Gift, »er hat also mit dem Tod gelebt, unser Xenophon, die letzten Jahre, was für ein Leben muß das gewesen sein! Und diese Handvoll Goldstücke hinter Epikur und Lukrez, für den armen Sklaven bedeutete das Gold: Zukunft, Freiheit und was sonst noch alles. Sieh nur, Prisca, Xenophon ist an seinem Traum gestorben!«

Wir benützten die nächsten Tage, um unsren Umzug ins Kastell zu beenden. Ich betrachtete alle Gegenstände unserer Wohnung und überlegte, ob sie wert seien, vor den räuberischen Soldaten oder den Flammen in Sicherheit gebracht zu werden. Ich konnte das Kastell draußen vom Umgang her sehen, es stand von der Luft blau gefärbt über der Waldlichtung, und ich sah in ihm von Tag zu Tag mehr unsere Arche.

Statt des Hunnen, der uns früher als Bote diente, hatte Synesios, weil er ihn nicht mehr sehen mochte, einen vornehmen Griechen mit Namen Goros zu diesem Dienst bestellt. Er war noch nicht dreißig alt, ein vorzüglicher Reiter und, davon waren wir im Kastell alle überzeugt, von Kopf bis Fuß Militär. Wenn er nicht ausritt, ließ er auf den Wiesen seine lateinischen Kommandos schallen und lehrte die Kohorten, wie man siegt, so erklärte er bei jedem Beginn der Übungen. Sie mußten sich auf sein Kommando in breiter Schlachtreihe entfalten, dann in die Schräge, nach vorn stürzen, plötzlich schwenken, die Flügel der Schlachtreihe vorstrecken, während die Mitte zurückwich und mußten auf dem Boden – »versinken«, so lautete eines dieser Kommandos, das Goros mit besonderer Stimmkraft ausstieß. Und da auch militärische Ordnung auf griechisch ›Kosmos‹ genannt wird und er dies Wort in seine lateinische Kommandosprache, die er kaum verstand, übernommen hatte, hörte es sich schauerlich und komisch zugleich an, wenn Goros mit seiner hohlen Stimme rief: »Kosmos – ver—sinkt!« oder »Kosmos manipu—liert!« Wir standen auf der Plattform des Turmes, und die Jungen, auch Phaidon, kannten bald alle Befehle und schrien sie mit – es war ihr erster Lateinunterricht. Goros fand das nicht in Ordnung: in der Kirche dürften die Kinder ja auch nicht den Priester oder gar den Bischof nachäffen, und das Wort des Offiziers habe ordnende, ja, Gott zwingende Kraft, indem dies magische Kommandowort sehr oft gegen alle Erwartungen und alle militärischen Kraftverhältnisse – er verwies gern auf den Sieg Konstantins an der Milvischen Brücke – Gott gewissermaßen den Sieg abgelistet, abgenötigt habe.

Doch Goros überzeugte mit solchen Reden nur jene jungen Kohorten, die das Siegen zu erlernen entschlossen waren, nicht die Kinder und auch uns Erwachsene nicht. Der Diakon Faustus vermutete sogar, Goros sei ein mit der Stimme eines Löwen begabter Hirsch. Doch das ging uns zu weit, und Synesios und ich wiesen oft auf die Heldentaten unseres Goros hin, die er jedesmal, wenn er von seinen Ritten zu den Hunnen zurückkehrte, mit bebenden Lippen erzählte. Da hatten ihn in der Dämmerung drei Reiter verfolgt, aber sein Pferd kannte das Terrain, es war schneller und zog die Verfolger auseinander – bis er sich plötzlich wandte, den ihm Nächsten mit der Lanze aus dem Sattel hob, wobei die Lanze leider verloren gegangen war, den

Zweitnächsten hatte er mit seinem Säbel »angehackt«, und der Dritte – »ich konnte ihn nicht einholen, leider nicht, der ritt nicht mehr, der schwebte davon – ein Dämon, sag ich euch – er oder sein Pferd!«

Solcher Geschichten brachte er jede Woche mehrere mit, bis durch eine Anfrage herauskam, daß Goros nur im ganzen zweimal bei den Hunnen gewesen war; die übrigen Male hatte er sich auf den Bauernhöfen im Umkreis des Doroshofes herumgedrückt, hatte Anweisungen gegeben, wie die längst aufgegebenen Gehöfte in Verteidigungszustand zu bringen seien, und angebliche Mitteilungen des Hunnenhäuptlings, die Synesios immer nichtssagender vorgekommen waren, hatte er selber im Sattel erfunden und zwar so, wie sie für ihn am günstigsten waren.

Goros wurde rot und weiß, als ihn Synesios zur Rede stellte, erinnerte an die Zahl seiner gefährlichen Ausritte, an seine einsamen Kämpfe mit den Dämonen der Wüste, und verdächtigte die Hunnen des Doppelspiels.

Als dann keine Viertelstunde später ein hunnischer Reiter im Kastell erschien und zu uns heraufgeeilt kam mit der Nachricht, daß von Süden durch die Wälder große Schwärme von Wüstenreitern, von Ptolemais herauf aber starke Verbände des kaiserlichen Heers mit Belagerungsmaschinen anrückten, da wandte sich Goros, kaum daß er das greuliche Griechisch des Hunnen begriffen hatte, zur Treppe, eilte hinab, schwang sich auf irgendein Pferd und galoppierte davon und nahm die Richtung auf den Doroshof, wo er, so berichtete uns der Pförtner, durch die Mauerschleuse und das Haupttor hinausritt, um, wie er den Wächtern erklärt hatte, das Herannahen des Feindes im Auge zu behalten, spätestens gegen Morgen werde er zurück sein. Er gab ihnen sogar ein Losungswort, auf das hin sie ihn wieder einlassen sollten. Aber Goros wurde zunächst nicht mehr gesehen, der Arme hatte offenbar zuviel Phantasie und »zu wenig Pneuma«, hätte Synesios wohl gesagt, wenn ihm noch Zeit geblieben wäre, an einen Helden wie Goros zu denken.

Es wurde ernst. Durch das geheime Loch in den unsichtbaren Grenzen des Doroshofes sickerte bereits in der folgenden Nacht die Wüste herein. Die germanischen Späher, die sich genauso unsichtbar machten wie die Beduinen und nur im Schutze der Wälder Bewegungen ausführten, schickten ihre Nachrichten ins Kastell: Läufer mit wehenden Haaren, die vor allem nachts auf ihren weichen Fellschuhen hin und her huschten. Zwei Tage und zwei Nächte wartete Synesios, es war Neumond. Das Gelände war ungeeignet für eine Reiterschlacht, und so waren die Wüstenreiter abgesessen und hatten ihre Pferde außerhalb der Grenzen des Doroshofes irgendwo in dem großen Steineichenwald zusammengetrieben.

Synesios hatte sofort, als er von dem geheimen Zugang über die Grenze erfuhr, durch seine Kolonen einen zweiten, viel besser begehbaren Zugang etwa drei Kilometer östlich von dem ersten anlegen lassen. Durch diesen schlichen hundert Markomannen gleich in der ersten Nacht, umgingen den Wald, in dem die Beduinenpferde standen und manchmal wieherten, und blieben liegen und warteten auf das Feuerzeichen vom Turm des Kastells. Der Rest der Markomannen lag in dem Teil der Wälder, der die Wiesen gegen Norden abgrenzte, also nur durch die Wiesensenke getrennt den Beduinen genau gegenüber, und blieb ebenso unsichtbar. Die Wache an der Wasserstelle hatte Synesios hinter die Wallmauer zurückgezogen, da er die Wiesen den Beduinen als Kampfplatz anbieten wollte: seine Wurfmaschine und die kleinen Katapulte, die hinter jedem Fenster standen, sollten niemand aus den eigenen Reihen treffen.

Die Spannung dieser zwei Tage und zwei Nächte bleibt mir für immer in der Erinnerung. Synesios schlief tagsüber ein wenig, während Chilos neben ihm wachte oder der Diakon Faustus, der aber fast jede Stunde einmal die vielen

Stufen hinabging, die Bewohner des Kastells mit seinen grimmigen Scherzen zu beruhigen versuchte und die Wachen kontrollierte. Wenn er wieder oben bei uns war, ließ er sich einfach auf den Boden fallen, auf den Bauch, legte die Arme unters Gesicht und schlief eine Stunde, manchmal auch zwei, und sprang wieder auf, goß ein Glas Wein hinunter, suchte nach seinem fürchterlich mit Nägel bespickten Keulenstock und machte sich erneut auf seinen Kontrollgang, leise Psalmen vor sich hinsingend – er müsse den Schutz der Engel spüren, sagte er, ihre Fittiche könne er manchmal hören –, und lachte hinter seinen Worten her und hob seine Keule. Synesios versuchte diesen Diakon unter allen möglichen Vorwänden stets in seiner Nähe zu haben, und er gestand mir, daß diese Zuversicht eines naiven Glaubens und diese unerschöpflich pralle Physis des Faustus für seine Nerven ›Fett‹ seien; er könne sofort einschlafen, wenn Faustus neben ihm sitze. Die Kinder dagegen, die in unserm großen Schlafraum spielten, aßen und schliefen, blickte er kaum einmal an; nur wenn sie weinten, ging er, was er sonst nie tat, zu ihnen hinein, sang ihnen ein Liedchen oder machte ihnen schnell ein paar Tierstimmen vor, bis sie lachten.

Die Stunden dieser zwei Tage und zwei Nächte: Schnekken, die uns, eine um die andre, über die nackte Haut krochen. Ich zitterte manchmal unter der Kälte, die von der schier unbeweglichen Zeit ausging. Ich nahm dem Kindermädchen seine Arbeit ab, auch der Frau, die uns in einem Winkel des Raumes das Essen bereitete, aber es half nichts; alles an mir flog, ich verbrannte mir die Finger, und der erschreckende Schmerz wurde fast als angenehm empfunden.

Dann kam die dritte Nacht. Es war uns klar, daß der Feind nur aus dem Dunkel hervor den Sprung gegen das Kastell wagte. Er konnte es ohne schweres Geschütz und lange Belagerung zwar niemals einnehmen, jedoch über die Wallmauer klettern, das Tor aufbrechen und das Vieh davontreiben, das war ihm, falls unsern Leuten der Mut ausginge, durchaus möglich. Außerdem, das befürchtete Synesios, konnten Andronikos und der Oberhäuptling der vereinigten Wüstenstämme ein Abkommen getroffen haben, nach dem die Beduinen von Süden her, die Kaiserlichen von Osten und Norden zur gleichen oder ungefähr gleichen Zeit angriffen – bei Andronikos war jede Missetat möglich.

Die Mondsichel neigte sich bereits gegen Westen, aber ich nahm das schöne Bild kaum wahr, sondern ging an eins der östlichen Fenster, wo Chilos stand. Er hob seine Fackel und lächelte mir mit erregter Miene zu. Alle Männer, die an den Fenstern standen, warteten seit Stunden auf das Hornsignal der germanischen Späher. Endlich erscholl es. Chilos hielt die Fackel an das von Synesios zusammengesetzte Leuchtgeschoß, bis es brannte, er drückte auf den Hebel, der stählerne Bogen sprang in die Gerade zurück, das Geschoß flog in die tiefblaue Nacht über die Wiesen dahin, ihm nach eine ganze Herde von flammenden Geschossen – und keinen Atemzug später schlug der Balkenarm der Wurfmaschine in die Höhe, krachend, polternd – und gleich darauf Geschrei, das vielleicht durch die Entfernung, vielleicht durch den Schrecken, die Wut, die Verwirrung halb erstickt erklang. Ich wäre gern zu Synesios auf die Plattform des Turms hinaufgeeilt, aber ich hielt mich an seine Anweisung, nicht einen Augenblick die Kinder allein zu lassen. Tutulina weinte, aber nicht ängstlich, eher verärgert, weil sie im Schlaf gestört worden war. Das Kastell summte von tausend Stimmen: tausend Fliegen, die sich unter dem Glassturz gefangen haben und immerzu nach oben stoßen, müde und vom genossenen Gift betäubt. Wirklich, die Angst war Gift in den aus dem Schlaf geschreckten Leibern von Menschen, die keine Erregung unterdrücken können, sondern sie unaufhörlich erbrechen müssen in Geschrei, Gejammer und gellendem Gebet. Dazwischen schlug die Schleudermaschine von oben in das gräßliche Stimmengemisch wie der Stößel eines Mörsers, zerstampfte das Delirium der Angst. Für einige Atemzüge wurde es manchmal still, bis der Turm aufs neue summte, brummte und vom Geheul aller Stockwerke überkochte. Auf den Wiesen wurde gekämpft, wieder sah ich in der halben Finsternis Menschen hin und herlaufen, »Menschen wie Bäume«.

Plötzlich kam Chilos auf mich zu, führte mich an eine der östlichen Fensterluken. Er duckte sich, wies hinaus und sagte nur: »Da!« Der Doroshof, der aufgegebene, von keiner Hand verteidigte Doroshof brannte! Die Flammen schrieben mir des Andronikos Namen in die Nacht. Chilos konnte es zunächst nicht fassen, daß der kaiserliche Feldherr das Haus des ersten Notablen in Brand schoß! Da kam Synesios und berichtete, was er von den Meldeläufern erfahren hatte: die Hunnen seien dabei, die kaiserlichen Truppen aus dem Rücken anzugreifen. Das Wüstenpack hatte seine Toten auf der Wiese liegen lassen und sich in die Wälder zurückgezogen, die Germanen hatten ihre Pferde allesamt lahm gemacht.

Im Turm ebbte der Lärm langsam ab, Synesios brauchte nicht laut zu sprechen. Er nahm Abschied von mir, er müsse fort, zum Doroshof. Und er versuchte, mich zu beruhigen, seltsamerweise mit keinem Wort der Philosophie, er zeigte vielmehr auf den Diakon Faustus, der mit großen, eiligen Schritten herankam und ihm zurief, die Kohorten seien angetreten. Ehe Synesios ihm folgte, sagte er schnell: »Ich verlaß mich auf dich, Prisca! Chilos hat das Kommando im Turm. Es wird gut ausgehn – wenn nicht: du hast den Tod als Retter bei dir!«

Es war still geworden im Turm, viele schliefen, von den Schrecken erschöpft, andre flüsterten miteinander, aber es gab auch noch solche, die leise vor sich hinweinten: die Tränen sind für die Seele, was der Schweiß für den Körper ist, ich spürte es in dieser Nacht.

Ich saß an den Betten der Kinder und blickte von Zeit zu Zeit gegen den Doroshof hin. Die Entfernung war zu groß, als daß unser Ohr an den Geschehnissen um die geliebten Mauern teilnehmen konnte. Das Sehen wurde davon nur angestrengter, angstvoller – Flammen versanken, anderswo stiegen andere auf. Das Lagerhaus hinter den Platanen mußte ganz ausgebrannt sein. Ich stellte mir den Säulenhof vor – den Hausaltar mit den Aschenurnen, das kühle Atrium, all die weißen Wände, auf denen Licht und Schatten einander nachgerückt waren: das Licht dem Schatten, der Schatten dem Licht. Ich schloß die Augen, lehnte im Gefühl meiner Ohnmacht den Kopf an die kalte Mauer und befand mich im Doroshof, aber nicht in diesem dort, wo Flammen und Schwerter zuckten; mein Doroshof war für Lärm und Zerstörung unerreichbar, er schwebte wolkenhaft im unendlich stillen, unendlich weiten Raum der Erinnerung. Und alles, was ich sah, war so wirklich, wie es die realen Dinge nicht sein können. Ich sah Synesios im Säulenhof, er kam aus dem Schwimmbecken, das weite, weiße Badetuch um sich geschlungen, wie seine Vorfahren es trugen vor tausend Jahren, aber ohne es zu wissen – oder spielte er doch ein wenig Vergangenheit? –, und ging an den Kindern vorbei, lächelnd und ein wenig scheu, als wären es seine eigenen Gedanken, nein, Fragen, die sich ihm plötzlich in den Weg stellen könnten – und Tutulina stellte sich ihm gerne in den Weg. Ich sah Xenophon, den lautlosen, mit dem Mund so klein und rund wie eine Walnuß, wie ein Goldstück. Und Vater Zosimos, der seinen Stock gegen das zu leicht geschürzte Kindermädchen hob, daß es kichernd vor ihm davonhüpfte; und der spinnige Titi, der die Arme gegen mich erhob, drohend und bittend zugleich. Und da sah ich die Ankervase im Männersaal, zu schade für Andronikos – besser, daß sie vom Sockel gestürzt in Scherben herumlag wie all das andre – ach, die Bücher! – und die Goldgläser und –

Ich blickte wieder durch die Fensterluke, sah Flammen und von hinten her weiß und rot angeleuchteten Qualm, der sich wolkig wand, Funkenfontänen und hinter den Platanen ein rotes Zucken, dachte an den Thunfischer von Berenike, der nun kaiserlicher Heerführer war, sah ihn bis zu den Hüften in den Netzkammern, in zuckenden Fischleibern stehen, in Blut, sein Messer blitzte hinter dem schwarzen, angekohlten Geäst. Und Gottes Sterne – oder waren es Brandfunken? – blinzelten von oben, teilnahmslos, eben wie Sterne, die dem Menschen alles anheimstellen, sich nicht einmischen, mit wieviel frommen Geschichten von dem parteinehmenden Zorn des Himmels die Heiden, Juden und Christen sich auch zu erzählen wissen. Ja, nun konnte Andronikos brennen und morden, soviel er wollte – er würde uns belagern, wochen-, monatelang und dem einfachen Volk, das keine drei Tage und Nächte tapfer und besonnen ausgehalten hatte, er würde diesem Volk alles versprechen: Wasser und Brot, das Leben und den Frieden – und Synesios als die einzige Ursache ihrer Leiden darstellen – und dann, eines Tages, wenn das Wasser zu Ende ging, das Fleisch, das Brot – ich mochte nicht weiterdenken. Ich nahm das Fläschlein mit dem Gift zur Hand, stellte es wie ein höchst zerbrechliches und kostbares altes Duftglas hin, stand auf, um den Kindern und uns allen den Morgenbrei zu bereiten. Durch die groben Fensterluken drang unendlich langsam und grau ein Morgen, dem ich nicht anmerken konnte, was er in seinem Mund verborgen hielt. O dieser Morgen! – ein ausgemergelter, trauriger Glasbläser, der dann langsam mit seinem Atem diesen Tag aufblies: weit, blau, durchsichtig, eine ganz runde, ganz vollkommene Kugel aus Licht und Gnade.

Synesios kam inmitten seiner Krieger zurück, er breitete die Arme, als er in unser Turmgemach eintrat, hieß seine

Begleiter vor der Vorhangtür warten und eilte dann auf mich zu, er rief: »Gerettet!«, riß mich an sich, rief noch einmal: »Ja, gerettet, hörst du?«, lief zu den Kindern, hob sie aus den Betten, stieß immer aufs neue ihre Namen hervor, auch den von Tutulina, dann lief er zum Vorhang, winkte seine Gefährten herbei: Chilos, Faustus, Leonidas, den Pädagogen und einige der jüngeren Kohortenführer, und jetzt erst fand er die Worte, die ihm seine freudige Erregung jedoch immer noch durcheinandertrieb, aber ich verstand: die Hunnen, Klumpen aus dem Dunkel der späten Nacht, standen plötzlich hinter dem Rücken der geradezu behaglichen Belagerer, und es rasselte, klirrte, der Boden pochte. Erst als den Soldaten die Pfeile der Hunnen im Rücken brannten, bemerkten sie, daß diese mit zerfetztem Gewölk erfüllte Dämmerung nicht nur günstig für sie, die Belagerer, war, das ungewisse Morgengrauen half auch den Pferden der Hunnen, daß sie nicht stolperten, und daß die Pfeile ins Ziel fanden, in das dichtgeballte Fleisch der Kaiserlichen, die in aller Ruhe ihre Brandpfeile an ihren Fakkeln entzündeten und damit den Hunnen beleuchtete Zielscheiben darstellten. Als ihrer hundert sich stöhnend auf der Erde wälzten und immer noch niemand begriff, was eigentlich geschah, pfiff und zischte die Luft von den Wurfspeeren, und die Hufe der Hunnenpferde trommelten. Und so kam es über sie: Gewieher, Geheul, Pferdeköpfe – ungewisses Blinken und Blitzen und schließlich das malmende, fressende Geräusch der Steppe, das selbst ihnen, so versicherte Synesios, die im Schutze eines vorgerückten Turmes dem Kampf zugeschaut hatten, das Blut in den Adern stokken ließ.

Die Hunnen, ihrer nur vierzig, hatten innerhalb einer halben Stunde dies in den Garnisonen versackte Heer geschlagen, über fünfhundert Tote und tödlich Verwundete ließ Andronikos, der als Erster floh, vor den Mauern des Doroshofes zurück, den Rest von mehr als tausend Mann hatte der Schrecken auseinandergeblasen. Zum Schluß hatte Synesios sogar viele der vor dem Tor jammernden Soldaten vor den Hunnen gerettet, indem er sie schnell hereinließ. Die zitternden Burschen standen hernach mit den blonden Verteidigern des Doroshofes beim Löschen des Brandes in einer Reihe, das Schwimmbecken war vor der Belagerung frisch gefüllt worden und barg eine große Menge Wasser, das nun in den Ledereimern von Hand zu Hand geworfen wurde, bis es schließlich teils von Bäumen, teils von dem äußersten Ende des Umgangs herab den Flammen eine Grenze setzte.

Synesios war, als es vor den Mauern still wurde, zu den Hunnen hinausgegangen, hatte ihnen die ganze Beute überlassen, aber sie auch verpflichtet, alle Toten zu begraben; die Verwundeten sollten ins Kastell gebracht und von den Wundärzten, die Andronikos in Sold genommen hatte, gepflegt werden, aber die meisten starben noch in den nächsten Stunden.

Ich durfte mit den Kindern während dieses ersten Tages das Kastell, das sich langsam leerte, nicht verlassen: auf den Wiesen unterhalb lagen die von der Wurfmaschine und den Schwertern der Markomannen erschlagenen Beduinen. Von der Plattform her sahen die Häuflein aus totem Fleisch – auch weil die Wüstenkrieger meist braun oder schwarz gekleidet waren – wie große Maulwurfshügel aus. Ich wunderte mich über mich selbst, daß ich bei diesem Anblick keinerlei Mitleid, sondern nur Abscheu empfand. Als Chilos mich wissen ließ, daß die Germanen, aber auch die Griechen, die darangegangen waren, die Toten zu beerdigen – »die Wiesen zu säubern«, sagte er –, keinen der verwundeten Beduinen ins Kastell brachten, sondern sie wie halbtotes Raubzeug behandelten, hielt ich das für richtig – und das ließ mich später oft darüber nachdenken, wie lange gewisse religiöse Forderungen eingeübt werden müssen, um in Situationen, die sich an der Grenze unserer Kraft und

Einsicht abspielen, noch als selbstverständlich empfunden zu werden. Auch Synesios hätte es an diesem Morgen nach dem Sieg nicht geduldet, daß verwundete Beduinen ins Kastell gebracht worden wären: das waren keine Krieger, sondern Würger, Brunnenvergifter, Frauenschänder, Menschen nur noch dem Äußeren nach, mit keinem Tier- und keinem Schimpfnamen auszudrückende Mißgeburten aus Fleisch, Wüste und Bosheit!

Und doch: einer der Räuber wurde gerettet, ein noch junger Mensch, der sich in der Nacht mit einem gebrochenen Bein zum Waldrand geschleppt hatte, war dort im Gebüsch, als er vor Hunger und Durst weinte, von Tutulina und Phaidon nach ein paar Tagen entdeckt worden. Dieser eine fand, weil die Kinder ihn in ihre Gemeinschaft aufgenommen und ihm für Wochen das Asyl der Unschuldigen gewährt hatten, ja, er fand schließlich auch vor den Erwachsenen Gnade und wurde später ganz in unsre Gemeinschaft und unser Leben aufgenommen. Verlockend, diese Geschichte ausführlich zu erzählen, aber es geht ja hier nicht um meine Kinder, sondern ausschließlich um ihren Vater Synesios – und außerdem: das schöne Geschenk aus der Wüste, dieser wie aus braunem Kieselgestein geformte junge Mann – auch er wäre besser nicht gerettet worden!

Dieser Tag nach dem Sieg, dieser helle, glorreiche Wintertag erhielt gegen Abend noch eine Verklärung besonderer Art – Synesios und mir kam es geradezu vor, als wollte der Himmel mit uns wohlwollend scherzen. Wir standen beide auf der Plattform und schauten den Markomannen zu, wie sie die toten Beduinen an Haken fortschleppten. Wir drängten zugleich Phaidon und Tutulina von der Brüstung ins Zimmer zurück und versprachen ihnen, daß wir morgen, sicherlich aber übermorgen mit ihnen auf die Wiesen hinab und auch auf den Doroshof hinübergehen würden. Da hielt mich Synesios, als wir allein waren, plötzlich an der Hand fest, lächelte verwirrt und sagte: »Was machen wir nun – denk nur: ich habe mich ver-träumt!« Ich verstand diese Formulierung nicht, und er: ich wüßte ja, wie er bisher seinen Träumen vertraut habe – und zu recht. Nicht einer seiner echten, vom Pneuma geschaffenen Träume habe ihn je betrogen. Nun aber habe ihn ein Traum im Stich gelassen. Er sprach dann vom Sieg über Andronikos – ein folgenschwerer Sieg, das müsse ich mir klarmachen. Wir hätten mit den Hunnen und Markomannen, also früheren kaiserlichen Hilfstruppen, die Kaiserlichen besiegt. Die Folgen könnten nicht ausbleiben... Er müsse damit rechnen, daß ihm Andronikos einen Prozeß an den Hals hänge, indem er als Landfriedensbrecher und Rebell gegen den Kaiser angeklagt werde. Und es gebe dann nur noch einen Ausweg: Flucht! Selbst Aurelian, falls er überhaupt noch an der Macht sei, könne ihn vor solcher Anklage, die ja von außen gesehen auf Wahrheit beruhe, nicht retten. Diese Sorge habe ihn neben vielen andern in den letzten Tagen gequält. Und da sei er, neben Faustus sitzend, eingeschlafen – nur eine halbe Stunde – und habe diesen Traum gehabt:

Synesios stand auf dem Kastell neben Prisca. Da wurde eine schwarzverhüllte Gestalt hereingeführt. Eine Stimme rief: »Das ist er, der Dux Libyens. Verfahre mit ihm, wie du willst!« Da trat Prisca vor und band mit einem weißen Faden Synesios' Hände, und sie sagte: ›Töte ihn nicht, er ist der Feldherr des Kaisers.‹ Im gleichen Augenblick fiel die Hülle, ein ganz in Gold gepanzerter Mann stand vor ihm – nicht Andronikos, Synesios fragte den Goldgepanzerten, wer er sei. ›Der Feldherr des Kaisers‹, rief der Unbekannte, sprang auf die Brüstung der Plattform und flog mit auf- und abschwingenden Armen davon. Das war der Traum.

Und nun geschah etwas: Synesios neben mir blickte noch in die Richtung, wohin er im Traum den Engelartigen hatte entschwinden sehen, da kam Chilos herangeeilt: drunten stehe ein Bote – aus Konstantinopel – mit einem Brief von Aurelian. Ich erschauerte: der Traum erfüllte sich! Synesios brach das Siegel mit zitternden Fingern auf, las und breitete die Arme, er konnte nur ›mein Traum!‹ rufen und reichte Chilos den Brief. Wir erfuhren, daß Andronikos abgesetzt und der neue Dux ernannt sei: Anysios, der ehemalige Oberstkommandierende von Ägypten, ein ausgezeichneter Feldherr und untadeliger, in Philosophie und Literatur bewanderter Mann, der den Philosophen und Dichter Synesios kenne und verehre, »aus Deinen letzten Hymnen auf den Logos«, so schrieb Aurelian, »hat Anysios geschlossen, daß Du – endlich! – Christ geworden seiest. Möchte doch Anysios Prophet sein!«

Synesios stand von uns abgewandt da. So stieß er mit vor Erregung rauher Stimme hervor: »Mein Gott, wir sind also doch nicht allein! Nicht immer allein!« Und er befahl Chilos, sich zum Diktat bereit zu machen – er zählte alle Namen auf, an die er schreiben müsse.

Anysios, der neue Oberstkommandierende, schickte als Antwort bald darauf zwei junge Offiziere zu uns. Brüder, Söhne aus einer angesehenen Familie des Landes. Sie sollten die Hunnen und Markomannen, wie Synesios vorgeschlagen hatte, zu Anysios bringen, damit sie wieder ins kaiserliche Heer eingegliedert würden, aber in allen Ehren, »denn ohne sie«, so hatte Synesios in seinem Brief geschrieben, »wäre von uns nichts übriggeblieben als ein von Andronikos besudelter Name, den spätere Geschlechter mit Kopfschütteln, ja, mit Abscheu ausgesprochen hätten. Daß es Barbaren waren, Hunnen und Germanen, die uns aus solcher Gefahr errettet haben, ist für mich, der ich bis vor einem Jahr noch alle Barbaren auf die Weise der Griechen verachtete, eine mich demütigende Belehrung.«

Die beiden Brüder gefielen uns. Der ältere hieß Johannes, der andre Aemilius, er wurde aber von mir halb im Scherz Abel genannt, weil mir sein richtiger Name einigemale nicht einfiel. Er war, wiewohl durchaus kriegerisch aussehend, im Herzen sanft, und als er vernahm, daß die Kinder den verwundeten Beduinen unter ihren Schutz genommen, wollte er ihn sehen, zupfte ihn scherzend am Haar, ließ sich seine Wunden zeigen und sprach mit ihm, er verstand die Sprache der Wüste ziemlich gut.

Synesios dagegen hatte sofort den Johannes in sein Herz geschlossen und sprach den ganzen Tag mit ihm über Platon und über das Lexikon des Timaios, das Synesios mit ins Kastell genommen hatte. Die hochfahrende Heftigkeit, mit der Johannes – noch nicht dreißig – Synesios und oft genug sogar dem Timaios widersprach und gewisse Dunkelheiten bei Platon mehr mit einer sich brüstenden Stimme als mit überzeugenden Gründen zu erhellen versuchte – das stieß mich ab, während Synesios seine »herrliche Unbekümmertheit«, wie er sagte, in Kauf nahm und sich an der Belesenheit des jungen Mannes ergötzte.

Wir bedauerten, daß die beiden nach wenigen Tagen Abschied nahmen. Der Marsch gegen Süden enthielt für unsre jungen Freunde keinerlei Gefahren. Die wenigen noch im Land versprengten Wüstenreiter wurden, wo sie sich zeigten, nun sogar von der Bevölkerung verjagt, und Anysios riegelte das Land, was sich also doch als möglich erwies und wie es Synesios stets angestrebt hatte, in kurzer Zeit gegen die Wüste ab – mit Kastellen und Kamelreiterpatrouillen und einem neu ausgebauten Warnsystem aus Signalfeuern und großen Trommeln.

Nur einige Wochen später teilte uns Anysios mit, daß die Hunnen und Markomannen genau zur rechten Zeit eingetroffen und in der entscheidenden und wohl letzten Schlacht gegen die Maketen und Aurikaner, die bereits jenseits der Landesgrenzen stattgefunden hatte, seine besten Truppen gewesen seien – Barbaren könne man, so Anysios, eben nur mit noch wilderen Barbaren niederwerfen, vor allem, da neuerdings die Griechen (aber die Lateiner ebenso!), wenn sie sich überhaupt für den Heeresdienst nicht zu schade vorkämen, ihre Militärzeit ausschließlich in den Garnisonen zubringen möchten – bei Wein, Weibern und Würfelspiel. Aber es gebe noch Ausnahmen. Und Anysios lobte an dieser Stelle den Aemilius, der mit seinen Markomannen die Schlacht entschieden habe.

Nach dieser Nachricht erreichte uns später von irgendeiner Seite und mehr im Nebenher die andre: Johannes sei unter dem Verdacht, seinen Bruder ermordet zu haben, an der Spitze seiner vergrößerten Hunnengarde verhaftet worden. Von Anysios selber erfuhren wir dann Genaueres: Aemilius war bei einem abendlichen Ausritt in einem Tal dicht an der Grenze überfallen und mit dem Messer gemeuchelt worden. Aemilius hatte sich heftig gewehrt, seine Hände waren zerschnitten, und man fand in der Nähe des Kampfplatzes einen hunnischen Dolch. Offenbar war die Nacht über dem Kampf hereingebrochen, und der Täter hatte in der Dunkelheit seinen Dolch nicht mehr gefunden. Als man die Körper, Waffen und Kleider der Hunnen untersuchte, fand man einen, dessen Dolch fehlte und dessen Fellkittel Blutspuren aufwies. Auf der Folter gab er den Namen von Johannes preis, der habe ihn mit der Tat beauftragt, und er habe gehorcht, weil Johannes sein Befehlshaber sei. Anysios war von der Schuld des Johannes überzeugt: »Nicht die Herrlichkeit der Jugend, nicht der Glanz des Herkommens, nicht die Höhe der Religion noch die Fülle der Gelehrsamkeit bewahren den Menschen vor jenem Feind, der in seinem Innersten haust, der seinen Namen trägt, der mit ihm eins ist – und doch sein Verderben plant, das Verderben dieser Person, zu der er gehört als ihre dunkle unbekannte Rückseite. O Freund Synesios, auf wen können wir noch bauen, wenn ein so strahlender Stern wie Johannes die Finsternis mehr liebt als das Licht!«

Synesios konnte es nicht fassen und wies es weit von sich, an die Schuld des Johannes zu glauben. Es war noch im Kastell, als er Chilos diesen Brief an Johannes diktierte, dessen Abschrift ebenso wie die Briefe des Anysios und des Johannes hier vor mir liegt. In seinem ersten Brief bedauerte Synesios das grausame Geschick, das über Johannes verhängt worden sei, aber es sei ihm ja noch das Bewußtsein seiner Unschuld verblieben, diese letzte Insel seiner Seele, die vom Meer der Lüge und Schande, das ihn umdränge, nicht verschlungen werden könne. Und er verwies den unglücklichen Johannes auf die unschuldig zum Tod Verurteilten, eine lange Reihe von Namen, in der Sokrates und Jesus nebeneinander standen.

Die Antwort des Johannes auf Synesios' Brief bestand nur aus Klagen und einer abseitsredenden Angst vor der Folter.

Dieser Brief nun gefiel Synesios nicht, er begann zu schwanken. Und er schrieb ihm: »– wenn das Furchtbare durch Dich getan wurde, begib Dich in den Zustand des Büßers, ehe die Folterknechte Dich anrühren und Du Deine Schuld büßen mußt. Denke an die Unterirdischen, denen Du begegnen wirst, an die Totenrichter, Freund Johannes!«

Wenig hat mich so ergriffen an meinem Synesios und mir die Güte dieses reinen Menschen deutlicher vor die Augen geführt als diese Anrede. Wer nennt schon einen Brudermörder, der bereits in den Händen der Justiz liegt, seinen Freund! Und nichts hat mir deutlicher gezeigt, wie sicher und unbedingt christlich sein noch heidnisch sprechender Geist den Menschen in seiner Schuld sah und beurteilte, als die folgenden Sätze seines Briefes: »Wie die Walker die schmutzigen Kleider reinigen, so vollziehen die peinigenden Dämonen die Reinigung der Seele.« Und dann stellt ein Heide, zumindest ein Nichtgetaufter, einem Christen die jenseitigen Folgen seiner Tat vor die Augen – das göttliche Gericht: »Gott ist unendlich stärker als der Mensch! Die Wahrheit, die den Menschen noch verborgen ist, weiß die Göttin Dike: ihr alles schauendes Auge sah auch in jenes Tal in Libyen, wo die Tat stattfand; sah im Schleier der herabsinkenden Nacht das Ende des Aemilius; sah, was und von wem er es erduldete. Dike, die allessehende Göttin, jene, die sich zu Zeus setzt und ihm jedes Unrecht meldet, sie weiß, ob jenes Gericht, das über Dich ergeht, recht hat oder nicht, ob Du die Sünde Kains geplant hast und vor Gott schuldig bist – oder nicht. Bei den Menschen wirst Du nicht eher rein erscheinen, bis Du gerichtlich freigesprochen bist. Und wir können Dir nicht eher die Hand geben und mit Dir am selben Tisch essen, da wir die Rachegeister des Aemilius fürchten und nicht durch Deine Berührung verunreinigt werden wollen.«

In den letzten Sätzen weist Synesios den jungen Freund darauf hin, daß die Bande der Freundschaft nunmehr zerrissen sind. Es gibt für Johannes kein Zurück mehr. Falls er wirklich unschuldig wäre – was aber Synesios längst nicht mehr annahm – müßte das Gericht ihm seine Unschuld bestätigen. Ohne diese Entlastung stehe er außerhalb aller Menschen. Damit schnitt Synesios als ein guter Seelenarzt dem Johannes alle Verbindungen zur Welt ab, um ihm in grausamer Barmherzigkeit das Tor zur jenseitigen Welt zu öffnen.

Synesios schrieb in dieser Sache des Johannes, die für ihn abgeschlossen war, keinen Brief mehr, er wollte auch nicht mehr darauf angesprochen werden. Aber er grämte sich, sein Gesicht hatte die ihm eigne Heiterkeit verloren. Die Richter hatten lange gezaudert, einen Sproß aus so vornehmer Familie dem Henker zu übergeben und den unglücklichen Eltern die letzte irdische Hoffnung abzuschneiden, aber dann fällten sie, wie Anysios schrieb, den gerechten Spruch, und verurteilten Johannes und den Hunnen, der die Tat ausgeführt hatte, zum Tode durch das Schwert. Über das ganze Land ging eine Art von frommem Schauder, und man hörte selbst einfache Leute sagen, daß nun die Zeit des Andronikos vorüber sei. Andre dagegen fragten: wenn das Gericht gegen den jungen Johannes so gerecht und hart geblieben sei, warum dann die vielen, die noch Schlimmeres begangen hätten, nicht dieselbe Strafe erlitten? Und jedermann wußte die Antwort zu geben: Johannes hatte keinen Gönner und Beschützer am Hof des Kaisers, wie etwa der Senator Julius, Andronikos und viele andere in aller Öffentlichkeit ungestraft dahinlebende Verächter des Gesetzes. Andronikos behielt nach seiner plötzlichen Absetzung seinen Reichtum, und er genoß ihn drunten auf seinem Landgut am Meer nahe bei Ptolemais mit einem Schwarm von Schmarotzern und Schmeichlern, unter ihnen Provinzliteraten, die zum Ruhme des »christlichen Achilles« pindarische Oden ausplünderten. Und die Leute in Konstantinopel, die sich von diesen Oden beeindrucken ließen, hatten nie Pindar gelesen und sich nie mit den Dingen der Kyrenaika befaßt. Sie wußten nur, daß dieser vielbesungene und vielgelästerte Andronikos neben andern Eigenschaften vor allem diese besaß: er war in seinem Amt ein redlicher Räuber, das heißt: er bezahlte prompt und großzügig seine Zuhälter am Hof, und darum war er, wie Euoptios öfters zu bedenken gab, nicht auf dic Dauer aus dem Rennen zu nehmen.

Euoptios kam bald nach der Belagerung zu uns herauf, betrachtete kopfschüttelnd das Kastell, das er noch nicht kannte, schaute sich den durch Brand halbzerstörten Doroshof mit demselben düstern Kopfschütteln an und berechnete sodann den Vermögensverlust, der Synesios drohte, wenn nun die Sklaven, wie ihnen versprochen war, ihre Freiheit erhielten, ohne daß sie die Freilassungssumme bezahlen mußten. Er machte Synesios die Rechnung auf, daß sein Streit mit Andronikos und dessen Folgen ihn mehr als zwei Drittel seines Vermögens gekostet hätten, falls man die Freilassung der Sklaven nicht noch rückgängig machte. Und dabei sei es nicht ausgeschlossen, daß Andronikos der Sprung auf den Platz des Praeses doch noch gelinge und in diesem Fall Synesios seinen restlichen Besitz verkaufen und sich in irgendeiner Ferne eine Heimat neu erschaffen müsse. Mit der Spitze der Provinz in offener Feindschaft zu leben, dürfe selbst der Weisheit und Tapferkeit eines Synesios nicht gelingen, »denn gegen den, der das Gesetz unter seinen Dienern hat, vermagst du nichts«, klagte Euoptios.

Synesios widersprach nicht. Er ließ den Bruder reden, richtete den nur in Dach und Fach, aber nicht im Mauerwerk zerstörten Doroshof in einigen Wochen wieder auf, ließ dann, als die Arbeiten getan waren, alle Sklaven frei, bestätigte auch den Kolonen ihre Abgabenfreiheit für das kommende Jahr, wie es ihnen in den Tagen der Not versprochen worden war, und versammelte darauf an einem der nächsten Sonntage alle Hausgenossen zu einem Fest des Dankes im Gebetssaal, der nun durch einen großen Vorhang zu einer richtigen Kirche geworden war. Und Vater Zosimos predigte entzückt über den Sieg Davids über die Amalekiter.

An diesem Fest nahm Synesios die feierliche Freilassung der Sklaven vor – und zwar am Altar. Sie trugen alle Kränze, knieten, einer um den andern, vor ihm nieder, er gab jedem einen Backenstreich – den letzten von den vielen, die ihnen zugestanden und nicht gegeben worden waren – und jedesmal sagte er auf Latein: »Absolvo te!« Und zu jedem sagte er, was die Formel nicht vorschrieb: »Erkenne dich selbst und folge dem Gott.«

Viele unserer alten Hausgenossen weinten, besonders ihre Frauen, die mit brennenden Augen zuschauten und sahen, wie aus ihren Männern von einem Augenblick zum andern Freigelassene wurden, ebenbürtige Bürger, die nun hingehen konnten, wohin es sie zog. Aber die meisten blieben bei uns. Nur etwa ein Drittel zog nach und nach fort, in die Städte, wo sie ihr neues Leben begannen als Handwerker, Lastträger, Kirchendiener. Diese Fortziehenden kamen, sich von uns zu verabschieden. Wir wohnten nun wieder in unsern alten Räumen auf dem Doroshof. Da standen sie in dem schön erneuerten Säulenhof – der Hausaltar stand noch vom Brand geschwärzt, Synesios hatte angeordnet, daß dieses Brandmal aus Stein nicht wegpoliert würde. Und der Hausherr gab jedem Abschiednehmenden die Hand und ein gutes Wort.

Was mich betrifft, so hielt ich mich in all diesen Entscheidungen meines Synesios zurück, manche verstand ich nicht ganz und sie taten mir im Hinblick auf meine drei Kinder weh, und ich gestehe, daß ich mich einigemale hinsetzte und zu rechnen begann, um den uns verbleibenden Rest des einst großen Vermögens festzustellen. Für den Fall, daß wir fliehen müßten, so überlegte ich, sollte man schon jetzt darangehen, die kostbare Bibliothek des Synesios nach und nach und ohne Aufsehen zu erregen in das Haus nach Kyrene verlegen, um sie von dort nach Athen oder Konstantinopel zu verfrachten. Desgleichen sollte man heimlich allen Grundbesitz verkaufen, noch eine unbestimmte Zeit als Pächter auf dem früheren Eigentum leben und die Verkaufssumme für die Kinder auf einer Bank in Konstantinopel sicherstellen lassen – so könnte man zu jeder Zeit mit leichtem Gepäck auswandern oder fliehen, wie man es nennen wollte. In solchem Schwanken verbrachten wir ein Jahr. Bald lebten wir in Gedanken in Konstantinopel, in Athen, und zuletzt mehr in Alexandria, eigentlich aber nirgendwo.

Heute weiß ich, daß ich in all meinen Sorgen den falschen Ausweg suchte, wenn ich auch nicht gerade jene Frau war, die Laokoon aus mir gemacht hat: eine ganz in Besitz- und Machtfragen verstrickte Jezabel, die ihren Mann auf den Weg der Rebellion gegen die staatliche Obrigkeit (sprich: Andronikos!) gedrängt hatte – und nun gar ihn, Synesios, an die Spitze des Landes bringen wollte und dabei »die zarte Stimme Gottes überhörte, die Synesios doch in eine ganz andre Richtung trieb!«

Während nun ich und ebenso Synesios an Flucht dachten

und sie in Einzelheiten zu überlegen begannen, tat sich uns eine rettende Möglichkeit auf: der Metropolit von Ptolemais starb plötzlich, und Synesios, der noch nicht getaufte, war zu seinem Nachfolger vorgeschlagen und auf dem Markt und in den Gassen bereits ausgerufen worden, ehe man noch den Erwählten befragt hatte. Als Euoptios mit dieser Nachricht zu uns heraufgeritten kam und sie, noch im Sattel sitzend, uns in feierlichster Heroldsprache verkündigte, starrten wir, ich weiß nicht wie lange, einander in die Augen. Dann schlugen wir, als hätten unsre Blicke diese Bewegung verabredet, die Hände vors Gesicht.

Der Erwählte

Für das Jahr 407 – und zwar auf einen Tag im April – war Synesios der Tod prophezeit worden. In unsrer abgelegenen Gegend gab es einige Ketzersiedlungen, bewohnt von kämpferischen Christen, die lehrten, es habe eine Zeit gegeben, da der Logos noch nicht dagewesen sei. Diese Ketzer, Eunomianer genannt, waren im Gegensatz zu den von der Kirche recht einfältig gehaltenen Katholiken in der Mehrzahl Theologen. Während unsre Bauern und Hausgenossen nur das Glaubensbekenntnis und das Gebet des Herrn und einige Psalmen kannten, brach aus einem Eunomianer, auch wenn er nur ein Schneider oder Gerber war, bereits beim dritten Satz, den er mit einem Katholiken wechselte, die Anklage hervor, daß der Katholik an drei Götter glaube, also ein Polytheist sei. Und wurde das Gespräch heftiger, sangen die Eunomianer nach der Melodie eines Gassenhauers aus Alexandria: »Einst – ist er – ni–nicht gewesen – und ni–nicht war der Gescha–aaffene!« Dem wußten die Katholiken nur ihr »Wesensgleich« und die Göttlichkeit des Sohnes und des Geistes mit ebenso lauter Stimme entgegenzuhalten. Dann kam es oft zu Handgreiflichkeiten, und die Katholiken zogen nicht selten mit zerkratzten Gesichtern ab, während ihnen die Eunomianer Schimpfwörter nachheulten. In den Kämpfen gegen die Wüstenstämme bewiesen die Eunomianer ihren kriegerischen Geist auf eine Weise, die Synesios und auch den Diakon Faustus beeindruckte. Sie marschierten in geschlossener Phalanx mit heiligen Liedern, die von wilden Weisen getragen wurden, gegen ihren Feind und waren mit Schild und Schleuder nicht fauler als sonst mit dem Wort.

Nun erschien eines Tages im Winter des Jahres, als die Wüstenstämme besiegt wurden, eine Abordnung von Eunomianern auf dem Doroshof, um Synesios für die Erbauung des Kastells und seine übrigen kriegerischen Leistungen im Namen der eunomianischen Kirche zu danken. Die Abordnung führte ein weißhaariger, sehr magerer Mann an, der so straff und aufrecht ging, daß es schwerfiel, ihn einen Greis zu nennen. Kaum daß die Abordnung im Säulenhof versammelt stand, trat der Alte vor, nannte sich selber Bischof und Feldherrn der Eunomianer, verbeugte sich und hielt eine Ansprache, dankte Gott für den schwer errungenen Sieg und im selben Atemzug »dem treuen Sohn Platons und Plotins, dem nicht wankenden Synesios« für alle seine Taten und Opfer und pries ihn, daß er inmitten des katholischen Heidentums ein so treuer Monotheist geblieben sei, der allein den Vater in seinem unzugänglichen Licht anbete und den Sohn und den Geist nur gelten lasse als Emanation, Geschöpfe, Abglanz.

Doch da hob Synesios die Hand und unterbrach den kriegerischen Bischof und theologischen Feldherrn. Er sagte lächelnd: »Gestern gerade habe ich bei der Lampe des unsterblichen Gottes berühmten Sohn besungen, das Kind, das er aus seinem Wesen seit Ewigkeit gezeugt hat: die ewige Weisheit, den verborgenen Samen des Vaters, den Weltenerzeuger, hört:

Sohn des Vaters,
du umschreitest das äußerste Rund deiner Schöpfung,
weidest die Herde der Sterne
und herrschst, Höchster, über die Chöre der Engel,
über die Schar der Dämonen.«

»Höchster?« Die Stimme des Alten bebte. »Meinen Sie

damit? – Verborgener Same des Vaters haben Sie gesagt? – wollten Sie damit etwa behaupten –?«

»Ich will sagen, daß er, der Sohn, das Pneuma austeilt, den Heiligen Geist. Daß er die Quelle alles Guten ist, daß er das Leben zur Ruhe bringt, die Woge der Materie zum Tragen des Sinns – er, der ewige, vor aller Zeit gezeugte Christos, der Sohn der Jungfrau.«

Die Stimmen der Eunomianer ballten sich hinter ihrem Führer zu einem drohenden Gesumm. Da trat der Bischof auf Synesios zu, näher und noch näher, so daß Synesios, der nicht zurückwich, die Augenbrauen hob in einer Art von herrischem Zurückweisen. Aber der Alte starrte ihn weiter an.

»Die Strafe Gottes!« rief er und wandte sich wieder zu seiner Herde. »Mein Traumgesicht! Ich sah einen Gotteslästerer sterben, doch erkannte ich nicht sein Gesicht. Wußte nicht, daß der weise Synesios ein Sohnanbeter sei. Jetzt aber haben wir es gehört. Und ich erkenne es wieder, was ich im Traum gesehen habe: das Gesicht des Synesios! Hört zu: er stirbt im nächsten Frühjahr – im Monat April, ich kenne sogar den Tag, aber er soll ihn nicht erfahren. Kommt hinweg von hier: das Salböl des Teufels glänzt auf seiner Stirn!« Und er schrie: »Der Vater – der Vater hat es gehört!«

Außer unserm hinkenden Ausurianer war kein Diener in der Nähe. Chilos saß bei Leonidas in dem neu errichteten Verwaltungsbau. Die Kinder kamen gerade aus dem Garten und trippelten quer durch den Säulenhof. Sie betrachteten die Fremden ein wenig scheu, offenbar hatten sie das Drohen des Bischofs gehört. Und Tutulina sagte, indem sie einen Augenblick vor dem Alten stehenblieb: »Warum schreist du so? Der Vater hört sehr gut!« Dann ging sie weiter, zwischen Phaidon und Paulus, die ihr beide die Hände hinreichten, der eine die rechte, der andre die linke. Die Eunomianer schauten genauso wie Synesios und ich den

Kindern nach, die im Atrium verschwanden, dann sagte Synesios: »Der Friede sei mit euch« und ging den Kindern nach. Die fremden Männer verließen stumm den Säulenhof, standen, nach dem Ausgang suchend, zwischen den gefleckten Platanenstämmen und folgten schließlich dem Türhüter, der ihnen aufschloß.

Ich ging sofort ins Kinderzimmer und fragte Tutulina, wen sie mit dem Vater gemeint habe – Synesios? Sie blickte mich erstaunt an: »Nein«, sagte sie, »den Vater oben!« Sie wies in die Höhe, »der hört alles und sieht alles.«

Ich beugte mich zu ihrem Ohr: »Dann bitte den Vater, daß er unsern Vater Synesios beschützt!«

Tutulina lächelte mich an, als hätte ich etwas Törichtes gesagt: »Das tut er auch so, ohne daß ich ihn bitte, weil er uns ja liebt – so – so liebt!« Sie breitete die Arme, warf den Kopf in den Nacken und drehte sich einmal im Kreise.

»Wenn aber einer – oder wenn viele, viele böse Menschen dem Vater Synesios den Tod wünschen – fürs nächste Jahr – für den nächsten April – – warum lachst du?«

»Weil das doch nicht geht«, sie lachte weiter in sich hinein, als wäre ich jünger als sie und hätte etwas Törichtes gesagt. »Gott macht doch alles selbst, der Vater!«

Ich tat überraschter, als ich es war. Natürlich, sprachs in mir – aber ich fragte: »Was du nicht sagst! Auch das Böse? Hat Gott, der Vater, unserm Xenophon den Kopf abgeschlagen?«

Sie blickte an mir vorbei zu dem neuen, aber nicht mehr geschnitzten und bemalten Balkenwerk. »Vater Zosimos hat gesagt: Gott macht alles. Alles!«

»Aber doch nicht das Böse!«

»Nein, Gott tut nie Böses. Das war der Hunne.«

»Warum läßt aber Gott den Hunnen das machen?«

»Weil es so sein mußte.«

»Und warum muß das Böse sein?«

»Wenn Gott es so will, ist es doch nicht böse.«

»So, das wäre nicht böse, daß sie den armen Xenophon getötet haben? Und du hast damals drei Tage geweint.«

»Weil ichs nicht verstanden habe. Weil wir Gott nicht verstehen können. Ja, wenn wir seine Hand sähen! Aber die ist so groß wie die Sonne, hat Vater Zosimos gesagt – und noch größer! Und diese Hand will er uns nicht zeigen.«

»Warum nicht?«

»Dann müßten wir nur noch zittern. Und Gott will nicht, daß wir vor ihm zittern, er ist ja unser Vater.«

Ich küßte Tutulina rasch und sehr heftig und lief ins Studio, wo Synesios über das Lexikon des Timaios gebückt saß. Er blickte gestört auf, dann sagte er, als hätte er seit einer Stunde mit mir gesprochen: »– einerlei, ob ers getan hat oder nicht, er ist schon deshalb schuldig, weil die Menschen, wir eingeschlossen, ihn des Brudermords für fähig gehalten haben. Oder ist das keine Schuld, wenn ich so lebe, denke, rede, daß die andern mich für einen Mörder, Dieb oder Wollüstling halten.«

»– einen Gotteslästerer«, fiel ich ein, »die Eunomianer halten dich für einen Gotteslästerer! Bist du nun einer?«

»Natürlich nicht! Die meisten Theologen glauben, die Wahrheit zu besitzen und verketzern, darin gewissen Philosophen ähnlich, den, der anders glaubt. Aber bei dem Brudermörder Johannes ging es ja nicht um religiöse Überzeugungen, es ging um ein von tausend und abertausend Gedanken, Worten und Taten im Lauf der Jahre erbautes Bild eines Menschen. Und dieses Bild war in den Augen des anderen das eines Brudermörders. Das – ist – Schuld!« Damit schlug er den Kodex zu und stand auf: »Wir müssen so leben, daß man uns unsere Philosophie glaubt, daß man sie uns ansieht. Dann können wir ruhig sterben – und wir bleiben gefaßt, auch wenn man uns Tag und Stunde vorhersagte. Dieser fanatische Bischof weiß nicht, was für einen Dienst er mir erwiesen hat!«

Da rief ich, meine Stimme spielte Ungeduld, aber sie

steckte voller Angst: ob er denn eine Prophezeiung, deren Ursprung derart klar zutage liege, wirklich ernst nehme? Und Synesios: »Immerhin tausendmal ernster als die Vorhersage des Euoptios. Der Alte hat einen Traum gehabt, Euoptios hat ein Gerücht kolportiert, das um die Ecksteine der Gassen wetzt. Daß ich im nächsten April sterben soll, liegt durchaus in der Möglichkeit, in ihrer geschlossenen Hand; daß ich Bischof, christlicher Bischof werden soll, Metropolit von Ptolemais, ist einfach Unsinn, Geschwätz, Seifenschaum aus den öffentlichen Bädern, vielleicht sogar ein Witz des christlichen Achilles. Ich kann es mir vorstellen, wie er über seinen Becher weg gröhlte: ›Nehmt doch den Synesios, der hat so schönes Haar, wenigstens am Hinterkopf! Soviel bringt er immerhin mit für das Bischofsamt.‹ Und alle haben pflichtschuldigst gelacht und den Witz weitererzählt. Nein«, sagte er abschließend, »davon wollen wir nicht mehr reden.« Und er sprach mehrmals den Namen des Basilios aus, was für ein anmutiger Christ das gewesen sei, und zugleich was für ein großer Hellene! »Und da hab ich doch in der letzten Nacht in seinem Brief den Satz gelesen, daß er seine ganze Jugendzeit im Streben nach einer vor Gott törichten Weisheit verschwendet habe. Was sagst du dazu?«

Daß er mir diese Frage stellte! Statt einer Antwort erzählte ich ihm mein Gespräch mit Tutulina. Er hörte mit gesenktem Kopf zu, unterbrach mich nicht, und als ich fertig war und auch das von der großen Hand Gottes erzählt hatte, die er vor uns verbirgt, damit wir nicht zittern, scherzte er: »Aber was sagt dazu euer Augustinus? Der ist doch so fürs Zittern!« Und nach einer Weile: »Der Same, aus dem diese kindlichen Gedanken stammen, kann nicht schlecht sein.« Schließlich mit ganz anderer Stimme: »Wir adoptieren sie natürlich – ich meine: unsre Tutulina!«

Da rief Vater Zosimos' Stimme aus dem Säulenhof. Ich eilte zu ihm hinunter, ich ahnte, es ging um die Taufe unsres Ausurianers. Und richtig: er begann damit, wie schwierig diese Taufe sich anlasse. Der junge Mann sei sehr intelligent, er habe ja schnell Griechisch gelernt, immerhin genug, um in die Glaubenswahrheiten der Kirche eingeführt zu werden. Aber nun habe sich unter den Hausgenossen eine Gruppe gebildet, die den Wüstensohn ablehne: mit diesen ehemaligen Mordbrennern dürfe kein Christ Gemeinschaft haben. Und wenn er getauft würde, wollten sie – »hören Sie nur, Frau Prisca! lieber Eunomianer werden, stellen Sie sich das vor! Wo bleibt hier der gesunde Menschenverstand eines Christen, überhaupt die Logik! Aber ich werde ihren erhobenen Arm unterlaufen, sie sollen meinen Stephanos – ja, so will ich ihn nennen, weil ihn Herr Synesios mit seiner Schleudermaschine gewissermaßen gesteinigt hat – ja, sie sollen meinen Stephanos zum Bruder haben, und wenn ich sie durch unsern Bischof aus der Kirche ausschließen lassen müßte, nur für ein paar Wochen, versteht sich. Aber da ist mir gerade jetzt der Metropolit gestorben. So eine Bande: vor ein paar Wochen noch Sklaven, jetzt ist ihnen ein ehemaliger Kriegsgefangener nicht fein genug, um ihn als Bruder anzunehmen.«

Die christliche Brüderlichkeit! Unsere Kolonen benahmen sich nicht besser als die Hausgenossen. In der Zeit, für die Synesios sie abgabenfrei gemacht hatte, verkauften sie uns ihre Erzeugnisse zu denselben Wucherpreisen, die man in den Städten bezahlen mußte. Leonidas kochte vor Wut und hatte Chilos und mir versichert, daß er diesen Mauleseln im nächsten Jahr wieder das normale Zaumzeug anlegen werde, durch die allzu große Güte des Herrn Synesios seien sie frech und üppig geworden und schlügen nach hinten und vorn aus.

In diesem Punkt stimmte Vater Zosimos mit dem Juden Leonidas überein. Wie fromm und hilfreich zueinander seien doch, so jammerte Zosimos nun bei jeder Gelegenheit, die Leute zur Zeit des Krieges gewesen, vor allem im Kastell. Ungefähr jeder habe jedem beigestanden, wirklich wie in der Zeit der Apostel in Jerusalem, der Heilige Geist habe das Kastell mit seinem einigenden Feuer erfüllt. Und jetzt: alles vergessen. Auch, daß Gott sie durch die Weisheit und Kraft ihres Herrn Synesios beschützt hat. Und daß sie noch vor Jahresfrist Sklaven gewesen sind! Aber das Schlimmste: sie haben vergessen, daß Christus sie in der Taufe zu Brüdern gemacht hat. Wie kann man so etwas vergessen! »Manchmal denk ich: sind sie überhaupt getauft? – richtig getauft? – oder hat die Taufe etwa nicht angeschlagen? – oder ist die Kindertaufe, wie sie jetzt leider üblich geworden ist, doch nicht das Richtige? Ich bin erst als junger Mann getauft worden, ich wußte, was ich tat, ich ging noch vorher ein paar Monate in die Wüste, wie der Bischof Johannes, dem sie in Konstantinopel jetzt so übel zusetzen, alle diese Huren am Hof!« Und Vater Zosimos ließ mich in seine Ängste und Zweifel hineinblicken, er wurde ausführlich, sprach über die Kirchenleitung, jammerte, wollte von mir wissen, warum es keine großen Bischöfe mehr gebe – »außer dem in Hippo und dem in Konstantinopel und« – er zählte noch einige Namen auf. Und warum die vom Geist ergriffenen Philosophen in die Wüste liefen – »statt, statt bei uns zu sein«, er blickte mich vorsichtig an, »wie Synesios. Ist er nicht wie ein Christ?«

Ich versicherte Vater Zosimos, daß ich, wenn es so sei, daran aber kein Verdienst hätte. »Ich habe ihm zumindest kein Weihwasser in den Wein getan!«

Synesios war in die Bibliothek gegangen.

Und da ließ Vater Zosimos seine Frage heraus: ob ich es vernommen hätte, was man sich erzähle? – daß Synesios für den Stuhl in Ptolemais in Aussicht genommen sei – »Synesios mein Bischof! – das wäre –« Vater Zosimos kamen die Tränen.

»Das sind Gerüchte, törichte Gerüchte. Überlegen Sie doch nur: Synesios ist verheiratet!«

Vater Zosimos senkte tief den Kopf: »Daran habe ich sofort gedacht. Die arme Frau Prisca, sagte ich zu mir selbst... Aber das weiß ich«, er blickte mich nun fordernd an: »Sie brächten jedes Opfer – für die Kirche!«

Ich konnte nur lachen, aber ich merkte, wie erregt ich war. Ich dachte jetzt zum ersten Mal: wenn das Gerücht doch wahr sein sollte? – wenn Synesios wirklich annähme? – und wenn der Patriarch von ihm das Opfer seiner Ehe fordert, derselbe Patriarch, der uns getraut hat?

»Wollen wir doch lieber von ernsthaften Dingen sprechen«, sagte ich. »Sie kamen doch wegen der Taufe unsres Ausurianers. Schon seit einer Weile hab ich mir überlegt: taufen wir ihn doch in unserm Schwimmbecken, keiner sieht es, keiner weiß es – und Synesios läßt ihn frei, und eines Tages ist er genau dasselbe, was die andern sind: ein freigelassener Christ! Was meinen Sie dazu, Vater Zosimos?«

Der Alte schmunzelte in seinen Bart hinein. »Das ist eigentlich gegen die Kanones, ich müßte mir bei meinem Bischof eine Erlaubnis holen. Aber nun sag auch ich einmal, was so viele sagen: ein Glück, daß der Bischof von Ptolemais tot ist! Ich denke, ich hol mir die Erlaubnis nachträglich – bei seinem Nachfolger...«

Noch etwas geschah an diesem Wintertag. Ein laufender Bote des Herkulanius kündete für den nächsten Tag die Ankunft einiger Herren aus Kyrene an, und er gab mir einen Brief, der nicht an den Hausherrn, sondern an mich gerichtet war. Herkulanius bat darin, für sich, den Bischof Olympios und die übrigen Herren ein Bad vorbereiten zu lassen, ihre Festtagsroben brächten sie selber mit. Der Anlaß erfordere es, daß sie würdig vor Synesios erschienen. Über den Zweck ihres Kommens kein Wort – man fürchtete offenbar, Synesios könne, wie andre vor ihm es taten, bei der Ankunft der Gesandtschaft auf und davon sein. Das Gerücht nahm Gestalt an.

Synesios nun war der Ansicht, daß er nicht fliehen dürfe,

er müsse die Abordnung empfangen, so wie damals, als sie ihm die Führung der Gesandtschaft an den Kaiser übertrugen. Diesmal sei seine Stellung unvergleichlich stärker, ja unbezwingbar. Und er zählte mir seine Einwände auf, mehrmals und in veränderter Reihenfolge, und es klang, als wolle er vor mir seine Rede erproben: »Nun wohl, meine Herren, aber ich bin, milde gesprochen, erstens ein Ungetaufter, nicht einmal ein Katechumene; zweitens – ich bin meiner Frau anvermählt und bleibe es; drittens – ich habe drei Kinder, deren Erziehung ich nicht aus den Händen geben will; viertens – ich bin in der christlichen Theologie unbewandert; fünftens – ich kann von einigen Punkten meines alten Glaubens niemals abgehen, weil meine Vernunft diese Punkte als wahr und darum als für mich verbindlich erkannt hat; sechstens – ich bin für die Heiligkeit der Bischofsweihe ganz und gar unwürdig und auch für das Amt ungeeignet; siebtens – ich lebe nicht nur in einer unauflöslichen Ehe, sondern auch in einer unauflöslichen Feindschaft mit einem Mann, der morgen zum höchsten Amt aufsteigen kann. Wenn aber der Präses und der Metropolit unsres Landes Feinde sind, kann dadurch die Einheit dieses Landes, sicher aber die der Kirche bedroht werden. Achtens – nicht nur, daß ich unwürdig und unfähig bin, das Bischofsamt zu übernehmen – ich liebe auch die Form meines bisherigen Lebens so sehr, daß ich überhaupt kein öffentliches Amt annehmen will. Ich habe bisher in der Einsamkeit meinen philosophischen Studien gelebt, der Dichtung, der Jagd und der Erfindung nützlicher Geräte, und niemand darf von mir mehr verlangen, als ich meinem Volk geben kann.«

Am übernächsten Tag erst langte Herkulanius mit den Senatoren und Bischof Olympios mit einigen Priestern auf dem Doroshof an. Der Regen hatte ihren Ritt erschwert. Es waren ihrer mehr als ein Dutzend, und wir hatten ihnen im Speisesaal das Lager bereitet. Gegen Abend desselben Tages klopfte Euoptios ans Tor und führte noch den Archidiakon von Ptolemais und einige Kleriker und Bürger aus Ptolemais herein. Wir beschlossen nun, alle im Verwaltungsbau unterzubringen. Leonidas ließ zwischen Ölkrügen und Weinfässern auf Stroh und Fellen behagliche Pfühle vorbereiten. Sie waren alle müde, aßen und tranken nur wenig und wagten zunächst kaum, Synesios, der bei ihnen saß, anzublicken.

Der Bischof Olympios, ein Jugendfreund des Synesios, saß in sich verschlossen und beinah verlegen da. Ich kannte die Geschichte dieses Mannes, dieses sanften Athleten, wie ich ihn Synesios gegenüber nannte. Er war zum Offizier bestimmt, wirkte dann eine Zeitlang als Verwalter der kaiserlichen Güter in der Kyrenaika und mußte in seinem Dienst ausgedehnte Reisen machen zwischen Konstantinopel und der Provinz. Noch selber keine dreißig Jahre alt, lernte er irgendwo im Norden Syriens, als Räuber die Militärstraße belagerten und er sich durch die Berge schlug, fast schon an der Grenze Kilikiens einen Einsiedler namens Symeon kennen, in dessen Höhle er übernachtete. Olympios führte Kisten voller Goldmünzen mit sich, und der Trupp Soldaten, der den Transport nach Konstantinopel sichern sollte, schien Olympios nicht zuverlässig, er fürchtete sogar, daß einige der Soldaten mit den Räubern in Verbindung standen. So bat er also den Einsiedler um seinen Schutz und ließ die Kisten im Inneren der Höhle unterstellen und ließ zugleich die Soldaten – und zwar, da er sie nicht gut kannte, alle! – in derselben Höhle für die Nacht Unterkunft nehmen. Er aber saß mit dem Eremiten draußen am Eingang und wachte.

In dieser Nacht, da er das Gut des Kaisers als gewissenhafter Beamter vor dem Zugriff der Untreue und Raubgier schützte, wurden ihm, der noch ganz in der Philosophie Platons und Plotins lebte, die Augen für das höchste Gut geöffnet – von einem Mann, der nicht lesen und schreiben konnte. Symeon war nur einige Jahre älter als Olympios. Aber seine Gestalt, genauso athletisch gebaut wie die des Olympios, schien nur aus Knochen und Leder zu bestehen und Hitze und Kälte nicht mehr zu spüren. Doch Symeon klagte, daß er noch lange nicht »in Form« sei. Olympios wunderte sich über die Ausdrucksweise des Einsiedlers und erfuhr, daß dieser einige Jahre als öffentlicher Ringer und Boxer in Antiochien gelebt hatte, dann aber seinen Beruf drangab und in die Einsamkeit ging, um, wie er sagte, mit Gott zu ringen und mit den Dämonen den lebenslänglichen Faustkampf zu beginnen. Diesen Kampf wollte er vor aller Augen ausführen, und zwar auf einer Säule, auf der er seine Abgeschiedenheit hätte und zugleich dem Volk nahe sein könnte. Denn er litt bei dem Gedanken, daß er in seiner Einsamkeit mit Gott umging, während die Menschen in den Städten ihn täglich mehr vergaßen und darum in Traurigkeit versanken. Auf einer solchen Säule zu leben – Symeon hatte es tagsüber und manchmal sogar des Nachts versucht – war aber kein Leichtes, wie er beteuerte, auch wenn man ein Gitter rings um das Kapitell zöge und gute Menschen einem gegen Abend auf einer Leiter Brot und Wasser und ein wenig Gemüse heraufreichten. Die Sonne bei Tag und die Kälte bei Nacht folgten einander wie Fieber und Schüttelfrost im Leib eines Kranken, und wenn man vermeiden wollte, nach ein oder zwei Wochen geschwächt aus dem Ring zu treten und dadurch die Kraft Gottes in den Augen der anderen in Frage zu stellen, galt es, die Übungen jeden Tag ein wenig zu steigern. Und Symeon zeigte auf einen Felsen, der sich in der Nähe seiner Höhle fast wie eine Säule erhob. An jedem Morgen kletterte er hinauf und verharrte jeden Tag einige Stunden auf dem steinernen Podest, nackt und barhäuptig – die Sonne, die ihn mit feurigen Ruten peitschte, war ihm zugleich Uhr und Schiedsrichter. Aber des Nachts in seiner Höhle liegend malte er sich aus, wie er eines Tages zusammengekrümmt oder hockend auf dem Kapitell der Säule auch ein paar Stunden Schlaf finden könne. Im Traum gelang ihm das schon, im Traum fand er auch schon Worte für die Zuschauer, aus denen er Zuhörer machen wollte: »Seht die Kraft Gottes, die mich Schwachen so stark gemacht«, würde er ihnen zurufen. Indes – wenn er auf seiner Streu erwachte, oft erst gegen Morgen und seiner Schwäche inne wurde, fand er ein anderes Gebet und sagte es unaufhörlich in seinem Herzen, tausend und an manchen Tagen zehntausendmal: »Christus, du Sohn Gottes, erbarme dich meiner!« Und Symeon führte Olympios tiefer in das Gebet seiner Stärke und das Gebet seiner Schwäche ein und schätzte, daß er gewiß noch zwanzig Jahre beten und auf dem Felsen dort üben müsse, bis er imstande sei, auf die öffentliche Säule zu steigen und dem Volk zu zeigen, was der Athlet Christi vermag in dem, der ihn stärkt.

Am Morgen brachten die Soldaten die Kiste mit den Goldmünzen aus der Höhle. Olympios betrachtete noch einmal den Mann aus Knochen und Leder, dann verbeugte er sich tief vor ihm, ließ seine Soldaten sich ebenfalls vor Symeon verbeugen und zog mit dem Gold nach Konstantinopel, lieferte es am Hof ab und ging noch am selben Tag in ein Haus, in dem Mönche nach der Regel des Basilios lebten, und verließ es erst, als Johannes, der Goldmund, ihn zum Bischof weihte und in die Kyrenaika zurückschickte.

Olympios hatte Synesios von der Wende in seinem Leben erzählt, um ihm selbst zu dieser Wende zu verhelfen. Und nun war er wiedergekommen, um den Jugendfreund zu ermuntern, den ihm angetragenen Metropolitenstuhl anzunehmen. »Ich wäre dann dein Suffraganbischof, und vor niemandem möchte ich mich lieber beugen als vor dir«, so hatte er gesagt.

Aber das war auch alles, was der in gleichbleibend heiterem Schweigen sich verschließende Olympios an Überredungskunst aufbrachte. Doch ich wußte, daß er mit diesen wenigen Worten Synesios stärker bedrängte als die übrigen mit all ihren Gründen zusammen.

Herkulanius sprach von Kyrene, von der unruhigen Jugend und den nackten Philosophen. Aber da gab es einen Diakon aus Ptolemais, der als Sekretär des schon alten Archidiakons mitgekommen war: ein schwarzbärtiger, schlechtgewaschener, vor Kraft keuchender dreißigjähriger Mann, der bald das Gespräch an sich riß – etwa so: der Jugend müsse Schweigen und den Nackten sollten Kleider verordnet werden, von staatswegen. Es gelte, den Spuk zu bekämpfen, wo man ihn treffe: den Heidenspuk in den Köpfen der Philosophen, den Spuk der Empörung in den Köpfen der Jugend, die Kirche selber müsse sich der Autorität des Staates beugen. Herkulanius unterbrach ihn und sprach von diesem entsetzlichen Wetter, der Regen habe Weg und Steg überschwemmt, quer durch die Bäche hätten sie waten müssen! Und darauf der Diakon aus Ptolemais: ach was! so ein richtiges Wildsauwetter mache ihm Spaß. Da habe er vor kurzem einen Versehgang gemacht, keinen Hund hätte man vors Haus gejagt, und er, auf seinem Maultier, in die Berge hinauf, der Regen sei nicht das Schlimmste gewesen, aber die Wege! Und die seltsam frühe Dunkelheit – ganz unnatürlich wehende, schwarze Schleier, als ob Bäume ihn begleiteten, beschirmten – war das nun Wald oder was war es? Und schließlich die Schlucht! Er kannte die Gegend, aber nicht diesen seltsam scharfen Einschnitt des Weges. Und das Wasser in der Schlucht, es stieg und stieg, das Maultier rührte und ruderte mit den Beinen in der Lehmbrühe, schwamm schon fast – und da überm Rand der Schlucht: zwei nackte Gestalten, Männer mit Bocksnasen, »die näselten, nannten mich beim Namen, ich solle mit dem heiligen Brot umkehren – der Bauer Misenos sei schon gestorben – ›du kommst zu spät, Diakon, kehr um, sonst wirst du noch ersaufen‹ meckerten sie, immer dasselbe, bald der eine, bald der andre – besser *die* andre, ja, ich bemerkte jetzt erst, daß die zweite Gestalt ein Weib war, sehr üppig, aber auch mit dieser Bocksnase. Ich wußte sofort: Pan oder Silvanus? Aber daß sie zu zweit gekommen waren! Vor Pan allein hätte ich mich nicht gefürchtet, ihn hatte ich schon mehrmals gesehen, jedoch immer nur mittags – wenn er über eine in der Sonne knisternde Halde herabsprang. Aber jetzt regnete es, und es waren zwei –«

»Ah, das Ehepaar Pan«, Herkulanius' Stimme klang ernsthaft.

»Ja, und das war schlimm, denn das Weib des Pan begann zu schmusen: wenn ich lieb sei und umkehrte und nach Hause ritte, wolle sie mich glücklich machen; wenn ich aber weiter meinen Weg verfolgte, werde sie die Schlucht bis obenhin voll – ich kann es kaum sagen – also vollaufen lassen mit ihrem Wasser, das gräßliche Bocksweib – und tats, es rauschte die Böschung herab, ein Bach. Aber da hob ich das heilige Brot gegen die beiden und rief: Hapage satanas! und was glauben Sie: das Zischen und Rauschen und Strudeln hörte sofort auf, das Wasser sank in einem Nu, war einfach fort, so daß mein Tier fast auf den Boden gestürzt wäre; und Pan und Panin – es kann aber auch Silvanus und Silvana gewesen sein! – schrien, jammerten, als hätte ich ihnen mit meinem Fluch die Bäuche aufgeschlitzt, und waren fort, und der Regen hörte auf. Der Bauer Misenos, zu dem ich nun kam, erzählte mir mit sterbender Stimme, daß sie auch bei ihm gewesen seien, und daß die Panin sich ganz unzüchtig aufgeführt und sich zu ihm ins Bett gedrängt – und in sein Ohr geflüstert habe: ›O Misen, was warst du für ein gewaltiger Bursche. Und jetzt? Willst du, dann machen wir dich wieder gesund. Aber du mußt uns von dem Brot, das der Diakon dir bringt, abgeben.‹ Stellt euch das vor! Doch Misenos schlug das Zeichen des Kreuzes, verfluchte die alten Götter, und da gerade trat ich an sein Lager und stärkte ihn zum Tod.«

Als alle betreten schwiegen, rief Synesios: »Misenos, das

war ein Gefährte des Odysseus. Komisch, wenn ein Bauer heute so heißt, und dazu noch ein christlicher Bauer. Überhaupt, welche Zeiten: da empfängt Misenos die Wegzehrung, Odysseus geht ins Kloster, und Sie – wie heißen Sie, Herr Diakon?«

»Laokoon.«

»Laokoon?« Synesios lachte laut auf, »– ja, und Laokoon, der Priester des Apoll, sitzt als Diakon vor uns und erzählt uns Spukgeschichten und findet ebensowenig Glauben wie der alte Laokoon bei den Troern. Oder, meine Herren, glauben Sie solche Geschichten?«

Olympios lächelte sanft vor sich hin, Herkulanius und seine Begleiter aus Kyrene schrien vor Lachen und hoben abwehrend die Hände. Euoptios dagegen gab zu bedenken, daß die alten Götter keine Erfindung der Menschen gewesen seien. Durch viele tausend Jahre hätten sie ihre Macht über die Menschen ausgeübt, und nun seien sie von Christus entthront und zu bösen Dämonen erniedrigt worden. »Und was die angeht – lest doch in den Lebensbeschreibungen der Väter! Auch meine Frau Praxedis hat einmal den Hermes gesehen, auf dem Dach unsres Hauses saß er, ein überaus schöner, vollständig nackter Mann von etwa achtundzwanzig Jahren.«

»So genau kann Ihre Frau schätzen?« rief Herkulanius. Und Euoptios: »Ihr von Kyrene seid zu aufgeklärt! Ihr glaubt nur an das Beweisbare.«

»An das aber braucht man nicht zu glauben«, warf Synesios ein, »allein das Unbeweisbare umfang ich mit meinem Glauben!«

»Hört ihr?« rief Euoptios. »Hermes auf unserm Dach, wie könnte ihn meine Frau beweisen?«

»Sinnestäuschung«, rief Herkulanius, »oder es war ein hübscher Einbrecher, der wußte, daß keine Männer im Hause waren und so ein nackter Mann auf dem Dachsims – wie hoch ist das Haus?«

Euoptios schätzte die Höhe auf höchstens sechs Meter. »Da war keine Täuschung möglich! Und sogar die Flügelschuhe an seinen Fußgelenken – alles da! Praxedis hat gute Augen, sag ich Ihnen.«

Ich schämte mich für Euoptios, denn diese christlichen Männer, jetzt sogar einige aus Ptolemais, machten allerlei unschöne Bemerkungen über die Nähe des nackten Hermes und die guten Augen der Praxedis, bis Synesios gebieterisch rief: »Gehen wir schlafen! Meine Schwägerin Praxedis ist eine fromme Frau und sie hat, wie alle Asketen, häufiger mit den Dämonen zu kämpfen als unsereiner. Gott gebe uns allen seinen Frieden!« Damit entließ er an diesem Abend seine Gäste. Nur Olympios blieb noch eine Stunde bei ihm, sie saßen im Studio und sprachen so leise, daß ich kein Wort verstand.

Im Laufe des nächsten Tages kamen noch weitere Gesandtschaften aus mittleren, näher gelegenen Städten. Die Herren hatten von der Zerstörung des Doroshofes gehört und wunderten sich bei ihrem Umhergehen, daß der Krieg, dessen schwarzer Atem noch da und dort an den Wänden hing, hinausgedrängt worden war – über die unsichtbaren Grenzen des Doroshofes hinaus und über die Grenzen des Landes. Die Namen Anysios und Synesios, so dichtete einer der Herren, flogen wie ein weißes Flügelpaar übers Land, die Bauern richteten wieder ihre von der puren Bosheit des Feindes zerstörten Taubentürme auf, und der so sprach, ein Priester aus Berenike, riet Synesios, doch das Kastell zu einem gewaltigen Taubenturm auszubauen, und er verwies vor allem auf den kostbaren Dünger, aber auch auf den Reichtum an köstlichem Fleisch. Doch Synesios lachte ihn aus: das Kastell müsse Kastell bleiben, solange die Wüste Wüste bleibe. Die Zeit der Taubentürme, da das Lamm beim Löwen liege, werde in diesem Aeon nicht mehr kommen, und selbst Christos habe die Zeit nicht friedlicher gemacht und die Menschen nicht besser, »wenigstens soweit man sehen kann«, fügte er hinzu, »es gibt einzelne, gewiß heilige Menschen, aber es gab sie zu jeder Zeit – oder war der Schwager und Freund des Aristoteles, der ohne ein Wort der Klage am persischen Kreuz starb, nicht auch ein Mensch, der die Welt überwunden hat? Und Epiktet und Plotin und so viele Weise, lebten sie nicht als Tugendathleten ebenso vorbildlich wie mustergültige Christen?«

Die Gäste senkten die Köpfe, keiner widersprach. Ich war mir darüber im klaren, warum mein Synesios so redete: er wollte das Christliche in sich verbergen. Denn er wußte ja – wie oft hatten wir zusammen darüber nachgedacht –, daß das Christentum nicht darin bestand, neue Tugend- und Lasterkataloge aufzustellen, sondern vielmehr in dem alles neumachenden Glauben, daß Gott über den Erde und Himmel trennenden Horizont hereingetreten ist in unsere Welt, in unsre Geschichte, in unsre kleinen Kümmernisse und großen Leiden, in unsre Hoffnungen, Irrtümer, Verzweiflungen. Indes – Synesios hütete sich, vor diesen ihn freundlich umlauernden Herren zu bekennen, was er wußte. Als Christ erkannt zu werden, bedeutete für ihn Gefahr.

Während des Nachmittags nun versammelten sich die Herren im Männersaal, ich kannte noch meinen Platz hinter dem Vorhang, wo ich damals seiner Erwählung zum Haupt der Gesandtschaft an den Kaiser beigewohnt hatte, nur daß diesmal, als ich mir mit der Fibel ein Loch in den Vorhang bohrte, mein Herz heftiger klopfte, angstvoller, diesmal forderten sie mehr von ihm – eigentlich alles.

Der uralte Archidiakon von Ptolemais sprach es gleich in den ersten Sätzen aus, was die Herren gestern abend, als hätte man Synesios noch eine Nacht schonen wollen, mit keinem Wort berührt hatten. Allerdings ging der Redner auch jetzt nicht schnurstracks aufs Ziel los, aber seine weinerliche, hohe Greisenstimme ließ niemanden im Ungewissen, als er von der verwaisten und verwitweten Metropolitankirche sprach, und wie das Volk nach einem Hirten umherblicke. So hätten einst die Kinder Israels zur Zeit der großen Dürre nach der Wolke ausgeschaut, und wie der Diener des Propheten Elias, so seufze der Klerus: Es ist nichts da! Aber wie der Prophet seinen Diener siebenmal auf den Berg geschickt habe, versicherte der Redner, so habe die Kirche von Ptolemais das Volk auf den Berg des Gebetes geschickt, bis dann endlich die Antwort gekommen sei, der Ruf: Siehe, eine kleine Wolke steigt auf aus dem Meer – sieht aus wie eines Mannes Hand – eines starken Mannes Hand! Also, beteuerte der Redner, habe sich der Klerus vom Volk belehren lassen, das Volk habe die Wolke entdeckt, den Namen, der altehrwürdig über Libyen glänze und durch frische Ruhmestaten seinen Glanz erneuert habe.

Aber den Namen der Wolke gab der weinerliche Redner noch immer nicht preis. Er begann vielmehr mit neuer Stimme, die jetzt den Predigtton ablegte und ganz nüchtern wurde, von einer bestimmten Synode zu sprechen, sie habe in Sardica stattgefunden vor ungefähr fünfzig Jahren. Auf dieser Synode hätten die versammelten Väter gefordert, daß ein Anwärter auf das Bischofsamt als unerläßliche Qualität ein hinreichend großes Vermögen nachweisen müsse. Zwar solle der Bischof auch unverheiratet sein, aber wenn von den zwei unerläßlichen Bedingungen: Reichtum und Ehelosigkeit für den Anwärter nur eine erfüllbar sei, könne in dieser Zeit dem wenn auch verheirateten, so doch vermögenden Mann der Vortritt gegeben werden; denn das Wort des Dichters ›Blut und Saft aller Dinge ist das Geld‹ bezeichne nicht nur außerhalb der Kirche eine traurige Wahrheit. Außerdem könne sich ja ein verheirateter Bischof gegen die Synode auf die Apostel und die frühe Zeit der Kirche berufen, ein armer dagegen – die Stimme des Redners brach ab, der alte Mann blickte sich verwirrt um, während die Finger der Rechten in seinem Bart verschwanden. Eine rhetorische Figur hatte sein Wort unversehens an den Abgrund der Wahrheit geführt. Ein verheirateter Bischof konnte sich also auf die Apostel berufen, ein armer Bischof dagegen nicht, so hatte er fortfahren wollen.

Was aber für uns, für Synesios und mich, im Augenblick wichtig war: man hielt ihn also für reich! Zum ersten Mal erschien mir der Befund, daß Synesios nach der Freilassung seiner Sklaven, dem Bau des Kastells und all den übrigen Hilfeleistungen und Verlusten vielleicht gar nicht mehr zu den wirklich Reichen zähle, als eine tröstliche Aussicht. Synesios mußte diesen neuen Verteidigungspunkt möglichst an die Spitze stellen! Aber da vernahm ich, wie der Redner die Freilassung der Sklaven zwar als eine christliche Tugend pries, doch im gleichen Atem darauf hinwies, daß nur der Reichtum eines Battiaden »eine solch maß- und selbstlose Verschwendung« möglich mache. Verschwendung – wenn ich, die Mutter meiner Kinder, so gesprochen hätte! ...

Durch mein Loch im Vorhang betrachtete ich, soweit sie mir zugewandt saßen, die Gesichter der versammelten Herren: Herkulanius blickte drein wie ein Mann, der seiner Sache sicher ist, er zupfte mit zwei Fingern an seinem Kinnwulst, nickte dem Redner beifällig zu, und als der seine Rede mit dem Namen des Synesios schloß, sprang Herkulanius auf und rief: »Freund Synesios, erinnerst du dich – im Saal bei Julius? Die Sonne dreht sich, und alles unterliegt der Veränderung! Heute wirbst nicht du um das Amt, das Amt wirbt um dich! Das Volk von Kyrene sagt: alles wird besser, wenn Synesios die Kirche der Kyrenaika regiert. Sogar die nackten Philosophen, die doch gegen alles sind, – gegen dich sind sie nicht. Sie nennen, wenn sie durch die Straßen ziehn, und gegen die Sklaverei wettern, dein Beispiel: ›Synesios gibt die Sklaven frei!‹, rufen sie. Du bist der Heros der Jugend und aller Gutgesinnten. Schweige nicht länger, Freund, nimm das Vertrauen des Volkes an.«

Dann sprang ein etwa vierzigjähriger Mann auf, mir kam sein Gesicht bekannt vor: schräg über seine Stirn zog sich etwas wie ein roter Faden, offenbar eine Narbe, die aber sehr säuberlich und mit sehr dünnem Messer gezogen war. Kaum tat er den Mund auf, erkannte ich ihn an dieser Kommandostimme, es war Goros, unser, wie der Diakon Faustus ihn genannt hatte ›schneller Hirsch mit der Löwenstimme‹. Er begann mit einem Lobpreis des Feldherrn Synesios, erzählte dann aber zunächst von seinen eigenen Heldentaten, ja, wie er sich damals beim Herannahen des Feindes aufs Pferd geschwungen und den Doroshof verlassen habe und wie er, um die Stärke des Feindes auszumachen, einige Hunnen ausgeschickt habe und dann – aber er wolle von der Tapferkeit des Herrn Synesios reden. »Was ich selber in dieser Nacht ausgestanden habe, darüber berichtet die rote Schrift auf meiner Stirn. Was mich, während das Blut troff und mir die Augen verdunkelte, was mich tröstete und im Sattel hielt, das war allein der Gedanke an mein Vorbild Synesios.«

Und er pries das Kastell, jeden Stein, jede Schießscharte, pries die »aus dem Haupt des Synesios entsprungene« Schleudermaschine, pries überhaupt den erfinderischen Geist des Philosophen, der wie einst Archimedes die Verteidigung der belagerten Festung selbst geleitet habe – und zwar besser als Archimedes, der ja den Fall von Syrakus »wie Sie alle wissen« – Goros blickte sich langsam um – »nicht verhindern konnte.«

Ein Lachen, das zuerst gequält und dann rücksichtslos klang, unterbrach den Redner. Synesios! Er lachte solange, bis – endlich! – zuerst Herkulanius und dann die meisten der Herren mitlachten. Die rote Linie auf Goros' Stirn wurde noch röter, während sein Kopf über sein reichbesticktes safrangelbes Prachtkleid bis auf die Brust herabhing.

Synesios schien als erster zu merken, wie armselig Goros dastand. »Danke, danke, lieber Goros!« rief er, »gut also, ich fühle mich wie ein am Leben gebliebener Archimedes, aber darum habe ich auch das Recht zu fordern: Zerstört mir nicht meine Kreise!«

Damit stand er ungestüm auf, dankte allen, die sich auf den Doroshof bemüht hätten, und damit sie nicht ganz umsonst gekommen seien, bitte er sie, ein paar Tage als seine Gäste dazubleiben, »wir wollen ein Fest feiern, ein Dankfest, daß unser kleines Syrakus nicht gefallen ist, ein Dankfest, daß unser Freund Anysios die Wüstenbrut aus unsern Dörfern und Wäldern verjagt hat«, und plötzlich mit der Stimme eines Menschen, der den besten Einfall seines Lebens hat: »– Anysios! – ja, er ist unverheiratet, reicher als ich, ein aller Ehren werter Feldherr und ein Philosoph dazu. Außerdem, er ist Christ, ein guter sogar, ein Mann ohne Tadel. Also! Da habt ihr ihn, euren Metropoliten! Noch heute abend schicken wir ihm einen Läufer mit unserm Beschluß.«

Er blickte um Zustimmung heischend umher, aber keine Hand rührte sich zum Beifall, sie blickten alle geradezu trotzig vor sich hin, oder in die Luft, nur wenige wagten, wie jetzt sein Bruder, ihn anzuschauen. Der zeusbärtige Euoptios hob nun sein schweres Prachtgewand mit beiden Händen von den Knien auf, sprang von seinem Sitz empor, die Erregung trieb ihm das Blut ins Gesicht: »Nicht Anysios!« Und dann kam die Begründung: Anysios' Vater sei ein Freigelassener gewesen, ein Handwerker, »ein Schuster, glaub ich«, Euoptios gewann an dem Wort Schuster seine Ruhe und Überlegenheit wieder. Außerdem: Anysios stehe im Verdacht, Eunomianer zu sein, worauf jemand, den ich nicht sehen konnte, Euoptios unterbrach mit dem Hinweis, daß der christliche Achilles überhaupt keinen Vater aufzuweisen habe und doch am Ende noch Praeses werde. Und was den Verdacht angehe, ein Ketzer zu sein – so sei davor keiner sicher, der irgendeinem berühmten Bischof ins Auge gerate, etwa dem von Hippo oder dem von Alexandria. »Wer seinem Gegner zuvorkommt und ihn schneller und kräftiger als dieser ihn verketzert, bleibt Sieger auf dem Schlachtfeld der Theologie, und so entsteht dann diese Art von Orthodoxie.«

Ich erschrak über den bitteren Mut dieses Mannes. Er war, wie ich von Chilos später erfuhr, ein kleiner unbekannter Bischof aus einem Ort in der Nachbarschaft der Wüste und versprach sich von einem Metropoliten wie Synesios Hilfe für seine versprengte und notleidende Herde.

Und wieder erhob sich Synesios, wirklich wie einer, der vor einem Tribunal steht und seine Unschuld beweisen soll. Das Wort Orthodoxie bot ihm Hilfe, und er sprach ernsthaft und ausführlich über seine Unwissenheit in den Fragen der Rechtgläubigkeit. Er zitierte sich selber, indem er einen Satz aus seinem ›Fion‹ sagte: »Die Stadt des Kadmos brachte, wie man erzählt, an demselben Tag geharnischte Männer hervor; aber von gesäten Theologen weiß kein Mythos was zu erzählen.«

»Das kommt noch, Herr Synesios!« Das war wieder die bittere Stimme des unbekannten Bischofs, »die Kirche geht daran, Zähne zu säen, um Zungen zu ernten. Und was wird hervorsprießen? Schriftgelehrte und Pharisäer, aber keine Theologen; Gesetzesmacher, aber keine Pneumatiker; Kirchenbeamte, aber keine – ach ja, die Diakone machen heutzutage alles: sie singen, unterrichten, bringen den Meßdienern die Rubriken bei – früher kümmerten sie sich um die Armen, die Kranken! Basilios baute Hospitäler – wir bauen Kirchen, immer größere, immer prächtigere, und dabei haben uns die Väter überliefert, daß wir unsre heiligen Geheimnisse überall feiern können, sogar in den Wohnungen der Armen, in einem Stall... Wir haben durch Jahrhunderte kaum Kultgebäude gehabt. Gott wohnt in uns, in unserer Seele, in unserm Leib – hier ist sein Tempel. Das lehrte Christus, das wußte Paulus, das erstrebte Origenes, das lebte Basilios, und all jene wollen es so, die auf den Stamm Platons das Reis Christos aufgepflanzt haben. Darum, und darum allein soll Synesios unser oberster Bischof sein, nicht weil er reich ist, sondern weil er das Reich Gottes will. Herr Synesios, geben Sie uns Antwort!«

Und noch einmal stand Synesios auf, er wischte sich den Schweiß, wiewohl es doch Winter und im Männersaal nicht sehr warm war. Er steckte sein Schweißtuch in den Ärmel seines Kleides, sehr umständlich, er schob das Tuch immer tiefer hinein und begann dann, zu dem kleinen Bischof gewandt, er müsse mit Homer antworten: »Bürschlein, ach, welch ein Wort entfloh dem Geheg deiner Zähne!« Der erwähnte Basilios habe gesagt: »Die Umstände erlauben keine freimütige Sprache.« Er nehme aber an, daß es unter den versammelten ehrenwerten Herren – Synesios blickte langsam von Gesicht zu Gesicht – keine Aufpasser gebe, keine gekauften Ohren, sondern nur Freunde. Sein Blick richtete sich gegen den Vorhang, hinter dem ich stand, und wo er mich auch stehen wußte, ich sah es seiner Miene an.

»O Freunde«, seufzte er endlich, »ich glaubte bis zu dieser Stunde, daß ich, was meine Entschlüsse angeht, ein freier Mann sei. Jetzt fühle ich das Wort des Euripides über mir: ›Kein Sterblicher ist frei!‹ Da ich Ihren Willen erkannt habe und da ich in Ihnen die Abgeordneten nicht einer Partei, sondern des Volkes sehe – und da ich mich diesem Volk nicht durch Flucht entziehen kann und darf, erkenne ich meine Unfreiheit an – und beuge mich. Doch damit ist Ihr Beschluß noch lange nicht rechtskräftig geworden. Sie können mich wählen, aber der Patriarch von Alexandria muß Ihre Wahl bestätigen, indem er mich weiht. Ich wende mich also an den Patriarchen. Den Brief, den ich ihm schreibe, lasse ich vervielfältigen und durch meinen Bruder Euoptios Ihnen überreichen, damit jeder von Ihnen feststellen kann, daß ich meinem Volk gegenüber aufrichtig gehandelt habe. Freilich: meinem Gewissen gegenüber muß ich mich ebenso aufrichtig entscheiden. Empfangen Sie also hier an dieser Stelle morgen abend meinen Brief, der genau denselben Inhalt hat wie der andre, der an den Patriarchen abgeht. Und nun seid meine Gäste!« Er hob die Arme und breitete sie wie der Priester am Altar aus, wenn er nach der heiligen Feier die Gemeinde entläßt. Dieses Armeausbreiten erschreckte mich mehr als seine bedingte Zustimmung, ich kehrte mich um und lief davon.

Am andern Morgen in aller Frühe ritt Synesios allein mit den Doggen aus, er hatte keine Waffe bei sich als Spieße und einen Hirschfänger.

Vom Umgang herab sah ich zu und hörte, wie er dem Pförtner und den Hunden ein paar beschwichtigende Worte zurief, der Mann fürchtete sich vor den Doggen.

Gegen Mittag bereits stand er wieder im Säulenhof, wohlgestimmt. Er winkte mir zu und rief: »Für die Gäste einen Eber! Und für den Patriarchen einen Brief, ich hab ihn fertig im Kopf.«

Dann aß er, aber allein, nahm ein Bad und ruhte ein paar Stunden. Vom Schlaf erfrischt kam er in mein Zimmer und begann, wie es so seine Art war, laut vor sich hin zu denken: also, früher sei es der Hermes gewesen, der die Reichtümer zuteilte, heute in der christlichen Ära sei es Gott selber, der nach unergründlichen Kriterien den Reichen ihren Reichtum und den Armen ihre Armut zuteile. Ob diese Lehre dem Monotheismus eigen sei, wo der eine Gott für alles zuständig sein müsse, oder ob die jeden Tag zunehmende Verweltlichung des Christentums daran schuld sei? »Im alten Griechenland genoß ein Kaufmann längst nicht das Ansehen, das ihm heutzutage die Kirche bereitwillig gewährt. Warum ist das so? Stützte sich am Ende die Kirche in den letzten hundert Jahren auf das Gold? ›Das Blut und der Saft aller Dinge‹, welch ein Wort in einem Mund, der das Evangelium verkünden soll! Und sieh dir doch diesen uns so wohlgeneigten Patriarchen an: indem er die Schüler des Origenes verfolgt, rottet er den griechischen Geist in der Kirche Alexandriens aus. Warum? Ist er wirklich gegen Origenes? Versteht er überhaupt eine Zeile von diesem heiligen und großen Christen? Origenes, das bedeutet: Geist. Theophilos: Macht! Er stützt sich auf sein Geld, seine Leibwache und auf die fanatisierten Mönche. Er schreckt vor nichts zurück, vor keinem Unrecht, keiner Gesetzesübertretung, wenn sein Spiel um die Macht diesen Einsatz fordert. Der Kaiser Theodosius hat die Erhaltung der ehrwürdigen Bauten unserer Vorfahren durch Gesetz befohlen. Theophilos zerstörte das Serapeion. Ewige Schande über ihn und seine dämonisierten Mönche! Jede Spur unserer Vergangenheit tilgt er, wenn die Mönche darin einen Teufelsfuß erkennen. Daran muß ich denken, wenn ich jetzt diesen Brief diktiere; ich muß in jedem Satz vor Augen haben, an wen ich schreibe. Für diesen mit dem Kreuz gezierten Brettspieler um die Macht bin ich ein Stein in seinem Spiel. Ja, erschrick nicht, Theophilos hat seine Hände in dieser Sache, Herkulanius hat es mir verraten. Und warum, glaubst du, hat der Pharao von Alexandria sein Auge auf mich geworfen? Weil er mich liebt? mich mit dir getraut hat? weil meine Mutter in ihrem Testament der Kirche von Alexandria Geld hinterließ für ein Waisenhaus, das nie gebaut wurde?«

Ich wunderte mich, wie klar Synesios sah. Der Hierarch brauchte Synesios, seinen Namen, seinen Einfluß, sogar seinen Charakter. Theophilos, der kalte Rechner, setzte sogar die Unerfahrenheit und die daraus folgenden Unsicherheiten in allen Fragen des bischöflichen Hirtenamtes in seine Rechnung. Synesios war bei aller kindlichen Vertrauensseligkeit zugleich ein Philosoph, dessen Denken am Bösen gewitzt und gewetzt war und außerdem, was wohl mit seinem Jägertum zusammenhing, ein Beobachter mit besonders geschärften Sinnen. Und so wußte er, mit wem er es bei diesem seltsamen Patriarchen zu tun hatte, und er war entschlossen, nicht in das für ihn aufgestellte Netz zu gehen. Das Amt einfach abzulehnen schien aus vielen Gründen nicht geraten, und an Flucht mochte er jetzt, da ihm das Volk von allen Seiten entgegenkam, nicht mehr denken. Einige Wochen später, in Alexandria, überkam ihn diese Versuchung noch einmal, und zwar am Abend vor der Konsekration. Aber die Folgen einer solchen Flucht, die für den Patriarchen eine Verhöhnung bedeutet hätte, waren nicht auszudenken. Außerdem: seine Familie befand sich noch auf dem Doroshof, und das hieß damals: in der Reichweite des christlichen Achilles, der, ungefähr am selben Tag als Synesios Bischof, Praeses von Libyen geworden war...

Darum gab es für Synesios, wenn er nicht ins Netz gehen wollte, nur die eine Möglichkeit: er mußte in dem Brief an den Patriarchen sich als dieses Amtes unfähig und zugleich unwürdig schildern. Und um diese Unwürdigkeit und Unfähigkeit in ihrem ganzen Ausmaß darzutun, mußte er den Abstand zwischen den Grenzen seines philosophischen Glaubens und den Dogmen der Kirche nicht nur besonders deutlich machen, sondern sogar übertreiben. Wenn er sich von den christlichen Dogmen distanzieren wollte, brauchte er nicht einmal zu lügen. Unser Verhältnis zu dem, was wir im Glauben für wahr halten, ist so wandelbar wie das Licht des Tages – und manchmal herrscht in uns Finsternis, und wir halten uns fest an dem, was wir sehen und mit den Händen fühlen.

Ich werde hier so ausführlich, weil ich fürchte, es könne jemand aus dem Brief meines Synesios entnehmen, daß er dem christlichen Glauben fern oder doch ferner stand, als es in Wahrheit der Fall war. Wenn er also schreibt, daß er nicht an die christlichen Mythen glauben könne, aber bereit sei, sie in der Kirche verkünden zu lassen, weil das Volk Mythen brauche und nur schwer oder nie den rein negativen Aussagewert der Dogmen begreife, so war das seine Überzeugung; aber daß er sie nicht, wie das heute so viele tun, verschwieg, ist eine Frucht seiner Aufrichtigkeit, aber auch seiner Absicht, die heilige Falle zu umgehen. So verwirft Synesios in seinem Brief etwa den Mythos von der Auferstehung des Fleisches, aber er ist überzeugt von der Unzerstörbarkeit der Seele. Und daß diese Seele sich nach dem Hingang des Fleisches eine neue Ausdrucksform schafft, war für ihn, den Platoniker, selbstverständlich, wie auch das die Seele reinigende Bußleben nach dem Tode. Aber er verschwieg in seinem Brief diese seine philosophische Glaubensüberzeugung von der unsterblichen Seele, ihrem Abstieg und Aufstieg. Der Patriarch war für ihn von der Macht geblendet, weshalb er ihn in ehelicher Geheimsprache einige Male den Polyphem nannte. Um seinem Zugriff zu entgehen, hängte er sich unter den Bauch des Widders und verkroch sich in der Wolle ebenso des Sagens wie des Verschweigens.

Der Brief an Euoptios und die noch versammelten Gäste beginnt in getragenem Tonfall, ich werde die Stimme des diktierenden Synesios nie vergessen:

»Ich wäre unverständig, wenn ich den Ptolemäern nicht Dank wüßte, daß sie mich für würdig erachten einer Ehre, die ich selbst niemals zu erhoffen wagte. Aber für mich ziemt es sich nicht, gierig die Größe dieser Ehre zu erwägen, sondern allein: ob ich ihr gerecht werden kann. Wenn ich mir selbst kritisch gegenübertrete, finde ich mich für die Würde des Bischofsamtes viel zu unvollkommen. Der Bischof muß ein vom Heiligen Pneuma erfüllter Mann sein, der wie Gott sich jeglicher Ablenkung enthält. Und er wird von unzähligen Augen beobachtet. Er steht vor Gott – und nicht allein, sondern als Vertreter aller. Er ist Lehrer und Künder des göttlichen Willens. Er hat die Aufgaben aller auf sich genommen und wird mit der Schuld aller beladen. Bedarf es da nicht eines großen und starken Herzens, um eine solche Last von Sorgen tragen zu können, sich von ihnen nicht den Verstand trüben zu lassen und den göttlichen Funken in der Seele nicht zu ersticken? Ich weiß, daß einige das vollbringen. Ich preise sie glücklich ob dieser Fähigkeit und halte sie für wahrhaft gotterfüllte Männer, da der unaufhörliche Umgang mit Menschlichem sie nicht vom Göttlichen trennt. Was aber mich angeht, so sehe ich mich in die Stadt hinab-, und aus der Stadt emporsteigen, jedesmal beschäftigt mit Dingen, die zum Irdischen ziehen, und verunreinigt mit wer weiß wieviel Schmutz.

Auch fehlt es mir an Kraft. Meine Gesundheit ist die eines Mannes, der bald ins Greisenalter tritt, mit Schwierigkeiten werde ich nur noch unter Mühen fertig. Und noch einmal: wenn mich jemand fragt, wie ich mir einen Bischof vorstelle, zögere ich nicht, ausdrücklich zu betonen: er muß anders als ich, er muß makellos sein! Vor allem möchte ich vor der Heiligkeit meines Patriarchen Theophilos die Wahrheit sagen und darum ohne Schuld dastehen.

Und nun ein Wort über meine Ehe. Gott hat mir das Gesetz, die heilige Rechte des Patriarchen Theophilos eine Frau gegeben. Ich sage und bezeuge es nun vor allen ein für allemal: daß ich mich nicht von ihr trennen noch wie ein Ehebrecher ihr heimlich beiwohnen will. Das eine wäre keineswegs fromm, das andre keineswegs nach dem Gesetz. Und ich wünsche und erbitte mir von Gott viele gesunde und liebenswürdige Kinder. Das alles soll jeder, der mich wählt, bedenken.

Es gibt aber da noch eine Sorge, gegen die meine übrigen Einwände nichtig erscheinen mögen. Es dürfte wohl niemals einem Menschen gelingen, von Überzeugungen zu lassen, die sich aufgrund wissenschaftlicher Forschung und Erkenntnis in uns gefestigt haben. Ich werde zum Beispiel niemals glauben, daß die Seele später entstanden sei als der Leib. Nie werde ich behaupten, daß die Welt als Ganzes zugrundegeht. Die weitverbreitete Ansicht über die Auferstehung des Fleisches halte ich für eine fromme Legende und werde dem nie zustimmen.

Der Geist verhält sich zur Wahrheit wie das Auge zum Licht. Wie das Auge nur zu seinem Schaden das Licht in seiner ganzen Fülle genießt, und wie den Augenkranken die Dunkelheit besser bekommt, so, glaube ich, auch dem Volk die im Bild gebliebene Wahrheit, während die unverhüllt flammende schädlich ist all denen, die nicht geübt sind, unverwandten Blicks auf das Wesen der Dinge zu schauen.

Wenn es nun mit den bischöflichen Rechten und Pflichten zu vereinbaren wäre – was mir aber unmöglich erscheint –, daß ich mich zu Hause wissenschaftlich betätige, außerhalb des Hauses aber Mythen erzähle, dann könnte ich diese Würde annehmen. Wenn ich schon nicht lehren darf, was ich denke, dann belasse man mir meine Überzeugung und verlange nicht, daß ich etwas widerrufe. Wenn man aber sagt, es sei nötig, sich beeinflussen zu lassen, und der Bischof müsse in seinen Ansichten ein Mann des Volkes sein, dann widerspreche ich dem ganz klar und deutlich. Denn was haben das Volk und die Philosophie miteinander gemein? Die Wahrheit über die göttlichen Dinge muß geheim bleiben; die Masse braucht andere Unterweisungen. Wiederum und zum wiederholten Male sage ich: der Weise soll anderen nicht seine Überzeugung aufzwingen, noch sich den Überzeugungen anderer unterwerfen. Wenn ich zum Bischof gewählt werde, dann ist es mir unmöglich, Lehren zu vertreten, an die ich nicht glaube. Dafür rufe ich Gott und Menschen zu Zeugen an. Die Wahrheit ist Gott wesenseigen; vor ihm möchte ich ohne Verrat an der Wahrheit dastehen.

In diesem einen Punkte kann ich nicht nachgeben. Auf alle möglichen Angewohnheiten und Annehmlichkeiten könnte ich dem Bischofsamt zuliebe verzichten, jedoch meine Überzeugungen werde ich nicht aufgeben. Wie ich denke, so werde ich reden. Indem ich so denke und rede, glaube ich, Gott zu gefallen. Ich will nicht, daß mir jemand nachsage, ich hätte meine Wahl zum Bischof durch Nachgiebigkeit gefördert. Nun weiß der Patriarch Theophilos alles, und nach dem, was er über mich weiß, soll er über mich verfügen. Entweder wird er mich im warmen Fell meiner Verborgenheit belassen, daß ich weiter philosophiere; oder er sieht keine Möglichkeit, mich vor der Bürde des Bischofsamtes zu bewahren, und ich muß gleichsam von einem Leben in ein anderes wechseln. Wenn aber, nachdem alles offenbar geworden ist, was ich nicht verheimlichen durfte, der von Gott Beauftragte mich in die Zahl der Bischöfe einreihen sollte, werde ich der Notwendigkeit nicht aus dem Wege gehen, sondern sie als einen göttlichen Befehl auf mich nehmen. Sorge dafür, geliebter Bruder Euoptios, daß alle, die mich gewählt haben, diesen Brief erhalten, so wie ich ihn dem Patriarchen übergebe.«

Der Tag im April

Nach Synesios' Abfahrt brachte mir Leonidas eine Lampe aus Bronze, die als Segelschiff gebildet war. Ich hatte bisher diese aus Ton, Marmor oder Bronze geformten Häuser, Schlangen, Schuhe, Schnecken, Mohrenköpfe und was alles sich Mühe gab, eine Lampe darzustellen, nicht gemocht, weil ich der Meinung bin, daß jedes Ding das scheinen soll, was es ist. Nun aber sah ich die Flämmchen auf Bug und Heck des Schiffleins mit träumerischen Augen an, rief auch, wenn ich nicht allein sein mochte, die Kinder herbei, erzählte ihnen von der Reise des Vaters nach Alexandrien, wo ihn der Patriarch taufen und zum Bischof machen wollte; und daß ihm der Patriarch ein Segelschiff, genau wie dies da, geschickt habe, nur größer, viel größer; und daß ihr Onkel Euoptios mitgefahren sei und der Herr Herkulanius und viele andere Senatoren aus den Fünfstädten; und daß der Patriarch die besten und freundlichsten Winde beim Aeolos für das Schiff bestellt habe, damit es wie ein Pfeil hinfliege zum Pharos von Alexandria, zum größten Leuchtturm der Welt.

An manchem Abend saß ich auch allein und schaute in die zwei Flammen und dachte daran, wie ich, als Synesios damals als Gesandter in Konstantinopel weilte, auf ähnliche Weise in meinem Zimmer gesessen, und wie mir Euoptios jenen Brief schenkte, den ihm der Student Synesios einst geschrieben hatte; und wie ich den schönen Brief über seine Abenteuer auf dem Meer benutzte, um bei ihm zu sein – bei Synesios. Aber bei welchem? – bei dem Studenten, der von Alexandria heimsegelte? – bei dem Gesandten, der zwischen Thera und Kreta kreuzte? – Und jetzt war noch ein Synesios dazugekommen: der Bischof Synesios, der Metropolit von Ptolemais, der sich auf der Heimfahrt befand, nicht mehr jugendlich ausgelassen wie der Student, nicht mehr der Mann in der Hoch-Zeit, der sich nach seiner Frau sehnte, nach seinen Kindern und der Geborgenheit in Haus und Hof, nach der Verborgenheit in seinen Büchern, nach seinen Hunden und Pferden, – nein, da kam ein ganz anderer, einer, den sich die nicht mehr ganz junge, aber auch noch lange nicht der ehelichen Liebe entwöhnte Prisca kaum vorstellen konnte: ein Mann, dessen sich die Kirche bemächtigt hatte, den sie mit der Handauflegung aus der Schar der übrigen Männer herausgeholt und auf den Thron gesetzt hatte, ein Mann also mit Würde und Einsamkeit bekleidet, der nunmehr allen gehörte, und auf dessen heiliges Leben alle jene Anspruch erhoben, die bereit waren, auf ihn zu hören und ihm zu gehorchen. Ein Mann, um den, wie man sich auf dem Doroshof erzählte, die alten Götter gerungen hatten, indem sie ihm auf der Jagd erschienen, ihn mit ihren Armen umschlungen und ihm versprochen hatten, wenn er sich nicht taufen ließe und nicht Bischof würde, ihm alles zu schenken, wonach er verlange: Verjüngung des Leibes, einen Ring, der ihn unsichtbar mache und aus jeder Gefahr errette. Sogar Nymphen, die im Wasser seiner Wälder versteckt lebten, boten sie ihm als geheime Spielgefährtinnen an, dazu eine Legion Faune, die nachts seine Äcker zu befruchten hätten, Bücher auch – das stammte wohl von Vater Zosimos! –, die der dreimalgroße Hermes verfaßt und in denen alle Geheimnisse dieser Welt durchsichtig würden. Und was sonst alles sich unsre heidnischen Christen als begehrenswert – auch nach der Taufe noch! – vorstellten, es war nicht gerade wenig.

Nun hatte mir Synesios über derlei Angebote nicht die

geringste Andeutung gemacht, während doch selbst die christlichen Asketen über Versuchungen, die von außen kommen und die überwunden wurden, gern und wortreich berichten.

Versucht wurde Synesios allerdings in diesen Wochen vor seiner Abreise jeden Tag und jede Nacht. Wohin sein Blick fiel, stieß er auf Gegenstände, die Erinnerungen hervorriefen und ihm zugleich klarmachten, daß er sich sowohl von dem Gegenstand als von der daranhängenden Erinnerung lösen müsse.

Und Prisca ging in jenen einsamen Wochen wieder einmal durch alle Räume des Hauses, durch alle Örtlichkeiten des Doroshofes, indes mit ganz anderen Gefühlen als jene Prisca, deren Mann als Abgesandter in Konstantinopel weilte. Die zwanzigjährige Prisca hatte damals die Welt des Synesios entdeckt; die Prisca, die zehn Jahre später durch dieselben Räume ging, nahm mit den Augen Abschied. Und wo sie das schwarze, noch nicht getilgte Brandmal der Belagerung an den Wänden und an manchen Gegenständen entdeckte, nickte sie verständnisvoll. Es war wie das Zeichen des Steuerbeamten, das diese auf einem Gegenstand, der dem Fiskus verfiel, zurücklassen. Wenn auch Mauern und Möbel Synesios noch als Eigentum gehörten, so doch nur wie einem, der den Tod erwartet und sein Testament schreibt. In diesem Hause würde er nicht mehr wohnen, oder doch nur für ein paar flüchtige Tage – wie in einem Hospiz, Gast im eigenen Haus. Die Hausgenossen, soweit sie noch da sind, haben andre Gesichter bekommen oder doch andre Augen: sie blicken dann den früheren Hausherrn so ehrerbietig an, daß der fröstelt und sich nicht mehr mit ihnen zurechtfindet und froh ist, wenn er ihnen den Abschiedssegen geben kann. Und die Pferde und Hunde – Jagdhunde im Palais eines Bischofs? Und es steht auch noch dieser letzte Besuch in der Waffenkammer bevor.

Prisca erinnert sich, wie Synesios seinen Bogen am Tag, bevor er nach Alexandria abreiste, in die Hand nahm, ihn streichelte und dann lächelnd der Zeit übereignete – das Holz den Bohrwürmern, die Sehnen den Ratten, die Saufeder dem Rost, den Hasenschläger der Hand eines Kolonen, und die Fangnetze – »ich werde nun andre Netze aufstellen, andres Wild fangen –«, sein Lächeln wurde bitter, »nachdem ich selbst ins Netz ging – gehen mußte!«

Und Prisca, die jene Jagdwaffen nie geliebt hatte, küßte sie: den Bogen und das Lorbeerholz an der Saufeder, das von Synesios' Hand und der Zeit glatt und der Haut angenehm geworden war wie der Tisch des Doros im Speisesaal.

Es war der fünfundzwanzigste April, der Mond stand im letzten Viertel, und die Nacht über dem Doroshof drehte sich lautlos, kein Wind und kein Tierschrei, die Bäume, nicht nur die in Blüte stehenden, waren vom späten Mondlicht mit scharfen, silbrigen Kanten versehen. Die Prophezeiung des eunomianischen Bischofs hatte ich vergessen, erst das stechende Licht des Mondes brachte sie mir wieder in Erinnerung. Im April also sollte Synesios sterben, und der Monat war schon fast vorbei. Wie ich bereits erwähnt habe, billige ich das Vermögen, Künftiges vorherzusagen, nur jenen zu, denen Gott es aus seiner ewigen Gleichzeitigkeit mitteilt. Wie hatte ich mich über jede Form der Mantik lustig gemacht, sogar über Synesios, wenn er seine oder der anderen Träume ernsthaft als Löcher ansah, die der Mensch in die Mauer der Zeit bohren könne. Nun hatte ich bis zu seiner Abreise versucht, ihn über die Prophezeiung des »bösen« oder »närrischen« oder »fanatischen« Alten – ich fand jedesmal ein neues Wort – bei jeder Gelegenheit und auf jede Weise zu beruhigen. Ich hatte sogar behauptet, daß dieser Bischof ein Ketzer sei, Ketzer aber gegen Katholiken sehr oft ihren blinden Haß austobten; daß außerdem Ketzer – auch das behauptete ich – die Gabe der Prophezeiung nicht besäßen, so wenigstens Vater Zosimos! Aber alle meine Beruhigungsversuche waren an Synesios abgeglitten, er hatte schwermütig an mir vorbeigelächelt, auch manchmal abwehrend ein wenig die Hand gehoben und etwas, das ich nicht verstand, vor sich hingemurmelt.

In dieser lautlosen Nacht nun, die von Stunde zu Stunde mehr aus der Hand Gottes zu entweichen schien und sich auf eigne Faust drehte, in dieser Nacht mit dem niedrig aus dem Osten einfallenden Mondlicht, das allen Dingen mit seinem scharfen Licht ebenso scharfe Schatten verlieh und sie lautlos auseinander zu spalten schien, in dieser Nacht sank mein Glaube an Gottes alles beherrschenden Willen dahin. Warum sollten nicht die Dämonen imstande sein, Künftiges zu erfahren und es ihren Schützlingen mitzuteilen? Die Dämonen wissen viel mehr als der im Fleisch lebende Mensch. Sie sind nicht an den Stoff gebunden und darum auch nicht an die Zeit, deshalb sagt man ja auch, daß sie Flügel hätten. Alexander, Caesar und selbst dieser Andronikos – sie hatten so ungeheuerlich viel Glück, und was bedeutet das anderes, als daß sie alles früher wissen als ihre Gegner? Und woher sollten sie ihr Wissen haben, wenn nicht von den Dämonen, die mit solchen Gewaltmenschen spielen – und durch sie die Ordnung der Welt durcheinanderbringen? Warum soll es so etwas nicht geben, so etwas: ein Dämon nähert sich dem Geist eines Schlafenden, dem Geist dieses schlafenden Bischofs der Eunomianer, und läßt die Nachricht in ihn hineinfallen – die Nachricht, daß Synesios von Kyrene am soundsovielten Tag des Monats April – und er ist bald vorüber – um soundsoviel Uhr sterben wird. Und warum der Dämon das tut? Um den Geist des Synesios durch den Todesschrecken zu binden, um ihn untätig und krank zu machen, zum Wahnsinn zu treiben. Und warum das? Vielleicht weil dieser Dämon den Synesios haßt und ihn nicht ruhig und ergeben sterben lassen will.

Ich schritt Stunde um Stunde auf dem Umgang umher,

umgetrieben von diesen Gedanken, die ich noch am Tag zuvor als närrisch von mir gewiesen hätte.

Gegen Mittag des andern Tages ritt Euoptios durch das Tor, rief: »Seid gesund und glücklich! Der Friede des Herrn mit euch!« und teilte uns mit, morgen komme der Bischof Synesios in Ptolemais an, er rief es mit feierlichem Dröhnen in die Platanen hinauf. Er selber sei auf einer schnellen Ruderbarke vorausgefahren. Und mir erklärte er dann: alles sei nun wohlgefügt – er blickte ergriffen zum Himmel hinauf –, Andronikos, der, wie ich ja wisse – ich wußte es aber bis zu diesem Augenblick noch nicht – gestern vom Kaiser zum Praeses der Kyrenaika ernannt worden sei, werde seinen feierlichen Einzug in Ptolemais mit dem des Metropoliten zusammenlegen. »Siehst du, Prisca, die Kirche hat doch recht gehabt, und wie sehr hat sie recht gehabt: der christliche Achilles, der durch das Stadttor einzieht und in seinem Triumphwagen zum Dom hinfährt – an der Dompforte wird er von Synesios empfangen, vor ihm kniet er nieder, empfängt seinen Segen, und dann ziehn sie beide in den Dom ein. Ist das nicht allerhöchste Fügung?« Euoptios' Augen glänzten feucht und quollen noch mehr hervor. Dieser stolz aufgereckte, bärtige Mann mit dem Jubel in der Stimme und den glücklich aufgerissenen Augen, er sah dumm aus, ich bemerkte es zum ersten Mal.

Ich sagte: »Komm, Euoptios, du bist hungrig und vor allem durstig. Und ich muß mich ein wenig ausruhen – deine Nachrichten haben mich durcheinandergebracht.«

»Aber warum das denn?« rief er vorwurfsvoll, »du bleibst doch, was du bist: seine Frau, wenn es nur das ist... Und nunmehr wird Andronikos –«

Ich hielt mir die Ohren zu und rief klagend den Namen meines Mannes. Und führte Euoptios in den Speisesaal und ging sofort in mein Zimmer hinauf; selbst die Kinder, die zu mir hereinkamen, wollte ich nicht sehen. Ich mußte alleinsein, wollte nach der langen schlaflosen Nacht ein wenig

Ruhe finden – aber die Unruhe trieb mich weiter umher. Später aber fand ich mich über den geöffneten Truhen, wie ich nach einem Kleid suchte, das für den morgigen Tag geeignet sei. Indes – ich fand keins. Das eine war zu kostbar, das andre zu schlicht: das eine zu weiblich, das andre ein Reitkleid, männlich und kurz. Und der Gürtel, die Brustbinden, der Schleier, der stolahafte Überwurf? Die Frage, wie die Frau eines Bischofs in der Öffentlichkeit gekleidet sein sollte – und dies am Tag seiner Inthronisation! –, schien mir unlösbar. Es gab dafür keine Erfahrungen, keine Vorschriften. Es mochte, wie mir Vater Zosimos versichert hatte, heute in der ganzen katholischen Kirche höchstens noch zehn Bischofsfrauen geben. Er hatte dabei seine Finger aus dem verbergenden Ärmel vorgeschoben und sie gespreizt, und mir kamen diese Asketenfinger seltsam nackt vor. Ich erblickte in ihnen die Bischofsfrauen, zählte ihre knochigen, runzligen Leiber, und als Vater Zosimos seine Hände wieder in der schwarzen Tunika verbarg, wußte ich etwas mehr vom Lose einer Bischofsfrau. In der Pentapolis gab es keinen einzigen verheirateten Bischof mehr, auch das hatte mir Vater Zosimos verraten, und erst recht nicht bei den Lateinern, hatte er schnell hinzugefügt, der Bischof von Hippo lasse ja sogar seine Priester wie in Klöstern leben, aber das wußte ich bereits. Im Orient da am Euphrat und Tigris und noch weiter gegen Osten, ja, da gebe es noch verheiratete Bischöfe und Priester, aber auch nur noch ein paar, was jedoch den Osten angehe, so sei da droben alles ein bißchen anders, und die Frauen überdies seien nicht so hoch gehalten wie bei den Griechen oder Lateinern – o nein! So eine mit einem Priester oder gar Bischof verheiratete Frau sehe man nie in der Öffentlichkeit, nur in der Kirche, und da beteten die Frauen wie bei den observanten Juden abgetrennt von den Männern hinter Gittern. Und diese Abgetrenntheit schien Vater Zosimos durchaus zu gefallen. Er fragte mich sogar, ob ich schon einmal die Frau des Leonidas oder eine der andern jüdischen Ehefrauen auf dem Doroshof gesehen hätte? – richtig aus der Nähe? Und er hob den Kopf, die Brauen, den Zeigefinger und lächelte siegreich. »Die jüdischen Männer sollen ihren Frauen sogar die Haare abschneiden; keiner weiß, was sich da unter den Kopftüchern verbirgt, im besten Fall doch wohl eine Perücke! Das sind noch Männer!«

So stand ich vor meinen geöffneten Truhen und dachte an Vater Zosimos. Ich war in einem Maße niedergeschlagen und verwirrt, daß ich einen Augenblick überlegte, ob ich ihn nicht um weitere Unterweisungen bitten sollte. Aber das hätte bedeutet, daß er auf mein Zimmer kommen und zehn Gewänder an mir hätte begutachten müssen, und das hätte der alte Asket seiner Männlichkeit niemals zugemutet. Außerdem, das fürchtete ich, hätte er mir wahrscheinlich geraten, überhaupt nicht hinzugehen, sondern mich gerade an diesem Tag wie eine orientalische Frau im Hause zu verbergen.

Ich fragte Chilos. Aber der erboste sich geradezu über seiner Antwort: wir seien hier in Griechenland und nicht im Orient! Wenn der Patriarch einen verehelichten Synesios zum Bischof geweiht habe, ergebe sich daraus die Stellung dieser Frau: ihr Platz sei neben ihrem Mann, bei Tag ebenso wie bei Nacht. Und wenn alle Asketen Numidiens und Ägyptens und Syriens und Palästinas dagegen ihre Zungen in Bewegung setzten. »Sie, Frau Prisca«, so rief Chilos, »sind nicht einem Bischof angetraut worden, sondern einem Manne, der später Bischof geworden ist. Und bei euch Christen ist die Ehe ein Sakrament, ein bis in den Tod bindendes Sakrament.«

Ach, dieser unbedingte Chilos, der sich stets für das Licht und gegen die Finsternis entschied, als wäre er kein Mensch, nie versucht, nie schwach, nie verwirrt! Ich gestehe, daß mich manchmal die Neugier beschlich, zu wissen, wie er sich entschiede, wenn er einmal in Versuchung geführt würde.

So wurde also beschlossen, daß ich am folgenden Tag an der Inthronisierungsfeier teilnehmen würde – aber auch Chilos konnte mir bei allem Nachdenken nicht sagen, in welcher Weise das zu geschehen habe. Synesios konnten wir nicht vorher um Rat angehen, er war noch auf dem Schiff und ebenso wie dort auch auf dem Weg zum Dom von Geistlichkeit umgeben, auf jeden Fall ausschließlich von Männern, die das Erscheinen der Ehefrau, die ihrem Mann in die Arme fällt, ihre Tränen, ihr Geflüster als unschicklich, zumindest als peinliche Störung empfunden hätten. Aber da warf Chilos die Truhen eine um die andre zu, griff sich an die Stirn, lachte und rief: »Ich hab es, Prisca!« Er lief fort und kam nach einer Viertelstunde mit einem Bündel auf dem Arm zurück. Er breitete es aus: Hosen, Knierock, ein Jagdgürtel mit silberner Schnalle, Kopftuch und Mantel, wie sie Chilos trug, wenn er über Land ritt. »Wir reiten zu zweit, Sie neben mir, als junger Mann«, befahl er, ohne auf mein Befremden einzugehen. »Die Frau des Bischofs steht nicht irgendwo in der Menge verloren herum, sondern sitzt, schwebt über den Köpfen der Zuschauer, ein junger Mann neben einem fast so jungen Mann, Gutsbesitzerssöhne aus der Provinz, die dem Metropoliten huldigen wollen – ich werde sogar das Kreuz Ihnen zuliebe machen, wenn der Bischof seinen Segen erteilt.«

Da ich um jeden Preis Synesios an diesem Tag, wenn auch mit Abstand, nahesein wollte und ich keine andre Möglichkeit als die von Chilos erdachte in meinem Kopf finden konnte, willigte ich ein, wiewohl ich wußte, daß ich mich damit dem Vorurteil der Frommen beugte und gleich beim ersten Mal. Aber es reizte mich auch, ich gestehe es, in meiner Verkleidung neben Chilos all jene zu verspotten, die der Frau nach jüdischem und orientalischem Muster den Kopf verhüllen und ihr den Platz in der Gesellschaft verweigern und dabei nicht imstand sind, einen Mann, der dicht vor ihnen im Sattel sitzt, als Frau zu erkennen.

Wir ließen Euoptios am andern Morgen in der Frühe abreisen, und sagten ihm, daß ich es vorzöge, Synesios und die Geistlichkeit mit meiner Gegenwart nicht in Verlegenheit zu setzen, worauf Euoptios mich lobte und mit einem Segenswunsch für mich in den Sattel stieg. Dann schickte ich die Kinder zu ihrem Pädagogen in die Schule, gab den Hausgenossen genaue Anweisungen für den Tag und vor allem für den Abend, falls der Hausherr uns besuchen sollte. Und danach begab ich mich in jenen etwas entlegenen Turm, in dem Titan festgesetzt worden war, zog mir dort die Männerkleider an und wartete auf Chilos, der bald mit den Pferden herbeiritt.

Auf der Militärstraße nach Ptolemais überholten wir Wagen aller Art, auch langsame Reiter auf Maultieren und Eseln, die ganze Provinz schien mit Kind und Kegel unterwegs zu sein. Bereits in den Gassen der Vorstadt merkten wir, daß sich ein besonderes Fest anließ: die Händler und Handwerker hatten die Türen vor ihren Läden geschlossen, was sonst nicht einmal am Sonntag der Fall war, nur ein paar Bartschaber hockten noch vor ihren Kunden auf den Bordsteinen, sogar die Wäscheleinen, die sich von Haus zu Haus spannten, waren leer, und die Stimmen der Wasserverkäufer klangen, wenigstens in meinem Ohr, geradezu feierlich: »Wasser, Wasser, wen da dürstet, der komme zu mir!« Die Männer neben ihren Eseln, auf denen die Wassersäcke lagen, sagten einen heißen und langen Tag voraus und priesen die Kühle ihres Wassers, das bald aus den »Grotten der Nymphen« geschöpft war, bald aus den »Klüften des großen Widders«, bald das Leben belebte, bald fruchtbar machte, die Männer, die Frauen! Ich hatte früher im Lärm der Straße nie die Worte der singenden Wasserverkäufer verstehen können, heute verstand ich und freute mich. Sogar das klingende Trippeln der Eselshufe, ein einzelnes Lachen, Kinderstimmen waren vernehmbar. Der Lärm und das Menschengewoge, das sonst diese Vorstadtstraßen erfüllte, war anderswohin abgetrieben – zum Hafen, zum Stadttor oder zum Dom hin.

Je tiefer wir in die Stadt vordrangen, desto mehr Köpfe und Stimmen umdrängten uns, aus der Richtung des Hafens tönten tierhaft die langen Tuben, schmetterten die Trompeten. Wir strebten zum Dom. Jetzt, da die Menge zum Hafen strömte, konnten wir uns dort vielleicht noch einen günstigen Platz sichern. Und so war es: wir fanden den Domplatz fast leer. In den Platanen saßen Jungen, die bunte Streifen aus Tüll in das Laub gewoben hatten, an den Wänden des Doms hingen schöne Gewebe, ein langer Teppich streckte sich wie eine rote Zunge aus dem halbkreisförmigen Domportal hervor. Wir brachten unsre Pferde nahe an die aufgehängten Schmucktücher heran, um uns im Schatten der Kirchenmauern vor der Sonne zu schützen, die schon kräftig brannte. Ein schwarzgekleideter Mann, offenbar ein Priester oder Diakon, näherte sich uns, verbeugte sich stumm und blieb zwischen unsern Tieren stehen. Bald darauf faßte er mit seiner Linken den Zaum meines Pferdes, dann mit der Rechten den von Chilos' Pferd. Wir blickten uns über seinen Kopf weg fragend an, wir konnten sein Verhalten nicht verstehen. Endlich begann der Alte, und zwar zu mir hinauf, zu seufzen, dann Worte, die sich wie zum Himmel gerichtet anhörten: »Welch ein Tag! Ein Tag, den Gott gemacht hat – – Die Erde zittert – soviel Sonne und keine Fliegen – ein neuer Äon!« Über den Dächern schwebte die Musik, kam näher, Becken pochten in der Ferne, man dachte das Meer zu vernehmen, aber es war das Tosen von vieltausend Stimmen.

»Sie haben gut getan, hereinzukommen«, begann er wieder und tätschelte den Hals meiner Stute, »heute ist ein Tag der Gnade.« Und er gestand mir, daß er der Priester Kyrillos sei, und daß ihn der verstorbene Metropolit zu einer zweijährigen Kirchenbuße verurteilt habe – und daß ein neuer Metropolit bei seinem Einzug einen öffentlichen

Büßer zu begnadigen und wieder in die Kirche aufzunehmen pflege. »Manche tun es nicht, hab ich gehört, sie untersuchen zuerst den Fall, ob der Büßende auch der Gnade würdig ist. Aber wer ist schon der Gnade würdig? Unser Synesios nun« – er tätschelte jetzt mein Bein – »er ist doch ein Dichter, und hat eine Frau und Kinder – und ich hab ja das Geld nur aus Liebe zu meiner Tochter unterschlagen. Gewiß, Kirchengeld, Armengeld – aber sie war ja und ist noch sehr arm, meine Tochter, schon weil sie einen Priester zum Vater hat und eine Wäscherin zur Mutter – keine Eltern – eine Blume des Feldes – eine Lilie auf den Dünen – auch so arm – und da hab ich die Hand ausgestreckt. Hören Sie, er kommt, sie kommen – Militärmusik – das ist Andronikos!«

»Schätzen Sie den neuen Praeses?« fragte ich. Ich beugte mich zum Ohr des greisen Kyrillos hinab, der mich jetzt von unten her vorsichtig betrachtete. »Junger Mensch«, sagte er so, mit einem leichten, aber freundlichen Drohen in der Stimme, »Sie leisten sich aber Fragen!« Und nach einem tiefen Atemholen fuhr er fort »Die Kirche schätzt ihn, aber nicht alle Bischöfe schätzen ihn – und zu denen, die ihn nicht schätzen, gehört Synesios, wissen Sie das?« Ich nickte. Und er: »Synesios ist unsre letzte Hoffnung!« Und als ich diesem Wort nachlauschte, offenbar mit einer schwermütigen Miene, fragte er: »Sind Sie nicht dieser Meinung?« »O doch«, sagte ich schnell.

Auf dem Platz unter den Platanen war inzwischen das vom Hafen herkommende Volk eingesickert, eine bunte Flut, Gewänder und Gesichter in allen Farben. Man vernahm kaum eine einzelne Stimme, alle vereinigten sich zu einem Gesumm und Gemurmel und Gezwitscher, als säßen die Platanen wie sonst voller Vögel. Ich beugte mich zu Kyrillos hinab: »Synesios kommt aus dem Reichtum und kennt die Not des einzelnen noch nicht aus der Nähe. Außerdem – vielleicht ist ihm Ihr Fall noch nicht vorgetragen worden. Falls er also heute ablehnen sollte, verlieren Sie nicht den Mut! Gehen Sie nach acht Tagen wieder zu ihm, und, das verspreche ich Ihnen: er wird zu Ihnen wie ein Vater sein. Und Ihrer Tochter wird er ein Geschenk machen. Glauben Sie es mir! Ja, ich kenne Synesios, ich verspreche Ihnen nicht zuviel.«

Kyrillos tat den Mund weit auf, ich sah hinter seinem Bart seine alten, zerbrochenen Zähne, er wollte etwas sagen oder fragen, aber es gelang ihm nicht mehr. Posaunen und Trompetenklänge brachen aus dem Domportal, als wollten sie seine Enge aufreißen. Unter den Bäumen hervor schritt bunt und schwarz die Prozession der Meßdiener und Kleriker und schließlich, unter einem Baldachin: Synesios. Er wirkte ein wenig verlegen. Er trug das Purpurgewand, das er sich für die Gesandtschaft zum Kaiser hatte anfertigen lassen, nur daß man die schwerbestickten Bahnen vorne zusammengenäht hatte – und so eine Pennula entstanden war, eine schwere Glocke aus pflaumenfarbener Seide. Um den Hals trug er das weiße, mit schwarzen Kreuzen bestickte Seidenband, das auch die hohen kaiserlichen Beamten tragen, das diese aber wie eine Schärpe sich locker umschlingen, während es bei Synesios streng und feierlich geordnet über die nachtblaue Seide herabhing. Die weiße Bischofsmütze mit der phrygisch nach vorn vorgebeugten Spitze bedeckte sein von Haaren entblößtes Vorderhaupt und machte ihn noch ein wenig größer. Auch die Art seiner Schuhe, die seine Füße ganz einhüllten, wiesen ihn ebenfalls als hohen kaiserlichen Beamten aus, wie auch das kleine Zepter, das er in der Rechten trug, ein Silberstab, aus dessen Knospe ein Kreuz gewissermaßen als Frucht emporwuchs – er hob es von Zeit zu Zeit und segnete damit die Menge und reichte es den Herandrängenden zum Kuß herunter.

»Ein Bischof«, rief Chilos leise, »seit dreitausend Jahren ein Bischof!« Ich konnte nur nicken. Synesios kam immer näher. Ich sah sein Gesicht ganz deutlich, er sah freundlich aus und doch ein wenig schüchtern und vor allem: sehr ergeben. Sein Blick blieb ganz bei den nächsten Menschen, die ihn umdrängten, bis zum nächsten Schritt, da ihn wieder ein Kreis von neuen Gesichtern einrahmte. Aber seine Miene blieb immer dieselbe, wie auch die Menschen, die Erwachsenen und die Kinder, Frauen und Männer, immer dasselbe blieb: dieselben Sorgen und Nöte blickten ihn an, dieselben Worte und Seufzer richteten sich an ihn, die Bitte um Segen und Beistand; dasselbe Vertrauen drang von allen Seiten auf ihn ein, dieselbe Zuversicht, dieselben Erwartungen: ja, er war die Wolke über dem Berg Karmel, von welcher der alte Archidiakon gesprochen hatte, nun würde bald der so lange ausgebliebene Regen fallen, er sah wirklich aus, so hörte ich nun Kyrillos seufzen, wie der Vater der Armen. Und der alte Priester griff an die Zügel der beiden Pferde, riß daran, daß die Köpfe der Tiere sich ihm zuwandten, und an ihren schnaubenden Mäulern vorbei schnaubte auch er: »Ja, wirklich, das ist ein Vater! Der läßt das Herz eines Büßers nicht im Staub liegen!«

Und er lief mit einer Bewegung, als stürzte er, Synesios entgegen, sank in die Knie, und das vor Angst grinsende Gesicht seitlich nach oben verdreht, sprach er, flehte er, die Rechte hatte nach dem Zepter des Hirten gegriffen – ein Ertrinkender, der den letzten festen Gegenstand umkrallt. Da sah ich, wie mein Synesios lächelte, er nickte dem Alten beschwichtigend zu und reichte dem Büßenden dann das Kreuz zum Kuß, hob Kyrillos vom Boden auf und küßte ihn. »Ja! ja! ja!« seufzte ich, ich konnte nichts anderes hervorbringen, ich sah den Bischof durch meine Tränen hindurch in tausend Stücke zerbrechen, dann spürte ich Kyrillos' Hand an meinem Knie. Der Alte strahlte mich von unten her an, rief: »Nun bin ich wieder versöhnt mit der Kirche. Aber wegen meiner Tochter – vergessen Sie es nicht, junger Herr, wenn Sie das vermögen, daß der Bischof sie unterstützt – sie ist wirklich genauso arm wie schön – und das heißt: sehr, sehr arm – und darum in großer Gefahr –« Ich konnte nur nicken, ihm kurz über den Schädel streicheln, Synesios näherte sich gerade, bis auf fünf Schritte stand er von dem Portal entfernt. Ich war versucht, ihm etwas zuzurufen, auf Latein, aber ich wagte es nicht. Die feierliche Musik – ich sah sie: langsam tanzende Gestalten aus Klang, Sonne, Schatten und Luft – trennte ihn von uns, auch die Ehrfurcht in den Augen der Menge, die, als er Kyrillos vom Boden aufgehoben und geküßt hatte, in Jubel ausgebrochen war und ihm weiterhin Segensworte zurief. Und schließlich die Mütter aus dem Volk, die ihre Kinder über ihre Köpfe emporhoben, daß sie ihn sähen, und daß er sie sähe und sie segne. Ich wunderte mich, mit welcher Geduld Synesios die ihn mit den Kindern umdrängenden Frauen gewähren ließ, er, der vor Kindern, auch vor seinen eigenen, leicht verlegen wurde, weil er, so glaub ich, ihre Sprache nicht beherrschte; für Synesios gab es nur eine Sprache: das in jedem Augenblick vollkommene Griechisch. Nun aber lächelte er in die kleinen Gesichter hinein, tätschelte Kinderwangen – bis jäh etwas, wie eine Pranke aus Tönen, das Bild auseinanderschlug: die Fanfaren des Militärs! der goldbekränzte Andronikos über den vier Pferdeköpfen auf seiner Biga stehend in Augustus-Pose, sein von Gold strotzender Wagen wie ein Pflug, der in den Schollen des Volkes eine breite Furche zog. Alles wich beim Nahen des Praeses zurück, Soldaten hatten sich neben der Biga vorgedrängt und säumten den Weg.

Synesios stand dem Volk zugewandt unter dem Halbrund des Portals, wartend, keine fünf Schritte von mir entfernt. Die Pferdeköpfe vor der Biga gingen auf einen Ruck der Leine in der Hand des Wagenlenkers in die Höhe, der Wagen stand, der Praeses sprang herab und lief von Gold klirrend mit seinen nackten Augustusbeinen auf Synesios zu, brach vor ihm in die Knie und rief – es war auf dem

Platz still geworden, totenstill: »Ich, Andronikos, Praeses Libyae, verzeihe dir, Bischof Synesios, alles was du mir Böses angetan und jedes Wort, mit dem du mich geschmäht hast – um Christi willen.«

Ich hörte – eine solche Stille lag über den Tausenden von Köpfen – den Atem des Synesios, oder es war das Rauschen seines Gewandes. Indem gab es zu unserm Glück ein kurzes Durcheinander von Stimmen: ein Junge war von seinem Sitz in der Platane einem Obstverkäufer in den Korb gefallen. Ich rief auf Latein: »Segne ihn, Synesios, ich bin bei dir!«

Und Synesios, ohne sein Gesicht zu mir herzuwenden, rief: »Und ich verzeihe dir, Andronikos, und segne dich und alle, die mir feindlich gesonnen waren oder es noch sind – im Namen des Vaters und des Sohnes und des Heiligen Geistes!«

Das Schweigen auf dem Platz dehnte sich, und da wieherte meine Stute, ich war ihr dankbar – aber die Gesichter bewegten sich nicht, sondern blickten alle in dieselbe Richtung, zu Synesios und Andronikos, die dicht voreinander standen. In diese Lautlosigkeit drang eine Stimme, das Kommando eines Offiziers, Soldaten brachen von allen Seiten durch die Menge auf den Mittelweg, formierten sich und drängten zum Eingang des Domes.

Synesios, der sich schon halb umgedreht hatte, um in die Kirche hineinzugehen, wandte sich bei dem Kommando schnell dem Platz zu, breitete die Arme abwehrend und rief, die Soldaten sollten draußenbleiben, die Kirche sei zu klein, die Mütter mit ihren Kindern sollten den Vortritt haben, und die Alten und die Kleriker, die gottgeweihten Jungfrauen und Witwen – »und das demütige, heilige Volk«. Synesios' Battiadenstimme schwang über den Platz bis in die anstoßenden Straßen. Die Menge hatte begriffen, jubelte, aber ehe noch das Volk seinen Beifall zum Rauschen gebracht hatte, erscholl wieder ein Kommando, es pflanzte sich fort von Soldat zu Soldat. Der Praeses eilte zu seiner Biga, ließ den Fahrer mitten in der Menge wenden, die Pferde rissen weit Augen, Mäuler und Nasen auf und erhoben sich auf die Hinterbeine, als wollten sie sich zu geflügelten Wesen verwandeln, während Andronikos mit marmornem Gesicht auf der Biga stand und in die zurückweichende Menschenflut hinabschaute, gleichgültig, als wären diese verzerrten Gesichter und schreienden Münder aus Schaum und Wind gemacht.

Kyrillos, noch immer zwischen unsern Pferden eingeklemmt, rief: »Was für ein schrecklicher Mensch! Seine Rosse sind abgerichtet, stieben Feuer, seht nur! Der fährt über das Grab seiner Mutter weg – dieser – – ah, ah!« Das Weh- und Wutgeschrei, das um die Biga herum entstand, wurde von jedem Mund aufgenommen und weitergegeben, der Platz kochte, und als der Praeses endlich durch die schwankenden Mauern aus Leibern langsam davonfuhr, vereinigten sich die einzelnen Schreie zu Chören, und was sich aus den Stimmen zusammenklumpte, waren Flüche.

Synesios stand noch immer unter dem Halbrund des Portals. Er hob beschwichtigend die Arme, ließ sie sinken und hob sie wieder, aber das Volk schrie weiter: »Fort mit Andronikos! Fort mit dem Wanzengott aus Berenike!«

Einige Männer trugen zwei Frauen herbei, die mit den Beinen unter die Räder der Biga gekommen waren, dann brachten sie noch einen Jungen, er konnte noch selber gehen, doch lief das Blut über sein Gesicht. Man rief nach Ärzten. Als der Lärm für einen Augenblick nachließ – aus Mitleid, aber man wollte wohl auch vom Stöhnen und Gewimmer der Verletzten sein Teil haben –, gelang es Synesios, mit seiner Stimme durchzudringen. Er bat alle, mit ihm die Arme zu erheben und Gott um den Frieden zu bitten – für Ptolemais, die ganze Provinz und das ganze Reich. Und sie erhoben wirklich langsam die Arme, einer um den andern, standen verwandelt und fromm da und hörten ihrem Bischof zu, wie er betete: »Gott, unser aller Vater, wir flehen zu dir, verwandle das Herz unsrer Feinde, der Feinde draußen an den Grenzen und der Feinde drinnen im eigenen Land. Gib uns allen dein Licht, daß wir deinen heiligen Willen erkennen und gib uns von deiner Allmacht, ihn zu erfüllen. Und gib uns Ehrfurcht vor den Gesetzen des Staates, über die dein Diener Andronikos wacht in deinem Namen. Und laß den Praeses Andronikos, den der Kaiser uns verordnet hat –«

»der sich sein Amt gekauft hat!« schrie irgendwo ein Mann, »– und gegen alles Gesetz«, schrie ein zweiter, »denn das Gesetz verbietet, daß der Praeses der Provinz aus dieser Provinz stammt!« Das war Herkulanius' Stimme, ich erkannte sie sofort. Er stand also verborgen unter den Tausenden, der Freund. Chilos rief mir etwas zu, und ohne zu überlegen, gab ich es an Synesios weiter: »Geh hinein – verbirg dich hinter dem heiligen Vorhang!«

Und schon bewegte sich Synesios, kehrte dem Volk den Rücken und schritt in den Dom, die kerzentragenden Ministranten folgten ihm, die schwarzen Kleriker, es bildete sich ganz von allein ein Strom aus Leibern, der die Kirche füllte und den Platz fast leerfegte, so daß unsere Pferde, die ruhig an derselben Stelle verharrt hatten, wie aus dem Gatter des Hufschmieds befreit ins Freie traten, die dicken Kyrenaikaköpfe schwingend. Und Chilos sagte, als wir den Domplatz verließen und zum Portal zurückschauten, aus dem jetzt der große Lobgesang hervorbrach: »Mein armer Herr Synesios!«

Erst am nächsten Tag konnte sich Synesios die Zeit nehmen, seine Familie nach so langer Zeit der Trennung wiederzusehen – und vom Doroshof Abschied zu nehmen. Sein Gefolge bestand überwiegend aus Klerikern, unter ihnen Laokoon. Aber auch Herkulanius war bei ihm, unser munterer Delphin, und der Diakon Faustus und der kleine Bischof vom Rande der Wüste, einige Senatoren aus Kyrene und selbstverständlich der ehrwürdige Bruder »Seiner Heiligkeit« – so nannte Euoptios seinen Bruder, wenn er über ihn redete, als wollte er allen nahelegen, ihm diesen Titel nicht zu verweigern. Seine Frau Praxedis hatte Synesios eine goldene Kapsel überreicht, in welcher, auf Brokat gebettet, ein Stück des heiligen Kreuzes lag – Synesios zeigte mir an jenem Abend, als wir endlich allein waren, die Kapsel. »Ein Stück Holz«, flüsterte er und wischte mit einem Schweißtuch über das Glas, »aber wenn einer daran glaubt –«, und er blickte mich schnell an und lächelte, »das ist wie mit uns Bischöfen!«

Ich schlang plötzlich beide Arme um ihn. »Ich glaube aber vor allem, daß du mein bist – es bleibst – immer, immer!« So ähnlich muß ich gesprochen haben, eben wie eine Frau, die »nicht losgelöst von sich selbst denken« kann. Und ich rüttelte ihn, als könnte ich an seine Gegenwart nicht glauben, rief: »Und siehst du, der Tag, an dem du sterben solltest – er ist vorübergegangen, nichts geschah, auch die Träume können trügen!«

Und er: ob ich es denn nicht gespürt hätte, gestern vor dem Domportal? – »War das denn nicht ein Sterben? – der Anfang eines Sterbens...? Der alte Eunomianer hat gut prophezeit: Andronikos wird mich vernichten – uns! Das Böse hat die ganze Welt zum Arsenal. Wir sind sehr allein. Gott hilft nicht, er will, daß wir uns selber helfen.«

Er sprach ohne Übergang vom Nachfolger seines Freundes Aurelian, der das Ernennungsdekret für Andronikos unterschrieben habe, und der kaiserliche Hof sei doch informiert gewesen über diesen Menschen. Wer aber einen Verbrecher mit der höchsten Regierungsgewalt betraue, müsse notwendigerweise ebenfalls ein Verbrecher sein, oder nicht? Aber er werde weiterkämpfen und – Briefe schreiben, diesmal an Anastasios, man wisse ja nie genau, wer »da drüben« dem Ohr des »Unverweslichen« am nächsten sei.

»Ja, schreib du nur Briefe«, murmelte ich voll Ingrimm,

aber er fragte mich, was er denn tun könne? Seine Macht reiche nicht über Libyen hinaus, und selbst hier könne sie sich nur mit kirchlichen Mitteln darstellen. Er lachte leise vor sich hin und blickte, was er schon seit einer Weile tat, die Gegenstände in seinem Zimmer auf eine sonderbar aufmerksame Weise an. Schließlich seufzte er: »Heimarmene! ein unendliches Netz des Geschehens, geknüpft von der Notwendigkeit, ist über unser Leben geworfen. Alles, was geschieht, ist bedingt durch vorangegangenes Geschehen. Und was uns allein in die Freiheit rettet: der Glaube an den heiligen Logos, der Fleisch geworden ist. Auch er hat mit dem Fleisch die Welt des Notwendigen angezogen – auch er! Und hat dadurch die Welt und uns mit seinem Sinn durchdrungen und vom Zwang erlöst und zum Kosmos geordnet. Jetzt gilt es, uns durch Liebe freiwillig seinem Willen zu überlassen! Auf diesem Stuhl hier hat meine Mutter vieltausend Male gesessen, allein, alleingelassen, wenn mein Vater, nach jungem Fleisch lüstern, heimlich in Kyrene herumlag in der zwingenden Hand des Lasters, während sie in die Notwendigkeit dieses Mannes, Heraklit genannt, hineingefügt war wie das Holz in diese Goldkapsel. Ich sehe noch die Linie ihres sitzenden Körpers, das Buch auf den Knien, den Kopf tief geneigt, sehe ihr Lächeln, höre ihre Stimme – und weiß nun, daß sie gar nicht vom Zwang der Unfreiheit gepeinigt war, sondern gelöst im Willen des heiligen Logos ruhte – unerreichbar, frei! Diesen Stuhl nehmen wir mit nach Ptolemais. Und auch den Tisch deines Vaters Ursus, auch du wirst viele Abende allein sein, wenn mein Amt mich nötigt – ja, nötigt! –, mich den Menschen zu widmen: wenn ich mich einmischen muß in alle Dinge dieser Welt. Ich sehe es kommen, der kleine Bischof Thomas, der vom Rande der Wüste, hat mir vor ein paar Stunden die Augen geöffnet, er sagte: Das Los eines guten Bischofs ist, von seiner Herde aufgefressen zu werden, falls man nicht ein schlechter Bischof sein will und seinerseits die Herde auffrißt. Das ist klar gesprochen.«

So ähnlich brachs aus ihm hervor, und mehr noch, als hier in meinem Bericht steht! – richtig: er wolle auch seine Bibliothek langsam Stück für Stück verkaufen, er brauche ja jetzt nur noch wenig Bücher – daß er Kinder hatte, übersah er! –, dem Bischof Thomas habe er Hilfe versprochen, aber nicht für seinen Kirchenbau, er hob abwehrend die Hand: er werde keine Kirchen bauen! Was der Bischof Thomas brauche: Lebensmittel, noch immer herrsche Hunger im Süden des Landes. Und er brauche Mauern, Dächer, Zisternen, Ackergerät und vor allem eine Schule. Die Unwissenheit, nicht nur die religiöse, schwemme die letzte Ackerkrume, in die der Samen der Lehre gestreut werden könne, hinweg, es gebe selbst unter den Erwachsenen auf dem flachen Land nur noch wenige, die lesen und schreiben könnten – Griechen! Er seufzte und schlug die Hände vors Gesicht.

Da kamen die Kinder, ich weiß nicht wann, sie waren plötzlich da, drängten in mein Zimmer, in unser Gespräch ein, voran Tutulina: ob der Vater Bischof mitgehn wolle – in den Olivengarten, sie wollten Bockkäfer an die Bäume binden.

»Sag nicht Vater Bischof, sag Vater zu mir wie bisher!« Synesios betrachtete das hochgeschossene Mädchen, ihre Augen dankten ihm. Sie wußte seit einiger Zeit, daß er sie als Tochter angenommen hatte, aber sie konnte es nicht fassen, immer wieder fragte sie mich: »Ob er mich liebt – richtig wie seine Tochter?«

Phaidon zeigte eine aus Blättern geflochtene Schachtel und hielt sie Synesios ans Ohr. »Hör mal!« Dabei hob er gegen Paulus gebieterisch die Hand und hielt zugleich sein Lachen kaum zurück, »mindestens zwanzig schöne große Bockkäfer«.

Synesios hatte sein Ohr an der Schachtel, er hielt die

Augen geschlossen, lauschte verzückt dem Käfergekrabbel. »Genau so«, flüsterte er mehrmals, »ja, so war es!« Es klang fast wie ein Seufzen, »ich nannte sie Apollonkäfer, weil sie von Blumen leben und glänzen und die schönen Hörner haben und vor allem, weil sie Musik machen –«

Die Söhne unterbrachen ihn ungeduldig: ob er mitgehen wolle auf den Olivenhügel?

»Gern, gern«, rief Synesios überstürzt, »aber habt ihr auch Fäden?«

Für die hatte Tutulina gesorgt. Wir gingen hinter dem neuen Bau der Verwaltung entlang, schlichen beinahe und machten allerlei Umwege, wir wollten von niemand gesehen, mit Fragen aufgehalten werden. Wir traten in den Ahornwald, den Doros gepflanzt hatte – »dorische Säulen«, sagte Synesios, er wollte keinen Witz machen. Tutulina versuchte, einen der Bäume zu umfassen, sie rief den Brüdern zu, daß sie ihr helfen sollten, und als die Jungen die Hände des Mädchens hinter dem Baum hervor gefaßt hatten, zogen sie auch mich und Synesios in den Kreis, und wir begannen um den Baum zu gehen, und Tutulina sang:

»Da ist der große Doros drin, er rauscht, er rauscht.
Solang er rauscht, steht hoch die Stadt!
Versteht ihrs nicht, fragt das hölzerne Pferd!
Das weiß es, denn Doros hat es gebaut.«

Synesios warf mir einen fragenden Blick zu, er wollte von Tutulina wissen, woher sie das Lied habe. Sie nannte den Namen eines Kolonen, Milos wisse viele alte Lieder.

»Was für ein Lied!« murmelte Synesios, berührte mit zager Bewegung den Baum, schickte die Kinder voraus und sagte zu mir: »Das hölzerne Pferd? Das ist doch ein Sinnbild des Untergangs – was meinst du?« Und als ich nichts zu antworten wußte, fragte er noch: »Wer mag so ein Lied gemacht haben?« Ich sagte ausweichend: das sei so recht prophetisches Volksgeraune. Wahrscheinlich habe ein Hirte im Ahornwald seinen Mittagsschlaf gehalten unter dem dicksten Baum, weil der den dichtesten Schatten spende. Und da habe er dem Geflüster des Baumes gelauscht, so im Halbschlaf, und aus dem Rauschen seien Worte geworden.

Die Kinder standen schon auf dem Olivenhügel und winkten uns heran. Phaidon nahm vorsichtig einen Käfer aus der Schachtel, die er dann Paulus zum Aufbewahren überreichte. Tutulina gab ihm einen Faden, den er dem Käfer quer um den Panzer schlang. Mit dem Faden band er den Käfer an den Stamm einer Olive. Dann sagte er zu dem Käfer, als wäre er allein mit ihm: »Wenn du jetzt schön geigst und alle bösen kleinen Käfer vertreibst, dann mach ich dich morgen früh wieder los und setze dich auf eine Rose.« Und schon begann der Bock zu zirpen, die Kinder lobten ihn und suchten sich den nächsten Baum für den nächsten Zirper aus. Es dauerte wohl eine Stunde, bis wir alle Bockkäfer an der ihnen verordneten Stelle festgebunden hatten, und der ganze Hügel war von ihrer eintönigen gläsernen Musik erfüllt.

Synesios scherzte: »Fliehet, ihr finsteren Mächte, ihr die Oliven bedrohenden Käfer und Läuse!« Dann aber, als wir beide wieder allein waren, die Kinder liefen schreiend einander nach: »Nun weiß ich es – und nun weißt auch du es, was meines Amtes sein wird, worin sich mein Leben künftig erschöpft: festgebunden an meinen Baum – alles Böse und Üble von ihm wegzirpen – und hab ich brav gezirpt und gegeigt, werd ich losgebunden und auf eine Rose gesetzt! Hoffentlich erinnert sich der Knabe, der Diener Gottes, der Engel, meiner und vergißt mich nicht!«

So sprach er, und ich stand neben ihm und war so traurig wie er und konnte ihm nicht helfen. Ich verwies ihn nur auf seine Mutter, wie er sie mir geschildert hatte: »Ja, den Stuhl nimmst du mit«, sagte er, »den brauchen wir!«

Ich hatte in diesen Stunden unsres Beisammenseins Synesios noch nicht ein einziges Mal gefragt, wie es ihm in Alexandria ergangen sei, wie er den Patriarchen gefunden habe, was alles sie mit ihm vor und nach seiner Konsekration angestellt hätten. Ihn trennte von seinem früheren Leben ein Abgrund: er war in der Lehre der Kirche unterrichtet und getauft worden, und sie hatten ihm, bevor sie ihm mit der Bischofsweihe das Priestertum ganz und uneingeschränkt zuerteilten, Fragen gestellt und ihn aufgefordert, die Irrlehren zu verfluchen – und einige seiner neuplatonischen Überzeugungen mußten doch als Irrlehren gelten, und zwar, so denk ich mir, als Origenismus. Und gern hätte ich von ihm erfahren, was sie ihn gefragt und was er geantwortet habe. Nachrichten über die Person des Patriarchen erwartete ich nicht – wir kannten ihn ja, und wenn Synesios, allerdings sehr kurz, den Herren seiner Begleitung erzählte, wie sehr der Patriarch Blumen liebe, so war das nichts Besonderes, denn alle Griechen, wenn sie nicht blind oder blöd sind, lieben Blumen, sogar die fanatischen Ägypter sind Blumenfreunde.

Als wir durch den Ahornwald gingen und zu dem Baum gelangten, den wir umtanzt hatten, kam mir dann die Frage fast wider Willen – ob man ihm seinen Glauben an die Ewigkeit, an die Unzerstörbarkeit der von Gott geschaffenen Welt streitig gemacht habe?

Er hob lauschend den Kopf, sein Gesichtsausdruck war mir fremd, fast so als stünde er noch im Patriarchenpalast in Alexandria im theologischen Verhör. Gleich darauf sagte er ruhig, er habe dem Patriarchen unter vier Augen dasselbe gesagt wie in seinem Brief: daß es vergeblich sei, ihn von Platons Auffassungen abzubringen. Und den Doros-Ahorn anstarrend: »Ich habe es so gelernt und es dem Patriarchen genau so dargestellt: die Welt ist auf eine nicht auszudenkende Weise unendlich, weil er, der sie dachte, nein, immerzu denkt, unendlich ist. Und doch ist sie nicht Er – ist nicht göttlich! Sie hat seine Ideen als Formkern, das bedeutet unendliche Schönheit, unendliche Fülle, unendliche Kraft. Zugleich aber ist alles Geschaffene nur Bild, und darin liegt die Unvollkommenheit aller Dinge, die nicht um ihrer selbst willen da sind, sondern um das Licht durch die Ritzen ihrer Unvollkommenheit durchscheinen zu lassen. Unvollkommen, ja, aber auch rein, und es kann darum wohl ein Teil dieser Welt vergehen, aber der Schöpfer – so lehrt Origenes, den Namen unterschlug ich allerdings – schafft das Vergangene neu und schafft es noch vollkommener, schafft, solange Er ist. Und wenn wir untergehen, wenn auch unser Libyen von der Wüste gefressen wird, wenn auch kein Mensch mehr einst auf diesem freundlichen Boden unsre Sprache spricht, wenn dieser Wald, den Doros pflanzte, verbrannt sein wird, – Gottes Idee von Libyen bleibt bestehen – in Ihm, und auch wir, die Er erdacht hat, bleiben in Ihm.«

»Und der Patriarch – was hat er dazu gesagt?«

Synesios blickte mich schnell an, er lächelte schalkhaft: »Er hat nicht zugehört. ›Ausgezeichnet‹, rief er nur und roch an seiner Rose, er merkte gar nicht, daß er Origenes damit bejaht hatte. Auch daß die Seele vor dem Leib da sein müßte, daß sie den Leib schafft, das alles bewies ich ihm; und er saß da, nickte, drehte die Ringe an seinen schönen Fingern und unterdrückte mit der Hand ein Gähnen – er hat gute Umgangsformen, wenn er nicht gerade einen seiner Untertanen aus Erziehungsgründen auspeitschen oder brennen läßt.«

Wir gingen nebeneinander über das Moos, das noch von den winterlichen Regenfällen grün glühte. Ich stellte mit Überraschung fest, daß ich von Synesios mehr wissen wollte als der Patriarch – ich hatte noch viele Fragen unter der Zunge, aber nur die eine stellte ich: ob jener junge Mann in Galiläa und der heilige Logos für ihn ein und dieselbe Person seien, einerlei ob der Zimmermannssohn um diese Einheit wußte oder nicht. Ich werde es nie vergessen, wie

Synesios stehenblieb, auf die Baumwurzel zu seinen Füßen schaute, das Gewand raffte und langsam über die Wurzel stieg.

Noch am gleichen Abend bat ich ihn, mir alles, was er im Ahornwald über seinen vom Eros angetriebenen Wunsch-Glauben gesagt hatte, aufzuschreiben, und er tat es. »Meine Philosophie hat die Lehre von der Fleischwerdung des Logos nie als annehmbar empfunden. Aber so vieles scheint möglich, wenn unsre Gedanken sich im Abstrakten bewegen. Sobald jedoch die Ideen Fleisch annehmen, unter uns wohnen sollen – – wenn wir also, in unserm Fall einen Menschen vor uns haben, einen unstudierten jungen Mann, und dazu noch einen Juden – und von ihm glauben sollen, daß er und der heilige Logos ein und dieselbe Person sei – das zu glauben ist für die Philosophie unmöglich. Sie hat ja nur einen einzigen Glaubenssatz, jenen, der ihr System trägt; von da an glaubt sie nicht mehr, sondern folgert. Aber auch die Philosophie hat Sehnsüchte und Zweifel, und es ist der Eros selbst, welcher die Sehnsüchte und Zweifel weit macht und den Denkenden unzufrieden werden läßt mit seiner abstrakten Welt. Dieser ewige Eros ist es, welcher uns die ewigen Wünsche eingibt, vor allem diesen: daß es so sei; daß der heilige Logos in seine Schöpfung eingegangen ist; daß er, um den Vater anzubeten und sich im Opfer vor ihm zu vernichten, Mensch geworden ist. Ich frage dich: wenn wir wünschen, daß etwas, das zu glauben uns unmöglich ist, unserm Zweifel zum Trotz doch wirklich sei, – ist es dann nicht schon für uns fast wirklich und wirksam? Und können wir mehr von uns verlangen, als daß der Wille, wenn der Intellekt sich in Qualen windet, vom Eros angestoßen, sich das Unmöglich-Erscheinende als wirklich-seiend herbeiwünscht?«

Ich werde hier so umständlich genau, weil ich weiß, daß ich Synesios gegen den Verdacht, als ein im geheimen Ungläubiger in sein Bischofsamt eingedrungen zu sein, verteidigen muß. Jene Orthodoxen, denen ein Glaubensakt ebenso leicht fällt wie einen Menschen mit der Zunge zu töten, kann ich freilich nicht überzeugen...

Auch Laokoon, der an diesem Abend düster kauend unter den Gästen des Synesios saß, gehört zu dieser Art von Orthodoxen. Vielleicht tauchte in seinen hintersten Hirnwindungen, als er den Wein des Gastgebers trank, die Überlegung auf, ob seinem versegießenden, aber offenbar um einen Stoff verlegenen Talent nicht hier ein königlicher Braten fertig serviert würde – wie dieser Eber aus den unsichtbaren Grenzen des Doroshofes und die Fasanen und Truthähne. Laokoon ließ sich vorlegen, schnitt große Bissen vom Fleisch ab, stach mit dem Messer hinein und biß zugleich mit weitaufgerissenem Mund danach – keiner unsrer einfachen Hausgenossen hätte sich bei Tisch je derart gehen lassen. Und er erzählte mit malmenden Kiefern vom Dichter Nonnos, seinem verehrten Vorbild, wie er uns versicherte, von dessen Werken er am höchsten das Evangelium nach Johannes schätzte, das Nonnos sofort nach seinem Übertritt zum Christentum in Hexameter umgegossen hatte. Ich befürchtete im voraus, was dann auch geschah: Laokoon zitierte die Anfangsverse, und um das Maß des Erträglichen überlaufen zu lassen, fiel auch noch Euoptios, wenn auch nicht wie Laokoon gleichzeitig kauend, mit in die Rezitation ein, und zweistimmig kam es über uns:

»Zeitlos war, unerreichbar im unaussprechlichen Anfang
Gleich dem gleichaltrigen Vater: der Logos, der Sohn
ohne Mutter.«

Und schon blies mir von innen der Lachdämon den Wein heftig wieder hinaus über den Rand der Schale. Ich lachte, so laut und rücksichtslos, bis alle am Tisch mitlachten, nur Laokoon und Euoptios nicht, der jetzt sogar, sich an Synesios wendend, fragte, was es zu lachen gebe? Ob Nonnos etwa nicht einer der größten Dichter sei und dazu auch noch ein christlicher? Wie Nonnos das Wort »gleichaltrig« gleich einem Pfeil auf die Arianer und Eunomianer losschieße.

Wohingegen, vermerkte Synesios mit sanftester Stimme, »Sohn ohne Mutter« dem Nonnos in Alexandria sehr übel vermerkt würde, da ja dort gerade in diesen Tagen die Theologen dem ewigen Sohn die irdische Mutter entdekken: die Gottesgebärerin. »Größer und schöner und mächtiger als Isis ist sie zu uns unterwegs. Und es war notwendig, denn auch wir Christen müssen die Frauen ehren.« Damit verneigte er sich gegen mich und hob seinen Becher.

Laokoon zeigte Synesios zunächst seine ganze Zustimmung, aber »Sohn ohne Mutter«, so führte er dann aus, das sei ja nur auf den ungeborenen Logos zu beziehen – und zu mir gewandt, mich düster anblickend, er kaute nun endlich nicht mehr: »Und Ihnen, Frau Prisca, saß sicher ein Krümchen im Hals, denn daß Nonnos Sie zum Lachen reizen könnte –«

»Doch«, rief ich laut, »und alle Menschen reizen mich zum Lachen, die sich die Mühe machen, das Erhabene in das Schöne zu verpacken und das Unsagbare mit den Begriffen zu fangen.«

»Sie erinnern damit an gewisse heidnische Philosophen, Frau Prisca«, Laokoon beugte sich über den Tisch weit vor, er kaute schon wieder, und seine Hand, die das Messer hielt, hämmerte mit dem Hirschgeweihstiel zu seinen Worten, »diese Philosophen waren der Ansicht, daß keine Wahrheit ins Wort ginge, und sie gaben nur noch Zeichen – mit den Fingern, mit dem Messerstiel – ja, so! oder gar wie Sie jetzt mit einem verächtlichen Lächeln. Ich möchte aber nur wissen, wie es dann noch möglich sein soll, sich untereinander zu verständigen oder gar das Evangelium zu verkünden?«

»In Parabeln, Bildern und Gleichnissen«, rief der kleine Bischof Thomas, »und durch die Tat, die Liebestat!«

»Und manchmal wie im Myrimitistal«, donnerte der Diakon Faustus, er hatte mehr getrunken als gegessen, »oder, Heiligkeit, bereuen Sie jetzt als Bischof etwa den Bau des Kastells? Ihre Wurfmaschine? Verbergen Sie jetzt Ihren Speer, der, wie ich selbst gesehen habe, mehrmals vom Blut der Feinde rot wurde? Ich muß das wissen, es heißt doch heute, kein Kleriker dürfe das Schwert ziehen. Aber wenn es wieder zum Kampf kommt, wenn die Wüste wieder gegen uns reitet, unser Land verwüstet, die Frauen raubt – die isisgleiche Gottesgebärerin schütze sie! –, werden Sie dann wieder dabeisein, Heiligkeit? uns anführen, an unserer Spitze kämpfen – solche Zeichen der Liebe geben?«

Alle blickten zu Synesios hin. Er faßte nach einem Halt suchend sein Julianbärtchen und sagte: »Man darf nicht erwarten, daß Gott für jene, die nicht kämpfen wollen, mit eigner Hand in den Kampf eingreift. Gerettet werden im Krieg – das ist ein Gesetz der Vernunft – nur jene, die tapfer streiten und nicht jene, die allein zum Gebet ihre Zuflucht nehmen. So Plotin!« Und er hob seine Schale und trank dem Diakon Faustus zu.

»Wer ist Plotin?« rief Euoptios, »was geht uns dieser alte Heide an! Christus sagt: Wer zum Schwert greift, wird durch das Schwert umkommen.«

»Hat er nicht auch gesagt«, das rief nun ich, »keiner liebt mehr als wer sein Leben hingibt für seine Brüder?« Und, so fuhr ich fort, ob wohl Christus einen Mann hochschätzen würde, der bei der Nachricht, daß die Feinde anrücken, in der Stadt, die er mitverteidigen soll, aus dem Bett springt, auf die Knie fällt, zu beten anfängt, zu jammern und der darauf seine Sachen packt, das Pferd sattelt und davonreitet – zu seiner Familie, wo wiederum nichts geschieht als: die Arme recken, jammern, Pferde satteln – »und was wir sonst noch festgestellt haben«, sagte ich leise.

»Das ist doch –«, Euoptios sprang von seinem Stuhl auf,

»ich habe dich beschützt, als Andronikos den Doroshof bedrohte, war dir Tag und Nacht nahe, als du dich fürchtetest –«

Da kitzelte mich wieder der Dämon im Hals, ich lachte und rief: »Ja, ja! – und wie das Kind Herakles in der Wiege hast du wenigstens eine Schlange – zwar nicht erwürgt, aber doch bemerkt, im Schwimmbecken – und dann – –«

»Der Friede sei mit uns!« sagte darauf Synesios, erhob sich und machte damit dem Abend jäh ein Ende. Laokoon kaute noch und stand unwillig auf, er warf erst jetzt das Messer auf den Tisch zurück. Ich sah, wie er mich anblickte, und spürte, wie er mich mit seinem Blick durchstach. Ich wußte, daß ich mir einen Feind geschaffen hatte, der mir und darum Synesios gefährlicher werden sollte als Andronikos; denn dieser Feind hielt durch Jahre seine Freßwerkzeuge hinter einem frommen Bartvorhang verborgen. Aber in der Nacht dann, hinter verschlossenen Türen, wenn er zum Schreibrohr griff, wurde er zu einem jener bösen Zauberer, die aus den Schnipseln von Fingernägeln, ausgekämmtem Haar und noch unappetitlicheren, heimlich besorgten Resten dem ehemaligen Eigentümer dieser Leibespartikel zu schaden trachten.

Was Laokoon zum Beispiel über die beiden Reiter neben dem Domtor bei der Inthronisationsfeier des Synesios zu erzählen wußte (wie sich diese Prisca ausziehen und in die Hosen des »Perserhelden« von diesem »hineinzwängen« und ihre »sich reckenden Brüste« mit Binden aus Wildleder »zurückquetschen« ließ) – eine solche Phantasie kann nur in einem Manne wuchern, der von Eros und Religion verlassen ist.

Auch über diesen Abend berichtete Laokoon: die üppige Prisca habe beim Gastmahl den Bruder ihres Gatten, weil er keine Wunden vorweisen konnte, ein Knäbchen in der Wiege genannt, und über die ewig erhabenen Eingangsverse des Johannes-Evangeliums habe sie, sichtbar von Dämonen geplagt, so gelacht, daß der Abend an diesem Lachen zerbrochen sei, und der Hausherr habe nur noch Gott um seinen Frieden anrufen können.

Synesios aber hat in der Nacht, die diesem Gastmahl folgte, seine Frau bei sich behalten und ihr erklärt, daß er nie ohne sie leben könne; und sie sei an der Tafel dieses Abends die einzige Frau gewesen – aber auch sein einziger naher Freund. Gott soll mich nicht selig werden lassen, wenn er das nicht gesagt hat! Und wir ruhten einer im andern die ganze Nacht.

Der Bischof

Unsere drei Planwagen waren viermal vom Doroshof hinab nach Ptolemais gerumpelt und hatten einen Teil unserer Habe, vor allem die Bibliothek, in das bischöfliche Haus gebracht. Es lag breit und weiß hinter dem Dom, unter Platanen fast verborgen, und war um einen Binnenhof gebaut, in dem die Kinder in den ersten Wochen spielten. Doch der Archidiakon Laokoon, der zwei Räume des hinteren Flügels innehatte, erreichte es bei Synesios, daß die Kinder, weil sie zu laut waren, sich vor dem Haus unter den Bäumen oder auf dem Domplatz tummeln sollten. Hier aber mußten sie von den andern Kindern zumal in den ersten Monaten oft das Wort »Bischofsbrut« hören, was ihnen zwar nicht sonderlich weh tat, sie aber doch täglich daran gemahnte, daß die übrigen Kinder sie als anders empfanden, und das war nicht gut. So lebten sie weiter wie droben in den unsichtbaren Grenzen des Doroshofes, wo sie auch kaum einen Spielgefährten hatten, dafür allerdings Wald und Wiesen und die Nachbarschaft der Tiere. Der Binnenhof des Bischofshauses hätte sich mit seinen Lauben und steinernen Bänken und Tischen, seinen Fliesen und zu christlichen Heroen umgeformten Götterfiguren und seiner Sonnenuhr mit den Bronzelettern »Nimm deinen Teil« – dieser grünweiße, schattenreiche Hof, in dem die Vögel ihre Stimmen und ihre Körper gleich Bällen von Wand zu Wand warfen, hätte den sichersten und anmutigsten Spiel- und Studienraum für die Kinder abgegeben. Indes – der Archidiakon brachte so viele und in einem solchen Fall auch immer zum Teil überzeugende Gründe vor, daß Synesios nachgab: im Sekretarium, das ebenfalls an den Hof stieß, konnte man, während der Bischof mit seinen Klerikern und mit Hilfesuchenden verhandelte, Tutulinas starke Stimme vernehmen, und alle drei hatten droben auf dem Doroshof während der Belagerungszeit von den Kolonen-Kindern Redensarten übernommen, die sich für Bischofskinder wirklich nicht ziemten. Aber daß sie auf dem Domplatz viel schlimmere aufschnappten, wurde nur von mir bemerkt. Synesios sah die Kinder nur bei Tisch, und da benahmen sie sich so, wie er, der gegen jede Art von Lärm und Unruhe überempfindlich war, es sich nur wünschen konnte.

Um den Einfluß des Archidiakons auf Synesios zu begreifen, muß man sich vergegenwärtigen, daß dieser Mann nicht nur ein ausgezeichneter Verwalter der Bischofskirche und ihrer Güter war; seine rustikale Art gefiel auch den Klerikern, deren Vorsteher er war. Er paukte ihnen die Rubriken ein, bestand am Vorabend von großen Festen auf liturgischen Generalproben, verfaßte in der ersten Zeit die Predigten für Synesios, predigte selber bei jedem sich bietenden Anlaß, vor allem: er ritt bei jedem Wetter mit dem Viaticum, wie es damals in Übung gekommen war, zu den Kranken und Sterbenden hinaus, und begegnete unterwegs oftmals Dämonen und entmachteten alten Göttern, vor allem weiblichen Geschlechts.

Der Archidiakon sprach überdies ein gutes Griechisch, konnte sogar Worte in Verse gießen und kannte sich gut aus in der Literatur. Synesios hielt zwar von Laokoons Versen nicht viel, aber Laokoon und jedem andern gegenüber hielt er sich mit seiner Kritik, allerdings ebenso mit Lob, zurück, und als ich ihn deswegen zur Rede stellte, gestand mir dieser große, mutige Bekämpfer der Wüste, daß er es nicht wage, die Verse eines von sich derart überzeugten Mannes schlecht zu finden – die Gehässigkeit eines gekränkten Literaten werde nur noch von der Gehässigkeit der um den Preis der Orthodoxie kämpfenden Theologen überboten, – »du weißt ja: hüte dich vor der Schlange und hüte dich zweimal vor den – sagen wir einfach: Laodicaern!«

Obwohl nun Synesios Laokoon in dieser oder irgendeiner andern Hinsicht nie gekränkt hat, sondern ihm täglich sein Vertrauen schenkte, hat dieser Mensch ihm und mir mehr geschadet als irgendein anderer Feind. »Sei nüchtern und mißtrauisch, das sind die Gelenke des Geistes«, sagt ein weiser Grieche. Auch mein Vater Ursus hat mir diese Maxime vorgelebt. Aber was hat es mir genützt? Ich vermochte es nicht, so oft ich es auch versuchte, Synesios die Augen zu öffnen. Heimarmene – oder Gottes Ratschluß – wir mußten es büßen...

Damals in den ersten Monaten unsres Lebens im Bischofshaus besaßen wir noch nicht die Beweisstücke gegen Laokoon, und als wir, Chilos und ich, dann – freilich auf unerlaubte und unschöne Weise – in ihren Besitz gekommen waren, besaß Laokoon bereits das Vertrauen seines Bischofs und saß in seiner nächsten Nähe als sein Archidiakon.

Nun böte Synesios den Anblick eines krankhaft eigensinnigen und unbelehrbaren Menschen, wenn ich nicht noch einmal und ausführlich hinwiese auf seinen Glauben an die Führungskraft der Träume. Dieser Glaube beherrschte ihn bis zu seinem Ende und hat sein Leben immer wieder an Kreuzwegen bestimmt, so daß ich sagen kann: er wurde ihm zum Schicksal. In seinem Traumbuch, das er noch vor seiner Gesandtschaft geschrieben und Hypatia gewidmet hatte, versucht er das Reich des Traumes für die Erkenntnis zu erschließen. Hätte er mich damals gewürdigt, an seinen Gedanken teilzunehmen, wäre ich wahrscheinlich nicht imstande gewesen, ihm auf seinen Wolkenwegen zu folgen, sondern ich hätte ihm gewiß mein Erstaunen, ja, meine Furcht darüber gezeigt, Versprechen, die uns im Traum gegeben wurden, als Pfand Gottes zu betrachten. Er hätte bei dieser Gelegenheit gewiß meine Nüchternheit apostrophiert, aber »römisch« oder »lateinisch« hätte er sie diesmal nicht nennen können, denn wir im Westen des Reiches sind ebenso mantisch verseucht wie die Griechen. Sechshundert und mehr Rezepte, Instrumente und Mittelchen, um der Gottheit ihre Geheimnisse abzulisten, benützen ja die Römer wie die Griechen, und – wie jeder weiß – die Christen so gut wie die Heiden. Kirche und Staat, sogar der heidnische, haben Gesetze erlassen zum Schutz der Unwissenden, die von Jahrmarktpropheten für einen Blick in die Zukunft greulich gerupft werden (auch heute noch, hier im christlichen Alexandria, aber Gellios lacht darüber).

Ich empfand nie Lust auf die Zukunft, sondern wollte stets warten, bis ich sie als Gegenwart erführe: denn ich bin der Ansicht, daß Zukünftiges zu wissen für den Menschen unerträglich sein muß – etwa wie Disteln im Magen, die nur ein Esel zu verdauen vermag. Das hatte mir wohl mein Vater Ursus beigebracht. Wenn seine Freunde beschlossen, die Hühner oder Raben zu befragen, den Blitz oder das Mondlicht in einer Wasserschüssel, dann nahm er mich hinterher oft auf Seite, seufzte und raunte mir Worte über die Dummheit der Leute ins Ohr.

Zwar lehnte auch Synesios jede Art von mantischer Operation, wie etwa Loswerfen, Eingeweideschau oder Beobachtung des Vogelfluges ab – nicht dagegen die Vorhersage aus dem Dämmerreich des Traumes. Der Kosmos und die Einzelseele liegen nach seiner Ansicht so sehr eins im andern, daß sich, wie er im Traumbuch schreibt, »alles durch alles ankündigt«. Er geht noch weiter: der Kosmos sei, so schreibt er, ein einziges Lebewesen, und jedes Ding stehe zum andern im Verhältnis der Sympathie – freilich auch des Widerstreites.

Lange Jahre hatte er sich in den chaldäischen Orakelsprüchen verloren, und er lebte in der Zeit vor seiner Taufe, aber auch noch später, der Ansicht, daß die pneumatische

Seele im Tode die Gestalt eines Gottes oder eines vielgestaltigen Dämons oder auch nur eines schemenhaften Wesens annehme und so das ernte, was sie im Leben ausgesät habe. Sein Glaube, daß das erste Leben eine Vorbereitung auf das zweite sei, war ja dem christlichen nicht unähnlich, und auch sein Glaube an die Künftiges enthüllende Kraft der Traumerscheinungen wurde und wird ja von vielen und großen Christen geteilt – und nicht nur Homer, sondern ebenso die Autoren der Schrift berichten immer wieder von gottgesandten, zukunftweisenden Träumen.

Synesios hatte in der ersten Nacht, die er im Bischofshof zubrachte, einen Traum, soviel deutete er mir an; aber was er geträumt hatte, wollte er mir nicht mitteilen. Aus späteren Äußerungen: Briefstellen und halbverschluckten Seufzern entnahm ich, daß er im Traum das Trojanische Pferd und seinen Großvater Doros gesehen hatte – und Laokoon! Seine neue und schwierige Lage als Bischof bildete offenbar an diesem unseligen Traum weiter und legte ihm eine Deutung nahe, die den Umständen entsprach: er fühlte sich als erst vor kurzem getaufter Christ unsicher und in die Verteidigung gedrängt – in die Verteidigung seiner Person, aber mehr noch der ihm anvertrauten Wahrheit. Er befand sich wie auf dem Doroshof im Zustand der Belagerung, das ließ er sogar in seinen oft vor sich hingemurmelten Sätzen, die aber doch für mein Ohr bestimmt waren, durchblicken: er saß in Troja, und die Griechen belagerten ihn, seine eigne Vergangenheit also! Doros hatte das hölzerne Pferd gezimmert – Doros, sein Großvater! Und Laokoon spielte in diesem Traum offenbar die Rolle des Retters. Fragen, die ich manchmal im nebenher und wie zufällig stellte, gaben mir recht, daß ich zumindest den Kern des Traumes erkannt hatte.

Damals, am andern Morgen, als er mir über »den schrecklichen Traum« die erwähnten, aber sehr unklaren Andeutungen machte, versuchte ich, dem vollständig verwirrten und bedrückten Mann mit meiner Nüchternheit zu Hilfe zu kommen. Ich verwies darauf, daß er seit Jahren keine Tintenfische mehr gegessen hatte, und daß der Koch die Portion von gestern abend wohl nicht lange genug habe in Öl schwimmen lassen. Aber kaum hatte er das Wort Tintenfisch vernommen, verschloß er sich, sprach über sein hölzernes Pferd nicht weiter. Solch einen Traum auf einen schwer verdaulichen Mageninhalt zurückzuführen, mußte meinem Neuplatoniker, für den der Traum ausschließlich auf einer vorstellenden Substanz beruhte, einfach als eine Lästerung der Philosophie vorkommen. Ach, hätte ich doch meinen Sinn für natürliche Erklärungen an diesem Morgen – wir waren gerade vom Gottesdienst heimgekommen – bezwungen und stattdessen einen stärkenden Satz aus der Liturgie über den Tisch gesprochen, hätte ich nur gesagt: ›Sei gegrüßt, Licht unserer Seelen, das uns durch den Tag führt und in der Nacht sich spiegelt in unsern Seelen!‹ Ich aber sprach von Tintenfischen, und damit war der günstige Augenblick, in seinen Traum hineinzuschauen, vorüber. Synesios war keineswegs verschlossen, er öffnete mir – und leider nicht nur mir! – oft und gern sein Innerstes, aber einem seiner Träume sozusagen die Würde seines Ursprungs abzuerkennen, machte ihn scheu, ja furchtsam, er schlug die Tür zu, und sie blieb, was diesen einen Punkt anging, für immer geschlossen. Ich fragte ihn einige Wochen später, ob denn der Archidiakon wisse, welche Rolle er im Traum seines Bischofs spiele? Er blickte mich mit weit geöffneten, aber leeren Augen an und sagte, nein, Laokoons Seele sei zu »unruhig und gekräuselt«, um Träume hervorzubringen oder die anderer zu verstehen. Diese Antwort beruhigte mich. Indes – Laokoon war zum Archidiakon ernannt und regierte mit Macht.

Der neue Bischof erfreute sich beim einfachen Volk einer besonderen Art von Beliebtheit: man ließ die Verkaufsstände allein und eilte ihm entgegen, lachte und winkte ihm zu. Sobald man ihn umringt hatte, hagelte es Fragen, die keiner beantworten konnte, etwa: wann Rom von den Barbaren erobert werde? – ob der Sommer Seuchen bringe? – ob das schlechte Geld wirklich aus den Kellern des neuen Praeses stamme? – was der Bischof zu den Göttererscheinungen im Wald von Kleopatra sage, ob sie echt oder von den heidnischen Priestern erfunden seien? und was er zu den Prophezeiungen dieser Götter sage? – ob die Kyrenaika von goldhaarigen Riesen aus dem Norden zertreten werde? – ob es wahr sei, daß er, der Bischof, alle Sklaven befreien und aus ihnen ein Heer aufstellen wolle? – ob die Späher aus der Wüste wirklich die Olivenbäume vergiften könnten, daß man an ihrem Öl sterbe? – ob der Patriarch von Alexandria nicht ein heimlicher Ketzer sei und und den Tag für das Osterfest falsch berechnet habe, um die Planeten aus ihrer Bahn zu bringen? – ob es wahr sei, daß die Juden den Praeses mit Zaubergold aus dem Tempel von Jerusalem gekauft hätten?

So oft Synesios aus der Stadt zurückkam, tat er seinen schwarzen Kapuzenmantel ab, legte sich eine Weile aufs Bett. Dann zog er die Glocke, dic mich zu ihm rief, und beteuerte, wie ein mitleidiger Arzt, der von seinem Rundgang bei den Kranken todmüde heimkommt, daß er der Straßen und der Menschen überdrüssig sei. »Ich wußte gar nicht, wie dumm die Leute sind«, seufzte er, oder: »Überall Angst und Aberglauben – als wären wir Heiden!« Er bewies mir oft, daß dies Volk von Libyen noch gar nicht christlich oder schon wieder unchristlich geworden und überhaupt an seinem Ende angekommen sei. Und immer wieder die gleiche Frage: »Warum kam Er denn in diese Welt, wenn sie sich nicht ändert? Und warum kam Er so spät?«

Aber dann stand er meist mit einem Sprung von seinem Bett auf, trank einen Becher Wein und sagte mir: je höher ein Mensch in der Verantwortung für die andern stehe, desto mehr müsse er die Trauer um die Welt für sich behalten. Vor allem dürften wir beide, sagte er einmal, die Trauer der andern nicht um die unsre vermehren! Oder er rief, als kommandierte er sich selber: Freude, das sei die einzige Möglichkeit, Gott zu Hilfe zu kommen, nämlich seine Anwesenheit zu beweisen; denn die Freude dessen, der genau wisse, wo er lebt, sei heroischer Natur.

Indes – obgleich er kein Mann des Volkes war – das Volk liebte ihn. Manchmal stellte er sich diesem Volk und predigte. Nach einer solchen Predigt gestand er mir einmal, daß er, wenn er seinen Zuhörern gegenüberstehe und an ihrer Festigung im Glauben arbeite, jedesmal spüre, wie in seiner so sehr abgesonderten Seele die Skepsis des Philosophen schwinde, »allerdings nur für die Stunde, da ich die andern überzeugen will«, fügte er hinzu, »danach falle ich wieder auf mich zurück und ich kann nur seufzen: ›Heiliger Logos, lehre du mich auf deine Weise, was ich die andern gelehrt habe‹.«

Es wuchs in ihm die Überzeugung, daß eine Vielheit von Menschen, die als einzelne nicht befähigt seien, auf eigenem Weg zur Wahrheit vorzudringen, dorthin durch den Glauben gelangen könnte, während der einzelne, der philosophisch denke, diesen Glauben durchsichtig machen und durch die mythologische Einkleidung zum Kern vordringen müßte.

Es war Sommer geworden, als uns ein Latifundienbesitzer zur Feier des dreißigsten Todestages seiner Frau einlud, auch der Praeses werde anwesend sein, hatte der Mann, Demosthenes hieß er, uns in seiner Einladung versichert. Der Senator Julius hatte uns damals in Kyrene auf ähnliche Weise genötigt, auf seinem Bankett zu erscheinen; denn zu wissen, daß Andronikos als Gast da sei und die Einladung abzulehnen, konnte mancherlei hervorrufen, auf keinen Fall etwas Gutes.

Synesios hatte den Plan zu einer Sänfte entworfen, die von zwei Maultieren vorn und zweien hinten getragen wurde. Sie gestattete ihm, wenn er die Gardinen zusammenzog, seine Frau unbemerkt durch den Straßenverkehr zu bringen, und jedesmal, wenn ich in diese schwebende Kutsche stieg, die von einem Nubier auf dem linken vorderen Maultier gelenkt wurde, fühlte ich mich an meine seltsame Stellung als Frau des Metropoliten erinnert: ich saß dicht neben ihm, aber niemand konnte uns sehen.

Wir langten mit einer Verspätung, die störend wirkte, im Haus des Demosthenes an. Unser Sohn Phaidon hatte beim Abendtisch über einen heißen Kopf geklagt und sich darauf, ohne zu essen, in das Zimmer der Jungen zurückgezogen. Wir hatten noch eine Weile an seinem Lager verbracht und uns gefragt, ob wir nicht den Arzt rufen und ob wir überhaupt nicht lieber zu Hause bleiben sollten. Aber Phaidon wehrte sich gegen das Kommen des Arztes in einer Weise, die uns an dem Jungen fremd erschien: er machte heftige Gesten und sprach im Befehlston, dann fragte er den Vater nach den Fixsternen: woraus die Kuppel bestehe, an der sie befestigt seien? Was hinter dieser Kuppel, die den Kosmos abschließe, vorhanden sei? – Nichts? – Wie denn das Nichts aussähe? Die Fragen des sonst bedächtigen Jungen klangen herrisch, als wäre er der Lehrer und der Vater der Schüler.

Synesios lächelte verlegen und fragte ihn, warum er sich derart über Dinge errege, die wir Menschen nicht unbedingt wissen müßten?

»Aber das Nichts – –« begann Phaidon wieder, »wo das Nichts ist, kann doch Gott nicht sein!« Und Synesios, als wollte er ihm diesen Gedanken wegnehmen, strich Phaidon über die Stirn. »Nein, da hast du recht. Und es gibt gar kein Nichts!«

Das schien Phaidon zu beruhigen, er lächelte erleichtert und forderte uns auf, doch zu gehen, wir dürften nicht unhöflich sein. Paulus rief ebenfalls: »Geht schon, ich sorge für Phaidon! Und Tutulina ist auch da, wir dürfen sie wekken, hat sie gesagt. »Und da lachte es hinter uns: Tutulina, sie sagte: »Der Phaidon liest zu viel, jetzt dampft ihm der Kopf.«

Wir wollten gerade erleichtert zur Tür hinaus, da rief Phaidon – ja, wenn die Gestirne durch die Dünste, die aus dem Meer aufstiegen, getränkt und davon leuchtend würden, ob nicht auch der Mensch sie leuchtend machen könne – »durch Gedanken?« stieß er hervor, »durch lichte, große, neue Gedanken?« Seine Stimme tanzte.

Ich zog Synesios vor die Tür und flüsterte ihm ins Ohr, daß er allein gehen solle, es sei besser, wenn die Mutter zur Stelle sei; der Junge wirke, wenn auch nicht eigentlich krank, so doch übermäßig erregt. Synesios aber entschied: allein gehe er nicht, er spüre so etwas wie eine Gefahr – vielleicht daß man ihm eine Falle gebaut habe, »du kommst mit oder auch ich gehe nicht«.

Da rief ich Tutulina und sagte ihr ins Ohr, daß sie ja schon fast erwachsen sei und, wie sie ja wisse, eigentlich schon Kinder bekommen könne, dann könne sie auch auf diese Jungen, die in mancher Hinsicht noch rechte Kindsköpfe seien, einmal achtgeben. Sie solle in ihrem Zimmer bei der Lampe wachen, vielleicht etwas lesen – in der Schrift, oder auch beten wie sie wolle – ja, beten, »daß Gott unserm Vater Synesios in dieser Nacht beistehe, weißt du, der Böse ist da, der Praeses, und wenn der Bischof nicht hingeht, sieht das aus, als hätte er Angst vor diesem Menschen, und ein Bischof darf nie Angst zeigen.«

Tutulina reckte sich, ihre Augen flammten: »Unser Vater hat nie Angst«, rief sie. Synesios hörte es und ging an mir schnell vorüber zur Treppe hin.

Dort stand Chilos mit Stephanos, dem Ausonianer. Chilos rief mir nach: »Nehmt Stephanos mit, er läuft mit Fakkeln voraus! Der Mond ist noch nicht da!«

Nachdem wir in dem dunklen buschigen Gelände draußen vor der Stadt über eine Stunde hin und her gesucht hatten, entdeckten wir in der Ferne ein erleuchtetes Haus: es stand gegen das Meer wie eine mit glühenden Kohlen gefüllte Barke, Stephanos rief: »Dort, dort, das ist es!« Als wir dem Anwesen näherkamen, seufzte Synesios: »Ja, das Trauerhaus! Man gröhlt also zu Ehren eines Menschen, der seit dreißig Tagen in der Erde ruht – im Frieden Gottes. Ich fürchte, die sind alle betrunken!«

Eine schwüle, von vielem Räucherwerk schwere Luft umfing uns, als wir eintraten. Synesios flüsterte mir ins Ohr: »Jetzt möchte ich den Mut des Bischofs von Hippo haben, er hat aufgeräumt mit diesem Unfug! Das ist ja schlimmer, als ich es mir vorgestellt habe.«

Die Diener führten uns mit einer unhöflichen Eile durchs Atrium in den großen von zahllosen Lampen erhellten Speisesaal bis zum Platz des Hausherrn. Der Lärm der Stimmen und der Flötenspieler verebbte, Synesios schien ihn mit seinen Schritten niederzutreten. Das einzige, was sich im Saal bewegte, waren die Fächer der den Gästen Luft zuführenden Diener. An drei langen Tischen, die nebeneinander herliefen und mit Speisen und Weinkrügen beladen waren, saßen schwitzende Männer und Frauen durcheinander, alle bekränzt und vom Wein erhitzt, alle das Gesicht zu uns gerichtet, ein einziges geschwollenes Gesicht, das uns unter den Blumen der Kränze hervor mit glasigen Augen anstarrte und in seiner Unbeweglichkeit ebensogut ein Lachen zurückhielt wie eine böse Bemerkung über die Störung, – ich fühlte es, wir störten sehr.

Eine junge Frau, vielleicht die Tochter des Gastgebers, trat mit einem Kranz aus roten Rosen auf Synesios zu, hatte schon die Arme erhoben, um ihn auf seinen Kopf zu drükken, da bückte sich Synesios und schlüpfte unter ihren Armen durch, er sagte: »Sehr freundlich! Aber ein Bischof darf sich nicht bekränzen lassen«, und gegen Demosthenes, der gerade mir einen Kranz aufsetzen wollte, die Hand ausstreckend: »Auch die Frau des Bischofs nicht!« Und dann mit lauter Stimme: »Das Bekränzen ist ein heidnischer Brauch!«

»Man gestattet dem Bischof und seinem Eheweib unbekränzt zu bleiben!« Diese krächzende Papageienstimme, da war sie wieder: Andronikos! Er kam wie ein Hund schrägend auf uns zu, er schwankte bereits. Und indem er, als fiele er gegen meine Brust, mich an seinen Panzer drückte, stieß er mir seinen Weinatem ins Gesicht. Meine beiden Hände auf die Löwenköpfe seines Panzers drückend, stemmte ich ihn von mir fort. Synesios trat mit einem Schritt vor mich, zwischen uns und sagte leise: »Sie sind der Praeses der Provinz: ich der Metropolit!«

»Und das ist das Weib des Bischofs«, Andronikos sprach nicht laut, er schaukelte in einem unaufhörlichen Lachen diese kaum verständlichen Worte silbenweise aus dem goldenen Behälter seines Panzers hervor.

»Mit Erlaubnis der Kirche«, sagte Synesios bestimmt und ruhig, aber immerhin so laut, daß viele es hörten und miteinander zu tuscheln begannen.

Der Hausherr in seinem steifen, kaum Falten werfenden Prachtornat führte uns an unsre Plätze, zu seiner Rechten saß der Praeses, Synesios und ich kamen ans Kopfende eines der andern Tische zu sitzen, unsere Blicke konnten durch eine Gasse von Gesichtern laufen, davon die meisten noch immer zu uns heraufblickten, geradezu erwartungsvoll. Auf der andern Seite des Saales, uns gegenüber, war ein Podium aufgeschlagen, in dessen Mitte ein goldfunkelnder Sessel stand. Eine prachtvoll gekleidete Person, eher ein voll Gold strotzender Kleiderhaufen, befand sich auf dem oder in dem thronartigen Sessel, man konnte nicht feststellen, ob die Person saß oder hockte oder auch nur an den Sessel gelehnt war. Was meinen Blick am stärksten an dieser Person auf dem Podium fesselte, war, daß sie in vollständiger Unbeweglichkeit verharrte, und schließlich entdeckte ich auch noch, daß sie eine Maske trug. Das Podium leuchtete von Blumengewinden und rings um den Thron wölkelte es aus vielen Weihrauchpfannen, so daß die Thronende – es war die Tote! – fast auf einer Wolke zu schweben schien.

Synesios und ich hatten noch nie an einer solchen Gedächtnisfeier teilgenommen, ich sage an einer solchen und meine damit eine vom ägyptischen Totenkult beeinflußte, wie sie bei den Reichen in Mode gekommen ist. Wir Lateiner haben uns wie die Griechen nie bemüht, dem toten Körper ein Scheindasein zu verleihen, sondern überließen ihn der verwandelnden Kraft der Flammen oder der Erde.

Ich fragte Synesios, mit dem Finger gegen das Podium zeigend: »Weißt du, wer das ist – die Person auf dem Podium?«

Und er, ohne einen Augenblick zu zögern: »Die Kleider der Toten, was denn sonst, eine Puppe, die –«

Der Gast, der uns zunächst saß, ein alter Herr mit einem zerknitterten Gesicht, fiel lachend ein: »O nein, Heiligkeit, das ist die Tote selbst – mumifiziert – das macht man heute – jeder, der es sich leisten kann – und Herr Demosthenes kann es sich leisten – und ist darum genötigt, es zu tun – die Mode – Christus *lag* zu Tische, stellen Sie sich das vor – die Mode ist die einzige Göttin, die das Göttersterben überstand.«

Ich sah, wie Synesios der Mund offenstehen blieb. Er wandte sich gegen den Gastgeber, und da dessen Tisch wohl zehn Schritt von unserm entfernt stand, mußte er rufen – rief also: »Ist das wahr, Herr Demosthenes, daß das – da oben –«, er wies mit dem Finger gegen das Podium – »der Leib Ihrer verstorbenen Frau war?«

»Ist – ist – ist«, rief Demosthenes prompt, man lachte in unserer Nachbarschaft.

»Eine Mumie erster Güte«, rief Andronikos, »heute noch schöner als manche andre Frau bei Lebzeiten! Sie soll leben, unsre Makaria!« Und er hob seinen Becher gegen die

Thronende in den Weihrauchwolken, an den Tischen flogen die Becher empor, und ein hundertstimmiges »Sie soll leben!« erscholl.

Synesios erhob sich und streckte Schweigen gebietend den Arm aus. Als der Lärm sich gelegt hatte, begann er – seine Stimme stotterte sich in den Satz hinein: »Soso – Solon schon – und das sind jetzt tausend Jahre her« –, einige lachten, Synesios schwieg, bis es im Saal wieder still geworden war – »schon – schon Solon«, begann er wieder, unerbittlich an seinem Satz festhaltend, als wäre er selber der athenische Gesetzgeber, »hat den Pomp zu Ehren der Toten, in welcher Form er sich auch vollzog, als eine sinnlose Verschwendung gebrandmarkt. Aber was hier unter Christen tausend Jahre später geschieht, ist tausendmal schlimmer: hier wird nicht nur sinnlos verschwendet, hier wird der Tote – entehrt!«

Jemand im Saal schrie auf, eine Frauenstimme, die gleich darauf in einem Weinen versank.

Synesios wischte sich den Schweiß und fuhr fort: »Ich habe in meinem ganzen Leben noch nie einer solchen Feier beigewohnt, ja, ich wußte nicht einmal, daß unter Christen eine derartige Verachtung der Toten zur Belustigung der Lebendigen möglich sei. Ich habe zwar – und mit Schaudern – vernommen, daß in Ägypten und im Orient solche Gastmähler mit eingeladenen Leichen gefeiert wurden, aber ich sagte mir: das mögen Ägypter tun, die in ihrer unendlichen Irdischkeit verirrt leben und sogar noch, da sie Christen geworden sind, Knochen von Heiligen verehren und ihren Toten Gräber bauen wie Häuser und die Abgestorbenen durch Löcher im Boden tränken und ernähren. Haben sie doch auch ihre Götter morgens geweckt und gewaschen und angezogen und ihnen das Frühstück bereitet – wenn die Götter eine Magen- oder Darmverstimmung hatten, natürlich ein Mehlsüppchen, nehme ich an.«

Irgendwo kicherten einige der Gäste. Auch Synesios

schmunzelte. Aber dann, als hätte die Hitze im Saal ein Gewitter hervorgebracht, wurde seine Stimme donnernd, der Battiade und der Bischof vereinigten all ihre Kraft und ihren heiligen Zorn – und Synesios nannte dies Saufen zu Ehren der anwesenden Toten und ebenso die Saufgelage in den Kirchen zu Ehren der heiligen Märtyrer schlimmsten Rückfall in die Unsitten nicht der Heiden – fromme Heiden hätten die Gräber geschlossen gehalten und die Feste zu Ehren der Heroen seien nie in Saufgelage ausgeartet –, sondern einen Rückfall in die zu jeder Zeit lauernde Zuchtlosigkeit der menschlichen Natur.

»Wie können Sie, Herr Demosthenes, diesen toten Körper Ihrer Frau, der als er noch am Leben war, Sie in die heilige Einsamkeit der Liebe führte, ins Brautgemach, wie können Sie diesen Körper, der einst Ihr höchstes Entzücken war, aus dem Grabe herauszerren und vor den Augen trunkener und halbtrunkener Zecher zur Schau stellen! Was müßte die durch den Durchgang des Sterbens gereinigte Seele Makarias, wenn sie diesen Ort ihrer Schmach nicht flöhe, bei diesem Anblick einer ausgeklügelten Profanierung empfinden?«

Wieder unterbrach eine Frauenstimme den Redner mit einem aufschluchzenden Schrei. Doch da erhob sich der Gastgeber, er war ein sehr dicker Mann, selbst seine Glatze hinter dem Kragen glänzte jetzt glührot, er rief, seine Stimme klang platzend: »Genug! Mehr als genug! Das ist mein Haus, meine Tafel! Mir mein Fest zu verderben! Ja, Sie verderben es uns, Heiligkeit! Ich wollte meiner Makaria eine Freude bereiten und sie ehren, so gut ich kann. Sie sollten eine Lobrede auf Makaria halten, darum habe ich Sie eingeladen, und das hat Ihr Vorgänger in andern Häusern sehr schön gemacht – und nicht von So-so-Solon gesprochen –«, es wurde gelacht.

»Außerdem«, Andronikos sprang auf, er stützte sich dabei auf seinen Nachbarn, den Gastgeber, »es gibt kein Gesetz, das diese Art von Totenehrung verbietet. Und die Kirche kann nicht verbieten, was ich gestatte; und nicht gestatten, was ich verbiete.«

Andronikos sank in seinen Sitz und in den Beifall zurück, der sich in seiner Nachbarschaft erhob und dann, wenn auch zögernd, an den Tischrändern entlanglief.

Synesios stand noch immer, er sagte nun ruhig, wenn auch mit höchster Entschiedenheit: »Der Bischof von Hippo, Aurelius Augustinus, hat, als er noch einfacher Priester war, mit dieser Art von Saufgelagen zu Ehren der Märtyrer aufgeräumt. Das Volk hat ihn verstanden, die Regierung unterstützt. Ich bin der Bischof, Metropolitan der Fünf-Städte-Kirche. Ich werde mich an die Gemeinde der Heiligen, ans Volk wenden und es fragen, ob es solchen Unfug gutheißt. Sie wissen alle, daß solche Feste bisher in Libyen selten waren und nur von den Reichen gefeiert wurden, die zu Ehren der Toten sich belustigen und dies, dies vor allem: ihren toten Reichtum aufprotzen, da das Volk kaum noch das Brot für den morgigen Tag beschaffen kann.«

Er war bei den letzten Worten durch die Mitte an den Tischen entlang bis zu dem Podium geschritten. Dort verneigte er sich vor der Leiche auf dem oder an dem Sessel und rief: »Ruhe im Frieden Gottes, Makaria, und verzeihe uns allen!« Darauf wandte er sich langsam um und rief: »Ich gebiete allen Christen, für die ich als Metropolit die Verantwortung vor Gott und der Kirche trage, daß die Toten mit Pietät und würdig zu begraben sind; und daß, wenn ihre Körper im Grab ruhen, sie nicht mehr aus dem Grabe herauszuholen sind, – es wäre denn, der Kaiser und der Metropolit geböten eine Öffnung des Grabes oder eine Umbettung der Toten.«

Damit kam er langsam auf mich zu, gab mir einen Wink, und wir verließen die Festgesellschaft, die uns wie am Anfang anschaute, sehr gestört, aber auch verwirrt; niemand sprach ein Wort, nur die Pfauenfedern an den Fächern der Diener und die Weihrauchwölkchen bewegten sich.

Das Sommerhaus des Demosthenes lag neben dem Meer in einer sanftgewellten Dünenlandschaft. Stephanos lief mit seinen zwei Fackeln voraus, blieb immer wieder stehen, und wir sahen, wie die Fackeln sich hoben, in der Luft Kreise zogen und dann sich zur Erde senkten: offenbar suchte er nach dem Weg. Der abnehmende Mond war noch nicht aufgegangen, das Meer lag ruhig und spiegelte den Schein der Sterne und bot zugleich den Kiefern und Pinien einen so hellen Hintergrund, daß mir die Bäume wie Kamelkarawanen vorkamen, was sich aber bewegte, waren wir; nichts begegnete uns, kein Kamel, kein Wagen, nicht einmal der Esel eines jener Bauern, die am frühen Morgen ihr Gemüse zum Markt in die Stadt bringen. Auf diesem Sand- und Salzboden gab es keine Bauern, nur ein paar Reiche wohnten hier während des Sommers, ihre Häuser waren von den Dünen gegen den Meerwind geschützt und hinter Buschwerk verborgen.

Wohl nach einer Stunde schweigenden Umhersuchens, als das von Flämmchen funkelnde Haus des Demosthenes wieder in der Ferne erschien, gestanden wir uns ein, daß wir uns verirrt hatten. Stephanos sprach aufgeregt und leise mit dem Kutscher auf dem Maultier. Ich dachte an Phaidon und machte mir Vorwürfe und verwünschte im stillen unsere Entscheidung, die Einladung anzunehmen. Was ging uns dieser Demosthenes an und seine fetten Freunde und mageren Mitesser? Und wie konnten wir es für notwendig halten, durch unser Erscheinen eine Trauergesellschaft zu ehren, die durch die Anwesenheit eines Andronikos verunehrt war! »Schlimm«, seufzte Synesios, »ich fühle mich vergiftet; wie ein guter Pilz, von dem eine Giftschlange aß, giftig wird, so bin ich giftig geworden. Und meine Kinder: die Bischofsbrut – und meine Verbindung mit dir muß ich verteidigen – gegenüber Menschen, die ich nie kennengelernt hätte, wenn mich nicht das Unglück, wenn mich nicht Gott – warum nur! ... Und Phaidon will die Fixsterne mit guten und lichten Gedanken, wie das Meer dort – siehst du? – – aber wo sind wir?«

Stephanos kam gerade herbeigehinkt und rief uns aus zehn Schritt Entfernung zu – warum kam er nicht näher? –, seine Fackeln seien beinahe aufgebraucht, er werde trockne Pinienäste suchen und sich neue Fackeln machen – wir sollten derweil warten, bis der Mond aufgehe. »Gut«, rief Synesios, »wir warten.«

Für einen Augenblick stieg aus meiner Verwirrung und meinem Übermaß an Mißtrauen ein furchtbarer Gedanke: Stephanos war durch seine Taufe kein wesentlich anderer Mensch geworden, solche Annahmen, wie sie Vater Zosimos unsern Kindern beigebracht hatte, machten aus der Taufe einen magischen Vorgang: die Seele wird verwandelt! Der junge Beduine – er hatte in der Taufe einen neuen Namen bekommen, ein neues Ziel, ein neues Verhältnis zu Gott. Aber er blieb der Sohn seiner Mutter, seines Volkes, – und wer konnte wissen, was er in der Krypta seines Herzens mit der Lehre des Vaters Zosimos und den Belehrungen Tutulinas und den Freundlichkeiten der Söhne angestellt hatte? ... Die Gegend war sehr einsam, und die kaum geschützten Häuser der Reichen stellten eine Verlockung dar für schnelle Ruderboote aus der Syrte. Es war schon einigemale vorgekommen, daß nicht aus der Wüste, sondern vom Meer her Kabylen einfielen, bei Nacht, eh der Mond aufging. Allein schon der Schmuck der Damen, die in dieser Nacht bei der Totenfeier versammelt waren – und all die trunkenen, wehrlosen Männer – warum hatte Stephanos sich so geschickt verirrt, daß er in die Nachbarschaft des Ausgangspunktes zurückkehrte – und wohin war er nun verschwunden? und warum hatte er nur zwei Fakkeln mitgenommen? Nicht als ob er Synesios und mich hätte ans Messer liefern wollen; das von Stephanos anzunehmen, fiel mir doch zu schwer – aber daß er, der soviel in der Stadt herumlief, niemals auf Landsleute gestoßen sein sollte, es gab sie in jeder Schenke! – und warum sollten sie ihn nicht als einen der ihrigen erkannt und – wer weiß! – in ihre Dienste genommen haben? Aber dann trat Stephanos mit Fackeln langsam und scheu an unsere Sänftenfenster, seine Stimme fegte mir jeden Verdacht aus der Seele, er weinte. »Herrin«, rief er, »bestrafen Sie mich, aber ich war noch nie in dieser Gegend, auch er nicht«, er wies auf den Kutscher, »wir müssen warten, bis der Mond aufgeht.«

Und wir warteten. Der Mond ging auf, und die Lichter im Haus des Demosthenes erloschen eins ums andere. Stephanos führte die Maultiere ins Gebüsch und bat uns, noch ein wenig länger zu warten. Die Gäste gingen nun nach Hause, wir müßten sehen, welchen Weg sie nähmen und uns ihnen anschließen. Bald schon hörten wir Wagenräder knarren, ein ganzer Zug aus vier- und zweirädrigen Karren, ja sogar aus Planwagen formte sich. Wir ließen unsre Maultiere querfeldein trappeln, um den Weg freizugeben, und bogen dann in die Richtung ein, die alle nahmen. Auf den meisten Wagen, die wir, auf eine Lücke wartend, vorüberfahren ließen, rührte sich nichts. Nur die Stimmen der Kutscher und Fackelträger waren zu hören – es sah aus, als ob sie in den Kasten ihrer Fahrzeuge Waren in die Stadt brächten. Unter den Planen hervor drang dort, wo unsre Sänfte einen der schwerfälligen Wagen überholte, ein trunkenes Grunzen oder das Ächzen eines Körpers, der den Wein zurückgab. Synesios sagte, so oft er solche Geräusche hörte: »Zu Ehren Makarias!« oder: »Die Edlen von Ptolemais!« Die Stimme neben mir im Dunkel klang bitter und hilflos, mehrmals fragte er, was wohl die Diener – meist doch wohl noch Sklaven? – von ihren Herren denken müßten. Und er überlegte, ob es besser sei, wenn diese Diener schon Christen oder noch Heiden wären – besser für das

Ansehen der Kirche. Und als er zu keinem Schluß kam, stellte er mit trostloser Stimme fest: »Dionysos ist tot, Christus bei uns noch nicht auferstanden, aus der außermenschchen Natur ist Gott noch nicht eingezogen. Ja, die Sakramente! – aber wenn sie den Menschen so lassen, wie er immer war?«

Und da sagte ich: »Aber denk an unsern Stephanos, unsre Kinder haben ihn hinter den Büschen geheilt und genährt und zu einem Christen gemacht.«

»Ja, die Kinder – diese Kinder«, er flüsterte das glücklich und mit einem Hauch von Ehrfurcht. Und dann, mit bemüht leichter Stimme: »Phaidon wird wohl schlafen!«

Er schlief, als wir endlich im Bischofshof ankamen, wirklich, so kam es uns vor. Wir blickten uns, vor seinem Lager stehend, erleichtert an. Synesios hielt die Lampe an sein Gesicht, Paulus wälzte sich in seinem Bett auf die andre Seite, sagte etwas und schlief weiter. Plötzlich stand Tutulina zwischen uns: weiß, die Augen aufgerissen, und schon wandte ich mich nochmals Phaidons Lager zu, nahm Synesios die Öllampe ab, hielt die Flamme nah an den halb offenstehenden Mund unsres Sohnes und noch näher – und da erkannte ich: er war tot.

Tutulina trat nun dicht auf Synesios zu, sie wies mit dem Finger so eindringlich in die Höhe, daß Synesios den Kopf hob und zur Zimmerdecke schaute. »Zum Vater«, flüsterte sie. Da sah ich, wie Synesios sich krümmte und sein Gesicht gegen das Gesicht des Sohnes vorstreckte, langsam, in einer Art von Vorsicht, fast sah er aus wie ein Tier, das einen toten Körper beschnüffelt. Und doch war es seine Seele, die seinen Leib krümmte, die es nicht glauben wollte, und die, als sie es glauben mußte, einen Schrei ausstieß, einen dünnen, kläglichen Schrei, wie kleine tödlich verletzte Tiere, Katzen oder Schoßhunde, ihn ausstoßen mögen. Plötzlich fiel er auf die Knie, neigte sein Gesicht bis zum Boden, erhob sich und schwankte langsam hinaus.

Ich stand da, konnte mich nicht rühren, konnte nicht weinen; sah nur, was die andern taten; sah, wie Synesios hinausging und Tutulina ihm folgte; sah Phaidon – aber er war nicht mehr. Schließlich entdeckte ich Paulus in seinem Bett – daß er schlief! Ich empfand darüber einen jähen Zorn, und so weckte ich ihn und teilte dem Jungen, der sich verschlafen die Augen rieb, mit, daß sein Bruder verstorben sei. Als Paulus nicht begriff, wiederholte ich mit einer geradezu rohen Unvermitteltheit: »Dein Bruder ist gestorben – tot – und du schläfst!« Ich fühlte, wie ich ihn in unser Leid hineintauchen wollte, er sollte nicht schlafen und träumen, während wir mit leerem Kopf und verkrampftem Herzen herumstanden. Als ich dann das Gesicht unsres Paulus sah: sein Entsetzen, seine Not des Nichtbegreifens und schließlich die Grimassen kindlichen Schmerzes, da fühlte ich den Ansatz zu einer schrecklichen Befriedigung. Ich kann es nicht verheimlichen, etwas in mir forderte: das jüngste Familienmitglied sollte dasselbe erfahren wie wir, die ganze Familie sollte leiden, das ganze Haus, die ganze Stadt, alle, alle! Und wenn der Schmerz um den toten Sohn sich in der Art von Feuer geäußert hätte – wie ja ein vom Feuerbohrer gequältes Stück Holz schließlich zu glühen beginnt –, in diesen Stunden der Nacht, wäre es mir möglich gewesen, hätte ich die ganze Welt mit meinem Feuer der Qual in Brand gesteckt. Damals hatte ich die einsammelnde Hand des Todes im Geäst des eigenen Lebens zwar beim Sterben meiner Eltern gespürt, hatte auch weinende Mütter, weinende Gattinnen gesehen – und für jede hätte ich, wäre ich darum gebeten worden, ein Trostwort bereit gehabt. Nun aber fand ich selber keinen Trost, und der zur Höhe weisende Finger Tutulinas reizte mich, und die Schriftzitate, die sie neben Synesios in seinem Zimmer sitzend von Zeit zu Zeit, als wären es Schmetterlinge, aus der Weite ihres vollständig ruhigen Innern auffing, betrachtete und wieder dahinflattern ließ, diese heiligen, mit dem

Schmelz Gottes bedeckten Worte taten mir weh, mein Fleisch hatte keine Lust daran. Ich wollte Phaidon sehen, wie er jeden Tag war: wie er ins Bad stieg, seine frische Wäsche entgegennahm; wie er ungeschickt über irgend etwas stolperte; über den Büchern saß; wie er ernsthaft und von fern lächelte, wenn er einen erblickte; wie er mit strengen Gesten den Geschwistern Schweigen gebietend durch den Binnenhof ging – er zog sogar die Sandalen aus, nur um niemand zu stören, weder den Vater noch den Archidiakon.

Am Morgen vernahmen wir, daß noch drei andere Knaben und ein Mädchen ebenfalls in der Nacht gestorben seien, und ein Arzt, der zu uns kam, um den toten Phaidon zu sehen, legte uns besorgt ans Herz, die Kinder nicht aus dem Hause zu lassen, sie hätten ja soviel Platz im Binnenhof: es wüte in der ganzen Stadt eine Seuche, die allermeist Jüngere befalle, er sagte ›anfalle‹, gewissermaßen von hinten und ins Genick beiße und von hier her den Körper mit einem tödlichen Fieber erfülle.

Diese Nachricht, daß die Seuche uns nicht allein beraubt hatte, ließ mir Phaidons Tod in einem – es mag närrisch klingen, aber ich war närrisch! – gewissermaßen vernünftigeren Zusammenhang erscheinen. Der Tod hatte kein persönliches, auf unsre Familie gerichtetes Gesicht mehr – eine Seuche, das war ein allgemeines Unglück, wie ein Erdbeben, wie ein Überfall durch die Wüste – Gottes persönlich zuteilende Hand war nicht mehr sichtbar, es war einfach Schicksal, was da die Mütter betroffen hatte, die Eltern, die über den Leichen ihrer Kinder weinten. Vier waren es bisher, mit Phaidon fünf, vielleicht würden es noch mehr ...

Was mir aber eine besondre Möglichkeit bot, meinen Schmerz zu bändigen, war meine Wut gegen Laokoon und auch gegen Synesios – gegen »diese Männer«, wie ich schrie, die es nicht geduldet hatten, daß der Binnenhof den Kindern als Spielraum diente; die sie auf den Platz hinausgetrieben hatten, in die Gassen von Ptolemais. Kaum daß ich

Laokoon an der Bahre des Sohnes erblickte, fiel ich über ihn her, ich weiß nicht mehr, mit was für Namen ich ihn bewarf, doch das weiß ich wohl, daß ich ihm am Tod unsres Sohnes eine wesentliche Schuld beimaß. Synesios hielt sich eingeschlossen in seinem Zimmer, außer den Kindern war niemand anwesend. Damals hatte ich noch nicht erfahren, daß Laokoon heimlich an der Biographie seines Herrn schrieb und mich ungefähr auf jeder Seite mit Kot bewarf. Aber daß er einer Mutter, wie Chilos und ich dann kurze Zeit später lesen sollten, die alleinige Schuld am Tod ihres Kindes zuschreiben würde, war bezeichnend für das Unmaß seines Hasses und seine Kunst des Lügens und Verdrehens.

Diese vom Ehrgeiz angefressene Frau des Synesios also benutzte jede Gelegenheit, um ihren Mann gleich einem Stier in die Arena zu jagen, vor allem, wenn es galt, den Praeses Andronikos auf die Hörner zu nehmen, wie es in jener Nacht geschah, als der arme Junge zu Hause alleingelassen eine lange Nacht mit dem Fieber rang, während die Eltern sich auf das Monatsgedächtnis einer verstorbenen reichen Dame begaben und nun auch noch diesen innerfamiliären Anlaß für passend fanden, gegen altehrwürdige Sitten und Bräuche loszugehen und nur, um die weltliche Macht, die in Gestalt des Praeses Andronikos anwesend war, herauszufordern mit den Worten: der Staat kann nicht verbieten, was die Kirche gestattet; und nicht gestatten, was die Kirche verbietet.

Ob Laokoon im Haus des Demosthenes anwesend war, kann ich nicht sagen, da ich die Reihen der Festteilnehmer kaum mit einem Blick gestreift habe. Aber in seinen Aufzeichnungen gibt er sich, wie sonst meistens, auch hier als Augenzeuge, und darum wiegt die exakte Verdrehung der Wahrheit an dieser Stelle schwerer, nur der Eingeweihte spürt: bestellte Arbeit!

Von diesen Seiten an, die über den erneuten Zusammenstoß zwischen dem Praeses und dem Metropoliten handeln, steht der Archidiakon zum erstenmal ganz auf Seiten der staatlichen Gewalt. Bisher hatte er in seiner Biographie seinen Helden geschont, ja er hatte ihn gewissermaßen mit Anerkennung und Lob gemästet, jedoch nur, wie dem Kenner der Menschenseele nun klar wird, weil er von vornherein entschlossen war, ihn eines Tages abzuschlachten. Der Leser, der jede gute Eigenschaft des Helden von hinten und vorn kennt, erschauert, wenn er nun vernimmt, wie der Biograph, dieser ehrliche, zuverlässige, aber auch unbestechliche Gewährsmann nach und nach das Schlachtmesser vorzeigt und es schleift – nach dem schönen Prinzip: Ich bin zwar ein Freund Platons, aber noch mehr ein Freund der Wahrheit.

Synesios und ich waren durch den Tod unsres Sohnes in Gottes Nähe gezogen worden. Ich hatte Laokoon verziehen, hatte ihn wegen meiner Anklagen an der Bahre meines Sohnes einige Tage später um Verzeihung gebeten. Chilos, der bei diesem Gespräch Zeuge sein wollte, war entsetzt, vor allem, weil Synesios nunmehr erst zu der Überzeugung kam, daß Laokoon wirklich der Beleidigte sei. Meine Niederlage ließ Chilos nicht mehr schlafen. Eines Tages bat er mich, auf Synesios einzuwirken, daß er den Laokoon mit einem bestimmten Auftrag ein paar Tage über Land schikke, was auch geschah: der Archidiakon hatte zwischen zwei Bischöfen, die sich um einen Weinberg und einen Turm stritten, zu vermitteln.

Er konnte auf seinem Maultier noch nicht die Hügel erreicht haben, als Chilos bereits im Zimmer des Verhaßten stand und den Raum nach etwas abzusuchen begann, das seinem, unserm Bild dieses Laokoon entsprach. Wir hätten nicht sagen können, was wir in dem immer verschlossenen Raum vermuteten, aber gewiß etwas Heimliches, Schlimmes, etwas, das mit Gift, Haß und Finsternis zusammenhing.

Sein Fund enttäuschte Chilos zunächst, aber nur solange,

bis er einige Seiten gelesen hatte. Kaum daß er wußte: dieser hinter seinem Bart und seinem Schweigen verborgene Mensch schreibt das Leben des Synesios, raffte er die Papiere zusammen und las mir alles vor. Der Biograph war in großen Sprüngen hinter seinem Opfer hergeeilt und fast war er an dem Punkt angelangt, wo er hätte im Präsens schreiben können. Im zuletzt Geschriebenen stellte er mich und Chilos dar, wie dieser – man erinnert sich? – mir im Turm seine Hosen über die nackten Schenkel heraufzieht. Chilos konnte nicht weiterlesen, er murmelte nur: »Und das im Legendenstil! Er wird viele Leser finden.«

Bei diesem Vorlesen, das zwei Stunden dauerte, erfuhr ich endlich, was für ein schlimmes, nämlich von Machtstreben zerfressenes, falsches und gewissenloses Weib ich war. Da und dort lag das biographische Material noch unausgearbeitet in Form von Notizen vor. Aus ihnen ging die Absicht unsres Biographen besonders deutlich hervor. Da stand etwa: ›Prisca hier gleichsetzen mit der donatistischen Lucilla‹. Das war unmißverständlich. Durch diesen Vergleich – ich erklärte es Chilos – ordnete mich Laokoon in die Reihe jener reichen Frauen ein, die ebenso bigott wie hysterisch und geltungsbedürftig und darum zu allem fähig als Königinnen der Fäulnis in häretischen und schismatischen Bienenstöcken herrschen. Diese Verdächtigung meiner Rechtgläubigkeit wirkte allerdings auf mich weder beleidigend noch überraschend, denn wir leben ja in einer Zeit, da die Orthodoxie längst aus den Herzen in die Köpfe emporgezogen ist und von hier als theologische Rechthaberei die Gläubigen tyrannisiert. »Die Verteidigung des Glaubens als Waffe gegen persönliche Feinde benutzen«, so nennt das der große Basilios, und man muß annehmen, daß auch er einen oder ein paar Laokoons kannte.

Ich erfuhr aus dieser Vorlesung also, daß ich eine Lucilla, an andrer Stelle eine Jezabel und sogar, ich weiß nicht warum, eine Tochter der Giganten sei, wiewohl mein Scheitel Synesios kaum an die Nase reichte. Vor allen Dingen aber erfuhr ich endlich, was diese Prisca im Plan Gottes bedeutete: einen Köder, den Gott zu Füßen der Philosophin Hypatia für Synesios ausgelegt hatte, also ein Luder-Weib, in das die Vorsehung zwei Haken gelegt hatte: es war ›anziehend‹ – manchmal auch ›ansehnlich‹ oder sogar ›schwellend‹ – und es war ›dem Bekenntnis nach katholisch‹. Synesios hatte diesen Köder erstens zu schlucken, zweitens zu verdauen, und das war, wie der Biograph wissen will, keine Kleinigkeit. Aber Gott kennt in den Mitteln seiner Erwählung keine Rücksichten auf Menschenweisheit und guten Geschmack. Und Laokoon führt Namen von großen Christen an, sicher zwei Dutzend, auf welche Weise sie zum Christentum bekehrt wurden: Paulus durch einen redenden Blitz, Ambrosius durch einen Kirchgang, Augustinus durch eine Kinderstimme, Martin durch ein Stück Mantel, Basilios durch seine Mutter, und Synesios endlich – nicht etwa durch seine Frau! – sondern durch die Ehe, in welcher er wie Gold im Schmelztiegel geläutert wurde...

Chilos und ich waren über unsern Fund, wie sich denken läßt, mehr erregt als befriedigt. Zunächst einmal kopierte Chilos das Manuskript. Aber damit war noch nichts erreicht, wenn Synesios es nicht vor die Augen bekam. Doch wir sahen ein, daß es unvorstellbar war, es Synesios auf den Tisch zu legen und ihm zu sagen: lies und sieh, wen du zum Archidiakon gemacht hast und in deiner Nähe täglich duldest. Wir mußten warten. Phaidons Tod hatte seinen Vater zu einem halbirren Greis verwandelt, der sich einschloß und in den ersten Tagen Selbstmordgedanken hegte. Dann, als ihm seine Philosophie und sein Christentum und nicht zuletzt Tutulina, die sich zu seiner fast immer anwesenden Dienerin gemacht hatte, diesen Ausweg verboten, wurde er zu einem Bündel Mensch, dessen Gottergebenheit, was ich wohl merkte, im Kern aus Trotz und Lebensekel bestand. Ich vernahm eines Abends durch die halboffene Tür seines

Zimmers Tutulinas feste Stimme, wie sie las: ›Lazarus, komm heraus!‹ Und darauf sein Ächzen, das in ein ersticktes Weinen überging – und Phaidons Namen.

Andrerseits: wir konnten, durften nicht warten, Synesios mußte erfahren, wem er sein Vertrauen schenkte. Denn es war uns beim wiederholten Lesen dieser Vita klar geworden; daß der Autor Laokoon seinen Helden haßte; daß er im Auftrag schrieb und die Absicht verfolgte, Synesios' Fußstapfen aus der Geschichte zu tilgen ...

Ich blicke in diesem Augenblick von meinem Schreibtisch im Hause des Gellios über die Kyrenaika hin, und da sehe ich den Namen des Synesios noch als eine von der untergehenden Sonne angestrahlte Wolke, aber auf den neuen Metropoliten, dem zweiten nach Synesios, wirft sie einen Schatten. Das weiß er, der Metropolit – Laokoon! Außerdem kennt er wahrscheinlich das Wort des Basilios: ›Die Alten jammern über das Verlorene; die Jugend weiß nicht, was sie verloren hat.‹ Und vor allem weiß er – und wußte er schon, seit er seine Biographie zu schreiben begann –, wie man aus dem Schatten einer solchen Wolke herausgerät: man sorgt dafür, daß sie sich ausregnet! Er versteht sich auf solche Künste. Ja, er weiß, wie man Gegenwärtiges in Vergangenes, Wirklichkeit in Wunder, Wahrheit in Lüge verwandelt. All diese Legenden in Laokoons Manuskript! Und wie man es ihnen anmerkt, daß sie absichtlich fad, ja schlecht erfunden sind, ägyptisches Mönchsgewäsch! Sulpizius Severus wollte – allzu naiv! – mit seinen Wundergeschichten Galliens verweltlichten Klerus aufrütteln, was ihm nicht gelang; Laokoon will – geradezu teuflisch! – mit seinen Legenden und Wunderberichten das Leben seines Helden aus unserer Zeit wegschaffen. Der auch nur halbwegs intelligente Leser fühlt sich an der Nase geführt und weiß: so war es nicht! Aber wie war es denn? Bis dann langsam, langsam die Legenden der Diktion des Geschichtsschreibers weichen. Es ist, als ob der Autor die Lust an seinen eigenen

Lügen verloren hätte und sich nun geradezu reuig den harten Tatsachen zuwendet. Aus diesen geht nunmehr auf jeder Seite deutlich hervor, daß Gott sein Spiel mit Synesios immer gleichgültiger betrieb, ja, es gegen Ende der Lebensgeschichte hin einfach aufgibt, wenigstens was seinen allmächtigen siegreichen Beistand angeht: Synesios wird bei Laokoon zu einem verhärteten und streitsüchtigen Bischof, der im Kampf mit den Häretikern und vor allem ›mit der Spitze der staatlichen Gewalt‹, wie Laokoon den Praeses umschreibt, all seine Kräfte und vor allem sein Selbstbewußtsein verbraucht.

Ein frommer Priestergreis hatte Synesios in Alexandria vor der Konsekration versprochen, daß der Geist, den er jetzt empfangen werde, ein fröhlich machender Geist sei. Synesios hat von den Freuden des Heiligen Geistes, so furchtbar es klingen mag, wenig verspürt, das hat er mehrmals in Briefen geschrieben und mir oft mit einem entsagenden Lächeln versichert. »Meine Seele«, so sagte er einmal, »ist nur noch ein Feld, auf dem die andern ihre Kämpfe ausfechten.« Das ist besonders in Hinsicht auf Andronikos gemeint. Er schrieb einmal ganz deutlich: »Andronikos hält mich in Bewegung und nötigt mich, meinen Geist von dem eigenen ganz auf das allgemeine Unglück zu richten. Leid wurde mit Leid vertrieben.«

Und dann landete eines Tages im Hafen von Ptolemais die Nachricht, daß die Westgoten Rom erobert hatten. Synesios zeigte sich keineswegs überrascht, nur daß ihm von diesem Tag an kaum noch einmal ein Lachen gelang. Über allem, was das Leben uns noch bot, lag nun der ferne flakkernde Schein des ausbrennenden Rom. Es gab nichts Sinnvolles, nichts Begehrenswertes mehr, keine edle Tat, keinen verlockenden Plan, keinen morgendlichen Aufschwung, nichts, über das er nicht hinweggeschaut hätte. Hinter dem Horizont des Reiches, vor allem unsres Landes, hörte er nunmehr den Untergang grollend näherrücken. Selbst der

Anblick der beiden Kinder machte ihm das Herz schwer. Ich erinnere mich, was er einmal über den schlummernden Phaidon hingesprochen hatte: ›Schlafe, schlafe – und versuche zu entweichen!‹ Was uns noch allein übrigbleibe: der Aufbruch zum Vater! Es stand für ihn fest, daß die Goten auch nach Afrika kämen, über Spanien, daß sie Numidien eroberten, Libyen, ganz Ägypten, noch ehe der Kaiser – einerlei welcher! – aus seinem Palastschlaf aufgewacht sei und aus der Schar seiner Hofschranzen den herausgefischt habe, der fähig wäre, als Feldherr dieser Urgewalt entgegenzutreten. »Diese Goten«, murmelte er manchmal vor sich hin, nie allerdings in Gegenwart der Kinder, und schwieg dann. Einmal ließ er sich gehen: »Ja, diese Goten, die sterben leise, das können die! Ich stand dabei, als man sie in jener Kirche in Konstantinopel einschloß, das Dach überm Altar abriß und brennende Balken hinabwarf. Sie verbrannten wie die Wespen, summend, nein, sie schrien nicht, wie andre Menschen es getan hätten. Ich zitterte, weil es so still blieb in der Kirche, nur das Summen und das Blut, das unterm Portal herausfloß, bewies uns, daß Menschen darin waren, Menschen, die sich mit dem Stahl umbrachten, nur um nicht zu schreien in diesem Flammenhaus, in jener christlichen Kirche – es war die des heiligen Vorläufers. Ach, wie feine Christen wir waren! Wollten wir uns doch am Gebrüll dieser Barbaren ergötzen, aber sie schwiegen, diese Goten. Und sie haben nichts vergessen. Sie werden kommen – uns in unsern Städten einschließen, in unsern Kirchen, das Dach abtragen, Feuer auf uns werfen. Wir werden schreien; und sie, draußen vor der Kirche, werden stille sein, lauschen, kein Engel wird sich zwischen uns und die Flammen stellen. Gott hat uns vergessen an jenem Tag. Plotin hat es vorausgesehen, und er findet es gerecht, daß der stirbt, der die Hilfe von Gott allein erwartet. Und Solon sprach vor tausend Jahren – –«

Er lag in den Fängen einer ungeheuerlichen und unaufhörlichen Vorstellung, die mit ihm spielte, und ich weckte ihn eines Tages mit der Bemerkung, daß, wenn Plotin recht habe, er im Unrecht sei, weil er sich und die andern mit solchen Endvorstellungen lähme. »Kastelle bauen und den Geist erneuern«, etwas von dieser Art kam mir über die Lippen. Er stand sofort auf und sagte in mühseligem Eifer: »Ja, ja – das Ende hinausschieben, auch das ist Leben!«

Andronikos

Als die Geschehnisse einsetzten, die ich jetzt aufschreibe, war das von den alten Religionen uns überkommene Asylrecht zwar noch nicht kodifiziert, aber in Libyen auch bei den Christen in Übung, eigentlich müßte ich sagen: noch immer in Übung. Seit es bei den Griechen und Römern heilige Stätten gab, also seit Jahrtausenden, schützte der Gott, dessen Altar umschlungen wurde, den Schutzsuchenden, wer er auch war und welches Verbrechen er auch begangen hatte. Und wer immer es wagte, mit Gewalt in das Heiligtum einzudringen und den Schützling des Gottes über die Schwelle zurückzuholen, hatte nicht nur die Strafe des jeweiligen göttlichen Hausherrn zu befürchten, sondern wurde auch wegen Gottlosigkeit vor das Gericht des Staates gezogen. Dieses Asylrecht ist der Kirche vererbt, ja, aufgenötigt worden, und in seiner Ausübung liegen keinerlei neue Machtansprüche der christlichen Bischöfe verborgen.

Synesios war ein Grieche bis ins Mark und hielt darum die Macht des Staates für heilig. Nie hat er, wie andere Bischöfe zu tun pflegten, in schwebende Verfahren eingegriffen. Und wenn das Urteil gefällt war, und wenn kein Grund bestand, an seiner Gerechtigkeit zu zweifeln, überließ er den Schuldigen, wie einst den Brudermörder Johannes, den Folgen seiner Tat.

Laokoon rechnet Synesios diese Ehrfurcht vor dem Gesetz als »eine Erscheinung frühzeitigen Alterns, nämlich als Gefühlskälte, ja, Gleichgültigkeit gegenüber den Leiden der andern« an und erzählt von dem unglücklichen Simeon, der an einem Mord beteiligt war, zum Tode verurteilt wurde und nun seinen Bischof um Einspruch anflehte. Und Laokoon zitiert aus dem Antwortbrief des Synesios – wer hatte ihm Einblick gewährt: Andronikos oder Synesios? – und zitiert sogar richtig: »– so hat das Schwert des Staates denselben Reinigungscharakter wie das Sühnewasser in den Vorhöfen der Kirche.« Aus diesem Satz preßt Laokoon nicht nur gleich ein halbes Dutzend Irrlehren, er beweist aus ihm auch die vollständige Unfähigkeit des Synesios zum Bischofsamt. Synesios aber wollte nur sagen, daß die Gerechtigkeit eines Gesetzes in seiner unbedingten Notwendigkeit besteht und darum, allein darum!, allgemeine und unaufhörliche Gültigkeit besitzt und durch keinen Gnadenakt, von welcher Seite er auch komme, aufgehoben werden kann. Denn der Gnadenakt, wird er nicht in jedem Fall und jedem Schuldigen gewährt, ist in sich selber eine Ungerechtigkeit und macht das öffentliche Recht zu einem Glücksspiel oder sogar zu einem Indulgenzsystem, innerhalb dessen ein Mensch, der reich ist und starke Freunde hat, dem Zugriff des Gesetzes entzogen bleibt.

Daß nun Synesios das Schwert des Henkers und das Sühnewasser der Kirche in einem Atem nennt, ja sogar eine Parallele in der Wirkung beider schafft, ist nur mißzuverstehen, wenn man mißverstehen will. Synesios redet vom Reinigungscharakter des Schwertes und vergleicht es – er war ein Dichter! – mit dem Wasser, das an die Taufe erinnert. Er sagt also: wenn der Mensch sich beim Betreten des Vorhofs einer Kirche – genau wie in den heidnischen Zeiten schon – mit Wasser besprengt, bekennt er sich als Sünder und gesteht ein, daß er zu seiner Reinigung der göttlichen Nachsicht und Hilfe bedarf.

Ich allein weiß, wie schwer Synesios dieser Brief an den Mörder Simeon in seinem Kerker gefallen ist. Er hat ihn mir sogar vorgelesen und mich – man stelle sich vor! – um Rat gefragt. Aber ich fand ihn genau wie Chilos von einem

Gerechtigkeitsdenken diktiert, dem es um die Grundlagen des Staates ging und ebenso oder noch mehr um die Entsühnung der Schuldigen, für die Synesios – und ich glaube, alle, die rechtlich denkend in unserer Zeit leben – keinen andern Weg und keine andre Weise kennt als die furchtbare Einfachheit des Schwertes.

Freilich, da ist noch das Asylrecht der Kirchen. Synesios sagte sogar damals über Tisch aus seinem trostlosen Schweigen auftauchend: »Warum ist dieser Mensch« – er meinte den Mörder Simeon – »nicht, als man ihn abholte, in eine Kirche gelaufen? Da wäre er über eine Grenze getreten: aus dem Rechtsbereich des Staates in den Rechtsbereich Gottes, und der heißt Gnade.« Und er fragte Chilos über den Tisch hinweg, ob er diese Einengung des irdischen Rechts durch das Asylrecht verstehen könne? Chilos verneinte und führte aus, daß im Fall des Asylsuchenden die Schnelligkeit der Füße entscheidend sei und sodann die gleichbleibende oder abnehmende Aufmerksamkeit der Häscher, die das Asyl umlagern. Durch reiche Verwandte sei aber diese Aufmerksamkeit abzulenken – es komme auf die Menge des Geldes oder gar nur des Weines an, und schon habe die Nacht den Schuldigen in ihren Mantel gehüllt und davongetragen, »während hingegen der Alte, der Lahme, der Arme, die Schwangere oder die Mutter zahlreicher Kinder –«, Chilos verstummte und lächelte auf seine Weise, in welcher sich das Mitleid hinter eigensinniger Härte verbarg.

Synesios nickte vor sich hin, aber plötzlich rief er: das Asylrecht müsse trotzdem erhalten bleiben, eben weil es ein Recht sei, ein heiliges, von den Alten ererbtes, der Kirche übermachtes Recht, auf das sie nicht verzichten dürfe. Und dann sagte er, mir blieb der Atem vor Freude stehn: »Ein Vater straft anders als eine Mutter. Und die Kirche ist zuerst Mutter. Aus ihrem Schoß sind wir geboren, in ihren Schoß fliehen wir. Und sie verteidigt ihre Kinder gegen die Rute des Vaters, heiße der nun Staat oder – Gott...« Und wieder nach einem Schweigen, man sah ihm an, wie die Sache ihn nicht losließ: es sei auch nicht zu übersehen, in welchen Zeiten wir lebten, in welch ausgehöhltem Zustand die Gesetze und die Rechtsprechung dahinkümmerten. Wenn schon einmal ein gerechtes Urteil gefällt werde, laufe die Nachricht davon wie ein Donnergrollen bis in den letzten Winkel des Landes, und das Volk spitze die Ohren und sage: Sieh einmal an! Also doch! Es gibt noch ein bißchen Gerechtigkeit über uns. Wenn jetzt aber die Kirche wie im Fall des Simeon etwa eingriffe, geriete der Gnadenerweis für den einzelnen in das falsche Licht der allgemeinen Korruption. Das Volk sage dann: Nun ja, man muß entweder den Praeses oder den Metropoliten zum Freund haben, dann ist man sicher vor den Folgen seiner Taten.

Und er verlor sich in die Betrachtung des Asylrechts, das seinem Wesen nach etwas ganz anderes sei als Aufhebung oder Umformung eines Urteils. Es entstamme der alten Erkenntnis, daß alle Bemühung des Menschen um Gerechtigkeit ein Fährtenlesen in der Nacht sei. »War darum«, er erhob seine Stimme, »schon in rechtssicheren Zeiten das Asylrecht eine Art Ausgleich zu den der Rechtspraxis innewohnenden Schwächen, ja, gewissermaßen ein nachsichtiges Lächeln des Staates zu Ehren der zuschauenden Götter, so bedeutet heute dasselbe Asylrecht viel mehr – und es ist viel notwendiger. Rührt mir darum nicht an das Asylrecht! Auch Sie nicht, Chilos, Sie verstehen viel – aber nichts von dem, was wir Gnade nennen. Ich verstehe auch nichts davon, nur soviel weiß ich: der Himmel richtet anders als wir, er wertet anders, mißt anders, zumindest seit der Logos unter uns erschienen ist.«

Wir hatten das Essen vergessen, ich hatte überdies vergessen, den Kindern ihren Nachtisch bringen zu lassen, bis Tutulina sich mit einem tiefen Atemholen bemerkbar machte und zu Paulus sagte: »Komm, wir gehn in die Küche!« Da ich in jener Zeit bereits von den Aufzeichnungen des

Laokoon Kenntnis hatte und darum entschlossen war, das Leben meines Synesios zu schreiben, ging ich sofort nach diesem Gespräch die Treppe hinauf in mein Zimmer und machte mir Notizen. Derart lange und offen hatte Synesios nach dem Tod unsres Sohnes nie mehr mit uns gesprochen. Auch sein Gesicht, das war mir überm Essen aufgefallen, sah glatter und frischer aus, und die Augen hatten wieder etwas von ihrer meerhaften Weite zurückgewonnen. Und er hatte zwei Schalen von dem Wein getrunken, den ihm Euoptios bald nach dem Tod Phaidons gebracht hatte.

In den ersten Trauertagen fand ich dies Geschenk des Schwagers unpassend, ja roh, nach einigen Wochen nicht mehr, wenn ich sah, wie Synesios oft sich bereits am Nachmittag am Wein labte, während er in seinem großen Zimmer hin und her ging, die Hände auf dem Rücken und den Kopf tief gesenkt, als betrachtete er die Fliesen. Er hatte mein Dasitzen vergessen. Er trat dann ans Fenster, das in den Binnenhof ging, hörte den Stimmen der Kinder zu und erstarrte langsam, bis ich mich bemerkbar machte. »Ach ja!« konnte er dann seufzen, »du hast recht!« und ging zum Tisch, beugte sich über die Schale und trank. Und wenn er nach Chilos rief und zu diktieren begann, klang seine Stimme wieder fast so fest gewölbt wie in früherer Zeit. Nur wenn der Name des Davongegangenen von einem Unaufmerksamen erwähnt wurde, kam das Zittern in seine Stimme und seine Gesichtshaut.

Von morgens bis abends wogte das Sekretarium von Männern und Frauen, Klerikern und Laien, Bedrängten und Bedrängern, Ratlosen und solchen, die sich dem Bischof als Ratgeber anboten. Da gab es Bischöfe und Priester, die ihre Mitbrüder denunzierten oder Synesios in ihre Streitigkeiten hereinreißen wollten. Nach einem solchen von hundert Stimmen durchsummten Vormittag stapfte er mit halbgeschlossenen Augen in den Speisesaal herein, und ehe er einen Bissen genoß oder ein Wort hervorbrachte, trank er eine Schale Wein. Oft blickte er sich, wenn die Schale geleert war, wie erwachend um. Einmal fragte er mich, ob sein Gesicht geschwollen sei – er habe das Gefühl, als ob er von Mücken und Hornissen gestochen worden wäre, »von diesen Stimmen voller Gift!« murmelte er, »das lügt und verleumdet – und ich: eine offene Wunde, in welche die Insekten ihre Eier legen«. In einem Brief aus diesen Tagen schreibt er: »Der Priester Jason hat den Priester Lampronianus verprügelt – nein, umgekehrt! –, und nun klagt der Jason, zeigt seine Beulen und macht den Lampronianus schlecht: der Lampronianus soll Armengelder veruntreut haben. Wie kann aber ich das feststellen, ich, der ich mich nicht einmal in der eigenen Buchführung zurechtfinde? Überdies erklärt der Lampronianus: alles Verleumdung! – auch die Prügel! Jason sei bereits vollständig betrunken in eine Hurenschenke gegangen, habe den Jüngsten Tag verkündet und sei dann hinausgeschmissen worden, der Wirt könne das jederzeit bezeugen. Und nun soll ich meine Priester von Hurenwirten zensurieren lassen!« In diesem Brief an seinen Freund Olympios stellt er die Vermutung auf, daß er mit seinem Übertritt offenbar die Dämonen erzürnt habe, und die stellten ihm nun überall ihre Fallen. Seltsam nur, daß Synesios den fleischgewordenen Dämon an seiner Seite nicht erkannte: er vertraute Laokoon nach wie vor.

Der Archidiakon Laokoon war Synesios unersetzlich geworden. Er saß den ganzen Morgen hinter seinem Bart verborgen neben dem Bischof, hörte zu, flüsterte ihm etwas hinter der vorgehaltenen Hand ins Ohr, rief herein, führte hinaus, wählte im Vorsaal den nächsten und wies andre, die ihn oft kniefällig anflehten, hinaus, – unsre Kinder, die sich manchmal im Warteraum aufhielten, kannten die Bewegung seines Armes, und Paulus ahmte sie mit einem unsicheren Lächeln gelegentlich nach.

Trotzdem vermochte es Laokoon nicht, Synesios über die Wirklichkeit zu täuschen. Sie drang durch tausend Kanäle in ihn und uns alle ein, und diese Wirklichkeit wurde weitgehend durch einen einzigen Mann bestimmt: Andronikos. Dieser Name war wie einer jener großen flachen Steine, unter denen, wenn man sie aufhebt, der Bereich des lichtlosen Lebens plötzlich sichtbar wird: wurmhaftes Verknäueltsein und Sichwinden und überschnelles Gewimmel; Freßwerkzeuge und zum Fraß bestimmtes, träges Fleisch, ein Anblick, der dem an die lichte Welt gewohnten Auge Ekel und Grauen erregt. Noch jetzt, da ich dies schreibe, gewährt unser Libyen, das unter der Gewalt des Andronikos liegt, denselben Anblick wie das Leben unter dem Stein. Abgeschlossen gegen das Licht der uns vom Himmel verliehenen Vernunft und Menschlichkeit bewegt sich das Leben in unserer Kyrenaika nach dem Gesetz der Würmer, Asseln und Schlangen!

Genau ein Jahr war Synesios im Amt – ich hatte vor, den Tag im Kreis der Familie zu feiern, jenen Tag im April, den ich so sehr gefürchtet hatte – da brachte Tutulina, es war später Vormittag, eine dunkel verhüllte Frauengestalt zu mir auf den oberen Stock. Laokoon hatte sie am Sekretarium zurückgewiesen, und als sie dann im Vorraum stand und weinte, hatte Tutulina sie an der Hand genommen und die Treppe zu mir heraufgeführt. Die Handbewegung, mit der die Unbekannte die Stola aus der Stirn nahm und über das Haar zurückschob, ließ Stand und Anmut erkennen. Das noch junge Gesicht war bleich, die rotgeränderten Augen lagen in dunklen Höhlen. Ich bemerkte, wie Tutulina, als die Dame das Gesicht freigegeben hatte, »ach« sagte und sich dann rückwärts an der Wand entlang hinausschob.

Die mir Unbekannte begann, kaum daß sie saß, mit vorgerecktem Kopf zu flüstern. Sie stellte sich als Helena, die Frau des Grundbesitzers Menelaos vor. Mit ihren drei Kindern hatte sie bis zum Tag ihres Unglücks ein zurückgezogenes, behütetes und »Gott wohlgefälliges« Leben geführt, an welchem Ausdruck ich sie wohl als Christin erkennen sollte.

Das Unglück habe sich erhoben, als sie mit ihrem Mann zur Totengedächtnisfeier im Hause des Demosthenes gegangen sei. Sie habe die verstorbene Makaria gut gekannt; wer sie nicht gekannt habe, müsse sich ein falsches Bild von Makaria machen. »Sie hat diesen Demosthenes auf Befehl ihrer Eltern geheiratet«, flüsterte die Fremde und ließ den Kopf sinken. Sie schien ihr eigenes Unglück vergessen zu haben.

Als Freundin der Toten war sie zur Feier des dreißigsten Sterbetages gekommen, ohne zu wissen, daß Demosthenes diese Feier ägyptisch begehen würde. Als nun Synesios diese Schamlosigkeit der Lebenden gegenüber den Toten geißelte und die Rechte des abgestorbenen Leibes verteidigte, trafen seine Worte Helena tief ins Herz.

Bald nachdem Synesios und ich diese Totenfeier verlassen hatten, stand auch Helena von ihrem Platz auf und bat ihren Mann, sie nach Hause zu bringen. Menelaos, noch sitzend, blickte zu ihr auf mit einem Gesicht, das ihr unbekannt war: Unentschiedenheit und Angst verzerrten es zur Grimasse. »Wir dürfen nicht«, flüsterte er, »der Praeses ...« Helena erkannte die Gefahr und so drückte sie, als hätte sie zuviel Wein getrunken und müsse sich übergeben, den Schleier vors Gesicht und eilte hinaus. Menelaos folgte ihr. Sie hatten am Tisch des Praeses gesessen, und als sie an ihm vorübereilte, griff er nach ihrem Schleier, riß ihn ihr vom Gesicht, und da er mit einem einzigen Blick erkannte, daß sie ihre Übelkeit nur spielte, rief er: »Aha! – die schöne Helena folgt dem Synesios! Nur zu – nur zu – nur zu!« Er wiederholte die drohenden Silben soviele Male und so laut, daß sie es noch im Atrium hören konnte. Und Menelaos wiederholte, kaum daß sie ins Freie traten, diese Silben: »Nur zu – nur zu!« Er verwünschte Synesios und seine Rede und die Erregbarkeit des weiblichen Herzens. Der Praeses werde sie vernichten – »vernichten«, auch das wiederholte er. Menelaos war nicht mehr ganz nüchtern.

Drei Wochen später erhielt Menelaos die Ernennung zum Dekurionen ... Wer wüßte nicht, daß dieses Ehrenamt allermeist den wirtschaftlichen Ruin eines Mannes, einer Familie bedeutet! Die Steuersumme, für die Menelaos durch diese Ernennung dem Staat mit seinem Vermögen haftete, konnte er niemals aus seiner meist armen Nachbarschaft auftreiben. Zum Steuereinnehmer wird einer geboren, und vor allem: es muß in dem Distrikt ein offener oder verborgener Besitz vorhanden sein: Ländereien, Haus, Geld, Sklaven, Mobiliar – Besitz, auf den der neu ernannte Dekurione die Hand legen kann. Und das wußten Menelaos und Helena: nichts war vorhanden, oder doch so wenig, daß die grausamen Mittel des Eintreibers in einem geradezu lächerlichen Verhältnis gestanden hätten zum Ergebnis. Zudem hätte sich Menelaos, um eine Handvoll Drachmen aufzutreiben, die Gunst seiner Nachbarn für immer verscherzt. Er mußte also zahlen, und das hieß: er hatte seinen ganzen Besitz zu verkaufen – bis auf die letzte Handbreit Erde, die letzte Kolonenhütte, den letzten Huf.

Aber da zeigte es sich, daß niemand kaufen wollte. Die Trabanten des Praeses hatten die wenigen Reichen, die noch etwas erwerben konnten, eingeschüchtert. Menelaos lief umher, erkundigte sich nach Käufern, besuchte sie, flehte sie an, machte täglich neue und günstigere Angebote, aber sie hoben nur die Hände. Und als der Tag, an dem Menelaos die Steuerschuld seines Distrikts abliefern sollte, vergangen war, erschien bereits in der Frühe des andern Morgens die Steuerschwadron. Menelaos ahnte, als er die Uniformierten auf das Gutshaus zukommen sah, was ihm bevorstand. Er verabschiedete sich von seiner Frau und den Kindern, ein alter Sklave brachte ihm Käse und Brot und steckte es ihm schnell in die Kapuze seines weiten Wollmantels, den Menelaos bereits umlegte. Wasser würde man ihm schon geben, so beruhigte ihn der treue Alte, und Menelaos beruhigte seinerseits seine Frau, die keines Gedankens, keiner Bewegung mehr fähig war. Unaufhörlich quälte sie der Vorwurf, daß sie an diesem Unglück die Schuld trage. Wäre sie, nachdem Synesios fortgegangen war, sitzengeblieben, wie alle es taten, alle, alle, säßen sie am Frühstückstisch, sie zwei und die Kinder und die Hausgenossen. Nun aber standen sie vor dem Tor des Herrenhauses und blickten zitternd auf die klirrende Schar, die durch den weißen dampfenden Frühlingsmorgen herankam.

Menelaos lag bereits eine Woche im Kerker, fünf Tage hatte er nichts zu essen und nichts zu trinken bekommen, und der scharfgesalzene Schafkäse, den er nach dem ersten Fasttag heimlich in der Nacht heruntergewürgt hatte, peinigte sein Inneres wie Disteln. Der von seiner Mutter und dann von seiner Frau verwöhnte Mann hatte noch nicht gewußt, was Hunger und Durst sind und was sie aus dem Menschen machen können. Und Helena, die täglich ins Gerichtshaus gekommen war, aber erst am sechsten Tag Menelaos eine halbe Stunde sprechen durfte, fand einen Halbtoten, dem die Zunge wie eine Tonscherbe im Mund lag. Helena hatte Wein und Brot und allerlei leichte Speisen mitgebracht. Diesmal durfte Menelaos essen und trinken. Kaum daß er den Kopf von der Mauer heben und seine Zunge gebrauchen konnte, lallte er den Namen des Synesios.

Helena blickte mich jetzt mit aufgerissenen Augen an, schließlich wagte sie die Frage, von der, wie sie annahm, das Leben ihres Mannes abhing: »Wird der Bischof helfen?«

»Und ob!« rief ich laut und rief ebenso laut nach Tutulina, die sofort erschien. Ich trug ihr auf, den Vater heraufzuholen, er solle sofort kommen. Ich zitterte am ganzen Leib, streichelte Helena übers Haar, machte ihr Hoffnung, stammelte mit ihr zusammen den Namen des unglücklichen Menelaos und drohte dem Andronikos mit allen Mächten über und unter der Erde, sogar mit dem Kaiser. Aber was hoffte ich von Theodosius! Theodosius, schwächlicher Sohn eines schwächlichen Vaters, goldener Spielball in den Händen gottloser Bigotter! Seit Aurelian gestürzt worden war, herrschte dieser Anthemios oder Anastasius – jedenfalls der Nachfolger, der seinen Vorgänger haßt. Synesios glaubt immer noch, auch das Vertrauen dieser im Duft ihrer Selbstgefälligkeit prangenden Hofblüte zu besitzen – und schreibt ihm Briefe, Bittbriefe für diesen und jenen, und läßt sie durch seinen Vertrauten Troilos überreichen, auch so ein Byzantiniker, Erfolgs-Christ, Schöngeist und Taktiker, so einer, der die Bewegung jeder Welle mitmacht und am Schluß immer oben schwimmt. O Synesios, warum hast du dir so oft, allzu oft, Bilder von den Menschen gemacht, Bilder auf Goldgrund, die dir im selben Maß zur Ehre gereichten wie sie dir schadeten!

Kaum trat Synesios mit Tutulina herein, warf sich ihm Helena zu Füßen. Er hob die schöne Frau verwirrt zu sich empor und blickte mich, dann Tutulina fragend an. Ich schickte die Tochter fort und berichtete knapp und schnell. Ich sah, wie Synesios seine Augen von Helena fortnahm, den Blick senkte, und kaum daß er begriffen hatte, seine Hände vors Gesicht legte und sich vorsichtig in einen Sessel sinken ließ.

»Ich werde noch heute nach Byzanz schreiben«, murmelte er, und ich entgegnete: »Bis die Antwort hier eintrifft, wird Menelaos tot sein!« Synesios blickte gegen die Zimmerdecke. »Ich werde –«, seine Stimme schleppte, »ich werde meinen Archidiakon zum Praeses schicken und ihn –« »Schick einen andern!« sagte ich, »Laokoon ist –« Er warf mir einen ebenso bittenden wie gebieterischen Blick zu. »Ich werde den ganzen Klerus zusammenrufen. Wir ziehen vor das Gerichtshaus und beten die Bußpsalmen. Und ich eröffne dem Volk, was in diesem Kerker geschieht – und daß Menelaos im Namen des ganzen Volkes leidet, denn er hat getan, was richtig war: er ist dem Beispiel seines Bischofs gefolgt – hat getan, was alle Christen, die zu Ehren einer ausgestellten Toten soffen, hätten tun müssen. Und ich werde dem Volk sagen, daß der Praeses in Wirklichkeit den Metropoliten gefangengenommen, den Metropoliten enteignet, mit Hunger und Durst gefoltert hat. Heute noch –«, er wandte sich heftig zur Tür, kehrte aber noch einmal um und bat Helena um Verzeihung. »Geh zu deinen Kindern«, sagte er schließlich, »ich schicke einen Priester, der an eurer Tür wacht, daß niemand es wage, euch zu nahe zu treten. Ihr steht unter dem Schutz der Kirche!«

Das war Synesios, ein Vater der Armen und Bedrängten, ein Bischof, wie jener, den er so verehrt hatte und der vor einigen Jahren auf dem Weg in die zweite Verbannung gestorben war: Johannes, vom Volk der Goldmund genannt. In den letzten Jahren, seit uns die Nachricht vom Tod des Johannes auf vielen Umwegen erreicht hatte, nannte Synesios manchmal den Namen jenes trostlosen Ortes am Schwarzen Meer, den man dem Mann mit dem großen Anhang, um ihn weit genug fortzuhaben, zugedacht hatte. »Pithius«, sagte er, als wäre ihm etwas sehr Wichtiges eingefallen. Niemand außer mir und dem Bischof Alexander, der uns fast jeden Mittag besuchte, wußte, was das Wort bedeutete.

Der Bischof Alexander hatte, als die Verfolgung des Johannes Goldmund begann und er treu zu seinem väterlichen Freund stand, sein Bistum in Bythinien verloren. Nach der Amnestie für alle Anhänger des Johannes wurde er aufgefordert, wieder auf seinen Stuhl nach Basinopolis zurückzukehren. Aber der noch junge Bischof war bei Synesios in Ptolemais geblieben, teils wohl, weil er in Synesios den Landsmann aus Kyrene sah, der ihm gegebenenfalls Schutz gewähren könnte, aber mehr noch, weil die Vertreibung von seinem Bischofssitz ihm eine unheilbare Wunde zugefügt hatte: er erblickte im Patriarchen Theophilos ein Unglück für die Kirche – und dem Kaiser und seinem Hof sprach er jedes Einspruchsrecht in kirchlichen Dingen ab. Und wenn auch Synesios ihm unter vier Augen recht gab, so ermahnte er Alexander doch immer wieder, solche Ansichten, die der Einheit der Kirche gefährlich werden könnten, nicht laut zu äußern. Er riet ihm sogar, auf den verwaisten Bischofsstuhl zurückzukehren, was immer ihn auch bei seiner Heimkunft erwarte: Demütigungen durch die Behörden, Armut, Kampf mit dem Klerus und vor allem die bittere Einsicht, daß sein Wirken vielleicht gar keine Spuren hinterlassen werde. Und da fiel dann das seltsame Wort Pithius, es klang aus Synesios' Mund wie der Lockruf eines traurigen Vogels. Aber Alexander senkte jedesmal tief das Gesicht, und einmal – ich war gerade anwesend – hörte ich ihn seufzen: »Ich fürchte mich vor dem Kaiser, aber mehr vor der Kirche!«

Für Synesios war Alexanders Anwesenheit im Lauf der Monate zu einer Belastung geworden. Wenn er ihm draußen in den Straßen oder auf dem Domplatz begegnete, durfte er ihn nicht kennen, sondern mußte in eine andre Richtung blicken, und dann errötete er jedesmal, ich habe es gesehen. Alexander mußte für jeden, der seine Geschichte kannte – und wer kannte sie nicht – als ein ungehorsamer Bischof gelten, der seine Herde im Stich ließ und das Leben eines Vagabunden führte. Nach kirchlicher Anschauung galt Alexander als einer, der sich durch sein Verhalten selber exkommuniziert hatte. Durfte ein Bischof mit ihm überhaupt Umgang haben? Durfte er ihn in die Kirche eintreten lassen, ihm die Eucharistie auch nur wie einem Laien spenden?

An jenem Tag nun, als Helena uns besucht hatte, erschien um die Mittagszeit – er aß in dieser Zeit fast täglich bei uns – unser Alexander. Er bemerkte sofort unser aller

Verstörtheit, fragte und erfuhr, was sich zugetragen hatte. Gleich bat er Synesios, über ihn zu verfügen: zuerst bot er sich als Wache vor dem Haus der Helena an, dann, als ihm das abgeschlagen wurde, wollte er zum Praeses geschickt werden. Er sei trächtig von den auswendig gelernten Predigten seines Vaters Johannes und voll bis zum Hals von dem aufgespeicherten Zorn der Jahre, daß es ihm geradezu eine himmlische Wonne bedeute, diesem christlichen Achilles so laut die Wahrheit zu sagen, daß man es im ganzen Reich hören könne. »Danach mag er mich töten«, rief er, »und ich werde mit Gottes Hilfe diesen bischöflichen Weihrauchfässern in Byzanz und anderswo zeigen, was ein Bischof ist, und vor allem: wie er stirbt.« Und er stürzte, wiewohl der Tisch gedeckt war und Synesios und ich ihn mit flehenden Worten zurückriefen, davon; sein Mantel wehte, als er die Treppe hinabflog, schwarz und weit hinter ihm her.

Wir blickten einander an. Synesios sagte mit dem Anflug eines Lächelns: »Der Praeses läßt niemanden vor, den er nicht kennt. Außerdem: man weiß ja nicht einmal, in welchem seiner Dutzend Häuser und Lusthöhlen er sich gerade aufhält.«

Damit versuchten wir uns zu beruhigen. Und Synesios diktierte Briefe. Zunächst einen an Troilus, der ebenso ergreifend wie – ich wußte es genau – vergeblich war. Er forderte Troilus auf, bei dem allmächtigen Minister zu bewirken, daß »der Unhold Andronikos« sofort abgesetzt werde. Synesios führte an, daß Andronikos aus der Pentapolis stamme und schon allein deswegen gegen Recht und Brauch ernannt worden sei. Sodann schilderte er das Vorgehen des Praeses gegen Menelaos. Aber was besagte das in Byzanz?! Der Praeses war nun einmal ernannt und bisher treu seiner Amtspflicht nachgekommen, vor allem der wichtigsten und schwierigsten: der Erhebung der Steuer. Mit Schalmeien und Flöten ließen sich die vergrabenen Goldstücke nicht finden, wurde doch der Steuereid selbst von frommen Christen falsch geschworen. Das allein wirksame Mittel: die Folter war im übrigen durch jahrhundertelangen Brauch geheiligt. Daß Andronikos die Güter des Menelaos – niemand wagte zu bieten – konfisziert hatte, war durchaus rechtens erfolgt. Menelaos hatte als Dekurione versagt, vielleicht sogar aus Obstruktion gegen die Behörden, und mußte darum mit seinem Vermögen einstehen; so gebot es das Recht, das dem allgemeinen Wohl gegenüber dem Wohl des Privatmannes den Vorrang gibt. Was sollte da am Ende des Briefes ein Satz wie dieser: »Befreie Ptolemais von Trauer, die Stadt, deren Bistum ich gegen meinen Willen innehabe!« Dem Kaiser zu geben, was des Kaisers ist, kann überall und nicht nur in Ptolemais Trauer verursachen! Und wenn du dein Bischofsamt nicht mehr ausüben kannst, gib es ab, hier in Byzanz gibt es Anwärter genug.

Ich saß am Fenster, blickte in den Binnenhof hinab, sah Tutulina und Paulus einander gegenüber am Steintisch sitzen, sie auf jeder Hand eine Puppe, er, sich duckend, als hätte er Furcht, wer weiß, was sie spielten? Und der Archidiakon Laokoon kommt aus dem Sekretarium, geht an den Göttern und Genien aus Stein und den Kindern aus Fleisch und Blut starr und schwarz vorüber, ohne aufzublicken, öffnet die Tür im Nebenflügel mit dem Schlüssel und ist in dem Vorhang aus Efeu und Winden, der diesen Flügel bedeckt, verschwunden. Und wieder diese wallende Bewegung in dem grünblauen Vorhang aus Blättern und Blüten. Wieder spüre ich die große in der Laubwand verborgene Schlange, ich weiß: es ist der Nachmittagswind vom Meer, der sich im Hof zwischen den geweißten Ziegelsteinmauern fängt und diese langsam hinlaufende Welle im Blattwerk schafft. Und ich denke: Chilos müßte wieder einmal nachsehen, droben in Laokoons Zimmer, vielleicht hat er weitergeschrieben – und Chilos schreibt es ab, und ich lege es Synesios vor, halte es ihm vor die Augen, grausam und hilfreich wie ein Augenarzt: hier! tu ab die Binden von deinen Augen, vertraue nicht deinem Laokoon, nicht seiner Ergebenheit, seiner Tatkraft in der Verwaltung, seiner sich Freunde schaffenden Geschicklichkeit bei der Beaufsichtigung des Klerus. Lies dies hier, diese Blätter – zwar heimlich entwendet von seinem Schreibtisch –, und es ist auch nicht seine Handschrift, nein, nur eine Abschrift – aber alle deine Bücher sind Abschriften, und du hältst ihren Text doch für echt...

Aber mein Synesios würde sich ducken und die Augen zuhalten, wie jetzt drunten im Hof Paulus vor den Puppen, die ihm offenbar Unheimliches vorspielen – Dämonen! Laokoon ist dein Dämon, Synesios, erkenne ihn, das ist das einzige Mittel zur Unterscheidung der Geister! An seiner gespaltenen Zunge erkenne ihn, das ist stets die Sprache der Dämonen. Sieh dir den christlichen Achilles an, der fromme Erlasse und Briefe schreibt – nach Konstantinopel, an befreundete Bischöfe – und der Christus lästert, wenn ihn der Wein schüttelt, auch wir haben Lauscher, ja, wir: Chilos und ich...

In meine Gedanken drang die diktierende Stimme des Synesios: »– und Alexander gesellte sich zu dem Bischof Johannes seligen Andenkens – das Andenken an einen Toten soll bei uns geehrt werden, weil alle Feindschaft mit diesem Leben abgelegt wird –, zu diesem also gesellte er sich und wurde von ihm zum Bischof des bithynischen Basinopolis geweiht. Als nun der Kampf gegen den Bischof Johannes Chrysostomos entbrannte, blieb Alexander ihm treu.«

Ich merkte: das ging an den Patriarchen, und ich hatte nun die seltene Gelegenheit, einen Menschen, nämlich meinen Synesios, zur gleichen Zeit wegen seiner Klugheit zu bewundern und wegen seiner kindlich törichten Offenheit zu tadeln, freilich nur in Gedanken. Daß Synesios dem Patriarchen in diesem Augenblick schrieb, war klug: der

Metropolit von Ptolemais mußte endlich zwischen sich und Alexander eine deutliche Linie ziehen, und so fragte er – auch das war klug – beim Patriarchen an, wie er sich dem ungehorsamen Bischof Alexander gegenüber zu verhalten habe. Auch daß Synesios auf seine eigne Unerfahrenheit im Bischofsamt hinwies und den Patriarchen um seinen Rat anging, war wirklich klug; denn der Despot Theophilos überließ sich gerne dem Rausch seines Papalismus. Aber daß Synesios seine Sympathie für den Bischof Johannes zu erkennen gab ohne zwingenden Grund und ihn auch noch ›Goldmund‹ nannte, das war eine jener noblen Torheiten, die Synesios nicht ablegen konnte. So war er: stolz, durchsichtig, unbedingt, treu und, wiewohl ein Grieche, ohne jede Fähigkeit zur Verstellung. Und solches schrieb er dem Theophilos, der jeden Gedanken verbarg oder ihn bis zur Unkenntlichkeit ummodelte, ja verbog, bis der im Wort geäußerte Gedanke ihm als Schlinge, als Angelhaken dienen konnte. Theophilos hatte den Bischof Johannes mit einem Haß verfolgt, wie ihn nur die mörderische Eifersucht rivalisierender Orthodoxer hervorbringen kann. Es hatte ihm nicht genügt, Johannes zu stürzen und an seiner Verbannung mitzuwirken, er hatte auch noch seine Finger in jenen dunklen Fädenzügen am Hof, die Johannes, als sein erster Verbannungsort zu einer Wallfahrtstätte für seine Anhänger wurde, bis ans Schwarze Meer dirigierten – nach Pithius, das der Todkranke nicht mehr erreichte.

Und nun erklärte Synesios diesem Mann, daß der Haß gegen den Bischof Johannes, genannt Chrysostomos, zu begraben sei, und auch noch, daß der treueste Schüler des Johannes in seinem Haus, im Haus des Metropoliten, ein- und ausgehe.

An diesem Nachmittag warteten wir alle auf Alexanders Rückkehr. Gegen Abend, der Binnenhof stand bereits voll Schatten und die Diener deckten den Tisch im Speisesaal, kam Stephanos atemlos zu uns herein. Wir saßen im

Studio, nein, wir gingen umher, Löwen vor der Fütterung, und doch vernahmen wir das Klirren der Schüsseln und Messer nebenan geradezu als störend. Stephanos entschuldigte sich, daß er einfach mit dem Bischof Alexander davongelaufen sei, aber er habe Angst gehabt um diesen heiligen Priester.

Unser junger Diener hatte einen Bekannten im Gerichtsgebäude, einen Ausurianer, der mit ihm manchmal in der Schenke gesessen hatte, nur um einen seiner Landsleute in der Muttersprache reden zu hören. Dieser Wachsoldat habe ihm und dem Bischof Alexander verraten, daß der Herr Menelaos gar nicht mehr in der Stadt liege, sondern auf ein entfernt gelegenes Kastell gebracht worden sei – den Namen hatte der Ausurianer allerdings nicht preisgegeben – ein uraltes, uneinnehmbares Kastell, in welches einst der König Battos sieben Giganten habe werfen lassen, – »und sie sollen noch dort in den Verliesen hausen«, flüsterte Stephanos, »ohne Wasser, ohne Brot, durch tausend Jahre«. Er drückte die Hände auf seinen Magen.

»Und Alexander?« fragte ich schnell.

»Ist fort«, sagte Stephanos und verdrehte die Augen, als hinge Alexander oben an der Decke.

»Fort? Wohin?«

»Haben ihn mitgenommen«, stieß er hervor.

»Wer: sie?« Ich zitterte am ganzen Leib, Synesios saß nun im dunkelsten Winkel des Zimmers und hielt sein Gesicht hinter den Händen verborgen.

»Die Wache, die am Gerichtsgebäude.«

»Und warum?« Ich habe wohl geschrien.

»Weil der heilige Priester –«, Stephanos fand nicht die richtigen Worte, seine mangelhafte Kenntnis des Griechischen, aber mehr noch seine Erregung machten seine Aussagen schwer verständlich. Es dauerte lange, bis wir erfuhren: Alexander hatte mit einem irgendwo aufgelesenen Stab gegen das Tor des Gerichtsgebäudes geklopft. Sofort hatte sich das Tor aufgetan, niemand war in der schwarzen Lücke zu sehen. Mit dem Namen des Menelaos auf den Lippen war Alexander hineingegangen. »Wo ist Menelaos?« hatte er laut gerufen, »ich bin der Bischof Alexander von Basinopolis, ich reise morgen in meine Stadt und nehme den Menelaos und seine Familie mit mir.«

Da hatte sich das Tor hinter ihm geschlossen. Stephanos und der wachehaltende Ausurianer standen da und lauschten durch das mit Bronze gepanzerte Tor. Sie drückten das Ohr ans Metall, und der Ausurianer sagte leise: »Jetzt kommt er in den Keller!« Als Stephanos in seiner Angst um Alexander zu bedenken gab, daß er ein Bischof sei und doch gar nichts Böses getan habe, ließ ihn der Ausurianer wissen: im Keller seien alle gleich, und wenn der Praeses zusammen mit seinen Foltermeistern seine Fragen stelle, komme aus den Zehen, den Fingern, den Ohren, den Zähnen zusammen mit dem Blut eine Menge Böses heraus – aus jedem!

Da schnitt Synesios' Stimme dem Stephanos das Wort ab. »Schweig!« sagte er, und zu Chilos gewandt: »Schreib! Gegen Andronikos – an die Bischöfe, Priester und das ganze heilige Volk.«

Ich erschauerte – diese Stimme! Synesios überschritt in diesem Augenblick eine Schwelle, über die sein Fuß nie mehr zurückfand, und seine Stimme kam bereits von drüben, unsagbar ruhig klang sie, losgelöst von allem, aber unaufhaltbar, ein Strom.

»Die Schlimmes wirkenden Mächte im Kosmos bewegen sich zwar im Sinn der Vorsehung, denn sie züchtigen jene, die der Züchtigung bedürfen – und wer bedürfte ihrer nicht? Aber die Rute in Gottes Hand soll sich nicht rühmen, sie ist ihm, wiewohl er sich ihrer bedient, ein Greuel; denn das Werkzeug des Zornes war einst Mensch oder ein guter Dämon und ist durch eigene und unaufhörliche Neigung zum Bösen erst Stachelstock und Folterwerkzeug geworden.«

Und Synesios blickte in die Ferne der Geschichte, rief die Eroberer mit Namen, zuerst den Nebukadnezar, zeigte ihn als den Vollbringer des Gerichtstages über Jerusalem, aber auch als den Wahnsinnigen, der sich nach all seinen Siegen wie eine Ochse vorkam und nackt über die Felder kroch und das Gras um sich her abweidete. Und andre Eroberer rief der Diktierende, andre Peiniger der Völker, andre Vollzieher des göttlichen Gerichts. Und er stieß einen um den andern hinab in den Abgrund des Wahns, der Bosheit, der Gottesferne. Synesios wurde ausführlich. Aber für den Verstand ist es unmöglich, das Übel und das Böse im Plane Gottes unterzubringen – leiden doch nicht nur jene, die der Züchtigung bedürfen, sondern auch die ganz Unschuldigen. Und ich hätte Synesios' Diktat gern mit der Frage unterbrochen, womit die von den Wüstenreitern an die Türen genagelten Frauen ihr Los – das ja dann von Gott stammte – verdient haben, ebenso die Hekatomben von abgeschlachteten oder verdursteten Kindern – und sogar die Haustiere, die doch ihr Leben lang dem Menschen dienten? Aber Synesios' Denken war damals noch immer von der Philosophie bestimmt, und nicht anders als die anderen Theologen unserer Zeit versuchte seine Vernunft, diese Welt als sinnvoll geordnet hinzustellen... Die Deuter des Leides und des Bösen und des ganzen Irrsals dieser Welt tun so, als kennten sie Gott und müßten ihn rechtfertigen vor der Vernunft. Aber wer kennt Ihn?! Und ich dachte schon damals, als ich Synesios an diesem Abend zuhörte, daß er noch einen weiten Weg habe, bis seine Philosophie am Geheimnis Gottes zerschellen und sein Geist ihn auf die einzig mögliche Weise erfahren würde: im Hinsterben zu Ihm.

Aber dann geschah es, daß ich den Atem anhielt: von der Schuld des Verräters Judas ausgehend näherte er sich, von aller Philosophie ablassend, dem Zentrum seines offenen Briefes: »Findet der Mensch, der das Böse aus sich in die

Wirklichkeit herauflässt, noch irgendeine Entschuldigung? Vor sich selber gewiß! – aber vor den andern? Kann er, Judas, behaupten, daß er der ewigen Notwendigkeit gedient habe? Denn Christus sei ja vom Vater zum Tod bestimmt worden! Aber da steht das Wort Christi: Wehe der Welt um der Ärgernisse willen!« Und dann – – der Würfel war gefallen, der Vorhang zurückgeschoben, unsre Zukunft schaute uns furchtbar an, er diktierte:

»Es müssen also die Wüstenstämme ebenso wie der Praeses Andronikos für das, was sie uns angetan, eine gerechte Buße leisten. Hat doch selbst die Heuschrecke, die den Himmel verdunkelnd unsre Fluren überfiel und das Getreide bis zur Stoppel und die Bäume bis auf die Rinde abfraß, ein meerwärts stürmender Wind in die Höhe gerissen und im Salzwasser der See ertränkt. Auch der Wüstendämon ist durch unsre Waffen gezüchtigt worden. Was für ein Verderben aber muß dann dem Andronikos bereitet sein, der unserm Land Schlimmeres zufügte als Heuschrecken und Wüstenvölker zusammen? Welche Strafe könnte für seine zahllosen, offen und heimlich begangenen Verbrechen hinreichen?«

Und Synesios stieß in seiner Darstellung die Türen zu den Missetaten des Praeses auf; er erzählte, was gestern Menelaos und seiner Familie geschehen war und heute dem Bischof Alexander.

Hier nahmen die Gedanken des Synesios eine seltsame Wendung. Er gestand in aller Einfalt – was eine diplomatische Natur in solcher Lage verschwiegen, auf keinen Fall ausführlich dargestellt hätte –, daß Andronikos sein Feind sei und ihn aus dem Hinterhalt heraus und dann mit seiner Heeresmacht schon damals, als er noch in philosophischer Abgeschiedenheit auf dem Doroshof lebte, angegriffen habe. Auch diese Feindschaft sei für ihn ein Grund gewesen, das Bischofsamt zuerst abzulehnen, um nicht das Land aufzuspalten in Anhänger des Andronikos und des Synesios.

»Aber«, so steht es wörtlich in seinem Hirtenbrief, »nachdem ich über die Menschen, die mich zum Metropoliten von Libyen machen wollten, mit meinen zahlreichen Gründen, das Amt abzulehnen, fast schon die Oberhand gewonnen hatte, da wurde ich von Gott besiegt. Man sagt ja im allgemeinen, daß der zum Bischofsamt ohne sein Zutun wirklich Erwählte in einem besonders nahen Verhältnis zu Gott stehe – ich zum mindesten habe den Willen Gottes über mir gespürt und mich darum gebeugt, gab mein Leben, wie ich es in der Stille und Freiheit des Doroshofes geführt hatte, auf und fügte mich in die neue Ordnung, die mir alles nahm, was ich besaß: den Wald und die Jagd, die Bücher und die Kontemplation, das verborgene Leben im Schoß meiner Familie. Und was mir Gott durch mein Amt zuteilte, war das Gegenteil von all dem: Stadtluft, Lärm, Zerstreutheit des Herzens, die offne Tür des Bischofshauses, fremde Menschen um mich, Bittende, Klagende, Anklagende; Seufzer und Not, wohin ich auch komme; Gewisper hinter meinem Rücken; die Last der Verantwortung auf meinen Schultern; und dazu sticht und verhöhnt mich die Dornenkrone der Ohnmacht – auch jetzt, da ich diese Worte diktiere. Und die Familie, die mir einst Zuflucht war, ist in den Strudel der Öffentlichkeit hineingerissen. Sogar in die Trauer um meinen Sohn dringen die Stimmen von draußen, die Stimmen derer, die mich um Hilfe anflehen und derer, die mich lästern und verspotten. Ein heiliger Greis drüben in Alexandria versicherte mir am Abend vor meiner Weihe, daß ich die Gabe des Heiligen Geistes empfinge – und daß dieser Geist heiter sei und den, der sich ihm überlasse, heiter mache. Ich aber bin von meinem Amt mit Trauer und Schwermut vergiftet, woraus ich entnehmen muß, daß ich mich dem Heiligen Geist nicht ganz überlassen habe. Aber wie soll es geschehen, wenn ich mich, seit ich Bischof bin, von dem Frieden, der mich einst erfüllte, nicht einmal auch nur für eine Stunde umfangen fühle. Doch ich ahnte mein Unglück voraus, denn ich wußte, daß ich für die Stille und den Umgang mit wenigen Menschen, denen ich mit meinen Einsichten dienen könnte, geschaffen sei – nicht aber für die Verstrickungen, die dem öffentlichen Leben eigen sind; nicht für die Hinterhältigkeiten, die jeden Hochgestellten umgeben; nicht für die maßlosen und einander widersprechenden Ansprüche, die das heilige und unheilige Volk an die Bischöfe stellt.

Kaum hatte man mich auf den Bischofsstuhl hinaufgenötigt, da bemerkte ich von dieser erhabenen Stelle aus – von der man viel mehr sieht und zugleich auch viel weniger! –, da bemerkte ich, wie die Wogen der Feindschaft sich gegen mich wälzten, noch schmutziger und gefährlicher als ich es mir vorgestellt hatte. An den Neid der Dämonen dachte ich nicht mehr, ich fühlte mich gegen sie beschützt, vor allem auch, weil ich mich nicht für so tugendhaft und trefflich halte, als daß ich ihren Neid erregen könnte. Aber es gab und gibt einen Dämon in Menschengestalt, der mich vernichten will, und er heißt Andronikos.«

Fast hätte ich, als ich diese Worte vernahm, aufgeschrien: »Und Laokoon!«, aber für diese Eröffnung war die Zeit noch nicht gekommen.

Und Synesios zeichnete Andronikos als einen Dämon, »mit Unglück nicht zu sättigen«. »Was von Libyen noch heil und übrig blieb, ist seine Beute geworden. Weh auf dem Markt und in den Gassen, wohin ich auf meinen Wegen komme, wenn ich meine Schutzbefohlenen besuche: überall Stöhnen, Geseufz, lautes Klagen. Andronikos hat Ptolemais und die andern Städte mitten im Frieden mit seiner Art Krieg überzogen: dort fehlt der Vater, hier der Sohn, fast überall das tägliche Brot. Und niemand wagt darüber zu reden: wie die Männer in der Nacht abgeführt wurden, und zu fragen: wo sie sich aufhalten, was ihnen geschehen ist oder noch geschieht. Ein Mann, der dem Bischof seinen zerfleischten Rücken zeigt, muß es heimlich tun, sonst kann er morgen wieder im Schraubstock hängen; und eine Mutter, die sich um ihre schöne, von Andronikos irgendwohin entführte Tochter beklagt, riskiert die Lippenschraube. Und dieser Mensch, der aus den Abwässern unsres Zeitalters auftauchte und sich auf Rattenart ins Licht schlich, er hat Amt um Amt mit Geldern dunkler Herkunft erkauft und sich dann auf den Ehrenwagen des Praeses geschwungen, ein Vorgang, der bedrückender auf uns wirkt als der Untergang Roms. Aber hat sich ein Staat, ein Volk, eine Zeit nicht den Untergang verdient, wo ein Mann von der Art eines Andronikos Führer sein kann, wahrlich ein Dämon, dessen Untaten so offen daliegen wie der Abfall in den Straßen – und doch von niemand als Kot und Abhub für die Ratten bezeichnet werden. Wer dürfte es wagen! Ja, das Schweigen über dem Land ist dicht und allgemein. Ich selbst habe, was ich als Bischof dieses Jahr hindurch sehen mußte, ich habe, wenn ich nach Haus zu den Meinen kam, all das Unerhörte: die Not der Beraubten, die Folterspuren an den Leibern, die unbestimmbare Zahl der Fortgeführten und nicht Zurückgekehrten im Sekretarium meines Herzens bewahrt. Ich wollte jene nicht übermäßig betrüben, die ohnehin an meiner stummen Trauer teilgenommen haben. – Ich habe aber, das mögen nun die Bischöfe, die Priester und das Volk erfahren, während dieses Jahres, da ich scheinbar zu allem wie die übrigen Bischöfe schwieg, in Wirklichkeit nicht geschwiegen. Ich habe Andronikos mit eigener Hand, weil ich mit ihm vor Gott allein sein wollte, drei Briefe geschrieben. Und ich wußte es im voraus: diesen Menschen mit einem Wort zu erreichen oder gar zu ändern, das ist so töricht, als wollte man einen schwarzen Hund mit Weihwasser weißfärben. Das sage ich vor allem jenen, die meinen Einfluß überschätzen und von mir verlangen, was nicht in meiner Macht steht. So stehe ich ohnmächtig vor dem Volk. Ich schäme mich, bin betrübt, und Gott ist weit fort, meine Gebete haben die Flügel verloren.

Das Schlimmste aber in meiner Lage: daß mein Feind jene, die zu mir stehen, zuerst angreift, und das ist unerträglich; denn ich bin nicht stark genug, mich gegen die Mauern seiner zahlreichen Kerker zu werfen, noch schlau genug, hineinzukriechen und meine Freunde mit Geld und List zu befreien.

Was Andronikos gegen mich an Verleumdungen ausstreut, geht mich nichts an. Ich weiß ihm sogar Dank, wenn ich für Gottes Sache Schande auf mich nehmen muß, die Märtyrer erduldeten mehr. Uns genügt es, an dem Platz auszuhalten, an den Gott uns gestellt hat, und uns von jeder Art – das schärfe ich hiermit all meinen Mitbischöfen ein – Gemeinschaft mit dem Bösen fernzuhalten. An der Tafel des Andronikos zu speisen, dann aufzustehen, eh die Stunde des neuen Belsazars beginnt, und später von der »Tafel des Teufels« zu sprechen, das ist Gespaltenheit der Seele, das ist Verachtung Gottes und des Volkes, welches ja alles erfährt und nichts mehr versteht. Hört auf, liebe Brüder, eure politische Klugheit zu bemühen. Am Festmahl der Macht teilzunehmen bedeutet für jeden Christen, die Kirche unglaubwürdig und verächtlich zu machen. Was soll das Volk dazu sagen, wenn es sieht, daß ein Bischof diesem Unhold, der sich christlicher Achilles nennt, öffentlich die Hand drückt, ihn anlächelt, ihm versichert, daß er ihn lange nicht verstanden habe, ihn nun aber verstehe? ... Oder sollte gar als Diplomatie gemeint sein, was im günstigsten Licht betrachtet als Dummheit und Feigheit zu gelten hat? Der Wirkung nach ist es auf jeden Fall – Verrat an der Kirche! Das soll jeder wissen und es sich um so klarer machen, je höher er steht. Die Zeit des Schweigens ist vorüber. Die Bischöfe müssen sich entscheiden und, die Folgen ihrer Entscheidung klar vor Augen, zu allem bereit sein!«

Nach diesen Worten eilte Synesios, der bis jetzt auf und ab und manchmal im Kreise gegangen war, auf einen Sessel zu und ließ sich hineinfallen. »Mein Kopf!« murmelte er, »mir dreht sich alles«, und er bat um Wasser, und gleich darauf: »Nein, bringt mir Wein!« Als er getrunken hatte, schloß er den Brief mit der Anweisung, daß er in allen Kirchen der Pentapolis während des Hauptgottesdienstes vorzulesen sei, dann verbesserte er sich: »nein, in jedem Gottesdienst!« und er befahl Chilos, den Brief kopieren zu lassen.

»Wieviel Exemplare?« fragte Chilos.

»Viele, so viele, als es Ihnen möglich ist«, sagte Synesios und wischte sich den Schweiß.

Chilos fragte nun, wer die Abschriften überwachen solle?

»Wer? – warum überwachen?« Synesios hob das Gesicht.

»Es könnte sein –«, Chilos sprach zögernd, »daß man den Brief abmildern möchte, daß man gewisse Sätze Eurer Seligkeit in den Kopien ausläßt –«

Synesios wurde beinah heftig: wer das wohl wage?!

Da sagte ich: »Laokoon zum Beispiel! Er ist ein erklärter Freund des –«, ich wollte schon sagen: des Andronikos, sagte aber: »des Friedens.«

»Das ist wahr.« Synesios sprach nachdenklich. »Er lebt in großer Sorge, er fürchtet eine Spaltung der Kirche – fürchtet, daß die Eunomianer die Gelegenheit benutzen – versteht ihr denn nicht? Es könnte ja sein, daß die Katholiken sich ducken, und plötzlich die Eunomianer hinter mir stehen«, seine schmale Hand griff hastig an sein Kaiser-Julian-Bärtchen. Er blickte auf dem Boden des Zimmers umher, erregt, als wände sich da eine Schlange. Dann stand er auf, wies auf Chilos und sagte: »Sie kontrollieren jede Abschrift, jede, aber ich – ich muß jetzt noch einen andern Brief schreiben, einen gegen die Eunomianer!«

Briefe

Nach etwa zwei Wochen waren die Kopien fertiggestellt. Wie Chilos und ich es erwartet hatten: der Archidiakon war empört, daß sein Bischof ihn nicht wie sonst um Rat gefragt hatte. Und was er noch nie getan, er war in unsre Wohnung heraufgestiegen und stand auf einmal da, den Brief an die Bischöfe in der Hand. Die Empörung stand in seinen geschlitzten Augen, während er gebeugt und von unten heraufsprechend vor seinem Bischof stand und ihm klarmachte, daß dieser »an und für sich sprachgewaltige und wahrhaft von apostolischem Geist erfüllte« Brief in einem solchen Augenblick geradezu ein Unglück bedeute – für das gläubige Volk, aber mehr noch für die Kirche, an welcher Stelle ihn Synesios zum ersten Mal unterbrach, indem er seinen Archidiakon darauf hinwies, daß die Gefahr für die Kirche und die Gefahr für das gläubige Volk ein und dieselbe Gefahr sei ... Synesios lächelte sogar bei seiner Belehrung und sagte dann: »Aber bitte, fahren Sie fort!«

Laokoon blickte zuerst mich, dann Chilos an. Wir mußten annehmen, daß er uns für die eigentlichen Urheber dieses Briefes an die Bischöfe hielt, so wenig kannte er sich aus in dem Herzen seines Herrn. Plötzlich warf er beide Hände in die Höhe, die Ärmel seiner Tunika fielen zurück, und ich sah die schwarzbehaarten kräftigen Arme. »O Gott«, begann er, »darf ich es sagen? Sie sind schlecht beraten, Heiligkeit. Ihr Brief bedeutet Unruhen, Spaltung, Bürgerkrieg!« Und mit einem nochmaligen Blick auf uns sank er auf ein Knie. Ob er mit seinem Herrn allein sprechen könne – unter vier Augen –, er habe den Brief soeben erst gelesen, »ich muß mit Ihnen sprechen!«

Synesios hob verwundert das Gesicht: »Sprechen Sie nur, aber wenn Sie es unbedingt wollen – Chilos«, er blickte seinen Sekretär mit seinem sanftesten Lächeln an, »vielleicht gehen Sie einen Augenblick ins Sekretarium hinunter, überwachen Sie die Ausfertigung der Briefe.« Und zu Laokoon gewandt, der nun, die Hände in die Ärmel der Tunika gesteckt, unbeweglich dastand: »Die Anwesenheit meiner Frau kann Sie ja nicht stören? Sagen Sie nur alles, was Sie bedrückt.«

Und Laokoon: die Kluft zwischen dem Metropoliten und dem Praeses sei breit und tief, dieser Brief reiße Staat und Kirche vollends auseinander, wenigstens in Libyen. Und in Konstantinopel werde man das nicht zulassen, und darum müsse, wenn dieser Brief die Öffentlichkeit erreiche, entweder der Praeses oder der Metropolit weichen – »haben Sie das bedacht?«

Synesios nickte.

»Und wenn der Praeses nicht zu stürzen ist«, rief Laokoon, »wenn alle Eingaben gegen ihn nichts fruchten, wenn seine Gönner stärker sind als die Eurer Heiligkeit?«

»Dann –? ja, dann stünde es schlecht um mich«, Synesios hob die Schultern, aber er lächelte.

»Dann stehen Sie allein – ganz allein, Heiligkeit! Denken Sie an den Bischof Johannes, und der stand höher als Sie, viel höher! Was nützten ihm sein ›goldener Mund‹, seine griechische Bildung, seine Tugenden, sein Vertrauen auf Gott und das Volk und auf die Gerechtigkeit seiner Sache? Alle ließen ihn im Stich, ja alle, die alte Dame Olympias mit dem Opferdrang, die sich, ach, du lieber Himmel, für ihn einsetzen wollte, marschierte ebenfalls in die Verbannung. Und ich sehe es schon voraus, wie man Sie, Ihre Frau und die Kinder irgendwo ans Rote oder Schwarze Meer abschiebt für den Rest Ihrer Tage. Kein Leben für einen gebildeten Menschen da in Pithius oder Tomi...«

»Und Sie«, Synesios beugte sich ein wenig zu Laokoon hinab, als wollte er in seinem Gesicht lesen, »Sie gehörten also auch zu denen, die mich dann allein ließen? Sie sagten ja, alle verließen mich dann – alle?«

Laokoon ließ den Kopf sinken, seine Stimme wurde knurrend wie die eines Hundes, ehe er zubeißt: ein kaiserlicher Befehl – was vermöge ein Priester, selbst ein Bischof, gegen einen solchen Befehl? – gegen ein Gerichtsurteil? Ein vom Kaiser abgesetzter Metropolit, selbst ein Patriarch, könne und dürfe keine Gefolgschaft mehr haben, und wer zu einem vom Kaiser abgesetzten Bischof stehe, sei ein Empörer. Und die Kirche verurteile jede Art von Empörung. Sie gebe dem Kaiser, was des Kaisers ist.

»Und der Anteil dessen, was wir Gott schulden –?« wollte Synesios wissen.

Laokoon hob den Kopf, seine Zähne glitzerten durch den Bart: »Den bestimmt der Kaiser, auch den!« Und er starrte Synesios an, seine Miene stand weit offen und verriet nichts.

»Ich weiß, ich weiß«, murmelte Synesios. »Aber ich habe auch gehört: man muß Gott mehr gehorchen als den Menschen – und der Kaiser ist doch ein Mensch?«

Laokoon schüttelte seinen schweren schwarzen Schädel: »Sie leben in einem Irrtum, Heiligkeit! Der Wille Gottes äußert sich durch den Willen des Kaisers. Das sollten Sie in dieser Stunde nicht ein Wort lang übersehen. Und der Kaiser steht zum Praeses – und Intrigen gegen den Praeses treffen den, der sie einfädelt...« Seine Stimme verklang, sie schwebte wie der Fangfaden einer Spinne gegen uns, tastend und sich befestigend an dem, was wir, ohne es ihm einzugestehen, nun wußten: Laokoon war unterrichtet, er kannte den Brief des Synesios an Troilus, an Anthemios oder Anastasios – und kannte die Antwort – und durch wen sonst als durch den Praeses! Auch Synesios hatte begriffen.

»Laokoon«, begann er endlich, »Sie wollen also, daß ich Frieden mache mit dem Bösen?«

Laokoons Stimme wurde fromm: »Wir müssen das Böse und den Menschen, der es tut, sorgfältig auseinanderhalten, das legt uns die priesterliche Weisheit auf, die Hirtensanftheit... Vor allem dürfen wir den Übeltäter nicht durch öffentliche Brandmarkung noch tiefer in das Böse hineinstoßen, ihn verstocken. Und vielleicht hat der Praeses gewisse Übeltaten ohnehin nur begangen, weil man ihn aufs Äußerste gereizt hat, zum Beispiel die Sache mit Menelaos. Hätte dieses dumme Weib – ich meine diese Helena – nicht öffentlich den Praeses gekränkt – damals durch ihr Weggehen bei dem Totenmahl –«

»Helena hat also falsch gehandelt«, stellte Synesios mit Erstaunen fest, »und der Praeses richtig?«

»Ach«, machte Laokoon wegwerfend, »so auch nicht! Aber ein Mann in dieser Stellung hat es nicht so leicht. Er ist umgeben von Leuten, deren Augen wie die von Jagdhunden auf ihn, den Allmächtigen, gerichtet sind und ihm jeden Wunsch von den Augen ablesen, jede Beute anschleppen. Die Frauen bei seinen Gastmählern lauern darauf, daß dieser – dieser Heroenrest ihnen ins Gewand greift und die Brustbinden herabreißt. Welcher Mensch kann das aushalten, wenn ihn die andern vergöttlichen? Man müßte für ihn beten. Das Eine weiß ich aber: er will den Frieden mit der Kirche! Mehr noch: er stützt die Kirche, glauben Sie es mir, er ist mit allen heiligen und unheiligen Wassern Konstantinopels gewaschen!« Laokoon zeigte wieder seine Zähne. »Er weiß: gegen die Kirche – gegen uns also – kann er nicht regieren, er braucht uns... Hier müssen wir ihn fassen und ans Gesetz binden, so gut es geht. Darum, wenn Eure Heiligkeit die Lage noch einmal überprüften und mich dann zum Praeses schickten, mit ganz bestimmten Vollmachten, noch heute abend, sicher morgen abend wären Menelaos und dieser Zornbock Alexander frei –«

Synesios hob jäh die Hand, es sah fast so aus, als wollte er Laokoon von sich wegstoßen. »Gut«, sagte er dann mit seiner tiefsten Stimme, »ich schicke Sie zum Praeses – mit meinem Brief an die Bischöfe! Soviel ich begriffen habe, darf mein Archidiakon eine solch kühne Tat wagen. Ich vermute, daß Sie sogar wissen, wo er sich jeweils aufhält. Nein, Ihnen wird der Praeses nichts zuleide tun, Ihnen nicht! Chilos ist noch im Sekretarium, er überreicht Ihnen den versiegelten Brief. Sagen Sie dem Praeses: er wird verlesen! Der Praeses soll mir und den Bischöfen antworten.«

Laokoon wandte sich ab, schattenhaft huschte er davon.

Wir standen da, blickten aneinander vorüber und konnten kein Wort hervorbringen. Der Diener brachte die Lichter herein. Der Frühlingstag war zur Neige gegangen, und wir hatten nicht ein einziges Mal zur Sonne aufgeschaut oder auch nur eine Viertelstunde uns um die Kinder gekümmert. Da brachten uns Tutulina und Paulus einen Brief, sie hatten beide ihre Hände an der Rolle, jedes wollte ihn überreichen. »Der kaiserliche Kurier war da, Chilos hat ihn abgefertigt«, Tutulina bediente sich, um neben Paulus als erwachsen zu gelten, gern der Sprechweise der Großen. »Der Archidiakon ist böse«, sagte Paulus, und als ich wissen wollte, warum er so etwas sage: »Er hat vor dem Sekretarium einen Wind gelassen, da lachte ich, und da hat er mir das Ohr herumgedreht, so«, und er griff nach Tutulinas Ohr, aber die wehrte den Kleinen ab und sagte im Ton eines strengen Erziehers: »So etwas überhört man, vor allem, wenn es ein Archidiakon tut. Und nicht wahr, Mutter, du sagst ja immer: naturalia non sunt turpa!«

Ich unterrichtete beide Kinder in diesen letzten Wochen weiter in der lateinischen Sprache, und es war mir oft ein Ergötzen, wenn ich mit ihnen in Gegenwart von Griechen mich unserer Sprache bedienen konnte. Wir waren dann so schön abgesondert, zumal drunten im Hof, wenn Laokoon seinen Spaziergang machte und, unsre Gegenwart verachtend, dicht an unserm Steintisch vorüberstampfte. Ich blies dann jedesmal den Atem von mir, um nicht den Geruch seines ungewaschenen Leibes in die Nase zu bekommen. Wie schwer hatte ich es mit diesem Menschen, vor Gott und meinen Kindern, ich konnte meinen Abscheu nicht auflösen. Und dann sprachen wir unser Latein besonders artikuliert, ich sagte etwa: »Da, Paule, so riecht, wer sich nicht wäscht! Aber das ist nicht der Geruch der Heiligkeit.«

Auch jetzt, da sie ihrem Vater den Brief übergaben, bat ich sie auf Latein, uns allein zu lassen, sie sollten zu Stephanos gehen, daß er mit ihnen die Blumen im Hof gieße, es hatte seit Tagen keinen Tropfen geregnet.

Synesios warf das Schreiben auf den Tisch, er hatte es nur überflogen, er wußte, was es enthielt, Laokoon hatte es ihm deutlich genug gesagt! Der Nachfolger des Aurelian – Minister Anthemios oder Anastasios teilte dem Metropoliten von Ptolemais mit, daß Andronikos rechtmäßiger Praeses sei und es bleibe, und daß der Unverwesliche Kaiser Theodosius nichts sehnlicher wünsche, als daß Frieden herrsche in Ptolemais und dem ganzen gesegneten Lande der herrlichen Pentapolis, über welcher Gottes Braue sich wölben möge bis ans Ende der Tage.

»Amen«, sagte ich, als ich das kurze Schreiben genauso gleichgültig überflogen hatte wie Synesios.

Er saß im dunkelsten Winkel des Zimmers, wand sich von Zeit zu Zeit in den Schultern, als fröstelte er, aber es war eine Form lautlosen Lachens, das er sich im letzten Jahr angewöhnt hatte. Zu meinem Verwundern hörte ich ihn Geldsummen nennen, immer größere, und schließlich meinte er, daß es da feste Sätze gebe: für einen Türhüter, für einen Palastoffizier, für einen Eunuchen, für einen Minister ... Aber wie man das mache? Dazu gehöre doch sehr, sehr viel – Takt. Und ob wohl auch Bischöfe – – es gebe ja im kaiserlichen Palast sehr viele dieser gesalbten Müßiggänger – er lachte wieder.

»Wie er das nur macht, dieser Praeses, keine Kleinigkeit, soviel Geld aus diesem armen Land herauszuquetschen – und dann es an den Mann zu bringen, an den richtigen und auf die richtige Manier. Das muß man wohl von Jugend auf gelernt haben, vor allem die Einschätzung der Menschen – nicht so leicht, die Gierigen und Schamlosen durch Brokat und Titel hindurch sofort zu erkennen! Und der Vorgang der Bestechung selbst ... Der Praeses hat vielleicht Anastasios geschrieben, daß er einen Goldschatz gefunden habe, den zu behalten sein Amtsgewissen ihm verbiete, möge die rechte Hand des Kaisers es dem Unverweslichen zu Füßen legen. So ginge es, wie?«

Mir waren der Praeses und seine Bestechungskünste gleichgültig. »Es muß schlecht um uns stehen, wenn dein demütiger Archidiakon es wagt, so offen zu werden.«

Synesios zögerte mit seiner Antwort. »Er hat mich gewarnt«, er streute die Worte achtlos hin, »und seine Vorgesetzten warnen ist – er hätte ja auch schweigen können. Von seiner Treue halte ich allerdings nicht mehr viel, nicht mehr als von der allgemeinen Treue, die dem Bischof gelobt wird. Im Herbst verlieren die meisten Bäume ihre Blätter, das ist Natur. Und von Natur aus versuchen alle Wesen, dem Übel zu entgehen ...«

Und da bat ich ihn, Laokoon auf die Probe zu stellen. »Den Brief Andronikos zu übergeben bedeutet, das hast du selbst durchblicken lassen, nicht in jedem Fall besondere Tapferkeit ... Aber schicke deinen Archidiakon über Land zu den Bischöfen, und schicke drei Tage später einen Mann deines Vertrauens hinter ihm her, der festzustellen hat, ob die Briefe abgegeben wurden, unverändert. Willst du das tun? Willst du dies eine Mal auf die Stimme deines mißtrauischen Weibes hören!« Und als er nicht sofort antwortete, sagte ich nahe an seinem Ohr: »Wir sind in großer Gefahr – du, deine Kinder, deine Frau –«

»– und die Kirche!« Damit beschloß er meinen Satz.

Am andern Morgen erfuhren wir von Laokoon, er habe dem Praeses den Brief abgegeben, sein Gesicht war ohne Ausdruck, ganz Bart. Synesios stellte keine weiteren Fragen. Tags darauf verließ Laokoon auf seinem Maultier das Bischofshaus. Und als ein halber Tag vergangen war, drang Chilos wieder mit dem Nachschlüssel in Laokoons Zimmer ein und brachte einen weiteren Teil seiner »Vita des Synesios« ans Licht. Aber ehe wir uns noch unserm Raub widmen konnten, traf ein Brief von Bischof Olympios ein, jenem, wie man sich erinnern wird, Jugendfreund des Synesios, der ihn so eindringlich zur Annahme des Bischofsamtes damals auf dem Doroshof beredet hatte.

Dieser Bischof Olympios, der von dem Asketen Symeon aus der griechischen Gelehrsamkeit herausgeholt und zu Christus geführt worden war, warf sich nun, so schrieb er wörtlich, dem Metropoliten zu Füßen und flehte ihn nach den ersten Worten der Begrüßung an, ihm zu befehlen, was er gegen die Eunomianer unternehmen solle. Er habe sich vor einiger Zeit mit einem eunomianischen Bischof getroffen und mit ihm ein brüderlich offenes und wahrhaft griechisches Gespräch geführt. Und da habe ihm dieser gelehrte Eunomianer bewiesen – aus alten Schriften und Briefen und Abschriften von Konzilsdekreten –, daß vor mehr als hundert Jahren die Lehre, Christus sei dem Vater wesensgleich, von der katholischen Kirche zu verschiedenen Malen verurteilt worden sei. »Was soll ich nun glauben, Heiligkeit: homo–usius oder homoi–usius? Nur ein Jota war es, das beide Bischöfe trennte; vor hundert Jahren aber hätte es uns nicht getrennt. Darf das denn, kann das denn sein, daß die Kirche eine Wahrheit, die sie wie ein Stück Gold mühsam aus der Tiefe geholt und geläutert hat, wieder verliert, und daß die Feinde der Kirche diese fallengelassene Wahrheit bewahren?« Und so ging es weiter – bis zu der Forderung, Synesios solle ihm genaue Anweisungen geben für sein Verhalten gegenüber den Eunomianern, »die uns Katholiken«, so schrieb Olympios, »zum Schluß in der Kenntnis der Schrift, im Eifern für ihre Kirche, aber auch im Opfern und in der Leidensbereitschaft um Hauptcslänge überragen«.

Auf Synesios wirkte dieser Brief seines Freundes viel bedrückender als jene blumige Abfuhr aus der kaiserlichen Kanzlei. Als wir am selben Tag von Stephanos erfuhren, die Maceten und Ausurianer rüsteten sich wieder zum Einbruch in die Kyrenaika, hob Synesios nur abwehrend die Hand und bat, ihn nicht zu stören »mit solchem Schnickschnack«, ich weiß nicht, ob er gerade diese Worte brauchte, auf jeden Fall klang seine Ausdrucksweise unpassend angesichts der Nachricht, und ich ließ ihn mein Erstaunen merken. Aber er: »Ach, Prisca, ein Feldherr ist leicht zu ernennen. Aber nenne mir den Mann, der mir hilft, diesen Brief zu beantworten!« Und er beklagte sich, daß er unter seinem Dutzend Kleriker am Dom keinen einzigen Theologen habe, »ich meine gar nicht einen Gottesmann wie Basilios oder Johannes, den Goldmund, nein, nur so einen instruierten, meinetwegen auch füchsigen Kirchenjuristen, der sich in diesem Labyrinth der Lehrmeinungen auskennt, in den Dekreten und Konstitutionen vor allem über die Trinitätslehre.« Und schließlich richtete er seine Augen auf mich, so wie man in auswegloser Lage ein Kind befragt wie ein Orakel: »Weißt du etwas Bestimmtes über – über dieses homo-usius – und das ewige Hervorgehen aus dem Vater – die Wesensgleichheit der drei Hypostasen – und ob, wie die Arianer und Eunomianer lehren, der Logos jünger ist als der Vater, was ja unserm menschlichen Denken einleuchtend erschiene. Aber da wären wir bei der Emanation, für die Denkweise eines Schülers von Plotin das einzig Mögliche – und doch Ketzerei, nicht wahr? Und ich seh dirs an: du weißt es auch nicht!«

Ich antwortete, daß der Mensch mit dem Verstand nur das erkennen könne, was innerhalb der Grenzen menschlicher Möglichkeit liege. Die Wahrheit über Gott sei nun einmal kein Gegenstand für den Verstand, sie sei dem Menschen durch Christus offenbart, und diese Mitteilungen über Gott könnten nur im Glauben angenommen oder verworfen werden. »Freilich«, damit schloß ich, »im Evangelium und den Briefen der Apostel stehen über die Trinität nur Andeutungen, in meinen Augen: Markierungen zu beiden Seiten eines Weges, der durch den Sumpf führt. Wer von dem menschlichen Drang, alles wissen zu wollen, verführt, sich aus diesem markierten Weg hinauswagt, versinkt im Sumpf des göttlichen Dunkels.« Und ich nannte ihm die Namen vieler und oft sogar heiliger Gottesgelehrter, die bei diesem Hinauswagen auf das schwankende, in allen himmlischen Farben blühende Moor versunken seien – »ich will sagen: sie wurden Irrlehrer, fielen ab, wurden ausgestoßen, anathematisiert«.

Und Synesios: »Aber vielleicht mußten sie sich hinauswagen? Du gehörst zu den Lateinern, ihr liebt solide Straßen, aber wir Griechen – uns lockt der unbetretene Boden, unser Geist dürstet nach Erkenntnis, nach der Erkenntnis von Gottes Wesen... Und stell dir einmal vor: nie hätte einer dieser von Gottes Dunkel betörten Denker einen Schritt vom, wie du so schön sagst: markierten Weg der evangelischen Lehre fort gewagt – was wäre das Christentum heute! Eine jüdische Sekte, Gott bewahre! Und ich sage dir: wäre ich zehn Jahre früher auf diese Denker gestoßen, auf den Clemens, den Origenes, den Theodoros, ich wäre vielleicht auch in diesen heiligen Sumpf geraten. Aber auf meinem Irrtum und persönlichen Unglück hätten andre weitergebaut und mich widerlegend hätten sie ein Stück des göttlichen Ursumpfs erobert. Aber jetzt, schau mich doch an, wie ich dastehe: Metropolit und Katechismusschüler, der immer statt vor dem Diakon vor Platon und Plotin, nämlich vor Hypatia saß. Und nun soll ich als Lehrer auftreten, ja sogar als Verteidiger der Kirchenlehre, als Ausleger und

Vollstrecker der kaiserlichen und kirchlichen Gesetze! Ich befinde mich in einem Angsttraum – und weiß, daß ich mich aus ihm nicht mit einem Schrei ins Wachsein retten kann.«

Gegen Abend, als der Diener die Lichter brachte und wir eigentlich zu Tisch gehen sollten, diktierte Synesios seinen Brief an Olympios. Er beginnt mit einem Lob auf jene Bischöfe, die es vermöchten, ihre Diözesen klug und fest zu regieren, und doch nicht aus Gottes Nähe herausgerieten. Und dann hörte ich ihn seufzen: »Ich vermag nicht zwei Herren zu dienen. Gewiß, ich weiß es: der Sonnenstrahl, der den Schlamm berührt, bleibt, was er ist. Aber ich – – seit ich Bischof bin, wate täglich in Schlamm und Unrat und sehne mich nach dem Meer oder doch nach dem Aufklingen der Quelle in meinem Innern. Es gehört eine Überfülle von menschlicher Kraft und himmlischer Art dazu, mit dem Schlechten zusammenzuleben, ohne daß der Spiegel unserer Seele von den Leidenschaften erregt und dadurch getrübt wird. Die Seele Deines Freundes Synesios, den Du mit aller Kraft auf die Kathedra von Ptolemais miterhoben hast, stürzte aus ihrem göttlichen Umfaßtsein in die Tiefe und rauscht trüb und schäumend in einem fast schon unterirdischen Bette dahin, vom Gefälle der Geschäfte getrieben und geplagt, von Hindernissen gestaut und von der Enge der Umwelt gepreßt und vom allgemeinen Schmutz, der sich in die Seele täglich, ja, stündlich ergießt, bis zum Lebensüberdruß vergiftet.«

Ich sah, wie Synesios sich straffte, seine diktierende Stimme wurde hart: »Aber alle jene, die glauben, es gelinge ihnen, mich aus meiner Bahn, in die Gott mich stellte, herauszuekeln, irren sich.« Und er entwarf ein Bild seines Kampfes mit dem Praeses und nannte die Hofbeamten, die trotz all seiner Warnungen zu Andronikos stünden, feile Kreaturen, und einen großen Teil seiner Bischöfe nannte er Staatsdiener, die von niedriger Vorsicht schillernd geworden seien und zwischen Kirche und Staat hin und her hinkten, nur auf wenige könne er sich noch verlassen – »so wie auf Dich, mein Olympios. Und fällt es Dir nicht auf, daß Männer wie Du und ich, die erst in gereiften Jahren und aus der Philosophie der Alten zum Christentum hinfanden, meist zuverlässiger wirken als jene, die in der christlichen Lehre aufgewachsen und in einer verdächtigen Mühelosigkeit Christen sind – und nie eine Schwierigkeit für ihr Denken in den oft einander widersprechenden Lehrsätzen der Kirche finden? Was mich angeht: ich kenne nicht alle Lehrsätze und weiß darum auch nicht, welchen Veränderungen manche im Lauf der Zeit ausgesetzt waren. Aber mich betrübt das kein Jota – auch jenes Jota nicht, das trennend zwischen Dir und dem eunomianischen Bischof steht. Warum bist Du darüber verwirrt, daß die Kirche das Jota fallen ließ und nun an die Wesensgleichheit Christi glaubt? Spricht diese Revision eines Irrtums nicht lauter und schöner für den Geist der Wahrheit, der die Kirche aufbaut, als wenn sie starr auf ihrem Irrtum beharrt hätte, nur weil er einmal in das Denken der Kirche hineingeraten war? Mir ist es nur ein Beweis dafür, daß die Kirche in einzelnen Lehraussagen irren, aber nicht in einem Irrtum beharren kann, weil sie Christus hat und durch ihn ein Pfeil der Sehnsucht geworden ist, der unaufhörlich durch die Aenonen der Aenonen in das Geheimnis Gottes zielt. Auf dieses Ziel kommt es an, auf die Richtung. Darum laß Deinem Eunomianer ruhig das Jota, das die Kirche aus ihrem Köcher aussortiert hat – aber laß es ihm nicht ausdrücklich und nicht in der Öffentlichkeit! Versuche aber auch nicht, mit den Eunomianern zu diskutieren, weil es ihnen doch nicht um die Erkenntnis geht, sondern um Selbstbehauptung und Zank. Es juckt diese Sektierer unter der Haut ihres Glaubens, und so reiben sie sich an den Ecksteinen unserer Kirche – wie die Säue, oder benetzen sie sogar wie die Hunde. Mag der Bischof Augustinus auch immer wieder sich auf Diskussionen mit seinen Donatisten einlassen, – auch er sollte es nicht tun, da er ja den Staat hinter sich hat und darum soviel stärker ist als seine Gesprächspartner und diese schon deshalb nie überzeugen, sondern nur bis zum Äußersten reizen wird.

Und nun zu Deiner Frage: ob Du die Gesetze des Kaisers gegen die Eunomianer anwenden sollst. Der nun in Gott ruhende Kaiser Theodosius hat der Kirche mit seiner frommen Herrschsucht einen schlimmen Dienst erwiesen. Diese Gesetze gegen die Eunomianer machen aus Bischöfen leicht Christenverfolger, und die Eunomianer sind, verglich ich sie soeben auch mit Säuen und Hunden, – sie sind doch Christen. Und vor allem: diese Gesetze sind dazu angetan, wie die Hammerschläge eines Bildhauers aus dem harten Stein dieser Sektierer eindrucksvolle Profile herauszuschlagen! Und bedenke auch dies: nach dem Gesetz also dürfen die Eunomianer in keiner größeren Stadt wohnen. So jagt man sie von Ort zu Ort und trägt damit ihre Lehre bis in die entlegensten Winkel des Landes. Ferner: kein Eunomianer darf irgendeinen Besitz erben noch vererben. Wir Bischöfe haben also die Sektierer mit Gewalt zur evangelischen Armut zurückzubringen, während wir Katholiken das Gold verehren. Entscheide selbst, ob diese Gesetze sinnvoll und gerecht sind! Aber sie wurden von der starken Macht des Staates erlassen, und die Kirche hat sie angenommen, manche Bischöfe sogar mit Freuden. Bisher habe ich diese Gesetze behandelt wie ein Familienvater seine Gläubiger: er entweicht durch die Hintertür, wenn er sie kommen sieht. Aber es ist nun so weit, daß ich nicht mehr entweichen kann. Der Praeses verleumdet mich bereits und behauptet, ich behandelte die Eunomianer wie Brüder im Geiste, und dieser Verdacht liegt nahe, weil auch sie von Platon und Plotin belehrte Christen sind. Und will ich mich nicht selber zum Eunomianer stempeln lassen, muß ich mich gegen alle Überzeugung und gegen das Sträuben meines Innersten zum Vollzug dieser Gesetze entscheiden, Gott verzeihe mir!

Bedenke aber auch dies, und mildere mit diesen Überlegungen den schmerzlichen Zwiespalt in Deiner milden, vom heiligen Logos menschlich gemachten Seele: die Eunomianer rufen nicht nur über die Kirche, sondern über das ganze Gemeinwesen – genau wie die Donatisten in Numidien! – in dieser ohnehin trostlosen Lage Libyens die Schar der stets lauernden Dämonen herauf, oder wie Du die unbegreiflichen Mächte nennen willst, die in gewissen Zeiten durch die Risse der Zwietracht in jede Art von Einheit eindringen und den Frieden, diese köstlichste Frucht Gottes, unter uns zerstören, Ja, wenn die Eunomianer friedlich wären! Aber sie sind hungrige Krähen, zänkisch und angreiferisch gegen alles, was nicht wie sie denkt und glaubt und – Du kannst es ja sehen: sie stehen an den Ecken der Straßen, schreien ihre Kampflieder, rufen die Vorübergehenden an, fragen hämisch, ob sie auch zu denen gehörten, die glaubten, daß ein Sohn so alt sein könne wie der Vater. Und wenn so ein katholisches Knoblauchbäuerchen stehenbleibt und eine Frage unvorsichtig beantwortet, sind gleich ein halb Dutzend dieser eunomianischen Krähen da und legen Zeugnis ab für den Vater, dessen Wesen sie ganz genau kennen, sie allein, und nur weil sie wissen, daß Gott ungezeugt ist. Und sie wissen Namen, die das wahre Wesen der Dinge ausdrücken, zitieren Aristoteles, Platon und Plotin, zerlegen mit ihrer Dialektik den Kosmos in seine Bestandteile und jedes göttliche Geheimnis, durchschauen alles, wissen alles, beweisen alles – und wer ihnen nicht glaubt, ist ein Kohlkopf, Reaktionär und Katholik in einer Person, also ein Wechselbalg des Heidentums, der an drei Götter glaubt, dem Staate dient – und auf dem geraden Weg zur Hölle hinabeilt.

Dies alles weißt Du, so hoffe ich; falls Du sie aber in Deinem Sprengel nicht so gut kennen lernen konntest wie ich hier, so nütze meine Erfahrungen und glaube mir: diese Leute sind vom Dämon der religiösen Rechthaberei besessen, und soviel sie auch für ihre Überzeugungen eintreten, opfern und leiden – es ist viel! –, sie tragen nicht das Zeichen Christi an der Stirn, den Sinn für die Einheit. Ja, ich wage es zu sagen: sie terrorisieren die öffentliche Meinung, hassen die allgemeine Kirche und würden sie, wenn sie es könnten, zerstören. Allein ein Eunomianer kann ihr Nächster sein, und so sind sie wie einst die Pharisäer.

Ich sprach neulich bei meinen Gängen durch die Stadt mit einem Zimmermann und fragte ihn, was er von den Eunomianern halte – vor einem Jahr noch hätte ich das nicht fertiggebracht, einen Mann aus dem Volk um Rat zu fragen. Ich hatte mich allerdings vermummt, und der Mann wußte nicht, wer ich war. Er antwortete: ›Ein Holznagel kann nur mit einem Holznagel herausgetrieben werden!‹ Nimm Dir, lieber Olympios, dies Wort eines Zimmermeisters als Richtschnur Deines Handelns gegenüber den Eunomianern. Wende die harten Gesetze auf diese harten, durch kein Wort zu belehrenden Köpfe an. Aber sieh zu, daß keiner Deiner Kleriker oder sonstigen Vollzugsbeamten sich bei der Vertreibung der Unglücklichen an ihrem Hab und Gut vergreift! Und wer auch nur ein Knäuel Wolle denen, die ihre Wohnungen in den Städten verlassen müssen, abnähme, den müßtest Du mit den strengsten Kirchenstrafen belegen. Du kennst ja die Geschichte vom schrecklichen Josua und dem Gottesbann besser als ich …

Und wenn Du demnächst hörst, daß Dein Synesios ein Eunomianer geworden sei oder daß er abdanken wolle oder den christlichen Achilles verleumde und verfolge, oder aber – das von den andern Gegnern –, daß ich mich nicht um meine vom Praeses gepeinigte Herde bekümmere, dann weißt Du, was Du zu glauben hast! Ich stehe vor einer großen Entscheidung. Aber ich muß noch zuwarten, bis der Praeses jene Grenze überschreitet – und er wird es tun –

jene Grenze, die mit der Schwelle der Kirchentür versinnbildlicht ist. Ich kann ihn nicht wegen irgendeiner Irrlehre noch wegen der grausamen Exzesse in der Ausübung seines Amtes aus der Kirche ausschließen. Aber überschreitet er jene Grenze, die unsre allgemeine Kirche als eine vom Recht bestätigte Gesellschaft stützt, stößt er auf mich, auf seinen Bischof... Morgen ziehe ich mit meinen Klerikern, sofern sie mir nachfolgen, auf den Platz vor dem Gerichtsgebäude. Meinen Brief an die Bischöfe wirst Du aus der Hand meines derzeitigen Archidiakons erhalten. Schau Dir diesen Mann an und schreib mir bald, wie er Dir gefiel. Und wenn ich in die Verbannung ziehen muß – mit Frau und Kindern –, dann mach Deine Stimme nicht laut, sondern schweig und bleib, wo Du bist: bei Deiner Herde, und bleib derselbe so wie ich!«

Wer könnte, nachdem er diesen Brief gelesen hat, noch behaupten, Synesios habe die Eunomianer zu leicht genommen oder auch das Gegenteil, er sei gefühllos gegen sie vorgegangen! Die Lage des Metropoliten war über jedes Maß qualvoll, ja grotesk. Selbst ein Verfolgter – und was das Schlimmste ist: ein in seinen Freunden Verfolgter! –, mußte er andere verfolgen.

Das kaiserliche Edikt gegen die Eunomianer sollte am Gründonnerstag verlesen werden. Am Sonntag, der die heilige Woche einleitet, verlas Synesios im Dom zum erstenmal seinen Brief an die Bischöfe. Ich saß verhüllt unter den verhüllten Frauen, zitterte und hätte gern Chilos neben mir gewußt, aber der stand am offenen Tor unter dem sich drängenden Volk. Die Menschen waren erregt, flüsterten, liefen hin und her. Sie hatten erfahren, daß etwas geschehen werde – hier im Dom – jetzt – etwas! Ich neigte mich zu dem Geflüster und verstand: Steuern – nur noch die Juden zahlen Steuern – unter der Bischofskirche der Schatz von Ptolemais – die ganze Kirche abreißen – die Ausurianer schon in den Bergen, Pferde wie Heuschrecken –

die Giganten im Kastell – die Giganten haben sich losgemacht – und man hat entdeckt, daß der Dom schief steht, ja, der Dom, und wenn der Bischof uns verläßt, stürzt der Dom uns auf den Kopf ...

Meine Augen genossen, während ich zuhörte, das Licht, das aus den offenstehenden Fenstern drang und zwischen der dämmerigen Kuppel und dem unteren dunkleren Kirchenraum schwebte, ein Körper aus Licht, ein Teil des Himmels, das Auge mußte blinzeln. Ich schloß die Lider und sah durch sie hindurch, wie der Frühlingshimmel sich über der Stadt wölbte, über der Kyrenaika, eine große, zarte, kaltblaue Windenblüte, wie sie im Binnenhof unsres Hauses blühten, ein kindlich leichtsinniger, unberechenbarer Himmel. Und die Vogelstimmen in den Platanen auf dem Domplatz drangen bis in die Kirche herein und umtrillerten die Worte des Metropoliten, hoben sie, trugen sie, ließen sie fallen.

Die Stimme des Lesenden klang genau, wie die des Diktierenden geklungen hatte, und ruhig, ganz in der Mitteilung entrückt, losgelöst von der eigenen Person. Manchmal, wenn die Stimme einhielt, als müßte sie dem Gesagten nachlauschen, eine Bedenkzeit einräumen, wurde der Chor der Vögel in den Platanen lauter. Aber diese Ausgelassenheit der Natur klang nicht wie Beifall, eher wie Spott. »Wehe der Welt um der Ärgernisse willen!« Die dunkelverhüllten Köpfe duckten sich; von oben durch die Fenster, aus dem Grün der Baumkronen, klang es wie Lachen.

Das Husten und Räuspern in der Kirche hatte aufgehört. Synesios las, wischte sich mit dem Schweißtuch über die Stirn, seine Worte wurden schwerer: »Es müssen also die Wüstenstämme ebenso wie der Praeses für das, was sie uns angetan, gerechte Buße leisten.« Über die Zuhörer lief, auch über mich, eine wellenhafte Bewegung – ein Frösteln, ein Erschauern! Pferde, wenn die Mücken sie stechen, bewegen die Haut auf diese zitternde Weise. Und ich erinnere mich, wie Synesios einmal vor den Kolonen sein Libyen mit einem von den Mücken zerstochenen Leib eines Tieres verglich.

Als er die Missetaten des Praeses aufzählte, als stünde der Angeklagte vor ihm, unten vor den drei Stufen des Thrones, vor der Gemeinde, da stieß da und dort ein Seufzer hoch, aus Angst oder qualvoller Erinnerung; als er aber offen von den Leiden seines Amtes sprach – »ich bin von meinem Amt mit Trauer und Schwermut vergiftet, woraus ich entnehmen muß, daß ich mich dem Heiligen Geist nicht ganz überlassen habe« – da regte sich unter den Worten des Bischofs die Menge, ein Wogen entstand, ein Gemurmel, dann Stimmen: »Geliebter«, rief es, »unser Trost«, »bleibe bei uns, Vater!«

Synesios atmete tief, ich sah es wohl, er hob die Schultern einige Male, er rang um Ruhe. Seine Battiadenstimme blitzte: »Aber es gab und gibt einen Dämon in Menschengestalt, der mir nachstellt, mich vernichten will – und der heißt: Andronikos –« Alles sprang von den Sitzen, die Stehenden riß es wie in einem Strudel hin und her. Synesios wartete, hob die Hand, gebot Ruhe. Und er schilderte ihnen, was sie nur zu genau wußten, was sie erfahren hatten: dieser als Striemen auf dem Rücken, jener als zerbrochene Hand, viele als brennende Erinnerung an einen Toten. »Hier fehlt der Vater, dort der Sohn, und überall das tägliche Brot!« »Jaja«, jammerte die Kirche, »rette uns, Vater!« Aber er sprach von seiner Ohnmacht, von seinem öffentlichen Schweigen und seinen geheimen Briefen an den Praeses, dessen einzige Antwort in Verleumdungen bestünde. Wieder wurde es unruhig im überfüllten Kirchenschiff, in das mittlerweile eine Anzahl junger Männer eingedrungen war, die sich, eine Schulter nach vorn, tiefer in die Menschenflut hereinbugsierten. Sie trugen Zivil, aber man sah ihren Bewegungen an, daß sie – und wärs auch nur an der Seele – mit Leder und Stahl gepanzert waren.

Als dann der Metropolit sich auf seinem Thron erhob und allen Bischöfen der Pentapolis gebot, der »Tafel des Teufels« fernzubleiben, da dehnte sich zuerst, kaum daß Synesios seine Lesung beendet hatte, ein Schweigen aus, vom Metropolitenthron ausgehend, wellenhaft, ein Schweigen, dem ähnlich, das vom Altar während der Konsekration der Opfergaben ausgeht. Ich blickte mich um: heiliger Schrecken lag auf den Mienen – nicht nur der Praeses, auch die Bischöfe standen angeklagt vor der Gemeinde. Endlich wagte sich ein Flüstern hervor, ein Rascheln wie von Heuschrecken, der Strom der Stimmen formte sich zu einer Kaskade: rauschend, donnernd, jeden Einzelschrei verschlingend und zum Ganzen bindend, tausendstimmig, tosend, der Dom bebte –. Nie, nicht früher und nicht später, habe ich etwas ähnliches vernommen: es war das Zusammenfließen von menschlichen Stimmen, die, in einem Pfingstbraus eins geworden, ihre tausend Worte in ein einziges verwandeln, in den Schrei, in welchem der Geist Gottes zu Gott spricht.

Ich weiß nicht, wie lange der Raptus die Menge in seiner Gewalt hielt. Ich schaute hinter meinem Schleier hervor, dahin und dorthin, hatte selber nicht mitgeschrien, nur meinen Kopf verhüllt und gezittert und mich gefürchtet! Denn wenn ich auch im Bewußtsein, das Volk stehe zu Synesios, vor Glück schwebte, so wußte ich doch, als endlich das Tosen nachließ, wie gefährlich hoch die Woge meinen Synesios emporgehoben hatte, und daß es sich auf solcher Woge nicht lange stehen ließ; er mußte herab, er mußte beruhigen, beschwichtigen, mußte das Volk in die Gewalt bekommen. In der Kirche unter den Gläubigen gab es die Ohren des Praeses, nach einer halben Stunde wußte der Unhold alles – und konnte handeln, wegen Aufruhr einschreiten, die Menge umzingeln, zusammenhauen lassen, und Synesios – da gab es keinen Zweifel – würde mit der bloßen Hand in die Dolche packen. Lag er hernach unter den Stiefeln der Gepanzerten, wer konnte dem Praeses Vorwürfe machen? Der Metropolit war an der Spitze eines aufständigen Volkshaufens von Soldaten des Kaisers erschlagen worden, irrtümlich, wer konnte den vornehmen und zurückhaltenden Mann an der Spitze eines Volkshaufens vermuten?! Und Laokoon würde später in seiner Vita die unglückliche politische Fehlentwicklung dieses an und für sich hochgebildeten Mannes erklären und sogar deuten: da gab es nämlich dies gräßliche Paar: die Frau des Bischofs, diese Jezabel, und den heidnischen Sekretär, die beiden waren stärker als der vergreisende Synesios, sie führten ihn mit fester Hand in seinen Untergang.

Aber ich hatte Synesios unterschätzt, wie dieser, was sein Handeln in der Öffentlichkeit betraf, sich selbst unaufhörlich unterschätzte. Er war es, der mit seinem ruhigen Dastehen, seinen freundlichen zuwinkenden Bewegungen und schließlich mit seinen erhobenen Armen den Schwall der Stimmen bändigte, die Begeisterten mit seinen Worten ernüchterte.

Er erinnerte sie an den Ort, wo sie standen, an den Tag, in dem sie lebten, an die zwingenden Umstände; erinnerte sie auch an den Gehorsam des Christen gegenüber der Staatsgewalt, und daß alle Befehle des Praeses, soweit sie erfüllbar seien und nicht der göttlichen Ordnung und den Rechten der Kirche widersprächen, erfüllt werden müßten. Sie sollten nichts unternehmen, was nach Gewalt aussehe, sondern alles ihm überlassen, ihrem Vater und Beschützer, der nur ihr Wohl im Auge habe und bald handeln werde. Dann forderte er jeden auf, der sich traue, hinter ihm her zu gehen zum Gerichtsgebäude. Und sie sollten kein Wort sprechen, sondern im Herzen beten und dasselbe tun, was er tue.

Darauf stieg er, das Zepter in der Hand, vom Thron herab, schritt durch das Presbyterium, durch die langsam auseinanderweichende Menschenwoge, barhaupt, in seinen schwarzen Kapuzenmantel gehüllt. Als er das Tor der Kirche erreicht hatte, wartete er ein wenig, zog Chilos, der dort stand, aus der Menge, wies ihm den Platz hinter sich an, ich hatte mich inzwischen zum Kirchenportal durchgedrängt und trat neben Chilos. Kleriker schlossen sich an, eine Handvoll, und viel Volk, fast alle, die im Dom waren. Und wir zogen stumm über den Domplatz, durch die Straßen, bald säumte Volk unsern Weg wie an Prozessionstagen.

Es war Mittag, als wir vor dem Justizpalast ankamen. Der Bau wirkte in der flutenden Sonne niedriger, als er war. Ich machte mir Mut, indem ich mein Auge anwies, die Häßlichkeit und Verlogenheit dieser Andronikanischen Architektur zu erkennen: diese Tempelhaftigkeit, diese falschen, nämlich in ihrem Walzenkern gemauerten und mit Gips überzogenen Säulen mit den vergoldeten korinthischen Prunkkapitellen, Architektur aus dem klassischen Traum eines Kleinstädters.

Synesios setzte sich auf die unterste Stufe der riesigen Treppe, alle folgten ihm, und bald waren die mit Platten aus weißem Marmor dünn verkleideten Stufen von den Kleidern der Protestierenden ganz zugedeckt, der Justizpalast wuchs nicht mehr aus dem Stein, sondern aus den Leibern der ihn Belagernden hervor und lastete auf ihnen zugleich mit der Mittagssonne. Das schwitzende Fleisch saß unbeweglich da, es schwieg und lauschte. Ja, wir lauschten, wie Esel in der Mittagssonne, die ihren eigenen Schatten unter sich betrachten und ihn nicht genießen können, regungslos, es gab noch keine Mücken. Als wäre etwas am Zerspringen, ein Ton, als liefe durch den Marmor eine dünnsingende Säge, und als wäre der Stein lebendig geworden und zitterte nun zusammen mit diesem hohen, dünnen Sington, wir vernahmen es – und dann: die Köpfe hoben sich langsam, die Augen starrten geradeaus, bis wir es wußten, hinten im Kopf, was für Töne das waren. Ich hörte, wie Synesios den Namen seines Freundes Simonides flüsterte.

Mir sträubten sich die Haare, und dann spürte ich, wie meine Zunge, meine Haut trocken wurde und die eigenen Finger sich mir ins Fleisch krallten.

Im Trubel der letzten Tage hatte ich die Geschichte des Simonides halb vergessen. Es war schon einige Monate her, da hatte er dem Andronikos die Heirat mit einer reichen Erbin hintertrieben. Andronikos hatte den Senator Simonides, um seine Niederlage nicht öffentlich zu machen, in Ruhe gelassen. Aber Synesios bangte um den Freund, er ahnte, in welcher Gefahr sich Simonides befand, und hatte ihm mehrmals zur Flucht geraten, er wollte ihn sogar unter seine Kleriker aufnehmen und dienstlich nach Alexandria schicken. Aber Simonides, allzu selbstbewußt, setzte auf sein öffentliches Amt und Ansehen und auf seine Freunde in Konstantinopel. Doch Andronikos, der keinen seiner Feinde aus den Augen verlor, legte auf seine Niederlage das Pflaster der Zeit und ließ währenddessen die Vermögensverhältnisse des Simonides untersuchen, das heißt die Steuerbücher, und da stellte sich wie meist in solchen Fällen heraus, daß Simonides, auf seinen Verwalter bauend, einen falschen Steuereid geleistet und den Staat betrogen und durch diesen Meineid Gott gelästert habe, so hieß es in der Anklage. Vielleicht hatte sogar Simonides wirklich leichtsinnig den Eid abgelegt, wie es damals üblich war.

Gestern nun war Simonides in das Gerichtsgebäude gebracht worden, gestern, ja, Synesios hatte es mir verschwiegen, aber es gab für ihn wie für jeden, der die Zusammenhänge kannte, keinen Zweifel, daß der Praeses sich auf diese Weise nicht nur an Simonides rächen, sondern auch den Metropoliten erpressen wollte: der Brief an die Bischöfe sollte nicht verlesen werden, und geschähe es doch, müßte Synesios wissen, daß er seinen Freund ins Gefängnis und auf die Folter brachte. Synesios aber hatte den Brief verlesen...

Der Eingang droben stand wohl ein wenig offen, sonst

hätten wir das irre dünne Singen des Gefolterten nicht vernommen. Synesios, ich und Chilos waren torkelnd aufgestanden, langsam und in ihren Bewegungen unsicher taten es uns alle nach, aber so leise, als bewegten sich Schatten – und Schatten waren wir auch geworden. Synesios ging zu der Treppe, die über die hohen Stufen des Sockels hinaufführte, blieb oben dicht an dem erzbeschlagenen Tor eine Weile stehen, keine Falte seines Mantels bewegte sich, dann rief er: »Der da drinnen leidet – es ist der Senator Simonides. Er ist mein Freund. Der Praeses quält ihn, weil er mich nicht erreichen kann. Simonides leidet für die Kirche. Brüder, betet in euren Herzen für Simonides, Christus soll ihn trösten.« Synesios ließ den Kopf auf die Brust fallen und stand wieder schwarz und regungslos in der unmäßigen Sonne. Aus dem Tor, das sich lautlos öffnete, drang nun nähergerückt, deutlicher, tief in unsere Herzen schneidend die hohe wimmernde, die Stille zersägende Stimme, die von Zeit zu Zeit in einem Röcheln unterging und wieder mit einem jähen Aufschrei in uns drang.

In dem dunklen Torspalt erschien eine Gestalt, ich gewahrte zuerst nur den scharlachroten Knierock und den bleichschimmernden Silbergurt. Ich hörte den entsetzlichen Namen »Thoas« durch die Menge hinrascheln, zum ersten Mal, daß ich den Menschen sah, den Oberhenker des Praeses. Die beiden Gestalten, Synesios und Thoas, gingen aufeinander zu, langsam, Schritt für Schritt, Synesios hatte sich zuerst in Bewegung gesetzt.

»Was sucht ihr hier?« schrie Thoas mit der Stimme des Schinders, den ein Oberschinder zum Ritter geschlagen hat. Synesios ging noch einen Schritt weiter, daß es aussah, als wollte er Thoas in die Augen schauen. Und er rief: »Die Kirche von Ptolemais und die ganze Kirche auf dem Erdkreis betet für den unschuldigen Simonides.« Thoas wich zurück, zuerst mit dem Kopf, dann mit der Brust, den Armen und schließlich, sehr schnell, mit den Füßen. Dann eilte er mit einem Anlauf an Synesios vorüber und schrie über die Köpfe, die stumm zu den beiden Gestalten hinaufschauten, er schrie, überschrie sich: »Umsonst hat Simonides auf die Kirche gehofft! Wir haben ihn! Und wenn er die Füße Christi umschlingt, um-sonst, ganz um-sonst!«

»Mensch«, rief Synesios, als wäre er erschrocken, »du hast Christus gelästert! Kommt, Brüder, ihr habt es gehört, ihr seid Zeugen!« Er wandte sich, kam die Stufen herunter und schickte die Leute mit heftigen Bewegungen nach Hause: sie sollten sich beeilen, ehe die Soldaten kämen.

Aber sie kamen nicht, der Platz blieb, als wir ihn verließen und die Straße zum Dom einschlugen, weiß und leer. »Ich habe Durst«, seufzte Synesios, und im gleichen Atem: »– wer gibt ihm zu trinken?«

Alexander, Simonides und Menelaos – im Bischofspalast gab es an diesem und den nächsten Tagen keine anderen Namen. Die Kinder wollten wissen, wer das sei, Simonides? Den Menelaos kannten sie nur als den Mann der Helena, hatten ihn aber nie gesehen, wohl den Bischof Alexander. Nach ihm fragten sie oft, und ich konnte ihnen nur erklären, daß er abgereist sei, nach Bythinien, in seine Diözese, und da fragte Tutulina, warum er sich nicht von ihr verabschiedet habe? Alexander hatte den Kindern oft Geschichten erzählt und ihnen Rätsel zu raten aufgegeben, alte und neue, lustige und sehr ernste. Ich hatte, als ich Tutulina wegen Alexanders Verschwinden belog, nicht an Stephanos, den Beschützer unserer Kinder, gedacht, der ja viel mit ihnen zusammen war. Er empfand sich als den Nachrichtenbringer in unserm Haus, und so hatte er auch Tutulina über Alexander alles mitgeteilt, was er wußte, und wahrscheinlich noch mehr.

Der Wüstensohn konnte sich in seiner mit allen Bitterkeiten gegerbten Seele nicht vorstellen, was er anrichtete, als er, wohl nicht ohne eine gewisse kindliche Prahlerei, Tutulina das Schreckliche erzählte. Es war am Mittwoch in der Heiligen Woche, als wir uns nach dem Gottesdienst zum Frühstück niederließen. Sie saß vor ihrem Gerstenbrei, starr, den Kopf angehoben, die Augen geschlossen. Ich hatte den Kindern in den Brei zu der Ziegenmilch ein wenig Kuhmilch getan, um sie an den Geschmack dieser Milch zu gewöhnen, und nun dachte ich, Tutulina, die wie alle Bewohner des libyschen Binnenlandes Kuhmilch nicht anrührte, habe meinen Betrug entdeckt. Aber sie antwortete nicht auf meine Fragen, sondern saß weiter unbeweglich da, bleich, traurig, ganz in sich verschlossen. Als ich sie nun ein wenig schroff aufforderte, entweder zu reden oder zu essen, weiteten sich ihre großen Augen. Sie blickte mich an und sagte: »Ich kann nicht reden, ich kann nicht essen.« Synesios hob bei ihrer Stimme sein Gesicht und blickte zu mir herüber. »Ich könnte genau dasselbe sagen«, murmelte er und zog sich wieder in sein Schweigen zurück. Aber nun wollte ich wissen, was in dem Mädchen vorging. Da klagte sie: »Alexander ist nicht abgereist... Du weißt, wo er ist, auch Vater weiß es, Stephanos hat es mir verraten. Und da soll ich essen, wenn mein Freund hungert.« Damit war unser Morgenmahl beendet. Wir legten die Löffel neben die Schalen und standen auf, nur Paulus zögerte; ich ermunterte ihn, weiter zu essen. »Ist Kuhmilch drin?« fragte er und legte ebenfalls den Löffel hin. Ich redete, glücklich ein Thema zu haben, ausführlich über die Kuhmilch, sie rieche viel besser als die Milch der Ziegen, in der ganzen Welt werde Kuhmilch getrunken, nur »droben« nicht, weil die Leute dort sehr beschränkt seien. Sie äßen ja auch keinen Fisch, und es gebe viele Schleien und Forellen in den Bächen – ob es nicht dumm sei, keinen Fisch zu essen? Paulus, der Fisch gern aß, mußte das zugeben. Doch dann fragte er, warum denn Alexander nichts zu essen bekomme? Oder ob auch Alexander seinen Brei nicht möge, weil da Kuhmilch drin sei? »Nein«, sagte ich mit einem drohenden Blick gegen Tutulina hin, die langsam nähertrat, »Alexander fastet, wir sind in der Heiligen Woche.« »Ja, er fastet«, ihre Stimme schluchzte, aber sie beherrschte sich, stolz, daß ich sie wie eine Erwachsene behandelte.

In diesem Augenblick eilte Stephanos herein. Er kam mir gerade recht. Ich schickte die Kinder hastig zu ihrem Lehrer, dem Diakon, ins Nachbarhaus, und wollte mich schon auf Stephanos stürzen und ihm klarmachen, was für Kinderohren bestimmt sei und was nicht, da sah ich, wie er die Hände, die Spitzen seiner braunen Finger an die Lippen legte und seine Augen an der Zimmerdecke wilde Kreise zogen. Also Neuigkeiten – und ich wußte es: keine guten!

Er spie alles heraus, würgte an Wörtern, jagte seine Mitteilungen zerstückelt vor sich her, mit der Stimme, mit den Händen, begann mit dem Ende – »in der Nacht, nein, am Morgen – sie liefen, liefen nach –«

»Wem sind sie nachge –«

»Den Leuten!«

»Welchen Leuten?«

»Die im Dom waren!«

»Wann? – wer war denn im Dom? – wer lief nach?« Ich begriff immer noch nicht, und als ich endlich – nein, plötzlich! – begriffen hatte, eilte ich hinaus und rief: »Komm, Bischof von Ptolemais, komm, Synesios, es ist so weit!«

Synesios war gerade aus dem Bad gestiegen. Er hatte sich in ein Linnen gewickelt, und als er im Türrahmen stand, weiß und den Kopf verhüllt, kam er mir wie Lazarus vor (Tutulina liebte diese Geschichte vom auferweckten Lazarus sehr, und Synesios hatte sie gerade tags zuvor gebeten, ihm, so sagte er, »die Mythe von der Schmetterlingspuppe« zu erzählen, und sie hatte sofort begriffen!). Nun rief ich, beinah fröhlich: »Lazarus, komm heraus!« Und als er nur fragte und den Kopf hob, berichtete ich ihm, meine Stimme hüpfte: »Massenverhaftungen! Die Wachverbände des Praeses sind heute in der Frühe in die Häuser eingedrungen, manche konnten entkommen, flohen in den Dom und in andre Kirchen. Thoas und seine Schergen sind in die Kirche eingedrungen, haben die Asylsuchenden niedergeschlagen, verhaftet, fortgeschleppt.«

Synesios nickte, er wandte sich um, winkte mir; ich folgte ihm in die Bibliothek. Dort nahm er einen Brief vom Schreibtisch und sagte: »Lies, ich zieh mich derweil an.« Dann ging er wieder ins Bad.

Der Brief kam von der Hand des Isidor von Pelusium. Ich wußte von diesem im ganzen Reich hochangesehenen Mann nur, daß er ein hoher Beamter am kaiserlichen Hof gewesen war, seine Ämter niedergelegt und sich in die Wüste zurückgezogen hatte. Aus dem Brief des Eremiten erfuhr ich, daß Synesios sich an ihn um Rat gewandt hatte, aus der Antwort konnte ich die Frage entnehmen: Synesios hatte wissen wollen, ob Andronikos, falls er »die Schwelle der kirchlichen Rechte überschreite«, aus der Gemeinschaft der Gläubigen auszustoßen und mit dem Bann zu belegen sei. Wiederum mußte ich feststellen, daß Synesios in seiner Amtsführung klüger und weitsichtiger war, als ich es vermutet hatte. Nicht an irgendeinen »heiligen Greis« hatte er sich gewandt, sondern an einen, der den Fall mit zwei verschiedenen Augen anzusehen die Möglichkeit hatte: mit dem Auge des Juristen und Hofbeamten, der den Verlauf der Grenze zwischen kaiserlicher und kirchlicher Macht aus Erfahrung kannte; und mit dem Auge des Christus nachfolgenden Asketen, der sich vor nichts mehr fürchtete als vor der Sünde – und die größte Sünde für ihn sei, so schrieb Isidor, der täglichen Ankunft des Reiches Christi zu widerstehen... Und der Alte in seiner Wüstenhöhle wurde grimmig: er zitierte die großen Lästerer vor seinen Holzblock, auf dem er, wie ich es mir vorstellte, seinen Brief geschrieben hatte, und zeigte Synesios, wie sie von Engeln gepeitscht, von Dämonen gejagt und von den Würmern, dem Sinnbild ihrer Taten, aufgefressen worden seien. Die von ihrer Macht betrunkenen Lästerer, die Ungerechten und Unbarmherzigen seien Gott ein Greuel, und die kaiserliche Macht müsse die Kirche schützen und ihr beistehen, wenn sie ihrer Aufgabe getreu den Armen und Verfolgten gegen die Reichen und Mächtigen und gegen die ungerechten Richter beistehe. Aber die Bischöfe hätten ihre Macht und ihren Einfluß im letzten Jahrhundert fast nur zur Mehrung und Festigung ihrer eigenen Herrlichkeit benützt; Bischöfe wie Basilios, Johannes Goldmund und Augustinus – auch diesen Namen führte Isidoros an –, die durch ihr Leben die Wahrheit des Evangeliums bezeugt hätten, seien so selten geworden wie lebendiges Wasser in der Wüste. Und er beteuerte, daß sein Gedächtnis noch sehr gut sei, und je älter er werde, desto tiefer und schärfer schaue er in sich hinein – »denn ich erinnere mich noch all meiner Sünden, und täglich entdecke ich, gleich dem in seiner Tunika nach Läusen suchenden Mönch, in den verborgenen Falten meines Wesens neue, ich will sagen: sehr alte Sünden, die ich bereits vergessen hatte. Aber was ich in meinem schrecklich genauen Gedächtnis nicht finden kann, das ist ein Bischof, der einen hohen kaiserlichen Beamten auch nur mit dem Bannfluch bedroht, geschweige ihn damit belegt hätte. Doch daß die Bischöfe einander wegen irgendeiner Lehrmeinung, die oft nach zehn, zwanzig Jahren durch eine neue Lehrmeinung ersetzt wird, exkommunizieren, das war und ist noch üblich, wie seltsam, wie empörend, wie unduldsam – und vor allem: wie feige! Einen Bischof mit dem orthodoxen Hasenschläger, wenn nicht tot, so doch mundtot zu machen, ist eine Unternehmung ohne jedes Risiko; aber einen Heliodor ohne Beistand der Engel aus dem Heiligtum hinauszupeitschen, heute, in Alexandria, in Konstantinopel, in Ptolemais, dazu bedarf es des Mutes der Apostel, der Märtyrer. Aber wenn nun den Bischöfen dieser Mut als unzeitgemäß, ja, als fantastische Zumutung erscheint? Wenn sie dann von der Rücksicht auf ihre Herde zu reden beginnen, vom Frieden zwischen Staat und Kirche, von der Furcht, daß der Glaube ihrer Gläubigen zu schwach und nicht imstande sei, einer Verfolgung standzuhalten, und doch es dieser selben, von ihnen derart verleumdeten Herde zumuten, eine zum System gewordene Ungerechtigkeit und Ausbeutung durch die Staatsbeamten widerspruchslos zu ertragen –, schreit eine solche Verachtung des Erbteils Christi nicht zum Himmel? Und das Wort, das Er gesprochen hat: ›Sie sind wie eine Herde ohne Hirten‹, muß Er es heute, vierhundert Jahre nach seinem Tode, nicht noch einmal und fast über die ganze Kirche hin sagen? Darum, mein Freund Synesios, sei kein Mietling, sondern ein Hirte, keiner, der von seiner Herde, sondern der für sie lebt und, wenn Gott es zuläßt, für sie stirbt. Glaube es mir, unsere Kirche wird nicht von den Theologen gerettet, sondern von den Jüngern der Apostel. Und wenn der Praeses, sogar wenn er kein Getaufter wäre, Dir, dem Metropoliten der Kyrenaika, mit List oder offener Gewalt entgegentritt, Dich in der Ausübung Deines Hirtenamtes auf wesentliche Weise behindert oder gar, wenn er die Rechte der Kirche als einer freien, unabhängigen und nur an die Gesetze gebundenen Gesellschaft mißachtet, verletzt oder außer Kraft setzen will, dann stelle den Praeses zur Rede, brieflich oder mündlich, weise ihm seinen Irrtum und sein Vergehen nach, ohne Hochmut und ohne Zorn. Und nicht nur einmal! Aber wenn er Deiner Zurechtweisung kein Gehör schenkt, dann steige auf Deinen Thron und stürze sein Licht um und verkünde es allen Bischöfen auf dem Erdkreis, daß sie – bei der Einheit der Kirche! – ihn alle als ausgeschlossen betrachten, und alle ihn meiden müssen wie einen Aussätzigen – und zwar so lange, als der Bann auf ihm liegt. Und frage Dich nicht, wenn Du den Thron zu dieser schwersten Tat Deines Lebens besteigst, ob Dir dieser Thron erhalten bleibt; frage Dich nur: ob Du im Gericht Gottes bestehen wirst. Aber zuerst wende Dich an den Patriarchen in Alexandria. Du schriebst mir, daß er Deine Briefe nicht mehr beantwortet.

Aber dieser Theophilos, auch wenn er Dir jede Woche einen Brief geschrieben und Dich bis in die kleinsten Fragen beraten hätte, diesmal hätte er Dir sicherlich nicht geantwortet. In diesem Wagnis läßt er Dich allein. Deinen Ruhm, richtig und mutig gehandelt zu haben, kann er immer noch einheimsen: denn in der Sonne des Patriarchen kann Dein Stern nicht leuchten. Und es ist gut, daß Du das weißt, das bewahrt Dich vor der Wollust der Macht und der Ruhmsucht. Was uns allein bleibt, ist die Schmach des Kreuzes, für den Jünger das Beste, es schützt ihn vor sich selbst. Und so warte ich in meiner Höhle auf den Boten, der mir eines Tages die Kunde bringt: Der Praeses der Kyrenaika ist im Bann. Was Dir daraufhin geschieht, Freund Synesios, wird mich, versteh mich richtig, nicht allzusehr bewegen: Du befindest Dich, mehr als Du ahnst, in der Hand Gottes, bist ganz sein Eigentum geworden. Und mit solchen Menschen verfährt Gott rücksichtslos, ich will sagen: nicht mit jener Rücksichtnahme nach Menschenart, der fordert von seinen ganz Getreuen alles.«

Daß Synesios halb hinter mich getreten war und mitlas, hatte ich nicht bemerkt. Da rückte plötzlich, ich fuhr zusammen, seine Hand an meiner Schulter vorbei und wies auf die letzten Worte des Briefes, er sagte: »Alles! Daß wir es wissen! Nur: was geschieht mit dir, mit den Kindern?«

Ich wandte mich um: in seinem schneeweißen Leinen, das er sommers auch unter dem Kapuzenmantel trug, stand er da, ich fühlte ihn so fern von mir, so entrückt, daß ich die Arme nach ihm ausstreckte. Wir küßten uns.

»Also am Tag, da Sein Leiden begann«, seine Stimme klang wieder ruhig, »zuerst verlese ich den Brief gegen die Eunomianer und darauf – ich werde den Bann allerdings noch nicht aussprechen, sondern ihn erst androhen – er muß die Gefangenen, soweit sie keine Verbrechen begangen haben, in Freiheit setzen, alle: Alexander, Simonides, Menelaos, alle, alle! Und ohne Bedingungen! Vielleicht, daß er seine Macht diesmal nicht überschätzt, daß er also rechnet und erschrickt, dieser – dieser – Heillose –«

Ich konnte ihn kaum aussprechen lassen. Den Bann nur androhen? – und ohne seine Antwort abzuwarten, machte ich ihm klar, daß diese Rücksicht ebenso christlich wie töricht und vor allem gefährlich sei. Dieser Heillose – ja das sei der richtige Name! – achte sein Wort nicht höher als ausgespienen Speichel. Und was die Gefangenen angehe, werde er keinen freigeben, könne es sogar nicht, selbst wenn sie noch am Leben wären: die von Geisel und Folterschrauben gezeichneten Körper unserer Freunde legten, sogar wenn sie aus Angst schwiegen, zu laut Zeugnis gegen die Rechtspraxis des Praeses ab. Außerdem, auch darauf wies ich Synesios hin: durch die Androhung des Bannes versetze er den Praeses vor allem Volk in eine Zwangslage, die diesen Hochmütigen zur Raserei bringe. Zugleich aber räume er ihm Zeit ein, sich zum Gegenschlag zu rüsten. »Nein, Synesios«, so ungefähr schloß ich meine Ansprache und gebrauchte eine Redeweise meines Vaters Ursus: »Man muß die Schlange fangen, wenn sie sich sonnt; sie mit der Hand in ihrem Loch zu greifen, ist tödlich!«

Er bedeckte nun sein Gesicht und blieb unbeweglich stehen. Endlich ging er, der einen so schönen, leichten Schritt hatte, fast trippelnd zum Fenster, er war unendlich müde und zugleich von Angst gejagt. Er schaute hinunter in den Binnenhof und nickte vor sich hin. Ja, es wäre wirklich besser für einen Bischof, keine Kinder zu haben – »wegen der Verletzbarkeit«, er warf mir scheu einen Blick zu, »versteh mich richtig, meine Prisca, ich fürchte mich vor nichts, nicht einmal vor dem Folterkeller, der Tod ist mir gewiß, ob er eintritt morgen oder heute, ob er von innen oder außen kommt – ich bin Philosoph und habe mich, seit ich im Denken erwachsen bin, in der Vorstellung vom Tod unaufhörlich geübt. Aber jetzt – da sind die Kinder –«

»Und ich – an mich denkst du nicht?« Ich hatte das ohne

zu überlegen hervorgestoßen, ich fühlte mich in diesem Augenblick nicht geliebt, einfach übersehen, wie auch in seinen Briefen: nie erwähnte er mich, nie nannte er meinen Namen, selbst beim Tod unsres Phaidon nicht: in seinem Brief war er allein der Leidende, der Beraubte, der Verzweifelte – vom Schmerz der Mutter kein Wort.

Da kam er langsam auf mich zu, legte mir die Hände auf die Schultern, und den Kopf an meinem Hals flüsterte er: »Nein, an dich nicht! Du bist stark wie ich, noch stärker!« Und darauf kam das Battiadenwort: »Du gehörst zu mir. Wenn Synesios ich sagt, hat er auch Prisca gesagt, das ist ja meine Stärke. Wir beide zusammen sind eine Heerschar, aber daß wir diese offene Stelle haben – daß ich gezeugt, daß du geboren hast, daß wir mit diesem zarten Fleisch, mit diesem ungeschützten jungen Leben verbunden sind, eins sind –«

Plötzlich machte er sich von mir los und begann unvermittelt mit ganz anderer Stimme von seinem Archidiakon zu sprechen: man müsse warten, bis Laokoon von seiner Reise zurück sei. In politischer Hinsicht sei dieser gewiß sehr vielgesichtige Mann nicht zu unterschätzen. Er habe auch einen starken Einfluß auf den Klerus, das sei äußerst wichtig. Denn wenn der Klerus die Exkommunizierung des Praeses nicht billige und im Herzen nicht mitvollziehe, sei das bedenklicher, als wenn der Patriarch nicht antworte. Als Metropolit könne er zwar ohne den Patriarchen entscheiden, aber als Bischof nicht gegen seinen Klerus oder doch nur im äußersten Falle – und nur der Archidiakon könne den Klerus in dieser Sache auf die Seite des Bischofs bringen. Als ich immer noch schwieg: ja, ein Bischof ohne seinen Archidiakon sei ein Schwert ohne Griff, ein Wagen ohne Räder, ein Lahmer ohne Krücke – er fügte noch ein paar Vergleiche an, er merkte wohl, daß er mich nicht überzeugte. Da rief ich: »Gut also«, es riß sich mir so von den Zähnen los, »Chilos und ich werden dir noch heute beweisen, wer das ist: dein Archidiakon Laokoon!«

Laokoon und die Schlangen

Chilos und ich waren uns einig geworden, daß wir Synesios über die Art und Weise, wie wir hinter die Schreibtischgeheimnisse des Laokoon gekommen waren, täuschen müßten: Chilos war also nicht schon vor fast einem Jahr und darauf noch mehrmals mit einem Nachschlüssel in das Zimmer des Archidiakons eingedrungen, sondern er hatte gestern in aller Morgenfrühe eine Schlange entdeckt, die in der Blätterwand aus Efeu und Winden eine Spur zog und dann, so schien es, im Fenster, das in Laokoons Zimmer führte, verschwand. Darauf hatte er eine Leiter an die Wand gelehnt und war hinauf geklettert, eben zu jenem Fenster, wo die Schlange verschwunden war, und dort stand der Schreibtisch des Archidiakons. Chilos bemerkte jetzt, daß sich das dünne Pergament in den Fenstersprossen gelöst hatte, und so befürchtete er, daß die Schlange in der Abwesenheit des Laokoon in dessen Zimmer Unterschlupf gesucht habe. Er öffnete also das Fenster, kletterte ins Zimmer, über den Tisch hinweg, entdeckte auf diesem beschriebenes Papier und auf dem Papier den Namen seines Herrn Synesios – und seiner Herrin Prisca. Und da las er sich fest, ohne daß es ihm zunächst bewußt geworden wäre, wie ungeziemend sein Tun war. Dann, als er dessen innewurde, hatte er bereits zuviel gelesen – er erkannte, daß diese beschriebenen Seiten vor das Auge des Synesios gehörten. Er kopierte darauf in der Nacht das Manuskript, brachte das Original wieder auf den Schreibtisch zurück und legte schließlich die Abschrift Synesios auf seinen Tisch im Studio.

Ich war wohl bleich im Gesicht und bemerkte zudem, daß auch Chilos mit niedergeschlagenen Augen dastand und seine Hände auf dem Rücken verbarg. Daß wir Synesios wie ein Kind belügen mußten, war uns gräßlich, aber mehr noch lastete auf uns das Bild des über diese Blätter gebeugten Synesios. Er hatte schweigend zugehört, die Augen auf die Blätter gerichtet, und als ich schwieg, sofort mit der Lesung begonnen.

Chilos und ich verließen das Studio, als fürchteten wir, daß uns noch Fragen gestellt würden. Das Märchen vom Auffinden dieses Manuskripts hatte ich erfunden. Chilos, der nie log, hatte erst nach langem Hin und Her eingewilligt mit der Begründung, daß Synesios die Wahrheit über Laokoon erfahren müsse.

Ich kannte noch nicht den Inhalt der letzten Kopie und fragte Chilos, er schüttelte nur angeekelt den Kopf. Erst auf meine inständigen Bitten hin erzählte er. Laokoon mußte den letzten Teil in der Nacht vor seiner Abreise niedergeschrieben haben. Synesios' Brief an die Bischöfe hatte ihn aus seiner bislang bewahrten Pose eines Chronisten, der nur überliefert, was er selbst gehört und gesehen, jäh herausgerissen. Nach dieser »Kriegserklärung der Unvernunft« lag vor Laokoons Augen alles klar da: Synesios, ein früh gealterter Mann, der durch seine Herkunft, seine heidnische Wissenschaft und seine Frau zu maßloser Selbstüberschätzung gelangt war, hatte jede Verbindung mit der Wirklichkeit verloren. Von jeher schon fanatischen Wesens und im geheimen der Mantik ergeben, hatten seine Träume ihn nun in die Gewalt bekommen und mit ihnen die Herrin dieser Träume: sein Weib. Denn diese sich in alles, vor allem in die bischöflichen Geschäfte einmischende Jezabel wußte: wenn sie die Träume ihres ihr ohnehin verfallenen Mannes in die Gewalt bekam, beherrschte sie ihn von innen her, ohne daß der höchst eigensinnige Alte es merkte. Synesios war übrigens noch keine fünfzig alt.

Hier nun öffnete Chilos, wenn auch mit Widerwillen, die Kloake des Geschwätzes, das offenbar vom Praeses und seiner Clique ausgegangen war. Laokoon führte aus, was »man« von unserm »Leben zu dritt« erzählte. Die Verleumdungen des Praeses, die uns über Freunde andeutungsweise erreichten, hatten wir bisher nur so verstanden, daß Chilos und ich ein von Synesios geduldetes Verhältnis hätten. Der auf diese Weise Verhöhnte hob, als er zum erstenmal davon hörte, nur das Kinn höher, lächelte und flüsterte mir ins Ohr: »Man unterschätzt deinen Mann. Aber das ist zu ertragen.« Was ich nun hören mußte, erfüllte mich mit maßlosem Staunen über die Bosheit dieses Menschen Laokoon. Ich hatte ihn, so sehr er mich anekelte, einer solchen Niedertracht nicht für fähig erachtet. Und als ich mir dann vorstellte, wie Synesios sich gerade in diesem Augenblick, während er die Seiten des Laokoon las, in seiner äußersten Schmach dastehen sah, erfüllte mich eine böse, wütende Genugtuung: endlich erfährt er, der Träumer, wer der Mann seines Vertrauens ist!

Ich bat Chilos, keine Rücksicht auf meine Erregung zu nehmen, sondern fortzufahren. Und so erfuhr ich also, daß Synesios nicht nur ein Lustgreis, sondern auch ein Weinsäufer sei, innerhalb seiner vier Wände, versteht sich, der keinen Brief ohne Beihilfe des Bechers diktiere, woher sich denn auch die Angriffslust und ungezügelte Offenheit seiner Sätze erkläre. Im übrigen bestehe das Tagewerk des Metropoliten überwiegend im Diktieren von Briefen, von deren Bedeutsamkeit und Wirkungskraft er eine ziemlich hohe Meinung habe. Selbst seine Tochter, die aus einer außerehelichen Verbindung mit einer Magd auf dem Doroshof stamme und später von ihm adoptiert worden sei (»die Frucht seiner Sünde anzuerkennen verdient auch die Anerkennung der andern«, vermerkt hier gnädig der Biograph), diese ziemlich naseweise und mit Bibelkenntnissen aufgeplusterte Bischofstochter habe über ihren Vater gesagt, daß er entweder Briefe an die ganze Welt diktiere oder spazierengehe. Überhaupt diese Kinder, diese Bischofskinder! – der Biograph hatte ihnen einige Seiten gewidmet, offenbar um zu beweisen, daß Kinder in einem Bischofshaus nicht am Platz sind, so wenig wie eine Frau. Diese Bischofsfrau habe ihren Kindern die lateinische Sprache eigens zu dem Zweck beigebracht, um sich abzusondern und den Erwachsenen, die diese Kommandosprache nicht kennten, freche Bemerkungen nachzurufen. Die Kinder, vor allem die Tochter – Chilos hob den Finger, als er mir diese Mitteilung machte – habe diese Jezabel abgerichtet, den Altersstarrsinn des Metropoliten aufzuweichen und ihn immer gefügiger zu machen – und zwar mit jener leicht sinnlichen Zärtlichkeit, für die Greise zugänglicher seien als Männer in ihren rüstigen Jahren. Und da diese Prisca wohl ahne, daß in ihrem Bischof noch ein Rest des einst so sauberen Philosophen lebendig sei und daß dieser Rest unter seiner verblichenen Tugend leide, habe sie die Tochter zu einer Art christlicher Pythia gemacht, die, wenn der Vater nicht diktiere oder trinke oder spazierengehe, die Heilige Schrift aufschlage, vorlese und weise Sprüche von sich gebe.

Über das Verhältnis des Metropoliten zur weltlichen Macht – der Name des Praeses fiel in Laokoons Text nicht ein einziges Mal – konnte unser Biograph gewissermaßen nur noch den Kopf schütteln. Synesios, der Grieche von altem Schrot und Korn, der noch in der ersten Zeit seines Episkopates den Staat mit einer geradezu maßlosen Ehrfurcht ansah, daß er das Schwert der ausführenden Gerechtigkeit mit dem Sühnewasser in den Kirchen vergleichen konnte, derselbe Synesios nahm jetzt – nach einem einzigen Jahr der Amtsführung! – gegenüber der Spitze des Staates die Haltung eines Hierarchen an, der den Staat auf die Knie zwingen will. Seine öffentlich und privat geäußerten Urteile über Konstantinopel, den Kaiser, den Hof und die Art der Rechtsprechung, seine Freundschaft mit dem ungehorsamen Bischof Alexander, seine zweideutige Haltung gegenüber seiner Heiligkeit, dem Patriarchen, und zuletzt dieser furchtbare Brief an die Bischöfe – furchtbar wegen seiner Verkennung der wirklichen Machtverhältnisse und der Folgen! – dies alles ergibt ein unsagbar traurig stimmendes, aber ebenso bedrohliches Bild eines Mannes, der ein besseres Los verdient hätte. Nach der Ansicht seines Archidiakons ist Synesios also ein Philosoph, der nie wirklich Christ geworden ist, es nicht werden konnte! ein Stubengelehrter, der recht hatte, wenn er sich gegen die Annahme des Bischofsamtes sträubte; ein Hierarch, der zur Herrschaft nichts mitbrachte als einen überangestrengten Willen, ohne politische Einsicht und ohne männliche Kraft. Und Laokoon sprach voll Mitgefühl von der Tragik dieses Mannes, der zuerst von seinem Weib, einer neuen Dalila, geblendet, sich nun darum schon wie ein Samson fühle und sich nach der Säule vortaste, auf der die Ordnung der ganzen Kyrenaika ruhe, um sie ins Wanken zu bringen, und, lüstern nach Tod und Untergang, umzustoßen. Aber der Arme hat ganz übersehen, daß Blindheit allein noch keinen Samson ausmacht...

Über unsern Biographen Laokoon noch weiter nachzudenken halte ich für überflüssig. Der Mensch, der Böses tut, der Sünder also, ist mein Bruder; wer sich aber wie eine Made im Fleisch des Bösen verliert, sich von ihm ernähren läßt, in ihm wohnt und ewig wohnen will und ihm seine Existenz jetzt und für immer zu verdanken bereit ist, dessen sollen wir, während er noch lebt, wie eines Toten gedenken und ihn mit Gott allein lassen.

Worüber allein ich immer wieder nachdenken muß: wann hat Laokoon seinen Entschluß gefaßt, zum Biographen seines Herrn zu werden? – und was hat ihn dazu getrieben?

Für ganz sicher halte ich es, daß Laokoon erst zu schreiben begann, als Synesios Metropolit der Pentapolis geworden war, – der Synesios aus früheren Tagen, selbst der Anführer der Gesandtschaft zum Kaiser konnte ihm nur dem Namen nach bekannt sein. Wenn er sich also als Augenzeugen jener ihm damals noch unzugänglichen Ereignisse aufspielt, so ist das Wichtigtuerei, im besten Fall ein Stilmittel. Vielleicht ein wenig früher, vielleicht erst, als er von Synesios zum Archidiakon erwählt und dadurch in die nächste Nachbarschaft des Metropoliten gezogen wurde, muß er den Einfall gehabt haben, seinen Namen durch den des Synesios bekannt zu machen. So stünde also am Anfang seines biographischen Unternehmens rein literarischer Ehrgeiz, was zu dem in Nonnos' Kielwasser treibenden Verseschmied durchaus paßte. Und für sicher halte ich es auch, daß er anfangs der Gestalt seines Helden, darin Sulpizius Severus nachahmend, all jene Züge verleihen wollte, die in der Meinung des Volkes zu einem Bischof gehörten: Synesios war von hoher Herkunft, in aller Wissenschaft erfahren, tapfer im Krieg, ein Wohltäter im Frieden, schon vor seiner Geburt wie Samson und Platon durch allerlei zeichenhafte Ereignisse und Träume der Mutter angekündigt. Das Kind Synesios sodann, der Jüngling: ein Wesen von frühlingshafter Art, der aufkeimende Geist, seine Neigung zu Einsamkeit und Gebet, die Meisterin Hypatia – und schließlich die Prüfung Gottes, der Schmelztiegel: seine Ehe mit Prisca! Mit diesem, mit meinem Namen macht sich der erste Mißklang in der Melodie dieser Vita bemerkbar. Gott hat ihm diese Prisca bekanntlich als einen Köder hingelegt, denn sie war schön und Christin... Dieses Weib, das sich nicht abschütteln ließ, brachte ihn von Tag zu Tag stärker in seine Abhängigkeit, bis dieser ohne Zweifel Erwählte sich der göttlichen Schöpferhand entzog und zur Kreatur dieser Jezabel wurde und gleich Ikaros – diesen Vergleich gibt es wirklich irgendwo in Laokoons Dichtung! – der irdischen Sonne, also der Machtgier und Lust des Fleisches zu nahe gekommen, die Federn verliert und abstürzt. Aus der Heiligenlegende war langsam der Roman einer Versuchung, aus diesem ein Lehrbuch für politische Bischöfe und dazu eine Sittenkolportage geworden, und die letzten Dinge dieses Mannes, das ahnte man, würden zu einem Menetekel werden – für die ganze Christenheit.

Seit ich Laokoon das erste Mal sah, damals auf dem Doroshof – Synesios hatte ihn seinem Gefolge eingereiht –, seit ich ihn am Tisch erblickte und gewahrte, wie er das Fleisch abschnitt und in seinen Bart stopfte und kaute, seit ich ihn zwischendurch von seinem Versehgang erzählen hörte und von seinem Kampf mit dem Ehepaar Pan, vor allem mit der Panin, seit diesem Abend verabscheute ich diesen Mann, und ich schämte mich für Synesios, daß er keinen schärferen Blick für Menschen hatte oder vielmehr: daß er diesen klerikalen Waldschrat rein literarisch sah und sich sogar amüsierte über diese allerdings seltsame Mischung aus Köhlerglauben, Fanatismus, Tierhaftigkeit und mit der Brennschere gelockter Zunge. Die Tücke, die aus diesen Augenwinkeln lauerte, hatte Synesios nicht bemerkt.

Noch spät am Abend vor dem Donnerstag der Heiligen Woche war Laokoon von seiner ihm aufgetragenen Reise unerwartet zurückgekehrt. Er erschien im Sekretarium, wo der kleine Bischof Thomas ihn empfing, der in dringenden Geschäften nach Ptolemais gekommen war und nun den Metropoliten vertrat, wenigstens an diesem Abend und bei diesem Gespräch. Synesios hielt sich, seit er mit Laokoons Manuskript allein gewesen war, von allen, auch von der Familie fern, nur den Bischof aus der Wüste hatte er vorgelassen und ihn gebeten, noch eine Stunde im Sekretarium zu sitzen, um späte Besucher zu empfangen. Als Laokoon gemeldet wurde, bat Synesios den Bischof Thomas zu sich in die Bibliothek. Dort blieben sie etwa eine halbe Stunde beieinander, dann hörten wir den Schritt des kleinen Wüstenbischofs die Treppe hinabeilen; er ging wirklich auffällig schnell, kehrte aber auf halber Treppe um und rief oben nach Chilos, er müsse einen Stenographen haben.

So erfuhr ich eine Stunde später alles von Chilos: Laokoon war nur bis Kyrene gekommen, dort hatte er die Reise abgebrochen, weil sein Maultier Koliken bekommen hätte... Geld, um ein anderes Reittier zu kaufen oder zu mieten, hatte der Archidiakon nicht bei sich, und so brachte er fast alle Kopien von Synesios' Brief an die Bischöfe zurück und schichtete daraus, während er auf die Fragen des Bischofs Thomas beiläufige Antworten gab, mit Sorgfalt einen Turm, und als die gefalteten Papiervierecke in ihrer aufeinandergetürmten Lage nicht verharrten, sondern über den ganzen Tisch hinstürzten, hatte Laokoon kurz durch die Nase gelacht und gesagt: »Da – da liegt es, das Kastell aus Papier.« Und dann, mit einem Finger in den Kopien rührend: der Bischof von Kyrene weigere sich, den Text zu verlesen. Falls der Metropolit auf der Verlesung bestehe, müsse er nach Kyrene kommen und es selber tun. Und so dächten, habe ihm der Bischof von Kyrene versichert, bestimmt fast alle Bischöfe – wenigstens in den städtischen Diözesen. Die Nachricht vom Streit zwischen dem Metropoliten und dem Praeses habe sich über die ganze Provinz verbreitet. Und Laokoon berichtete, als drohte er jemandem: die Lage der Kirche sei in ein gefährliches Stadium gerückt. Die steuerflüchtigen Kolonen, die ihre Felder verlassen hätten, trieben sich in den Städten herum und vermehrten die Schar jener, die seit Monaten ohne Arbeit seien und ihre Familien aus dem Topf des Zufalls ernährten oder sich ohne jede Scham durch die Straßen bettelten. Und niemand könne mehr zwischen jenen, die als nackte Philosophen herumliefen und den Nackten aus unfreiwilliger Armut unterscheiden, vor allem, da alle mehr und mehr auf dieselbe Weise argumentierten und die Gleichheit aller forderten. Die schlimmsten Schreier seien die christlichen Anhänger der nackten Philosophen. Sie kennten die Schrift bestens und zielten mit gefährlichen Zitaten aus der Bergpredigt gegen die Reichen, in ihren Augen:

Kleriker, Wucherer, Bankleute, Fabrikanten, Beamte, Soldaten, Huren – gegen alle also, die noch die täglichen Bedürfnisse des Leibes ohne Sorge stillen könnten. Der Brief an die Bischöfe nun müsse wie ein Brandpfeil auf einem Strohdach wirken, und die ganze Kyrenaika sei zur Zeit ein einziges Haus aus Stroh, die gesetzlose Menge fühle sich plötzlich ermächtigt – und dann? Außerdem, so hatte Laokoon zum Schluß seiner Erklärung bemerkt: dieser Brief sei an die Bischöfe gerichtet, warum also sollte er dann öffentlich vorgelesen werden? – zumal wenn im voraus zu sehen sei, daß die Antwort des Volkes nur in gottloser Wut bestehen könne. Der wahrhaft apostolische Mut des Metropoliten in Ehren, aber der Bischof von Kyrene habe wohl nicht ganz zu Unrecht bemerkt, daß es Pflicht der Bischöfe sei, Synesios gegen Synesios zu verteidigen.

Zum Schluß fragte der Archidiakon den Bischof Thomas nach dem Ergehen des Metropoliten: ob er wohl imstande sein werde, die Liturgie des Heiligen Donnerstag zu leiten? oder ob er, sein Archidiakon, ihn vertreten müsse?

Darauf antwortete ihm der kleine Bischof, daß der Metropolit sich in Gebet und Fasten auf den morgigen Tag vorbereite.

»Ah so?« machte Laokoon darauf, »er ist also gar nicht krank?«

Und Bischof Thomas: »Er leidet mit dem Herrn unter dem Verrat des Judas und betrachtet das Unbegreifliche, daß ein Mensch, den er ehrte und mit der Verwaltung der Güter der Kirchengemeinschaft betraute, – daß dieser Mensch – können Sie das verstehen, Ehrwürdigster?«

Chilos, der jede Silbe stenographierte, behielt den Archidiakon unter seinen Brauen her scharf im Blick. Dieser Mensch nun, den Bischof gelangweilt anblickend, sagte nur: »Geheimnis des Bösen, so drückt sich die Kirche aus angesichts des Unbegreiflichen, das ebenso gegenwärtig und wirklich wie dem Verstand verschlossen ist, – ich meine den

Verstand, der nach den Motiven sucht, nach den Gründen – Andererseits: kein Mensch handelt ohne Motive, Gründe, Absichten, Ziele! Und auch Judas hat nicht ganz aus der Luft gehandelt. Ich muß jedoch gestehen: dieser Mann ist mir nie klar geworden, ich meine Judas. Ich glaube, er war ein Wirrkopf. Der hätte auch gern ganz Palästina in Brand gesteckt, um die Sache Christi durchzusetzen. Aber wie dem auch sei: für uns ist er ein Werkzeug Gottes, das hat ja sogar der Metropolit in seinem Brief an die Bischöfe ausgesprochen. Übrigens – wird der Metropolit diesmal die Zeremonie der Fußwaschung ausführen? Das vorige Mal tat er es nicht, er fühlte sich noch zu jung im Amt und genierte sich offenbar. Aber die Kleriker wünschen es, das weiß ich.«

Und der Bischof Thomas: »Der Metropolit wird seinen Klerikern diesmal die Füße waschen. Die zwölf sind bestellt. Da Sie aber unversehens zurückgekommen sind, müssen Sie einen der zwölf ausschließen – ich sehe es ein, daß Sie dabei sein müssen. Seine Heiligkeit hat sogar eigens, als er vernahm, daß Sie zurück seien, um Ihre Anwesenheit bei der Liturgie gebeten.«

»So? – das hat er?« Noch einmal gerieten die beiden, der Bischof und der Archidiakon, einander in den Blick; darauf verbeugte sich Laokoon und ging hinaus.

In dieser Nacht lag ich schlaflos am offenen Fenster. Ich roch den Frühling, dahinter aber Fäulnis; sah den Mond auf den Platanen, aber kein Blatt rührte sich; und im großen Bischofshaus auf seinen breiten Treppen und in den zahllosen Kammern gab es keinen Laut, keinen Seufzer; selbst die Kinder, die sich in andern Nächten oft in den Betten herumwarfen oder nach mir riefen, lagen im Schlaf erstarrt. Ja, das ist das Wort, alles, sogar die Luft zwischen den Mauern, der Mond auf den Baumblättern, die Leiber, ob sie schliefen oder wachten, selbst die Gedanken, Gefühle: alles erstarrte in dieser lautlosen Nacht, wurde trocken, kalt, hart. Ich lag da, wußte es sehr genau und konnte mich nicht bewegen, als ob sich mir die Gelenke – die in der Seele und die im Leibe – verknöchert hätten. Vielleicht war es bei ihm anders, vielleicht, daß er beten konnte. Ich fragte mich, ob ich ihm beistehen müßte – aber ich wagte es nicht, in die Bibliothek hinüberzugehen. Die Stille, die aus dem ganzen Haus, aber auch von draußen her aus den Bäumen, aus dem Himmel hereindrang, staute sich in meinem Zimmer, sie wurde wie von unsichtbaren Sackträgern auf mir abgeladen. Ich hob und senkte die Brust, als müßte ich mich mit diesem Atmen am Leben erhalten. Aber warum eigentlich? Ich dachte an Phaidon, an seine letzten Gedanken, die sich mit dem beschäftigt hatten, was hinter der Kuppel des Seins existiere – und ob wir die Fixsterne mit unsern Gedanken, dem atmenden Meer gleich, zum Leuchten bringen, am Leuchten erhalten könnten? Ich vermochte nicht einzuschlafen.

Als das Haus langsam lebendig wurde und die Kinder am Frühstückstisch erschienen, hatte Synesios es bereits verlassen.

Mir kam es vor, als ich neben den Kindern im Dom saß, ich hätte Synesios viele Tage und Nächte nicht mehr gesehen. Und da vernahm ich seine ruhige Stimme, die den Eingangsgesang anstimmte:

»Wir aber sollen uns rühmen im Kreuz unsres Herrn Jesus Christus, in welchem uns das Heil, das Leben und die Auferstehung gegeben sind.« Und ich sah neben ihm den Archidiakon, der Synesios an der Schulter anrührte, irgendwohin zeigte, ihn darauf mit einladender Geste zum Thron führte und ihm vorsichtig, daß der Fuß des Metropoliten nicht stolpere, die Paenula hochraffte, während er selber unten am Thron stehenblieb. Und nun stimmte Synesios die große Doxologie an: »Anbetung dem Vater, dem Sohne, dem Heiligen Geist!« Ich legte die Arme um die Schultern meiner Kinder und drückte sie gegen mich, als müßte ich mich gegen den Jubel abschirmen, der mit einem Mal laut den Dom erfüllte. Ich konnte nicht anbeten, ich dachte an die Nacht zurück, spürte wieder die furchtbare Starre, nur daß ich genau wußte, woraus sie bestand: ich hatte Angst, Angst für ihn, für die Kinder, für unsre Freunde, auch für mich. – »Der du die Sünden der Welt tilgst« – aber ich dachte an Andronikos, an den Bann, er lag in der Luft, er hing über uns wie der Bronzeleuchter mit den hundert Öllämpchen, der vor Jahren einmal herabgefallen war auf die Köpfe, während der Osterliturgie, das hatte man uns erzählt, es hatte viele Toten gegeben. Nun saßen wir genau unter dem Leuchter – Synesios auf seinem Thron freilich nicht, wohl aber die Kinder. Und mir war es auf einmal ganz recht, daß mein sanfter Synesios den Bann nur androhen, nicht sofort aussprechen wollte. Die Stimme des Archidiakons an der Ambo auf meiner Seite, keine zehn Schritt von mir entfernt, sang das Evangelium. Seine Stimme schwebte auf den Weihrauchwolken und hätte jeden betrügen können. »Am Tag vor dem Rüsttag des Passahfestes –«, der Chronist intonierte, verhalten und doch von der Schwermut dessen erfüllt, was er berichten mußte – »und nach dem Mahle dann – – der Teufel hatte es dem Judas, dem Sohn des Simon aus Kariot, ins Herz gelegt, daß er ihn verraten solle – –« Ich zitterte so stark, daß Tutulina mir den Schleier hob, und ich hörte sie sagen: »Nicht, Mutter, es ist doch vorüber – seit vierhundert Jahren ist er in der Herrlichkeit« – Was sollte ich dem Mädchen antworten? Daß ich Angst hatte? Daß der alte Dom angeblich schrägstand? Daß der Leuchter schon einmal heruntergefallen war? Denn über den Grund meiner Angst konnte ich nicht mit ihr reden. Ich dachte nicht mehr an den Sänger dort an der Ambo, den die Kinder ohnehin nicht mochten – er war mir für diesen Augenblick gleichgültig geworden, seit ich die Rolle in der Hand von Synesios erblickt hatte: – der Bann? – die Ausweisung der Eunomianer? – beides? Die hundert Flämmchen auf dem Ringleuchter zitterten.

»Christus ist für uns gehorsam geworden bis zum Tode – bis zum Tode am Kreuz.« Ich hörte diese Worte, sie kamen in der Liturgie vor, aber er hatte sie wiederholt, ehe er zu lesen begann, ich verstand, warum er sie obenan setzte: er war es nicht, der Metropolit Synesios, der die Eunomianer aus der Stadt vertrieb, aus allen Städten, aus ihren Häusern, ihrer Bekanntschaft, der ihnen verbot, zu erben und zu vererben; der sie unstet machte und noch ärmer, als sie bereits waren. Nein, er war es nicht, er gehorchte einem Befehl des Kaisers, der Kirche, einem Gesetz, das durch Jahre über den Eunomianern schwebte, und weil es nicht ausgeführt wurde, von ihnen verlacht wurde. Nun fiel es auf sie herab, mitten aus der Kirchenkuppel, aus dem Mund meines Synesios.

Aber kaum hatte er die Worte der Vertreibung ausgesprochen, flehte er auch schon das Volk an, bei der Verwirklichung dieses harten Gesetzes in keiner Weise mitzuwirken; das sei Aufgabe derselben Macht, die ein solches Gesetz geschaffen habe, der Macht also des Kaisers, die sich in den Soldaten des Praeses darstelle. Die Kirche habe mit diesem Gesetz nicht mehr und nicht weniger zu schaffen als ihm Gehorsam zu erweisen und auch dies – in der Stimme des Metropoliten erhob sich von fern der Donner der Battiaden – auch dies noch, ja: über die Ausführung des Gesetzes zu wachen, daß daraus eine Reinigung des Glaubens entstehe, eine neue Tempelreinigung – und nicht eine Verhöhnung der christlichen Lehre. »Christus«, so rief er, »hat die Tische der Wechsler umgestoßen, aber nicht das Geld in seine Taschen gesteckt. Wer auch immer sich am Unglück der verfolgten Eunomianer bereichert oder ihre Not unnütz vergrößert, der schließt sich durch solche Tat selber aus der Gemeinschaft mit Christus aus.«

Und dann sprach er – ohne Übergang! – zum Praeses, als stünde des Kaisers Beauftragter vor ihm, wiederholte die Anklage gegen ihn und seine Wachmannschaften und Foltermeister, wie er es in seinem Brief an die Bischöfe getan hatte, schilderte sein eigenes Dasitzen inmitten des Volkes auf den Stufen des Gerichtsgebäudes, sprach von der christlichen Demut dieses Schweigens einer großen Gemeinde, die ohne einen Anflug von Gewaltsamkeit geblieben sei, auch als sie die Seufzer des gefolterten Simonides vernommen und der blasphemischen Frechheit des Foltermeisters Thoas gegenübergestanden habe. Er sprach von den Verhaftungen am folgenden Tag in der Frühe, von der Flucht der Gejagten in den Dom und in andre Kirchen, und von der Verletzung des Asylrechts durch die Scharen des Praeses, die er als mit Gottlosigkeit gepanzert bezeichnete.

In die Stille, die sich nun auftat, sprach er mit einer geradezu juristischen Sachlichkeit vom Asylrecht. Jäh erhob er dann seine Stimme: »Wer immer dies Gesetz verletzt, wie groß auch seine Macht und wie unbemessen sein Übermut sei, – er versündigt sich gegen göttliches und – kaiserliches Recht. Darum sieht sich die Kirche von Ptolemais in die schwere Lage versetzt, dem Praeses der Provinz mit aller Entschiedenheit entgegenzutreten. Wer die heiligen Rechte der Kirche nicht nur mißachtet, sondern durch Gewalttaten bricht und aufzuheben versucht, der stellt sich eben durch diese Tat außerhalb der Kirche. Die Antwort der Kirche von Ptolemais auf die Verletzung des Asylrechts wird der Bannfluch sein. Wenn sie ihn bis jetzt noch nicht gegen einen Mann in so hoher Machtstellung ausgesprochen hat, so scheint uns das an dem Umstand zu liegen, daß noch nie ein Vertreter des Kaisers es gewagt hat, die Rechte der Kirche in frevelhafter Weise zu verletzen. Das hybride Verhalten des Praeses Andronikos zeichnet sich mithin aus durch seine Einmaligkeit. Darum, weil es zuvor noch nie geschehen ist, bietet die Kirche von Ptolemais dem Praeses die Möglichkeit an, seine Tat zu überdenken und, soweit das möglich ist, zurückzunehmen. Der Praeses ist darum aufgefordert, bis zum Osterfest alle Menschen, die er gegen jedes Recht zu seinen Gefangenen gemacht hat, freizugeben – ohne Bedingungen, ohne Rücksicht auf das Ansehen seiner hohen Stellung, ohne geheime Absichten. Der Praeses ist vielmehr aufgefordert, sich durch seine Tat mit der Kirche auszusöhnen und als Glied der Gemeinde hier in der Osternacht von mir den Friedenskuß, der vom Altar genommen ist, zu empfangen.«

Dann stand Synesios auf und sprach die Worte, mit denen die Darbringung der Gaben an diesem Tage eingeleitet wird: »Die Rechte des Herrn tut Mächtiges, seine Rechte ist erhoben. Ich sterbe nicht, nein, ich darf leben, und seine Taten werde ich erzählen.«

Ich hörte diese Worte, sprach sie mit ihm – und mein Zittern verging. Paulus flüsterte mir zu: »Komm, wir gehn Gaben bringen!« Und Tutulina: »O Mutter – er will den Praeses küssen? Ich hätte Angst – du nicht?«

Ich konnte nicht antworten, ich erblickte gerade den Archidiakon, wie er die Hände ausstreckte nach dem Metropoliten, der die drei Stufen von seinem Thron herabtastete: diese Hände griffen zu, als wollten sie sich einer Sache bemächtigen, es waren Pranken, in die sich Synesios hineinsinken ließ; sein Gesicht glänzte bleich wie die Seide der Bischofsmütze. Der Dom schaute mit Augen zu, die vor frommer Furcht halb geschlossen waren, niemand außer mir merkte etwas von dem, was sich wirklich zutrug.

Und noch einmal, nach dem Ende der Eucharistiefeier, bei der Fußwaschung, als Synesios barfuß und nur mit dem Untergewand bekleidet, mit dem Linnentuch im Gürtel, die Worte anstimmte: »Ich gebe euch ein neues Gebot: ihr sollt einander lieben, wie ich euch geliebt habe, so spricht der Herr« – und sich vor dem ranghöchsten der Kleriker, also dem Archidiakon, niederkniete, ihm die Füße wusch und sie küßte, da kam ich mir noch einmal als einzige Person unter den vielen hundert vor, die begriff, was sich zutrug – aber doch nicht richtig begriff, nicht begreifen wollte. Ich versank in einer Einsamkeit, die mich noch tiefer peinigte als die Erstarrung in der Nacht. Etwas in mir begann zu weinen, zu schluchzen, ich sage: etwas in mir, weil ich es nicht kannte, weil es sich nicht bändigen ließ. Ich fürchtete aufzuschreien, und so packte ich die Kinder und eilte hinaus. Draußen auf dem Weg nach Hause eilten wir schräg und nach vorn gebeugt dahin, als stellte sich uns ein Sturm in den Weg. Ich riß die Kinder an den Händen neben mir dahin, weinte, stieß Verwünschungen aus, klagte den Himmel an und teilte, ohne es zu wollen, fast ohne es zu bemerken, den Kindern mit, was sie nie hätten erfahren dürfen, wenigstens nicht in ihren Jahren; ich entzog ihnen durch diese Mitteilung zum ersten Mal den Boden kindlichen Versichertseins in dieser Welt.

Für diese Kinder stand nicht nur plötzlich der Dom schräg, sondern auch das Bischofshaus, vor allem die Menschen! Sie wußten nun, wer dieser Hausbewohner im Seitenflügel war: der aus der Fabel in die Wirklichkeit aufgestiegene schwarze Mann, der giftige Wurm, den ein Dämon aus dem Verlies heraufgelassen hat und der nun bald in der grellen Sonne herumlaufen und nach seinem Versteck suchen wird – nur aus dem Versteck hervor kann er sein Gift spritzen. Ich war wie eine Amme, die den Kindern grausame Geschichten erzählt – »und euer Vater hat ihm die Füße gewaschen, die Füße geküßt, diesem sechshundertmal Verfluchten, will ihn rühren, diesen Eckstein für die Hunde, will ihn mit Gottes Liebe erfüllen, diesen Misthaufen – –« Zu meinem und der Kinder Glück waren wir bald am Bischofshaus angelangt, und ich hatte sofort meine Zimmertür hinter mir geschlossen. So erfuhren sie nichts von all dem, was mein Haß weiter aus mir herausspülte. Ich war allein mit meinen Seufzern, meinen halblauten Fragen, meinem Kopfschütteln und bösen Gelächter. Ja, ich schüttelte den Kopf über das Neue Gebot, lachte über den daknienden Synesios, der die Füße des Stinkenden wusch und stellte mir zähneknirschend vor, was ich, wäre ich der Metropolit, getan hätte: ich hätte den letzten Teil der Biographie unter dem Gewand hervorgezogen und ihm befohlen: Geh an die Ambo, Ehrwürdigster, und lies vor, dem ganzen Volk vor, was du über deinen Bischof eines Tages verkünden willst, wenn du ihn gestürzt hast, wenn du auf seiner Stelle sitzt, lies, du Freund des Andronikos, teile allen mit, was du aus mir gemacht hast, aus mir, der ich dich erhoben und zu meinem Vertrauten gemacht habe.

In meinem Spiel der Raserei sah ich den Verleumder hinter seinem Bart grinsen, die Zähne zeigen, langsam nach rückwärts gehen. O ja, wäre ich der Metropolit, würde ich nun den Türhütern winken und laut rufen: »Dieser Mensch ist ohne hochzeitliches Gewand erschienen, nehmt ihn, bindet ihn und werft ihn hinaus in die äußerste Finsternis.« Aber ich war es, die heulte und mit den Zähnen knirschte, nicht so sehr, weil ich meine Ohnmacht fühlte, sondern meine Ferne zu Synesios. Und ich fragte bald Christos, bald Synesios, was dies Spiel der Selbstvernichtung für einen Sinn habe. Vor Gott – ja! vor Gott sind wir alle nur soviel, als er in uns von seiner Fülle hineinlegte, und auch, als wir seiner bedürfen... Aber Demut vor den Menschen? vor Menschen, die nicht wissen, was das ist? In solchen Augen gilt Liebe als Lüge, Demut als Rückzug. Der Praeses und dein Archidiakon erkennen nur an, was sie in ihrem Tun beeinträchtigen kann: die Macht. Aber auch Würde ist Macht, lieber Synesios, sag das deinem Christos, der dich vor deinem Feind, vor einem solchen Feind zu einem Pakken Elend zusammenkrümmt. Würde ist gegenüber den Machtgläubigen sogar die einzige Haltung, die ihnen Eindruck macht, unnahbare Würde! Christos ist Gott, wenn er sich erniedrigt, kann er das tun, ohne armselig oder gar lächerlich zu wirken. Aber wir – dürfen wir göttliches Verhalten nachvollziehen? selbst wenn wir es vermöchten? Gilt nicht auch hier: quod licet Jovi –?

Mein Rasen war nach und nach in ein müdes Räsonieren übergegangen, ich rief zwar die Namen von Christos und Synesios, als stünden sie draußen vor der Tür meines Zimmers, immer noch einmal aus, hartnäckig, als müßten sie mir endlich Antwort geben, aber das Haus schwieg. Ich wunderte mich, daß ich keine Schritte auf der Treppe, auf dem Flur hörte, daß niemand zu mir ins Zimmer trat. Ich dachte an die Kinder, wer sich jetzt um sie kümmere. Da erst fiel es mir schwer auf die Seele, aufs Gewissen, daß ich ihnen in meiner Unbeherrschtheit Einblick gewährt hatte in die ausweglose Not ihrer Eltern. Ich hatte, um mich zu erleichtern, ihre Seelen belastet. Vielleicht saßen sie voreinander unten am Steintisch im Hof, Tutulina las Paulus vor, vielleicht ließ sie auch den Bruder Rätsel raten, die sie vom Bischof Alexander gelernt hatte, Rätsel, deren Lösungen meist so naheliegend sind, daß man über die eigene Stutzigkeit lachen muß. Aber dies Rätsel im Dom löst keiner, selbst wenn er es vor Augen hat – er wohnt einer Zeremonie bei... Ach, all diese heiligen Zeremonien, in schöne Verse gegossene alte Rätsel, die niemand mehr lösen kann. So werden sie zur Lösung weitergegeben von Geschlecht zu Geschlecht. Mandatum novum do vobis... Vierhundert Jahre lang hat man schon das Neue Gebot verkündet – auch der Bischof von Kyrene, vielleicht sogar Theophilos wäscht heute ein Dutzend Füße, und wäre der Metropolit unpäßlich gewesen, hätte der Archidiakon Laokoon heute die Zeremonie begangen – oder vollzogen. Aber der Metropolit, der das vorige Jahr die Fußwaschung ausfallen ließ, diesmal – – vielleicht, weil sich der Verräter eingestellt hat – – nein, es war auch heute keine Zeremonie, kein Weitergeben des Rätsels, er hat es gelöst, dieser Synesios, noch nicht zwei Jahre Christ – wahrscheinlich hat er es gelöst... Und wer des Rätsels Lösung hat, wem es sich aufschloß – vielleicht wundert er sich, weil ihm nun die Sache so einfach vorkommt... Aber daß wir es nicht sofort begreifen, daß wir ein Leben lang daran herumrätseln, so wie ich damals und heute nach drei Jahren immer noch! – ist das nicht Schuld? Ich meine: daß ich die Feinde meines Synesios hasse, und ich kenne doch die Lehre... Sie steht vor mir, ein verschlossenes Gefäß, ich will es nicht öffnen. Wenn ich an Andronikos und Laokoon denke, bin ich ganz ich selbst – aber fern von Gott... Und das ist wohl der Grund, warum ich mich fürchte, an Gott zu denken...

Das Neue Gebot, daß wir einander lieben sollen, wie Christus uns geliebt hat, das ist – ich spürte es in jenen letzten Tagen der Heiligen Woche mit schmerzlicher Gewißheit – das ist die Fangschlinge Gottes: wir ducken uns, ziehn den Kopf ein, und entweichen wie wilde Tiere tiefer in unsre menschliche Wildnis. Und was ich wie eine neue, eine christliche Kassandra in der Qual jener Tage erkannte: dies Neue Gebot wird in der Kirche von Jahrhundert zu Jahrhundert weitergereicht und wird auf den Menschen, im besten Fall, wie die Aufforderung wirken, durch einen Feuerreifen hindurchzuspringen, und darum unserer Natur, so wird es heißen, nicht zumutbar sein. Wer es trotzdem tut, tut es auf eigenes Wagnis. Hat er aber den Sprung bestanden, ist er ein Heiliger und damit ein Fall sui generis, dem man mit Staunen und Verehrung begegnet, und den man damit aus der Welt schafft. Nein, ich weiß es seit jenen Tagen vor Ostern, weiß es aus meinem Versagen und ebenso aus meiner Scheu vor dem Bischof Synesios: die Menschen treten ins Christentum ein durch die Taufe, die Kindertaufe! Aber die Wirkung der Taufe können wir nur im Glauben wahrnehmen. Das novum mandatum hingegen, Sakrament – und Frucht des Sakramentes zugleich – verändert den Menschen nicht nur für den Blick des Glaubens. Synesios war seit jenem Donnerstag in der Karwoche auf durchaus wahrnehmbare Weise verwandelt: er hatte das Geschenk Gottes angenommen, ich nicht! – und darum empfand ich, wie ich es nannte, Scheu vor ihm.

Er zeigte sich uns nicht bis zum Morgen des Osterfestes. Entweder befand er sich hinter verschlossenen Türen in seiner Bibliothek, ging im Binnenhof umher, oder er stand den heiligen Handlungen in der Kathedralkirche vor, dann war er noch weiter von mir entfernt als in seinem verschlossenen Studierzimmer. Gern hätte ich mit einer Erfrischung an seine Tür geklopft, aber ich fürchtete, er könne mich anschauen, so besorgt genau und ganz aus der Nähe, und mir, ohne die Lippen zu bewegen, eine Frage stellen – und ich hätte den Kopf schütteln müssen oder sogar geschrien: Nein! Nie!

Ich stand in diesen Tagen vor Ostern oft am Fenster, um auf die Kinder am Steintisch zu achten – aber mehr noch, um ihn zu sehen, wie er in seinem weißen Leinenkleid an der steinernen Hinterlassenschaft der Götter- und Heroengeschichte entlangspazierte mit dem leichten und doch ein wenig unsicheren Schritt eines ausgefasteten Körpers; wie er den Kindern, falls er sie wahrnahm, zulächelte, an den Steintisch trat, sich über Paulus' Arche Noah beugte, die in der letzten Zeit oft mit ihren tönernen Tieren und Menschen den Travertintisch zum Klingen brachte – bis zu meinem Fenster hinauf vernahm ich die kurzen, klickenden Laute; aber was er ihnen sagte, konnte ich nicht verstehen. Nur einmal hörte ich Tutulinas Ausruf und entnahm daraus, daß er ihnen über die Dauer des Regens Auskunft gegeben hatte. Und dann stand noch die Flut hundertfünfzig Tage über der Erde. »Hundertundfünfzig Tage«, rief Synesios, daß der Binnenhof von seiner Stimme anschwoll, und diese Zeitangabe enthielt die einzigen Worte, die ich aus Synesios' Mund in diesen Tagen des Schweigens vernahm – und die Worte der Liturgie im Dom, wo er weiter inmitten der übrigen Kleriker mit seinem Archidiakon zelebrierte, respondierte, genuflektierte – sich von ihm beweihräuchern ließ und ihn beim Friedenskuß in die Arme schloß. Ich senkte, als ich den Überbärtigen meinen Synesios küssen sah, schnell den Kopf, und ein heftiger, gequälter Laut entrang sich, nicht der Brust, sondern meinem Magen. Tutulina nahm an, ich hätte geseufzt, und sie flüsterte mir zu: »Weiß es der Vater?«

Das also, daß Synesios wußte, was ihm sein Archidiakon angetan, hatte ich den Kindern nicht mitgeteilt; ich war einen Augenblick versucht zu lügen, doch ich nickte nur. Darauf vernahm ich ein langgezogenes »Oh« – mehr Überraschung oder mehr Staunen? ich konnte es nicht ausmachen. Ich dachte darüber nach, warum ich Tutulina nicht sofort hatte eingestehen wollen, daß der Vater alles wußte und mit seinem Verräter umging, als wäre der sein Freund. Vielleicht wollte ich in dem sehr wachen und schon halb erwachsenen Mädchen etwas wie frommes Mitleid mit ihrem Vater wecken, oder ich wollte nicht, daß sie ihn zu diesen Mosaikheiligen mit den starren weißschwarzen Augen in die Kuppel erhöbe, er sollte unten bleiben, unter uns – ein Mensch unter Menschen! Aber gut, daß ich nickte, so wurde es Tutulina, ohne daß ich ihr erklären mußte, was ich nicht erklären konnte – gewissermaßen durch die Sprache der betenden Kirche mitgeteilt, durch die Liturgie.

Von meinem Fensterplatz wohnte ich auch noch folgendem Drama bei. Es war am frühen Ostermorgen, ich hatte noch kein Wort mit Synesios gesprochen. Die Kinder, vor allem Tutulina, hatten ihn und mich mit ihrem österlichen Jauchzen in unsern Zimmern geweckt. Tutulina zog mit Paulus im Hof umher, sang einen alten Hymnus von Synesios über den auferstandenen herrlichen Sohn des Vaters, der das Grab zu einer Quelle des Lichts verwandelt hatte. Während Tutulina sang, verbeugte sich Paulus vor den Göttern, die mit den von der Zeit verletzten Nasen und Fingern dastanden, warf ihnen Kußhände zu und machte einladende Bewegungen, als wollte er sie auffordern, sich der Prozession anzuschließen: der Hermes ohne Stab, der Dionysos ohne Traube, der Aeskulap, der von seinem Sitz aufstehn mußte, der bocksbeinige Satyr, der Genius des Todes mit der umgestürzten Fackel, der Sokrates, die Isis mit dem Kindchen auf dem Arm – alle, alle zogen hinter den beiden Kindern her, die sich nicht umschauten und ihres Gefolges sicher schienen.

Da wurde die Tür zum Seitenflügel – die Tür in der Efeuwand, in der die Windenblüten noch halbgeschlossen hingen – aufgestoßen, und in der Füllung stand der Archidiakon und krächzte etwas – doch erstickte ihm auch schon der Ruf in der Kehle, denn durch die andre, die größere Tür, eigentlich ein Tor, trat Synesios in den Hof, hinter ihm Chilos und ein fremder, barfüßiger, fast noch junger Mann. Chilos hatte einen Brief in der Hand, und er las ihn nun mit lauter Stimme, dabei zeigte er mehrmals auf den abgerissenen Mann, wie ein öffentlicher Ankläger, und das war er gewissermaßen auch. Der Brief stammte vom Feldherrn Anysios, der sich für ein Pferd bedankte, das ihm Synesios geschenkt hatte, ein kostbares arabisches Pferd. Nun hatte aber dieser Mann mit Namen Karnas – Synesios kannte ihn, wie ich merkte – das Pferd, statt es dem Feldherrn zu übergeben, unterwegs verkauft und dann erzählt, Diebe hätten es, als er in der Kirche betete, vom Halfter geschnitten, verkappte Wüstenreiter wahrscheinlich oder sonstige Pferdediebe, die gebe es ja überall. Karnas, der plötzlich über viel Geld verfügte und in den Schenken herumluderte, wurde, als das von Synesios brieflich angekündigte Pferd nicht bei Anysios eintraf, von der Polizei gestellt und legte vor dem Feldherrn ein Geständnis ab. Nun schickte Anysios den Schuldigen zu Synesios, daß er das Urteil über ihn fälle, die Soldaten des Anysios, die draußen vor dem Bischofshaus warteten, sollten den Spruch sofort vollstrekken.

Karnas fiel nun, kaum daß Chilos das letzte Wort des Briefes gelesen hatte, Synesios zu Füßen, es sah geradezu einstudiert aus, was er tat, so daß Tutulina »wie schön!«

rief und Paulus sogar in die Hände klatschte. Und da trat dies Lächeln des Synesios aus seinem Gesicht hervor, als hätte sich eine Tür geöffnet. »Karnas«, sagte er vorwurfsvoll und gab ihm dabei einen leichten Schlag auf die Backe, »ich habe dir vertraut – und du hast mich betrogen. Ist das eines Christen würdig?« Der kniende Karnas fiel nun vornüber und lag der Länge nach vor Synesios, er küßte ihm den Fuß.

In diesem Augenblick trat der Archidiakon vor, wuchtenden Schritts, bis er hinter dem Liegenden stand. Und er stieß gegen den nackten Fuß des Karnas, und mit einer fettfröhlichen Stimme rief er: »Heiligkeit, überlassen Sie mir den Kerl! Auf, du Sohn einer Hündin!«

Da liefen Tutulina und Paulus herbei, und Tutulina, weiß im Gesicht, schrie den Archidiakon an, aber was sie sagen wollte, zerbrach ihr auf der Zunge – sie schluchzte nur laut. Auch Paulus weinte. Synesios wandte sich an Chilos und sagte ihm kurz, aber im Ton des Befehlens: »Christus spricht den Karnas von seiner Sünde los, denn er bereut. Schreib das meinem Freund Anysios! Und wenn Karnas noch einmal ein Pferd stiehlt, sollen ihm zwei Köpfe abgehauen werden. Auch das schreib Anysios!«

Karnas sprang auf die Beine, wollte danken, aber er wagte es nicht, den Metropoliten anzureden, er zog den Kopf zwischen die Schultern, und so ging er laut weinend hinter Chilos her. Der Archidiakon kehrte sich auf dem Absatz um und verschwand in der Efeuwand.

Nun erst wandte sich Synesios den Kindern zu und sagte: »Wollen wir weiter singen gehn? – immer im Kreise – und Phaidon ist bei uns – und die Mutter – Tutulina, geh hol die Mutter!« Aber ich verbarg mich und hörte in meinem Versteck hinter dem Vorhang in der Bibliothek zu, wie sie mich suchte, die Stimme der vor Gott spielenden Weisheit.

Nach der Feier der Mysterien trafen wir uns beim Frühstück. Stephanos und die Kinder hatten den Speisesaal zu einem Mitteldding zwischen einem Zimmergarten und einer Kirche gemacht, selbst neben den Tellern und Schalen flimmerten im grellen Morgenlicht Kerzen. Alle Hausgenossen traten mit dem Hausherrn zu Tisch, wir hielten das wie auf dem Doroshof: an hohen Festtagen saßen alle als große Familie mit dem Hausvater zweimal beieinander, morgens und bei der Hauptmahlzeit gegen Abend.

Synesios hatte mich noch nicht allein gesehen und gesprochen, und so gab er mir vor allen Anwesenden den Osterkuß, gab ihn den Kindern und sogar Chilos. Synesios teilte uns darauf mit, daß der Patriarch Theophilos erkrankt sei, sonst hätte er uns ja auch am Eingang der Fastenzeit seinen Osterbrief geschickt. Das erkläre überdies – er wandte sich an mich und Chilos – das Schweigen des Patriarchen auf so viele Fragen der Kirche von Ptolemais: »es steht nun so vieles offen«, sagte er leise. Und während er sich über den mit Kräutern gewürzten Lattich das dunkle Öl goß – Leonidas hatte es geschickt – begann er vom Doroshof zu sprechen und vom Kastell – er habe Leonidas befohlen, es instand zu setzen, die Nachrichten von der Grenze seien ernst, die Wüste gebe keine Ruhe. Das sei zwar kein Gespräch am Ostermorgen, aber – nun wandte er sich den Kindern und Hausgenossen zu – die Sintflut bedecke immer aufs neue die Erde, und nicht immer bestehe die Flut aus Wasser – und wieder zu mir und Chilos: die Zeit der Wüste und der Barbaren habe erst begonnen, die Flut sei erst dabei, sich zu sammeln, die Geschichte Libyens sei zu Ende geschrieben. Wir müßten uns vor Augen halten, was Christus vom Ende Jerusalems und vom Ende der ganzen menschlichen Geschichte vorhergesagt habe, daß die Natur selbst aufstehe gegen den Menschen, gegen seine Ordnungen und vor allem gegen den Glauben, daß alles so weitergehe, »ja, der Kosmos ist gegen uns – das ist es!« Er brach dabei das Fladenbrot und wickelte ein Stück Ziegenkäse hinein, roch daran, lächelte: »Wir dürfen – auch der Mensch ist ein Stück

Kosmos – die Barbaren nicht hassen, Prisca, sie beginnen nun mit ihrer Geschichte, sie tun, was sie müssen.« Ich antwortete: »Die Barbaren – ja, aber der einzelne Mensch? der Christ? Er muß doch nicht, darf doch nicht tun, was er dann doch tut!« Und da blickte mich Synesios lange an, endlich sagte er: »Wenn er sich ganz der Natur überlassen hat, wenn er die Stimme des heiligen Logos in seinem Innern erstickt hat, ja, dann muß er tun, was er tut, dann spielt er das Spiel der Barbaren: er würfelt um die Welt, will, wie Christus sagt, die ganze Welt gewinnen. Seine Seele ist der Einsatz, seine Menschlichkeit, seine Freiheit, seine Teilnahme am Logos. Und nur deshalb, weil es solche Menschen unter uns gibt, die das gleiche Spiel spielen wie die Barbaren von außen – – Wenn es so weit gekommen ist, dann hat unsre Geschichte bereits aufgehört, sie hat keinen Sinn mehr, keine Zukunft.« Er trank seine Schale leer, stellte sie hin, lobte den Wein des Bruders Euoptios und sagte: »Und nun wollen wir sehen, ob der Praeses Christus sein Ostergeschenk macht ... Wird er die Gefangenen freigeben, wie ich es forderte? Was meinen Sie, Chilos?«

Chilos blickte nicht auf, er warf nur den Kopf einmal hin und her. »Wenn ich Sie recht verstanden habe, Seligkeit, er muß doch tun, was er tut!« »Eben darum besteht Hoffnung!« Synesios hob den Finger, »dieser Mensch rechnet. Und er muß mit mir rechnen – wenigstens noch einige Zeit.« Synesios wischte sich mit dem Tuch schnell über den Mund.

Ich winkte den Kindern und führte sie hinab in den Hof. Wir gingen umher, betrachteten dies und das, vor allem die Windenkelche, die sich jetzt öffneten, auf einigen hingen noch Tautropfen. Ich sprach von den Blumen, die jedes Jahr welken, aber wiederkommen. So war ich bei der Auferstehung angelangt – und bei Phaidon. Er sei am Leben, »weil Christus auferstanden ist«, sagte ich und sagte es wieder und wieder, bis Tutulina und dann auch Paulus den

Satz wiederholten. Ich hatte diese Art von Responsorium nicht beabsichtigt, ich hatte nur in meinem Schmerz kein anderes Wort gefunden. Ich drückte die beiden an mich – und flüsterte ihnen zu, sie sollten sich nicht fürchten. »Aber der Archidiakon?« Auch Tutulina flüsterte und blickte schnell zur Tür in der Efeuwand. Ich beruhigte sie: der Archidiakon habe das Haus verlassen, vor über einer Stunde. Oh, ob er nicht mehr zurückkomme? Das fragten beide, zweistimmig, fast mit denselben Worten. Ich erschrak über diese Frage, in der ebensoviel Angst wie Hoffnung aufflackerte. Ehe ich auf ihre Frage einging, bat ich die beiden, sie sollten ihren Vater nicht merken lassen, was sie von Laokoon wußten; denn ich hätte es ihnen nicht sagen dürfen, weil sie noch zu jung seien, um das Böse zu erfahren. »Aber wir müssen es doch wissen«, antwortete Tutulina, als wollte sie mich belehren, »wie sollen wir uns sonst vor dem Bösen in acht nehmen – und den Vater beschützen – und dich auch!« Da ließ ich mich gehen, zum zweiten Mal, indem ich fragte, wie sie uns wohl beschützen könnten – gegen einen solchen Bösewicht, der ein ganzes Buch voller Verleumdungen gegen ihre Eltern geschrieben habe – und der heimlich den Praeses besuche und mit diesem Dämon Pläne schmiede, wie man den Vater von seinem Bischofsthron stoßen könne. Ich sprach wie aus einem Traum hervor, eine Riesenfaust preßte und schüttelte mich, und so stand ich vor den Kindern, in ihre aufgerissenen Augen starrend, ich beugte mich sogar ein wenig zu Paulus hinab, daß er auch alles verstehe, und dann gingen meine Worte in Schluchzen unter. Von meiner Klage um sie und um den Vater verstanden sie immerhin noch so viel, daß sie entsetzt die Arme nach mir reckten und sich an mich schmiegten, ja unter den Falten meiner Stola verschwanden, als wollten sie eins mit mir werden. Doch da spürte ich es – das Schmiegen und Drücken ihrer jungen Leiber teilte es mir mit –, daß ich mit meiner furchtbaren Offenheit richtig gehandelt hatte. (Als ich ein Jahr später in das Haus meines Schwagers Gellios eintrat, nannte er mich eine Niobe. Damals im Binnenhof, die Kinder in den Armen, sah ich einen Zipfel meines Loses in der Efeuwand dahingleiten, der Morgenwind war da und bewegte Blätter und Blüten.)

Um die Mittagszeit kamen alle Kleriker des Doms, um nach der Sitte dem Metropoliten ihren Glückwunsch zu bringen. Im Treppenhaus spielten die Kinder, sie hatten die Tiere der Arche derart auf die unteren Stufen hingestellt, daß die Geistlichen, es waren mehr als ein Dutzend, ihre schwarzen Gewänder hebend über die Elefanten und Löwen und Kamele und Giraffen hinweg ihren Weg nach oben nehmen mußten. Einige der Kleriker lachten, andre stellten den Kindern Fragen: ob die Tiere auch zur Gratulation kämen? – und der alte Priester Kyrillos fragte, wo denn Vater Noah sei?

Vor Erregung stumm stand ich oben auf der Treppe. Zwar waren die Herren erwartet, die Erfrischungen standen bereit, aber die Vorstellung, daß ich nun dem Archidiakon als Hausherrin gegenübertreten sollte, hatte mich die Kinder und ihr Spiel auf der Treppe vergessen lassen. Ich suchte nur nach dem verhaßten Gesicht. Aber der Archidiakon, so vernahm ich jetzt, hatte sich entschuldigen lassen. Ich konnte es fast nicht glauben. Synesios hatte ihn bei der Lossprechung des Pferdediebes wie einen Schatten behandelt, und nun beabsichtigte er wohl, auf den Osterempfang seinen Schatten zu werfen.

Ich stand inmitten der Kleriker, hinter der Balustrade, und wir schauten dem Spiel der Kinder von oben herab zu. Sie hatten sich um die vielen Rockschöße gar nicht gekümmert, vielleicht waren es für sie einen Augenblick schwarze niedrigziehende Wolken. »Weiter«, rief Tutulina auf Latein, »es geht weiter!« Und Paulus stellte die Figuren, Menschen und Tiere, mit einer gewissen Eile auf die höheren Stufen, zuerst den Noah und die Seinen und dann die

Tiere. »Was ist mit euch los«, rief ich hinab, »warum gerade auf der Treppe?« Ich fragte das ebenfalls auf Latein – wegen der Gäste. »Mutter, das verstehst du nicht«, Tutulina antwortete, ohne sich mir zuzuwenden, »die Flut steigt doch. Die Arche ist schon abgesoffen, wir klettern jetzt auf den Berg – alles klettert, höher, Paule, schneller –«

Und da gerade sah ich, wie unten das Licht, das durchs Haustor fiel, zum Teil verdunkelt wurde; sah eine breite schwarze Gestalt und sah, wie das Schwarze sich auf die Treppe zubewegte, wogend, stampfend – – Da schrie es aus mir: »Der Archidiakon!« Das konnte alles Mögliche bedeuten, auch: Kinder, hört auf mit eurem Spiel! Die Kinder hatten meine Stimme richtig verstanden. Paulus blickte hinter sich, Tutulina griff nach ihm, und flink wie Vögel sprangen sie, flogen sie herauf, ohne einen Ton, schossen auf mich zu, drängten sich an mich und verbargen sich wie schon einmal am Morgen unter meiner Stola. Ich sah, wie die Gesichter der Kleriker, die auf dem weiten Podest vor den Türen standen, sich mir zuwendeten, sie hatten dem Vorgang aufmerksam beigewohnt, ohne etwas zu verstehen; ein Alter, es war Kyrillos, murrte: »Jetzt kommt er doch!«

In diesem Augenblick trat Synesios aus seiner Bibliothek. Ich bemerkte es nur aus den Augenwinkeln, denn ich konnte den Blick nicht von Laokoon lösen, wie er die Treppe heraufwuchtete und mit dem Saum der Stoffmassen – er trug auch den Kapuzenmantel – die Stufen fegte, daß die Tonfigürchen herumflogen. Ich schickte die Kinder auf ihr Zimmer, ich konnte mich nicht von der Stelle bewegen. Meine Füße hafteten auf den Fliesen, ich spürte, wie sie kalt wurden. Ich wußte, es würde etwas geschehen, endlich, und ich mußte dabei sein.

Die Kleriker flüsterten nicht mehr miteinander, ich hörte, wie die Kinder die Tür ihres Zimmers zuschlugen. Indem erreichte der Archidiakon die oberste Stufe, man vernahm seinen pfeifenden Atem, er war sehr schnell heraufgestiegen. Sein Blick suchte im Kreis herum, stieß gegen mich, sprang von mir weg auf Synesios, unser Schweigen ärgerte ihn offenbar. So wandte er sich ab und wies mit dem Finger die Treppe hinunter, auf der drei Männer heraufstiegen, sehr langsam, die Festtagsgewänder paßten schlecht zu ihrer gekrümmten Haltung, einer schwankte, hielt sich am Geländer, die zwei andern nahmen ihn in die Arme, wir hörten ein Seufzen. Dem Schmerzenslaut gebietend, das heißt, ihn unterdrückend, begann der Archidiakon mit einer Stimme, als setze er zu einem liturgischen Gesang an: »Nun zerbreche das Schweigen des Grabes, Freude erfülle dieses Haus, Jubel die Stadt. Die Kerkermauern sind aufgesprungen, das harte Gebiß des Gesetzes –«, wirklich, er dichtete, der Abschaum vom Schaum des Nonnos – »es hat seine Beute, statt sie zu fressen, freigegeben. Nicht behielt sie der Walfisch, der sie verschlungen. Wie einst die Jungfrau Kyrene mit löwentötenden Händen, so erschien die Gnade im Haupte des Praeses, alle Wildheit bezwingend, Frieden schaffend dem Land!«

Gerade als der Sänger den Praeses pries, tauchten die Gesichter der drei Männer auf. Das harte Gebiß des Gesetzes hatte sie losgelassen – und so schwankten sie.

»Simonides!« rief ich, und Synesios fuhr fort, aber leise, sein Entsetzen nur mühsam verbergend: »Menelaos!« Den Namen des Dritten kannten wir nicht, und so fragte Synesios: »Aber das ist doch nicht – – wo ist der Bischof Alexander?« »Dieser!« sagte der Archidiakon, fast verwundert, »Sie kennen ihn doch besser als ich, Heiligkeit!« Dieser Mann in seinem reichen Gewand hatte ums Kinn herum und auf den Wangen keine Haut mehr. Das Fleisch war blutverkrustet, mit Blasen bedeckt, und darüber war eine weiße Salbe gestrichen. »Alexander!« Synesios wankte auf ihn zu, er weinte, küßte ihn, dann Simonides und dann Menelaos.

»Der Praeses Andronikos«, begann der Archidiakon –

aber Synesios hob die Hände von Menelaos' Schultern und wandte sich schnell dem Verstummenden zu: »Sie nennen den Namen dieses Menschen, als wäre er der Name Ihres Freundes.«

Laokoon legte den Kopf leicht in den Nacken: »Es wäre gut gewesen, Heiligkeit, wenn Sie diesem Menschen ein wenig Freundschaft entgegen gebracht hätten. Immerhin, was Ihr Brief an die Bischöfe und Ihre Androhung des Bannes nicht fertigbrachte, das hat meine Freundschaft mit dem Praeses wieder in Ordnung gebracht!«

Die drei nach Wundsalbe riechenden, in Prunkgewänder gehüllten Männer standen seltsam teilnahmslos da – wie von fremden Händen hier abgestellt, sie blickten alle drei auf die gleiche Weise über uns weg in irgendeine Ferne. Synesios bemerkte es, sie waren noch gar nicht bei uns! Er lief zu seiner Tür, öffnete sie, verneigte sich und machte eine einladende Bewegung. Ich führte zuerst die drei hinein, dann näherte sich der Archidiakon und lud mit heftigem Herbeiwinken die Kleriker ein, durch die weit offenstehende Tür zu treten, die Letzten schob er hinein, man merkte ihm etwas wie Eile an. Ich war nähergetreten, neben Synesios, und konnte sehen, wie die dicken Hände des Archidiakons zitterten. Vielleicht befürchtete er das, was dann kam – endlich kam: Synesios hob, als Laokoon nun als Letzter eintreten wollte – der Mensch liebte solches Spiel pompöser Bescheidenheit – Synesios hob die Hand und sagte ruhig, aber doch laut genug: »Sie nicht, Laokoon!«, trat ein und schloß hinter sich die Tür.

Der Bann

An allen Kirchen der Stadt und andern öffentlichen Gebäuden hatte der Praeses eine Osterbotschaft an die Bewohner von Ptolemais und die ganze Provinz anbringen lassen – ein großes Blatt, auf welchem er in einer Mischung aus kirchlicher und dichterisch entzündeter Sprache – wir erkannten sofort den Verfasser! – den treuen Untertanen des Kaisers und den Freunden des österlichen Friedens den Segen des Auferstandenen wünschte, dessen Schutz das heilige Volk mehr als je bedürfe. In der gnadenlosen Wüste hätte sich aufs neue der oberste Rat der Dämonen versammelt, um Libyen mit Morden und Brennen, mit Heuschrekken und Hungersnot zu überfallen. Unter dieser Bedrohung, die sich wie eine blutige Wolke übers Land recke, mache sich nun auch noch seit gut einem Jahr die innere Zwietracht breit, und sogar, was das Schlimmste sei, innerhalb der Kirche. Ein Teil der Bischöfe streite wider den andern, und vor allem tue sich zwischen Staat und Kirche ein Graben auf, von dem die Leute, die ihn geschaufelt, behaupteten, Gott selber habe den Graben, den Riß in der Einheit durch ein Beben verursacht, um die Kirche von den gottlosen und grausamen Taten des Staates abzutrennen. »Aber was ist denn so grausam an den Handlungen des Staates?« ruft der Verfasser dieser Botschaft aus. »Daß der Praeses, was gewisse Bischöfe zu verhindern suchen, endlich die Eunomianer ausweist? Soll der Befehl des Kaisers und der Patriarchen nicht befolgt werden? Und was ist sonst noch grausam? Daß er die Reichen der Steuerhinterziehung überführt und sie dem Gesetz überliefert? Ist das nicht eine seiner vornehmsten Amtspflichten? Und daß er Leute, die gegen dieses und andre Gesetze protestieren und auf die Straße gehn, verhaften läßt? Daß er jenen vagabundierenden Bischof, der den Justizpalast stürmen wollte und die Beamten des Praeses und den Praeses selbst beleidigte und eben durch diese wilde Sprache den gelernten Eunomianer verriet –, daß der Praeses einen solchen Empörer und Aufruhrstifter verhaftete und bestrafte – ist das Grausamkeit?

Aber gerade diesen Bischof, den der Metropolit von Ptolemais unter seinen Schutz genommen hat und zwei andre Freunde des Metropoliten, zwei der Steuerhinterziehung überführte Bürger aus Ptolemais hat der Praeses zum Osterfest freigegeben, nicht ohne in seinem Gewissen zu spüren, daß er eine der wichtigsten Rechtsnormen verletze: die Gleichheit vor dem Gesetz. Aber auf die Gnade des Kaisers bauend, in dessen den Weltkreis ordnender Macht Gnade und Gerechtigkeit beieinander wohnen, und bedacht, die Mutter Kirche an diesem Freudentag zu ehren und zu erfreuen, hat das Gericht des Praeses die Schuldigen begnadigt. So haben sie auf der einen Wange die strafende Hand des Gesetzes, auf der andern den Kuß der Gnade empfangen und mögen nun vor dem ganzen Volk dartun, daß die kaiserliche Regierung nichts sehnlicher wünscht, als daß sich die Risse der Zwietracht auf dem Boden unseres geliebten Landes schließen.«

Die Bedingungen, die der Metropolit an den Aufschub des Bannes gebunden hatte, waren in keinem Punkt erfüllt worden. Nur drei Personen wurden freigelassen – und nicht zugleich alle jene, die unter Brechung des Asylrechtes, also widerrechtlich, verhaftet worden waren. Die drei hatten überdies für ihre Freilassung, die ohne jede Bedingung erfolgen sollte, des Praeses Forderungen erfüllen müssen. Es war ja vorauszusehen, daß dieser Mensch keine Gelegenheit, seinen Vorteil wahrzunehmen, auslassen würde. Menelaos mußte einen ihm vorgelegten, nach Konstantinopel gerichteten Akt unterschreiben, in dem es hieß, daß der Amtsvorgänger des Praeses Andronikos ihm, dem Gutsbesitzer Menelaos, sein Vermögen durch amtliche Intrigen und zuletzt durch Anwendung der Folter abgenötigt habe. Dieser Vorgänger des Andronikos, ich glaube: er hieß Ganymed, ein wegen seiner Gerechtigkeit beliebter Beamter und dazu ein Freund des Menelaos, lebte noch, und zwar in Konstantinopel! Menelaos gestand uns seine Schuld und Schwäche unter Tränen und zeigte zugleich seine Linke und seine Füße, an denen die Schrauben ihre Male eingekerbt hatten. »Ich unterschrieb, weil ich, wie Thoas mir sagte, später doch – morgen oder sicher übermorgen – unterschreiben würde.«

Simonides unterschrieb eine Reihe von Steuervergehen, von deren Kifflichkeit er bis dahin noch gar keine Vorstellungen hatte, und die er auch dann, als man ihn auf das Rechenbrett des Staates spannte und ihm die geheimsten Knöchlein zählte, einfach nicht begriff. Aber er unterschrieb schließlich doch, weil ihm einfiel, daß der Praeses etwas von dem, was er in der Tasche hatte, nicht mehr herausgab.

Alexander, der unterschreiben sollte, daß er die Eunomianer beschützt und gefördert habe, blieb fest und verhöhnte Thoas, indem er ihn belehrte, was er jetzt noch mit ihm anstellen könne – »Aber«, so fügte Alexander hinzu, »die Kraft verdanke ich allein meinem heiligen Lehrer Johannes, dem Goldmund, der mich zum Bischof geweiht hat und der nun vor mir stand und mir von seinen Leiden erzählte.«

Menelaos ließ sich zu seiner Frau bringen, Simonides und Alexander blieben bei uns im Bischofshaus, die Kinder gewöhnten sich langsam an ihren Anblick.

Am zweiten oder dritten Ostertag war Laokoon aus dem Bischofshaus verschwunden. Chilos fand die zwei Räume des Archidiakons leer und wie von Räubern durchwühlt und ließ sie alsbald von Stephanos ausräumen, reinigen und ausräuchern. Der Wüstensohn verstand sich auf die Wirkung der Kräuter, und er verbrannte vor allem dornige und stachelige Gewächse, von deren Rauch, so versicherte er uns, abwehrende Kräfte ausgingen – kein Dämon könne es, wenn nun auch noch das heilige Wasser segnend hinzuträte, in solchen neuen Räumen aushalten, auch nicht in den Winkeln und Ritzen. Synesios nickte Stephanos lächelnd zu, doch meinte er abschließend, daß die Gegenwart der Gemarterten, die künftig die beiden Zimmer bewohnen sollten, den Dämonen noch unerträglicher sei als Räucherwerk und heiliges Wasser.

Aber, so fragten wir uns: wohin hatte sich unsre Hausschlange, wie Chilos sich ausdrückte, verzogen? Alle im Haus atmeten auf, doch Synesios und mich erfüllte es nun mit Unruhe, nicht zu wissen, wo sich Laokoon aufhielt. Stephanos behauptete nach einigen Tagen, ihn in der Stadt gesehen zu haben, aber damit wußten wir nicht genug.

Am Sonntag *in albis* versammelte Synesios nach der heiligen Feier seine Kleriker und stellte ihnen dar, auf welche Weise der Archidiakon das Bischofshaus verlassen habe. Da er sich aber in der Stadt aufhalte, mithin die Gemeinschaft mit seinem Bischof aufgegeben habe, erklärte ihn Synesios für abgesetzt. Als einige Kleriker geltend machten, das sei doch kein hinreichender Grund für eine Absetzung, sagte Synesios (ich erfuhr es von dem alten Kyrillos) ungefähr Folgendes: er habe diesen Grund für die Absetzung genommen, um nicht andre gewichtigere Gründe vorbringen zu müssen. Soviel aber sollten sie erfahren: Laokoon habe das Vertrauen, das sein Bischof ihm entgegenbrachte, auf maßlose Weise mißbraucht – zum Schaden der Kirche. Und wer von seinen Klerikern zu Laokoon stehe, der stehe zum Praeses, und was das bedeute, werde sich in diesen Wochen, noch vor dem Pfingstfest, herausstellen. Einer der

Kleriker begann nun, den »eifrigen und klugen« Priester Laokoon zu erheben, doch Synesios gebot ihm Schweigen und sagte: Oh, das habe er beinah vergessen (Kyrillos beteuerte, daß Synesios wirklich »so einfach vorgegangen« sei): natürlich seien dem Laokoon alle Ausübungen des priesterlichen Amtes untersagt, und er werde nicht versäumen, die Absetzung und Suspendierung des Laokoon an der Domtür anschlagen zu lassen – neben der Osterbotschaft des Praeses, die übrigens auf ausdrückliche Anordnung des Archidiakons nicht entfernt worden sei... »Und nun will auch ich nicht, daß sie entfernt wird, ich hefte meine Antwort daneben.« Als darauf einige Kleriker zu murren begannen, blickte Synesios sie an, einen um den andern: er sei entschlossen, jeden seiner Priester und Diakone zu suspendieren, der ihm in dieser Angelegenheit nicht Gehorsam entgegenbringe. »Liebe Brüder«, rief er (Kyrillos versuchte, wie sein Bischof die Hände zu erheben und die Stimme mit Trauer anzufüllen), »die Kirche von Ptolemais ist die Mutterkirche unseres Landes. Wenn sie das Steuer dem Bösen überläßt, ist ganz Libyen dem Höllensturm ausgeliefert – und das bedeutet den Untergang unseres Glaubens, selbst wenn es noch Bischöfe und Priester geben sollte, die annehmen, diesen Untergang mit ihrer Tüchtigkeit im Verhandeln zu überstehen.«

Ich fragte Kyrillos, wie die Kleriker diese Worte aufgenommen hätten. Der Alte senkte den Kopf und murmelte: »Mit Schweigen. Aber man weiß ja nie, auf welche Weise jeder Einzelne schweigt. Laokoon hat seine Anhänger. Und die sind sicher hinterher zu ihm gelaufen und haben ihm jedes Wort berichtet.« Ich fragte: zu ihm gelaufen? ob man denn wisse, wo sich Laokoon aufhalte? Da schaute mich Kyrillos ungläubig an: ob wir es denn nicht wüßten? – aber das sei doch nicht möglich! »Ich habe angenommen, und alle Kleriker haben das wohl angenommen, daß der Metropolit es weiß, aber es nicht wissen mag, sonst müßte er sich ja auch noch von seinem Bruder trennen.« Euoptios?! Seine schönen Eieraugen – da standen sie vor mir, über mir und starrten blicklos, majestätisch gelassen, von Ferne angebläut, in die Ferne. Fast hätte ich aufgelacht! Unser christlicher Hauszeus mit seinem kleinen Geheimnis, das nur wenige kannten, vielleicht nur ich allein, – nun stellte es sich dar in seiner ganzen Battiadengröße: ja, er war dumm! Und weil er so zurückhaltend, in Wirklichkeit feige war und zugleich so vornehm, hatte es niemand bemerkt. Darum also war er all diese Wochen nicht bei uns erschienen. Das letzte Mal, wenn ich mich recht erinnere, kam er zu Phaidons Beerdigung, um mich mit seinen Ermunterungen zu quälen und mir von seiner Seherin Praxedis höchst kindische Einzelheiten über den Zustand des Knaben im jenseitigen Leben mitzuteilen. Und nun hatte dieses vornehme und heiligmäßige Paar unserm Hauspython die Tür geöffnet und ihm eine Höhle angewiesen in den Grundfesten ihres Hauses! Und die bleiche Tochter mußte vor ihm sitzen und seine praktischen Anweisungen, wie die Jungfräulichkeit zu bewahren sei, zusammen mit seinen pythonischen Ausdünstungen einatmen! Er wird ihr den Brief des Hiernoymus an Eustochion vorlesen, sie mit den Worten dieses Keuschheitsveteranen vor dem Genuß von Hülsenfrüchten warnen, die im Unterleib auch der adligen Jungfrauen Blähungen verursachen, auf die indezenten Organe drücken und dadurch Träume beschwören, gewisse Träume, und er, der erfahrene Seelenkenner, enthüllt ihr mit stokkender Stimme diese Bohnen-Träume als Werkzeuge des Satans. Und die Söhne des heiligen Paares werden zwischen ihrem Elternhaus und dem Praeses hin und her eilen mit verschlossenen Briefen! Und du, Euoptios, nun hast du Zeit, um mit dem Dichter Laokoon das daktylisierte Johannes-Evangelium des Nonnos zu lesen, zweistimmig!

Und in der Nacht dann, wenn er sich sicher fühlt, zieht Laokoon sein »Leben des Synesios« heraus und fährt fort, wo er stehen geblieben ist, und wäscht seinem Metropoliten die schmutzigen Füße und redet am andern Morgen bei Tisch mit zaghaften Kopfbewegungen über den armen Synesios, an dessen Fall es sich doch gezeigt habe, wie weise die Kirche vorgehe, wenn sie dem Bischof und Priester die Frau vorenthalte. Und er wird das Bild eines andern, eines unbeweibten Synesios malen, auf strahlendem Goldgrund, bis die fromme Praxedis aufseufzt, die keusche Tochter Tränen in den Augen hat und die Söhne einander Blicke zuwerfen und unterm Tisch auf die Zehen treten, und Euoptios wird sagen: »Ja, schade, er war berufen! Aber dies Weib wurde ihm zum Schicksal.«

Ich holte, als ich mit meiner Nachricht nach Hause kam, Synesios aus dem Sekretarium, führte ihn in den Binnenhof, ließ ihn am Steintisch niedersitzen und fragte ihn dann, was er von seinem Bruder Euoptios halte? »Euoptios?«, das klang müde, »er kommt nicht mehr.« Und Synesios hob geradezu beschämt die Augen, »ich glaube, er hält mich für unfähig, mein Amt zu bekleiden, und zum Teil hat er ja recht, und er schämt sich wohl des Getöses, das ich verursacht habe.«

Ich versicherte ihm, daß alles, was sein Bruder vom Metropoliten denken möge, diesem gleichgültig sein solle.

»O nein«, rief er, »er ist mein älterer Bruder, und ich habe immer auf seine Meinung über mich Wert gelegt.«

»Das ist falsch«, sagte ich ruhig, »und weißt du, warum?«

Er blickte mich scharf an.

»Weil dein Bruder dumm ist.«

Synesios schrak zusammen, er schien empört.

»Soll ich es dir beweisen? Nach dem, was ich dir jetzt mitteile, mußt du ihn entweder für einen Dummkopf halten oder für einen – Verräter.«

Und ich sagte ihm kurz und bündig, wo sich Laokoon aufhielt. Erst jetzt, als ich sah, wie seine Rechte schnell nach dem Bärtchen fuhr und das zitternde Kinn stützte, erst da merkte ich, was alles in dieser Mitteilung enthalten lag. Er blieb lange, ohne sich zu bewegen, an den Tisch gelehnt sitzen, endlich flüsterte er: »Gott nimmt mir nach und nach alles!«

In diesen Tagen ging ich mit den Kindern und Stephanos, um Neuigkeiten zu erfahren, zum Hafen hinab. Der Kapitän eines Schiffes, das aus Alexandria kam und den ich nach Briefen fragte, lächelte gönnerhaft, ja, er habe einen Brief für mich, »von der großen Hypatia«, sagte er leise und mit einer Betonung, die das »groß« auf und abschaukelte, er stand noch auf dem Heck seines Schiffes, so daß ich nicht dahinterkam, wie er es meinte. Ich fragte ihn, ob er sie kenne und wie es ihr gehe. Und er: o wer kenne sie nicht! Und dann: ob der Stadtpräfekt Gellios wirklich mein Schwager sei? Als ich das bejahte, nickte der Mann: also doch! Man spreche neuerdings über Gellios und Hypatia. Seit nämlich die Frau des Gellios, »also Ihre Schwester«, wieder betrachtete er mich, »seit Ihre Schwester also krank geworden ist, sieht man die Sänfte der Hypatia manchmal abends vor dem Haus des Stadtpräfekten, was ja nichts besagen muß. Aber daß der Präfekt nun schon seit drei Jahren Katechismusunterricht nimmt – niemand weiß allerdings bei wem! – und noch immer nicht beim Patriarchen seine heidnische Unterwäsche zum Waschen abgibt –« Ich war versucht, mich auf dem Absatz herumzudrehen, aber ich hatte noch nicht meinen Brief. So sagte ich freundlich, meine Schwester habe bisher Gellios in den Heilswahrheiten unterrichtet. Der Entschluß, sich taufen zu lassen, sei aber nicht allein eine Frucht der Unterweisung, man müsse Gellios Zeit lassen.

»Gewiß! Aber so viele Jahre«, rief der Kapitän halb klagend, halb lachend und schaukelte vor mir auf und ab. »Und dann dieser Umgang! Diese Frau versteht nicht nur etwas vom Geheimnis der Zahlen, sie weiß viel. Man hört es: sie taucht ins Meer der Wörter, schwimmt darin wie die

Meerschlange, keiner kann sie widerlegen. Man sagt, sie sei eine Zauberin. Es hat nicht genügt, daß der Patriarch Theophilos die Bibliothek der Heiden verbrennen ließ, sie besitzt noch viele dieser alten, schlimmen, nämlich ganz und gar unchristlichen Bücher. Und vor allem, das ist das Empörendste an der Sache: sie ist unbelehrbar, wie der Lattich, wenn die Sonne ihn brennt; dieser Lattich wendet seine Blätter einfach vom Licht ab. Und das ist die Sünde wider den Geist! Und ihr Einfluß auf Ihren Schwager – da hilft nicht mehr das beste Amulett! Wäre ich an Ihrer Stelle, würde ich meinem Schwager einen Brief schreiben – ich nehm ihn mit, auch Gellios ist in seiner Stellung durchaus – man muß heute – und so alt ist diese Hyppe ja noch nicht – und noch lange nicht trocken zwischen – Gellios, der ja alle Frauen mal haben muß –«

Nur noch die Hälfte vernahm ich von dem, was der Giftzahn dieses Mannes verspritzte. Ich versprach ihm also einen ernsten Ermahnungsbrief an Gellios und erhielt endlich meinen Brief aus Alexandria, suchte Stephanos und die Kinder, fand sie am Eingang einer Schenke, wo Matrosen und auch zwei Kleriker würfelten. Was die da machten, wollte Tutulina wissen. »Das siehst du doch: würfeln.«

»Nein, die Priester!«

Ich erklärte ihr, daß auch manche Priester, aber doch eigentlich nur wenige, würfelten, um ein bißchen Geld zu verdienen.

»Weiß das unser Vater? Auch dort in das Haus mit den Frauen vor der Tür, da ging einer hinein, ganz schnell, aber ich habs gesehen. Das darf der doch nicht!«

»Nein«, sagte ich, »das darf er wirklich nicht.«

»Aber warum tut er es dann?«

»Weil er ein Mensch – und schwach ist. Und weil Gott dem Menschen die Freiheit gegeben hat, das Böse zu tun.«

»Weiß das der Vater, daß seine Priester das tun?«

»Ja, er weiß es.«

»Und warum züchtigt er sie nicht?«

»Vielleicht ist es dafür zu spät«, antwortete ich mühsam, »vielleicht auch hat er nur noch wenig Macht über seine Kirche.«

Synesios empfing den Brief, als er wußte, von wem er kam, mit einer, wie mir schien, angestrengten Freude. Er ging damit in sein Studio und las ihn allein. Als wir uns gegen Abend bei Tisch sahen und ich ihn fragte, wie es Hypatia gehe, wies er auf Alexander, der beim Essen sehr vorsichtig den Kinnladen bewegte, und auf Simonides, der heimlich mit der linken Hand den rechten Ellbogen hochhob, wenn er den Becher zum Mund führte, und so sagte er: »Immerhin besser als diesen! In Alexandria ist noch ein bißchen Freiheit, trotz der Mönche, die ja Einzelgänger, Maulwürfe sind und auch wie diese nicht sehen, sondern nur fühlen. Aber dem Himmel sei Dank: dein Schwager Gellios ist ein gerechter und zuverlässiger Beamter, so hört man – er beschützt die Gesetze, und die Gesetze beschützen alle.«

Erst nach Tisch, es dämmerte bereits, als wir allein im Binnenhof im Kreis umhergingen, gestand er mir, wie sehr ihn Hypatias Brief enttäuscht habe. Er hatte ihr vor einigen Monaten geschrieben und geklagt, daß – die Abschrift des Briefes liegt vor mir – der Spiegel seiner Seele, seit er sein Amt angetreten, dem winterlichen Meere gleiche, und daß ihm der Trost der Philosophie selbst als Gebilde der Erinnerung in diesem Aufruhr seiner Tage untergegangen sei, und daß ihn oft der Zweifel wie eine vielköpfige Schlange umschlinge: Zweifel an der Richtigkeit seiner Entscheidung, das Bischofsamt zu übernehmen; Zweifel an seinen Fähigkeiten und Tugenden; Zweifel selbst an der Lehre, welche ja wie ein unbegründeter und unbegründbarer Gedanke eines heiligen Kindes über der Unbelehrbarkeit der Menschen hange, außerdem: eine Herausforderung für unsere Natur und unser Denken, vor allem, wenn man erkenne, wie die meisten, die diese Lehre verkündigten, das Gegenteil von dem, was sie lehren, in ihrem Tun und Lassen praktizierten.

Ich kannte damals, als ich mit Synesios im Binnenhof umherwanderte, noch nicht seinen Brief an Hypatia – und so begriff ich seine Enttäuschung nicht.

Synesios sprach nämlich von der Kälte der Philosophie, von ihrer – ich staunte – empörenden Vernünftigkeit. Eine Überzeugung, die der Mensch mit seinem ganzen Wesen errungen habe, könne man doch nicht mit Denkschlüssen gleichsetzen, messen und dann als richtig oder falsch beurteilen. Unser Leben und die Entscheidungen, die es tragen und gestalten, gingen doch nicht in die Sätze der Logik hinein, und es gebe selbst im Bereich reinen Denkens den Punkt, wo der Weg aufhöre, der Abgrund drohe und der Wald der tausend Widersprüche den Denkenden aufnehme, vorausgesetzt, daß er das Letzte zu denken entschlossen sei. »Und der Mensch will bis zum Letzten vordringen«, flüsterte er, »und wenn Hypatia behauptet, es im reinen Denken zu finden, wird sie jene Erfahrungen, die bittersten, noch machen müssen. Der Philosoph mag alle Mythen ausrotten, aber auch er kommt nicht ohne das Alpha und Omega aus, ohne das Alpha der ersten Annahme, die im Nichts schwebt; und ohne das Omega der letzten großen Ergebung, in welcher das Nichts vernichtet wird!«

Drei oder vier Tage nach diesem Gespräch erreichte uns ein Brief, den einige Kleriker unterzeichnet hatten, in welchem sie sich beschwerten, daß der Metropolit den rechtgläubigen Archidiakon wegen eines so geringen Vergehens abgesetzt und suspendiert habe, aber neben sich Männer dulde und beschütze wie Chilos und Alexander, dem Chilos sogar in die geheimsten Vorgänge der Kirchenverwaltung dauernd Einblick gewähre. Und sie forderten, daß er den Heiden Chilos aus seinem Dienst als Geheimsekretär entlasse und ebenso den Alexander, der durch schismatisches

Verhalten und öffentlichen Aufruhr längst irregulär geworden sei.

Und so diktierte Synesios noch einen Brief nach Alexandria, von dem er wußte, daß auch er nicht beantwortet würde. Der Metropolit ließ den Brief der aufsässigen Kleriker abschreiben und zu dem seinen legen und bewies dem Patriarchen, daß es noch überall Nichtchristen in mittleren Ämtern gebe, sogar in Alexandria! – und daß der Zoroaster-Jünger Chilos sich das Vertrauen seines Herrn in zehn Jahren verdient habe, nicht so sein Archidiakon, der ein Verräter sei an seinem Bischof und an der Kirche, welch furchtbare Behauptung zu beweisen für den Metropoliten nur einen Griff in die Truhe bedeute. Was aber den Bischof Alexander angehe, so sei er in der Folterwerkstatt des Praeses zu einem armen Lazarus geworden, mit dem selbst die Hunde Erbarmen hätten, wenn man ihn in seinem jetzigen Zustand auf der Straße liegen ließe. Über die Vergehen des Bischofs Alexander könnten nicht irgendwelche Kleriker zu Gericht sitzen, deren sittliche Aufführung für das Volk ein Ärgernis sei. Im übrigen werde Alexander, sobald er wiederhergestellt sei, auf den Stuhl seiner Diözöse zurückkehren.

Zum Schluß berichtete Synesios von den Verhaftungen in den Kirchen von Ptolemais, klagte den Praeses Andronikos feierlich an, das Asylrecht der Kirche in sicher fünfzig Fällen gebrochen zu haben und unter den Gläubigen zu wüten – »schlimmer als ein Diokletian oder sonst ein Kirchenverfolger – und nicht wie dieser aus Furcht vor den Christen, sondern aus der Hybris eines Emporkömmlings, der die grenzenlose Macht seines Kaisers auf seinen Schultern spürt und sie ausschließlich dazu benutzt, das Volk in seiner Kelter auszuquetschen. Sein Rauschtrank besteht aus Blut und Geld, und doch gibt es heute noch Bischöfe, die ihn den christlichen Achilles nennen!«

Wie so oft saß ich, während Synesios diktierte, irgendwo

auf einem Schemel, und manchmal war es mir, als müßte ich meinen Haß als Feuer und Stahl in seine Sätze mischen. Diesmal schien es mir gelungen zu sein, der Brief klirrte.

Aber was könnte er bewirken? Der Patriarch war krank, und was noch schlimmer war: er grollte uns.

In der Woche vor Pfingsten beschloß Synesios, das Kastell zu inspizieren, die Nachrichten von der Grenze waren schlecht. Anysios hatte einen zuverlässigen berittenen Boten geschickt, eben jenen Karnas, der sich nun den Karnas mit den zwei Köpfen nannte, und hatte Synesios geraten, sich nach einem sicheren Platz umzusehen. Die Kinder reisten mit mir in der Maultiersänfte, Synesios, Chilos, Stephanos und einige andre männliche Hausgenossen eskortierten uns zu Pferde. Ich mußte immer wieder an den Wegbiegungen durch das Fensterchen der Sänfte zu Synesios hinschauen, wie er im Jagdkleid vor uns herritt, mit Chilos sprach und in die Gegend zeigte, ein Mann, der mir um zehn Jahre verjüngt vorkam – er war ja nur wenig über vierzig, stellte ich fest, während ich Paulus das Alter seines Vaters an den Fingern ausrechnen ließ. Synesios hatte vor, nicht einen Tag länger als unbedingt notwendig aus Ptolemais abwesend zu sein. Er rechnete mit vier oder fünf Tagen und hatte vorgeschlagen, die Kinder in der Obhut Alexanders und des Simonides zu Hause zu lassen. Aber ich bestand darauf, daß sie bei uns blieben. Synesios zeigte sich fast ärgerlich. Der Weg werde wegen unseres Reisens in der Sänfte zwei Tage mehr in Anspruch nehmen, und jede Stunde, die er abwesend sei, könne von seinen Feinden ausgenutzt werden. Da sagte ich: »Ja, genau daran hab ich gedacht...« Er blickte mich fragend an, plötzlich verstand er, wandte sich ab, nickte heftig und sagte, vielleicht gehe unser Mißtrauen zu weit, aber wir hätten jedes Recht, mißtrauisch zu sein.

Wir reisten darum auch in aller Heimlichkeit ab, es war noch fast Nacht, der wachsende Mond war schon untergegangen, und wir mußten uns mit dem Licht der Sterne begnügen. Alexander sollte den Metropoliten im Sekretarium vertreten, der, so sollte es heißen, den Husten hätte, und Simonides sollte in Synesios' Studio die Tage zurückgezogen verbringen und, wenn er Schritte vor der Tür hörte, heftig husten. Die Hausgenossen wußten nur, daß die Domina mit den Kindern aufs Land gezogen sei, und stellten dem Hausherrn das Essen vor die Tür.

Von diesem Besuch auf dem Doroshof habe ich nicht mehr behalten als von einem Traum, in welchem unsre Augen beschenkt und unser Herz beraubt werden: ich sah Räume, Gegenstände, Menschen. Indes – alles zog an mir vorüber, in einer Art Unwirklichkeit, schön, aber fern, voll Glanz und Zärtlichkeit, aber unerreichbar. Selbst der Gedanke an die Kinder, die immer neben mir herliefen und tausend Fragen stellten, konnte mich nicht mehr an die Fülle der Erinnerungen binden und an die Gegenwart dessen, was ich einst mit so fester Selbstverständlichkeit besessen hatte. Überlegungen wie diese: ob das Gut sich trage, ob Leonidas mit den Kolonen zurechtkomme, ob inzwischen Hypotheken den Besitz belasteten, ob die Kinder eines Tages auf dem Doroshof eine Bleibe, eine Zukunft hätten – solch naheliegenden und meinem zupackenden Wesen entsprechende Gedanken kamen mir einfach nicht mehr. Was Synesios mir, als wir vor der Übersiedlung nach Ptolemais standen, in meinem Zimmer sagte, daß bei seiner Rückkehr sogar der Holzwurm kein Haustier mehr sei, das fühlte ich nun ebenso wie er.

Synesios war mit Chilos und Leonidas zu Pferd unterwegs, bald zum Kastell, bald zu den Gehöften im Umkreis, die Verproviantierung sollte für ein halbes Jahr vorbereitet werden. Die Verwalter, Pächter und selbst die Kolonen forderten Kriegspreise. Leonidas tobte, Synesios zahlte. Er hatte durch Chilos, das erfuhr ich aber jetzt erst, fast seine ganze Bibliothek, die in Ptolemais und den Rest, der noch auf dem Doroshof lag, verkaufen lassen, überdies Gelder aufgenommen und das Gut schwer belastet. Ich nahm alles zur Kenntnis, und worüber ich mich allein verwunderte: daß es noch Leute gab, die über so viel Geld verfügten, um Bibliotheken aufzukaufen – in solcher Zeit! Daß unsre Kinder wahrscheinlich arm ins Leben treten müßten, dieder Gedanke drückte mich nur noch irgendwo in meinem alten Menschen, eine Art Angst in den Eingeweiden, die man mit einem Becher Wein überwindet.

Vater Zosimos klagte, so oft er mich sah, daß er sehr allein sei, vor allem »der Priester in mir«, so drückte er sich mehrmals aus, und seine alte Überzeugung, daß die Kindertaufe nichts tauge, legte er mir am Beispiel seiner Gemeinde dar. »Mit ganz wenigen Ausnahmen, sind es alles noch Heiden, getaufte Heiden«, seufzte er. Und so oft Stephanos ihm begegnete, versperrte er ihm mit seinem Stock den Weg, faßte ihn beim Arm, betrachtete ihn zärtlich und stellt ihm allerlei Fragen über die christliche Lehre. Als ich ihn fragte, wie seine Prüfung ausgefallen sei, zeichnete er mit dem Stock auf dem Boden herum und schwieg. Endlich blickte er mich an: »Ein guter Junge! Aber wenn die Mazeten kommen und die Ausurianer – seine Sippschaft aus der Wüste, meine ich – dann schließt ihn ein! Er hat vergessen, nicht, *daß* er hinkt – aber *warum* er hinkt, und wie es kam, daß er trotzdem am Leben blieb – da hinten auf der Wiese – und daß die Kinder es waren, die ihn im Gebüsch verbargen und fütterten und am Leben hielten, und daß ich ihn taufte gegen den Willen der ganzen Gemeinde, das hat er vergessen! Wo ist da die Folgerichtigkeit?«

Wieso er das alles vergessen habe, wollte ich wissen. Und Vater Zosimos: »Gott hat ihn hinkend gemacht, damit er sich bei jedem Schritt erinnern sollte, daß er ein Gefäß der Gnade wurde. Als ich ihn aber fragte, worin das Ziel seines Lebens bestehe, antwortete er: er wollte sparen und später einmal heiraten und Schankwirt werden! Welch eine Inkonsequenz! Und Sie haben ihn doch sicherlich etwas anderes gelehrt?«

Da mußte ich feststellen, daß ich Stephanos überhaupt nichts gelehrt hatte, als was zu einem guten, zuverlässigen Diener gehört: Sauberkeit, Anstand und Ehrlichkeit. Freilich, ich schickte ihn in die Kirche, aber um seine Seele hatte ich mich nicht gekümmert.

Am Nachmittag wollte ich mit den Kindern auf den Olivenhügel spazieren, um dort den Zikaden zu lauschen, Synesios machte sich eine Stunde frei und ging mit uns. Als ich Stephanos befahl, mitzugehen, sagte Synesios enttäuscht: »Wir wollten doch auf dem Hügel allein sein – mit Phaidon...« Ich erklärte ihm, daß ich Stephanos nur bis zu einer bestimmten Stelle mitnehmen würde. Wir gingen über die Wiese, auf der vor Jahren die Wurfmaschine und die Katapulte den Angriff der Wüste abgewehrt hatten. Ich fragte Tutulina, welches das Gebüsch sei, hinter dem sie den gewissen jungen Mann, der damals noch nicht Stephanos geheißen habe, gefunden hätten. Sie führte uns hin. Stephanos stand da, sagte kein Wort, auch seine Miene verriet nichts. Ich sagte ihm nun, er solle sich hinsetzen genau an dieselbe Stelle und sich erinnern, wie das alles war damals, was er in seiner Not und Verzweiflung gedacht und gewünscht habe, »du mußt dich aber setzen«, befahl ich ihm, »dann erinnert man sich besser«.

»Geht nicht«, antwortete er und wies ins dünne Gras, wo die Ameisen »Heu machten«, wie Tutulina sagte. Paulus wollte sich gleich hinknien und zuschauen.

»Gut also, Stephanos«, sagte ich, »machs wie du willst, aber du bleibst hier, bis wir zurückkommen.« Und wir schlenderten durch den Ahornwald, blieben beim dicken Baum stehen, faßten uns bei den Händen, aber wir sangen nicht, sprangen auch nicht im Kreise. Synesios wollte wissen, wie das alte Lied ging, das von Doros und dem Hölzernen Pferd, aber Tutulina hatte es vergessen – wir auch.

Auf dem Olivenhügel sangen die Zikaden noch nicht, es war noch zu früh im Jahr. Wir erinnerten uns an die musizierenden Zirp-Böcke, die Phaidon, wenn sie ihre Aufgabe erfüllt hatten, auf eine Rose setzen wollte. »Nun hat er seine Rose«, murmelte Synesios, »wir noch nicht!«

Als wir an das Gebüsch zurückkamen, wo Stephanos uns erwarten sollte, war er nicht mehr da. Erst gegen Abend kam er – er sei auf dem Kastell gewesen, erzählte er eifrig, er habe Ölkrüge in die Vorratskammern getragen. Das sei wohl leichter, als einmal still zu sitzen und sich zu erinnern, stieß ich fast zornig hervor, aber Stephanos, der wohl ein Lob erwartet hatte, blickte mich verständnislos an.

Am Abend kam ein Läufer mit einem Brief des Bischofs Alexander. Es sei eine Dame aus Kyrene bei ihm gewesen, die Mutter eines gewissen Magnus, den der Praeses vorgestern verhaftet habe. Magnus sei vor etwa zehn Tagen zum Dekurionen für ganz Kyrene ernannt worden, die von ihm geforderte Steuersumme sei ungeheuerlich, und Magnus habe selbst mit seinem ganzen Vermögen diese Summe nur zu einem kleinen Teil aufbringen können. Die Nackten hätten davon erfahren und gegen Andronikos in den Straßen demonstriert, sie hätten Magnus in ihre Mitte genommen und auf ihren Schultern umhergetragen. In der Nacht darauf sei Magnus verhaftet worden – »also ein neuer Fall Menelaos«, schrieb Alexander. »Die alte Dame erzählte, ihre Familie und die Deine, Freund Synesios, seien schon, als Dein Großvater, der große Doros, noch lebte, miteinander in Freundschaft innig verbunden gewesen. In meiner Aufregung hab ich aber jetzt den Namen der Dame vergessen, aber Du erinnerst Dich gewiß: sie hat noch einen andern Sohn, Ikaros, der floh vor einigen Wochen ins Ausland. Komm also sofort, Vater der Unglücklichen, und rette Deine Freunde!«

Synesios hatte den Brief mit halblauter Stimme gelesen, aber ohne jeden Ausdruck. Noch ehe wir ins Haus eingetreten waren, hatte er unter den Platanen gestanden und auf das Gras gezeigt und zu den Kindern gesagt: »Seht nur, unsre Füße treten das Gras, aber es hebt sich immer von neuem. Das Gras, das sich treten läßt, wie stark ist es in seinen zarten Halmen.«

Jetzt, nachdem er den Brief gelesen, setzte er sich, legte den Kopf vorsichtig über beide Hände und seufzte: »Ach, Prisca, wo ist die Rose, daß ich endlich –« er beendete seinen Satz nicht, obwohl wir beide allein waren. Da fiel mir ein, daß in wenigen Tagen Pfingsten sei, ich sagte es, wie man eben einen Tag im Kalender nennt, und fügte hinzu: »Der Heilige Geist wird dir Kraft geben. Nun mußt du ihn bannen!«

Spät langten wir anderntags in Ptolemais an, die Straßen lagen schon leer, nur in einigen Schenken brannten noch Lampen, aber kein Musikinstrument, keine singende Stimme war zu hören. Ein paar Nachtwächter – oder waren es Spitzel? – blieben stehen und schauten uns nach. Ich drückte die unter meinen Armen schlafenden Kinder an mich. Nur wenige Male hatte ich in das verschlossene Gesicht einer nächtlichen Stadt gesehen, diesmal fürchtete ich mich. Der Hufschlag der Pferde und Maultiere war mir zu laut, der Mond zu hell, die Anzahl der neben uns reitenden Männer zu gering. Aus einer, aus zwei Seitenstraßen könnten andre Reiter auftauchen, Pferde mit umwickelten Hufen, die man nicht hörte, und sie würden uns eskortieren, unsern Weg bestimmen – nicht zum Bischofshaus, irgendwohin – zur Stadt hinaus – ins Dünengelände oder in die Berge hinauf – und die Geschichte des Bischofs Synesios und seiner Familie verliefe sich irgendwo im Sande –

Doch dann langten wir an, das Bischofshaus leuchtete im Mondlicht, die Stämme der Platanen zeichneten auf die weißen Mauern senkrechte Striche, Risse, Spalten – ich weckte die Kinder. Tutulina knurrte schlaftrunken, quäkte, wollte nicht aus der Sänfte. Ich küßte sie wach und erklärte ihr, daß sie aussteigen müsse, wir seien zu Hause – in Ptolemais, im Bischofshaus! Aber da sagte sie: »Nein, hier nicht! Droben ist es viel schöner – wann gehen wir wieder hinauf?«

Wir klopften und warteten. Nach einer langen Weile tat sich das Tor auf, und da standen Alexander und Simonides und streckten die Hände nach uns aus – wie Hilfesuchende, nein, wie Kinder, die man eingesperrt und allein gelassen hatte. Ihre Hände im Flackern der Fackel, die ihnen Stephanos sofort diensteifrig abgenommen hatte, zeigten mir deutlicher als ihre Worte, daß sie die Tage in Angst verbracht hatten.

Zwei Tage nach unserer Abreise war nämlich Euoptios bei ihnen eingebrochen, anders könne man sein Auftreten im Bischofshaus nicht nennen, versicherte Alexander. Er habe Euoptios nicht empfangen wollen, doch da sei er – man denke! – schreiend die Treppe heraufgestürzt, habe, als Simonides hinter der Tür nur hustete, aber nicht öffnete, in einem fort mit den Fäusten gegen die Tür getrommelt und den Namen Synesios gebrüllt – er müsse ihn sprechen, wegen Laokoon. Und nun habe er diesen Namen durchs Haus gedonnert und schließlich die Namen der heiligen Apostel flehentlich angerufen. Als Simonides nicht mehr zu husten wagte, sondern schwieg, sei der Rasende gegen die Tür gerannt, habe das alte Holz aus den Angeln gestoßen und dann vor Schrecken aufgeschrien! Simonides sagte: zuerst sei auch er erschrocken, er mußte annehmen, Euoptios sei von Sinnen. Der sonst so ruhige Mann mit den olympischen Gebärden habe die Augen gerollt, mit dem Kopf zukkend in der Bibliothek umhergesucht, sich dann umgedreht und sei die Treppe hinabgetaumelt wie ein Trunkener. Drunten am Tor habe er gebrüllt: »Geflohen ist er, geflohen! Dieser Feigling macht sich Feinde – und flieht!«

Alexander im Sekretarium saß unglücklicherweise nicht allein, sondern mit der Mutter des Magnus. Sie hatten ebenfalls diese Worte vernommen, und die Frau, die nun fürchtete, daß für ihren Sohn alles verloren sei, begann zu weinen, aber aufrecht dasitzend und ohne einen Laut von sich zu geben. Alexander erklärte ihr schnell, daß Synesios nur auf dem Doroshof sei, um das Kastell zu verproviantieren, in wenigen Tagen werde er zurück sein. Aber da sagte die alte Dame – wie heißt sie doch?

»Irene«, sagte Synesios sofort mit ganz ferner Stimme.

»Ja, da sagte sie: ›Dann ist er tot.‹ Und sie teilte mir mit, daß sie jeden Tag zum Justizpalast gehe, um die Mittagszeit. ›Dann läßt Thoas ihn peitschen‹, sagte sie, ›nur um die Mittagszeit, wenn alle schlafen. Ich sitze auf den Stufen, höre die Schläge, höre die Stimme meines Sohnes, sie wird mit jedem Tag schwächer. Jetzt weint Magnus schon wie ein Siebenjähriger.‹«

Am folgenden Mittag setzte sich Synesios dicht neben die Mutter des Magnus, die er bereits auf den Stufen des Justizpalastes vorfand und schlang die Arme um ihre Schultern. Er hatte nicht zugelassen, daß ich oder Alexander oder Simonides ihn begleiteten. Ehe er hinging, hatte er die Bannbulle diktiert und angeordnet, daß Chilos so viele Schreiber anstelle, als er finden könne, damit die Bulle noch vor dem Pfingstfest durch Boten wenigstens an die Hauptkirchen der Pentapolis gebracht würde; aber auch in den kleinen, in allen Kirchen Libyens müßte sie verlesen werden.

Und das Pfingstfest kam. Ich hatte erst gegen Morgen Schlaf gefunden und wachte auf, als mich die Sonne um die Augen herum kitzelte. Da sah ich, plötzlich hellwach, Synesios neben meinem Lager stehen, seine Hand lag auf meiner Stirn. Wir blickten einander lange an. Wir fanden keine Worte, das zu sagen, was wir uns sagen wollten. Ich roch den Inzenz, der aus den Falten seines Kirchengewandes wehte, als er jetzt den Arm bewegte und mich segnete. Er ging hinaus. Ich blieb noch ein wenig liegen, um in diesen Himmel hinauszuschauen – das Fenster stand offen, ich hörte einen Finken schlagen: das Hämmerchen eines Silberschmieds auf dem Ambos der Welt. Und die Schwalben, die Spatzen! Aber die Kinder würde ich heute nicht mit in den Dom nehmen, ich würde es ihnen später einmal erläutern, sie konnten es jetzt doch noch nicht begreifen, was da geschah – erst wenn sie erwachsen wären, eines Tages, dann –. Ja, ich nahm es mir mit Stolz und Freude im Herzen vor, ihnen von diesem Pfingstmorgen im Dom zu sprechen. Kinder, lest den Brief des Eremiten und einstigen Staatsmannes Isidor von Pelusium, der feierlich erklärte, daß es bisher so etwas noch nicht in der ganzen Kirche gegeben habe, ja, daß ein Mann, euer Vater, sich als die einzige Stimme aus dem gottlosen Schweigen erhoben hat – und mit dieser Stimme allein ... deposuit potentes de sede et exaltavit humiles. Ich weinte, nicht aus Rührung, ich weinte aus Zorn über alle jene, die ihn alleingelassen hatten, über diese, wie er einmal sagte, kaiserlichen Weihrauchfässer, über diese unnütz Gesalbten, die das Wort Gottes hinter hundert schlauen Überlegungen verschließen, weil sie ihre Ruhe mehr lieben als die Gerechtigkeit und darum einen Frieden aus Lügen weben und nicht tun, was ihres Amtes wäre. Aber es weinte aus mir auch die Sorge, die Angst. Ich wußte mehr, als ich wissen wollte, aber doch nicht soviel, als zu wissen unerträglich gewesen wäre. Hätte ich die Folgen gekannt, die aus diesem Pfingstvormittag im Dom zu Ptolemais uns, die ganze Familie, nacheinander überfallen würden, ich hätte Synesios auf den Knien angefleht – zwar nicht, es wie die andern zu machen, nämlich zu schweigen und zu bleiben, sondern mit uns in den Hafen zu schleichen und das nächste Schiff zu nehmen, nach Alexandria, oder nach Athen, oder nach Leptis Magna, nach Ravenna – ja sogar nach Rom! Die Barbaren, die dort hausten, hätten einem Bischof, der vor den Schergen einer staatlichen Räuberbande floh, sicherlich ihren Schutz gewährt. Aber Synesios, ich glaube es heute gewiß: er wäre nicht geflohen – auch wenn ihm ein Engel einen Stein aus der Mauer der Zukunft herausgenommen und ihn mit seinem Los bekannt gemacht hätte: er hatte sein Schicksal und Gottes Willen in eins gesetzt.

So saß ich dann vor ihm, als er nach dem Verlesen des Evangeliums auf den Thron stieg. Vor ihm ragte die brennende Kerze, die er auszulöschen entschlossen war, die noch zum Schein brennende Kerze des Andronikos von Berenike – der Name hallte in den Dom – ich lauschte, ließ mir kein Wort entgehen – und doch durchzogen mich ganze Sätze, ohne daß ich ihrer geistig habhaft wurde –

»Andronikos von Berenike zum Unglück für die Pentapolis geboren – das Amt, das er kaufte – niemand soll ihn für einen Christen halten, noch so nennen – was er aus eigner Geisteskraft erfand: die Fußschraube, den Handschuh aus Eisen, die Kelter, die Nasenzange, die Ohrenzwinge, die Zähnebrecher – glücklich jene, die im Krieg umkamen und nicht in seine Henkershände gerieten – aber nicht deswegen, weil er seine Macht mißbraucht, nicht weil er lebt gleich Nero im Sumpf aller Laster, sondern – schlug an die Kirchentür seine Verordnungen, die letzte noch vor drei Tagen – das Asylrecht in hundert Fällen gebrochen – hat die Kirche den Andersgläubigen zum Gelächter hingeworfen – öffentlich verkündigt, niemand könne den Händen des Andronikos – und wenn auch einer hilfesuchend die Füße Christi umschlänge – Andronikos stärker – dreimal dies Wort hervorgestoßen – die gottlose Roheit dieser Sprache – Kirche den ermahnen, der die Kirche lästert – –«

Eine Pause entstand, ich hörte das Papier der Bulle rascheln, so still war es im Dom geworden. Und die Stimme des Metropoliten erhob sich: »– deswegen ordnet die Kirche von Ptolemais an und gibt diese Anordnung an alle Schwesterkirchen in der Pentapolis und auf dem ganzen Erdkreis weiter: dem Andronikos und den Seinen sowie dem Thoas und den Seinen soll jeder Bezirk Gottes verschlossen und jede Art von Gemeinschaft mit der Kirche verwehrt sein. Allen Bischöfen, Priestern, Diakonen und allen Privatleuten, Beamten und Soldaten ist damit der Umgang mit den Gebannten untersagt; keiner kann unter seinem Dach wohnen, mit ihm zu Tisch sitzen, noch ihm die Hand reichen. Befehle des Andronikos dürfen nur ausgeführt werden, soweit sie mit den Gesetzen übereinstimmen und aus seinen Amtspflichten hervorgehen. Vor allem ermahne ich die Priester der Kirche, daß die Gebannten, solange sie leben, für sie bereits wie Tote seien – und wenn sie unbußfertig im Bann sterben, immer noch als jene zu gelten haben, die sie bei Lebzeiten waren: Feinde Gottes und der Menschen – und wenn sie nicht Buße taten, darf kein Priester ihrem Trauerzug das Geleit geben.

So aber einer, wer auch immer es sei, denkt: die Kirche von Ptolemais ist eine Zwergin, und es ist lächerlich, ihre Streitigkeiten mit Andronikos ernst zu nehmen; und wenn ein solcher nun die Gebannten aufnimmt und mit ihnen verkehrt, der soll wissen: er spaltet die Kirche, von der Christus wollte, daß sie eins sei. Ein solcher Mann, ob Diakon, Priester, Bischof oder wer auch immer wird von uns auf dieselbe Stufe gestellt werden wie Andronikos: wir reichen ihm weder die Hand, noch essen wir mit ihm am selben Tisch und vor allem: wir weigern uns, die heiligen Geheimnisse mit ihm zusammen zu feiern.«

Voll hierarchischer Ruhe und ohne einen Anflug von Leidenschaft war die Stimme des Lesenden dahingegangen. Als sie verstummte, sprach sie noch weiter. In jedem Zuhörer gab es einen Satz, überall einen andern, der ins Innerste gedrungen war und Fragen weckte, Gefühle: Besorgnis, Zustimmung, Angst, Begeisterung, Schadenfreude, Dank zum Himmel, Erwartung, Zweifel, Neugierde, Not.

Da beugte sich der Metropolit nach vorne, sein Mund kam der Flamme näher, die vor ihm auf der Kerze brannte, und er rief mit lauter Stimme: »Andronikos, Thoas, euer Licht sei ausgelöscht in der Gemeinde Christi!« Die Kerze erlosch, ein dünner weißer Faden Rauch stieg auf. Noch einmal rief die Stimme: »Der Bischof von Ptolemais überantwortet Andronikos und Thoas den züchtigenden Dämonen des heiligen und des barmherzigen Gottes – im Namen des Vaters und des Sohnes und des heiligen Geistes!«

Ich hörte den Dom das Amen stöhnen, mir drehte sich alles vor den Augen, ich konnte nicht unterscheiden, ob es das Haus Gottes aus dem Fleisch und Blut der Gläubigen war, was da stöhnte, oder die schiefen Mauern.

Auch an diesem Mittag des Pfingsttages saß Synesios neben der Mutter des Magnus auf den Stufen des Justizpalastes, aber nicht mehr allein, die alles erschlaffende Kraft der Sonne vermochte es nicht, die Stadt in den Schlaf zu zwingen. Auf dem Gerichtsplatz bewegte sich das Volk, wenn auch unschlüssig und unsicher, in kleinen Gruppen hin und her. Viele näherten sich scheu der trauernden Mutter. Ich hatte mich zwischen Chilos und Stephanos bis auf die Mitte des Platzes gewagt und sah, wie Synesios aufstand und die Unentschlossenen stumm herbeiwinkte. Die Sonne prallte so stark auf den weißgepflasterten Platz herab, daß es aussah, als hätten die Menschen Mühe, sich vorwärts zu bewegen – sie gingen wie in Panzern, wie in einem dicken heißen Wasser umher, immer nur ein paar Schritte weit, – man kam nicht von der Stelle. Dann merkte ich: es war nicht nur die Hitze über dem Platz, es gab da noch etwas, das auf uns drückte, uns umklammerte: man hörte kein Wort, und wer etwas sagen mußte, flüsterte es dem Nachbarn ins Ohr. Chilos zog mich weiter. Schritt für Schritt näherten wir uns Synesios, der noch immer dastand und von Zeit zu Zeit die Zögernden herbeiwinkte.

Plötzlich blieben wir stehen, als wären wir mit der Brust gegen eine unsichtbare Absperrung gestoßen: eine Stimme, eine Kinderstimme, die vom Weinen atemlos geworden war, nach Luft schnappte – und dazwischen ein klatschendes, regelmäßiges Geräusch, das die Stimme zerhackte und sie in einen nicht ablassenden Rhythmus bannte. Ich bemerkte, wie die Menschen in meiner Nachbarschaft, Männer und Frauen und ich selber und auch Chilos in diesem fürchterlichen Rhythmus zu atmen begannen. Von allen Seiten, aus der ganzen Stadt strömte nach und nach das Volk auf den Platz und mit ihm die Stimmen, die sich nun ballten, aus dem Jammern ins Drohen übergingen, aber immer weiter im selben Rhythmus verharrten, zwei Zeitmaße leise und dann beim dritten wie der Widderkopf einer Belagerungsmaschine dröhnend, gegen die Mauern prallend: lei–se – – laut! im–mer – – zu!! Endlich ging es mir auf, daß in dem unartikulierten Schrei ein Kern wirkte, ein Wort, und als ich es begriffen hatte, schrie ich sofort ebenso wie die neben mir, wie alle: Tho–as– ho!! Tho–as– ho!!

Aber er kam nicht, die Bronzetür stand schwer und dunkel vor uns, aber nicht mehr so drohend wie das vorige Mal, als wir dem Simonides damals schweigend und voller Furcht Beistand leisteten. Das rhythmische Rammen der vieltausend Stimmen – die ganze Stadt drängte sich inzwischen auf dem Gerichtsplatz – betäubte unsre Ohren und bewegte unsre Leiber, keiner von uns war mehr er selber, sondern nur noch ein Teil der Menschenwoge. Wir rechneten später aus, daß wir über zwei Stunden immer dasselbe geschrien und allein mit unsern Stimmen Thoas zu unserm Gefangenen gemacht hatten. Erst als Synesios die Stufen hinanstieg und mit seinem Stab gegen das Bronzetor klopfte, erwachte die Menge aus ihrer Ekstase – vielleicht war es die Erwartung, daß nun etwas Ungeheuerliches geschehen müsse: der Rhythmus der Stimmen brach auseinander, langsam sank der kochende Platz in sich zusammen, Stille breitete sich aus, eine Stille, die mich zittern machte – es war, als ob ein Sturm auf dem Meer von einem Augenblick zum andern zusammenbräche und auf der spiegelglatten

Flut das Schweigen göttlich herbeischwebte. Und wir sahen, wie Synesios sein Ohr an das Tor legte und nach einer Weile sich wieder langsam uns zukehrte. Er trichterte die Hände vor seinem Mund und rief: »Die Geißel schlägt nicht mehr. Magnus weint nicht mehr. Geht alle nach Hause und übt keine Rache, wartet in Geduld und bleibt im Frieden Christi!«

Wir feierten ein trauriges Pfingstfest. Synesios hatte die Mutter des Magnus mit sich genommen, und wieder einmal blickten im Bischofshaus alle aneinander vorüber. Da saß die Witwe, die nicht wußte, wo in der Welt ihr Ältester lebte und nun an nichts anderes dachte, als wie sie den zu Tod gepeitschten Leib des Jüngsten für die Beerdigung freibekommen könnte. Und da saßen Alexander und Simonides, die sich vorsichtig und oft mit einem unterdrückten Ächzen bewegten; und da saßen die Kinder, die wir nicht von unserm Tisch verbannen konnten; und die Hausgenossen – wir feierten ja Pfingsten – saßen um die mit Kerzen erleuchtete Festtafel, um das in Milch gekochte, nach Frühlingskräutern duftende Lamm. Alexander aß seinen Hirsebrei, weil er das Fleisch nicht kauen, und Simonides ließ es sich von mir in Stücke schneiden, weil er das Messer nicht führen konnte.

Da fiel Stephanos mit seinem stets überstürzten Tonfall in das Schweigen, stieß den Namen des Thoas hervor, aber gleich dreimal hintereinander: »– haben ihn – hinter den Buden, wo Messerschmiede – gesteinigt, von oben – von den Dächern herab – Dachziegel – Dann ihm Kopf ab, Wache weg – Wache Ausurianer – haben mir erzählt – gute Leute Ausurianer – machen, was sie wollen, laufen weg, weg! Thoas allein, ohne Kopf, ohne Schwanz, ohne alles! Andronikos auch fort! Im Kastell in der Wüste – fort!«

Keiner von uns hatte Stephanos unterbrochen. Synesios war bleich geworden, er beugte sich weit über seinen Teller vor und rief: »Ist das wahr?« Stephanos sprang von seinem

Platz auf, seine Augen funkelten, rollten, er griff mit der Linken nach seinem Kinn, hob es hoch und machte mit dem Messer in seiner Rechten eine so überzeugende Bewegung um seinen Hals herum, daß jemand auflachte; es war Chilos, er hob seinen Becher und rief: »Ich trinke auf den Regen aus Dachziegeln – auf die Messerschmiede – auf die Ausurianer, die machen, was sie wollen – und auf Stephanos trinke ich, der uns dieses Mahl mit der Verkündigung einer so guten Neuigkeit gewürzt hat.« Er trank, aber er allein. Leider hatte Chilos, als er das Wort »gute Neuigkeit verkünden« wählte, nicht bedacht, daß wir Christen damit etwas anderes meinen. Schweigen schob sich zwischen uns. Endlich sagte Synesios: »Diese Nachricht ist nicht gut! Das ist Aufruhr. Andronikos kann Ptolemais besetzen wie eine feindliche Stadt.« Worauf ich fragte, auf welche Weise denn Andronikos bis jetzt die Stadt besetzt gehalten habe? »Du hast es doch selbst in aller Öffentlichkeit gesagt«, ich blickte Synesios und dann die Mutter des Magnus an, »schlimmer als ein feindlicher Feldherr habe er in seinem eignen Land gewüstet, schlimmer als Pest, Hungersnot, Krieg und Heuschrecken zusammen hast du die Folgen seiner Herrschaft genannt. Wenn du jetzt glaubst, damals in dichterischer Weise übertrieben zu haben, dann schau nur einmal an diesem Tisch im Kreise herum und denk an alle jene, die du nicht siehst, an die unsichtbaren Opfer des Thunfischers aus Berenike. Hast du ihn nicht den züchtigenden Dämonen übergeben? Wenn du nun siehst, wie schnell die Züchtigung erfolgt, darfst du nicht erschrecken in deiner weichen Seele!«

So ähnlich sprach ich, meine Stimme und meine Hände hämmerten, nicht so sehr, weil ich Synesios vor allen Hausbewohnern zurechtwies, sondern weil ich jetzt erst der Kraft inne wurde, die von Synesios ausgegangen war und weiter ausging. Sein Wort war ein Sturm, der durch die Kyrenaika brauste, von Stadt zu Stadt, von Gehöft zu Gehöft. Ich sah diesen Sturm, wie er die Menschen dahinjagte: der Platz vor dem Justizpalast stand mir noch immer vor Augen. Und was in Ptolemais möglich war, unter den Augen der Zentralbehörde, wie würde es sich erst abspielen dort, wo die Soldaten aus den Garnisonen an die Wüstengrenze abgezogen waren und die Polizei und Schergen des Praeses unvorbereitet dem rasenden Volk gegenüberstanden. Denn der Sturm fegte ja nicht nur von Ptolemais her übers Land, sondern erhob sich überall dort, wo die Bannbulle verlesen wurde. Und selbst wo ein Bischof sie nicht verlas, irgendein Archidiakon oder Priester erfuhr alsbald das Unerhörte und brachte es als Geflüster unter die Menge. Die bloße Nachricht von der Bannung des höchsten Beamten nahm auf den Lippen des Gerüchtes schrecklichere Ausdrucksformen an, als sie in der Bulle enthalten waren; denn niemand in diesem dummgehaltenen und ziemlich gleichgültigen Kirchenvolk wußte ja, worin die große Exkommunikation bestand – man vernahm das Wort Anathema und stopfte hinein, was man im Herzen hütete: Wut gegen die Herrschenden, Rachegelüste, Ekel an den Zeitläuften, Lust am Chaos!

So mußte es geschehen, daß dort, wo die Bischöfe zu ihrem christlichen Achilles standen, der Sturm aus dem Mund der Kirche von Ptolemais hundertmal schlimmer tobte als dort, wo das Wort der Bulle der Erregung Gestalt gab und das Volk in Grenzen hielt. Wie schwach aber diese Grenzen aussahen, konnten wir am gräßlichen Tod des Thoas ablesen, und auch diese Erkenntnis ließ wahrscheinlich meine Stimme und meine Hände zittern.

Ich weiß nicht, was ich in meiner Erregung alles auf den Tisch geworfen hatte, ich bemerkte nur, daß niemand mehr essen wollte, nur Paulus und Stephanos aßen noch und lachten leise miteinander. Chilos sah aus, als bereute er seinen Trinkspruch. Da erhob die Mutter des Magnus ihren Becher und rief: »Heimarmene! Es kommt über uns, was kommen muß, wie es kommen muß. Wir haben, als wir noch glücklich und gleichgültig waren, alle mit an den Fäden geknüpft, in denen wir nun hängen: durch unsere Taten, durch unsere Unterlassungen, durch unsre Worte, durch unser Schweigen. So habe ich es gelesen – auch in den Büchern des Synesios! ›Der Kosmos bleibt ewig derselbe und schön‹, hast du geschrieben, mein Freund, in einem Brief an meinen Ältesten Ikaros, ehe er fliehen mußte. Das ist kein Trost, aber es ist die Wahrheit. Was aber könnte, wenn es möglich wäre, uns trösten als sie allein?« Und sie leerte den Becher, warf den Kopf weit in den Nacken, trank und trank, und dann ließ sie sich von Chilos und Alexander auf ihr Zimmer bringen, sie lächelte vor sich hin.

Nach dem Tod des Thoas verhielt sich die Stadt ruhiger, als wir es vermutet hatten – nur daß die Tore der Gefängnisse sich öffneten und viele Totgeglaubte plötzlich bei ihren Familien erschienen. Stephanos, der unaufhörlich – und diesmal mit unserer Zustimmung! – in den Gassen Nachrichten fischte, schwoll vom Lob seiner Landsleute, der Ausurianer, die wohl wilde Krieger seien, aber keine Kerkerknechte, o nein! Sie, so beteuerte er uns, machten keine Gefangenen, nur falls ein Markt in der Nähe sei, lohne es sich, Gefangene zu machen. Daß es Ausurianer gab, die sich die Freilassung der Gefangenen hinterher mit allerlei Tricks und Drohungen von den Angehörigen bezahlen ließen, bestritt Stephanos nicht; aber die griechischen Wachmannschaften hätten sogar von ihren Landsleuten Geld gefordert, behauptete er, und die Freiheit sei ja mehr wert als eine Handvoll Geld, in welchem Punkt wir ihm unbedingt recht gaben. Außerdem sei der Praeses verschwunden, und die Ausurianer und auch die Griechen bei der Polizei hätten schon seit Monaten keine Löhnung mehr erhalten. Da müßten die aus den Gefängnissen Befreiten ihre Befreier doch am Leben erhalten – »sonst«, er hob die Stimme und warf die Arme auseinander, als wollte er die ganze Welt um Rat fragen, »sonst muß Polizei wieder einfangen, alle, alle! – und in Turm tun, Polizei muß ja essen – stark sein – viel essen!« Auch das konnten wir Stephanos nicht abstreiten, wir lachten sogar über seine Art zu argumentieren. Nur Synesios, der Stephanos' Redezeit stets abkürzte, zeigte, wenn der Bursche hinaus war, offen seine Niedergeschlagenheit. Einmal sagte er: »Die Barbaren also, diesmal die aus der Wüste, haben unsre Kerker geöffnet. Wenn das möglich war, dürfen wir uns noch allerlei erwarten!«

Und er schrieb an den Feldherrn Anysios, daß der Praeses nach seiner Bannung unauffindbar geworden sei, und daß das Heer die Gelegenheit ergreifen solle, in diese Lücke, die der Praeses gelassen habe, einzudringen. Vor allem sollten alle Maceten und Ausurianer umgehend aus allen Diensten entlassen und in die Wüste zurückgeschickt werden. »Das ist ein harter, ja, unmenschlich erscheinender Vorschlag, aber haben wir bei dem vielleicht letzten Versuch, unser Land zu retten, noch die Möglichkeit zwischen menschlichen und unmenschlichen Mitteln zu wählen? Du wehrst mit Deinem Heer an der Grenze eben jene Völkerstämme ab, die hinter Deinem Rücken in der ganzen Provinz, in jeder Stadt, in jedem Kastell angestellt sind als Polizisten, Wächter, Kerkerknechte, Kloakenreiniger, die, kurz gesagt, in Diensten stehen, die zu verrichten die meisten Griechen sich zu schade vorkamen. Die Schuld an diesen Zuständen trägt allein Andronikos, der die Barbaren angeworben hat, um sich gegen seine Landsleute mit Landfremden zu verteidigen. Aber mittlerweile sind es schon längst keine Landfremden mehr; sie kennen unsre Städte und unsere Seelen und warten nur darauf, auf unsre schwachen Stellen zu drücken, die sie alle längst entdeckt haben. Und was das Gefährlichste an der Sache ist: man kann diese Gesichter aus der Wüste kaum von den innerlibyschen Gesichtern unterscheiden – nur ihre Sprache verrät sie, und an diesem Stempel sollte man sie zeitig genug erkennen und – in die Wüste zurückschicken! Wenn wir die armen Eunomianer unstet machen dürfen, sollten wir nicht zögern, gegen diese Mordbrüder von morgen vorzugehen, solange dazu eine Möglichkeit besteht. Soll sie die Wüste schlukken, die sie ins Land gespien hat. Selbst die blonden Barbaren, auf die sich der Kaiser immer mehr und nicht zu Unrecht verläßt, sind allgemein der Ansicht, daß auf Leute, die aus der Wüste stammen, keinerlei Verlaß sei – diese aus dem grausamen Schoß der Wüste gezeugten Völkerstämme können sich nicht mit Griechen und Christen vereinigen; ihr Vater ist der Dornbusch, ihre Mutter das Salz.«

Synesios hatte einen jungen Priester, denselben, der schon einmal auf die Fährte des Laokoon gesetzt war, als Kundschafter nach Kyrene, Apollonia und Berenike geschickt, und zwar, da das Wetter bereits freundlich genug war, zu Schiff. Er sollte nicht bei den Bischöfen vorsprechen, sondern sich verborgen im Volk aufhalten und hören, wie die Bannbulle – ob vorgelesen oder nicht – gewirkt habe. Wir im Bischofshaus schwebten an sehr dünnen Fäden über dem Ungewissen. Wir wußten, und vor allem Simonides war dieser Ansicht: wenn durch die Exkommunikation des Praeses das Volk nicht in Bewegung geriet, würde sich auch am Kaiserhof nichts rühren, und Synesios stünde mit den Seinen dem Ungeheuer, sobald es sich von seinem Schlag erholt hätte, allein gegenüber.

Nach drei Wochen war der junge Priester Menas wieder bei uns, und was er berichtete, war erfreulich.

Der Bischof von Kyrene hatte die Bulle seines Metropoliten nicht verlesen, aber es war eine Abschrift in die Hände der Nackten geraten. Sie hatten darauf einen Umzug gemacht und die halbe Stadt hinter sich hergezogen und schließlich ins Theater geführt, wo sie dann bei Mond- und Fackellicht den im Halbrund versammelten Kyrenern die Bulle vorlasen und darauf den Bischof von Kyrene mit

Andronikos in der Gestalt von zwei Puppen einsargten und ihnen ein Staatsbegräbnis auf der Bühne inszenierten – mit pompösen Reden und jugendlich männlichen Klageweibern, die bei den Darbietungen ihrer Trauer sich die angebundenen Brüste aus Rindermägen zerfleischten, das gesträubte Haar aus Binsen und Werg büschelweise ausrissen und sich vor Schmerz buchstäblich auf den Kopf stellten und mit den Beinen strampelten, kurz dem »heiligen Hirten« und dem »geliebten, unvergeßlichen, übergroßen, heroischen, immer siegreichen christlichen Achilles« auf eine derart kolossale Weise nachtrauerten, daß die Zuschauer sich auf ihren Sitzen krümmten und wieherten, als wären sie, wie Menas versicherte, nicht Menschen, sondern zwanzigtausend kyrenische Hengste. So wurden denn auch in dieser Nacht die Magazine hinter der Markthalle aufgebrochen und die dort aufgespeicherten Lebensmittel zu einem Trauermahl verarbeitet, das sich vom Marktplatz aus in die anstoßenden Gassen auf schnell aus den Häusern herbeigeschafften Brettern und Böcken hinschob, Tisch um Tisch, Topf um Topf und Feuer um Feuer. Kein Hüter der Ordnung erschien, selbst die Spitzel, welche ja meist stadtbekannt sind, wagten sich in dieser Nacht nicht in das Flakkerlicht der Fackeln.

Auch in Berenike, der Heimatstadt des christlichen Achilles, wurde die Bulle erst verlesen, als die Leute sie ungefähr auswendig kannten und die Jungen, die Nackten an der Spitze, ein Spiel auf dem Marktplatz aufgeführt hatten, in welchem der Held Theseus die graue Sau von Krommyon erlegte; und damit kein Zweifel aufkäme, trug der ungeheure Fleischberg den Namen des Andronikos weiß auf schwarz über seine Breitseite hingeschrieben. Auch hier, wo die graue Sau in der Hefe des Hafenviertels noch Anhänger hatte, sah die Obrigkeit dem Schauspiel, das in seiner Blutigkeit auf das Volk aufreizender wirkte als die Totenklage im Theater von Kyrene, tatenlos zu.

In Apollonia hatte der Bischof die Bannbulle verlesen, aber seine Stimme war an den wichtigsten Stellen in Weinen und Schluchzen eingebrochen, so daß erst Menas, der einige Abschriften der Bulle bei sich trug, dem Willen des Metropoliten Platz schaffen konnte. In den ländlichen und kleineren Diözesen, die viel ungeschützter der Staatsmacht gegenüberstanden, bekannten sich die Bischöfe fast einmütig zu ihrem Metropoliten, und einige – so auch Olympios, der schöne und schweigsame Athlet Gottes – hatten nach der Verlesung des Bannfluches unmißverständlich ihre Bereitschaft zum Martyrium erklärt. Als Menas das sagte, schlug Synesios die Hände vors Gesicht und weinte, und ich gestehe, daß ich diese Tränen nicht auf unmännliche Schwäche und Überbeanspruchung seiner Nerven zurückführte, sondern Gott dankte, daß er ihn in dieser Stunde nicht allein gelassen, sondern daß er Brüder hatte – für seinen eigenen, wie wir damals annahmen, verlorenen Bruder, der ja mit dem Feind Laokoon zusammenwohnte. Der kleine Bischof Thomas schickte ihm sogar vom Rand der Wüste her einen Boten, der ihm vom Feldherrn Anysios gestellt worden war; in dem Brief standen die Worte des Propheten Ezechiel: »Und das verdorrte Gebein vernahm das Wort des Herrn.«

Ungefähr einen Monat nach Pfingsten – ich erinnere mich gut, ich war gerade dabei, mit Stephanos das Gift gegen die sommerliche Fliegenplage zu bereiten – da kam der Brief aus Konstantinopel, in welchem dem Metropoliten von Ptolemais mitgeteilt wurde, daß Andronikos wegen zahlreicher Verfehlungen im Amt und wegen allgemeiner Unwürdigkeit abgesetzt sei. Von der Exkommunikation kein Wort!

Der Anschlag

Jene Prisca, die nach dem Sturz des Praeses mit ihrer Familie im Bischofshaus lebte und für Monate neue und durchaus irdische Hoffnungskeime pflegte, und die Prisca, die dies schreibt und die weiß, was aus aller Hoffnung geworden ist, sind nur durch drei Jahre getrennt, und doch steht die Witwe Prisca vor der Jüngeren wie vor einem Kuriosum. Jene Prisca hatte das Spiel Gottes mit Synesios aus nächster Nähe miterlebt, und oftmals hatte ihr der schwere Flügelschlag der Himmelsboten den Atem verschlagen – und doch verhielt sie sich, umsichtig und blind zugleich, als gehörte ihr Synesios, wie irgendein Mann irgendeiner Frau gehört. Sie war sich allerdings der Kostbarkeit ihres Besitzes Tag und Nacht bewußt und hatte ihn darum samt den Kindern wie ein Schiffseigner seine Fracht versichert – und zwar bei jener Darlehensbank, wo sich die Christen versichern – in dieser Hinsicht ebenso treuherzig berechnend wie die Heiden! – und hatte in ihrem Verhaftetsein an diesen Besitz doch daran vorbeigesehen, daß die Bank – und die himmlische Bank nicht anders! – die Versicherungssumme nur auszahlt, wenn Schiff und Fracht untergegangen sind. Eine irdische Bank, die ein See-Darlehen gibt, geht ein Risiko ein; die himmlische Bank nicht so – was sie dem Menschen, wenn ihm alle Schiffe untergegangen sind, allein schuldet – die Mitteilung: Komm herüber zu uns und heb dir ab, was für dich hier hinterlegt ist.

Wenn ich es ganz deutlich und ohne Vergleich sagen soll: ich glaubte wirklich – das heißt: ich hatte es mir vorgemacht –, daß ein Bischof, vor allem, wenn er ein so außerordentlicher und die Menschen beglückender und wirklich gottgeliebter Mann ist, eine Art himmlischer Leibwache um sich habe, Engel also, die, wie die Schrift so kühn lehrt, seinen Fuß vor dem Stolpern bewahren, ihn vor böser Nachrede schützen, vor den Mittagsdämonen und dem Anhauch der Phantasmata der Nächte. Er schreitet über Basilisken, hat man mir in den heiligen Texten versichert, trinkt Gift, ohne daß es ihm schade, und dem Drachen, der die Jungfrau fressen will, hält der heilige Georg sein eigenes Knie als Köder hin und zertrümmert ihm zugleich von unten her den Rachen mit dem gewappneten Fuß.

O du törichte Prisca, du hast deine Augen an die Brust deines Mannes und deiner Kinder gedrängt, wolltest immerzu ihren Herzschlag vernehmen, wolltest Zeit für deine Liebe haben und hast dich nicht umgedreht und gesehen, was du doch Tag und Nacht befürchtetest! Und hörtest doch Gottes Stimme in deinem Rücken – wie oft hast du es gelesen: »Mein Anschlag besteht, und ich tue alles, was mir gefällt. Ich rufe einem Adler vom Aufgang und einem Mann aus fremdem Lande, der meinen Anschlag ausführt. Was ich sage, das lasse ich kommen; was ich denke, das tue ich auch!«

Ja, ich wußte es, daß wir am Ende unserer Zeit angekommen seien – in diesem Volk, in diesem Land. Ich habe mich schon einmal Kassandra auf diesen Blättern genannt, aber ich war es immer nur für Stunden, für halbe Nächte – eine halbe Kassandra, eine die leben, ihre Gesichte überstehen will, eine Kleinbürgerin also, die, nachdem sie ihre Hoffnung begraben hat, ihre Küchenkräuter aussät.

Aber auch Synesios selber war seit dem Sturz des Andronikos heiterer geworden, zuversichtlicher, so schien es, und er sprach in den Monaten hinterher nicht mehr, wie er es früher so oft getan, vom Jüngsten Tag des christlichen Libyens, obgleich durch den Einbruch der Wüstenstämme die

Erregung und das Durcheinander im Land täglich zunahm. Während er mit den Stadtvätern und dem neuernannten Praeses für die ersten Flüchtlinge Unterkünfte besorgte und die Verteidigungswerke der Stadt erneuern ließ, wies er Alexander, Simonides und einige Kleriker an, eine Provinzsynode vorzubereiten, es sollten viele Fragen geklärt werden: die Mitarbeit der Kirche an der Verteidigung des Landes, der staatsbürgerliche und kirchliche Status der Eunomianer und eine Überprüfung des Verhältnisses zwischen den Andersgläubigen und den Katholiken. Vor allem erstrebte Synesios eine deutlichere Abgrenzung zwischen den Rechten des Staates und der Kirche, in welchem Punkt er sich mit zahlreichen Bischöfen einig wußte.

Im Bischofshaus stand zu jeder Tageszeit das Tor offen, Boten kamen und gingen, Kleriker, Offiziere, Flüchtlingsvertreter. Unter den Platanen standen angebundene Pferde, oft kam der Praeses, brachte einen ganzen Stab von Mitarbeitern mit, und seine laute Stimme im Sekretarium konnte ich gut im Binnenhof hören und fast jedes Wort verstehen. Er hieß Carus – nein, er stammte aus Karien, und da ich nun nachdenke, muß ich feststellen, daß ich seinen Namen wirklich nicht mehr weiß – der Sturm der Ereignisse blätterte die Namen, Menschen und Tage und alle Eindrücke allzuheftig um. Außerdem vernahm man ohnehin nur seinen Titel und seine dröhnende Stimme. Er hatte stets Eile, wiewohl er ziemlich beleibt war, doch er lachte und winkte nach allen Seiten, und die Leute liebten ihn. Synesios schätzte diesen dicken Praeses und er saß mit ihm und dem für einige Tage von der Front herbeigeeilten Feldherrn Anysios und einigen Logistikern zusammen, und sie sprachen über den Nachschub des Heeres. Das Land in der Nähe der Wüstengrenze war bereits ausgebrannt, und das ganze innere Libyen, ohnehin nicht sehr fruchtbar, schaffte angesichts des nahen Hungers seine Ernten in die alten Verstecke: in Höhlen und mit Reisig zugedeckte Gruben, die nur von den Mäusen und Ratten entdeckt wurden. Und Synesios, der den Statthalter von Ägypten noch aus seiner Philosophenzeit her kannte, schrieb wieder Tag und Nacht Briefe: nach Ägypten, auch an unsern Schwager Gellios, den Stadtpräfekten von Alexandria, nach Sizilien und Kalabrien, in denen er flehentlich um Korn anhielt, um Waffen, Pferde, Kamele, ja, sogar um Soldaten; doch müßten es blonde sein aus dem Norden, Griechen hätten sie genug.

In dieses von Männerstimmen durchsummte und von Leder und Schweißgeruch der Soldaten erfüllte Bischofshaus, wo in jedem Winkel die Abgeordneten der Flüchtlinge hockten und auf einen Bescheid warteten, drang eines Tages, es ging gegen Abend, mein herrlicher Schwager Euoptios herein. Er stieg zu uns die Treppe herauf, die Diener richteten gerade den Tisch. Er setzte sich und befahl mir, ohne mich anzuschauen, daß ich Synesios heraufbitten solle, er habe Hochwichtiges, so ähnlich drückte er sich aus, mit Seiner Heiligkeit zu besprechen, die Sache dulde keinen Verzug.

Keine zehn Minuten später saßen sich die beiden Brüder gegenüber in der von Büchern fast entleerten Bibliothek. Und wie sehr sich Euoptios dagegen wehrte: in meiner und des Sekretärs Gegenwart. Synesios verlangte sogar, daß Chilos das Gespräch mitstenographiere, und daß Euoptios hinterher den ihm vorgelesenen Wortlaut unterzeichne, »damit«, so sagte Synesios, »zu den alten Mißverständnissen, die zwischen mir und meinem Bruder herrschen, nicht neue hinzutreten«. Euoptios benahm sich wie ein vom Lehrer genötigter Schüler. Doch seine Miene zeigte, daß er seiner Sache sicher war und wußte, wie schnell sich Synesios ihm zuwenden und das Gottesgeschenk aus der Hand seines Bruders entgegennehmen würde.

Das Geschenk nun bestand in einem von den Ägyptern, als sie noch die Kyrenaika beherrschten, aus dem Kalktuff ausgehauenen System von Gängen, Galerien und Korridoren, das sich unter der Stadt bis hinaus zu den ersten Hügelketten hinzog, trocken und mit Süßwasserquellen versorgt – ja, ein ehemaliger Steinbruch, Euoptios nickte herablassend, der aber, richtig verproviantiert und an seinen Ausgängen befestigt, den Bewohnern einer ganzen Stadt als Zuflucht dienen könnte, »und wenn der Wüstensturm vorüber ist«, sagte Euoptios mit großer Geste, »steigen wir aus der Tiefe ans Licht – alle – gerettet!«

»Und die Stadt?«

»– ist sowieso nicht zu verteidigen!« Euoptios bewegte den Kopf einmal hin und her.

»Woher weißt du das?«

Und Euoptios, als spräche er über Gartenfragen, über die Nichteignung eines Geländes für diese oder jene Pflanzenart: den Maceten und Ausurianern hätten sich noch andre Wüstenstämme angeschlossen, und diesmal kämen sie mit Belagerungsmaschinen und Technikern, also Griechen, wenn man diese Überläufer noch so nennen könne, verarmte Fachleute ohne Heimat, ohne Glauben, ohne Zukunft, deren gebe es ja genug, die ihr Wissen und ihre Erfahrungen dem Stärkeren verkauften, und die Stärkeren seien nunmehr die Wüstenvölker. Es komme nur noch darauf an, zu überleben und sich dann – genau wie die Eingeborenen vor tausend Jahren beim Einbruch der Griechen es getan hätten! – mit den Siegern zu arrangieren, es gebe gar keine Wahl! Oder ob sich Synesios von Konstantinopel Hilfe erwarte? Ob er nicht selber längst eingesehen habe, daß der kaiserliche Hof diese Kyrenaika, von der kaum noch Steuern, ununterbrochen aber Hilferufe, Querelen und Schauergeschichten einliefen, beim richtigen Anlaß nicht gern abstieße, –»abgeschrieben sind wir ohnehin seit vielen Jahren!«

Als Synesios, den Kopf tief gesenkt, dasaß und nicht antwortete, begann Euoptios mit theologischen Argumenten: ob es überhaupt erlaubt sei, einen Krieg zu beginnen, von dem man von vornherein wisse, daß er verloren sei?

»Wir beginnen keinen Krieg«, sagte Synesios, »wir verteidigen uns!«

Aber Euoptios lehnte auch jede Verteidigung gegen einen Feind ab, der übermächtig sei. Wenn der Sieg nicht klar im Bereich des Möglichen liege, sei jeder Widerstand eine Vermehrung des Übels und darum in den Augen eines Christen unerlaubt.

»Du hättest recht, wenn wir das Ende dieses Krieges so klar vor Augen sähen wie du! Aber der Kaiser und der Praeses der Provinz haben durchaus Hoffnung und darum die Verteidigung des Landes beschlossen. Und die Kirche fügt sich diesem Beschluß, weil sie dieselbe Hoffnung hegt, den Feind auch diesmal aus dem Land zu treiben. Hast du darauf etwas zu entgegnen?«

»Ich kam wegen –«

»Ach, richtig, da ist noch dein Geschenk Gottes: die ägyptischen Steinbrüche! Wir können sie besichtigen, vielleicht daß sie uns dienlich sind bei der Unterbringung der Frauen und Kinder und der Alten und all jener, die zu sündigen glauben, wenn sie sich gegen unsre künftigen Herren aus der Wüste verteidigen!«

Die Aufforderung des Syncsios, dem Praeses und ihm, dem Metropoliten, diese Stollen und Galerien zu zeigen, beantwortete Euoptios zunächst mit Schweigen. So saßen die Brüder mit gesenktem Kopf einander gegenüber, und sie blieben auch während des folgenden Gespräches so sitzen, ohne einander anzublicken.

Schließlich begann Euoptios: »Ich komme aus einem andern Grund.«

»Ich dachte es mir.«

»Andronikos schickt mich zu dir –«

»– und dein Freund Laokoon –«

»Nein, er ist gar nicht da.«

»Also schon unterwegs – zum Verhandeln?«

»Die Kirche muß überleben!«

»Aber nicht durch das Wort von Verhändlern, Lügnern, Verrätern.«

»Laokoon ist kein Verräter.«

»Er hat seinen Herrn verraten.«

»Beweise es mir!«

»Das will ich nicht.«

»Aber ich bin dein Bruder.«

»Eben darum mußt du mir glauben, mehr als ihm!«

»Reden wir von Andronikos.«

»Gut, also von Andronikos! Ich nehme an, er will aus dem Bann?«

»Er ist der einsamste Mann in der Kyrenaika, lebendigen Leibes niedergestiegen zur Hölle.«

»Nicht, Euoptios!«

»Andronikos büßt.«

»In den ägyptischen Stollen bei seinen Goldkisten?«

»Inmitten seiner Ängste, Nöte. Er hat Zahnschmerzen.«

»Auch der Bischof Alexander hat Zahnschmerzen – immer noch!«

»Daran denkt ein Andronikos nicht.«

»Du hast ihn also aufgesucht.«

»Wie könnte er mich sonst schicken? Aber übersieh nicht, warum ich es tat. Es fiel mir nicht leicht.«

»Er hat sich gewiß hübsch eingerichtet?«

»Was nützt es ihm alles!«

»Er lebt noch besser als seine Opfer: Galerien an den Hügeln entlang, durch die Licht bricht. Und Süßwasser in Fülle, wie?«

»Erbarm dich über ihn, er würde dir leid tun.«

»Und hat Diener, auch Leute, die ihn besuchen, ihm Nachrichten bringen – darunter sogar fromme Christen!«

»Und kann nur Brei essen.«

»Sei nicht einfältig. Auch Bischof Alexander kann nur Brei essen! Sag mir lieber, was Andronikos von mir will.«

»Du weißt es doch.«

»Sonst nichts?«

»Er bietet dir seine Wohnung als Ort der Rettung für viele an.«

»Gut, ich werde zusammen mit Hesychios, dem neuen Praeses, die unterirdische Stadt inspizieren und auf ihre Eignung als Notlager prüfen. Machen wir eine Stunde aus: morgen kommen wir, du führst uns zu ihm.«

»Aber du müßtest ihm zuvor versprechen, ihn umgehend in die Kirche aufzunehmen.«

»Noch bevor der Staat ihm den Prozeß macht?«

»Geht das denn nicht?«

»Nein, das geht nicht.«

»Dein – euer Haß gegen Andronikos ist gefährlich!«

»Nur Gott weiß, ob ich Andronikos hasse.«

»Du weißt es, besser als Gott!«

»Es gibt nichts, das wir besser wüßten als Gott es weiß.«

»Du wolltest ihn, willst ihn vernichten.«

»Seine Macht, seine widergöttliche Macht.«

»Und jetzt bist du der Sieger.«

»Sieger ist man nur einen Tag, sagt Aischylos.«

»Du willst also, daß er sich dem weltlichen Gericht stellt, dem Gericht seines Nachfolgers, seiner Feinde?«

»Es ist überflüssig, etwas zu wollen, das sowieso mit Sicherheit geschieht.«

»Wenn die Kirche das Anathema von ihm nähme, ihn unter ihren Schutz stellte – Hesychios ist dein Freund.«

»Wenn die Kirche von Ptolemais das täte, wäre sie korrupt wie Andronikos.«

»Aber denk doch, den Andronikos wird dieser Prozeß ruinieren, Tausende haben gegen ihn Anklage erhoben, sogar ehemalige Freunde. Und alle fordern nicht sein Leben, sondern Schadenersatz, Geld!«

»So sind die Menschen: das Geld des Andronikos ist ihnen wichtiger als sein Blut. Und darum wird ihn das Gericht vielleicht auch nicht zum Tode verurteilen, – er kann sich loskaufen mit seinen geheimen, geraubten Schätzen. Bedauerst du ihn deshalb?«

»Bedauern? Aber ich kenne Andronikos, ich weiß, warum ich mich zu ihm führen ließ... Nicht meinetwegen... Er ist noch nicht tot!«

»Doch, er ist tot. Aber falls er Buße tut, macht ihn die Kirche wieder lebendig.«

»Denk doch einmal auch an dich, an deine Familie, du bist nicht nur Bischof!«

»Nicht nur? Immerhin bin ich nur eine Person.«

»Überlege doch: ein Mann wie er, der solch ein Pfand in Händen hat, benützt es.«

»Sag ihm: was sein Pfand angeht, wir könnten es uns mit Gewalt nehmen, wir könnten dir sagen: Euoptios, führe uns in die ägyptischen Steinbrüche, und könnten es mit Recht sagen, denn sie gehören nicht Andronikos, sondern uns allen, all denen, die in Gefahr sind.«

Jetzt erst hob Euoptios das Gesicht und stand langsam auf, die ihm eigne Würde hielt sich nur mühsam aufrecht; er sah aus wie einer, der auf einem Kopfkissen aus Dornen schlafen soll und es fast schon kann. Und als er nun zu sprechen begann, sprang seine Stimme auf und ab, weil sein Atem unregelmäßig ging, er drückte, wenn er nach einem Wort suchte, die Hand aufs Herz. Und was er Synesios klarzumachen versuchte: er, sein Bruder Euoptios, sei kein Überläufer. Gewiß, des Laokoon habe er sich angenommen, einfach weil seine Frau Praxedis es gefordert habe, sie halte Laokoon für einen Mann des Friedens und der Verständigung, den Metropoliten aber – »erlaß es mir, erlaß es mir!« –, wie zwischen zwei Mühlsteinen habe er die letzten Monate gelebt, doch immer im Bewußtsein, daß er vielleicht der Mittler sein werde zwischen Synesios und seinem Archidiakon, hinter dem doch noch immer ein Teil des Klerus stehe, »und nun kann ich mehr sein, viel mehr, vielleicht bin ich dein Retter!« Wenn er hierher gekommen sei und scheinbar die Partei des Andronikos ergriffen habe, warum denn wohl, warum? Ob man ihn wirklich in diesem Hause für so unnatürlich oder so dumm halte, daß er zum Parteigänger eines Heloten absinken könne, eines Menschen ohne Herkunft, ohne Bildung, ohne Anstand und Tugend? Aber diesen Menschen mit dem Bann zu belegen, das habe er für einen Fehler gehalten, für einen großen Fehler – und mit dieser Ansicht stehe er nicht allein da.

»Sag mir, worin mein Fehler bestand?«

»Du sagtest vorhin: du habest die widergöttliche Macht des Andronikos vernichten wollen –«

»Ist es mir nicht gelungen?«

»Nein, er lebt noch... Ich sagte vorhin: du habest ihm das Knie in den Nacken gesetzt. Wenn Andronikos dich so weit hätte wie du ihn, er wüßte, was er mit dir täte, du weißt es nicht. Die wirklichen Christen – und du bist einer – wissen das nie. Sie können nur den Feind in die Knie zwingen, aber dann –? Weil du aber so bist, daß du diese Bestie nicht töten kannst, sondern an die Möglichkeit seiner Umkehr glaubst –«

»Ich bin Bischof!«

»Eben deshalb, das mußt du wissen, bist du mit deiner Familie in großer Gefahr. Andronikos weiß nicht, was Verzeihen ist. Und mag er hunderttausend Feinde haben – über tausend Freunde, heimliche, verzweifelte und darum zu jeder Schandtat entschlossene, verfügt er immer noch. Doch er wartet, rechnet in seiner Höhle, und er nimmt an, daß auch du rechnest – in dieser Hinsicht sind alle Verbrecher einfältig. Er hält dich für klug genug, daß du seine Rechnung, die er dir aufmacht, begleichst. Du bist zur Zeit allmächtig, weil Hesychios dein Freund ist. Und seine Rechnung geht so: –«

»Die kenn ich: ich löse ihn vom Bann, Hesychios läßt ihn bei Nacht entweichen – mit seinem Raub, versteht sich. Und Andronikos überläßt uns seine unterirdische Stadt und zieht um – vielleicht nach Spanien, nach Gallien, lebt in so einer kleinen Stadt als zierlicher Christ, baut eine Kirche, wird vielleicht gar Bischof – er hat ja Geld, und darum auch bald wieder Beziehungen –«

»Bruder!« Euoptios hob seine Hände, beschwörend, feierlich, »dein Scherzen ist –«

»Ich scherze nicht«, unterbrach ihn Synesios, und auch er erhob sich und trat langsam auf Euoptios zu. »Aber rätst du, mein Bruder, mir im Ernst, daß ich auf solchen Handel eingehen soll?«

Euoptios versuchte tief zu atmen, dann griff er sich in den Bart, riß den Kopf zurück und rief: »Wenn du nicht entschlossen bist, ihn drunten in seinem Loch zu vernichten – ich bin bereit, mein Versprechen, das ich Andronikos gegeben habe, zu brechen – wenn du nicht bei Hesychios Zuflucht suchst, du und deine Familie, dann – – ja, ich bin bereit, den Soldaten den Weg zu zeigen – aber es ist schwer, die Schlange in ihrem Loch zu fangen, ich sagte dir: er rechnet, und wer rechnet, rechnet mit allem: sein Stollensystem hat Fallen, Abgründe, geheime Ausgänge, und er hat Helfer überall im Land, Helfer... Darum, darum – ich weiß, was dir bevorsteht, wenn du nicht – du mußt, du mußt –«. Euoptios verlor sich in seinen Sätzen, suchte keuchend nach einem Ausgang, schließlich seufzte er, Synesios lange und unverwandt anblickend und schluchzte: »Mein Bruder!« Und wieder das schreckliche Schweigen, ich war schon nahe daran, Synesios zu umschlingen, ihn zu schütteln, ihm zuzurufen: Höre auf Euoptios! Denk an unsre Kinder!, aber es ließ sich nicht tun. Synesios stand da, über seinen Bruder fortblickend, durchs Fenster in irgendeine Ferne.

Und dies Flüstern im Bart des Euoptios – »das Böse ist stärker als du, Synesios, es tut, was es will – wir dagegen – du bist wehrlos – schutzlos – hilflos – preisgegeben – du und die Deinen – das darf nicht sein, Synesios, du bist nicht nur Bischof, du bist – bist auch Vater und – und«,

Euoptios warf mir einen Blick zu, er brauchte meine Hilfe. Doch da sagte Synesios: »Geh, sag dem Andronikos, er soll sich hüten: der Metropolit von Ptolemais steht in Gottes Willen!«

Und er ging auf Euoptios zu, zog ihn zu sich und küßte ihn, und während er ihn küßte, flüsterte er ihm einige Worte ins Ohr. Euoptios sah sich einmal mit einem langsamen, aufsammelnden Blick in der Bibliothek um, dann eilte er hinaus.

Jetzt konnte ich keinen Augenblick mit Synesios zusammen sein. Ich ging zuerst zu den Kindern, hörte Tutulina eine Weile zu, sie las ihrem Bruder Fabeln vor. Ich ging im Zimmer umher, lief durch das ganze Haus. Ich mußte mich bewegen, mir vormachen, ich könnte die Spinnenfäden des unsichtbaren Netzes, das ich über uns spürte, zerreißen – mit Worten, mit Pläneschmieden, Entschlüssen.

Im Binnenhof traf ich Simonides, hier ging er viel und versuchte seinen rechten Arm vorsichtig zu heben, das sah aus, als stünde eine Person vor ihm, der er etwas befehlen wollte, aber der Arm sank immer aufs neue kraftlos herab.

Sofort erzählte ich ihm vom Besuch des Euoptios und den erpresserischen Drohungen, die uns Andronikos ins Haus geschickt hatte, und stellte gleich zehn Fragen, die alle darin gipfelten: ob nicht Hesychios sofort zu benachrichtigen sei. Simonides betrachtete seine Hand, krümmte die Finger zur Faust, streckte sie aus und krümmte sie wieder, dabei brachte er, aber wie zum Spiel, ächzende Laute hervor. Schließlich machte er mir klar, daß Euoptios durchaus recht habe, aber – er lächelte mich an – auch Synesios, und der noch mehr. »Das klingt sehr unlogisch«, erklärte er mir, »aber das Leben ist –«, er vergaß mir zu sagen, was es sei, oder er fand nicht das treffende Wort. Als ich drängte, mir doch zu raten, was zu tun sei, sagte er, daß er das zwar genau wisse – es liege auf der Hand. Man müsse dem Andronikos einen Eid leisten, daß man ihn ungestört entfliehen lasse, und zwar mit seinem ganzen Raub. Und als ich mich empört zeigte, bat er mich, logisch zu denken. Also: Hesychios sei kein Räuber, kein Gewaltmensch, eben kein Andronikos und darum nicht imstande, den großen Ganoven ohne Prozeß umzubringen, außerdem: viele Tausende streckten bereits die Hände aus nach dem Schatz des Andronikos und forderten das von ihnen geraubte Hab und Gut zurück. Selbst so ein Mann wie der Senator Julius aus Kyrene, um nur ein Beispiel zu nennen, klage dreitausend Gold-Solidi ein, und viele verflossene Freunde des großen Räubers stellten sich plötzlich als Geschädigte vor, und der Schatz des Andronikos wachse, wie das so gehe, auf der Zunge der Leute zu ägyptischen Tempelreichtümern, und Hesychios, wenn er einem jeden seinen wirklichen Schaden wieder gutmachen wolle, werde keine tausend Anträge befriedigen können. »Die aber nun zu kurz kommen oder leer ausgehen – was werden sie tun oder doch sagen, Frau Prisca? Ich brauche Ihnen das wohl nicht auszumalen! Eines würde auf jeden Fall eintreten: das große und vielleicht letzte Geschenk, das Konstantinopel der Kyrenaika mit der Ernennung des Hesychios gemacht hat, wäre vertan: der gerechteste Mann, den ich kenne, der Praeses Hesychios, stünde da als ein Ungerechter, als einer, der seine Freunde bevorzugt und sich selbst die Hände mit Gold gesalbt hat. Die Menschen, gerade wenn sie nach Gerechtigkeit schreien, glauben im Grunde ihres Herzens nicht an die Möglichkeit, daß einer, der über fremde Reichtümer verfügt, gerecht sein könnte. Und nach all dem, was geschehen ist, kann man es den Leuten nicht verdenken. Woraus ich streng logisch folgere: um das Bild der Gerechtigkeit hochzuhalten, muß der gerechte Hesychios in eine ungerechte Handlung einwilligen und darf sich um den Räuber, der seine Schätze eines Tages – eines Nachts! – fortschafft, nicht kümmern, ja, er muß froh sein, wenn er verschwunden ist, dann kann er ihm endlich! – den Prozeß machen – in contumaciam!«

Ich stand sprachlos vor dem kühlen Mann, der, während er sprach, seine rechte Hand vorsichtig massierte und dabei allerlei Grimassen schnitt, was so aussah, als mache er sich über seine eigenen Worte lustig. Ich konnte nur das Wort »aber« hervorquetschen, er nickte und murmelte: »Ja, gewiß – aber! Sie wollten doch fragen: aber wo bleibt das Ergebnis unsres Sieges?«

»Das auch, doch das klingt mir im Augenblick zu abstrakt. Ich frage Sie vielmehr: darf dieser Mensch auch jetzt noch erpressen und drohen! Wer schützt den Metropoliten und seine Familie?«

Simonides setzte sich an den Steintisch und machte eine einladende Bewegung – er sei immer noch schwach auf den Beinen, »die Sehnen«, murmelte er, »das wächst sich nie mehr aus, wenn man in seinem Leben einmal eine Handspanne länger war.«

Wieder begann er, auf seine Hand blickend: doch, da gebe es ja noch den Doroshof! Das Kastell! Von Hesychios sei kein Schutz zu erwarten. Selbst wenn sich der Praeses, der ja kein Soldat sei, zu einem Angriff auf dieses ägyptische Labyrinth entschlösse – dazu gehörten Techniker und richtige Soldaten, nicht dieses Gemisch aus Gesindel und Garnisonshasen, mit denen man demnächst die Stadt gegen die Wüste zu verteidigen gedenke. Gewiß, Anysios! – der würde mit ein paar Kohorten den Bau ausräuchern, aber der Feldherr hat jetzt Wichtigeres zu tun: die Wüste drückt die Grenze ein – sie schwirren schon im Land umher, die Ausurianer, wie wir sie so schön nennen, diese verhungerten Dämonen!«

An diesem Abend, am Steintisch, beschloß ich, dem Rat des Simonides zu folgen und zunächst die Kinder auf dem Doroshof in Sicherheit zu bringen. Ich dachte daran, Simonides selbst und auch Alexander mit hinaufzuschicken, aber gerade am Abend dieses Tages traf ein Brief vom Patriarchen aus Konstantinopel ein, der dem Bischof Alexander unter Androhung schwerer Kirchenstrafe befahl, umgehend auf seinen Sitz nach Basinopolis zurückzukehren. Alexander hätte sich Zeit lassen und auf sein geschundenes Gesicht verweisen können, das noch immer unter dem nur schütter nachwachsenden Bart von roten Stellen glühte, aber er beugte sich und teilte uns überm Abendtisch mit, daß er das nächste Schiff nehmen werde. Obwohl es uns allen bewußt war, daß uns Alexander eines Tages verlassen müßte, so hatten wir diesen Tag mit dem ungenauen Blau der Zukunft umtan. Wir blickten ihn alle an, als hätte er ein böses Wort aus der Luft gegriffen und uns damit gekränkt. Synesios, der gerade den Becher zum Mund führen wollte, setzte ihn wieder hin. Wir schwiegen – aber wie Kinder, die in ihrer Empörung kein Wort finden und mit offenem Mund verharren. Paulus saß wirklich auf diese Weise da und dann rief er: »Du gehst nicht fort!« Nun erst bemerkte ich, wen die Nachricht am schlimmsten betroffen hatte: Tutulina stand auf und tappste, die Hände vor sich hingestreckt, als wäre sie blind geworden, zur Tür hinaus. Ich lief ihr nach, rief sie beim Namen, aber sie wandte sich nicht um. In ihrem Zimmer angekommen, setzte sie sich vorsichtig auf ihr Bett, ihre Schultern zuckten, der Schmerz trug sie in seinem harten Galopp von mir fort, ich konnte sie nicht anrühren, nicht anreden – ich wußte mit einmal, daß sie kein Mädchen mehr war, sie befand sich in der Gewalt der Liebe und ritt hinter dem Geliebten her, aber der war dreimal schneller, sie könnte ihn nie erreichen: er wußte ja nicht, daß sie schon wie eine Frau fühlte, er wußte nur, daß er Bischof war und in den nächsten Tagen übers Meer fuhr.

Wir brachten Alexander ans Schiff, alle waren mitgekommen, sogar Chilos und Stephanos, – nur Tutulina fehlte; sie habe Fieber, erklärte ich Alexander, als er suchend in unserm Kreis umherblickte. »Grüßt meine kleine Schwester«, sagte der junge Bischof und bat im gleichen Atem

Synesios um den Reisesegen. Synesios reichte ihm eine goldene Kapsel, »das Viaticum«, murmelte er mit fast erstickter Stimme, »ich habe die Hostie für dich konsekriert. Geh in Frieden, Alexander.« Und er legte ihm die Hand auf den Scheitel, murmelte etwas, das ich nicht verstand und wandte sich mit einer heftigen Bewegung von Alexander und uns allen ab und ging allein nach Hause.

Ich wußte, als ich Synesios nachschaute, daß ich mich von Tutulina und Paulus trennen und bei ihm bleiben müßte, er hatte mich nötiger als die Kinder, die bei Simonides in bester Hut seien, so sagte ich es mir wohl hundertmal vor, während ich ihre Sachen packte. Außerdem – das war mein Plan: ich würde Synesios in den nächsten Wochen immer wieder von den Kindern sprechen und ein bißchen Angst um sie in meine Worte träufeln und ihn unruhig und sehnsüchtig machen, so daß er, vielleicht schon nach zwei Wochen, schwach würde und mit mir auf den Doroshof reiste und – dortbliebe. Was sollte er noch in dieser Stadt, die sich von Tag zu Tag mehr in ein Heerlager umformte und auf die Belagerung einrichtete.

Darum fiel mir auch der Abschied von den Kindern nicht sonderlich schwer. Simonides nahm sie zu sich in die Sänfte. Stephanos lud das Gepäck auf die Maultiere, zurrte die Kisten und Säcke mit Hanfseilen an den Tragsätteln fest, sprang hin und her, mit den Maultieren und sich selber redend. Wieder hatte ich, wie schon so oft, Freude an diesem gefederten Pfeil aus der Wüste, und gerade an diesem Morgen des Abschieds kam mir dieser hinter der Hecke von den Kindern aufgelesene Sproß von Mordbrennern wie ein Geschenk des Himmels vor. Ich winkte ihn noch einmal, ehe die Sänfte sich in Bewegung setzte, herbei und gab ihm allerlei Aufträge für Leonidas, befahl ihm vor allem, Simonides zu gehorchen und ihn als seinen Herrn anzusehen. Ich betrachtete ihn, während ich mit ihm sprach: sein Gesicht war wie aus einem großen braunen Bachkiesel geschnitten, allein die Augen schienen darin beweglich zu sein, lachen konnte er nur mit der Stimme, das war mir schon immer aufgefallen. Er bestätigte mir jeden Satz mit einem Ja und einem kurzen Nicken, rollte, als ich mich besorgt zeigte, die Augen und deutete über die Schulter rückwärts zu seinem Köcher. Es ritten ja auch noch sechs Soldaten neben der Sänfte. Ich winkte. Aus dem Fensterchen der von den Maultieren getragenen Sänfte winkten die Kinder, auf jeder Seite eine Hand. Synesios hatte sich im Haus verabschiedet, stumm und die Kinder an sich drückend, und zu Simonides hatte er nur gesagt: »Da oben ist das Schwimmbecken, laß es füllen, du mußt jeden Tag schwimmen – und die Kinder auch!« Chilos war nicht anwesend, erst im Lauf des Vormittags erschien er und entschuldigte sich, er sei bei Hesychios gewesen und habe ihn gebeten, den Weg zum Doroshof durch ein paar berittene Patrouillen zu sichern, – und das habe man ihm versprochen und überdies erklärt, daß die Militärstraße in die Hügel hinauf ohnehin bewacht sei wegen der Verbindung zum Kastell. Das beruhigte mich.

Gegen Abend bereits erhielten wir die Nachricht – unter der großen alten Steineiche »Zum blinzelnden Pan« – dort gefiel es Gott! Daß etwas Furchtbares geschehen sei, wußte ich sofort, als ich Chilos erblickte.

Die Soldaten standen noch unten vor dem Tor, ich wollte sie nicht sehen. Ich hätte sie, wäre ich dazu mächtig gewesen, auf der Stelle zusammenhauen lassen, derart warf sich, als ich erfahren hatte, was geschehen war, die Wut vor den Schmerz. Ich reckte die Arme, schrie umher, tobte, als hätte das Entsetzliche einen andern Menschen getroffen, etwa allein den Synesios – meine Seele, so kommt es mir heute vor, spaltete sich in einen Teil, der sich versteckte und einen Teil, der zuschaute, Partei ergriff, sich empörte und – der Tobsucht nahe – diese Mastschweine von Soldaten – und verfluchte diesen Stephanos – ich weiß nicht mehr, mit welchen Namen ich ihn belegte – und selbst den toten Simonides ließ mein Zorn nicht aus: warum hatte er die Eskorte so weit vorreiten lassen? – warum mußte er Halt machen, aussteigen unter der Steineiche auf der Höhe! – warum gerade an diesem Ort mit dem heidnischen Namen? – Und ich verfluchte auch noch den blinzelnden Pan und seinen Baum dazu, und stellte, so weit ging meine Empörung, zum Himmel hinauf ebenso furchtbare wie vergebliche und darum törichte Fragen: warum nicht längst ein Blitz diesen Baum gefällt habe? – warum nicht der Stein aus der Wurfmaschine des Synesios härter gewesen sei als dieser Stein aus der Wüste? – warum wir den Halbtoten hinter der Hecke damals nicht hatten verrecken lassen? Und ich fragte auch noch, ob der ungetaufte Synesios jener Zeit, der die Mordbrenner nicht als Krieger anerkannte und keine Gefangenen machte, nicht weiser gewesen sei als der getaufte Synesios, der seine Feinde schonte? (und so lange schonte, bis die Geschonten ihn umbrachten!) Und noch schlimmere Fragen warf ich in die antwortlose Luft, vor allem immer wieder die eine: wo denn die Engel, die legionenweise in den heiligen Büchern umherschwirrten, in dieser Stunde geblieben seien? Ob denn die Pronoia, von der die Philosophen redeten, die gütige, vorsorgende Kraft, Vorsehung genannt, von der die Christen immer noch redeten, ob sie nur in weltgeschichtlichen Augenblicken eingreife oder doch nur für Kaiser, Feldherren, Heilige und Wundertäter bereitstehe? Ob Kinder für sie zu wenig seien? Und auch noch Kinder, die dieser Vorsehung ihr Herz und ihre Hände zur Verfügung gestellt hatten, um Leben zu retten – war es dieser Vorsehung würdig, daß die Kleinen ihre gute Tat büßen mußten (wie Synesios sein verzeihendes Erbarmen mit dem Tod seiner Kinder und dem eigenen mühseligen und einsamen Tod büßen mußte)?

Ich könnte heute nicht mehr sagen, wie lange das Wüten meiner Gedanken gedauert hat. Chilos saß mir im Binnenhof stumm gegenüber und ließ mich toben. Er wußte ja, daß ich bald still sein und daß dann das Leid in meiner Seele sein Werk beginnen würde.

Synesios befand sich an diesem Nachmittag beim Praeses Hesychios – und ich konnte unsre Lage noch so weit übersehen, daß ich seine Abwesenheit auf eine törichte Weise als angenehm empfand: er wußte es noch nicht, hatte also eine oder zwei Stunden länger als ich Zeit, im alten Haus seines bisherigen Bewußtseins zu leben – und dann hatte er es doch gleich erfahren – beim Praeses – durch die Soldaten der Eskorte. Diese Helden hatten sich, als sich im Bischofshaus niemand blicken ließ, laut heulend, wie die Hausgenossen später versicherten, auf ihre Pferde geschwungen, waren in ihre Kasernen geritten und von dort hatte sich die Nachricht von dem Überfall in der mit Angst geschwängerten Stadt schnell verbreitet, war bis in die Amtsräume des Praeses gedrungen, wo Synesios den versammelten Offizieren seine Pläne zur Sicherung des Hafens und der Zufahrtsstraßen vorlegte. Aus dem dummen Mundwerk und dem Geflenne einiger gepanzerter Vorstadthelden erfuhr er, daß er keine Kinder mehr habe, und daß auch sein Freund Simonides, den kleinen Paulus im Arm haltend und mit seinem Leib deckend, erschlagen worden war. Das allein hatten die Soldaten, als sie zur Steineiche zurückgeritten waren, feststellen können – und auch dies: Stephanos und Tutulina waren nicht mehr aufzufinden, desgleichen fehlte das Pferd des Stephanos, während die zwei Maultiere unter ihrer Last im dicken Schatten des Baumes dastanden, die Ohren drehten und sich mit den Schwänzen ergeben die Mücken jagten, der Mittag außerhalb des Schattenkreises glühte. Die Sänfte war leer, nur ein Buch hatten die Soldaten in der Tasche der Sänftentür gefunden – den Aesop-Roman, den Simonides zum Vorlesen mitgenommen hatte; er war stets darauf bedacht, von den Kindern die Lügen des Homer fernzuhalten und mit glasklaren Geschichten ihren Verstand zu schärfen. Dies Buch also brachten sie uns, während sie die zwei Leichen, so gestanden diese an Hirn und Herz gepanzerten Helden, sofort begraben hätten, wegen der Hitze – und auch, um den Eltern den Anblick zu ersparen.

Der Offizier, der in Gegenwart des Praeses und meines Synesios das Verhör führte, wollte die Soldaten alle sechs sofort enthaupten, dann aber, als Synesios nur abwehrend die Hand hob und heftig den Kopf schüttelte, auspeitschen lassen, aber auch das duldete Synesios nicht. Er bat nur darum, daß dieselben Reiter und noch einige dazu die Gegend absuchen sollten nach Stephanos und Tutulina, – sie könnten ja noch lange nicht die Grenze erreicht haben.

Wir versuchten beide, Synesios ebenso wie ich, aber ohne miteinander darüber zu reden, uns den Vorgang klarzumachen, und bei Chilos, dem wir das Ergebnis unserer Rekonstruktion jeweils mitteilten, fanden wir, wie weit der andre in die Finsternis vorgedrungen und wie weit es ihm gelungen war, die Bruchstücke der Fakten so aneinanderzupassen, daß der Verstand die Folgerichtigkeit im Ablauf des Geschehens erkannte und sich damit zufriedengab. Dieser Einblick in die Logik, eigentlich Mechanik der äußeren Ereignisse teilte sich auch ein wenig, so seltsam es klingen mag, unsern Seelen mit. Wir hatten schließlich den Ablauf der Geschehnisse unter der Steineiche deutlich vor uns, eine Abfolge von Bildern, aus der eine Geschichte geworden war, und einer hatte vom andern Einzelheiten übernommen, die sich dem einsamen Nachdenken vorher entzogen hatten. So hatte Synesios zuerst nicht einsehen wollen, daß zur Ausführung des Verbrechens zwei oder drei Banditen genügten, ja, sogar einer allein hätte es fertig gebracht: er brauchte nur droben in den Ästen der Eiche zu lauern und sich im richtigen Augenblick auf seine Opfer herabzustürzen. Er mußte nur den Zeitpunkt kennen, wann ungefähr die Reisegesellschaft am blinzelnden Pan ankam. Und er mußte jemand haben, der die eskortierenden Reiter von der Sänfte trennte. Und dieser Jemand konnte, so nahm ich zuerst an, kein anderer als Stephanos sein. Aber Synesios hielt den Diener, obwohl er ihm kritisch, ja, fast ablehnend gegenüberstand, einer solchen Tat nicht für fähig; er habe zwar alle Eigenschaften eines Sklaven, aber einen solchen Verrat zu planen und bis ins Einzelne auszufalten, dazu sei er nicht intelligent genug. Und selbst angenommen, Stephanos hätte die Tat geplant und organisiert, auch dann mußte er wenigstens mit einem der Reiter, und natürlich mit dem, der zu befehlen hatte, unter einer Decke stecken. Wenn aber der Anführer der Rotte käuflich war, hatte ihn nicht Stephanos gekauft – woher auch sollte der Bursche über soviel Geld verfügen – es mußte vielmehr ein reicher Auftraggeber vorhanden sein. Der aber kaufte sich nicht einen unzuverlässigen Ausurianer, der sich leicht mit dem Geld, ohne den Plan auszuführen, davonmachen konnte, sondern einen, der kaum eine Gelegenheit zur Flucht hatte und der überdies nichts zu tun brauchte als seinen Trupp ein bißchen schneller reiten und den Mördern fünf Minuten Zeit zu lassen.

Das sah ich mit einer gewissen und doch überflüssigen Erleichterung ein. Nein, Stephanos sprang, als die Mörder aus dem Baum fielen und sich über Simonides hermachten, auf sein Pferd, riß Tutulina, die vielleicht ein wenig abseits stand, in seinen Sattel herauf und »Mörder, Mörder« schreiend sprengte er die Militärstraße hinab – gegen Ptolemais. Und hier nun, irgendwo, ist es dem Sohn der Wüste eingefallen, in welche Richtung er reiten müsse: nicht in die Stadt! – er mußte weiter reiten, viel weiter – gegen Süden, die Berge zogen ihn an – die Wälder und schließlich das Gestrüpp, das dunkle Gestein – und weiter, tags Hitze, nachts Kälte – kein Strauch mehr, kein Schatten, keine Lagerstatt – weiter, weiter!

Es ist aber auch möglich, daß sie, noch bevor sie die Wüste erreicht hatten, gestorben sind, verfolgt und verwundet, zwei Wesen, die einander ganz und gar fremd waren, wer weiß es!

Keine vierzehn Tage später die Nachricht vom Tod des Patriarchen Theophilos. Es war die letzte Nachricht, die uns für zwei Monate erreichte. Die Tore der Stadt wurden verschlossen, die Wüste näherte sich. Zelte wurden aufgeschlagen, die Stadt fügte sich in ihr Los, und es wurde stiller in den Gassen. Manchmal hörten wir es jenseits der Mauern brüllen. Synesios berichtete mir, wenn er abends von den Verteidigungswerken zurückkehrte, was sich zugetragen hatte. Die Schweißspuren zeichneten im Staub, der sein Gesicht bedeckte, allerlei Figuren; er sah aus wie einer, der den Zustand der Angst überwunden hat. Wir sprachen viel von Anysios, er würde uns befreien, versicherte er mir öfters, wenn ich vor ihn trat und ihn mit einem Schwamm reinigte. An manchen Tagen ging er auch nicht hinaus. Er blieb dann in der Bibliothek zwischen seinem Dutzend Büchern, wo ihn niemand stören durfte. Was er tat oder was er las, ich weiß es nicht. Bei Tisch sprachen wir miteinander, was nötig war. Doch erzählte er mir manchmal, wer gefallen oder verwundet worden sei, – ich kannte die wenigsten der Namen, und es war mir entsetzlich gleichgültig. An Sonn- und Feiertagen, wenn die Hausgenossen gegen Abend zu Tisch erschienen, saßen dann alle vor ihren Tellern, starrten in die von Tag zu Tag kärglicher werdende Kost und aßen schweigend.

Nach zwei Monaten wurde die Belagerung aufgehoben, Anysios rückte heran. Es gab dann den Abend, an dem Synesios abgeholt und spät in der Nacht heimgebracht wurde – er hatte mit Anysios, Hesychios und einigen Offizieren beisammengesessen. Am andern Morgen beim Frühstück schüttelte er, nachdem er mich lange angeblickt hatte, den Kopf, sagte, was unsere Tochter angehe, bestehe keine Hoffnung mehr.

Und wiederum zehn Tage später legte er mir den Brief

eines Mannes vor, dessen Bruder von Euoptios beleidigt worden war, wie, ist mir entfallen. Der Mann forderte von Synesios, daß dieser die Schuld auf sich nehme und ihn um Verzeihung bitte. Ich hatte den Mann nie gesehen, Synesios aber erinnerte sich dunkel und bat ihn – natürlich! – um Verzeihung. Ich erwähne diese Begebenheit nur, um auf die Haut des Synesios hinzuweisen, die, wie er in seinem Antwortbrief an den Ergrimmten bemerkte, während der Belagerung »älter« geworden sei; er zitierte sogar den Namen eines alten Griechen, der wohl übers Altwerden geschrieben hat. Während er sich früher die Wangen hatte rasieren lassen, rief er nach der Belagerung nicht mehr den Barbier. Euoptios traf er zu verschiedenen Malen, aber nicht im Bischofshaus. Als ich ihn fragte, ob denn der ägyptische Steinbruch nunmehr »leer« sei, ließ er seinen Blick auf meinen Augen – besser: auf meinem Auge stehen und schaute weiter hinein, bis ich merkte, sein Blick durchbohrte mich und verlor sich hinter mir im Unendlichen. Als ich mich bewegte, kam er zu sich und sagte, Anysios habe nichts mehr gefunden drunten in den Felsengängen, außer Zeichen, daß da jemand gewohnt habe, Zeichen an der Mauer, auf der Erde, – »aber das ist schwer zu sagen«, er hob die eine Schulter hoch, ich weiß nicht, war es die rechte, die linke, und lehnte an sie den Kopf.

Bald darauf erhielten wir einen Brief von dem kleinen Bischof Thomas, der am Rand der Wüste wohnte. Er bat Synesios, ihn sobald es gehe aufzusuchen; er habe den Brief diktiert, weil er krank zu Bett liege, und er wisse nicht mehr, wie er der Not begegnen solle. Synesios beschloß abzureisen. Ich wollte ihn begleiten, aber er verwies mich auf meinen Aufgabenbereich: die einberufene Synode werde jetzt Fragen stellen, ich solle an seiner Statt antworten – so und so – er setzte sich ein paar Stunden hin und entwarf Chilos und mir seine Anweisungen.

Dann wählte er aus seiner Nachbarschaft den Priester

Menas und einen jungen Burschen, der ihnen unterwegs zur Hand gehen konnte, und reiste mit ihnen ab. Mir sagte er zum Abschied nichts, er blickte mich nur lange an, küßte mich geradezu plötzlich, wandte sich ab und kletterte ein wenig mühselig aufs Pferd, ich stützte ihn.

Ich blieb noch vor dem Tor des Bischofshauses stehen, dann ging ich langsam die Stufen hinauf. Ich legte mich auf mein Bett und begann zu weinen, wie sonst noch nie in meinem Leben. Ich fühlte mich ganz allein auf der Welt. Ich hatte niemanden, mit dem ich mich hätte trösten können, Synesios ausgenommen, aber der war weit, nicht viel weiter als in der letzten Zeit: ich hatte ihn zwar neben mir gehabt, hatte mit ihm zusammengesessen bei Tisch, aber es war ein anderer Synesios als früher, einer, der nicht mehr lachte, der die Stirn zusammenzog, Erinnerungen hegte, der an mir vorüberblickend schwieg, ein Mann, den das Leben beraubt hatte, der aber mit niemand darüber sprechen konnte, auch nicht mit seiner Frau – und ich konnte ihn verstehen, was wäre da auch zu besprechen gewesen... Er hatte die Synode vor seinem Geist, täglich, stündlich, die große Synode, die ihn entlasten, vielleicht sogar befreien könnte – und er würde sich dann irgendwohin zurückziehen, ja, irgendwohin, nach Kyrene vielleicht, oder nach Alexandria. Vom Doroshof war nie mehr die Rede. Ja, die Synode, wenn sie nur bald vorüber wäre! Es würde sich schon einer finden, der ihn ersetzte, der Priester Menas oder sonst einer – und er würde irgendwo hinziehen... Nie sagte er: wir, ich war stets in ihm enthalten – und die paar Jahre, die er noch zu leben hätte – – und er diktierte Briefe an seine Freunde, auch zwei an Hypatia, die ihm aber nicht antwortete, beschrieb seinen Verlust, aber nannte keinen Namen: die Kinder hatten für die andern keine Namen, doch auch wir, Synesios und ich, nannten nie mehr ihre Namen, und nur, wenn das Gespräch es wollte, wurden sie erwähnt.

Als wir nach fünf Wochen keine Nachricht erhalten hatten, schrieben wir an den Bischof Thomas, und knapp zehn Tage später erschien er bei uns. Aus unsern Fragen, mit denen wir einander überschütteten, ergab sich, daß Thomas nie einen Brief an Synesios geschrieben, auch nicht krank gewesen, daß mithin der Brief, den Synesios erhalten hatte, ein Versuch gewesen sei, ihn in die Wüste zu locken – um ihn zu töten. Ich zumindest wußte sofort, als ich den kleinen Bischof erblickte, daß Synesios tot war.

Wir brachten Thomas im Bischofshaus unter, dann redeten wir miteinander, bis auch Chilos und Thomas an den Tod des Abwesenden glaubten. Aber ich hütete mich, Namen zu nennen, und auch Thomas und Chilos taten es nicht, wiewohl ich von Zeit zu Zeit sie anblickte mit einem Lächeln, als wüßte ich, wer es gewesen sei, und als wüßten sie es ebenso.

Ich zog darauf wieder zum Doroshof, lebte dort oben eine Zeit in einem Schweigen, das müde war und abgeschmackt erscheinen mußte. Da bekam ich – es war Frühling – aus Bythinien, aus Basinopolis wieder einen Brief, in welchem mir Alexander versicherte, daß er den meinen erhalten habe. Er sprach von Synesios und den Kindern, als wären sie drunten im Binnenhof des Bischofshauses und spielten, während wir in meinem Zimmer säßen und, ohne es zu zeigen, auf sie warteten. So ging sein Brief, heiter und voll der Hoffnung.

Und danach kam, drunten in Ptolemais, die Ernennung meines Schwagers Euoptios zum Metropoliten. Ein halbes Jahr lang dauerte es, und er starb. An jenem Tag, als er dahinging und Laokoon wieder da war und groß wurde und gar als Metropolit aufstieg, trat ich auf die Barke, die nach Alexandria fuhr und stieß die Erde der Kyrenaika wie ein Schiff hinter mir zurück.

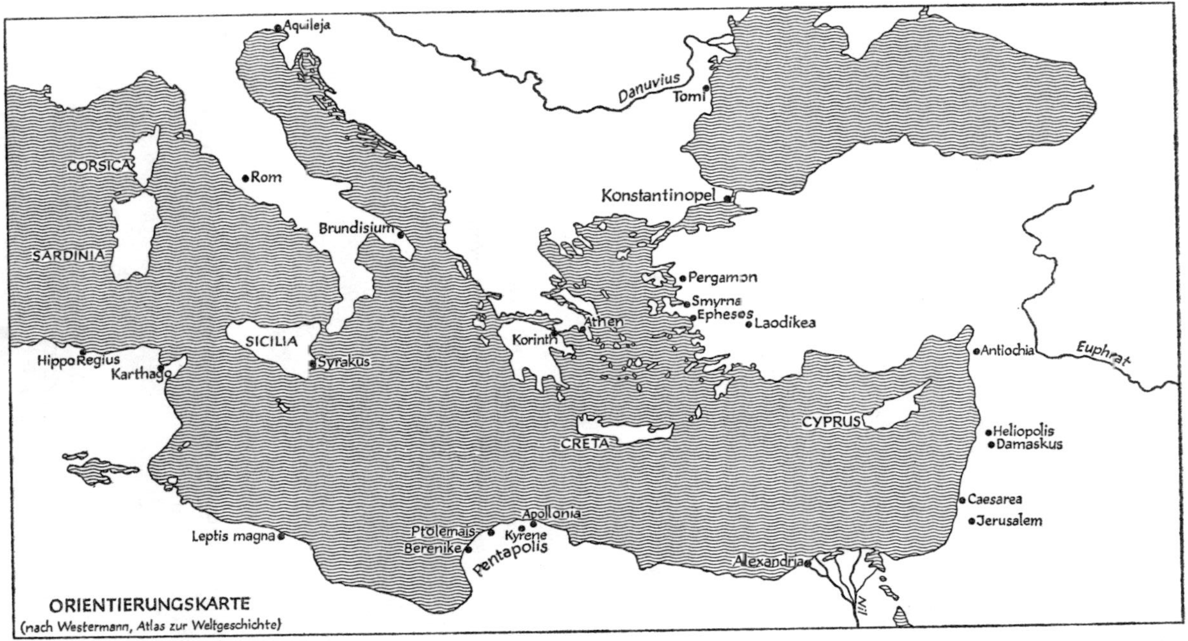
Aquileja
Danuvius
Tomi
CORSICA
Rom
Konstantinopel
Brundisium
SARDINIA
Pergamon
Smyrna
Epheses
Laodikea
Athen
Korinth
SICILIA
Hippo Regius
Karthago
Syrakus
Antiochia
Euphrat
CYPRUS
Heliopolis
Damaskus
CRETA
Caesarea
Jerusalem
Apollonia
Ptolemais
Kyrene
Berenike
Pentapolis
Leptis magna
Alexandria
Nil
ORIENTIERUNGSKARTE
(nach Westermann, Atlas zur Weltgeschichte)